Cidade das Almas Perdidas

Obras da autora publicadas pela Editora Record:

***Série* Os Instrumentos Mortais**

Cidade dos ossos
Cidade das cinzas
Cidade de vidro
Cidade dos anjos caídos
Cidade das almas perdidas
Cidade do fogo celestial

***Série* As Peças Infernais**

Anjo mecânico
Príncipe mecânico
Princesa mecânica

***Série* Os Artifícios das Trevas**

Dama da meia-noite
Senhor das sombras
Rainha do ar e da escuridão

***Série* As Maldições Ancestrais**

Os pergaminhos vermelhos da magia
O Livro Branco perdido

***Série* As Últimas Horas**

Corrente de ouro

O códex dos Caçadores de Sombras
As crônicas de Bane
Uma história de notáveis Caçadores de Sombras e Seres do Submundo:
Contada na linguagem das flores
Contos da Academia dos Caçadores de Sombras
Fantasmas do Mercado das Sombras

Cidade das Almas Perdidas

CASSANDRA CLARE

OS INSTRUMENTOS MORTAIS

LIVRO CINCO

Tradução de
Rita Sussekind

4ª edição

Galera

RIO DE JANEIRO

2021

CIP-BRASIL. CATALOGAÇÃO NA PUBLICAÇÃO
SINDICATO NACIONAL DOS EDITORES DE LIVROS, RJ

Clare, Cassandra
C541c Cidade das almas perdidas / Cassandra Clare; tradução de Rita
4ª ed. Sussekind. - 4ª ed. - Rio de Janeiro: Galera Record, 2021.
(Os instrumentos mortais; 5)

Tradução de: City of lost souls
Sequência de: Cidade dos anjos caídos
ISBN 978-85-01-09290-8

1. Ficção americana. I. Sussekind, Rita. II. Título. III. Série.

16-35077 CDD: 028.5
CDU: 087.5

Título original:
City of lost souls

Publicado mediante acordo com a autora, c/o BAROR INTERNATIONAL, INC.,
Armonk, New York, U.S.A.

Texto revisado pelo novo Acordo Ortográfico da Língua Portuguesa.

Direitos exclusivos de publicação em língua portuguesa somente para o Brasil adquiridos pela
EDITORA RECORD LTDA.
Rua Argentina 171 — Rio de Janeiro, RJ — 20921-380 — Tel.: (21) 2585-2000,
que se reserva a propriedade literária desta tradução.

Impresso no Brasil

ISBN 978-85-01-09290-8

Seja um leitor preferencial Record.
Cadastre-se e receba informações sobre nossos
lançamentos e nossas promoções.

Atendimento e venda direta ao leitor:
sac@record.com.br.

Para Nao, Tim, David e Ben.

Nenhum homem escolhe o mal porque é o mal.
Ele apenas o confunde com felicidade, o bem que procura.

— Mary Wollstonecraft

Prólogo

Simon encarava entorpecido a porta da frente de casa.

Jamais conhecera outro lar. Este foi o lugar para onde os pais o levaram ao nascer. Havia crescido entre as paredes da casa do Brooklyn. Brincava na rua sob as sombras das árvores no verão e improvisava trenós com tampas de lixeiras no inverno. Nesta casa, a família cumpriu o *shivah* após a morte de seu pai. Aqui, ele beijou Clary pela primeira vez.

Nunca imaginou um dia em que a porta de casa pudesse estar fechada para ele. Na última vez em que viu a mãe, ela o havia chamado de monstro e implorado que fosse embora. Simon a fez esquecer de que era um vampiro com um feitiço, mas não sabia quanto tempo o efeito duraria. Parado no ar frio de outono, olhando para a frente, soube que não tinha durado o suficiente.

A porta estava coberta por símbolos — estrelas de Davi desenhadas com tinta, a forma afiada do símbolo de *Chai*, vida. Havia alguns *tefillin* amarrados à maçaneta e à aldrava. Uma *hamsa*, a Mão de Deus, cobria o olho mágico.

Entorpecido, tocou o mezuzá de metal afixado ao lado direito da porta. Viu a fumaça emergir do local onde a mão encontrou o objeto sagrado, mas não sentiu nada. Nenhuma dor. Apenas um terrível vazio, transformando-se lentamente em raiva fria.

Chutou a base da porta e ouviu o eco pela casa.

— Mãe! — gritou. — Mãe, sou eu!

Não obteve resposta, apenas o ruído de trancas sendo acionadas. A audição apurada reconheceu os passos da mãe, sua respiração, mas ela não disse nada. Simon sentiu o cheiro pungente de medo e pânico, mesmo através da madeira.

— Mãe! — engasgou. — Mãe, isso é ridículo! Deixe-me entrar! Sou *eu*, Simon!

A porta trepidou, como se ela tivesse lhe dado um chute.

— Vá embora! — A voz soou áspera, irreconhecível de pavor. — Assassino!

— Não mato pessoas. — Simon apoiou a cabeça na porta. Sabia que provavelmente poderia arrombá-la, mas de que adiantaria? — Falei para você. Bebo sangue animal.

— Você matou meu filho — retrucou. — O matou e pôs um monstro no lugar.

— Eu *sou* seu filho...

— Veste o rosto dele e fala com a mesma voz, mas não é ele! Você não é Simon! — A voz se elevou a um quase grito. — Afaste-se da minha casa antes que eu o mate, monstro!

— Becky — disse ele. Estava com o rosto molhado; levantou as mãos para tocá-lo, e elas voltaram sujas: eram lágrimas de sangue. — O que você disse a Becky?

— *Fique longe de sua irmã.* — Simon ouviu um estardalhaço dentro da casa, como se alguma coisa tivesse sido derrubada.

— Mãe — repetiu, mas desta vez a voz não se elevou. Saiu como um suspiro rouco. Sua mão começou a latejar. — Preciso saber... Becky está aí? Mãe, abra a porta. Por favor...

— *Fique longe de Becky!*

Ela estava se afastando da porta; Simon ouviu. Depois veio o inconfundível guincho da porta da cozinha se abrindo, o rangido do linóleo quando ela pisou no assoalho. O ruído de uma gaveta sendo aberta. De repente, imaginou a mãe pegando uma das facas.

Antes que eu o mate, monstro.

O pensamento o fez cambalear. Se ela o atacasse, a Marca entraria em ação. E a destruiria, como fizera com Lilith.

Simon abaixou a mão e recuou lentamente, tropeçando pelos degraus e pela calçada, apoiando-se no tronco de uma das grandes árvores do quarteirão. Ficou onde estava, olhando para a porta da frente de casa, marcada e desfigurada com os símbolos do ódio que a mãe sentia por ele.

Não, lembrou a si mesmo. Ela não o odiava. Achava que estava morto. O que detestava era algo que não existia. *Não sou o que ela diz.*

Não sabia quanto tempo poderia ter ficado ali parado, olhando, se o telefone não tivesse começado a tocar, vibrando no bolso do casaco.

Pegou-o por reflexo, notando que o desenho do mezuzá — estrelas de Davi entrelaçadas — estava queimado na sua palma. Trocou o telefone de mão e o pôs no ouvido.

— Alô?

— Simon? — Era Clary. Parecia sem fôlego. — Cadê você?

— Em casa — disse, e fez uma pausa. — Na casa da minha mãe — corrigiu-se. A voz soou oca e distante aos próprios ouvidos. — Por que não está no Instituto? Estão todos bem?

— É justamente isso — falou. — Logo depois que você saiu, Maryse desceu do terraço onde Jace deveria estar esperando. Não tinha ninguém lá.

Simon se mexeu. Sem perceber o que estava fazendo, como um boneco mecânico, começou a subir a rua, em direção ao metrô.

— Como assim, não tinha ninguém?

— Jace tinha sumido — respondeu Clary, e Simon pôde ouvir a tensão na voz dela. — E Sebastian também.

Simon parou à sombra de uma árvore desfolhada.

— Mas Sebastian estava morto. Ele está morto, Clary...

— Então me diga por que o corpo dele não está lá, porque não está — falou, com a voz finalmente falhando. — Não tem nada além de muito sangue e vidro quebrado. Os dois sumiram, Simon. Jace sumiu...

Parte Um

Não há anjo malvado

Amor é um conhecido. Amor é um demônio.
Não há anjo malvado além do amor.

—William Shakespeare, *Trabalhos de amor perdidos*

DUAS SEMANAS DEPOIS

1

O ÚLTIMO CONSELHO

— Quanto tempo acha que vai demorar o veredito? — perguntou Clary. Ela não fazia ideia se havia muito tempo que estavam esperando, mas pareciam umas dez horas. Não havia relógios no quarto preto e rosa-shocking de Isabelle, apenas uma pilha de roupas, montes de livros, estoques de armas, uma penteadeira lotada de maquiagem cintilante, pincéis usados e gavetas abertas transbordando de roupas íntimas bordadas, meias-calças e boás de penas. Tinha uma ligeira estética *Gaiola das loucas*, mas ao longo das últimas duas semanas Clary havia passado tempo o bastante na bagunça cintilante para já ter começado a achá-la reconfortante.

Isabelle, à janela com Coroinha nos braços, acariciava distraidamente a cabeça do gato. Coroinha a olhava com sinistros olhos amarelos. Do outro lado da vidraça, caía uma tempestade de novembro, a chuva escorrendo pelo vidro como tinta transparente.

— Não muito — respondeu, devagar. Não estava usando maquiagem, o que a deixava mais nova, os olhos escuros maiores. — Cinco minutos, provavelmente.

Clary, sentada na cama de Izzy entre uma pilha de revistas e um monte de lâminas serafim, engoliu em seco o gosto amargo na garganta. *Já volto. Cinco minutos.*

Fora a última coisa que dissera ao menino a quem amava mais que tudo no mundo. Agora achava que pudesse ter sido a última coisa que jamais diria a ele.

Clary se lembrava perfeitamente do momento. O jardim do telhado. A noite cristalina de outubro, as estrelas ardendo brancas como gelo contra um céu preto e sem nuvens. As pedras do piso manchadas com símbolos pretos, respingadas com icor e sangue. A boca de Jace na dela, a única coisa quente em um mundo gelado. A mão envolvendo o anel Morgenstern em seu pescoço. *O amor que move o sol e todas as outras estrelas.* Virando para procurar por ele enquanto o elevador a levava de lá, encolhendo as costas contra as sombras do prédio. Havia se juntado aos outros no saguão, abraçando a mãe, Luke, Simon, mas parte dela, como sempre, continuava com Jace, flutuando sobre a cidade naquele terraço, os dois sozinhos na metrópole elétrica, fria e brilhante.

Foram Maryse e Kadir que entraram no elevador para se juntarem a Jace no telhado e verem os restos do ritual de Lilith. Passaram-se dez minutos até que Maryse retornasse, sozinha. Quando as portas se abriram e Clary viu o rosto dela — pálido, rijo e inquieto —, soube.

O que se passou em seguida foi como um sonho. O agrupamento de Caçadores de Sombras no saguão correu em direção a Maryse, Alec se afastou de Magnus e Isabelle se levantou em um pulo. Explosões de luz branca cortaram a escuridão como suaves detonações de flashes fotográficos em uma cena de crime enquanto, uma após a outra, lâminas serafim aclaravam as sombras. Conforme abria caminho, Clary ouvia fragmentos da história — o jardim do telhado estava vazio; Jace sumira. O caixão de vidro com o corpo de Sebastian fora estilhaçado; havia cacos de vidro por todos os lados. Sangue, ainda fresco, pingava pelo pedestal onde o esquife estivera.

Os Caçadores de Sombras formulavam planos rapidamente, de se espalhar e vasculhar a área ao redor do prédio. Magnus estava presente, as mãos faiscando em azul, voltando-se para Clary para perguntar se tinha alguma coisa de Jace que pudessem utilizar para rastreá-lo. Entorpecida, entregou a ele o anel Morgenstern e se recolheu a um canto para ligar para Simon. Tinha acabado de fechar o telefone quando a voz de um Caçador de Sombras se ergueu acima das demais.

— Rastreá-lo? Isso só vai funcionar se ainda estiver vivo. Com todo esse sangue não é muito provável...

De algum jeito aquela foi a gota d`água. Hipotermia prolongada, exaustão e choque se apoderaram de Clary, que sentiu os joelhos cederem. Sua mãe a segurou antes que atingisse o chão. Depois disso houve um borrão escuro. Acordou na manhã seguinte na própria cama, na casa de Luke, sentando-se bruscamente, com o coração disparado, certa de que tinha tido um pesadelo.

Enquanto lutava para sair da cama, os machucados desbotados nos braços e pernas contavam uma história diferente, assim como a ausência do anel. Vestindo uma calça e um moletom de capuz, cambaleou até a sala para encontrar Jocelyn, Luke e Simon sentados com expressões sombrias nos rostos. Nem precisava perguntar, mas o fez assim mesmo.

— Ele foi encontrado? Está de volta?

Jocelyn se levantou.

— Querida, ele ainda está desaparecido...

— Mas não morto? Não acharam um corpo? — Caiu no sofá ao lado de Simon. — Não... ele não está morto. Eu *saberia*.

Lembrava-se de Simon segurando sua mão enquanto Luke relatava o que sabiam: que Jace continuava desaparecido, assim como Sebastian. A má notícia era que o sangue no pedestal tinha sido identificado como de Jace. A boa era que havia menos sangue do que tinham imaginado; ele se misturara à água do caixão, o que resultou na impressão de um volume maior que o real. Acreditavam agora ser bastante possível que ele tivesse sobrevivido ao que quer que tenha acontecido.

— *Mas o que aconteceu?* — perguntou a garota.

Luke balançou a cabeça, os olhos azuis sombrios.

— Ninguém sabe, Clary.

A sensação nas veias era a de que o sangue tinha sido substituído por água gelada.

— Quero ajudar. Quero fazer alguma coisa. Não quero simplesmente ficar aqui sentada enquanto Jace está desaparecido.

— Não me preocuparia com isso — disse Jocelyn, implacável. — A Clave quer vê-la.

Gelo invisível estalou nas juntas e nos tendões de Clary quando a menina se levantou.

— Tudo bem. Que seja. Conto o que quiserem se encontrarem Jace.

— Você vai contar tudo porque eles têm a Espada Mortal. — Havia um grande desespero na voz de Jocelyn. — Oh, querida. Sinto tanto.

E agora, após duas semanas de depoimentos repetitivos, após diversas testemunhas serem chamadas, após ter segurado a Espada Mortal uma dezena de vezes, Clary estava sentada no quarto de Isabelle, esperando que o Conselho decidisse seu destino. Não conseguia deixar de se lembrar da sensação de segurar a Espada Mortal. Era como se pequenos anzóis penetrassem sua pele para arrancar a verdade. Ela se ajoelhara, segurando-a, no círculo das Estrelas Falantes, e ouviu a própria voz narrando tudo ao Conselho: como Valentim invocou o Anjo Raziel, como ela tomou do pai o poder de controlar o Anjo apagando o nome dele da areia e escrevendo o próprio nome por cima. Contou sobre o Anjo ter oferecido um desejo, que ela utilizou para trazer Jace de volta aos vivos; contou como Lilith possuiu Jace e pretendia utilizar o sangue de Simon para ressuscitar Sebastian, o irmão de Clary, que Lilith enxergava como seu filho. Como a Marca de Caim de Simon tinha acabado com Lilith, e como todos acreditaram que Sebastian também estava acabado e não representava mais uma ameaça.

Clary suspirou e abriu o telefone para checar o horário.

— Já estão lá há uma hora — disse. — Isso é normal? É um mau sinal?

Isabelle derrubou Coroinha, que gemeu. Ela veio até a cama e sentou ao lado de Clary. Isabelle parecia ainda mais magra que o normal — assim como Clary, tinha perdido peso nas últimas semanas —, mas elegante como sempre, de calça *skinny* preta e uma blusa justa de veludo cinza. Ao redor dos olhos, Izzy estava completamente manchada de rímel, o que deveria deixá-la parecendo um guaxinim, mas em vez disso ficou com a aparência de uma estrela do cinema francês. Ela esticou os braços, e as pulseiras de electrum com símbolos enfeitiçados tilintaram musicalmente.

— Não, não é um mau sinal — respondeu. — Apenas significa que eles têm muito a discutir. — Ela girou o anel Lightwood no dedo. — Você vai ficar bem. *Não* transgrediu a Lei. O importante é isso.

Clary suspirou. Nem mesmo o calor do ombro de Isabelle próximo ao seu conseguia derreter o gelo em suas veias. Sabia que tecnicamente não tinha violado nenhuma Lei, mas também sabia que a Clave estava furiosa com ela. Era ilegal para um Caçador de Sombras trazer alguém de volta à vida, mas não para o Anjo; ainda assim, foi algo enorme o que fez quando pediu de volta a vida de Jace, e os dois concordaram que não revelariam a ninguém.

Agora o segredo fora descoberto e agitava a Clave. Clary sabia que queriam puni-la, ainda que apenas por ter feito uma escolha com consequências tão desastrosas. De certa forma, queria que *realmente* a punissem. Quebrassem seus ossos, arrancassem suas unhas, permitissem que os Irmãos do Silêncio invadissem seu cérebro com pensamentos cortantes. Uma espécie de troca diabólica — a própria dor pelo retorno de Jace são e salvo. Ajudaria a aliviar a culpa por ter deixado Jace para trás naquele telhado, apesar de todos já terem dito que ela estava sendo ridícula; que todos achavam que ele tinha permanecido seguro lá, e que se ela tivesse ficado, provavelmente também estaria desaparecida.

— Pare com isso — disse Isabelle.

Por um instante Clary não teve certeza se Izzy estaria falando com ela ou com o gato. Coroinha estava fazendo o que sempre fazia quando o derrubavam: deitado sobre as costas com as quatro patas no ar, fingindo-se de morto para induzir culpa nos donos. Mas Isabelle jogou os cabelos pretos para o lado, encarando-a, e Clary percebeu que a bronca era para ela, não para o gato.

— Parar com o quê?

— Com esses pensamentos mórbidos sobre todas as coisas horríveis que vão acontecer com você, ou que gostaria que acontecessem, porque você está viva e Jace está... desaparecido. — A voz de Isabelle falhou, como um disco pulando uma batida.

Nunca falava em Jace morto ou sequer perdido: ela e Alec se recusavam a aventar a possibilidade. E Isabelle nunca repreendeu Clary por guardar um segredo tão grande. Ao longo de todo o processo, aliás, Isabelle foi sua defensora mais firme. Encontrando-a diariamente na porta do Salão do Conselho, segurava com firmeza o braço de Clary e a acompanhava pela multidão de Caçadores de Sombras que encaravam e cochichavam. Aguardou durante infinitos interrogatórios do Conselho, lançando olhares afiados a qualquer um que ousasse encarar Clary com desdém. Clary se espantara com isso. Ela e Isabelle nunca foram incrivelmente próximas, ambas eram meninas que se sentiam mais confortáveis na companhia de meninos que na de outras garotas. Mas Isabelle não saiu do lado dela. Clary se sentiu tão aturdida quanto grata.

— Não consigo evitar — respondeu Clary. — Se eu pudesse patrulhar... se pudesse fazer *qualquer coisa*... acho que não seria tão ruim.

— Não sei. — Isabelle parecia esgotada. Havia duas semanas ela e Alec estavam exaustos e pálidos em função de turnos de 16 horas de patrulha.

Quando Clary descobriu que tinha sido vetada das buscas por Jace de todas as maneiras até o Conselho decidir o que fazer com o fato de ela o ter ressuscitado, quebrou a porta do quarto com um chute. — Às vezes parece um esforço vão — acrescentou Isabelle.

Gelo rachou por todo o esqueleto de Clary.

— Está dizendo que acha que ele está morto?

— Não, não acho. O que estou querendo dizer é que acredito não haver a menor chance de ainda estarem em Nova York.

— Mas estão patrulhando outras cidades, certo? — Clary colocou a mão na garganta, esquecendo-se de que o anel Morgenstern não estava mais lá. Magnus continuava tentando rastrear Jace, apesar de nenhuma tentativa ter dado certo ainda.

— Claro que estão. — Isabelle esticou o braço curiosamente e tocou o delicado sininho de prata no pescoço de Clary, agora no lugar do anel. — O que é isso?

Clary hesitou. O sino fora um presente da Rainha Seelie. Não, não era bem assim. A Rainha das Fadas não dava *presentes*. O sino tinha a finalidade de avisar à Rainha Seelie que Clary queria ajuda. Clary se pegava levando a mão ao sino com uma frequência cada vez maior na medida em que os dias se arrastavam sem sinal de Jace. A única coisa que a continha era a certeza de que a Rainha Seelie jamais concedia alguma coisa sem esperar algo terrível em retribuição.

Antes que Clary pudesse responder a Isabelle, a porta se abriu. As meninas se sentaram eretas, Clary agarrando uma das almofadas cor-de-rosa de Izzy com tanta força que as pedras coladas no travesseiro afundaram nas palmas de suas mãos.

— Oi!

Uma figura esguia entrou no quarto e fechou a porta. Alec, o irmão mais velho de Isabelle, estava com roupas oficiais do Conselho: túnica preta com símbolos prateados, agora aberta sobre calça jeans e camisa preta de manga comprida. Tanto preto deixava sua pele pálida ainda mais pálida, e os olhos azuis cristalinos ainda mais azuis. Tinha cabelos pretos e lisos, como os da irmã, porém mais curtos, pouco acima da linha da mandíbula. A boca era uma linha rija.

O coração de Clary acelerou. Alec não parecia feliz. Qualquer que fosse a notícia, não poderia ser boa.

Foi Isabelle que começou.

— Como foi? — perguntou baixinho. — Qual o veredito?

Alec se sentou à penteadeira, virando-se na cadeira para olhar para Izzy e Clary. Em outra ocasião teria sido cômico; Alec era muito alto, com pernas longas como as de um dançarino, e a forma desajeitada como estava se curvando na cadeira fazia com que ela se parecesse com um móvel de casa de boneca.

— Clary — disse ele. — Jia Penhallow entregou o veredito. Você está livre de qualquer crime. Não transgrediu nenhuma Lei, e Jia acredita que já foi suficientemente punida.

Isabelle expirou sonoramente e sorriu. Por um instante, uma sensação de alívio rompeu a camada de gelo que recobria todas as emoções de Clary. Não seria punida, trancada na Cidade do Silêncio, presa em algum lugar de onde não poderia ajudar Jace. Luke, representante dos licantropes no Conselho e, por isso, presente ao veredito, tinha prometido ligar para Jocelyn assim que acabasse, mas ainda assim Clary pegou o próprio telefone; a possibilidade de dar boas notícias à mãe para variar um pouco era tentadora demais.

— Clary — disse Alec, enquanto ela abria o telefone. — Espere.

A garota olhou para ele. A expressão do menino continuava tão séria quanto a de um agente funerário. Com um súbito mau pressentimento, Clary largou o telefone na cama.

— Alec... o que foi?

— Não foi seu veredito que levou tanto tempo — disse ele. — Outra questão estava sendo discutida.

O gelo voltou. Clary estremeceu.

— Jace?

— Não exatamente. — Alec se inclinou para a frente, cruzando as mãos sobre as costas da cadeira. — Recebemos um relatório hoje de manhã do Instituto de Moscou. As barreiras protetoras que cercam a Ilha Wrangel foram violadas ontem. Enviaram uma equipe para restaurá-la, mas uma barreira tão importante derrubada por tanto tempo... isso é uma prioridade do Conselho.

Barreiras — que atuavam, segundo o entendimento de Clary, como uma espécie de cerca mágica — rodeavam a Terra, tendo sido instaladas pela primeira geração de Caçadores de Sombras. Podiam ser ultrapassadas por demônios, porém não facilmente, e mantinham a maioria afastada, impedindo que o mundo fosse inundado por uma invasão demoníaca. Lembrou-se de algo que Jace havia dito, parecia que anos atrás: *costumava haver apenas pequenas invasões demoníacas neste mundo, facilmente contidas.*

Mas, mesmo durante meu período de vida, cada vez mais deles atravessaram as barreiras.

— Bem, isso é péssimo — disse Clary. — Mas não vejo o que tem a ver com...

— A Clave tem suas prioridades — interrompeu Alec. — A busca por Jace e Sebastian foi prioridade máxima por duas semanas. Mas vasculharam tudo, sem achar sinal de nenhum deles em nenhuma ronda ao Submundo. Nenhum dos feitiços de rastreio de Magnus funcionou. Elodie, a mulher que criou o verdadeiro Sebastian Verlac, confirmou que ninguém tentou entrar em contato com ela. Essa foi uma tentativa improvável, de qualquer forma. Nenhum espião relatou atividades incomuns entre os integrantes conhecidos do antigo Ciclo de Valentim. E os Irmãos do Silêncio não conseguiram descobrir o que exatamente deveria fazer o ritual executado por Lilith, ou se foi bem-sucedido. O consenso é de que Sebastian, claro, o chamam de Jonathan quando se referem a ele, sequestrou Jace, mas isso não é nada que não soubéssemos.

— E então? — perguntou Isabelle. — O que isso significa? Mais buscas? Mais patrulhas?

Alec balançou a cabeça.

— Não estão discutindo uma expansão das buscas — respondeu, sério. — Estão retirando a prioridade. Duas semanas transcorreram e não encontraram nada. Os grupos especiais que vieram de Idris vão voltar para casa. A situação das barreiras é prioridade agora. Sem contar que o Conselho está envolvido em negociações delicadas, atualizando as Leis para permitir seu novo arranjo, apontando um novo Cônsul e um Inquisidor, determinando diferentes tratamentos a seres do Submundo... Não querem se desviar completamente.

Clary o encarou.

— Não querem que o desaparecimento de Jace tire o foco da mudança de um bando de Leis velhas? Estão *desistindo*?

— Não estão desistindo...

— *Alec* — disse Isabelle, num tom cortante.

Alec respirou fundo e levantou as mãos para cobrir o rosto. Tinha dedos longos, como os de Jace, cheios de cicatrizes, também como os de Jace. A Marca de olho dos Caçadores de Sombras decorava as costas da mão direita.

— Clary, para você... para *nós*... a questão sempre foi encontrar Jace. Para a Clave, a busca é por Sebastian. Jace também, mas Sebastian em primeiro lugar. Ele é o perigo. Destruiu as barreiras de Alicante. É um assassino. Jace é...

— Só mais um Caçador de Sombras — completou Isabelle. — Nós morremos e desaparecemos o tempo todo.

— Ele tem um pouco mais de destaque por ter sido um herói da Guerra Mortal — disse Alec. — Mas, no fim, a Clave foi clara: as buscas serão mantidas, porém no momento só podemos esperar. Acreditam que Sebastian vá agir. Até lá, é só a terceira prioridade da Clave. Se tanto. Esperam que voltemos à vida normal.

Vida normal? Clary não conseguia acreditar. Uma vida normal sem Jace?

— Foi isso que nos disseram depois que Max morreu — disse Izzy, os olhos pretos sem lágrimas, mas ardendo com fúria. — Que superaríamos nossa dor mais depressa se voltássemos à vida normal.

— É para ser um bom conselho — disse Alec, por trás dos dedos.

— Diga isso a papai. Ele sequer voltou de Idris para a reunião?

Alec balançou a cabeça, abaixando as mãos.

— Não. Se serve de consolo, muitas pessoas na reunião estavam se manifestando furiosamente em prol de manter as buscas por Jace com força total. Magnus, é claro, Luke, a Consulesa Penhallow, até mesmo o Irmão Zachariah. Mas no fim das contas, não foi o suficiente.

Clary o olhou com firmeza.

— Alec — disse. — Não sente nada?

Os olhos de Alec se arregalaram, o azul escurecendo, e por um instante Clary se lembrou do menino que a detestava quando ela chegara ao Instituto, o menino de unhas roídas, buracos nos casacos e constantes provocações.

— Sei que está chateada, Clary — falou, a voz severa —, mas se está sugerindo que eu e Iz nos importamos menos com Jace que você...

— Não estou — disse Clary. — Estou falando sobre sua ligação *parabatai*. Li sobre a cerimônia no *Códex*. Sei que ser *parabatai* une vocês dois. Pode sentir coisas sobre Jace. Coisas que ajudam na luta. Então acho que estou querendo dizer... consegue sentir se ele ainda está vivo?

— Clary — Isabelle soou preocupada. — Pensei que você não...

— Ele está vivo — respondeu Alec, com cautela. — Acha que eu estaria tão ativo assim se não estivesse? Definitivamente, tem alguma coisa *errada*. Isso consigo sentir. Mas ele continua respirando.

— E "errado" não pode ser o fato de que ele está sendo mantido preso? — perguntou Clary, com a voz fraca.

Alec olhou na direção da janela, para a chuva cinzenta.

— Talvez. Não consigo explicar. Nunca senti nada parecido antes.

— Mas ele está vivo.

Alec então olhou diretamente para ela.

— Disso tenho certeza.

— Então dane-se o Conselho. Nós mesmos o encontraremos — declarou Clary.

— Clary... se isso fosse possível... não acha que já teríamos... — Alec começou.

— Estávamos fazendo o que a Clave queria — disse Isabelle. — Patrulhas, buscas. Existem outras maneiras.

— Maneiras que transgridem a Lei, você quer dizer — disse Alec.

Parecia hesitante. Clary torceu para que ele não repetisse o lema dos Caçadores de Sombras em relação à Lei: *Sed lex, dura lex*. "A Lei é dura, mas é a Lei." Não achava que pudesse suportar.

— A Rainha Seelie me ofereceu um favor — disse Clary. — Na festa com fogos de artifício em Idris. — A lembrança daquela noite, do quanto estava feliz, fez seu coração se contrair por um instante, e ela precisou parar para recuperar o fôlego. — E uma forma de entrar em contato.

— A Rainha do Povo das Fadas não dá nada de graça.

— Sei disso. Aceito qualquer dívida que me imponha. — Clary se lembrou das palavras da menina fada que lhe entregara o sino. *Faria qualquer coisa para salvá-lo, qualquer que fosse o preço, independentemente do que pudesse dever ao Inferno ou ao Céu, não faria?* — Só preciso que um de vocês vá comigo. Não sou boa em traduzir a língua das fadas. Pelo menos, se estiverem comigo, podem ajudar a reduzir o dano. Mas se houver qualquer coisa que ela possa fazer...

— Vou com você — Isabelle se ofereceu imediatamente.

Alec lançou um olhar sombrio para a irmã.

— Já falamos com o Povo das Fadas. O Conselho os interrogou extensivamente. E não podem mentir.

— O Conselho perguntou se sabiam onde estavam Jace e Sebastian — disse Clary. — Não se estariam dispostos a procurá-los. A Rainha Seelie sabia sobre meu pai, sabia sobre o anjo que ele invocou e prendeu, sabia a verdade sobre o meu sangue e o de Jace. Acho que não acontece muita coisa neste mundo *sem* ela saber.

— É verdade — concordou Isabelle, com um pouco de animação na voz. — Você sabe que tem de perguntar às fadas as coisas exatas para conseguir informações úteis delas, Alec. São muito difíceis de interrogar, ainda que digam a verdade. Um favor, no entanto, é diferente.

— E o potencial de perigo é literalmente ilimitado — disse Alec. — Se Jace soubesse que deixei Clary ver a Rainha Seelie, ele...

— Não me importo — disse Clary. — Ele faria isso por mim. Diga que não. Se eu estivesse desaparecida...

— Ele incendiaria o mundo inteiro até conseguir cavá-la das cinzas. Eu sei — disse Alec, soando exausto. — Maldição, acha que *eu* não quero incendiar o mundo agora? Só estou tentando ser...

— Um irmão mais velho — disse Isabelle. — Entendo.

Alec parecia estar lutando para se controlar.

— Se alguma coisa acontecesse com você, Isabelle... Depois de Max, e Jace...

Izzy se levantou, atravessou o quarto e abraçou Alec. Os cabelos escuros de ambos, exatamente da mesma cor, misturaram-se enquanto Isabelle sussurrava ao ouvido do irmão; Clary os observou sem um pingo de inveja. Sempre quis um irmão. E agora tinha um. Sebastian. Era o mesmo que passar a vida querendo um cachorrinho de estimação e receber o cão do inferno. Assistiu enquanto Alec puxava afetuosamente o cabelo da irmã, assentia e a soltava.

— Vamos todos — falou. — Mas preciso contar a Magnus, pelo menos, o que estamos fazendo. Não seria justo.

— Quer usar meu telefone? — perguntou Isabelle, oferecendo o objeto rosa e surrado.

Alec balançou a cabeça.

— Ele está esperando lá embaixo com os outros. Terá de dar alguma espécie de desculpa a Luke também, Clary. Tenho certeza de que ele está esperando que vocês voltem para casa juntos. E segundo ele, sua mãe está muito chateada com isso tudo.

— Ela se culpa pela existência de Sebastian. — Clary se levantou. — Apesar de ter passado todos esses anos acreditando que ele estava morto.

— Não é culpa dela. — Isabelle pegou o chicote dourado de onde estava pendurado na parede e o enrolou no pulso, de modo que ficou parecendo uma sucessão de pulseiras brilhantes. — Ninguém a culpa.

— Isso nunca importa — afirmou Alec. — Não quando *você* se culpa.

Em silêncio, os três desceram pelos corredores do Instituto, no momento estranhamente cheio de outros Caçadores de Sombras, alguns dos quais eram integrantes dos comitês especiais enviados de Idris para cuidar da situação. Nenhum deles olhou para Isabelle, Alec ou Clary com grande curiosidade. Inicialmente, a sensação de estar sendo encarada era tão forte — e ouviu as palavras "filha de Valentim" sussurradas tantas vezes —, que Clary começou a sentir medo de vir ao Instituto, mas já tinha estado diante do Conselho o bastante para que a novidade passasse.

Pegaram o elevador para baixo; a nave do Instituto estava iluminada com luzes enfeitiçadas, assim como com as velas de sempre, e lotada de integrantes do Conselho e seus familiares. Luke e Magnus ocupavam um banco, conversando; ao lado de Luke encontrava-se uma mulher alta e de olhos azuis, muito parecida com ele. Tinha feito cachos e tingido de castanho o grisalho dos cabelos, mas Clary a reconheceu assim mesmo: a irmã dele, Amatis.

Magnus se levantou ao ver Alec e se aproximou para conversar com ele; Izzy pareceu reconhecer mais alguém nos bancos e se afastou como sempre fazia, sem parar para informar aonde ia. Clary foi cumprimentar Luke e Amatis; ambos pareciam cansados, e Amatis afagava solidariamente o ombro de Luke. Ele se levantou e abraçou Clary ao vê-la. Amatis a parabenizou por ter sido liberada pelo Conselho, e ela assentiu; não estava se sentindo completamente ali, boa parte de si estava entorpecida, e o restante agindo em piloto automático.

Podia ver Magnus e Alec com o canto do olho. Estavam conversando; Alec inclinado em direção a Magnus, da forma como um casal normalmente se posiciona, um para o outro quando se falam, num universo próprio. Sentia-se feliz em vê-los felizes, mas, ao mesmo tempo, doía. Ficou imaginando se voltaria a ter aquilo, ou a sequer querer aquilo novamente. Lembrou-se da voz de Jace: *Nunca quero querer ninguém além de você.*

— Terra para Clary — disse Luke. — Quer ir para casa? Sua mãe está louca para vê-la e adoraria botar o papo em dia com Amatis antes que ela volte para Idris amanhã. Pensei em jantarmos. Você escolhe o restaurante. — Ele estava tentado disfarçar a preocupação na voz, mas Clary pôde percebê-la ainda assim. Não vinha se alimentando bem ultimamente, e suas roupas estavam começando a ficar largas.

— Não estou com muita vontade de celebrar — disse. — Não com o Conselho retirando a prioridade das buscas por Jace.

— Clary, isso não significa que vão suspendê-las — afirmou Luke.

— Eu sei. É só que... é como quando dizem que uma missão de busca e resgate se transforma em uma procura por corpos. É isso que parece. — Ela engoliu em seco. — E, de qualquer forma, estava pensando em jantar no Taki's com Isabelle e Alec — falou. — Só... para fazer alguma coisa normal.

Amatis estreitou os olhos na direção da porta.

— Está chovendo bastante lá fora.

Clary sentiu os lábios se abrindo em um sorriso. Ficou imaginando se parecia tão falso quanto o sentia.

— Não vou derreter.

Luke deu dinheiro para ela, claramente aliviado em vê-la fazendo algo tão normal quanto sair com os amigos.

— Só me prometa que vai comer alguma coisa.

— Tudo bem. — Em meio àquela pontada de culpa, conseguiu um verdadeiro meio sorriso na direção dele, antes de virar e sair.

Magnus e Alec não se encontravam mais onde estiveram poucos instantes antes. Olhando em volta, Clary viu os longos cabelos escuros e familiares de Isabelle em meio à multidão. Ela estava parada perto das grandes portas duplas do Instituto, falando com alguém que Clary não conseguia ver. Clary começou a caminhar na direção de Isabelle; conforme se aproximava, reconheceu uma das integrantes do grupo, com um ligeiro choque de surpresa, como sendo Aline Penhallow. Os cabelos pretos sedosos tinham um corte estiloso, logo acima do ombro. Ao lado de Aline havia uma menina magra, os cabelos de um dourado-claro, cacheados em anéis, estavam afastados do rosto, deixando à mostra parte das orelhas, ligeiramente pontudas. Trajava vestes do Conselho e, na medida em que Clary se aproximou, viu que os olhos das meninas tinham um tom brilhante e incomum de azul-esverdeado, uma cor que fez os dedos de Clary desejarem os lápis de cor Prismacolor pela primeira vez em duas semanas.

— Deve ser estranho, com sua mãe sendo a nova Consulesa — dizia Isabelle para Aline, enquanto Clary se juntava a elas. — Não que Jia não seja *muito* melhor do que... Oi, Clary. Aline, você se lembra de Clary.

As meninas trocaram acenos de cabeça. Clary já tinha visto Aline beijando Jace uma vez. Na época foi horrível, mas a lembrança não machucava mais. A essa altura se sentiria aliviada se flagrasse Jace beijando alguém. Pelo menos significaria que ele estava vivo.

— E essa é a *namorada* de Aline, Helen Blackthorn — disse Isabelle, com grande ênfase. Clary lançou-lhe um olhar. Isabelle achava que ela era alguma idiota? Além disso, lembrava-se de Aline contando que só tinha beijado Jace experimentalmente, para ver se algum menino fazia seu tipo. Aparentemente, não. — A família de Helen dirige o Instituto de Los Angeles. Helen, esta é Clary Fray.

— A filha de Valentim — completou Helen. Pareceu surpresa e um pouco impressionada.

Clary fez uma careta.

— Tento não pensar muito nisso.

— Desculpe. Entendo por quê. — Helen enrubesceu. Tinha a pele muito pálida, com um ligeiro brilho, como uma pérola. — Votei para que o Conselho continuasse priorizando as buscas por Jace, aliás. Sinto muito que tenhamos sido vencidos.

— Obrigada. — Sem querer conversar sobre o assunto, Clary virou-se para Aline. — Parabéns. Por sua mãe ter sido nomeada Consulesa. Isso deve ser bem bacana.

Aline deu de ombros.

— Ela é muito mais ocupada agora. — Voltou-se para Isabelle. — Sabia que seu pai apresentou o próprio nome para a posição de Inquisidor?

Clary sentiu Isabelle congelar a seu lado.

— Não. Não sabia.

— Fiquei surpresa — acrescentou Aline. — Pensei que ele estivesse muito comprometido com a direção do Instituto aqui... — interrompeu-se, olhando através de Clary. — Helen, acho que seu irmão está tentando fazer a maior poça de cera derretida do mundo ali. Talvez seja bom contê-lo.

Helen arfou, murmurou alguma coisa sobre meninos de 12 anos de idade e desapareceu na multidão ao mesmo tempo que Alec avançava. Ele cumprimentou Aline com um abraço — Clary às vezes se esquecia de que os Penhallow e os Lightwood se conheciam havia anos — e olhou para Helen na multidão.

— Aquela é sua namorada?

Aline assentiu.

— Helen Blackthorn.

— Ouvi dizer que tem sangue de fada na família — disse Alec.

Ah, pensou Clary. Isso explicava as orelhas pontudas. Sangue Nephilim era dominante, e o filho de uma fada com um Caçador de Sombras seria Caçador de Sombras, mas às vezes o sangue de fada podia se manifestar de formas estranhas, mesmo muitas gerações depois.

— Um pouco — respondeu Aline. — Ouça, queria te agradecer, Alec.

Alec pareceu espantado.

— Pelo quê?

— O que você fez no Salão dos Acordos — explicou. — Beijar Magnus daquele jeito. Foi o incentivo de que precisei para contar a meus pais... para sair do armário. E se eu não tivesse me assumido quando conheci Helen, não acho que teria tido a coragem de falar nada.

— Oh! — Alec pareceu impressionado, como se jamais tivesse considerado o impacto de suas ações fora de sua família imediata. — E seus pais... ficaram bem com isso?

Aline revirou os olhos.

— Estão meio que ignorando, como se fosse desaparecer se não falarem no assunto. — Clary se lembrou do que Isabelle tinha dito a respeito da postura da Clave em relação aos integrantes gays. *Se acontece, não se fala no assunto.* — Mas poderia ser pior.

— Definitivamente, poderia ser pior — afirmou Alec, e sua voz soou ligeiramente sombria, o que fez Clary olhar firmemente para ele.

A expressão de Aline derreteu em um olhar de solidariedade.

— Sinto muito — disse. — Se seus pais não...

— Eles aceitam — declarou Isabelle, um pouco intensa demais.

— Bem, de qualquer forma. Eu não deveria ter dito nada agora. Não com Jace desaparecido. Vocês devem estar muito preocupados — respirou fundo. — Sei que as pessoas provavelmente disseram diversas coisas estúpidas sobre ele a vocês. Como fazem quando não sabem o que dizer. Eu só... queria falar uma coisa. — Impaciente, desviou de alguém que estava passando e se aproximou dos Lightwood e de Clary, diminuindo a voz: — Alec,

Izzy... eu me lembro de uma vez em que foram nos visitar em Idris. Eu tinha 13 anos e Jace... acho que tinha doze. Ele queria ver a Floresta Brocelind, então um dia pegamos alguns cavalos e fomos. Claro que nos perdemos. Brocelind é impenetrável. Escureceu, a mata ficou mais espessa e eu me apavorei. Achei que fôssemos morrer ali. Mas Jace não sentiu medo em momento algum. Nunca teve nada além de certeza de que sairíamos de lá. Demoramos horas, mas ele conseguiu. Ele nos tirou de lá. Fiquei inteiramente grata, mas ele simplesmente olhou para mim como se eu fosse louca. Como se fosse óbvio que nos tiraria dali. Fracassar não era opção. Só estou falando que... ele vai achar o caminho de volta até vocês. Sei disso.

Clary achava que nunca tinha visto Izzy chorar e a amiga claramente estava se empenhando em não fazê-lo agora. Seus olhos estavam estranhamente arregalados e brilhantes. Alec olhava para os próprios sapatos. Clary sentiu uma nascente de tristeza querendo saltar de dentro dela, mas se forçou a contê-la; não conseguia pensar em Jace com 12 anos de idade, nele perdido na escuridão, ou pensaria nele agora, perdido em algum lugar, preso, precisando de ajuda, esperando que ela aparecesse, e se descontrolaria.

— Aline — disse, percebendo que nem Isabelle nem Alec conseguiam falar. — Obrigada.

Aline exibiu um sorriso tímido.

— É verdade.

— Aline! — disse Helen, com a mão apertando firmemente o pulso de um menino mais novo cujas mãos estavam cobertas de cera. Devia estar brincando com as velas nos enormes candelabros que decoravam as laterais da nave. Aparentava ter cerca de 12 anos, com um sorriso endiabrado e os mesmos olhos azul-esverdeados da irmã, apesar de ter cabelos castanho-escuros. — Voltamos. É melhor irmos antes que Jules destrua tudo. Sem contar que não fazemos ideia de para onde Tibs e Livvy foram.

— Estão comendo cera — explicou o menino, Jules.

— Ai, meu Deus — resmungou Helen, em seguida fez uma cara de quem se desculpa. — Não se incomodem comigo. Tenho seis irmãos mais novos e um mais velho. É sempre um zoológico.

Jules olhou de Alec para Isabelle, em seguida para Clary.

— Quantos irmãos vocês têm? — perguntou.

Helen ficou pálida. Isabelle, com uma voz notavelmente firme respondeu:

— Somos três.

Os olhos de Jules permaneceram fixos em Clary.

— Não se parecem.

— Não sou parente deles — explicou Clary. — Não tenho irmãos.

— Nenhum? — O tom do menino registrava descrença, como se ela tivesse dito que tinha pés de pato. — É por isso que parece tão triste?

Clary pensou em Sebastian, com seus cabelos brancos como gelo e os olhos pretos. *Antes fosse*, pensou. *Antes eu não tivesse um irmão, nada disso teria acontecido*. Uma vibração de ódio passou por ela, aquecendo o sangue gélido.

— É — respondeu suavemente. — É por isso que estou triste.

2

Espinhos

Simon estava esperando por Clary, Alec e Isabelle do lado de fora do Instituto, sob um beiral de pedra que o protegia muito pouco do pior da chuva. Virou-se quando eles saíram pela porta, e Clary viu que os cabelos escuros do amigo estavam grudados na testa e no pescoço. Ele os empurrou para trás e olhou para ela, com uma pergunta no olhar.

— Estou livre — respondeu, e quando ele começou a sorrir, ela balançou a cabeça e continuou: — Mas não estão mais priorizando as buscas por Jace. Eu... eu tenho quase certeza de que acham que ele está morto.

Simon olhou para a calça jeans molhada e para a camiseta (cinza e amarrotada, com os dizeres JÁ SEI, MANDEI MAL). Balançou a cabeça.

— Sinto muito.

— A Clave pode ser assim — disse Isabelle. — Acho que não devíamos ter esperado nada diferente.

— *Basia coquum* — falou Simon. — Ou qualquer que seja o lema.

— É "*Descensus Averno facilis est*". "A descida para o Inferno é fácil" — respondeu Alec. — Você acabou de dizer "beije o cozinheiro".

— Droga — disse Simon. — Eu sabia que Jace estava tirando sarro de mim. — Os cabelos castanhos molhados caíram novamente nos olhos;

afastou-os com um gesto impaciente, o bastante para que Clary visse o brilho prateado da Marca de Caim na testa do amigo. — E agora?

— Agora vamos encontrar a Rainha Seelie — respondeu Clary.

Ao tocar o sino na garganta, explicou a Simon sobre a aparição de Kaelie no casamento de Luke e Jocelyn e sobre suas promessas de ajuda da Rainha Seelie.

Simon pareceu incerto.

— Aquela ruiva metida que fez com que você beijasse Jace? Não gostei dela.

— É *isso* que você lembra sobre ela? Que ela fez Clary beijar Jace? — Isabelle soou irritada. — A Rainha Seelie é perigosa. Ela só estava brincando naquela vez. O normal é levar alguns humanos às raias da loucura, gritando todos os dias antes do café.

— Não sou humano — declarou Simon. — Não mais. — Olhou brevemente para Isabelle, abaixou os olhos e voltou-se para Clary. — Quer que eu vá com você?

— Acho que seria bom ter você por perto. Diurno, Marca de Caim... algumas coisas têm de impressionar até mesmo a Rainha.

— Eu não contaria com isso — disse Alec.

Clary olhou para além dele e perguntou:

— Onde está Magnus?

— Falou que seria melhor não vir. Aparentemente, ele e a Rainha Seelie têm alguma história.

Isabelle ergueu as sobrancelhas.

— Não esse tipo de história — argumentou Alec, irritado. — Alguma espécie de briga. Mas — acrescentou, meio para si —, considerando o histórico dele antes de mim, não me surpreenderia.

— Alec! — Isabelle desacelerou para falar com o irmão e Clary abriu o guarda-chuva com um estalo. O mesmo que Simon tinha comprado para ela havia anos no Museu de História Natural, com dinossauros estampados. Ela viu a expressão dele mudar para divertimento ao reconhecer o objeto.

— Vamos? — perguntou ele, e ofereceu o braço.

A chuva estava caindo uniformemente, criando pequenos riachos a partir das calhas e esguichando água das rodas dos táxis que passavam. Era estranho, pensou Simon, que apesar de ele não sentir frio, a sensação de estar molhado e pegajoso ainda irritava. Por um instante, desviou o olhar, dirigindo-o a Alec e Isabelle, por cima do ombro; Isabelle não tinha olhado nos olhos dele desde que deixaram o Instituto, e ele ficou imaginando o que ela estaria pensando. Parecia querer conversar com o irmão e ao passarem pela esquina da Park Avenue, ele a ouviu dizer:

— Então, o que você acha? A respeito de papai se nomear para a posição de Inquisidor.

— Acho que parece um emprego chato. — Isabelle estava segurando um guarda-chuva. Era de plástico transparente, decorado com decalques de flores coloridas. Era uma das coisas mais femininas que Simon já tinha visto, e ele não culpava Alec por abandonar a proteção daquilo para enfrentar a chuva. — Não sei por que ele quereria.

— Não ligo se é *chato* — sibilou Isabelle, num sussurro. — Se ele conseguir o emprego, vai ficar em Idris o tempo todo. Tipo, *o tempo todo*. Ele não pode dirigir o Instituto e ser o Inquisidor. Não pode ocupar as duas posições ao mesmo tempo.

— Não sei se notou, Iz, mas ele já está em Idris o tempo todo.

— Alec... — O resto do que ela disse se perdeu quando o sinal abriu e os carros avançaram, borrifando água gelada no asfalto.

Clary desviou de um jato e quase derrubou Simon. Ele segurou a mão da amiga para equilibrá-la.

— Desculpe — disse ela. Sua mão parecia pequena e fria na dele. — Não estava prestando muita atenção.

— Eu sei. — Ele tentou conter a preocupação na voz.

Clary não vinha "prestando atenção" em nada havia duas semanas. Primeiro ela chorou, depois sentiu raiva; raiva por não ter podido se unir às patrulhas que procuravam por Jace, raiva dos interrogatórios sem fim do Conselho, raiva por estar sendo praticamente mantida como prisioneira por ser considerada suspeita pela Clave. Mas acima de tudo, estava com raiva de si mesma por não ter conseguido bolar um símbolo mágico capaz de ajudar. Sentava à mesa durante horas toda noite, com a estela firme na mão e os dedos esbranquiçados, apertando tanto que Simon temeu que fosse quebrar o instrumento. Tentava forçar a própria mente a oferecer uma figura que lhe informasse o paradeiro de Jace. Mas noite após noite, nada aconteceu.

Ela parecia mais velha, ele pensou, ao entrarem no parque através do espaço na parede de pedra na Quinta Avenida. Não de um jeito ruim, mas estava diferente da menina que entrou na boate Pandemônio na noite em que tudo mudou. Estava mais alta, mas era mais do que isso. Tinha uma expressão mais séria, mais graciosidade e força na forma como andava, os olhos verdes eram menos dançantes, mais focados. Estava começando a ficar parecida, ele percebeu surpreso, com Jocelyn.

Clary parou em um círculo de árvores gotejantes; os galhos aqui protegiam do grosso da chuva, e Isabelle e Clary apoiaram os respectivos guarda-chuvas nos troncos próximos. Clary soltou a correntinha do pescoço e deixou o sino deslizar para a palma da mão. Olhou para todos em volta, com a expressão séria.

— Isto é um risco — afirmou —, e tenho quase certeza de que, se assumi-lo, não terei como recuar depois. Então, se algum de vocês não quiser vir comigo, não tem problema. Vou entender.

Simon esticou o braço e colocou a mão sobre a dela. Não tinha o que pensar. Aonde Clary fosse, ele iria. Já tinham passado por muita coisa juntos para que agisse de outra forma. Isabelle seguiu o gesto, e, por último, Alec; chuva pingou de seus longos cílios escuros como se fosse choro, mas a expressão era decidida. Os quatro deram as mãos com firmeza.

Clary tocou o sino.

Tiveram a sensação de que o mundo estava girando — não a mesma de passar por um Portal, no cerne de um turbilhão pensou Clary; mais como se estivessem em um carrossel acelerando. Ela sentia-se tonta e engasgando quando a sensação cessou subitamente, então estava parada outra vez, segurando com firmeza as mãos de Isabelle, Alec e Simon.

Soltaram-se um a um, e Clary olhou em volta. Já tinha estado ali antes, neste corredor marrom-escuro e brilhante, que parecia esculpido em pedra olho de tigre. O chão era liso, gasto pela passagem de fadas ao longo de milhares de anos. A luz vinha de lascas de ouro nas paredes e no fim do corredor havia uma cortina multicolorida que ondulava como se fosse movida pelo vento, apesar de não haver corrente de ar ali embaixo. À medida que Clary se aproximou, viu que era feita de borboletas. Algumas ainda vivas, seus esforços para se libertarem balançando a cortina, criando a ilusão de uma brisa.

Ela engoliu o gosto ácido que subiu pela garganta.

— Alô? — chamou. — Alguém aí?

A cortina se abriu e o cavaleiro fada Meliorn foi até o corredor. Estava com a armadura branca da qual Clary se recordava, porém agora sobre o peito esquerdo havia um brasão — os quatro Cs que também decoravam as vestes do Conselho de Luke, identificando-o como um integrante. Tinha também uma cicatriz nova no rosto, logo abaixo dos olhos cor de folha. Ele a olhou com frieza.

— Não se saúda a Rainha da Corte Seelie com um "alô" humano e bárbaro — declarou —, como se estivesse acionando um servente. O certo é falar "cordiais saudações".

— Mas ainda não a encontrei para saudá-la — respondeu Clary. — Não sei nem se ela está aqui.

Meliorn a olhou com desdém.

— Se a Rainha não estivesse presente e pronta para recebê-la, o soar do sino não a teria conduzido até aqui. Agora venha: siga-me e traga seus acompanhantes com você.

Clary virou para acenar para os outros e depois seguiu Meliorn através da cortina de borboletas torturadas, encolhendo os ombros na esperança de que nenhuma parte das asas encostasse nela.

Um por um, os quatro adentraram os aposentos da Rainha. Clary piscou os olhos, surpresa. O recinto parecia totalmente diferente da última vez. A Rainha estava reclinada em um divã branco e dourado e ao redor havia um piso de quadrados pretos e brancos alternados, como um enorme tabuleiro de damas. Fios de espinhos aparentemente ameaçadores pendiam do teto; em cada espinho havia um vaga-lume empalado, cuja luz normalmente cintilante tremeluzia enquanto o inseto morria. A sala iluminava-se com este brilho.

Meliorn foi para o lado da Rainha; exceto por ele, não havia cortesãos no local. Lentamente, a Rainha se sentou, a postura ereta. Estava linda como sempre, o vestido, uma mistura translúcida de prata e ouro, os cabelos como cobre rosado enquanto ela os ajeitava gentilmente sobre um ombro branco. Clary ficou imaginando por que ela estava se empenhando tanto. Dentre todos os presentes, apenas Simon poderia se encantar com sua beleza, e ele a detestava.

— Cordiais saudações, Nephilim, Diurno — disse, inclinando a cabeça na direção deles. — Filha de Valentim, o que a traz até mim?

Clary abriu a mão. O sino brilhava na palma como uma acusação.

— Você mandou sua serva me avisar que tocasse isto se algum dia precisasse de sua ajuda.

— E você disse que não queria nada de mim — argumentou a Rainha. — Que já tinha tudo que desejava.

Desesperada, Clary lembrou-se do que Jace dissera quando se encontraram com a Rainha anteriormente, de como ele a lisonjeou e encantou. Foi como se, subitamente, ele tivesse adquirido um novo vocabulário. Ela olhou para trás, para Isabelle e Alec, mas Isabelle apenas fez um gesto irritado, indicando que Clary prosseguisse.

— As coisas mudam — respondeu Clary.

A Rainha esticou as pernas voluptuosamente.

— Muito bem. O que quer de mim?

— Quero que encontre Jace Lightwood.

No silêncio que se seguiu, o ruído dos vaga-lumes, chorando agoniados, era ligeiramente audível. Por fim, a Rainha disse:

— Deve nos achar de fato poderosos se acredita que o Povo das Fadas pode ter sucesso no que a Clave fracassou.

— A Clave quer encontrar Sebastian. Não me importo com Sebastian. Quero *Jace* — disse Clary. — Além disso, sei que sabe mais do que deixa transparecer. Previu que isso tudo aconteceria. Ninguém mais sabia, mas não acredito que tenha me enviado este sino, na mesma noite em que Jace desapareceu, sem saber que algo estava para acontecer.

— Talvez soubesse — disse a Rainha, admirando as próprias unhas brilhantes dos pés.

— Percebi que o Povo das Fadas frequentemente diz "*talvez*" quando há alguma verdade que deseja esconder — observou Clary. — Assim uma resposta direta é dispensável.

— Vai ver, é o caso — respondeu a Rainha, com um sorriso entretido.

— "Porventura" também é uma boa palavra — sugeriu Alec.

— "Possivelmente" também — completou Isabelle.

— Não vejo problemas com "pode ser" — disse Simon. — Um pouco moderno, mas transmite a ideia.

A Rainha descartou as ofertas com um aceno, como se fossem abelhas irritantes zumbindo ao redor.

— Não confio em você, filha de Valentim — declarou. — Houve um tempo em que quis um favor seu, mas esse tempo passou. Meliorn tem uma posição no Conselho. Não sei se existe algo que possa me oferecer.

— Se acreditasse nisso — argumentou Clary —, jamais teria enviado o sino.

Por um instante os olhares se encontraram. A Rainha era linda, mas havia algo por trás de seu rosto, alguma coisa que fazia Clary pensar nos ossos de um pequeno animal, clareando ao sol. Finalmente, a Rainha falou:

— Muito bem. É possível que consiga ajudá-la. Mas vou querer ser recompensada.

— Quem imaginaria? — murmurou Simon. Estava com as mãos nos bolsos, olhando com ódio para a Rainha.

Alec riu.

Os olhos da Rainha brilharam. Um instante mais tarde, Alec cambaleou para trás com um grito. Estava com os braços esticados na frente do corpo, boquiaberto, enquanto a pele das mãos enrugava e elas se curvavam para dentro, dobradas, com as juntas inchadas. Ficou corcunda, os cabelos grisalhos, os olhos azuis desbotados afundando em rugas profundas. Clary engasgou. No lugar de Alec havia um idoso, curvo, de cabelos brancos, trêmulo.

— Como a graça mortal desaparece rapidamente — disse a Rainha, triunfante. — Olhe para si, Alexander Lightwood. Concedo-lhe um vislumbre de sua própria imagem em alguns anos. O que seu amante feiticeiro pensará de sua beleza?

O peito de Alec subia e descia num ritmo irregular. Isabelle se colocou depressa ao lado do irmão e pegou o braço dele.

— Alec, não é nada. É um feitiço. — Voltou-se para a Rainha. — Tire dele! *Tire!*

— Se você e os seus me tratarem com mais respeito, posso considerar o pedido.

— Nós o faremos — disse Clary, rapidamente. — Pedimos desculpas por qualquer indelicadeza.

A Rainha respirou fundo.

— Sinto falta do seu Jace — disse. — De todos vocês, ele era o mais bonito e mais educado.

— Também sentimos falta dele — disse Clary, com a voz baixa. — Não pretendíamos ser rudes. Nós humanos somos complicados em momentos de pesar.

— Humpf — disse a Rainha. Mas estalou os dedos, e o feitiço deixou Alec. Ele tinha voltado a si, apesar de pálido e espantado. A Rainha lançou-lhe um olhar de superioridade e voltou a atenção para Clary.

— Existe um conjunto de anéis — disse a Rainha. — Pertenciam ao meu pai. Desejo o retorno destes objetos, pois são feitos por fadas e dotados de grande poder. Permitem que nos comuniquemos mentalmente, como o fazem seus Irmãos do Silêncio. No momento, tenho a informação de que estão em exibição no Instituto.

— Lembro de ter visto algo assim — disse Izzy, lentamente. — Dois anéis de fada em uma caixa de vidro, no segundo andar da biblioteca.

— Quer que eu roube uma coisa do Instituto? — perguntou Clary, surpresa. Dentre todos os favores que poderia imaginar a Rainha solicitando, este estava longe do topo da lista.

— Não é roubo — corrigiu a Rainha — devolver um item a seus verdadeiros donos.

— E então encontrará Jace para nós? — perguntou Clary. — E não diga "talvez". O que fará exatamente?

— Ajudarei a encontrá-lo — respondeu a Rainha. — Dou minha palavra de que minha ajuda seria de grande valia. Posso dizer, por exemplo, por que todos os feitiços de rastreamento não deram em nada. Posso dizer em qual cidade é mais provável que ele se encontre...

— Mas a Clave a interrogou — interrompeu Simon. — Como mentiu para eles?

— Não me fizeram as perguntas corretas.

— *Por que* mentir para eles? — Isabelle quis saber. — Com quem está sua lealdade nesta situação?

— Não tenho lealdade. Jonathan Morgenstern pode ser um grande aliado, se eu não transformá-lo em um inimigo primeiro. Por que colocá-lo em perigo ou enfurecê-lo sem lucro algum? O Povo das Fadas é um povo antigo; não tomamos decisões precipitadas, esperamos para ver em que direção sopram os ventos.

— Mas estes anéis significam o bastante a ponto de, se os conseguirmos, você arriscar irritá-lo? — indagou Alec.

Mas a Rainha apenas sorriu, um sorriso preguiçoso, cheio de promessa.

— Acho que por hoje basta —disse ela. — Retornem a mim com os anéis, e conversaremos novamente.

Clary hesitou, voltando-se para Alec e depois para Isabelle.

— Vocês aceitam isso? Um roubo do Instituto?

— Se significa que encontraremos Jace — respondeu Isabelle.

Alec assentiu.

— O que for preciso.

Clary virou novamente para a Rainha, que a olhava com uma expressão cheia de expectativa.

— Então acho que temos um acordo.

A Rainha se esticou e sorriu, contente.

— Muito bem, Caçadores de Sombras. E um aviso, apesar de nada terem feito para merecê-lo. Seria bom considerarem a validade desta busca por seu amigo. Pois frequentemente, quando algo precioso se perde, ao voltarmos a encontrá-lo, pode não ser mais o mesmo.

Eram quase onze horas quando Alec chegou à porta da frente do apartamento de Magnus, em Greenpoint. Isabelle persuadiu Alec a ir ao Taki's com Clary e Simon, e apesar de ter protestado, ficou feliz em tê-lo feito. Precisou de algumas horas para se recompor depois do que aconteceu na Corte Seelie. Não queria que Magnus percebesse o quanto ficara abalado pelo feitiço da Rainha.

Não precisava mais tocar a campainha para que Magnus lhe desse acesso. Tinha a chave, algo de que se sentia estranhamente orgulhoso. Destrancou a porta e subiu, passando pelo vizinho do primeiro andar ao fazê-lo. Apesar de Alec nunca ter visto os moradores do loft do primeiro andar, eles pareciam envolvidos em um romance tempestuoso. Uma vez encontrou uma pilha de pertences espalhados pelo andar com um bilhete preso a uma jaqueta, endereçado a "um mentiroso que mente mentiras". Agora havia um buquê de flores na porta com um cartão que dizia DESCULPE. Esse era o problema de Nova York: você sempre ficava sabendo mais do que gostaria sobre os vizinhos.

A porta de Magnus estava ligeiramente entreaberta, o ruído de música baixinha vazava para o corredor. A trilha de hoje era Tchaikovsky. Alec sentiu os ombros relaxarem quando a porta do apartamento se fechou. Nunca sabia ao certo qual seria a aparência do local — no momento era minimalista, com sofás brancos, mesas vermelhas de empilhar e fotos em preto e branco de Paris nas paredes —, mas ele estava se tornando cada vez mais familiar, como se fosse sua casa. Cheirava a coisas que ele associava a Magnus: tinta, perfume, chá-preto, o cheiro de açúcar queimado da magia. Pegou Presidente Miau, que estava cochilando no parapeito, e foi até o escritório.

Magnus levantou o olhar quando Alec entrou. Trajava o que considerava um conjunto sombrio — jeans e uma camiseta preta com a gola e as mangas destacadas. Os cabelos pretos estavam soltos, emaranhados e bagunçados, como se os tivesse esfregado diversas vezes, irritado, e seus olhos de gato estavam pesados de fadiga. Largou a caneta quando Alec apareceu, e sorriu.

— Presidente gosta de você.

— Ele gosta de qualquer um que o afague atrás da orelha — disse Alec, mexendo no gato, de modo que o ronronado pareceu reverberar pelo peito de Alec.

Magnus se reclinou para trás na cadeira, os músculos do braço se flexionando enquanto bocejava. A mesa estava cheia de pedaços de papel cobertos por desenhos e escrita; o mesmo padrão repetido diversas vezes, variações do desenho feito no chão do terraço do qual Jace havia desaparecido.

— Como estava a Rainha Seelie?

— Como sempre.

— Uma vaca, então?

— Basicamente. — Alec relatou uma versão condensada do ocorrido na corte das fadas. Era bom nisso: sínteses, sem desperdício de palavras. Nunca entendia pessoas que falavam sem parar, nem mesmo a admiração de Jace por jogos de palavras complicados.

— Fico preocupado com Clary — disse Magnus. — Temo que ela se envolva demais.

Alec colocou Presidente Miau sobre a mesa; o gato prontamente se encolheu e voltou a dormir.

— Ela quer encontrar Jace. Pode culpá-la?

Os olhos de Magnus suavizaram. Colocou o dedo no cós da calça jeans de Alec e o puxou para perto.

— Está dizendo que faria o mesmo por mim?

Alec virou a cara, olhando para o papel que Magnus tinha acabado de colocar de lado.

— Está olhando essas coisas de novo?

Parecendo ligeiramente desapontado, Magnus soltou Alec.

— Tem de haver uma chave — disse. — Para desvendá-los. Alguma língua que ainda não explorei. Alguma coisa anciã. Isto é magia sombria e antiga, muito macabra, diferente de tudo que já vi. — Ele olhou novamente para o papel, a cabeça inclinada para o lado. — Pode me passar aquela caixa de rapé ali? A de prata, na beira da mesa.

Alec seguiu a direção do gesto de Magnus e viu a caixa de prata empoleirada no lado oposto da mesa de madeira. Esticou a mão e pegou-a. Parecia um minibaú de metal suspenso por pequenos pés, com uma tampa côncava e as iniciais *W.S.* em diamante no topo.

W, pensou. *Will?*

Will, Magnus dissera, quando Alec perguntou sobre o nome com o qual Camille o provocara. *Meu Deus, isso foi há tanto tempo.*

Alec mordeu o lábio.

— O que é isto?

— É uma caixa de rapé — respondeu Magnus, sem levantar os olhos dos papéis. — Já disse.

— Rapel? — Alec olhou para o objeto.

Magnus levantou o olhar e riu.

— Rapé é um pó de tabaco. Era muito popular por volta dos séculos XVII e XVIII. Agora a utilizo para guardar algumas coisas.

Estendeu a mão, e Alec entregou a caixa.

— Você se pega pensando — começou Alec, em seguida emendou: — Incomoda saber que Camille está por aí em algum lugar? Que ela escapou? — *E que foi culpa minha?*, pensou Alec, mas não falou. Magnus não precisava saber.

— Ela sempre esteve por aí, em algum lugar — respondeu. — Sei que a Clave não está completamente feliz, mas estou acostumado a imaginá-la vivendo a própria vida, sem me procurar. Se algum dia me incomodou, não incomoda há muito tempo.

— Mas você já a amou. Um dia.

Magnus passou os dedos sobre os diamantes cravejados na caixa.

— Achei que tivesse amado.

— Ela ainda ama você?

— Acho que não — respondeu Magnus, secamente. — Ela não foi muito agradável na última vez em que nos vimos. Claro que pode ter sido porque eu tenho um namorado de 18 anos com um símbolo de vigor, e ela, não.

Alec começou a falar, atabalhoadamente.

— Como a pessoa objetizada aqui, eu... protesto contra essa descrição sobre mim.

— Ela sempre foi ciumenta. — Magnus riu.

Ele era muito bom em mudar de assunto, pensou Alec. Magnus já tinha deixado claro que não gostava de falar sobre seu passado amoroso, mas, em algum momento da conversa, o senso de familiaridade e conforto de Alec desapareceu. Independentemente do quão jovem Magnus parecesse — agora, descalço, com os cabelos bagunçados, parecia ter 18 anos —, oceanos intransponíveis de tempo os separavam.

Magnus abriu a caixa, retirou algumas tachas e as utilizou para prender na mesa o papel que estava olhando. Quando levantou o rosto e viu a expressão de Alec, abaixou a cabeça e levantou rapidamente outra vez.

— Você está bem?

Em vez de responder, Alec esticou o braço e pegou as mãos de Magnus. Magnus permitiu que Alec o puxasse, com um olhar de indagação no rosto. Antes que pudesse falar qualquer coisa, Alec o puxou para perto e o beijou. Magnus emitiu um ruído suave e feliz, e agarrou a traseira da camisa de Alec, puxando-a, os dedos frios na espinha de Alec. Alec se inclinou na direção dele, prendendo Magnus entre a mesa e o próprio corpo. Não que Magnus parecesse se importar.

— Vamos — disse Alec, ao ouvido de Magnus. — Está tarde. Vamos para a cama.

Magnus mordeu o lábio e olhou por cima do ombro para os papéis na mesa, focado nas sílabas anciãs em línguas esquecidas.

— Por que você não vai na frente? — sugeriu. — Já vou. Cinco minutos.

— Claro. — Alec se recompôs, ciente de que quando Magnus estava concentrado em um estudo, cinco minutos poderiam se transformar em cinco horas com facilidade. — Nós nos encontramos lá.

— Shhh.

Clary colocou o dedo nos lábios antes de sinalizar para que Simon entrasse na casa de Luke antes dela. Todas as luzes estavam apagadas, a sala se encontrava escura e silenciosa. Acenou para que Simon fosse até o quarto dela e se dirigiu à cozinha em busca de um copo d'água. No meio do caminho, congelou.

Dava para ouvir a voz da mãe no fim do corredor. Clary pôde perceber seu desgaste. Assim como perder Jace era seu pior pesadelo, ela sabia que a mãe também estava vivenciando o pior pesadelo. Saber que o filho estava vivo e solto no mundo, capaz de qualquer coisa, a destruía por dentro.

— Mas ela foi absolvida de tudo, Jocelyn. — Clary escutou Luke responder, a voz oscilando em sussurros. — Não haverá castigo algum.

— Foi tudo culpa minha! — A voz de Jocelyn soou abafada, como se tivesse enterrado a cabeça no ombro de Luke. — Se eu não tivesse trazido... aquela criatura ao mundo, Clary não estaria passando por isso agora.

— Não tinha como saber... — A voz de Luke desbotou a um murmúrio, e apesar de Clary saber que ele tinha razão, sentiu uma breve pontinha de raiva da mãe. Jocelyn deveria ter matado Sebastian no berço antes que ele tivesse chance de crescer e arruinar as vidas de todos, pensou, e instantaneamente ficou horrorizada por desejar isso. Virou-se e foi para o outro lado da casa, correndo para o quarto e fechando a porta, como se estivesse sendo seguida.

Simon, que estava sentado na cama jogando Nintendo DS, a olhou, surpreso.

— Tudo bem?

Clary tentou sorrir para ele. Simon era uma visão familiar naquele quarto — sempre dormiam na casa de Luke quando estavam crescendo. Ela havia feito o possível para transformar o cômodo em algo pessoal, e não em um quarto de hóspedes. Fotos dela e Simon, dos Lightwood, ela e Jace com a família, encontravam-se presas à moldura do espelho da cômoda. Luke lhe dera uma prancheta de desenho e seus materiais de pintura estavam cuidadosamente arrumados em uma pilha ao lado. Ela tinha pendurado alguns pôsteres de seus animes preferidos: *Fullmetal Alchemist*, *Rurouni Kenshin*, *Bleach*.

Também havia algumas evidências de sua vida de Caçadora de Sombras; um volume grosso do *Códex dos Caçadores de Sombras*, com suas anotações e desenhos nas margens, uma prateleira de livros sobre o oculto e paranormalidade, a estela sobre a mesa e um novo globo, presente de Luke, que mostrava Idris, cercada de ouro, no centro da Europa.

E Simon, sentado no meio da cama, com as pernas cruzadas, era uma das poucas coisas que faziam parte da vida antiga, assim como da nova. Ele olhou para ela com os olhos escuros no rosto pálido, o brilho da Marca de Caim quase invisível na testa.

— Minha mãe — disse, e se apoiou na porta. — Ela não está muito bem.

— Não ficou aliviada? Por você ter sido liberada, quero dizer.

— Não consegue parar de pensar em Sebastian. Não consegue parar de se culpar.

— Não foi culpa dela o rumo que as coisas tomaram. Foi culpa de Valentim.

Clary não disse nada. Estava se lembrando da coisa horrível que tinha acabado de pensar, que a mãe deveria ter matado Sebastian quando ele nasceu.

— Vocês duas — disse Simon — se culpam por coisas pelas quais não são culpadas. Você se culpa por ter deixado Jace no telhado...

Clary levantou a cabeça de súbito, lançando-lhe um olhar penetrante. Não sabia se já tinha dito em voz alta que se culpava por isso, apesar de o fazer.

— Eu nunca...

— Você se culpa — falou. — Mas eu o deixei, Izzy o deixou, Alec o deixou... e Alec é *parabatai* dele. Não tínhamos como saber. E poderia ter sido pior se tivesse ficado.

— Talvez. — Clary não queria conversar sobre o assunto.

Evitando os olhos de Simon, ela foi para o banheiro escovar os dentes e colocar o pijama. Não se olhou no espelho. Detestava essa aparência pálida, as sombras sob os olhos. Ela era forte; não ia se descontrolar. Tinha um plano. Ainda que fosse um pouco louco e envolvesse um roubo ao Instituto.

Escovou os dentes e estava prendendo os cabelos ondulados em um rabo ao sair do banheiro quando viu Simon guardar de volta na bolsa-carteiro uma garrafa do que era quase com certeza o sangue que comprou no Taki's.

Ela se aproximou e afagou o cabelo do amigo.

— Pode guardar as garrafas na geladeira, você sabe — disse. — Se não gostar da temperatura ambiente.

— Sangue gelado é pior do que sangue em temperatura ambiente, na verdade. Quente é melhor, mas acho que sua mãe não gostaria de me ver esquentando sangue nas panelas.

— Jordan se importa? — perguntou Clary, imaginando se Jordan sequer se lembrava de que Simon morava com ele.

Simon tinha passado todas as noites da última semana na casa de Clary. Nos primeiros dias após o desaparecimento de Jace, ela não tinha conseguido dormir. Empilhou cinco cobertores sobre o corpo, mas não conseguiu se aquecer. Tremendo, ficou deitada imaginando as próprias veias com sangue gélido, cristais de gelo tecendo uma teia em torno de seu coração. Os sonhos eram cheios de mares escuros, massas de gelo, lagos congelados e Jace, sempre com o rosto encoberto por sombras, uma lufada de névoa, ou até mesmo o próprio cabelo dourado. Sempre dormia durante alguns minutos, sempre acordando com a sensação de estar se afogando.

No primeiro dia em que foi interrogada pelo Conselho, voltou para casa e deitou na cama. Ficou deitada acordada até ouvir uma batida na janela e ver Simon entrar, quase caindo no chão. Ele deitou na cama ao lado dela, sem dizer nada. Sua pele estava fria, e ele cheirava ao ar da cidade e ao frio do inverno que se aproximava.

Ela tocou o ombro no dele, dissolvendo uma pequena parte da tensão que apertava seu corpo como um punho cerrado. A mão dele estava fria, mas era familiar, como a textura da jaqueta tocando o braço.

— Quanto tempo pode ficar? — perguntou na escuridão.

— Quanto tempo quiser.

Ela virou de lado para olhar para ele.

— Izzy não vai se importar?

— Foi ela que me disse para vir. Disse que você não tem dormido e que, se minha presença servir de conforto, posso ficar. Ou posso ficar até você dormir.

Clary exalou, aliviada.

— Fique a noite inteira — disse. — Por favor.

E ele ficou. Naquela noite, ela não teve pesadelos.

Enquanto ele estivesse lá, ela dormiria sem sonhar, um oceano de nada. Um vazio indolor.

— Jordan não se importa com o sangue — respondeu Simon, agora. — A questão dele é eu ficar confortável comigo mesmo. Entrar em contato com meu vampiro interior, blá-blá-blá.

Clary deitou ao lado dele e abraçou um travesseiro.

— Seu vampiro interior é diferente do seu... vampiro exterior?

— Com certeza. Ele quer que eu use camiseta tanquinho e um chapéu Fedora. Eu estou lutando contra isso.

Clary sorriu levemente.

— Então seu vampiro interior é Magnus?

— Ah, isso me lembra. — Simon remexeu na bolsa e retirou dois volumes de mangá. Acenou com os mesmos de forma triunfante antes de entregá-los a Clary. — *Magical Love Gentleman*, volumes 15 e 16 — informou. — Esgotados em todos os lugares, exceto na Midtown Comics.

Ela pegou os volumes, olhando para as capas coloridas. Em outros tempos, teria sacudido os braços com alegria de fã; agora precisaria se esforçar ao máximo para sorrir para Simon e agradecer, mas ele tinha feito isso por ela, lembrou a si mesma, o gesto de um bom amigo. Mesmo que não pudesse se imaginar se distraindo com a leitura agora.

— Você é incrível — falou, cutucando-o com o ombro. Estava deitada nos travesseiros, com os mangás no colo. — E obrigada por ter ido até a Corte Seelie. Sei que traz lembranças horríveis, mas... sempre fico melhor quando você está junto.

— Você foi ótima. Soube lidar com a Rainha como uma profissional. — Simon deitou ao lado dela, os ombros se encostando, ambos olhando para o teto, as rachaduras familiares, as velhas estrelas que brilhavam no escuro e que não tinham mais luz. — Então, vai fazer? Vai roubar os anéis para a Rainha?

— Vou. — Ela soltou o ar que estava prendendo. — Amanhã. Tem uma reunião do Conclave local ao meio-dia. Todos vão participar. É quando vou agir.

— Não gosto disso, Clary.

Ela sentiu o próprio corpo enrijecer.

— Não gosta de quê?

— De você tendo relações com fadas. Fadas são mentirosas.

— Fadas não *podem* mentir.

— Entende o que quero dizer. "Fadas são traiçoeiras" soa meio bobo.

Ela virou a cabeça para olhar para ele, o queixo na clavícula de Simon. O braço dele levantou automaticamente e envolveu os ombros de Clary, puxando-a para perto. Seu corpo estava frio, a camiseta ainda molhada de chuva. Os cabelos normalmente lisos secaram, formando cachos.

— Acredite em mim, não gosto de me meter com a Corte. Mas faria isso por você — disse ela. — E você faria o mesmo por mim, não é verdade?

— Claro que faria. Mas continua sendo má ideia. — Virou a cabeça e olhou para ela. — Sei como se sente. Quando meu pai morreu...

O corpo de Clary enrijeceu.

— Jace não está morto.

— Eu sei. Não era isso que eu estava dizendo. É só... Não precisa dizer que está melhor na minha presença. Sempre estou com você. A dor faz com que a pessoa se sinta sozinha, mas não está sozinha. Sei que não acredita em... em religião... da mesma forma que eu, mas pode acreditar que está cercada por pessoas que a amam, não pode? — Estava com os olhos arregalados, esperançosos. Tinham o mesmo tom castanho-escuro de sempre, mas diferente agora, como se mais uma camada de cor tivesse sido acrescentada, da mesma forma que sua pele parecia ao mesmo tempo sem poros e translúcida.

Eu acredito, pensou. *Só não tenho certeza se tem importância.* Bateu gentilmente com o ombro no dele, mais uma vez.

— Então, se importa se eu fizer uma pergunta? É pessoal, mas é importante.

Um tom de preocupação surgiu na voz dele.

— O que é?

— Com essa coisa da Marca de Caim, se eu acidentalmente der um chute em você durante a noite, serei chutada sete vezes por uma força invisível?

Ela sentiu Simon sorrir.

— Vá dormir, Fray.

3
Anjos malvados

— Cara, pensei que você tivesse esquecido que mora aqui — disse Jordan, assim que Simon entrou na sala do apartamentinho dos dois, as chaves ainda tilintando em sua mão.

Jordan normalmente podia ser encontrado esparramado no futon, com as pernas longas penduradas na lateral e o controle do Xbox na mão. Hoje, ele *estava* no futon, porém sentado, os ombros largos encolhidos para dentro, as mãos nos bolsos da calça jeans, e o controle não estava à vista. Pareceu aliviado em ver Simon, que logo entendeu por quê.

Jordan não estava sozinho no apartamento. Sentada diante dele, em uma velha poltrona de veludo laranja — nenhum dos móveis de Jordan combinava —, estava Maia, os cabelos encaracolados presos em duas tranças. Na última vez em que Simon a viu, ela estava superproduzida para uma festa. Agora, vestia o uniforme de sempre: jeans esfarrapados, uma camisa de manga comprida e uma jaqueta de couro marrom. Parecia tão desconfortável quanto Jordan, a coluna ereta e o olhar fixo na janela. Ao ver Simon, levantou-se agradecida e o abraçou.

— Oi — disse ela. — Só passei aqui para ver como você estava.

— Estou bem. Digo, tão bem quanto poderia, com tudo que vem acontecendo.

— Não estou falando em relação a Jace — explicou. — Estou falando de *você*. Como está encarando tudo?

— Eu? — Simon se espantou. — Estou bem. Preocupado com Isabelle e Clary. Você sabe que ela estava sendo investigada pela Clave...

— Ouvi dizer que foi liberada. Isso é bom. — Maia o soltou. — Mas estava pensando em você. E no que aconteceu com sua mãe.

— Como soube disso? — Simon lançou um olhar a Jordan, que balançou a cabeça, quase imperceptivelmente. Não tinha contado a ela.

Maia puxou uma trança.

— Encontrei Eric, imagine só. Ele me contou sobre o que aconteceu, e que você tinha se afastado dos shows da Millenium Lint por duas semanas.

— Na verdade, trocaram o nome — informou Jordan. — Agora se chamam Midnight Burrito.

Maia lançou um olhar irritado a Jordan, que deslizou um pouco para baixo no futon. Simon ficou imaginando sobre o que estavam conversando antes de sua chegada.

— Falou com mais alguém de sua família? — perguntou Maia, a voz suave. Os olhos cor de âmbar estavam carregados de preocupação.

Simon sabia que era grosseiro, mas alguma coisa em ser olhado daquela forma o desagradava. Era como se a preocupação de Maia tornasse o problema real, quando de outra forma ele podia fingir que nada estava acontecendo.

— Falei — disse. — Está tudo bem com a minha família.

— Sério? Porque você deixou seu telefone aqui. — Jordan o pegou de cima da mesa. — E sua irmã está ligando de cinco em cinco minutos, o dia inteiro. Ontem também.

Uma sensação fria se espalhou pelo estômago de Simon. Ele pegou o telefone de Jordan e olhou para a tela. Dezessete chamadas perdidas de Rebecca.

— Droga — falou. — Estava torcendo para poder evitar isso.

— Bem, ela é sua irmã — observou Maia. — Ia ligar alguma hora.

— Eu sei, mas tenho tentado evitar... tenho deixado recados quando sei que ela não vai atender, esse tipo de coisa. Só... acho que estava evitando o inevitável.

— E agora?

Simon repousou o telefone no parapeito.

— Continuo evitando?

— Não faça isso. — Jordan tirou as mãos dos bolsos. — Deveria falar com ela.

— E dizer o quê? — A pergunta soou mais ríspida do que o pretendido.

— Sua mãe deve ter dito alguma coisa — concluiu Jordan. — Ela deve estar preocupada.

Simon balançou a cabeça.

— Ela vai para casa para o jantar de Ação de Graças em algumas semanas. Não quero que ela entre na onda da minha mãe.

— Ela já está na onda. Ela é sua família — disse Maia. — Além do mais, *isso*... o que está acontecendo com sua mãe, tudo... isso é sua vida agora.

— Então, acho que prefiro deixá-la de fora.

Simon sabia que não estava sendo razoável, mas não conseguia evitar. Rebecca era... especial. Diferente. De uma parte da sua vida que tinha permanecido intocada por toda essa loucura. Talvez a única parte.

Maia jogou as mãos para o alto e virou-se para Jordan.

— Diga alguma coisa para ele. Você é o guardião Praetoriano dele.

— Ah, qual é — disse Simon, antes que Jordan pudesse abrir a boca. — Algum de vocês mantém contato com os pais? Com as famílias?

Trocaram rápidos olhares.

— Não — respondeu Jordan, lentamente —, mas nenhum de nós tinha um bom relacionamento com a família *antes*...

— Discussão encerrada — declarou Simon. — Somos todos órfãos. Órfãos da tempestade.

— Não pode simplesmente ignorar sua irmã — insistiu Maia.

— Espere só para ver.

— E quando Rebecca voltar e ver que a casa parece o cenário de *O Exorcista*? E que sua mãe não sabe dizer onde você está? — Jordan se inclinou para a frente, com as mãos nos joelhos. — Sua irmã vai chamar a polícia, e sua mãe vai acabar internada.

— Acho que não estou pronto para ouvir a voz dela — revelou Simon, mas sabia que tinha acabado de perder a discussão. — Preciso sair outra vez, mas prometo que vou mandar uma mensagem para ela.

— Bem — disse Jordan. Estava olhando para Maia, não para Simon, ao falar, como se torcesse para que ela tivesse notado o progresso com Simon e ficasse satisfeita. Simon ficou imaginando se eles tinham se visto nas duas semanas em que esteve ausente. Chutaria que não, a julgar pela postura desconfortável de ambos quando ele entrou, mas com esses dois era difícil ter certeza. — É um começo.

O elevador dourado e barulhento parou no terceiro andar do Instituto; Clary respirou fundo e saiu para o corredor. O local estava, conforme Alec e Isabelle prometeram, deserto e quieto. O trânsito do lado de fora, na York Avenue, era um murmúrio suave. Ela imaginou que podia escutar o ruído de grãos de poeira se esbarrando ao dançarem à luz. Na parede ficavam os cabides onde os residentes do Instituto penduravam os casacos ao entrarem. Uma das jaquetas pretas de Jace ainda estava pendurada em um gancho, as mangas vazias e fantasmagóricas.

Com um tremor, ela partiu pelo corredor. Lembrava-se da primeira vez em que Jace a levara por estes corredores, a voz leve e descuidada contando sobre os Caçadores de Sombras, sobre Idris, sobre todo o mundo secreto que ela nunca soubera que existia. Ela o observou enquanto falava — discretamente, acreditara, mas agora sabia que Jace tinha notado tudo —, percebendo a luz refletindo nos cabelos claros, os rápidos movimentos das mãos graciosas, os músculos flexionando nos braços enquanto ele gesticulava.

Chegou à biblioteca sem encontrar nenhum Caçador de Sombras e abriu a porta. A sala ainda a fazia tremer como na primeira vez. Circular, pois era construída em uma torre, a biblioteca tinha uma galeria no segundo andar, com grades, que corria pela altura média das paredes, logo acima das fileiras de prateleiras. A mesa que Clary ainda enxergava como sendo de Hodge ficava no centro da sala, esculpida em uma peça única de carvalho, a ampla superfície apoiada sobre dois anjos ajoelhados. Clary quase esperava que Hodge se levantasse de trás dela, com seu corvo de olhos ávidos, Hugo, empoleirado no ombro.

Afastando a lembrança, foi rapidamente até a escadaria circular no canto do recinto. Estava vestindo calça jeans e tênis de sola de borracha, e tinha um símbolo de silêncio desenhado no tornozelo; o silêncio era quase sombrio enquanto ela subia os degraus para a galeria. Havia livros aqui também, mas ficavam encerrados em caixas de vidro. Alguns pareciam muito velhos, tinham as capas desbotadas, as encadernações reduzidas a algumas cordas. Outros claramente eram livros de magia sombria ou perigosa — *Cultos indizíveis*, *Varíola demoníaca*, *Um guia prático para reerguer os mortos*.

Entre as prateleiras de livros trancadas, havia caixas de vidro para exibição. Cada uma continha algo de artesanato raro e lindo; uma garrafa de vidro cuja rolha era uma esmeralda enorme; uma coroa com um diamante no centro, que não parecia capaz de caber em nenhuma cabeça humana; um pingente em forma de anjo cujas asas eram engrenagens mecânicas; e na última caixa, conforme Isabelle havia prometido, um par de anéis dourados brilhantes em forma de folhas curvas, o trabalho das fadas delicado como o suspiro de um bebê.

A caixa estava trancada, é claro, mas o símbolo de Abertura — Clary mordeu o lábio enquanto desenhava, preocupada em não fazê-lo excessivamente poderoso e acabar explodindo o vidro e atraindo as pessoas — destravou a fechadura. Cuidadosamente, abriu a caixa. Somente após guardar novamente a estela no bolso hesitou.

Essa era realmente ela? Roubando da Clave para pagar a Rainha do Povo das Fadas, cujas promessas, conforme Jace já lhe dissera, eram como escorpiões, com um ferrão na cauda?

Balançou a cabeça para se livrar das dúvidas — e congelou. A porta da biblioteca estava se abrindo. Ouviu a madeira rangendo, as vozes abafadas, os passos. Sem pensar, se jogou no chão, esticando-se contra o piso de madeira da galeria.

— Você tinha razão, Jace. — Veio a voz, friamente entretida e terrivelmente familiar. — O lugar está deserto.

O gelo nas veias de Clary pareceu cristalizar, congelando-a no lugar. Não conseguia se mover, não conseguia respirar. Não sentia um choque tão intenso desde que viu o pai enterrar uma espada no peito de Jace. Muito lentamente, esticou-se para a beira da galeria e olhou para baixo.

E mordeu o lábio violentamente para não gritar.

O teto acima se erguia até determinado ponto e se abria em uma claraboia de vidro. Luz do sol se filtrava pela abertura, iluminando parte do chão como um holofote contra um palco. Ela pôde ver que as lascas de vidro, mármore e pedras semipreciosas incrustadas no piso formavam um desenho — o Anjo Raziel, o cálice e a espada. Em pé sobre uma das asas abertas do Anjo, encontrava-se Jonathan Christopher Morgenstern.

Sebastian.

Então era assim a aparência do seu irmão. *De verdade*, vivo, ativo e animado. Rosto pálido, todo ângulos e planos, alto e magro, com roupa preta de combate. Seus cabelos eram branco-prateados, e não escuros como quando o conheceu, pintados de preto para combinar com a cor do verdadeiro Sebastian Verlac. O verdadeiro cabelo ficava melhor nele. Na última vez em que o viu, flutuando em um caixão de vidro como a Branca de Neve, uma das mãos era um cotoco enfaixado. Agora, aquela mão estava inteira outra vez, com uma pulseira de prata brilhando no pulso, mas nenhum indício visível de que a mesma já tivesse sido danificada — e mais do que danificada, *amputada*.

E ali, ao lado dele, com os cabelos dourados brilhando ao sol, Jace. Não Jace como tantas vezes o imaginou nas últimas duas semanas — surrado, ou sangrando, ou sofrendo, ou faminto, trancado em alguma cela escura, gritando de dor ou chamando por ela. Este era Jace como se lembrava, quando se permitia lembrar — ruborizado, saudável, vibrante e lindo. Estava com as mãos nos bolsos, descuidado, as Marcas visíveis através da camiseta branca. Por cima desta, vestia um casaco bege que ela não conhecia e que ressaltava os tons dourados de sua pele. Ele inclinou a cabeça para trás, como se estivesse aproveitando a sensação do sol no rosto.

— Sempre tenho razão, Sebastian — respondeu. — Já deveria saber disso a esta altura.

Sebastian lançou-lhe um olhar contido, em seguida sorriu. Clary encarou. Tinha toda a cara de ser um sorriso sincero. Mas o que ela sabia? Sebastian já tinha sorrido para ela, e aquilo acabou se provando uma grande mentira.

— Então, onde estão os livros sobre invocação? Existe alguma ordem nesse caos?

— Na verdade, não. Não tem nada em ordem alfabética. Segue o sistema especial de Hodge.

— Ele não é aquele que matei? Que inconveniente — comentou Sebastian. — Talvez eu devesse procurar no andar de cima, e você, no de baixo.

Ele foi em direção à escada que levava à galeria. O coração de Clary começou a acelerar de medo. Ela associava Sebastian a assassinato, sangue, dor e pavor. Sabia que Jace o tinha combatido e vencido uma vez, mas quase morreu no processo. Em um combate direto, ela jamais poderia vencer o irmão. Será que conseguia saltar da galeria sem quebrar uma perna? E se conseguisse, o que aconteceria? O que Jace faria?

Sebastian estava com o pé no primeiro degrau quando Jace o chamou:

— Espere. Estão aqui. Arquivados na seção "magia, não letal".

— Não letal? Qual é a graça? — reclamou Sebastian, mas tirou o pé do degrau e foi para perto de Jace. — Esta é uma biblioteca e tanto — falou, lendo os títulos ao passar por eles. — *Cuidados e alimentação do seu diabinho de estimação. Demônios revelados.* — Pegou este último da prateleira e riu baixo.

— O que foi? — Jace levantou o olhar, curvando a boca para cima. Clary quis tanto correr para baixo e se jogar para ele que mordeu o lábio outra vez. A dor queimou como ácido.

— É pornografia — disse Sebastian. — Veja. Demônios... *revelados.*

Jace veio atrás dele, apoiando uma das mãos no braço de Sebastian para se apoiar enquanto lia por cima do ombro dele. Foi como ver Jace com Alec, alguém com quem ele se sentia tão confortável que tocava sem pensar — mas de um jeito horrível, errado, inverso.

— Tá, como é que você *sabe*?

Sebastian fechou o livro e bateu levemente no ombro de Jace com o volume.

— Algumas coisas conheço melhor do que você. Pegou os livros?

— Peguei. — Jace levantou uma pilha de tomos pesados de uma mesa. — Temos tempo de passar no meu quarto? Se eu pudesse pegar algumas coisas...

— O que você quer?

Jace deu de ombros.

— Roupas, basicamente. Algumas armas.

Sebastian balançou a cabeça.

— Perigoso demais. Precisamos entrar e sair depressa. Apenas itens emergenciais.

— Meu casaco preferido é um item emergencial — disse Jace. O tom era tão parecido com o que ele usava com Alec, com qualquer outro amigo. — Assim como eu, é ao mesmo tempo aconchegante *e* estiloso.

— Olhe, temos todo o dinheiro que poderíamos querer — disse Sebastian. — *Compre* roupas novas. E em algumas semanas você estará no comando deste lugar. Pode hastear seu casaco no mastro da bandeira como uma flâmula.

Jace riu, aquele som rico e suave que Clary amava.

— Estou avisando, aquele casaco é sexy. O Instituto pode pegar fogo, um fogo sexy, muito sexy.

— Seria bom para o lugar. Está sombrio demais no momento. — Sebastian agarrou a parte de trás do casaco que Jace vestia e o puxou de lado. — Agora vamos. Segure os livros. — Ele olhou para a mão direita, onde um estreito anel prateado brilhava; com a mão que não estava segurando Jace, usou o polegar para girar o anel.

— Ei — disse Jace. — Acha que... — Ele se interrompeu, e por um instante Clary achou que foi porque a tinha visto; ele inclinara a cabeça para cima, mas enquanto ela respirava fundo, os dois desapareceram, desbotando como miragens no ar.

Lentamente, Clary abaixou a cabeça sobre o braço. O lábio sangrava onde tinha mordido; dava para sentir o gosto na boca. Sabia que deveria levantar, se mexer, fugir. Não deveria estar ali. Mas o gelo nas veias havia piorado tanto que ficou apavorada com a possibilidade de que, se tentasse se mexer, poderia se quebrar.

Alec acordou com Magnus sacudindo-o pelo ombro.

— Vamos, docinho — falou. — Hora de levantar e enfrentar o dia.

Alec, grogue, deixou o ninho de travesseiros e cobertores, então piscou na direção do namorado. Magnus, apesar de ter dormido pouco, parecia irritantemente alegre. Estava com os cabelos molhados, pingando nos ombros da camisa branca, deixando-a transparente. Vestia jeans com buracos e bordas esfarrapadas, o que normalmente significava que planejava passar o dia sem sair do apartamento.

— "Docinho"? — ecoou Alec.

— Estava testando.

Alec balançou a cabeça.

— Não.

Magnus deu de ombros.

— Vou continuar tentando. — Ele estendeu uma caneca azul lascada com café, feito como Alec gostava: preto e com açúcar. — Acorde.

Alec sentou, esfregando os olhos, e pegou a xícara. O primeiro gole amargo enviou uma onda de energia por seus nervos. Lembrava-se de ter ficado deitado acordado na noite anterior esperando por Magnus, mas eventualmente o cansaço levara a melhor e ele caiu no sono por volta de cinco da manhã.

— Não vou à reunião do Conselho hoje.

— Eu sei, mas precisa encontrar sua irmã e os outros no parque perto do Lago das Tartarugas. Você me pediu para lembrá-lo.

Alec colocou as pernas para fora da cama.

— Que horas são?

Magnus pegou a xícara gentilmente da mão dele antes que derramasse o café, repousando-a sobre a cabeceira.

— Tranquilo. Você ainda tem uma hora. — Inclinou-se para a frente e pressionou os lábios contra os de Alec; Alec se lembrou da primeira vez em que se beijaram, ali, naquele apartamento, e teve vontade de abraçar o namorado e puxá-lo para perto. Mas algo o conteve.

Levantou, soltando-se, e foi para o escritório. Tinha uma gaveta com suas roupas. Um lugar para a escova de dentes no banheiro. A chave da porta da frente. Ocupava uma boa parte do imóvel do outro e, ainda assim, não conseguia se livrar do medo frio no estômago.

Magnus rolou de costas na cama e observou Alec, a cabeça apoiada em um dos braços.

— Vista o cachecol — disse, apontando para o cachecol azul de cashmere pendurado num gancho. — Combina com os seus olhos.

Alec olhou para a peça. De repente ficou repleto de ódio — do cachecol, de Magnus e, acima de tudo, de si mesmo.

— Não me diga — falou. — O cachecol tem cem anos de idade e foi um presente da Rainha Victoria logo antes de morrer, por serviços especiais prestados à Coroa ou coisa do tipo.

Magnus se sentou.

— O que deu em você?

Alec o encarou.

— A coisa mais nova neste apartamento sou eu?

— Acho que esta honra pertence a Presidente Miau. Ele só tem 2 anos.

— Eu disse mais nova, e não mais jovem — irritou-se Alec . — Quem é *W.S.*? Will?

Magnus balançou a cabeça como se estivesse com água nos ouvidos.

— Que diabo? Está falando da caixa de rapé? *W.S.* é Woolsey Scott. Ele...

— Fundou a Praetor Lupus. Eu sei. — Alec vestiu a calça jeans e fechou o zíper. — Você já falou nele antes e, além disso, é uma figura histórica. A caixa de rapé dele está em sua gaveta de bagulhos. O que mais tem lá? O cortador de unhas de Jonathan Caçador de Sombras?

Os olhos felinos de Magnus estavam frios.

— De onde vem isso tudo, Alexander? Não minto para você. Se quiser saber alguma coisa a meu respeito, pode perguntar.

— Papo furado — disse Alec, abruptamente, abotoando a camisa. — Você é gentil, engraçado e tudo o mais, mas se tem uma coisa que você não é, é direto, *docinho*. Pode passar o dia falando dos problemas alheios, mas não fala de você ou da sua história e, quando pergunto, se contorce como uma minhoca em um anzol.

— Talvez porque você não consiga me perguntar do meu passado sem começar uma briga sobre o fato de que eu vou viver para sempre e você não — disparou Magnus. — Talvez porque a imortalidade esteja rapidamente se tornando a terceira pessoa no nosso relacionamento, Alec.

— Nosso relacionamento não deveria *ter* uma terceira pessoa.

— Exatamente.

A garganta de Alec apertou. Tinha mil coisas que gostaria de dizer, mas nunca foi bom com palavras, como Jace e Magnus. Em vez disso, retirou o cachecol azul do cabide e o colocou no pescoço.

— Não espere acordado — avisou. — Posso patrulhar hoje.

Enquanto batia a porta do apartamento, ouviu Magnus gritar:

— E esse cachecol, para sua informação, é da *Gap*! Comprei *ano passado*!

Alec revirou os olhos e correu escada abaixo até o lobby. A lâmpada que normalmente iluminava o local estava apagada e o recinto tão escuro que, por um instante, ele não viu a figura encapuzada se dirigindo a ele a partir das sombras. Ao vê-la, levou um susto tão grande que derrubou a chave com um ruído tilintado.

A figura deslizou em sua direção. Não conseguiu identificar nada a respeito dela — idade, gênero, sequer a espécie. A voz que veio por baixo do capuz era baixa e quebradiça.

— Tenho um recado para você, Alec Lightwood — disse. — De Camille Belcourt.

— Quer patrulhar comigo hoje à noite? — perguntou Jordan, de forma ligeiramente abrupta.

Maia virou para ele, surpresa. Ele estava de costas para a bancada da cozinha, apoiando os cotovelos na superfície atrás. Havia uma despreocupação em sua postura que parecia estudada demais para ser sincera. Esse era o problema de conhecer alguém tão bem, pensou ela. Era muito difícil fingir, ou ignorar quando o outro estava fingindo, mesmo quando fosse a alternativa mais fácil.

— Patrulhar com você? — ecoou.

Simon estava no quarto, trocando de roupa; ela tinha dito que iria até o metrô com ele e agora desejava que não tivesse oferecido. Maia sabia que deveria ter procurado Jordan depois da última vez em que o viu, quando, tolamente, o beijou. Mas quando Jace desapareceu e o mundo pareceu estilhaçar, conseguiu a desculpa de que precisava para evitar o assunto.

Claro, não pensar no ex-namorado que havia destruído seu coração e a transformado em licantrope era muito mais fácil quando ele não estava bem na sua frente com uma camiseta verde, que abraçava o corpo esguio e musculoso nos lugares certos e destacava a cor de avelã dos seus olhos.

— Pensei que estivessem cancelando as patrulhas de busca por Jace — respondeu, desviando o olhar.

— Bem, não estão cancelando, apenas reduzindo. Mas sou Praetor, e não Clave. Posso procurar Jace quando quiser.

— Certo — disse ela.

Ele estava brincando com alguma coisa na bancada, ajeitando-a, mas a atenção continuava voltada para Maia.

— Você, sabe... você queria estudar em Stanford. Ainda quer?

O coração dela saltou.

— Não penso em faculdade desde... — limpou a garganta. — Desde que me Transformei.

As bochechas dele enrubesceram.

— Você ia... Quero dizer, sempre quis ir para a Califórnia. Ia estudar História, e eu me mudaria para lá para surfar. Lembra?

Maia enfiou as mãos nos bolsos do casaco de couro. Sentiu que deveria ficar com raiva, mas não ficou. Por muito tempo culpou Jordan pelo fato de ter deixado de sonhar com um futuro humano, com estudos, uma casa e, talvez um dia, uma família. Mas havia outros lobos no bando da delegacia de polícia que ainda corriam atrás dos sonhos, das artes. O Morcego, por exemplo. Foi ela que escolheu parar a vida.

— Lembro — respondeu.

As bochechas de Jordan ruborizaram.

— Sobre hoje à noite. Ninguém procurou no Estaleiro do Brooklyn, então pensei... Nunca é divertido procurar sozinho. Mas se você não quiser...

— Não — disse ela, escutando a própria voz como se fosse de outra pessoa. — Quero dizer, claro, vou com você.

— Sério? — Os olhos amendoados de Jordan se iluminaram e Maia se repreendeu internamente. Não deveria alimentar esperanças, não quando não sabia ao certo como se sentia. Era difícil acreditar que se importava tanto.

O medalhão da Praetor Lupus brilhou na garganta dele enquanto se inclinava para a frente, e ela sentiu seu cheiro familiar de sabão, e sob este... cheiro de lobo. Dirigiu os olhos para ele, exatamente quando a porta de Simon se abriu e ele surgiu, vestindo um moletom de capuz. Parou onde estava, movendo os olhos de Jordan para Maia, erguendo lentamente as sobrancelhas.

— Sabe, posso ir sozinho para o metrô — falou para Maia, com um leve sorriso se formando no canto da boca. — Se quiser ficar aqui...

— Não. — Maia tirou rapidamente as mãos dos bolsos, onde estavam cerradas em punhos. — Não, vou com você. Jordan, eu... Nos vemos mais tarde.

— Hoje à noite — gritou o garoto, mas Maia não virou para olhar para ele; já estava se apressando atrás de Simon.

Simon foi caminhando sozinho pela colina, ouvindo os gritos das pessoas que jogavam Frisbee no gramado do Central Park atrás dele, como música ao longe. Era um dia claro de novembro, frio e ventoso, o sol iluminava o que restava das folhas nas árvores com tons brilhantes de escarlate, ouro e âmbar.

O topo da colina tinha vários pedregulhos. Dava para ver como o parque tinha sido feito à custa de uma floresta de árvores e pedras. Isabelle estava sentada em uma das rochas, trajando um longo vestido de seda verde-garrafa com um casaco bordado preto e prateado por cima. Levantou os olhos quando Simon se aproximou, tirando os longos cabelos escuros do rosto.

— Achei que estivesse com Clary — disse, quando ele se aproximou. — Cadê ela?

— Saindo do Instituto — respondeu, sentando ao lado de Isabelle e colocando as mãos nos bolsos do casaco. — Mandou mensagem. Vai chegar em breve.

— Alec está a caminho... — começou, se interrompendo quando o bolso dele vibrou. Ou melhor, o telefone no bolso vibrou. — Acho que alguém está mandando mensagem.

Simon deu de ombros.

— Mais tarde eu checo.

Ela o olhou por baixo dos longos cílios.

— Então, como eu ia dizendo, Alec também está vindo. Teve de vir do Brooklyn...

O telefone de Simon vibrou outra vez.

— Muito bem, chega. Se você não vai atender, eu atendo.

Isabelle se inclinou para a frente, contra os protestos de Simon, e enfiou a mão no bolso dele. A parte de cima de sua cabeça tocou o queixo dele. Ele sentiu o perfume de Isabelle, baunilha, e o cheiro da pele dela embaixo. Quando pescou o telefone e recuou, ele ficou ao mesmo tempo aliviado e decepcionado.

Ela cerrou os olhos para a tela.

— Rebecca? Quem é *Rebecca*?

— Minha irmã.

O corpo de Isabelle relaxou.

— Ela quer encontrá-lo. Diz que vocês não se veem desde...

Simon tirou o telefone dela e o fechou, antes de guardá-lo novamente no bolso.

— Eu sei, eu sei.

— Não quer encontrá-la?

— Mais do que... mais do que quase tudo. Mas não quero que ela *saiba*. Sobre mim. — Simon pegou um graveto e o arremessou. — Veja o que aconteceu quando minha mãe descobriu.

— Então marque em algum lugar público. Onde ela não possa ter um ataque. Longe da sua casa.

— Mesmo que ela não possa ter um ataque, ainda pode me olhar como minha mãe olhou — explicou Simon, a voz baixa. — Como se eu fosse um monstro.

Isabelle tocou levemente o pulso de Simon.

— Minha mãe rejeitou Jace quando achou que ele fosse o filho de Valentim e um espião, depois se arrependeu horrivelmente. Meus pais estão aceitando o fato de Alec estar com Magnus. Sua mãe vai acabar aceitando também. Coloque sua irmã do seu lado. Isso vai ajudar. — Ela inclinou um pouco a cabeça. — Acho que às vezes os irmãos entendem melhor do que os pais. Não têm o mesmo peso das expectativas. Eu jamais, jamais poderia cortar Alec. Independentemente do que ele fizesse. Nunca. Nem Jace. — Apertou o braço dele, depois abaixou a mão. — Meu irmãozinho morreu. Nunca mais vou vê-lo. Não faça sua irmã passar por isso.

— Pelo quê? — perguntou Alec, aparecendo pela lateral da colina, chutando folhas secas do caminho. Estava com o casaco velho e os jeans de sempre, mas um cachecol azul que combinava com seus olhos completava o conjunto.

Devia ser um presente de Magnus, pensou Simon. Alec jamais teria pensado numa coisa dessas. O conceito de combinação parecia algo alheio a ele.

Isabelle limpou a garganta.

— A irmã de Simon...

Não terminou o assunto. Sentiram uma lufada de ar frio, que fez as folhas mortas girarem. Isabelle levantou a mão para se proteger da poeira quando o ar começou a brilhar com a transparência inconfundível da abertura de um Portal, então Clary apareceu diante deles com a estela na mão e o rosto molhado de lágrimas.

4

E a imortalidade

— E você tem certeza absoluta de que era Jace? — perguntou Isabelle, pelo que parecia a quadragésima sétima vez.

Clary mordeu o lábio já dolorido e contou até dez.

— Sou eu, Isabelle — respondeu. — Você realmente acredita que eu não reconheceria *Jace*? — Olhou para Alec, que estava parado ao lado delas, o cachecol azul esvoaçando como uma flâmula ao vento. — Você confundiria alguém com Magnus?

— Não. Nunca — respondeu ele, sem pensar. Os olhos azuis estavam perturbados, sombrios de preocupação. — Eu só... Quero dizer, claro que estamos perguntando. Não faz sentido.

— Ele pode ter sido feito refém — disse Simon, inclinando-se sobre um pedregulho. A luz do sol de outono deixava os olhos dele da cor de grãos de café. — Tipo, Sebastian pode estar ameaçando machucar alguém que Jace ama, se ele não seguir os planos dele.

Todos os olhos se voltaram para Clary, mas ela balançou a cabeça, frustrada.

— Vocês não os viram juntos. Ninguém age daquele jeito quando está sendo mantido refém. Ele parecia feliz da vida por estar lá.

— Então está possuído — declarou Alec. — Como aconteceu com Lilith.

— Foi o que pensei no começo. Mas quando ele estava possuído por Lilith, ficou como um robô. Ficava repetindo as mesmas coisas sem parar. Mas esse era *Jace*. Estava fazendo piadas como normalmente faz. Sorrindo como sempre.

— Talvez seja a síndrome de Estocolmo — sugeriu Simon. — Sabe, quando você sofre lavagem cerebral e começa a compreender seu sequestrador.

— A pessoa leva *meses* para desenvolver síndrome de Estocolmo — protestou Alec. — Como estava a aparência dele? Machucado ou doente? Consegue descrever os dois?

Não foi a primeira vez que perguntou. O vento soprou as folhas secas ao redor dos pés de todos eles enquanto Clary repetia a descrição da aparência de Jace — alegre e saudável. Sebastian também. Pareciam completamente calmos. As roupas de Jace estavam limpas, estilosas, comuns. Sebastian usava um casaco longo, preto e de lã, que parecia caro.

— Como uma versão maligna da propaganda da Burberry — concluiu Simon, quando ela acabou.

Isabelle olhou de cara feia para ele.

— Talvez Jace tenha algum plano — disse ela. — Talvez esteja enganando Sebastian. Tentando conquistar a confiança dele, descobrir seus planos.

— Se ele estivesse fazendo isso, já teria descoberto alguma maneira de nos contar — argumentou Alec. — Para não nos deixar em pânico. Isso é cruel demais.

— A não ser que ele não possa correr o risco de mandar uma mensagem. Acreditaria que confiaríamos nele. *Confiamos* nele. — A voz de Isabelle se elevou, e ela estremeceu, envolvendo o próprio corpo com os braços.

Os galhos nus das árvores, ladeando a trilha de cascalhos em que se encontravam, trepidavam.

— Talvez *devêssemos* contar para a Clave — disse Clary, escutando a própria voz como se viesse de longe. — Isso... Não sei como podemos lidar com isso por nossa conta.

— Não podemos contar à Clave. — A voz de Isabelle soou firme.

— Por que não?

— Se eles acharem que Jace está colaborando com Sebastian, a ordem será matá-lo imediatamente — disse Alec. — A Lei é essa.

— Mesmo que Isabelle esteja certa? Mesmo que ele esteja só fingindo? — perguntou Simon, com uma entonação de dúvida na voz. — Tentando enganá-lo para obter informações?

— Não há como provar. E se alegássemos que é o que ele está fazendo, e isso chegasse a Sebastian, ele provavelmente mataria Jace — afirmou Alec. — Se Jace estiver possuído, a Clave vai matá-lo pessoalmente. Não podemos contar nada. — A voz soou firme também.

Clary o olhou, surpresa; Alec normalmente era o mais certinho em relação a regras.

— É de Sebastian que estamos falando — disse Izzy. — Não existe ninguém que a Clave odeie mais, exceto Valentim, e ele está morto. Mas praticamente todo mundo conhece alguém que morreu na Guerra Mortal, e foi Sebastian que destruiu as barreiras mágicas.

Clary mexeu nos cascalhos com o tênis. Aquela situação toda parecia um sonho, como se ela fosse acordar a qualquer instante.

— Bem, e agora?

— Vamos conversar com Magnus. Ver se ele tem alguma ideia. — Alec puxou o canto do cachecol. — Ele não irá ao Conselho. Não se eu pedir para não ir.

— Acho bom mesmo — disse Isabelle, indignada. — Do contrário, seria o pior namorado de *todos os tempos*.

— Eu disse que ele não...

— Adianta então? — perguntou Simon. — Encontrar a Rainha Seelie? Agora que sabemos que Jace está possuído, ou talvez se escondendo de propósito...

— Não se falta a uma reunião marcada com a Rainha Seelie — afirmou Isabelle, categórica. — Não se você tiver amor próprio.

— Mas ela simplesmente vai pegar os anéis de Clary, e não descobriremos nada — argumentou Simon. — Agora já sabemos mais. Temos perguntas diferentes. Mas ela não vai respondê-las. Só vai responder às antigas. É assim que as fadas *funcionam*. Não fazem favores. Não é como se ela fosse nos deixar falar com Magnus e depois voltar.

— Não importa. — Clary esfregou o rosto com as mãos. Voltaram secas. Em algum momento as lágrimas pararam de correr, graças a Deus. Não queria encarar a Rainha como se tivesse acabado de chorar como um bebê. — Não peguei os anéis.

Isabelle piscou.

— O quê?

— Depois que vi Jace e Sebastian, fiquei abalada demais para pegá-los. Só corri do Instituto e usei o Portal.

— Bem, então não podemos encontrar a Rainha Seelie — disse Alec. — Se não fez o que ela pediu, ela vai ficar furiosa.

— Vai ficar mais do que furiosa — disse Isabelle. — Você viu o que ela fez com Alec na última vez que fomos à Corte. E aquilo foi só um feitiço. Ela provavelmente vai transformar Clary em uma lagosta ou coisa do tipo.

— Ela sabia — disse Clary. — Ela disse "quando encontrá-lo, ele pode não ser o mesmo." — A voz da Rainha Seelie se arrastou pela mente de Clary. Ela estremeceu. Conseguia entender por que Simon detestava tanto as fadas. Sempre sabiam exatamente as palavras que se instalariam como farpas em seu cérebro, dolorosas e impossíveis de se ignorar ou remover. — Ela só está provocando. Quer os anéis, mas não acredito que exista alguma chance de nos ajudar de verdade.

— Tudo bem — respondeu Isabelle, duvidosa. — Mas se ela sabia até aí, pode saber mais. E quem mais nos ajudaria, se não podemos recorrer à Clave?

— Magnus — disse Clary. — Ele tem tentado decodificar o feitiço de Lilith esse tempo todo. Talvez quando eu contar o que vi, possa ajudá-lo.

Simon revirou os olhos.

— Ainda bem que conhecemos a pessoa que está namorando Magnus — falou. — Do contrário estaríamos tentando pensar no que diabos fazer em seguida. Ou tentaríamos angariar fundos para contratar Magnus vendendo limonada.

Alec pareceu ligeiramente irritado com aquele comentário.

— A única forma de conseguir dinheiro para contratar Magnus vendendo limonada seria colocando metanfetamina na jarra.

— É só um modo de dizer. Todos temos ciência de que seu namorado é caro. Só gostaria que não precisássemos correr para ele cada vez que temos um problema.

— Ele também gostaria — disse Alec. — Magnus tem outro trabalho hoje, mas à noite falo com ele, e podemos nos encontrar no apartamento dele amanhã de manhã.

Clary assentiu. Não conseguia sequer se imaginar acordando na manhã seguinte. Sabia que quanto antes falassem com Magnus, melhor, mas se sentia exaurida e esgotada, como se tivesse deixado litros de sangue no chão da biblioteca do Instituto.

Isabelle chegou mais perto de Simon.

— Acho que isso nos deixa com o resto da tarde — falou. — Vamos para o Taki's? Lá vão servir sangue para você.

Simon olhou para Clary, obviamente preocupado.

— Quer vir?

— Não, tudo bem. Vou pegar um táxi de volta para casa em Williamsburg. É bom ficar um pouco com a minha mãe. Ela já está péssima com toda essa história de Sebastian, e agora...

Os cabelos pretos de Isabelle esvoaçaram ao vento quando ela balançou a cabeça de um lado para o outro.

— Não pode contar para ela o que viu. Luke faz parte do Conselho. Ele não pode esconder, e você não pode pedir para ela não contar para ele.

— Eu sei — Clary olhou para as três expressões ansiosas fixas nela.

Como isso aconteceu?, pensou. Ela, que jamais escondia nada de Jocelyn, pelo menos não segredos sérios, estava prestes a ir para casa e esconder algo enorme, tanto da mãe quanto de Luke. Uma coisa sobre a qual só podia conversar com pessoas como Alec e Isabelle Lightwood e Magnus Bane, pessoas que até seis meses atrás ela nem sabia que existiam. Era estranho como o mundo podia alterar seu eixo, e tudo em que você sempre confiou podia se inverter de uma hora para a outra.

Pelo menos ainda tinha Simon. Simon, constante e permanente. Beijou-o na bochecha, acenou para os outros e virou-se, ciente de que os três a olhavam preocupados enquanto ela seguia pelo parque, o resto das folhas mortas quebrando sob seus tênis como se fossem pequenos ossos.

Alec tinha mentido. Não era Magnus que tinha algo a fazer naquela tarde. Era ele.

Sabia que era um erro, mas não conseguia evitar: era como uma droga, aquela necessidade de saber mais. E agora, aqui estava, no subterrâneo, segurando uma pedra enfeitiçada e se perguntando que diabos estava fazendo.

Como todas as estações de metrô de Nova York, esta cheirava a ferrugem, água, metal e decadência. Mas ao contrário de qualquer outra que já tivesse visto, estava sombriamente quieta. Fora as marcas de danos provocados pela água, as paredes e a plataforma estavam limpas. Tetos abobadados, marcados por lustres esparsos, erguiam-se sobre ele, os arcos feitos de azulejos verdes. As placas na parede diziam CITY HALL em letras maiúsculas.

A estação City Hall já não era utilizada desde 1945, apesar de a cidade ainda conservá-la como monumento; o trem número 6 ainda passava ocasionalmente para dar a volta, mas ninguém saltava na plataforma. Alec havia engatinhado por uma escotilha cercada por arbustos de corniso no City Hall Park para conseguir chegar até ali e caiu de uma altura que provavelmente teria quebrado as pernas de um mundano. Agora estava respirando o ar empoeirado, o coração acelerando.

Foi para aquele lugar que a carta que recebeu do vampiro subjugado o mandou vir. Primeiro decidiu que jamais utilizaria a informação. Mas não conseguiu jogar o recado fora. Amassou o papel e o guardou no bolso da calça. Ao longo de todo o dia, mesmo enquanto estava no Central Park, aquilo lhe martelou a cabeça.

Era como a situação com Magnus. Não conseguia deixar de se preocupar, da mesma forma que uma pessoa se preocuparia com um dente cariado, sabendo que estava piorando a situação, mas sem conseguir fazer nada a respeito. Magnus não tinha feito nada de errado. Ele não tinha culpa de ter centenas de anos de idade, nem de já ter se apaixonado antes. Mas, ainda assim, aquilo corroía a paz de espírito de Alec. E agora, sabendo ao mesmo tempo mais e menos sobre a situação de Jace do que sabia no dia anterior... era demais. Precisava conversar com alguém, ir a algum lugar, fazer *alguma coisa.*

Então ali estava. E ali estava *ela*, tinha certeza. Movimentou-se lentamente pela plataforma. O teto abobadado, uma claraboia central permitindo a entrada de luz oriunda do parque, quatro linhas de azulejos esticando-se como pernas de uma aranha. No final de uma plataforma havia uma pequena escadaria, que levava às sombras. Alec pôde detectar a presença de feitiços de disfarce: qualquer mundano olhando para o alto veria uma parede de concreto, mas ele enxergava uma entrada. Silenciosamente, subiu os degraus.

Encontrou-se em uma sala escura e de teto baixo. Uma claraboia de vidro ametista permitia a entrada de um pouco de luz. Em um canto escuro, havia um sofá elegante de veludo com a traseira arqueada e dourada, e, no sofá, estava Camille.

Era tão linda quanto Alec se recordava, apesar de não ter estado em seu melhor momento na última vez, suja e presa a um cano de um prédio em construção. Agora vestia um tailleur preto e saltos altos vermelhos, e os cabelos escorriam sobre os ombros em ondas e cachos. Tinha um livro aberto no colo — *La Place de l'Étoile*, de Patrick Modiano. Sabia francês o suficiente para traduzir o título. "*O lugar da estrela.*"

Ela olhou para Alec como se estivesse esperando por ele.

— Oi, Camille — cumprimentou.

Camille piscou lentamente.

— Alexander Lightwood — falou. — Reconheci seus passos na escada.

Pôs as costas da mão no rosto e sorriu para ele. Havia algo distante naquele sorriso. Tinha tanto calor quanto pó.

— Não imagino que tenha algum recado de Magnus para mim.

Alec não disse nada.

— Claro que não — disse ela. — Tolice minha. Como se ele soubesse que está aqui.

— Como soube que era eu? — perguntou. — Na escada.

— Você é um Lightwood — falou. — Sua família nunca desiste. Sabia que não deixaria passar o que falei naquela noite. O recado hoje foi só para cutucar sua lembrança.

— Eu não precisava de lembrete sobre sua promessa. Ou estava mentindo?

— Eu teria dito qualquer coisa para me libertar naquela noite — falou. — Mas não menti. — Ela se inclinou para a frente com os olhos ao mesmo tempo brilhantes e escuros. — Você é Nephilim, da Clave e do Conselho. Minha cabeça está a prêmio pelo assassinato de Caçadores de Sombras. Mas já sei que não veio até aqui para me entregar. Você quer respostas.

— Quero saber onde Jace está — declarou.

— Quer saber isso — falou. — Mas sabe que não tem razão para eu ter essa resposta, e não a tenho. Diria se soubesse. Sei que foi levado pelo filho de Lilith, e não tenho motivo para ser leal a ela. Ela se foi. Sei que algumas patrulhas estão me buscando por aí, para descobrir o que sei. Posso lhe dizer agora que não sei nada. Falaria se soubesse do paradeiro do seu amigo. Não tenho mais motivos para antagonizar os Nephilim. — Passou a mão pela cabeleira loura e farta. — Mas não é por isso que está aqui. Admita, Alexander.

Alec sentiu a respiração acelerar. Tinha pensado nesse momento, deitado acordado ao lado de Magnus, ouvindo a respiração do feiticeiro, contando as dele e as próprias. A cada respiração estava mais próximo do envelhecimento e da morte. Cada noite o aproximando do fim de tudo.

— Você disse que conhecia uma forma de me tornar imortal — disse Alec. — Disse que descobriu um jeito para eu e Magnus ficarmos juntos para sempre.

— Disse, não foi? Que interessante.

— Quero que me revele agora.

— E o farei — respondeu a mulher, repousando o livro. — Por um preço.

— Sem preço — disse Alec. — Eu a libertei. Agora me conte o que quero saber. Ou a entregarei para a Clave. Você será acorrentada no telhado do Instituto enquanto espera o sol nascer.

Os olhos de Camille ficaram sérios e frios.

— Não gosto de ameaças.

— Então me dê o que quero.

Ela se levantou, esfregando as mãos na frente do paletó, alisando as dobras.

— Venha arrancar de mim, Caçador de Sombras.

Foi como se toda a frustração, o pânico e o desespero das últimas semanas explodissem de Alec. Ele saltou em direção a Camille, exatamente quando ela avançou para ele, exibindo as presas de vampira.

Alec mal teve tempo de sacar a lâmina serafim do cinto antes de Camille alcançá-lo. Já tinha lutado contra vampiros antes; tinham força e velocidade incríveis. Era como combater a borda de um tornado. Alec se jogou para o lado. Rolou e levantou e chutou uma escada caída na direção dela; isso a conteve por um momento breve o bastante para que ele erguesse a lâmina e sussurrasse:

— *Nuriel.*

A luz da lâmina serafim brilhou como uma estrela, Camille hesitou, em seguida se lançou para ele outra vez. Atacou, arranhando as bochechas e o ombro do Caçador de Sombras. Ele sentiu o calor e a umidade do sangue. Girando, atacou-a, mas ela se elevou no ar, fugindo do seu alcance, rindo e provocando.

Ele correu para as escadas que levavam à plataforma. Ela foi atrás; ele desviou, girou e saltou da parede para o ar, na direção de Camille bem no momento em que ela se lançou para a frente. Colidiram no meio do caminho, ela atacando e tentando arranhá-lo, e ele segurando firme o braço da vampira, mesmo enquanto caíam, quase perdendo o fôlego. Mantê-la no chão era a chave para vencer a luta, e ele agradeceu a Jace silenciosamente por tê-lo feito praticar saltos incessantemente na sala de treinamento, até se tornar capaz de utilizar praticamente qualquer superfície para se impulsionar e ficar suspenso por pelo menos alguns instantes.

Atacou-a com a lâmina serafim enquanto rolavam pelo chão, mas ela desviou dos golpes com facilidade, movendo-se tão velozmente que parecia um borrão. Chutou-o com os saltos altos, estocando as pernas de Alec com as pontas. Ele fez caretas e xingou, e ela respondeu com uma torrente de obscenidades que envolviam a vida sexual dele com Magnus, a vida sexual *dela* com Magnus, e talvez tivesse tido mais se não tivessem chegado ao centro do recinto, onde a claraboia permitia a entrada de um círculo de luz solar. Agarrando o pulso de Camille, Alec forçou a mão da vampira para o chão, sob a luz.

Ela gritou enquanto bolhas brancas enormes se formaram em sua pele. Alec pôde sentir o calor da mão que borbulhava. Com os dedos entrelaçados nos dela, levantou a mão da vampira, de volta para a sombra. Ela rosnou e o agrediu. Ele deu uma cotovelada na boca de Camille, abrindo o lábio dela. Sangue de vampiro — vermelho brilhante, mais brilhante que sangue humano — escorreu do canto da boca.

— Já teve o suficiente? — rosnou Alec. — Quer mais? — Ele forçou a mão novamente para a luz. Já tinha começado a se curar, a pele vermelha e cheia de bolhas ficando rosada.

— Não! — arquejou ela, tossindo e começando a tremer, o corpo inteiro em espasmos. Após um instante, ele percebeu que ela estava *rindo*: rindo através do sangue. — Isso me fez sentir viva, Nephilim. Uma boa luta assim... deveria agradecê-lo.

— Agradeça respondendo minha pergunta — disse Alec, arfando. — Ou vou incinerá-la. Estou cansado dos seus jogos.

Os lábios de Camille se abriram em um sorriso. Os cortes já tinham se curado, apesar de o rosto ainda estar ensanguentado.

— Não há como torná-lo imortal. Não sem magia sombria ou sem transformá-lo em um vampiro, e você rejeitou ambas as opções.

— Mas você disse... falou que havia outra forma através da qual poderíamos ficar juntos...

— Ah, e existe. — Os olhos de Camille dançaram. — Você talvez não consiga adquirir imortalidade, pequeno Nephilim, pelo menos não em termos aceitáveis. *Mas pode retirar a de Magnus.*

Clary estava sentada no quarto na casa de Luke, com uma caneta na mão e um pedaço de papel aberto na mesa. O sol já tinha se posto e a luz da escrivaninha estava acesa, iluminando o símbolo que tinha acabado de começar.

Tinha lhe ocorrido pela primeira vez no metrô da linha L quando regressava ao lar, olhando pela janela, sem enxergar nada. Não era nada que já tivesse existido e ela correu para casa enquanto a imagem ainda estava fresca na cabeça, ignorando as perguntas da mãe e se fechando no quarto para colocar a caneta no papel...

Ouviu uma batida na porta. Rapidamente, guardou o papel embaixo de uma folha em branco e a mãe entrou.

— Eu sei, eu sei — disse Jocelyn, levantando uma das mãos para conter os protestos de Clary. — Quer ficar sozinha. Mas Luke cozinhou, e você precisa comer.

Clary olhou para a mãe.

— Você também. — Jocelyn, assim como a filha, tendia a perder o apetite quando estava estressada e seu rosto estava esquálido. Deveria estar se preparando para a lua de mel, para fazer as malas para viajar até algum lugar lindo e distante. Em vez disso, o casamento tinha sido adiado, e Clary podia ouvi-la chorando toda noite. Clary conhecia aquele tipo de choro, nascido da raiva e da culpa, um choro que dizia: *É tudo culpa minha.*

— Como se você comer — respondeu Jocelyn, forçando um sorriso. — Luke fez macarrão.

Clary virou a cadeira, angulando o corpo propositalmente, para que a mãe não visse a mesa.

— Mãe — falou. — Tem uma coisa que quero perguntar.

— O quê?

Clary mordeu a ponta da caneta, um mau hábito que cultivava desde que começara a desenhar.

— Quando eu estava na Cidade do Silêncio com Jace, os Irmãos me disseram que existe uma cerimônia praticada nos Caçadores de Sombras quando nascem, uma cerimônia que os protege. Que as Irmãs de Ferro e os Irmãos do Silêncio precisam executá-la. E eu fiquei me perguntando...

— Se você passou pela cerimônia?

Clary assentiu.

Jocelyn exalou e passou as mãos no cabelo.

— Passou — respondeu. — Providenciei com a ajuda de Magnus. Um Irmão do Silêncio esteve presente, alguém que jurou segredo, e uma feiticeira que assumiu o lugar da Irmã de Ferro. Quase não quis fazê-la. Não queria pensar na possibilidade de que você pudesse correr perigos sobrenaturais depois que a escondi com tanto cuidado. Mas Magnus me convenceu, e tinha razão.

Clary a olhou com curiosidade.

— Quem foi a feiticeira?

— Jocelyn! — gritou Luke da cozinha. — A água está fervendo.

Jocelyn deu um beijo rápido na cabeça de Clary.

— Desculpe. Emergência culinária. Nós nos vemos em cinco minutos?

Clary assentiu enquanto a mãe corria, depois virou-se novamente para a mesa. O desenho que estava criando continuava lá, provocando sua mente. Começou a desenhar outra vez, completando o que tinha começado. Ao terminar, chegou para trás e olhou o que tinha feito. Parecia um pouco com o símbolo de Abertura, mas não era o mesmo. Tratava-se de um desenho tão simples quanto uma cruz e tão novo para o mundo quanto um recém-nascido. Continha uma ameaça latente, um resquício de ter sido originado de sua fúria, culpa e ira impotentes.

Um símbolo poderoso. Mas apesar de saber exatamente o que significava e como poderia ser utilizado, não conseguia pensar em nenhuma maneira através da qual pudesse ajudar na atual situação. Era como estar com um carro quebrado em uma estrada deserta, remexendo desesperadamente no porta-malas, e encontrar triunfante uma extensão elétrica em vez de cabos de chupeta.

Sentiu como se o próprio poder estivesse caçoando dela. Praguejando, deixou a caneta cair na mesa e colocou o rosto nas mãos.

O interior do velho hospital tinha sido cuidadosamente pintado de branco, o que emprestava um brilho misterioso a cada uma das superfícies. A maioria das janelas era tapada por tábuas de madeira, mas mesmo com a baixa luminosidade a visão aprimorada de Maia conseguia identificar os detalhes — os grãos de gesso no chão dos corredores, as marcas onde luzes de construção tinham sido instaladas, pedaços de fios grudados nas paredes com tinta, ratos se mexendo nos cantos escuros.

Uma voz falou por trás dela:

— Vasculhei a ala leste. Nada. E você?

Maia se virou. Jordan estava atrás dela, com jeans escuros e um casaco preto semiaberto sobre uma camiseta verde. Balançou a cabeça.

— Também não tem nada na ala oeste. Escadas frágeis. Alguns detalhes arquitetônicos bonitos, se esse tipo de coisa interessar.

Ele balançou a cabeça.

— Vamos sair daqui, então. Este lugar me dá arrepios.

Maia concordou, aliviada por não precisar falar primeiro. Acompanhou o ritmo de Jordan enquanto desciam as escadas, o corrimão tão cheio de flocos de gesso esfarinhado que parecia coberto de neve. Ela não sabia exatamente por que tinha concordado em patrulhar com ele, mas não podia negar que formavam um bom time.

Jordan era uma companhia fácil. Apesar do que tinha acontecido entre os dois pouco antes do desaparecimento de Jace, ele foi respeitoso, manteve a distância sem deixá-la desconfortável. A luz brilhou sobre os dois ao saírem do hospital e entrarem no espaço aberto em frente ao complexo. Era uma construção grandiosa de mármore branco cujas janelas tapadas pareciam olhos vazios. Uma árvore torta, perdendo suas últimas folhas, encolhia-se ante as portas da frente.

— Bem, isso foi uma perda de tempo — observou Jordan.

Maia voltou-se para ele. Jordan estava olhando para o velho hospital naval, e ela preferia assim. Gostava de observá-lo quando ele não estava olhando para ela. Assim podia notar o ângulo da mandíbula dele, a forma como o cabelo escuro encaracolava na nuca, a curva da clavícula sob o V da gola da camiseta, sem ter a sensação de que ele esperava alguma coisa por ela estar olhando.

Ele era um hipster bonitinho quando o conheceu, cheio de ângulos e cílios, mas agora parecia mais velho, com as mãos cheias de cicatrizes e músculos que se movimentavam com suavidade sob a camisa verde justa. Ainda tinha o tom de azeitona na pele, que ressaltava a herança italiana, e os olhos amendoados de que ela se lembrava, apesar de as pupilas agora terem o contorno dourado característico dos licantropes. As mesmas pupilas que enxergava cada vez que se olhava no espelho. As pupilas que tinha por causa dele.

— Maia? — Ele estava olhando interrogativamente para ela. — O que você acha?

— Ah — piscou. — Eu, ah... não, acho que não adiantou nada vasculhar o hospital. Quero dizer, para ser sincera, não sei por que nos mandaram para cá. O Estaleiro do Brooklyn? Por que Jace estaria aqui? Não é como se ele tivesse uma quedinha por barcos.

A expressão de Jordan passou de interrogativa a algo mais sombrio.

— Quando corpos são jogados no East River, muitas vezes vêm parar aqui. No estaleiro.

— Você acha que estamos procurando por um *corpo*?

— Não sei. — Dando de ombros, ele virou as costas e começou a andar. Os sapatos dele farfalharam contra a grama seca e baixa. — Talvez a essa altura eu só esteja procurando porque me parece errado desistir.

O ritmo de Jordan era lento, sem pressa; caminharam lado a lado, quase se tocando. Maia manteve os olhos fixos na paisagem de Manhattan do outro lado do rio, um banho de luz branca refletindo na água. Ao se aproximarem da Baía Wallabout, o arco da Brooklyn Bridge apareceu, assim como o retângulo aceso do Porto de South Street do outro lado da água. Ela pôde sentir o cheiro do miasma poluído da água, a sujeira e o óleo diesel do estaleiro, o odor de pequenos animais se movimentando pela grama.

— Não creio que Jace esteja morto — disse ela, afinal. — Acho que ele não quer ser encontrado.

Com isso, Jordan olhou para ela.

— Está dizendo que não deveríamos procurar?

— Não. — Maia hesitou. Estavam perto do rio, ao lado de um muro baixo; passou a mão pelo topo do muro conforme andavam. Entre eles e a água havia uma tira de asfalto. — Quando fugi para Nova York, não queria que me encontrassem. Mas gostaria de ter a noção de que alguém me procurou tanto quanto todos estão procurando por Jace Lightwood.

— Você gostava de Jace? — A voz de Jordan soou neutra.

— Gostar dele? Bem, não *desse* jeito.

Jordan riu.

— Não quis dizer isso. Apesar de em geral ele ser considerado absurdamente atraente.

— Vai fazer aquela cena de cara heterossexual que finge que não sabe se outro menino é atraente ou não? Jace e o cabeludo da padaria na Nona Avenida são iguais para você?

— Bem, o cabeludo tem aquela verruga, então acho que Jace leva uma pequena vantagem. Se a pessoa curtir essa coisa de louro, fortinho, do tipo a Abercrombie-bem-que-gostaria-de-poder-me-bancar. — Olhou para Maia sob os cílios.

— Sempre gostei de meninos morenos — disse ela, em voz baixa.

Ele olhou para o rio.

— Como Simon.

— Bem... é. — Maia não pensava em Simon dessa forma havia muito tempo. — Acho que sim.

— E você gosta de músicos. — Jordan esticou o braço e puxou uma folha de um galho baixo. — Quero dizer, sou vocalista, o Morcego era DJ, e Simon...

— Gosto de música. — Maia tirou o cabelo do rosto.

— Do que mais você gosta? — Jordan ficou mexendo na folha entre os dedos. Fez uma pausa e tomou impulso para sentar no muro, virando-se para olhar para ela. — Digo, existe alguma coisa de que você goste tanto a ponto de querer viver disso?

Ela o olhou, surpresa.

— Como assim?

— Lembra quando fiz isso? — Ele abriu o zíper e tirou o casaco. A camiseta por baixo era de manga curta. Cada um dos bíceps de Jordan estava envolvido pelas palavras em sânscrito dos Mantras Shanti.

Ela se lembrava muito bem. A amiga deles, Valerie, fez as tatuagens de graça, depois do horário de funcionamento do estúdio em Red Bank. Maia deu um passo em direção a ele. Com ele sentado e ela de pé, ficavam quase da mesma altura. Ela esticou o braço e, hesitante, tocou as letras no braço esquerdo dele. Jordan fechou os olhos ao sentir o toque.

— *Leve-nos do irreal ao real.* — Ela leu em voz alta. — *Leve-nos da escuridão à luz. Leve-nos da morte à imortalidade.* — A pele dele era suave ao toque. — Dos *Upanishads.*

— A ideia foi sua. Era você que vivia lendo. Você que sabia tudo... — Ele abriu os olhos e os direcionou a ela. Eram muito mais claros que a água atrás dele. — Maia, o que você quiser fazer, eu ajudo. Guardei boa parte do meu salário da Praetor. Posso dar para você... Pode cobrir seus estudos em Stanford. Bem, quase tudo. Se você ainda quiser ir para lá.

— Não sei — respondeu a garota, a mente girando. — Quando me juntei ao bando, achei que só era possível ser licantrope e nada mais. Achei que tudo se reduzia à vida em bando, que não dava para ter identidade. Eu me sentia mais segura assim. Mas Luke tem uma vida. É dono de uma livraria. E você, você faz parte da Praetor. Acho que... dá para ser mais de uma coisa.

— Você sempre foi. — A voz dele estava baixa, rouca. — Sabe, o que falou antes... que quando fugiu gostaria de pensar que alguém a procurou. — Respirou fundo. — Eu procurei. Nunca deixei de procurar.

Ela olhou nos olhos amendoados dele. Ele não se moveu, mas as mãos, agarrando os joelhos, estavam com os nós brancos. Maia se inclinou para a frente, perto o bastante para enxergar a barba crescendo no queixo, sentir o cheiro dele, de lobo, de menino e de pasta de dente. Colocou as mãos sobre as dele.

— Bem — disse ela. — Já me encontrou.

Os rostos estavam a poucos centímetros de distância um do outro. Maia sentiu a respiração de Jordan em seus lábios antes de ele beijá-la; ela se inclinou, fechando os olhos. A boca de Jordan era tão suave quanto ela se lembrava, os lábios tocando gentilmente os dela, provocando arrepios na menina. Ela levantou os braços para envolvê-los no pescoço dele, para deslizar os dedos sob os cabelos escuros, para tocar levemente a pele de sua nuca, a borda do colarinho gasto da camisa.

Jordan a puxou mais para perto. Ele estava tremendo. Ela sentiu o calor do corpo forte no dela, e as mãos dele deslizaram para as costas dela.

— Maia — sussurrou. Começou a levantar a bainha do casaco dela, agarrando-a pela lombar. Moveu os lábios nos dela. — Eu te amo. Nunca deixei de te amar.

Você é minha. Sempre será.

Com o coração acelerado, ela se afastou, abaixando o casaco.

— Jordan... pare.

Ele olhou para ela, a expressão confusa e preocupada.

— Desculpe. Não foi bom? Não beijo ninguém além de você, desde... — Deixou a frase no ar.

Ela balançou a cabeça.

— Não, é só... Não posso.

— Tudo bem — disse ele. Parecia muito vulnerável, sentado ali, o desalento estampado no rosto. — Não precisamos fazer nada...

Maia procurou por palavras.

— É que é muita coisa.

— Foi só um beijo.

— Você disse que me amava. — A voz dela tremeu. — Ofereceu suas economias. Não posso aceitar isso de você.

— O quê? — perguntou ele, a voz marcada pela dor. — Meu dinheiro ou a parte do amor?

— Nenhum dos dois. Não posso, tudo bem? Não com você, não agora. — Ela começou a recuar. Jordan ficou olhando para ela, boquiaberto. — Não me siga, por favor — pediu, e se virou para correr pelo caminho por onde tinham vindo.

5

Filho de Valentim

Ela estava sonhando com paisagens geladas novamente. A tundra triste que se *espalhava por todas as direções, blocos congelados flutuando nas águas escuras do Ártico, montanhas cobertas de neve, cidades esculpidas em gelo, suas torres brilhavam como as torres demoníacas de Alicante.*

Na frente da cidade congelada havia um lago congelado. Clary estava deslizando por uma colina íngreme, tentando alcançar o lago, apesar de não saber ao certo por quê. Duas figuras escuras se encontravam no centro da água congelada. Ao se aproximar do lago, derrapando pela superfície da inclinação, as mãos queimando pelo contato com o gelo e os sapatos se enchendo de neve, ela viu que um deles era um menino com asas pretas que se abriam nas costas como as de um corvo. Tinha cabelos tão brancos quanto o gelo que o cercava. Sebastian. E ao lado dele, Jace, seus cabelos dourados a única cor na paisagem preta e branca congelada.

Enquanto Jace virava de costas para Sebastian e começava a caminhar na direção de Clary, asas irromperam de suas costas, em ouro branco e brilhantes. Clary deslizou os últimos metros para a superfície congelada do lago e caiu de joelhos, exausta. Estava com as mãos azuis e sangrando, os lábios rachados, e os pulmões ardiam a cada respiração gelada.

— Jace — sussurrou.

E ele estava lá, levantando-a do chão, envolvendo-a com as asas, e ela estava aquecida outra vez, o corpo descongelando, do coração às veias, ressuscitando suas mãos e seus pés com pontadas que se dividiam entre dor e prazer.

— Clary — disse ele, acariciando afetuosamente o cabelo dela. — Pode me prometer que não vai gritar?

Os olhos de Clary se abriram. Por um instante se sentiu tão desorientada que o mundo pareceu girar como a vista de um carrossel em movimento. Ela estava no quarto na casa de Luke — o conhecido futon sob seu corpo, o armário com o espelho rachado, as janelas estreitas para o East River, o aquecedor chiando e sussurrando. Luz fraca entrava pelas vidraças e um suave brilho vermelho vinha do detector de fumaça acima do closet. Clary estava deitada de lado, sob uma montanha de cobertores, com as costas deliciosamente aquecidas. Havia um braço em sua lateral. Por um instante, no intervalo semiconsciente entre o sono e a vigília, ficou imaginando se Simon teria entrado pela janela enquanto ela dormia e deitado ao seu lado, do modo como dormiam na mesma cama quando eram pequenos.

Mas Simon não tinha calor corporal.

Seu coração saltitou no peito. Agora inteiramente acordada, girou sob as cobertas. Ao seu lado estava Jace, deitado de lado, olhando para ela, a cabeça apoiada na mão. A fraca luz da lua transformava o cabelo em uma auréola. Os olhos brilhavam, dourados como os de um gato. Estava completamente vestido, ainda com a camiseta branca de manga curta com a qual Clary o vira mais cedo, e seus braços estavam marcados por símbolos entrelaçados como videiras ascendentes.

Respirou fundo. Jace, *seu* Jace, nunca a olhara daquele jeito. Já tinha olhado para ela com desejo, mas não este olhar preguiçoso, predatório, *faminto* que fez seu coração bater de um jeito irregular.

Ela de repente abriu a boca — para falar o nome dele, ou para gritar, não sabia ao certo, e não teve a chance de descobrir; Jace se moveu tão rápido que ela sequer viu. Num instante ele estava deitado ao seu lado e no seguinte em cima dela, uma das mãos tapando a boca de Clary. Prendeu-a pelos quadris, com as pernas; ela sentiu o corpo dele, esguio e musculoso, sobre o dela.

— Não vou machucá-la — falou. — Jamais faria isso. Mas não quero que grite. Preciso falar com você.

Clary o encarou.

Para surpresa dela, ele riu. A risada familiar, abafada a um sussurro.

— Sei ler suas expressões, Clary Fray. Assim que eu tirar a mão da sua boca, você vai gritar. Ou usar o treinamento para quebrar meus pulsos. Vamos, prometa que não fará nada disso. Jure pelo Anjo.

Com isso, ela revirou os olhos.

— Tudo bem, tem razão — disse ele. — Não pode jurar com a minha mão na sua boca. Vou retirá-la. E se você gritar... — Jace inclinou a cabeça para o lado; cabelos dourado-claros caíram sobre seus olhos. — Eu desapareço.

Tirou a mão. Ela ficou deitada, parada, arfando com a pressão do corpo dele no seu. Sabia que Jace era mais veloz do que ela, que não havia movimento que pudesse executar sem que ele fosse mais rápido, mas por enquanto ele parecia tratar a interação como um jogo, uma brincadeira. Inclinou-se mais para perto de Clary, que percebeu que ele estava com a camiseta levantada; podia sentir os músculos da barriga lisa e dura de Jace na própria pele. Ela enrubesceu.

Apesar do calor no rosto, Clary tinha a sensação de agulhas de gelo percorrendo suas veias.

— O que está fazendo aqui?

Ele recuou ligeiramente, parecendo decepcionado.

— Essa não é exatamente uma resposta para a minha pergunta, você sabe. Eu estava esperando um coro de aleluia. Quero dizer, não é todo dia que seu namorado volta dos mortos.

— Eu já sabia que não estava morto — falou, através de lábios dormentes. — Eu o vi na biblioteca. Com...

— O Coronel Mostarda?

— Sebastian.

Jace soltou o ar em uma risada baixa.

— Eu sabia que estava lá. Senti.

Clary sentiu o próprio corpo enrijecer.

— Você me deixou pensar que tinha sumido — disse. — Antes daquilo. Eu achei que você... realmente achei que havia chance de você estar... — interrompeu-se; não conseguia falar. *Morto*. — É imperdoável. Se eu tivesse feito aquilo com você...

— Clary — Ele inclinou-se sobre ela outra vez; estava com as mãos quentes nos pulsos da menina, a respiração suave ao ouvido dela. Clary podia sentir cada lugar em que as peles nuas se tocavam. Era terrivelmente desconcertante. — Precisei fazer aquilo. Era perigoso demais. Se eu tivesse contado, você teria tido de guardar um segredo que a tornaria cúmplice aos olhos deles. Depois, quando me viu na biblioteca, tive de esperar. Precisava saber se você ainda me amava, se iria ao Conselho ou não para contar o que viu. Não foi. Tinha de saber se se importava mais comigo do que com a Lei. Você se importa, certo?

— Não sei — sussurrou. — Não sei. Quem é você?

— Continuo sendo Jace — respondeu. — Continuo amando você.

Lágrimas quentes se formaram nos olhos de Clary. Ela piscou e elas rolaram. Gentilmente, ele inclinou a cabeça e a beijou na bochecha, depois na boca. Ela sentiu o gosto das próprias lágrimas, salgadas nos lábios dele, e ele usou a própria boca para abrir a dela, cuidadosa e carinhosamente. O gosto familiar e a sensação dele a inundaram, e Clary se inclinou na direção de Jace; por uma fração de segundo, as dúvidas foram consumidas pelo reconhecimento cego e irracional da necessidade de mantê-lo próximo, mantê-lo *ali* — exatamente quando a porta do quarto se abriu.

Jace a soltou. Clary instantaneamente se afastou dele, ajeitando-se para puxar a camiseta para baixo. Jace se sentou com uma graciosidade preguiçosa e calma, e sorriu para a pessoa na entrada.

— Ora, ora — disse Jace. — Acho que seu *timing* é o pior da história desde que Napoleão decidiu que o auge do inverno era o momento certo para invadir a Rússia.

Era Sebastian.

De perto, Clary pôde ver mais claramente as diferenças de quando o conheceu em Idris. Tinha cabelos brancos como papel e os olhos eram túneis pretos envoltos em cílios longos como patas de aranhas. Estava com uma camisa branca, as mangas dobradas, e ela viu uma cicatriz vermelha no pulso direito, como uma pulseira em espinhaço. Também tinha uma cicatriz na palma da mão, que parecia recente e áspera.

— É minha irmã que você está deflorando aí, sabe — falou, direcionando os olhos pretos para Jace. A expressão era divertida.

— Desculpe. — Jace não soava arrependido. Estava apoiado nos cobertores, como um felino. — Perdemos um pouco o controle.

Clary respirou fundo. A respiração soou pesada aos próprios ouvidos.

— Saia *daqui* — falou para Sebastian.

Ele se apoiou no batente da porta, cotovelo e quadril, e ela ficou impressionada pela semelhança nos movimentos entre Jace e ele. Não se pareciam, mas se *moviam* de um jeito parecido. Como se...

Como se tivessem sido treinados pela mesma pessoa para se mover.

— Ora — disse ele —, isso é jeito de falar com seu irmão mais velho?

— Magnus deveria tê-lo deixado transformado em cabideiro — disparou Clary.

— Ah, você se lembra disso, não é mesmo? Achei que nos divertimos muito naquele dia. — Sorriu, e Clary, com o estômago afundando, lembrou-se de como ele a tinha levado para os destroços incendiados da casa de sua mãe, de como a beijou entre os restos, o tempo todo ciente da relação entre os dois e se deliciando com o fato de que ela não sabia.

Clary olhou de lado para Jace. Ele sabia muito bem que Sebastian a tinha beijado. Sebastian o provocou com aquilo, e Jace quase o matou. Mas não parecia bravo agora; parecia entretido e ligeiramente irritado por ter sido interrompido.

— Devíamos repetir a dose — disse Sebastian, examinando as próprias unhas. — Passar um tempinho em família.

— Não ligo para o que pensa. Você não é meu irmão — disse Clary. — É um assassino.

— Não vejo como essas duas coisas são excludentes — respondeu Sebastian. — Não é como o que fizeram no caso do nosso velho e querido pai. — Ele deixou os olhos deslizarem preguiçosamente para Jace. — Normalmente, detestaria me intrometer na vida amorosa de um amigo, mas não estou a fim de ficar nesse corredor por tempo indeterminado. Principalmente, considerando que não posso acender nenhuma luz. É chato.

Jace sentou, ajeitando a camisa.

— Cinco minutos.

Sebastian deu um suspiro exagerado e fechou a porta. Clary encarou Jace.

— Que p...

— Olhe o vocabulário, Fray. — Os olhos de Jace dançaram. — Relaxe.

Clary apontou para a porta.

— Você ouviu o que ele disse. Sobre o dia em que me beijou. Ele *sabia* que eu era irmã dele. Jace...

Algo brilhou nos olhos de Jace, escurecendo o dourado, mas quando ele se pronunciou novamente foi como se as palavras tivessem atingido uma superfície de Teflon e voltado, sem deixar qualquer marca.

Ela recuou.

— Jace, não está ouvindo nada do que digo?

— Olhe, entendo que fique desconfortável com seu irmão esperando lá fora, no corredor. Eu não estava *planejando* beijá-la. — Jace sorriu de um jeito que em outros tempos Clary teria achado lindo. — Na hora me pareceu uma boa ideia.

Clary saiu da cama aos tropeços, encarando-o. Alcançou o roupão no pé da cama e o envolveu no próprio corpo. Jace observou, sem fazer qualquer movimento no sentido de contê-la, apesar de seus olhos terem brilhado no escuro.

— Eu... eu nem consigo entender. Primeiro você desaparece, agora volta com *ele*, agindo como se eu não devesse notar, me importar ou *lembrar*...

— Já disse — falou. — Eu precisava ter certeza sobre você. Não queria colocá-la na posição de saber onde eu estava enquanto a Clave ainda a investigava. Achei que seria difícil para você...

— *Difícil* para mim? — Clary estava quase sem ar de tanta raiva. — Testes são difíceis. Corridas com obstáculos são difíceis. Você desaparecer daquele jeito praticamente me matou, Jace. E o que você acha que fez com Alec? Isabelle? Maryse? Você sabe como foi? Consegue imaginar? Sem saber de nada, as buscas...

Aquela expressão estranha passou pelo rosto de Jace outra vez, como se ele estivesse escutando, mas sem ouvir.

— Ah, sim, eu ia perguntar. — Ele sorriu como um anjo. — *Está* todo mundo me procurando?

— Se está todo mundo...

Clary balançou a cabeça, puxando o roupão ainda mais para perto do corpo. De repente queria estar coberta diante dele, diante de toda a familiaridade, a beleza e aquele adorável sorriso predatório que dizia que ele estava disposto a fazer qualquer coisa com ela, *a* ela, independentemente de quem estivesse esperando no corredor.

— Eu estava torcendo para que espalhassem cartazes, como fazem para gatos perdidos — falou. — *Desaparecido, adolescente absurdamente lindo. Atende pelo nome de "Jace" ou "Gostosão".*

— Você não disse isso.

— Não gosta de "Gostosão". Acha que "Garanhão" ficaria melhor? "Docinho"? Sério, este último é um pouco exagerado. Apesar de que no diminutivo não fica mal.

— Cale a boca — disse ela, enfurecida. — E saia daqui.

— Eu... — Jace pareceu espantado e ela se lembrou do quanto ele ficou surpreso no lado de fora da Mansão, quando ela o afastou. — Tudo bem, certo. Vou falar sério. Clarissa, estou aqui porque quero que venha comigo.

— Ir com você?

— Venha comigo — disse ele, em seguida hesitou — e com Sebastian. E explicarei tudo.

Por um instante, ela ficou congelada, os olhos fixos nos dele. Raios prateados do luar contornavam as curvas da boca de Jace, a forma das maçãs do rosto, a sombra dos cílios, o arco da garganta.

— Na última vez em que "fui" com você a algum lugar, acabei inconsciente e arrastada para o meio de uma cerimônia de magia sombria.

— Aquilo não fui eu. Aquilo foi Lilith.

— O Jace Lightwood que conheço não ficaria no mesmo local que Jonathan Morgenstern sem matá-lo.

— Você vai perceber que isso seria autodestruição — disse Jace, levemente, calçando as botas. — Somos ligados, eu e ele. Se cortá-lo, eu sangro.

— Ligados? Como assim, *ligados*?

Jace puxou os cabelos claros para trás, ignorando a pergunta.

— Isto é maior do que você entende, Clary. Ele tem um plano. Está disposto a trabalhar, a se sacrificar. Se der a ele a chance de se explicar...

— Ele matou Max, Jace — disse ela. — Seu irmãozinho.

Jace hesitou e, por um fugaz momento de esperança, ela achou que tivesse conseguido atingi-lo, mas a expressão dele suavizou como uma folha de papel enrugada após ser esticada.

— Aquilo foi... foi um acidente. Além do mais, Sebastian é tão meu irmão quanto Max.

— Não. — Clary balançou a cabeça. — Ele não é seu irmão. É meu. E Deus sabe que eu gostaria de que não fosse. Ele nunca deveria ter nascido...

— Como pode falar isso? — disse Jace. Tirou as pernas da cama. — Já parou para pensar que talvez as coisas não sejam tão preto no branco quanto você julga? — Jace se abaixou para pegar o cinto de armas e vesti-lo. — Passamos por uma guerra, Clary, e as pessoas se machucaram, mas... as coisas eram diferentes. Agora sei que Sebastian jamais machucaria alguém que amo intencionalmente. Ele está servindo a um propósito maior. Às vezes, existem efeitos colaterais...

— Você acabou de chamar seu próprio irmão de *efeito colateral*? — A voz dela se elevou em um quase grito incrédulo. Sentiu que mal conseguia respirar.

— Clary, você não está me ouvindo. Isto é importante...

— Como Valentim achava que o que estava fazendo era importante?

— Valentim estava errado — declarou. — Tinha razão em achar que a Clave é corrupta, mas se enganou quanto à forma de consertar as coisas. Mas Sebastian está certo. Se você nos ouvir...

— "Nos" — disse ela. — Meu Deus. Jace...

Ele a estava olhando da cama, e ao mesmo tempo que Clary sentia o coração se partindo, sua mente acelerava, tentando lembrar onde tinha deixado a estela, imaginando se conseguiria alcançar a faca X-Acto na gaveta da cabeceira. Perguntando-se se conseguiria utilizá-la, caso a alcançasse.

— Clary? — Jace inclinou a cabeça para o lado, estudando o rosto dela. — Você... ainda me ama, não ama?

— Eu amava Jace Lightwood — respondeu. — Não sei quem *você* é.

A expressão dele mudou, mas antes que pudesse falar, um grito cortou o silêncio. Um grito e o som de vidro se quebrando.

Clary reconheceu a voz instantaneamente. Era a mãe.

Sem mais um olhar para Jace, abriu a porta do quarto e acelerou pelo corredor até a sala. A sala da casa de Luke era ampla, separada da cozinha por uma bancada longa. Jocelyn, com calça de ioga e uma camiseta rasgada, os cabelos presos em um coque, estava perto da bancada. Claramente, tinha ido até a cozinha beber alguma coisa. Havia um copo estilhaçado no chão, a água ensopando o tapete cinza.

A cor se esvaíra de seu rosto, que estava pálido como areia branca. Seu olhar estava fixo no outro lado da sala, e mesmo antes de Clary virar a cabeça, soube o que a mãe estava olhando.

O filho.

Sebastian estava apoiado na parede do quarto, perto da porta, sem qualquer expressão no rosto angular. Abaixou as pálpebras e olhou para Jocelyn através dos cílios. Alguma coisa na postura, na aparência dele, poderia ter sido retirada diretamente da fotografia de Hodge, de Valentim aos 17 anos de idade.

— Jonathan — sussurrou Jocelyn.

Clary ficou parada, congelada, mesmo quando Jace surgiu do corredor, absorveu a cena diante de seus olhos e parou. Estava com a mão esquerda no cinto de armas; os dedos esguios a centímetros do cabo de uma das adagas, mas Clary sabia que ele levaria menos de um segundo para pegá-la.

— Eu atendo por "Sebastian" agora — disse o irmão de Clary. — Concluí que não tinha interesse em manter o nome que você e meu pai me deram. Os dois me traíram, então prefiro o mínimo possível de associação com vocês.

Água se espalhou da piscina de vidro quebrado aos pés de Jocelyn em um anel escuro. Ela deu um passo à frente, seus olhos inquisitivos, percorrendo o rosto de Sebastian.

— Pensei que estivesse morto — suspirou. — *Morto*. Vi seus ossos transformados em cinzas.

Sebastian olhou para ela, os olhos pretos quietos e estreitos.

— Se fosse uma mãe de verdade — falou —, uma boa mãe, saberia que eu estava vivo. Certa vez, um homem disse que as mães carregam as chaves das nossas almas consigo por toda a nossa vida. Mas você jogou a minha fora.

Jocelyn emitiu um ruído no fundo da garganta. Estava apoiada na bancada. Clary quis correr para ela, mas sentiu os pés congelados no chão. O que quer que estivesse acontecendo entre o irmão e a mãe, era algo que não tinha nada a ver com ela.

— Não me diga que não está nem um pouco feliz em me ver, mãe — disse Sebastian e, apesar de suas palavras serem suplicantes, a voz soou seca. — Não sou tudo que você poderia desejar em um filho? — Abriu os braços. — Forte, bonito, a cara do querido pai.

Jocelyn balançou a cabeça, o rosto sombrio.

— O que você quer, Jonathan?

— Quero o que todos querem — respondeu Sebastian. — Quero o que me é devido. Neste caso, o legado Morgenstern.

— O legado Morgenstern é de sangue e devastação — disse Jocelyn. — Não somos Morgenstern aqui. Nem eu, nem minha filha. — Ela se endireitou. Ainda estava agarrando a bancada, mas Clary pôde ver um pouco da velha chama voltando à expressão da mãe. — Se sair agora, Jonathan, não relatarei à Clave que esteve aqui. — Desviou os olhos para Jace. — Nem você. Se soubessem que estavam trabalhando juntos, matariam os dois.

Clary se colocou na frente de Jace, por reflexo. Ele olhou através dela, por cima dos ombros, para Jocelyn.

— Você se importa se eu morrer? — perguntou Jace.

— Importo-me com o que isso faria com a minha filha — respondeu. — E a Lei *é* dura, dura *demais*. O que aconteceu com você... talvez possa ser desfeito. — Seus olhos se voltaram para Sebastian. — Mas para você... meu Jonathan... é tarde demais.

A mão que estava agarrando a bancada avançou, empunhando a lâmina *kindjal* de cabo longo. Lágrimas brilharam nos olhos de Jocelyn. Mas a mão com a faca era firme.

— Sou a cara dele, não? — disse Sebastian, sem se mexer. Mal pareceu notar a faca. — Valentim. É por isso que está me olhando desse jeito.

Jocelyn balançou a cabeça.

— Você tem a mesma cara de sempre, desde o primeiro instante em que o vi. Parece uma coisa demoníaca. — A voz soou dolorosamente triste. — Sinto muito.

— Sente muito pelo quê?

— Por não tê-lo matado quando você nasceu — respondeu, e saiu de trás da bancada, girando a *kindjal* na mão.

Clary ficou tensa, mas Sebastian não se mexeu. Seus olhos pretos seguiram a mãe enquanto ela se aproximava dele.

— É isso que você quer? — perguntou. — Que eu morra? — Abriu os braços, como se pretendesse abraçar Jocelyn, e deu um passo à frente. — Vá em frente. Cometa filicídio. Não vou impedi-la.

— *Sebastian* — disse Jace. Clary o olhou, incrédula. Ele realmente parecia *preocupado*?

Jocelyn avançou mais um passo. A faca, um borrão em sua mão. Quando parou, a ponta estava apontada diretamente para o coração de Sebastian.

Mesmo assim, ele não se mexeu.

— Vá em frente — disse ele, suavemente. Inclinou a cabeça para o lado. — Consegue? Poderia ter me matado quando nasci. Mas não o fez. — Ele abaixou a voz. — Talvez saiba que não existe algo como amor condicional por um filho. Talvez, se me amasse o suficiente, pudesse me salvar.

Por um instante se encararam, mãe e filho, olhos verdes gelados encontrando olhos pretos como carvão. Havia rugas profundas nos cantos da boca de Jocelyn, que Clary poderia jurar que não estavam ali duas semanas antes.

— Você está fingindo — disse ela, com a voz trêmula. — Não sente nada, Jonathan. Seu pai lhe ensinou a fingir que tem emoções humanas da mesma forma que alguém pode ensinar um papagaio a repetir palavras. O animal não entende o que está dizendo, nem você. Eu gostaria, meu Deus, como gostaria, que entendesse. Mas...

Jocelyn moveu a lâmina em um arco rápido, direto e cortante. Um golpe perfeito, deveria ter subido das costelas de Sebastian ao coração. É o que teria acontecido, se ele não tivesse sido ainda mais veloz do que Jace; girou para longe e para trás, a ponta da lâmina só fez um corte superficial no peito dele.

Ao lado de Clary, Jace respirou fundo. Ela girou para olhar. Havia uma mancha vermelha se espalhando na frente da camisa dele. Jace tocou a mancha com a mão; os dedos voltaram sangrentos. *Somos ligados. Se cortá-lo, eu sangro.*

Sem pensar, Clary correu pela sala, jogando-se entre Jocelyn e Sebastian.

— Mãe — arquejou. — Pare.

Jocelyn continuava segurando a faca, os olhos em Sebastian.

— Clary, saia da frente.

Sebastian começou a rir.

— Fofo, não? — falou. — Uma irmãzinha defendendo o irmão mais velho.

— Não estou defendendo *você*. — Clary manteve os olhos fixos no rosto da mãe. — O que quer que aconteça a Jonathan, acontece a Jace. Entende, mãe? Se matá-lo, Jace morre. Ele já está sangrando. Mãe, por favor.

Jocelyn continuava empunhando a faca, mas sua expressão estava incerta.

— Clary...

— Céus, que coisa mais desconfortável — observou Sebastian. — Estou interessado em ver como resolvem isto. Afinal, não tenho razão para sair.

— Sim, na verdade — veio uma voz do corredor —, você tem, sim.

Era Luke, descalço e usando calça jeans e um casaco velho. Parecia desgrenhado e estranhamente mais jovem sem os óculos. Também tinha uma espingarda equilibrada no ombro, o cano apontado diretamente para Sebastian.

— Esta aqui é uma Winchester calibre .12. O bando a utiliza para abater lobos que se corromperam — falou. — Mesmo que não o mate, posso arrancar sua perna, filho de Valentim.

Foi como se todos na sala arfassem ao mesmo tempo; todos, exceto Luke. E Sebastian, que, com um sorriso no rosto, foi na direção de Luke, como se ignorasse a arma.

— "*Filho de Valentim*" — falou. — É assim que pensa em mim? Em outras circunstâncias, você poderia ter sido meu padrinho.

— Em outras circunstâncias — disse Luke, deslizando o dedo para o gatilho —, você poderia ter sido humano.

Sebastian parou onde estava.

— O mesmo poderia ser dito sobre você, lobisomem.

O mundo pareceu desacelerar. Luke mirou pelo cano da espingarda. Sebastian continuou sorrindo.

— Luke — disse Clary. Foi como um daqueles sonhos, um pesadelo em que queria gritar, mas a única coisa que conseguiu fazer atravessar a garganta foi um sussurro. — Luke, *não faça isso*.

O dedo do padrasto se firmou no gatilho e, em seguida, Jace se movimentou como um raio, lançando-se de onde estava, ao lado de Clary, para além do sofá e colidindo contra Luke exatamente quando a espingarda disparou.

O tiro saiu desgovernado; uma das janelas estilhaçou para fora ao ser atingida pela bala. Luke, desequilibrado, cambaleou para trás. Jace arrancou a arma da mão dele e a arremessou. A arma zuniu através da janela quebrada, e Jace se voltou novamente para o licantrope.

— Luke... — começou.

Luke o acertou.

Mesmo sabendo o que sabia, o choque daquilo tudo, de ver Luke, que havia defendido Jace incontáveis vezes para sua mãe, para Maryse, para a Clave — Luke, que era basicamente gentil e generoso —, batendo na cara de Jace daquele jeito, foi como se ele tivesse batido em Clary. Jace, completamente despreparado, foi arremessado para trás, contra a parede.

E Sebastian, que até o momento não tinha demonstrado qualquer emoção além de desdém e nojo, rosnou; rosnou e sacou uma adaga longa e fina do cinto. Luke arregalou os olhos e começou a se afastar, mas Sebastian foi mais rápido do que ele — mais rápido do que qualquer pessoa que Clary já tivesse visto. Mais rápido que Jace. Enfiou a adaga no peito de Luke, girando-a com força antes de retirá-la, vermelha até o cabo. Luke caiu para trás contra a parede, em seguida deslizou para o chão, deixando um rastro de sangue enquanto Clary o encarava, horrorizada.

Jocelyn gritou. O som foi pior do que o barulho da bala estilhaçando o vidro, apesar de Clary ter escutado como se viesse de longe, ou de baixo d'água. Ela estava encarando Luke, que caiu no chão, o tapete em volta ficando rapidamente vermelho.

Sebastian ergueu a adaga outra vez, e Clary se jogou para cima dele, batendo com toda a força contra o ombro do irmão, tentando desequilibrá-lo. Mal o moveu, mas ele derrubou a adaga. Virou-se para ela. Ele estava sangrando no lábio. Clary não sabia por quê, não até Jace surgir em seu campo de visão e ela notar o sangue onde Luke o havia atingido.

— Chega! — Jace agarrou Sebastian pelo casaco. Estava pálido e não estava olhando para Luke, nem para Clary. — Pare. Não foi para isto que viemos aqui.

— Me solte...

— Não. — Jace se esticou por cima de Sebastian e o agarrou pela mão.

Seus olhos encontraram os de Clary. Os lábios de Jace formaram palavras, houve um clarão prateado, o anel no dedo de Sebastian, então os dois desapareceram, sumindo entre uma respiração e outra. Exatamente quando desapareceram, um raio de algo metálico cortou o ar onde haviam estado e se enterrou na parede.

A *kindjal* de Luke.

Clary se virou para a mãe, que havia arremessado a faca. Mas Jocelyn não estava olhando para Clary. Em vez disso, corria para o lado de Luke, caindo de joelhos sobre o tapete sangrento e puxando-o para o colo. Ele estava com os olhos fechados. Sangue pingava dos cantos da boca. A adaga de prata de Sebastian, manchada com mais sangue ainda, estava a alguns centímetros de distância.

— Mãe — sussurrou Clary. — Ele...

— A adaga era de prata. — A voz de Jocelyn tremeu. — Ele não vai se curar tão rápido quanto deveria, não sem tratamento especial. — Ela tocou o rosto de Luke com as pontas dos dedos. O peito dele subia e descia, Clary viu aliviada, ainda que superficialmente. Ela pôde sentir o gosto de lágrimas ardendo no fundo da garganta e por um instante se impressionou com a calma da mãe. Mas aquela mulher já havia se colocado diante das cinzas da própria casa, cercada por corpos incinerados de seus familiares, incluindo os pais e o filho, e havia superado tudo. — Pegue algumas toalhas no banheiro — disse a mãe. — Precisamos estancar o sangue.

Clary se levantou cambaleando e foi quase em um voo cego até o pequeno banheiro de Luke. Havia uma toalha cinza pendurada atrás da porta. Ela a puxou de lá e voltou para a sala. Jocelyn estava segurando Luke no colo com uma das mãos; a outra estava ocupada com um telefone celular. Ela o derrubou e pegou a toalha quando Clary entrou. Dobrando-a ao meio, colocou-a sobre o machucado no peito de Luke e pressionou. Clary observou enquanto as bordas da toalha ficavam vermelhas com o sangue.

— Luke — sussurrou Clary. Ele não se moveu. Seu rosto estava com uma terrível cor cinzenta.

— Acabei de ligar para o bando dele — disse Jocelyn. Não olhou para a filha; Clary percebeu que Jocelyn não tinha feito qualquer pergunta a respeito de Jace e Sebastian, ou por que Jace havia surgido do seu quarto, ou o que estavam fazendo lá dentro. Estava inteiramente focada em Luke. — Alguns membros estão patrulhando a área. Assim que chegarem, temos de sair. Jace vai voltar por você.

— Você não sabe... — começou Clary, sussurrando através da garganta seca.

— Sei — respondeu Jocelyn. — Valentim veio atrás de mim depois de 15 anos. Os homens Morgenstern são assim. Nunca desistem. Ele vai voltar.

Jace não é Valentim. Mas as palavras morreram nos lábios de Clary. Ela queria cair ajoelhada e pegar a mão de Luke, segurar com força, dizer que o amava. Mas se lembrou das mãos de Jace tocando-a em seu quarto e não o fez. Isto era culpa dela. Ela não merecia poder confortar Luke, ou a si mesma. Merecia a dor, a culpa.

Passos arranhados soaram na entrada, e o baixo murmúrio de vozes. A cabeça de Jocelyn se levantou de imediato. O bando.

— Clary, vá buscar suas coisas — disse. — Pegue o que achar que vai precisar, mas não mais do que puder carregar. Não voltaremos a esta casa.

6

Nenhuma arma neste mundo

Pequenos flocos de neve tinham começado a cair como penas do céu cinza-metálico enquanto Clary e a mãe corriam pela Greenpoint Avenue, ambas de cabeça baixa por causa do vento frio que vinha do East River.

Jocelyn não disse uma palavra desde que deixaram Luke na delegacia de polícia abandonada que servia de base para o bando. Foi tudo um borrão — o bando carregando o líder, o kit de cura, Clary e a mãe lutando para enxergar Luke enquanto os lobos pareciam fechar o círculo na frente delas. Ela sabia por que não podiam levá-lo a um hospital mundano, mas foi difícil, mais que difícil, deixá-lo ali naquele recinto branco que servia de enfermaria.

Não que os lobos não *gostassem* de Jocelyn ou Clary. Era mais uma questão de a noiva de Luke e sua filha não fazerem parte do bando. Jamais fariam. Clary olhou em volta, procurando Maia, em busca de uma aliada, mas não a viu. Eventualmente Jocelyn pediu que Clary esperasse no corredor, pois a sala estava cheia demais, e Clary se encolheu no chão, com a mochila no colo. Eram duas da madrugada, e ela jamais havia se sentido tão sozinha. Se Luke morresse...

Mal conseguia se lembrar de uma vida sem ele. Por causa dele e da mãe, Clary sabia o que era ser amada de forma incondicional. Luke a levantando para colocá-la no galho de uma macieira na fazenda dele era uma de suas primeiras lembranças. Na enfermaria, ele estava respirando com dificuldade enquanto seu terceiro homem na linha de comando, o Morcego, abria o kit de cura. As pessoas normalmente respiravam daquele jeito quando morriam, ela se lembrou. Não conseguia recordar qual tinha sido a última coisa que dissera a Luke. Não se deveria lembrar a última coisa dita a alguém antes de a pessoa morrer?

Quando Jocelyn finalmente emergiu da enfermaria, parecendo exausta, estendeu a mão para Clary e a ajudou a levantar.

— Ele... — começou Clary.

— Está estabilizado — respondeu Jocelyn. Olhou de um lado para o outro do corredor. — Devemos ir.

— Para onde? — Clary estava assustada. — Achei que fôssemos ficar aqui, com Luke. Não quero deixá-lo.

— Nem eu. — Jocelyn foi firme. Clary pensou na mulher que deu as costas para Idris, para tudo que sempre conheceu, e se afastou para começar uma nova vida sozinha. — Mas também não podemos atrair Jace e Jonathan para cá. Não é seguro para o bando, nem para Luke. E aqui é o primeiro local onde Jace vai procurar por você.

— Então para onde... — começou Clary, mas percebeu antes de concluir a própria frase, e se calou. Para onde iam quando precisavam de ajuda atualmente?

Agora havia uma camada açucarada de branco sobre o asfalto. Jocelyn havia posto um casaco longo antes de sair de casa, mas por baixo dele ainda vestia as roupas manchadas pelo sangue de Luke. Estava com o maxilar tenso e os olhos fixos na rua à frente. Clary ficou imaginando se a mãe teria saído assim de Idris, com os sapatos sujos de cinzas e o Cálice Mortal escondido sob o casaco.

Clary balançou a cabeça para clareá-la. Estava sendo fantasiosa, imaginando coisas que não tinha presenciado, a mente vagando, talvez pelo horror do que *tinha* acabado de ver.

Espontaneamente, a imagem de Sebastian enterrando a faca no peito de Luke surgiu e o som da voz adorada e familiar de Jace dizendo "*efeito colateral*".

Pois frequentemente, quando algo precioso se perde, ao voltarmos a encontrá-lo, pode não ser mais o mesmo.

Jocelyn tremeu e levantou o capuz para cobrir o cabelo. Flocos brancos de neve já tinham começado a se misturar aos fios ruivos. Ela continuava em silêncio, e a rua, ladeada por restaurantes poloneses e russos entre barbearias e salões de beleza, encontrava-se deserta na noite branca e amarela. Uma lembrança piscou atrás das pálpebras de Clary — desta vez verdadeira, sem qualquer pontinha de imaginação. *A mãe correndo com ela por uma rua escura à noite entre montes de neve suja e acumulada. Um céu baixo, cinza e pesado...*

Já tinha visto a imagem antes, na primeira vez em que os Irmãos do Silêncio vasculharam sua mente. Agora percebeu do que se tratava. A lembrança de uma vez em que a mãe a levou até a casa de Magnus para alterar sua memória. Deve ter sido no ápice do inverno, mas ela reconheceu a Greenpoint Avenue na lembrança.

O armazém de tijolos vermelhos onde Magnus morava se ergueu diante delas. Jocelyn abriu as portas de vidro da frente, e elas entraram, Clary tentando respirar pela boca enquanto a mãe apertava a campainha da casa de Magnus uma, duas, três vezes. Finalmente a porta se abriu, e elas correram pelas escadas. A porta do apartamento de Magnus estava aberta e o feiticeiro se encontrava apoiado na arquitrave, esperando. Vestia um pijama amarelo-canário e nos pés pantufas de alienígenas, com antenas e tudo. Os cabelos eram uma mistura cacheada e espetada de um preto emaranhado, e os olhos verde-dourados piscaram cansados para elas.

— A Casa de São Magnus para Caçadores de Sombras Desobedientes — disse ele, com a voz rouca. — Sejam bem-vindas. — Ele estendeu um braço. — Os quartos de hóspedes são por ali. Limpem os sapatos no tapete. — Ele voltou para dentro do apartamento, deixando que elas passassem na frente antes de fechar a porta. Hoje o local estava com uma decoração pseudovitoriana, com sofás de costas altas e grandes espelhos de molduras douradas por todos os lados. Os pilares tinham luzes em forma de flores.

Havia três quartos de hóspedes em um corredor que saía da sala principal; Clary escolheu um aleatoriamente à direita. Era pintado de laranja, como seu antigo quarto em Park Slope, e tinha um sofá-cama e uma janelinha com vista para as janelas escuras de uma lanchonete fechada. Presidente Miau estava encolhido na cama, com o focinho embaixo do rabo. Ela se sentou ao lado dele e o acariciou nas orelhas, sentiu o ronronado que vibrava pelo pequeno corpo peludo. Ao afagá-lo, viu a manga do próprio casaco. Tinha uma mancha escura e endurecida de sangue. Sangue de Luke.

Levantou-se e arrancou o casaco violentamente. Da mochila retirou um par de jeans limpo e uma camisa térmica de gola em V e se vestiu. Olhou rapidamente para si mesma na janela, um reflexo pálido, os cabelos soltos de qualquer jeito, úmidos de neve, as sardas ressaltadas como manchas de tinta. Não que sua aparência importasse. Pensou em Jace beijando-a — parecia que tinha acontecido havia dias, e não horas antes —, e o estômago doeu como se tivesse engolido pequenas facas.

Clary se segurou na borda da cama por um longo momento até a dor esmaecer. Depois respirou fundo e voltou para a sala.

A mãe estava sentada em uma das cadeiras de encosto dourado, os longos dedos de artista envolvendo uma xícara de água quente com limão. Magnus estava jogado em um sofá rosa-shocking, com os pés sobre a mesa de centro.

— O bando o estabilizou — dizia Jocelyn, com a voz exausta. — Mas não sabem por quanto tempo. Acharam que talvez houvesse pólvora de prata na lâmina, mas parece ser outra coisa. A ponta da faca... — levantou o olhar, viu Clary e se calou.

— Tudo bem, mãe. Já tenho idade o suficiente para saber o que há de errado com Luke.

— Bem, eles não sabem exatamente o que é — informou Jocelyn, suavemente. — A ponta da lâmina que Sebastian utilizou quebrou em uma das costelas e se alojou no osso. Mas não conseguem recuperá-la. Ela... se mexe.

— Mexe? — Magnus pareceu confuso.

— Quando tentaram retirá-la, penetrou o osso e quase o quebrou — explicou. — Ele é um lobisomem, se cura rapidamente, mas aquilo está lá, cortando os órgãos internos, impedindo que o ferimento feche.

— Metal demoníaco — disse Magnus. — Não é prata.

Jocelyn se inclinou para a frente.

— Acha que pode ajudá-lo? Qualquer que seja o custo, eu pago...

Magnus se levantou. As pantufas de alienígena e os cabelos emaranhados pareciam extremamente incompatíveis com a gravidade da situação.

— Não sei.

— Mas você curou Alec — disse Clary. — Quando o Demônio Maior o feriu...

Magnus tinha começado a andar de um lado para o outro.

— Eu sabia o que havia de errado com ele. E *não* sei que tipo de metal demoníaco é esse. Posso experimentar, tentar diferentes feitiços de cura, mas não será a forma mais rápida de ajudá-lo.

— Qual é a forma mais rápida? — perguntou Jocelyn.

— A Praetor — respondeu. — A Guarda dos Lobos. Conheci o fundador, Woolsey Scott. Por causa de certos... incidentes, ele era fascinado pela maneira como metais demoníacos e suas drogas agem em licantropes, da mesma forma como os Irmãos do Silêncio guardam registros das maneiras através das quais os Nephilim podem ser curados. Ao longo dos anos, a Praetor se tornou muito restrita e secreta, infelizmente. Mas um integrante da Sociedade poderia acessar a informação.

— Luke não é membro — disse Jocelyn. — E a lista é secreta...

— Mas Jordan — disse Clary. — Jordan é membro. Ele pode descobrir. Vou ligar para ele...

— *Eu* ligo para ele — interrompeu Magnus. — Não posso entrar na sede da Praetor, mas posso transmitir um recado com um peso extra. Já volto. — Ele foi até a cozinha, as antenas das pantufas oscilando suavemente, como algas em uma corrente.

Clary se voltou para a mãe, que estava olhando para a caneca com água quente. Era um de seus calmantes favoritos, apesar de Clary nunca conseguir entender por que alguém quereria beber água quente e amarga. A neve havia ensopado o cabelo da mãe, e agora que estava secando, começou a cachear, como acontecia com o de Clary no clima úmido.

— Mãe — disse Clary, e a mãe levantou os olhos. — Aquela faca que você arremessou... na casa de Luke... foi mirando Jace?

— Foi mirando Jonathan. — Ela jamais o chamaria de Sebastian, Clary sabia.

— É que... — Clary respirou fundo. — É quase a mesma coisa. Você viu. Quando atingiu Sebastian, Jace começou a sangrar. É como se fossem... o espelho um do outro, de certa forma. Se cortar Sebastian, Jace sangra. Se matá-lo, Jace morre.

— Clary. — A mãe esfregou os olhos cansados. — Podemos não discutir isso agora?

— Mas você disse que acha que ele vai voltar para me buscar. Jace, quero dizer. Preciso saber que não vai machucá-lo...

— Bem, isso você não pode saber. Pois não vou prometer, Clary. Não posso. — A mãe a olhou com firmeza. — Vi vocês dois saindo do seu quarto.

Clary enrubesceu.

— Não quero...

— O quê? Conversar a respeito? Bom, não posso fazer nada. Você que puxou o assunto. Tem sorte por eu não ser mais da Clave, você sabe. Há quanto tempo sabe onde Jace está?

— Eu *não* sei onde ele está. Hoje foi a primeira vez que falei com ele desde que desapareceu. Eu o *vi* no Instituto com Seb... Jonathan, ontem. Contei para Alec, Isabelle e Simon. Mas não podia falar para mais ninguém. Se a Clave o pegasse... não posso deixar que isso aconteça.

Jocelyn ergueu os olhos verdes.

— E por que não?

— Porque ele é o Jace. Porque o amo.

— Aquele *não* é Jace. É isso, Clary. Ele não é quem era antes. Não consegue ver...

— Claro que consigo ver. Não sou burra. Mas tenho fé. Já o vi possuído antes e o vi se libertar. Acho que Jace ainda está ali dentro, em algum lugar. Acredito que haja um jeito de salvá-lo.

— E se não houver?

— Prove.

— Não se pode provar uma negativa, Clarissa. Entendo que você o ame. Sempre amou, até demais. Acha que não amei seu pai? Pensa que não dei a ele todas as chances? E veja no que deu. Jonathan. Se eu não tivesse ficado com seu pai, ele não existiria...

— *Nem eu* — disse Clary. — Caso tenha se esquecido, eu nasci *depois* do meu irmão, não antes. — Ela olhou para a mãe, séria. — Está dizendo que teria valido a pena não ter me tido, se pudesse se livrar de Jonathan?

— Não, eu...

Ouviram o barulho de chaves na fechadura, e a porta do apartamento se abriu. Era Alec. Vestia um longo casaco de couro aberto sobre um suéter azul e tinha flocos brancos de neve nos cabelos pretos. Suas bochechas estavam vermelhas como maçãs em virtude do frio, mas fora isso o rosto estava pálido.

— Onde está Magnus? — indagou. Quando ele olhou para a cozinha, Clary viu um machucado na mandíbula, abaixo da orelha, mais ou menos do tamanho da digital de um polegar.

— Alec! — Magnus veio saltitante até a sala e soprou um beijo para o namorado. Tinha tirado as pantufas e estava descalço agora. Os olhos felinos brilharam ao ver Alec.

Clary conhecia aquele olhar. Era ela olhando para Jace. Mas Alec não retribuiu. Estava tirando o casaco e pendurando-o na parede. Estava visivelmente chateado. As mãos tremiam e o ombro estava rígido.

— Recebeu minha mensagem? — perguntou Magnus.

— Recebi. E estava a poucos quarteirões daqui. — Alec olhou para Clary e para Jocelyn, ansiedade e incerteza marcando sua expressão. Apesar de Alec ter sido convidado para a recepção de Jocelyn e tê-la encontrado diversas vezes antes disso, não se conheciam bem. — É verdade o que Magnus disse? Viu Jace novamente?

— E Sebastian — respondeu Clary.

— Mas Jace — disse Alec. — Como foi... Quero dizer, como ele estava?

Clary sabia exatamente o que ele estava perguntando; pela primeira vez, ela e Alec se entendiam melhor do que qualquer pessoa no recinto.

— Ele não está enganando Sebastian — respondeu com suavidade. — Realmente mudou. Ele não é mais como antes.

— Como? — perguntou Alec, com uma mistura de raiva e vulnerabilidade. — Como ele está diferente?

Tinha um buraco no joelho da calça de Clary; ela mexeu no furo, arranhando a própria pele embaixo.

— O jeito como ele fala... acredita em Sebastian. Acredita no que ele está fazendo, o que quer que seja. Lembrei a ele que Sebastian matou Max, e ele sequer pareceu se importar. — A voz falhou. — Ele disse que Sebastian é tão irmão dele quanto Max.

Alec empalideceu, as manchas vermelhas no rosto se destacando como sangue.

— Falou alguma coisa sobre mim? Ou Izzy? Perguntou da gente?

Clary balançou a cabeça, mal suportando ver a expressão no rosto de Alec. Com o canto do olho pôde ver Magnus olhando para Alec, o rosto quase vazio de tanta tristeza. Ficou imaginando se ele ainda tinha ciúme de Jace, ou se só estava magoado por Alec.

— Por que ele foi até sua casa? — Alec balançou a cabeça. — Não entendo.

— Queria que eu fosse com ele. E me juntasse a ele e Sebastian. Acho que eles querem que a duplinha do mal vire um trio. — Clary deu de ombros. — Talvez esteja se sentindo sozinho. Sebastian não pode ser a melhor das companhias.

— Disso não sabemos. Ele pode ser ótimo em palavras cruzadas — comentou Magnus.

— Ele é um psicopata assassino — afirmou Alec, secamente. — E Jace sabe disso.

— Mas Jace não é Jace no momento... — começou Magnus, mas se interrompeu quando o telefone tocou. — Eu atendo. Quem sabe quem mais pode estar fugindo da Clave e precisando de abrigo? Não é como se houvesse hotéis na cidade. — E ele saiu em direção à cozinha.

Alec se jogou em um sofá.

— Ele anda trabalhando demais — falou, olhando preocupado para o namorado. — Tem passado todas as noites em claro tentando decifrar aqueles símbolos.

— A Clave o contratou? — quis saber Jocelyn.

— Não — Alec respondeu, lentamente. — Está fazendo isso por mim. Pelo que Jace significa para mim. — Ele ergueu a manga, mostrando para Jocelyn o símbolo de *parabatai* na parte interna do antebraço.

— Você sabia que Jace não estava morto — disse Clary, a mente começando a remexer os pensamentos. — Porque são *parabatai*, por causa do laço entre vocês. Mas disse que sentia algo errado.

— Porque ele está possuído — disse Jocelyn. — Isso o mudou. Valentim disse que quando Luke passou a integrar o Submundo, ele sentiu. Teve a noção de que havia algo errado.

Alec balançou a cabeça.

— Mas quando Jace foi possuído por Lilith, eu não *senti* — revelou. — Agora consigo sentir alguma coisa... errada. Algo fora do lugar. — Ele olhou para os próprios sapatos. — Dá para sentir quando seu *parabatai* morre, como se houvesse uma corda te prendendo a alguém, ela arrebentasse, e você estivesse caindo. — Alec olhou para Clary. — Eu senti, uma vez, em Idris, durante a batalha. Mas foi tão breve... e, quando voltei para Alicante, Jace estava vivo. Então me convenci de que tinha sido imaginação.

Clary balançou a cabeça, pensando em Jace e na areia suja de sangue perto do Lago Lyn. *Não imaginou.*

— O que sinto agora é diferente — prosseguiu. — Sinto como se ele estivesse ausente do mundo, porém não morto. Nem aprisionado... Só não está *aqui.*

— É exatamente isso — disse Clary. — Nas duas vezes em que o vi com Sebastian, eles desapareceram no ar. Sem Portal, apenas estavam aqui em um segundo e no outro sumiram.

— Quando você fala de *aqui* e *ali* — disse Magnus, voltando para a sala com um bocejo —, e este mundo e aquele mundo, está falando é de dimensões. Existem apenas alguns feiticeiros que conseguem fazer magia dimensional. Meu velho amigo Ragnor conseguia. Dimensões não ficam lado a lado; são unidas por dobras, como papel. Onde se cruzam é possível criar bolsos dimensionais que impedem que você seja encontrado através de magia. Afinal de contas, você não está *aqui*, está *ali*.

— Talvez por isso não consigamos rastreá-lo? Por isso Alec não consegue senti-lo? — sugeriu Clary.

— Pode ser. — Magnus soou quase impressionado. — Significaria que, literalmente, não há forma de encontrá-los se não quiserem ser encontrados. E nem como nos enviar um recado se *de fato* os encontrasse. É magia complicada e cara. Sebastian deve ter relações... — A campainha tocou, e todos saltaram. Magnus revirou os olhos. — Acalmem-se, todos — disse ele, e desapareceu para a entrada.

Em um segundo, voltou com um sujeito envolto por uma túnica cor de pergaminho cujas costas e laterais eram marcadas por símbolos vermelho-escuros. Apesar de o capuz estar levantado, cobrindo o rosto, parecia completamente seco, como se não tivesse sido atingido por nenhum floco de neve. Quando tirou o capuz, Clary não se surpreendeu em nada ao ver o rosto do Irmão Zachariah.

Jocelyn colocou a caneca subitamente sobre a mesa de centro. Estava olhando para o Irmão do Silêncio. Com o capuz para trás, dava para ver o cabelo escuro, mas o rosto estava sombreado, de modo que Clary não pôde ver os olhos, apenas as maçãs do rosto, bem definidas e marcadas por cicatrizes.

— Você — disse Jocelyn, sem terminar a frase. — Mas Magnus me disse que você jamais...

Eventos inesperados exigem medidas inesperadas. A voz do Irmão Zachariah flutuou, tocando a mente de Clary; pelas expressões no rosto dos outros, ela percebeu que eles também podiam ouvir. *Não direi nada à Clave ou ao Conselho sobre o que transcorrer aqui nesta noite. Se recebo a chance de salvar o último na linha de sucessão dos Herondale, considero isto algo de importância maior do que minha fidelidade à Clave.*

— Então está resolvido — disse Magnus. Formava uma dupla estranha com o Irmão do Silêncio ao seu lado, um deles pálido e usando uma cor de túnica apagada, o outro de pijama amarelo-vibrante. — Alguma nova ideia sobre os símbolos de Lilith?

Estudei os símbolos cuidadosamente e ouvi todos os testemunhos prestados no Conselho, disse o Irmão Zachariah. *Acredito que o ritual tenha tido duas partes. Primeiro ela utilizou a mordida do Diurno para reviver a consciência de Jonathan Morgenstern. O corpo ainda estava fraco, mas a mente e a vontade estavam vivas. Acredito que quando Jace Herondale foi deixado sozinho com ele no telhado, Jonathan invocou o poder dos símbolos de Lilith e forçou Jace a adentrar o círculo enfeitiçado que o cercava. A essa altura a vontade de Jace estava controlada pela dele. Creio que ele tenha extraído o sangue de Jace a fim de conseguir forças para levantar e fugir, levando Jace consigo.*

— E de algum jeito isso tudo criou uma conexão entre os dois? — perguntou Clary. — Porque quando minha mãe golpeou Sebastian, Jace começou a sangrar.

Sim. O que Lilith fez foi uma espécie de ritual de geminação, não muito diferente da nossa própria cerimônia de parabatai, *mas mais poderoso e perigoso. Os dois agora estão inextricavelmente ligados. Se um morrer, o outro vai atrás. Nenhuma arma neste mundo pode ferir somente um.*

— Quando diz que estão ligados inextricavelmente — disse Alec, inclinando-se para a frente —, isso quer dizer... digo, Jace *odeia* Sebastian. Sebastian matou nosso irmão.

— E também não vejo como Sebastian poderia morrer de amores por Jace. Passou a vida tendo muito ciúme dele. Achava que Jace era o preferido de Valentim — acrescentou Clary.

— Sem falar — observou Magnus — que Jace o matou. Isso deixaria qualquer um meio irritado.

— É como se Jace não se lembrasse de nenhum destes acontecimentos — Clary disse, frustrada. — Não, não como se não lembrasse... como se não *acreditasse.*

Ele se lembra. Mas o poder da ligação é tão forte que os pensamentos de Jace contornam estes fatos, como água passando em torno de pedras em um rio. Como o feitiço que Magnus instaurou em sua mente, Clarissa. Quando você via pedaços do mundo invisível, sua mente os rejeitava, se desviava. Não existe razão para tentar conversar com Jace sobre Jonathan. A verdade não pode romper a ligação.

Clary pensou no que aconteceu quando ela lembrou a Jace que Sebastian havia matado Max, como o rosto dele se contraiu momentaneamente, pensativo, em seguida suavizou como se tivesse se esquecido do que ela falou, tão depressa quanto ela disse.

Consolem-se minimamente pelo fato de que Jonathan Morgenstern é tão ligado a Jace quanto este a ele. Não pode prejudicar ou machucar Jace, e nem quereria fazer isso, acrescentou Zachariah.

Alec jogou as mãos para o alto.

— Então agora eles se amam? São os melhores amigos? — A dor e o ciúme eram evidentes na voz.

Não. Agora um é o outro. Vê o que o outro vê. Sabe que o outro é de alguma forma indispensável. Sebastian é o líder, o primário. Jace acredita no que ele acreditar. O que ele quiser, Jace fará.

— Então ele está possuído — disse Alec, secamente.

Em uma possessão, normalmente há uma parte da consciência original da pessoa intacta. Aqueles que foram possuídos falam de terem visto as próprias ações executadas de fora, gritando, mas incapazes de serem ouvidos. Mas Jace está dominando de forma plena seu corpo e sua mente. Ele acredita que está são. Acredita que é isso que quer.

— Então o que ele queria de mim? — perguntou Clary, com a voz trêmula. — Por que ele veio até meu quarto esta noite? — Ela torceu para que as bochechas não enrubescessem. Tentou afastar a lembrança do beijo, a pressão do corpo dele na cama.

Ele ainda a ama, disse o Irmão Zachariah, com a voz surpreendentemente suave. *Você é o centro do mundo dele. Isso não mudou.*

— E por isso tivemos de fugir — disse Jocelyn, tensa. — Ele vai voltar para buscá-la. Não podíamos ficar na delegacia. Não sei que lugar pode ser seguro...

— Aqui — disse Magnus. — Posso colocar barreiras que vão manter Jace e Sebastian afastados.

Clary viu alívio inundar os olhos da mãe.

— Obrigada — disse Jocelyn.

Magnus acenou um braço.

— É um privilégio. Adoro espantar Caçadores de Sombras irritados, principalmente os possuídos.

Ele não está possuído, lembrou o Irmão Zachariah.

— Semântica — disse Magnus. — A questão é: o que os dois estão tramando? O que estão planejando?

— Clary disse que quando os viu na biblioteca, Sebastian comentou que Jace em breve estaria no comando do Instituto — disse Alec. — Então estão tramando *alguma coisa.*

— Querem dar continuidade ao trabalho de Valentim, provavelmente — afirmou Magnus. — Acabar com o Submundo, matar todos os Caçadores de Sombras rebeldes, blá-blá-blá.

— Talvez. — Clary não tinha certeza. — Jace falou alguma coisa sobre Sebastian servir a um propósito maior.

— Só o Anjo sabe o que isso pode significar — comentou Jocelyn. — Fui casada com um fanático durante anos. Sei o que "propósito maior" significa. Significa torturar inocentes, assassinatos brutais, dar as costas para amigos, tudo em nome de algo que acredita ser maior do que você, mas que não passa de cobiça e infantilidade mascaradas por um termo mais culto.

— Mãe — protestou Clary, preocupada ao ouvir a mãe soar tão amarga.

Mas Jocelyn estava olhando para o Irmão Zachariah.

— Você disse que nenhuma arma neste mundo poderia ferir apenas um — falou. — Nenhuma arma que conheça...

Os olhos de Magnus brilharam subitamente, como os de um gato quando capturados por um raio de luz.

— Você acha...

— As Irmãs de Ferro — disse Jocelyn. — São especialistas em armamentos. Talvez tenham uma resposta.

As Irmãs de Ferro, Clary sabia, eram o equivalente feminino dos Irmãos do Silêncio. Ao contrário destes, não tinham as bocas ou os olhos costurados, mas viviam em total solidão, em uma fortaleza de localização desconhecida. Não eram combatentes — eram criadoras, as mãos que formavam as armas, as estelas, as lâminas serafim que mantinham os Caçadores de Sombras vivos. Havia símbolos que apenas elas podiam talhar, e somente elas conheciam os segredos da modelagem da substância branco-prateada chamada *adamas* para criar torres demoníacas, estelas e pedras enfeitiçadas. Raramente vistas, não compareciam às reuniões do Conselho, nem entravam em Alicante.

É possível, disse o Irmão Zachariah após uma longa pausa.

— Se Sebastian pudesse ser morto, se houver uma arma capaz de matá-lo e manter Jace vivo, isso quer dizer que Jace pode se libertar da influência? — perguntou Clary.

Houve uma pausa ainda mais longa. Em seguida:

Sim, respondeu o Irmão Zachariah. *Seria o resultado mais provável.*

— Então vamos ver as Irmãs. — A exaustão se pendurou em Clary como uma capa, pesando em seus olhos, amargando o gosto em sua boca. Esfregou os olhos, tentando espantá-la. — Agora.

— Não posso ir — disse Magnus. — Apenas mulheres Caçadoras de Sombras podem adentrar a Cidadela Adamant.

— E você não vai — disse Jocelyn para Clary, com seu tom mais austero de "não, você não vai para a boate com Simon depois da meia-noite". — Está mais segura aqui, protegida por barreiras.

— Isabelle — disse Alec. — Isabelle pode ir.

— Tem alguma ideia de onde ela esteja? — perguntou Clary.

— Em casa, suponho — respondeu, dando de ombros. — Posso ligar para ela...

— Eu cuido disto — disse Magnus, pegando o celular do bolso suavemente e digitando uma mensagem com a habilidade de quem tem muita prática. — Está tarde, e não precisamos acordá-la. Todo mundo precisa descansar. Se eu for enviar alguém de vocês às Irmãs de Ferro, será amanhã.

— Vou com Isabelle — disse Jocelyn. — Ninguém está procurando especificamente por mim, e é melhor ela não chegar sozinha. Mesmo que eu não seja tecnicamente uma Caçadora de Sombras, já fui um dia. Só precisam que uma de nós preencha os requisitos.

— Não é justo — disse Clary.

A mãe sequer olhou para ela.

— Clary...

Clary se levantou.

— Fui praticamente uma prisioneira nas últimas duas semanas — disse, com a voz trêmula. — A Clave não me deixou procurar Jace. E agora que ele veio até mim... *a mim*... você sequer me deixa ir junto até as Irmãs de Ferro...

— Não é *seguro*. Jace provavelmente está tentando rastreá-la...

Clary se descontrolou:

— Toda vez que você me mantém segura, arruína minha vida!

— Não, quanto mais você se envolve com Jace, mais *você* arruína sua vida! — rebateu a mãe. — Cada risco que assumiu, cada perigo que correu, foi sempre por causa dele! Ele apontou uma faca para sua garganta, Clarissa...

— Aquilo não foi ele — disse Clary, com o tom mais suave e mortal que conseguiu alcançar. — Acha que eu ficaria um segundo com um menino que me ameaçasse com uma faca, mesmo que o amasse? Talvez você tenha passado tempo demais na vida mundana, mãe, mas *magia existe*. A pessoa que me machucou não foi Jace. Foi um demônio disfarçado como ele. E a pessoa que estamos procurando agora não é Jace. Mas se ele morrer...

— Não há chance de o recuperarmos — disse Alec.

— Talvez já não haja mais essa chance — argumentou Jocelyn. — Meu Deus, Clary, veja as evidências. Você acreditava que era irmã de Jace! Sacrificou tudo para salvar a vida dele, e um Demônio Maior se aproveitou dele para chegar a você! Quando vai encarar o fato de que vocês dois *não foram feitos um para o outro*?

Clary recuou como se a mãe tivesse batido nela. O Irmão Zachariah permaneceu parado como uma estátua, como se ninguém estivesse gritando. Magnus e Alec estavam encarando; Jocelyn estava com as bochechas rubras, os olhos brilhando de raiva. Sem confiar em si mesma para falar, Clary girou e atravessou o corredor até o quarto de hóspedes de Magnus, batendo a porta com força.

— Tudo bem, estou aqui — disse Simon. Um vento frio estava soprando através da extensão lisa do jardim do telhado, e ele enfiou as mãos nos bolsos da calça jeans. Não sentia o frio de fato, mas tinha a sensação de que deveria. Elevou a voz: — Apareci. Cadê você?

O jardim do telhado do Greenwich Hotel — atualmente fechado e, portanto, sem pessoas — parecia um jardim inglês, com pequenas árvores podadas, móveis de vime e vidro elegantemente dispostos e guarda-sóis de enfeite que balançavam ao vento. As treliças de rosas, descobertas no frio, tinham teias de aranha que iam até as paredes de pedra que cercavam o telhado, acima do qual Simon podia enxergar a vista iluminada da parte baixa de Nova York.

— Estou aqui — disse alguém, e uma sombra esguia se desgrudou de uma poltrona de vime e levantou. — Já estava começando a me perguntar se viria, Diurno.

— Raphael — disse Simon, a voz resignada. Ele foi para a frente, passou as tábuas de madeira que envolviam os canteiros de flores e as piscinas artificiais ladeadas por quartzos brilhantes. — Eu mesmo estava me perguntando.

Ao se aproximar, pôde ver Raphael com clareza. Simon tinha excelente visão noturna, e somente a habilidade de Raphael de se misturar às sombras o mantivera escondido antes. O outro vampiro estava de terno preto, dobrado nos punhos para mostrar o brilho de abotoaduras em forma de corrente. Ele ainda tinha o rosto de um anjinho, apesar do olhar frio ao encarar Simon.

— Quando o líder do clã de vampiros de Manhattan chama, Lewis, você vem.

— E o que você faria se eu não viesse? Enfiaria uma estaca em mim? — Simon abriu os braços. — Tente. Faça o que quiser comigo. Vá em frente.

— *Dios*, mas você é chato — disse Raphael. Por trás dele, perto da parede, Simon viu o brilho cromado da moto vampiresca que Raphael tinha utilizado para chegar até ali.

Simon abaixou os braços.

— Foi você que me pediu para encontrá-lo.

— Tenho uma oferta de trabalho para você — disse Raphael.

— Sério? Estão faltando funcionários no hotel?

— Preciso de um guarda-costas.

Simon o encarou.

— Você andou assistindo a *O guarda-costas*? Porque eu *não* vou me apaixonar por você nem carregá-lo nos meus braços musculosos.

Raphael o olhou amargamente.

— Eu pagaria extra para você ficar completamente calado enquanto trabalha.

Simon o olhou fixamente.

— Está falando sério, não está?

— Não perderia meu tempo vindo aqui se não estivesse falando sério. Se eu estivesse a fim de brincar, gastaria meu tempo com alguém de que gosto. — Raphael se sentou novamente na poltrona. — Camille Belcourt está solta na cidade de Nova York. Os Caçadores de Sombras estão inteiramente dedicados a esta questão tola envolvendo o filho de Valentim e não vão perder tempo procurando por ela. Camille representa um perigo imediato para mim, pois quer reaver o controle do clã de Manhattan. A maioria é leal a mim. A maneira mais rápida de voltar ao topo da hierarquia seria me matar.

— Certo — disse Simon, lentamente. — Mas por que eu?

— Você é um Diurno. Outros podem me proteger durante a noite, mas você pode me proteger durante o dia quando a maioria dos integrantes da nossa espécie fica indefesa. E carrega a Marca de Caim. Com você entre nós, ela não ousaria me atacar.

— Tudo verdade, mas não aceito.

Raphael pareceu incrédulo.

— Por que não?

As palavras explodiram de Simon.

— Está brincando? Porque você não fez uma única coisa por mim desde que me tornei vampiro. Em vez disso, fez o seu melhor para tornar minha vida miserável e depois acabar com ela. Então, se quiser em linguagem vampiresca, me encho de júbilo, meu senhor, em responder: *de jeito algum.*

— Não é sábio me ter como inimigo, Diurno. Como amigos...

Simon riu, incrédulo.

— Espere um segundo. Éramos *amigos*? Isso era ser amigo?

A presa de Raphael emergiu. Ele estava de fato muito irritado, Simon percebeu.

— Sei por que está recusando, Diurno, e não é por um pseudossenso de rejeição. Está tão envolvido com os Caçadores de Sombras que pensa que é um deles. Já o vimos com eles. Em vez de passar noites caçando, como deveria, você as passa com a filha de Valentim. Mora com um lobisomem. Você é uma desgraça.

— Você faz isso em todas as entrevistas de emprego?

Raphael exibiu os dentes.

— Precisa decidir se é um vampiro ou um Caçador de Sombras, Diurno.

— Fico com os Caçadores de Sombras, então. Pois, pela minha experiência com vampiros, eles são quase todos uns sanguessugas. Sem trocadilho.

Raphael se levantou.

— Está cometendo um erro grave.

— Já disse...

O outro vampiro acenou com a mão, interrompendo-o.

— Uma grande escuridão se aproxima. Varrerá a Terra com fogo e sombras e, ao final, seus preciosos Caçadores de Sombras não mais existirão. Nós, as Crianças da Noite, sobreviveremos, pois a escuridão é nosso habitat. Mas se persistir negando o que é, também será destruído, e ninguém erguerá só uma mão para ajudá-lo.

Sem pensar, Simon levantou a mão para tocar a Marca de Caim na testa.

Raphael riu sem emitir qualquer ruído.

— Ah sim, a marca do Anjo em você. No tempo da escuridão, até mesmo os anjos serão destruídos. A força deles não o ajudará. E é melhor rezar, Diurno, para não perder a Marca antes da guerra. Pois se isso acontecer, haverá uma fila de inimigos esperando pela chance de matá-lo. E eu serei o primeiro.

Clary estava deitada de costas no sofá-cama de Magnus havia bastante tempo. Tinha ouvido a mãe atravessar o corredor e entrar no outro quarto, fechando a porta. Através da própria porta, pôde ouvir Magnus e Alec conversando baixo na sala. Supôs que pudesse esperar até que dormissem, mas Alec tinha dito que Magnus vinha passando noites em claro ultimamente, estudando os símbolos; apesar de o Irmão Zachariah parecer ter interpretado os símbolos, ela não acreditava que Alec e Magnus fossem se recolher tão cedo.

Ficou sentada na cama perto de Presidente Miau, que emitiu um ruído de protesto, remexendo na mochila dela. Retirou uma caixa clara de plástico e a abriu. Lá estavam seus lápis de cor Prismacolor, alguns cotocos de giz — e a estela.

Levantou-se, guardando a estela no bolso do casaco. Pegando o telefone da mesa, escreveu ME ENCONTRE NO TAKI'S. Ficou assistindo enquanto a mensagem era transmitida, depois guardou o telefone na calça e respirou fundo.

Isto não era justo com Magnus, sabia. Ele havia prometido a Jocelyn que cuidaria dela, e isso não incluía uma fuga do apartamento. Mas ela tinha ficado quieta. Não prometeu nada. Além disso, tratava-se de Jace.

Faria qualquer coisa para salvá-lo, qualquer que fosse o preço, independentemente do que pudesse dever ao Inferno ou ao Céu, não faria?

Pegou a estela, colocou a ponta na tinta laranja da parede e começou a desenhar um Portal.

O barulho insistente das batidas despertou Jordan de um sono profundo. Ele se levantou instantaneamente e rolou da cama para aterrissar agachado no chão. Anos de treinamento com a Praetor o deixaram com reflexos velozes e fizeram do sono leve um hábito permanente. Uma breve avaliação aromática informou que o quarto estava vazio — nada além da luz da lua inundando o chão aos seus pés.

A batida se repetiu, e desta vez ele reconheceu. Era o ruído de alguém espancando a porta da frente. Ele normalmente dormia só de samba-canção; vestindo jeans e uma camiseta, ele abriu a porta com um chute e foi até a entrada. Se fossem universitários bêbados se divertindo batendo à porta dos outros, iriam enfrentar um lobisomem feroz.

Chegou à porta — e parou. A imagem veio a ele outra vez, a exemplo do que tinha acontecido nas horas que antecederam seu sono, Maia fugindo dele no estaleiro. O olhar no rosto dela quando se afastou. Ele tinha ido longe demais, sabia disso, pedido demais, rápido demais. Provavelmente tinha estragado tudo. A não ser que... talvez ela tivesse reconsiderado. Houve um tempo em que o relacionamento dos dois consistia de brigas passionais e reconciliações igualmente passionais.

Com o coração acelerado, abriu a porta. E piscou. Do outro lado encontrava-se Isabelle Lightwood, os longos cabelos pretos brilhantes quase na cintura. Estava com botas pretas até o joelho, jeans justo e uma blusa vermelha de seda com o pingente vermelho familiar na garganta, brilhando sombriamente.

— *Isabelle*? — Não conseguiu conter a surpresa na voz, nem, desconfiou, a decepção.

— Sim, bem, eu também não estava procurando por você — declarou, passando por ele e entrando no apartamento. Tinha cheiro de Caçadora de Sombras, um aroma parecido com grama quente de sol e, por baixo disso, um perfume floral. — Estava atrás de Simon.

Jordan cerrou os olhos para ela.

— São duas da madrugada.

Ela deu de ombros.

— Ele é um vampiro.

— Mas eu não sou.

— Ahhhh? — Seus lábios vermelhos se curvaram para cima nos cantos. — Eu o acordei? — Ela esticou a mão e deu um peteleco no botão superior da calça jeans dele, arranhando a barriga lisa de Jordan com a ponta da unha. Ele sentiu os próprios músculos saltarem. Izzy era linda, não havia como negar. Também era um tanto assustadora. Ficou imaginando como o despretensioso Simon conseguia dar conta dela. — Talvez devesse abotoar tudo. Bela cueca, aliás. — Ela passou por ele, em direção ao quarto de Simon. Jordan foi atrás, abotoando a calça e murmurando alguma coisa a respeito de não haver qualquer problema em ter pinguins dançantes estampados na cueca.

Isabelle foi para o quarto de Simon.

— Ele não está aqui. — Ela bateu a porta e se apoiou na parede, olhando para Jordan. — Você disse que eram duas da madrugada?

— Disse. Ele deve estar na casa de Clary. Tem dormido muito lá ultimamente.

Isabelle mordeu o lábio.

— Certo. Claro.

Jordan estava começando a ter aquela sensação que tinha às vezes, de que estava falando alguma coisa errada, sem saber exatamente o quê.

— Tem algum motivo para você ter vindo até aqui? Quero dizer, aconteceu alguma coisa? Alguma coisa errada?

— Errada? — Isabelle jogou as mãos para o alto. — Você diz além do fato de meu irmão ter desaparecido e provavelmente ter sofrido uma lavagem cerebral de um demônio maligno que assassinou meu *outro* irmão, meus pais estarem se divorciando e Simon estar por aí com *Clary*...

Parou abruptamente e passou por ele, indo para a sala. Jordan se apressou atrás dela. Quando a alcançou, ela estava na cozinha, remexendo as prateleiras da despensa.

— Tem alguma coisa para beber? Um bom Barolo? Sagrantino?

Jordan a pegou pelos ombros e a conduziu gentilmente para fora da cozinha.

— Sente-se — falou. — Vou pegar uma tequila.

— Tequila?

— Tequila é o que temos. Isso e xarope para tosse.

Sentando em um dos bancos que alinhavam a bancada da cozinha, Isabelle acenou para ele. Ele imaginaria que ela teria unhas longas, vermelhas ou cor-de-rosa, perfeitas, combinando com o restante dela, mas não — era uma Caçadora de Sombras. Suas mãos eram cheias de cicatrizes, as unhas curtas e lixadas. O símbolo de Vidência brilhava preto na mão direita.

— Tudo bem.

Jordan pegou a garrafa de Cuervo, tirou a tampa e serviu uma dose. Empurrou o copo sobre a bancada. Ela virou instantaneamente, franziu o rosto e repousou o copo.

— Não foi o suficiente — disse, esticou o braço e pegou a garrafa da mão dele. Inclinou a cabeça e engoliu uma, duas, três vezes. Quando repousou a garrafa, estava com as bochechas rubras.

— Onde aprendeu a beber assim? — Jordan não sabia se deveria ficar impressionado ou assustado.

— A idade legal para beber em Idris é 15 anos. Não que alguém preste atenção nisso. Bebo vinho misturado com água com os meus pais desde criança. — Isabelle deu de ombros. O gesto não apresentou sua coordenação fluida habitual.

— Muito bem. Bem, quer que eu transmita algum recado ao Simon, ou tem alguma coisa que eu possa falar ou...

— Não. — Ela tomou mais um gole da garrafa. — Eu me calibrei inteira para vir falar com ele, e, é claro, ele está com Clary. Faz sentido.

— Pensei que você tivesse sugerido que ele fosse até lá.

— É. — Isabelle mexeu no rótulo da garrafa de tequila. — Sugeri.

— Então — disse Jordan, com um tom que considerou razoável. — Peça a ele que pare.

— Não posso fazer isso. — Ela soou exausta. — Devo isso a ela.

Jordan se inclinou sobre a bancada. Sentiu-se um pouco como um barman em um programa de TV, oferecendo conselhos sábios.

— O que você deve a ela?

— A vida — respondeu Isabelle.

Jordan piscou. Isto ultrapassava um pouco sua habilidade de barman conselheiro.

— Ela salvou sua vida?

— Ela salvou a vida de *Jace*. Poderia ter pedido qualquer coisa ao Anjo Raziel, e salvou meu irmão. Só confiei em poucas pessoas na vida. Confiei de verdade. Em minha mãe, em Alec, em Jace e em Max. Já perdi um deles. Clary foi a razão pela qual não perdi outro.

— Acha que algum dia será capaz de confiar em alguém com quem não tenha nenhum parentesco?

— Não tenho parentesco com Jace. Não de fato. — Isabelle evitou o olhar dele.

— Você entendeu — respondeu Jordan, com um olhar significativo em direção ao quarto de Simon.

Izzy franziu o rosto.

— Caçadores de Sombras vivem de acordo com um código de honra, lobisomem — declarou, e, por um instante, foi toda Nephilim arrogante. Jordan se lembrou por que tantos seres do Submundo não gostavam deles. — Clary salvou um Lightwood. Devo minha vida a ela. Se não puder conceder isso a ela, e não vejo de que isso serviria, posso dar qualquer coisa que a deixe menos infeliz.

— Não pode *dar* Simon a ela. Simon é uma pessoa, Isabelle. Ele vai aonde quer.

— É — respondeu. — Bem, ele não parece se importar em ir para onde ela está, não é mesmo?

Jordan hesitou. Alguma coisa no que Isabelle estava dizendo parecia estranha, mas ela não estava *completamente* errada. Simon tinha com Clary uma tranquilidade que não parecia ter com mais ninguém. Tendo sido apaixonado por apenas uma garota, e permanecido apaixonado por ela, Jordan não se sentia qualificado para oferecer conselhos nesse sentido — apesar de se recordar de Simon alertando, de forma oblíqua, para o fato de que Clary tinha "a bomba nuclear dos namorados". Se por baixo daquilo havia ciúme, Jordan não tinha certeza. Ele também não sabia se era possível esquecer completamente o primeiro amor. Principalmente se a pessoa em questão estivesse presente diariamente.

Isabelle estalou os dedos.

— Ei, você. Está prestando atenção? — Ela inclinou a cabeça para o lado, soprando fios escuros de cabelo para fora do rosto, e o olhou duramente. — O que está rolando entre você e Maia?

— Nada. — Aquela palavra solitária queria dizer muita coisa. — Não sei se ela um dia vai deixar de me odiar.

— Pode ser que não — respondeu Isabelle. — Ela tem um bom motivo.

— Obrigado.

— Não ofereço falsos consolos — disse Izzy, e empurrou a garrafa de tequila para longe. Seus olhos, fixos em Jordan, eram vivos e escuros. — Venha cá, menino-lobo.

Isabelle diminuiu a voz. Estava suave, sedutora. Jordan engoliu em seco, de repente estava com a garganta seca. Lembrou-se de ter visto Isabelle com um vestido vermelho fora dos Grilhões e pensado: *Era com essa menina que*

Simon estava traindo Maia? Nenhuma das duas parecia ser o tipo de menina que alguém podia trair e sobreviver.

E nenhuma das duas era o tipo de menina a quem se dizia não. Cuidadosamente, ele contornou a bancada e foi para perto dela. Estava a poucos passos quando ela esticou o braço e o puxou pelos pulsos. Suas mãos deslizaram pelos braços do rapaz, sobre a protuberância dos bíceps, dos músculos do ombro. O coração de Jordan acelerou. Ele sentiu o calor irradiado dela e sentiu o cheiro de perfume e de tequila.

— Você é lindo — disse ela, ainda deslizando as mãos até repousá-las no peito dele. — Sabe disso, não sabe?

Jordan ficou imaginando se ela podia sentir seus batimentos cardíacos por cima da camisa. Ele tinha consciência dos olhares que recebia das meninas na rua — e de meninos também, às vezes —, sabia o que via no espelho todos os dias, mas nunca pensava muito no assunto. Havia tanto tempo estava tão focado em Maia que só o que importava era se *ela* ainda o acharia atraente se voltassem a se encontrar. Já tinha sido paquerado muitas vezes, mas não por meninas com a aparência de Isabelle, e nunca por nenhuma garota tão direta. Ficou imaginando se ela iria beijá-lo. Ele não beijava ninguém além de Maia desde os 15 anos. Mas Isabelle estava olhando para ele, e tinha olhos grandes e escuros, estava com os lábios ligeiramente abertos e tinham a cor de morangos. Ficou imaginando se teriam gosto de morango se a beijasse.

— E eu simplesmente não ligo — disse.

— Isabelle, não acho que... Espere. *O quê?*

— Eu deveria ligar — falou. — Digo, tenho de pensar em Maia, então eu provavelmente não sairia arrancando suas roupas, mas a questão é que eu não *quero*. Normalmente, eu quereria.

— Ah — disse Jordan. Sentiu alívio e, também, uma pontinha de decepção. — Bem... isso é bom?

— Penso nele *o tempo todo* — falou. — É horrível. Nada assim jamais me aconteceu antes.

— Está falando de Simon?

— Maldito mundano magricela — falou, e tirou as mãos do peito de Jordan. — Exceto que não é mais. Magricela, digo. Ou mundano. E eu gosto de ficar com ele. Ele me faz rir. E gosto do sorriso dele. Sabe, um dos lados da boca sobe antes do outro... Bem, você mora com ele. Deve ter notado.

— Na verdade, não — respondeu ele.

— Sinto saudade quando ele não está por perto — confessou. — Pensei... sei lá, que depois do que aconteceu naquela noite com Lilith, as coisas tivessem mudado entre nós. Mas agora ele fica com Clary o tempo todo. E eu nem posso ter raiva dela.

— Você perdeu seu irmão.

Isabelle olhou para ele.

— Quê?

— Bem, ele está se desdobrando para ajudar Clary a se sentir melhor porque ela perdeu Jace — disse Jordan. — Mas Jace é seu irmão. Simon não deveria estar se desdobrando para fazer com que *você* se sentisse melhor também? Talvez você não esteja com raiva dela, mas dele.

Isabelle o encarou por um longo instante.

— Mas não somos nada um do outro — falou. — Ele não é meu namorado. Eu só *gosto* dele. — Ela franziu o cenho. — Droga. Não acredito que acabei de falar isso. Devo estar mais bêbada do que pensei.

— Eu já tinha descoberto isso pelo que você disse antes. — Jordan sorriu para ela.

Ela não retribuiu, mas abaixou os cílios e olhou para ele através deles.

— Você não é tão ruim — disse Isabelle. — Se quiser, posso falar bem de você para Maia.

— Não, obrigado — respondeu Jordan, que não sabia ao certo qual seria a versão de Izzy sobre falar bem e tinha medo de descobrir. — Sabe, é normal que quando esteja passando por um momento ruim queira ficar perto da pessoa de que... — Ele estava prestes a dizer "ama", mas percebeu que ela não tinha dito isso, e mudou a direção: — Gosta. Mas não acho que Simon sabe como você se sente.

Os cílios dela se ergueram novamente.

— Ele fala de mim?

— Ele a acha muito forte — disse. — E pensa que não precisa dele. Acho que ele se sente... supérfluo. Tipo, o que ele pode oferecer quando você já é perfeita? Por que quereria um cara como ele? — Jordan piscou; não pretendia avançar tanto e não sabia ao certo o quanto do que tinha dito se aplicava a Simon, e quanto a ele em relação a Maia.

— Então está dizendo que eu deveria contar a ele como me sinto? — perguntou Isabelle com a voz fraca.

— Sim. Definitivamente. Conte a ele.

— Tudo bem. — Ela pegou a garrafa de tequila e tomou um gole. — Vou até a casa de Clary agora contar.

Um ligeiro alarme brotou no peito de Jordan.

— Não pode. São praticamente três da madrugada...

— Se eu esperar, perco a coragem — falou, com aquele tom razoável que somente pessoas muito embriagadas empregam. Tomou mais um gole. — Eu vou até lá, bato na janela e conto para ele o que sinto.

— Você sabe qual é a janela de Clary?

Isabelle cerrou os olhos.

— Nããããão.

A terrível visão de uma Isabelle alcoolizada acordando Jocelyn e Luke passou pela cabeça de Jordan.

— Isabelle, *não*. — Ele esticou o braço para tirar a garrafa de tequila dela, que a afastou dele.

— Acho que estou mudando de ideia em relação a você — disse, com um tom semiameaçador, que teria sido mais assustador se ela tivesse conseguido focar os olhos nele. — Acho que não gosto tanto assim de você, afinal. — Ela se levantou, olhou para os próprios pés com uma expressão surpresa e caiu para trás. Somente os reflexos rápidos de Jordan permitiram que ele a pegasse antes que ela atingisse o chão.

7

Uma mudança nos mares

Clary estava em sua terceira xícara de café no Taki's quando Simon finalmente chegou. Ele estava de calça jeans, um casaco vermelho de moletom com o zíper fechado (para que se importar com lã quando você não sente frio?) e botas de couro. As pessoas viraram para observá-lo ziguezagueando pelas mesas até ela. Simon tinha evoluído bastante desde que Isabelle começou a provocá-lo em relação às roupas, pensou Clary enquanto ele navegava entre as mesas em sua direção. Havia flocos de neve nos cabelos pretos do amigo, mas, diferentemente das bochechas de Alec, que ficavam vermelhas com o frio, as de Simon permaneciam pálidas e sem cor. Ele deslizou pelo assento diante dela, os olhos escuros pensativos e brilhantes.

— Ligou? — perguntou, a voz grossa e ressonante, no melhor estilo conde Drácula.

— Tecnicamente, mandei uma mensagem. — Clary empurrou o cardápio para ele, abrindo na página destinada a vampiros. Ela já o tinha visto antes, mas pensar em mousse ou milkshakes de sangue a fazia tremer. — Espero não ter acordado você.

— Ah, não — respondeu. — Você não vai acreditar onde eu estava... — Deixou a frase solta ao ver a expressão no rosto dela. — Ei. — De repente, os dedos dele estavam sob o queixo de Clary, levantando a cabeça dela.

A risada havia desaparecido dos olhos dele, substituída por preocupação.
— O que aconteceu? Mais alguma notícia sobre Jace?

— Já sabem o que querem? — Era Kaelie, a garçonete fada de olhos azuis que havia entregado a Clary o sino da Rainha. Agora olhou para Clary e sorriu, um sorriso superior que fez Clary ranger os dentes.

Clary pediu uma fatia de torta de maçã; Simon escolheu uma mistura de chocolate quente e sangue. Kaelie levou os cardápios, e Simon olhou preocupado para Clary. Ela respirou fundo e relatou os eventos da noite, cada detalhe horroroso — a aparição de Jace, o que ele dissera, o confronto na sala, o que acontecera com Luke. Ela revelou o que Magnus dissera sobre bolsos dimensionais e outros mundos, e sobre não haver maneira de rastrear alguém escondido em um destes, nem de transmitir recados. Os olhos de Simon escureceram à medida que ela foi contando os detalhes, e ao chegar ao fim, ele estava com a cabeça apoiada nas mãos.

— Simon? — Kaelie já tinha ido e voltado, deixando a comida, que permanecia intacta. Clary tocou o ombro dele. — O que foi? É Luke...

— A culpa é minha. — Ele olhou para Clary, com os olhos secos. Vampiros choravam lágrimas misturadas com sangue, ela pensou; já tinha lido em algum lugar. — Se eu não tivesse mordido Sebastian...

— Fez isso por mim. Pela minha vida — disse, com a voz suave. — Salvou minha vida.

— Você já salvou a minha umas seis ou sete vezes. Pareceu justo. — A voz de Simon falhou; ela se lembrou dele vomitando o sangue escuro de Sebastian, ajoelhado no jardim do telhado.

— Distribuir culpa não nos leva a lugar algum — declarou Clary. — E não foi por isso que o arrastei até aqui, só para contar o que aconteceu. Digo, teria contado de qualquer jeito, mas esperaria até amanhã se não fosse pelo fato de que...

Ele olhou cautelosamente para ela e tomou um gole da xícara.

— Fato de que...?

— Eu tenho um plano.

Ele soltou um grunhido.

— Era isso que eu temia.

— Meus planos *não* são terríveis.

— Os planos de Isabelle são terríveis. — Simon apontou um dedo para ela. — Os *seus* planos são suicidas. Na melhor das hipóteses.

Clary se recostou no assento, os braços cruzados.

— Quer ouvir ou não? E precisa guardar segredo.

— Eu arrancaria meus próprios olhos com um garfo antes de revelar seus segredos — disse Simon, depois pareceu ansioso. — Espere um segundo. Acha que é possível que eu precise fazer isso?

— Não sei. — Clary cobriu o rosto com as mãos.

— Conte. — Ele soou resignado.

Com um suspiro, Clary levou a mão ao bolso e pegou uma pequena bolsa de veludo, que abriu sobre a mesa. Dois anéis de ouro caíram, aterrissando com um tilintado suave.

Simon ficou olhando, confuso.

— Quer se casar?

— Não seja idiota. — Clary inclinou-se para a frente, diminuindo a voz. — Simon, estes são *os anéis*. Os que a Rainha Seelie queria.

— Pensei que tivesse dito que não tinha pego... — interrompeu-se, erguendo os olhos para o rosto dela.

— Eu menti. Cheguei a pegá-los. Mas depois que vi Jace na biblioteca, não quis mais dá-los à Rainha. Tive a sensação de que poderíamos precisar deles. E percebi que ela jamais nos daria informações úteis. Os anéis pareceram mais valiosos do que mais um *round* com a Rainha.

Simon pegou-os, escondendo-os quando Kaelie passou.

— Clary, não se pode simplesmente pegar coisas que a Rainha Seelie quer e guardá-las. Ela é uma inimiga muito perigosa.

Clary o olhou, suplicante.

— Podemos pelo menos ver se funcionam?

Simon suspirou e entregou um dos anéis a ela; parecia leve, mas suave, como ouro de verdade. Por um instante ela temeu que não fosse caber, mas assim que o colocou no indicador direito, ele pareceu se moldar à forma do dedo de Clary, até ficar perfeitamente situado no espaço abaixo da junta. Ela viu Simon olhando para a própria mão direita e notou que a mesma coisa havia acontecido com ele.

— Agora conversamos, suponho — disse ele. — Diga alguma coisa. Você sabe, mentalmente.

Clary virou para Simon, com a absurda sensação de que estava sendo convocada a encenar uma peça cujas falas não havia decorado.

Simon?

Simon piscou.

— Acho que... Pode repetir?

Desta vez Clary se concentrou, tentando focar a mente em Simon — no aspecto *Simon* do amigo, a forma como ele pensava, a sensação de ouvir a voz dele, a sensação de proximidade. Os sussurros, os segredos, a forma como ele a fazia rir.

Então, pensou em tom de conversa, *agora que estou na sua cabeça, quer ver algumas imagens mentais de Jace nu?*

Simon deu um salto.

— Eu *ouvi* isso! E não.

Animação pulsou nas veias de Clary; estava *funcionando*.

— Pense alguma coisa de volta para mim.

Levou menos de um segundo. Ela ouviu Simon, da forma como ouvia o Irmão Zachariah, uma voz sem som dentro de sua mente.

Você o viu pelado?

Bem, não completamente. Mas eu...

— Chega — disse ele em voz alta, e apesar de a voz ter soado entre o divertimento e a ansiedade, seus olhos brilharam. — Funcionam. Caramba. Funcionam de verdade.

Ela se inclinou para a frente.

— Então, posso revelar minha ideia?

Ele tocou o anel no dedo, sentindo o traço delicado, as folhas minúsculas contra a ponta do dedo.

Claro.

Ela começou a explicar, mas ainda não tinha chegado ao final da descrição quando Simon interrompeu, desta vez em voz alta:

— Não. De jeito nenhum.

— Simon — disse ela. — É um plano muito bom.

— O plano em que você segue Jace e Sebastian para um bolso dimensional desconhecido, e nós usamos estes anéis como forma de comunicação para que aqueles de nós na dimensão *normal* da Terra possam encontrá-la? Esse plano?

— Esse.

— Não — respondeu ele. — Não é.

Clary se recostou.

— Você não pode simplesmente dizer não.

— Este plano me envolve! Posso dizer não! *Não.*

— Simon.

Simon afagou o assento ao lado dele, como se houvesse alguém ali.

— Deixe-me apresentá-la a meu grande amigo Não.

— Talvez possamos chegar a um acordo — sugeriu ela, comendo um pedaço da torta.

— Não.

— SIMON.

— "Não" é uma palavra mágica — relatou. — É assim que funciona. Você diz: "Simon, tenho um plano louco e suicida. Você gostaria de me ajudar a executá-lo?" E eu respondo: "*Ora, não.*"

— Farei assim mesmo — declarou Clary.

Ele a encarou.

— O quê?

— Farei com ou sem sua ajuda — disse. — Ainda que não possa usar os anéis, irei atrás de Jace onde quer que ele esteja, e tentarei avisar vocês escapando, procurando telefones, o que for. Se for possível, vou fazer, Simon. Só que tenho mais chances de sobrevivência se você me ajudar. E não existe risco para você.

— *Não ligo para os riscos para mim* — sibilou, inclinando-se para a frente sobre a mesa. — Ligo para o que acontece com você! Maldição, sou praticamente indestrutível. Deixe que *eu* vá. Você fica.

— Sim — respondeu Clary —, Jace não vai achar isso nem um pouco estranho. Você pode simplesmente dizer que sempre foi secretamente apaixonado por ele e que não suporta a distância.

— Posso falar que pensei no assunto e concordo plenamente com a filosofia dele e de Sebastian, que decidi entrar na deles.

— Você nem sabe qual é a filosofia deles.

— Tem isso. Posso ter mais sorte declarando meu amor. Jace acha que todo mundo é apaixonado por ele mesmo.

— Mas eu — disse Clary — de fato *sou.*

Simon a olhou por cima da mesa por um longo tempo, em silêncio.

— Está falando sério — disse ele, afinal. — Você realmente faria isso. Sem mim... sem qualquer rede de segurança.

— Não existe nada que eu não faria por Jace.

Simon inclinou a cabeça para trás, sobre o assento plástico. A Marca de Caim brilhou, um prateado suave sobre a pele.

— Não diga isso — falou.

— Você não faria qualquer coisa pelas pessoas que ama?

— Faria quase qualquer coisa por você — respondeu Simon, baixinho. — Morreria por você. Sabe disso. Mas mataria alguém, algum inocente? E que tal *muitas* vidas inocentes? E o mundo todo? É realmente amor se chega ao ponto de precisar escolher entre a pessoa amada e todas as outras vidas do planeta, e escolher a pessoa? Isso é... não sei, isso sequer é um tipo de amor moral?

— Amor não é moral ou amoral — disse ela. — Simplesmente é.

— Eu sei — disse Simon. — Mas as ações que executamos em nome do amor, estas são morais ou amorais. E normalmente isso não teria importância. Em geral... independentemente do que penso sobre Jace ser irritante... ele jamais pediria que você fizesse alguma coisa que vai contra a sua natureza. Nem por ele, nem por ninguém. Mas ele não é mais o *Jace* exatamente, é? E eu não sei, Clary. Não sei o que ele pode pedir para você fazer.

Clary apoiou o cotovelo na mesa, cansada demais de repente.

— Talvez ele não seja o Jace. Mas é o mais próximo dele que tenho. Não há como recuperar Jace sem ele. — Ergueu os olhos para os de Simon. — Ou está me dizendo que não existe esperança?

Fez-se um longo silêncio. Clary pôde ver a honestidade inerente de Simon lutando contra o desejo de proteger a melhor amiga. Finalmente, ele falou:

— Jamais diria isso. Continuo judeu, você sabe, mesmo sendo um vampiro. No meu coração eu me lembro e acredito, mesmo nas palavras que não posso dizer. D... — Engasgou e engoliu em seco. — Ele fez um acordo conosco, exatamente como os Caçadores de Sombras acreditam que Raziel fez um acordo com eles. E acreditamos nas promessas. Portanto, não se pode jamais perder a esperança, *hatikva*, porque se mantiver a esperança viva, se manterá vivo. — Simon pareceu ligeiramente envergonhado. — Meu rabino dizia isso.

Clary deslizou a mão por cima da mesa e a colocou sobre a de Simon. Ele raramente falava sobre sua religião com ela, ou com qualquer um, apesar de ela saber que ele acreditava.

— Isso quer dizer que aceita?

Ele resmungou.

— Acho que quer dizer que você avassalou meu espírito e me derrotou.

— Fantástico.

— Sem dúvida sabe que está me deixando na posição de ser o cara que vai ter de contar para todo mundo: sua mãe, Luke, Alec, Izzy, Magnus...

— Acho que não deveria ter dito que não teria riscos para você — disse Clary, dócil.

— Pois é — respondeu ele. — Lembre-se, quando sua mãe estiver me mordendo pelo calcanhar como uma ursa furiosa separada do filhote, de que fiz isso por você.

Jordan tinha acabado de voltar a dormir quando bateram outra vez à porta. Ele fez um rolamento e rosnou. O relógio ao lado da cama mostrava 4h em dígitos amarelos piscantes.

Mais batidas. Relutante, Jordan se levantou, vestiu a calça jeans e cambaleou pelo corredor. Sonolento, abriu a porta.

— Olha...

As palavras morreram em seus lábios. No corredor viu Maia. Ela estava de calça jeans e uma jaqueta de couro bege, os cabelos presos com palitos de bronze. Um único cacho caía pela têmpora. Os dedos de Jordan se coçaram para pegá-lo e colocá-lo atrás da orelha dela. Em vez disso, enfiou as mãos nos bolsos do jeans.

— Bela camisa — disse ela, com um olhar seco para o peito nu de Jordan. Ela estava com uma mochila nos ombros. Por um instante, o coração dele pulou. Será que ia viajar? Será que deixaria a cidade por causa *dele*? — Olha, Jordan...

— Quem é? — A voz atrás de Jordan soou rouca, tão amarrotada quanto a cama da qual ela provavelmente tinha acabado de sair. Viu o queixo de Maia cair e olhou para trás, por cima do próprio ombro, para encontrar Isabelle, vestindo apenas uma camiseta de Simon, atrás dele, esfregando os olhos.

Maia fechou a boca.

— Sou eu — disse ela, em um tom não muito amigável. — Você veio... visitar Simon?

— O quê? Não, Simon não está aqui. — *Cale a boca, Isabelle*, pensou Jordan, agitado. — Ele... — Ela gesticulou vagamente. — Saiu.

As bochechas de Maia enrubesceram.

— Está com cheiro de bar aqui.

— É a tequila barata de Jordan — disse Isabelle, com um aceno. — Você sabe...

— E essa é a camisa dele também? — perguntou Maia.

Isabelle olhou para si mesma, depois para Maia. Com atraso, pareceu perceber o que a menina estava pensando.

— Ah. Não. Maia...

— Então, primeiro Simon me trai com você, e agora você e Jordan...

— Simon — disse Isabelle — também *me* traiu com *você*. De qualquer modo, não tem nada acontecendo entre mim e Jordan. Vim para ver Simon, mas ele não estava, então decidi dormir no quarto dele. E é para lá que vou voltar agora.

— Não — respondeu Maia, agressiva. — Não vá. Esqueça Simon e Jordan. O que tenho para dizer você também precisa ouvir.

Isabelle congelou com a mão na porta de Simon, o rosto rubro de sono clareando aos poucos.

— Jace — disse ela. — É por isso que está aqui?

Maia assentiu.

Isabelle cambaleou contra a porta.

— Ele está...? — A voz da garota falhou. Ela tentou começar outra vez: — Encontraram...

— Ele voltou — informou Maia. — Para buscar Clary — fez uma pausa. — Sebastian estava junto. Houve uma briga, e Luke se machucou. Ele está morrendo.

Isabelle emitiu um pequeno ruído na garganta.

— Jace? Jace machucou Luke?

Maia evitou o olhar da menina.

— Não sei exatamente o que aconteceu. Só que Jace e Sebastian vieram buscar Clary e houve uma briga. Luke se machucou.

— Clary...

— Ela está bem. Está na casa de Magnus com a mãe. — Maia se voltou para Jordan: — Magnus me ligou e me pediu que viesse vê-lo. Ele tentou falar com você, mas não conseguiu. Quer que você o coloque em contato com a Praetor Lupus.

— Que eu o coloque em contato com... — Jordan balançou a cabeça. — Não se pode simplesmente *ligar* para a Praetor. Não é como se houvesse um 0800-LOBISOMEM.

Maia cruzou os braços.

— Bem, então como entra em contato com eles?

— Tenho um supervisor. Ele me procura quando quer, ou eu ligo em caso de emergência...

— Isto *é* uma emergência. — Maia enfiou os polegares no cós da calça. — Luke pode morrer, e Magnus disse que a Praetor pode ter informações que talvez ajudem.

Ela olhou para Jordan, os olhos grandes e escuros. Tinha de falar para ela, pensou Jordan. Que a Praetor não gostava de se misturar a assuntos da Clave; que eram discretos e se restringiam à missão: ajudar recém-chegados ao Submundo. Que não havia qualquer garantia de que ajudariam, e grande possibilidade de rejeitarem o pedido.

Mas Maia estava pedindo. Isto era algo que poderia fazer por ela e que poderia ser um passo na longa estrada que precisaria percorrer para reparar o que havia feito antes.

— Tudo bem — disse ele. — Então vamos ao QG e nos apresentamos pessoalmente. Eles ficam em North Fork, em Long Island. Bem longe de tudo. Podemos ir na minha picape.

— Tudo bem. — Maia levantou ainda mais a mochila. — Pensei que talvez precisássemos ir a algum lugar; por isso trouxe minhas coisas.

— Maia — foi Isabelle que falou. Não dizia nada havia tanto tempo que Jordan tinha quase se esquecido de que ela estava lá; ele se virou e a viu apoiada na parede perto da porta de Simon. Estava se abraçando, como se estivesse com frio. — Ele está bem?

Maia franziu o rosto.

— Luke? Não, ele...

— Jace. — A voz de Isabelle foi um suspiro. — Jace está bem? Alguém o machucou, ou prendeu, ou...

— Está bem — respondeu Maia, secamente. — E sumiu. Desapareceu com Sebastian.

— E Simon? — Os olhos de Isabelle se desviaram para Jordan. — Você disse que ele estava com Clary...

Maia balançou a cabeça.

— Não estava. Não estava lá. — A mão dela estava firme na alça da mochila. — Mas sabemos de uma coisa agora, e você não vai gostar. Jace e Sebastian estão conectados de alguma forma. Machuque Jace e machucará Sebastian. Mate-o, e Sebastian morre. E vice-versa. Diretamente de Magnus.

— A Clave sabe? — perguntou Isabelle, no mesmo instante. — Não contaram para a Clave, contaram?

Maia balançou a cabeça.

— Ainda não.

— Vão descobrir — disse Isabelle. — O bando inteiro sabe. Alguém vai falar. E aí haverá uma caça às bruxas. Vão matá-lo só para acabar com Sebastian. Vão matá-lo de qualquer forma. — Ela esticou os braços e passou as mãos nos cabelos pretos e espessos. — Quero meu irmão — disse. — Quero ver Alec.

— Ótimo — disse Maia —, porque depois que Magnus me ligou, ele mandou uma mensagem. Disse que tinha a sensação de que você estaria aqui e mandou um recado. Quer que vá imediatamente para o apartamento dele no Brooklyn.

Estava congelando lá fora, tão frio que o símbolo de *thermis* que tinha feito em si mesma — e o casaco fino que havia pegado emprestado do armário de Simon — não impediu Isabelle de tremer ao abrir a porta do apartamento de Magnus e entrar.

Depois que abriram a entrada da portaria, ela subiu as escadas, encostando no corrimão. Parte dela queria correr pelos degraus, por saber que Alec estava lá e entenderia o que ela estava sentindo. A outra parte, a parte que havia escondido dos irmãos o segredo dos pais durante toda a vida, queria se encolher no térreo e ficar sozinha com a própria tristeza. A parte que detestava depender de quem quer que fosse — afinal, no fim das contas não a decepcionariam? — e tinha orgulho de dizer que Isabelle Lightwood não *precisava* de ninguém lembrou a si mesma de que estava aqui porque tinham solicitado sua presença. *Eles* precisavam *dela*.

Isabelle não se incomodava em ser necessária. Gostava, aliás. Foi por isso que demorou mais para aceitar Jace quando ele chegou de Idris pelo Portal, um menino de 10 anos de idade, magro, com olhos claros e assombrados. Alec se encantou por ele imediatamente, mas Isabelle não gostou do domínio que ele tinha sobre si mesmo. Quando sua mãe lhe contou que o pai de Jace tinha sido assassinado na frente do menino, ela o imaginou chegando com os olhos cheios de lágrimas, querendo conforto e até mesmo conselhos. Mas ele não parecia precisar de ninguém. Mesmo aos 10 anos, tinha uma sagacidade aguda e defensiva, e um temperamento ácido. Aliás, Isabelle concluiu, espantada, ele era exatamente como ela.

No fim das contas foi a Caça às Sombras que os conectou — um amor compartilhado por armas afiadas, lâminas serafim luminosas, o prazer dolorido de queimar Marcas, a velocidade ágil das batalhas. Quando Alec quis caçar sozinho com ele, sem Isabelle, ele a defendeu: "Precisamos dela conosco; ela é a melhor de todos. Além de mim, é claro."

Ela o amou só por isso.

Estava à porta de Magnus agora. Luz escorria pela abertura embaixo, e ela ouviu vozes sussurradas. Abriu a porta e uma onda de calor a envolveu. Entrou de bom grado.

O calor vinha de uma fogueira na lareira — apesar de não haver chaminés no prédio, e o fogo apresentar o tom azul-esverdeado de uma chama encantada. Magnus e Alec estavam sentados em um dos sofás perto da lareira. Enquanto ela entrava, Alec levantou o olhar, a viu e ficou de pé antes de sair correndo descalço pela sala — estava com uma calça de moletom preta e uma camiseta branca com o colarinho rasgado — para abraçá-la.

Por um instante ela ficou parada nos braços dele, ouvindo o coração do irmão, as mãos dele a afagando nas costas e no cabelo, ligeiramente desconfortáveis.

— Iz — disse ele. — Vai ficar tudo bem, Izzy.

Ela o afastou, esfregando os olhos. Meu Deus, como detestava chorar.

— Como pode dizer isso? — disparou. — Como alguma coisa pode ficar bem depois disto?

— Izzy. — Alec colocou gentilmente os cabelos da irmã sobre um dos ombros e o puxou delicadamente. Fez com que ela se lembrasse do tempo em que usava tranças e Alec puxava, com bem menos suavidade do que agora. — Não desmorone. Precisamos de você — ele diminuiu a voz —, além disso, sabia que está cheirando a tequila?

Ela olhou para Magnus, que observava os dois do sofá com seus olhos ilegíveis de gato.

— Onde está Clary? — perguntou. — E a mãe dela? Pensei que estivessem aqui.

— Estão dormindo — respondeu Alec. — Achamos que precisavam de um descanso.

— E eu não?

— *Você* acabou de ver seu noivo ou seu padrasto quase ser assassinado diante dos seus olhos? — indagou Magnus, secamente. Estava usando um pijama listrado com um robe preto de seda por cima. — Isabelle Lightwood — disse ele, sentando-se e juntando as mãos à frente do corpo. — Como Alec disse, precisamos de você.

Isabelle se recompôs, esticando os ombros para trás.

— Precisam de mim para quê?

— Para encontrar as Irmãs de Ferro — explicou Alec. — Precisamos de uma arma que divida Jace e Sebastian, de modo que possam ser feridos separadamente... Bem, você me entende. Para que Sebastian possa ser morto sem que Jace se machuque. E é uma questão de tempo até que a Clave saiba que Jace não é prisioneiro de Sebastian, que está junto com ele...

— Não é *Jace* — protestou Isabelle.

— Pode não ser — disse Magnus —, mas se ele morrer, seu Jace morre junto.

— Como sabe, as Irmãs de Ferro só falam com mulheres — disse Alec. — E Jocelyn não pode ir sozinha porque não é mais uma Caçadora de Sombras.

— E Clary?

— Ainda está em treinamento. Não saberá fazer as perguntas certas, nem a forma de se dirigir a elas. Mas você e Jocelyn, sim. E Jocelyn disse que já esteve lá; pode ajudar a guiá-la depois que as enviarmos por um Portal até as barreiras da Cidadela Adamant. Vocês vão, as duas, de manhã.

Isabelle pensou. A ideia de finalmente ter o que fazer, algo definitivo, ativo e relevante, era um alívio. Preferiria alguma tarefa que envolvesse matar demônios ou cortar as pernas de Sebastian, mas era melhor do que nada. As lendas que cercavam Adamant faziam o local parecer proibido, distante, e as Irmãs de Ferro eram vistas com muito menos frequência do que os Irmãos do Silêncio. Isabelle nunca tinha visto uma.

— Quando vamos? — perguntou.

Alec sorriu pela primeira vez desde que ela chegou, e esticou o braço para afagar o cabelo da irmã.

— Essa é a minha Isabelle.

— Pare com isso. — Ela esquivou-se para fora do alcance dele e viu Magnus sorrindo do sofá. Ele se ajeitou e passou a mão no cabelo preto já extremamente arrepiado.

— Tenho três quartos de hóspedes — informou. — Clary está em um; a mãe, no outro. Mostrarei o terceiro.

Todos os quartos ficavam em um corredor estreito e sem janelas; Magnus conduziu Isabelle até o terceiro, cujas paredes eram pintadas de rosa-shocking. Cortinas pretas dependuravam-se de barras prateadas sobre as janelas, presas por algemas. A colcha tinha uma estampa de corações escuros.

Isabelle olhou em volta. Sentia-se agitada e nervosa, e sem qualquer vontade de dormir.

— Belas algemas. Dá para entender por que não colocou Jocelyn para dormir aqui.

— Eu precisava de alguma coisa para segurar as cortinas. — Magnus deu de ombros. — Tem roupa para dormir?

Isabelle apenas assentiu, sem querer admitir que tinha trazido a camiseta de Simon. Vampiros não tinham cheiro de nada, mas a camiseta ainda tinha o odor reconfortante de sabão em pó.

— É estranho — disse ela. — Você exigir minha presença imediata, apenas para me botar na cama e avisar que só começaremos amanhã.

Magnus se apoiou na parede perto da porta, com os braços sobre o peito, e a olhou com seus olhos felinos. Por um instante lembrou Coroinha, exceto pela menor probabilidade de morder.

— Eu amo seu irmão — falou. — Você sabe disso, não sabe?

— Se quer minha permissão para casar com ele, fique à vontade — declarou a garota. — O outono é uma boa época. Você pode usar um fraque laranja.

— Ele não está feliz — disse Magnus, como se ela não tivesse falado nada.

— Claro que não está — irritou-se Isabelle. — Jace...

— *Jace* — disse Magnus, e suas mãos se cerraram em punhos nas laterais do corpo.

Isabelle o encarou. Sempre achou que ele não se incomodasse com Jace; diria até que passara a gostar dele, depois que a questão sobre o afeto de Alec ficou definida.

Em voz alta, falou:

— Pensei que você e Jace fossem amigos.

— Não é isso — explicou. — Existem algumas pessoas... pessoas que o universo parece ter destacado para destinos especiais. Dádivas especiais e tormentos especiais. Deus sabe que somos todos atraídos pelo que é lindo e quebrado; *eu* já fui, mas algumas pessoas não têm conserto. Ou, se têm, é somente através de amor e sacrifício tão grande que destrói aquele que dá.

Isabelle balançou a cabeça lentamente.

— Agora me confundiu. Jace é nosso irmão, mas para Alec... Ele é *parabatai* de Jace, além disso.

— Eu sei sobre os *parabatai* — disse Magnus. — Conheci *parabatai* tão próximos que eram praticamente a mesma pessoa. Você sabe o que acontece quando um deles morre, com o que fica...

— Pare! — Isabelle tapou os ouvidos com as mãos, em seguida as abaixou lentamente. — Como ousa, Magnus Bane? — perguntou. — Como ousa piorar o que já está ruim?

— Isabelle. — Magnus desenlaçou as mãos; parecia um pouco espantado, como se o próprio desabafo o tivesse assustado. — Desculpe. Às vezes me esqueço... que com todo o seu autocontrole e sua força, você tem a mesma vulnerabilidade de Alec.

— Não existe nada de fraco em Alec — disse Isabelle.

— Não — concordou Magnus. — Amar como se quer, isso exige força. A questão é que eu queria que você estivesse aqui por ele. Existem coisas que não posso fazer por ele, coisas que não posso dar. — Por um instante o próprio Magnus pareceu bastante vulnerável. — Você conhece Jace há tanto tempo quanto ele. Pode oferecer uma compreensão que eu não posso. E ele a ama.

— Claro que me ama. Sou irmã dele.

— Sangue não significa amor — disse Magnus, com a voz amarga. — Basta perguntar a Clary.

Clary voou pelo Portal como se tivesse atravessado o cano de uma espingarda e saltou do outro lado. Cambaleou para o chão e caiu de pé, dominando inicialmente a aterrissagem. A pose durou apenas um instante até ela, tonta demais com o Portal para manter o foco, se desequilibrar e cair no chão, a mochila amortecendo a queda. Suspirou — *algum dia* todo o treinamento surtiria efeito — e se levantou, esfregando poeira da traseira da calça.

Estava na frente da casa de Luke. O rio brilhava por cima do seu ombro, e a cidade se erguia por trás como uma floresta de luzes. A casa de Luke estava exatamente como a haviam deixado algumas horas antes, trancada e escura. Clary, de pé sobre a poeira e o caminho de pedras que levava aos degraus da frente, engoliu em seco.

Lentamente, tocou o anel na mão direita com os dedos da mão esquerda.

Simon?

A resposta foi imediata.

Oi?

Cadê você?

Andando em direção ao metrô. Pegou o Portal até sua casa?

Para a casa de Luke. Se Jace vier, como acho que vem, vai ser para cá.

Silêncio. Em seguida:

Bem, acho que sabe como me encontrar, se precisar.

Acho que sim. Clary respirou fundo. *Simon?*

Oi?

Eu amo você.

Pausa.

Também amo você.

E isso foi tudo. Não houve clique, como quando você desliga um telefone; Clary apenas sentiu um corte na conexão, como se um fio tivesse sido cortado em sua mente. Ficou imaginando se fora disto que Alec falara quando mencionou o laço dos *parabatai.*

Ela foi em direção à casa de Luke e subiu as escadas lentamente. Esta era a sua casa. Se Jace voltasse para buscá-la, como disse que faria, viria para cá. Sentou-se no degrau mais alto, colocou a mochila no colo e esperou.

Simon estava diante da geladeira do apartamento e tomou o último gole de sangue gelado enquanto a lembrança da voz silenciosa de Clary desbotava de sua mente. Tinha acabado de chegar em casa, o apartamento estava escuro, o ronco da geladeira alto, e o lugar estava com um estranho cheiro de... tequila? Talvez Jordan tivesse bebido. A porta do quarto dele estava fechada, não que Simon o culpasse por estar dormindo; já passava das quatro da madrugada.

Guardou a garrafa de volta na geladeira e foi para o quarto. Seria a primeira vez na semana que dormiria em casa. Já tinha se acostumado a ter com quem dividir a cama, um corpo contra o qual rolar no meio da noite. Gostava de como Clary se encaixava nele, dormindo encolhida com a cabeça na mão; e, se tinha de admitir para si mesmo, gostava do fato de ela não conseguir dormir sem ele. Fazia com que se sentisse indispensável e necessário — ainda que o fato de Jocelyn não parecer se importar com ele dormindo ou não na cama da filha indicasse que a mãe de Clary o considerava tão sexualmente ameaçador quanto um peixinho dourado.

Claro, ele e Clary já tinham compartilhado camas diversas vezes, dos 5 aos 12 anos. Isso talvez tivesse alguma relação, pensou, abrindo a porta do quarto. A maioria das referidas noites tinha sido passada com atividades tórridas, como concursos de quem demorava mais para comer um chocolate. Ou levavam um aparelho de DVD portátil e...

Simon piscou. O quarto parecia o mesmo... paredes limpas, prateleiras de plástico com suas roupas, o violão pendurado na parede e um colchão no chão. Mas na cama tinha um pedaço de papel — um quadrado branco emoldurado pelo cobertor preto. A letra redonda era familiar. Isabelle.

Pegou o bilhete e leu:

Simon, tentei ligar, mas parece que seu telefone está desligado. Não sei onde está agora. Não sei se Clary já contou o que aconteceu esta noite. Mas preciso ir à casa de Magnus e gostaria muito que você estivesse lá.

Nunca sinto medo, mas temo por Jace. Temo pelo meu irmão. Nunca lhe peço nada, Simon, mas estou pedindo agora. Por favor, venha.

Isabelle.

Simon deixou a carta cair de sua mão. Já estava fora do apartamento e descendo os degraus antes mesmo de o papel atingir o chão.

Quando Simon entrou no apartamento de Magnus, o local estava quieto. Havia uma chama ardendo na lareira, em frente à qual Magnus estava sentado em um sofá macio, com os pés na mesa de centro. Alec estava dormindo com a cabeça no colo de Magnus, que acariciava os cabelos pretos do Caçador de Sombras entre os dedos. O olhar do feiticeiro nas chamas parecia remoto e distante, como se estivesse olhando para o passado. Simon não pôde deixar de se lembrar do que Magnus dissera uma vez, sobre viver eternamente:

Um dia sobraremos apenas eu e você.

Simon estremeceu, e Magnus levantou os olhos.

— Isabelle ligou várias vezes para você, sabe — disse, com a voz baixa para não acordar Alec. — Ela está no corredor, por ali, primeiro quarto à esquerda.

Simon assentiu e, com uma saudação na direção de Magnus, partiu pelo corredor. Estava se sentindo estranhamente nervoso, como se estivesse se arrumando para um primeiro encontro. Isabelle, até onde se lembrava, jamais havia solicitado sua ajuda ou sua presença, nem dito que precisava dele de alguma forma.

Ele abriu a porta do primeiro quarto à esquerda e entrou. Estava escuro, as luzes apagadas; se Simon não tivesse visão vampiresca, provavelmente só teria escuridão a escuridão. Com sua habilidade, viu os contornos de um armário, cadeiras cobertas por roupas e uma cama desfeita. Isabelle estava dormindo de lado, os cabelos pretos espalhados sobre o travesseiro.

Simon encarou. Nunca tinha visto Isabelle dormindo antes. Parecia mais nova do que era, com o rosto relaxado, os longos cílios tocando os topos das maçãs do rosto. A boca ligeiramente aberta, os pés encolhidos. Trajava apenas uma camiseta — uma camiseta *dele*, azul, desbotada, que dizia O CLUBE DE AVENTURAS DO MONSTRO DO LAGO NESS: IGNORANDO FATOS, ENCONTRANDO RESPOSTAS.

Simon fechou a porta atrás de si, sentindo-se mais decepcionado do que imaginara. Não tinha lhe ocorrido que ela já estivesse dormindo. Queria conversar com ela, ouvir sua voz. Tirou os sapatos e deitou ao lado. Izzy certamente ocupava mais espaço do que Clary. Era alta, quase da altura dele, mas quando colocou a mão no ombro dela, os ossos de Isabelle pareceram delicados ao seu toque. Passou a mão no braço da menina.

— Iz? — falou. — Isabelle?

Ela murmurou e virou a cara para o travesseiro. Ele se inclinou mais para perto — ela estava cheirando a álcool e perfume de rosas. Bem, isso explicava essa parte. Pensou em puxá-la para os braços e beijá-la suavemente, mas "Simon Lewis, molestador de mulheres desacordadas" não era exatamente o epitáfio pelo qual gostaria de ser lembrado.

Deitou-se de costas e ficou olhando para o teto. Gesso rachado, marcado por manchas de água. Magnus realmente deveria chamar alguém para consertar. Como que sentindo sua presença, Isabelle rolou de lado contra ele, a bochecha suave no ombro de Simon.

— Simon? — perguntou, grogue.

— Sim. — Tocou levemente o rosto dela.

— Você veio. — Ela esticou os braços sobre o peito dele, movendo-se de modo a encaixar a cabeça no ombro dele. — Não pensei que fosse vir.

Os dedos dele traçaram desenhos no braço dela.

— Claro que vim.

As palavras seguintes de Isabelle foram abafadas pelo pescoço dele:

— Desculpe por eu estar dormindo.

Ele sorriu para si mesmo, um pouco, no escuro.

— Tudo bem. Mesmo que você só me quisesse aqui para abraçá-la enquanto dorme, eu viria.

Ele a sentiu enrijecer e, em seguida, relaxar.

— Simon?

— Oi?

— Pode me contar uma história?

Ele piscou os olhos.

— Que tipo de história?

— Alguma em que os mocinhos vençam os bandidos. E permaneçam mortos.

— Então tipo um conto de fadas? — perguntou. Tentou se lembrar de algum. Só conhecia as versões da Disney dos contos de fadas, e a primeira imagem que lhe veio foi a de Ariel com o sutiã de conchas. Tivera uma quedinha por ela aos 8 anos. Não que este parecesse o momento para tocar no assunto.

— Não. — A palavra foi uma exalada. — Nós *estudamos* contos de fadas na escola. Boa parte da magia é real... mas... Não, quero alguma coisa que eu não tenha ouvido antes.

— Tudo bem. Tenho uma boa. — Simon acariciou o cabelo de Isabelle, sentindo os cílios dela batendo no pescoço enquanto ela fechava os olhos. — Há muito tempo, em uma galáxia muito, muito distante...

Clary não sabia há quanto tempo estava sentada nos degraus da entrada da casa de Luke quando o sol começou a nascer. Ergueu-se por trás da casa, o céu adquiriu uma tonalidade rosa-escuro, o rio era uma tira de azul metálico. Ela estava tremendo, tremia havia tanto tempo que o corpo inteiro parecia contraído em um único tremor de frio. Tinha utilizado dois símbolos de aquecimento, mas não haviam ajudado; tinha a sensação de que os tremores eram tão psicológicos quanto todo o resto.

Será que ele viria? Se ainda fosse tão Jace quanto ela acreditava, viria; quando falou que voltaria, ela entendeu que ele queria dizer que chegaria o quanto antes. Jace não era muito paciente. E não fazia joguinhos.

Mas havia um limite de tempo pelo qual poderia esperar. Eventualmente, o sol nasceria. O dia seguinte teria início, e a mãe estaria de olho nela outra vez. Teria de desistir de Jace por pelo menos mais um dia, se não mais.

Fechou os olhos contra o brilho do nascer do sol, apoiando os cotovelos no degrau superior, atrás dela. Por apenas um instante se permitiu flutuar na fantasia de que tudo estava como antes, de que nada havia mudado, de que encontraria Jace esta tarde para treinar, ou à noite para jantar, e ele iria abraçá-la e fazê-la rir como sempre.

Raios calorosos de sol tocaram o rosto de Clary. Relutante, abriu os olhos.

E ele estava lá, se aproximando, tão silencioso quanto um gato, como sempre. Vestia um casaco azul-escuro que fazia seu cabelo parecer a luz do sol. Ela se sentou ereta, com o coração acelerado. O raio solar luminoso parecia deixá-lo emoldurado de luz. Clary pensou naquela noite em Idris, nos fogos de artifício cortando o céu, e que a fizeram pensar em anjos em chamas, caindo.

Ele a alcançou e estendeu as mãos; ela as pegou e permitiu que ele a levantasse. Os olhos claros de Jace investigaram seu rosto.

— Não tinha certeza se viria.

— Desde quando não tem certeza de mim?

— Você ficou muito irritada antes. — Jace pegou o rosto dela com a mão. Tinha uma cicatriz acentuada na palma dele; pôde senti-la em sua pele.

— E se eu não estivesse aqui, o que você teria feito?

Ele a puxou para perto. Também estava tremendo, e o vento soprava seus cachos, emaranhados e luminosos.

— Como está Luke?

Ao ouvir o nome de Luke, outro tremor atravessou o corpo de Clary. Jace, acreditando que ela estava com frio, puxou-a ainda mais para perto.

— Ele vai ficar bem — respondeu, cautelosa. *É sua culpa, sua culpa, sua culpa.*

— Nunca quis que ele se machucasse. — Os braços de Jace a envolviam, os dedos traçavam uma linha lenta para cima e para baixo da espinha. — Acredita em mim?

— Jace... — disse Clary. — Por que está aqui?

— Para pedir novamente. Que venha comigo.

Clary fechou os olhos.

— E não vai me dizer para onde?

— Fé — respondeu, suavemente. — Precisa ter fé. Mas também deve saber... quando vier comigo, não terá volta. Não por um bom tempo.

Pensou na ocasião em que saiu do Java Jones e o viu esperando por ela. Sua vida tinha mudado naquele momento de uma maneira que não tinha volta.

— Nunca houve volta — disse ela. — Não com você. — Abriu os olhos. — Vamos.

Ele sorriu, um sorriso tão brilhante quanto o sol surgindo por trás das nuvens, e ela sentiu o corpo relaxar.

— Tem certeza?

— Tenho.

Jace se inclinou e beijou-a. Esticando-se para abraçá-lo, sentiu um gosto amargo nos lábios dele; então a escuridão veio como uma cortina indicando o fim do ato de uma peça.

Parte Dois
Certas Coisas Sombrias

Te amo como se amam certas coisas sombrias

— Pablo Neruda, "Soneto XVII"

8

Fogo testa ouro

Maia nunca tinha estado em Long Island, mas quando pensava no lugar, sempre o imaginava muito parecido com Nova Jersey — essencialmente suburbano, um lugar onde moravam as pessoas que trabalhavam em Nova York e na Filadélfia.

Tinha guardado a mochila na traseira da picape de Jordan, assustadoramente desconhecida. Quando namoravam, ele tinha um Toyota vermelho surrado, que vivia sujo, cheio de copos de café e embalagens de fast-food, e o cinzeiro cheio de guimbas de cigarro. A cabine da picape era comparativamente limpa; o único detrito era uma pilha de papéis no banco do carona. Ele empurrou de lado os papéis sem fazer qualquer comentário enquanto ela entrava.

Não se falaram durante a travessia de Manhattan até a autoestrada para Long Island e Maia acabou cochilando, a bochecha no vidro frio da janela. Finalmente, acordara quando passaram por um buraco na estrada, o que a arremessou para a frente. Piscou os olhos, esfregando-os.

— Desculpe — dissera Jordan, lamentoso. — Eu ia deixá-la dormir até chegarmos.

Ela se sentara, olhando em volta. Estavam em uma via de mão dupla, o céu ao redor começava a clarear. Havia campos em ambos os lados da estrada, algumas fazendas ou depósitos, casas de madeira afastadas umas das outras com cercas ao redor.

— É bonito — comentara ela, surpresa.

— É. — Jordan trocara a marcha, limpando a garganta. — Como está acordada... antes de chegarmos à Casa da Praetor, posso mostrar uma coisa?

Ela hesitara por apenas um segundo antes de assentir. E agora, cá estavam entrando em uma estrada de terra, mão única, com árvores de ambos os lados. A maioria não tinha folhas; a estrada era lamacenta, e Maia abriu a janela para sentir o cheiro do ar. Árvores, água salgada, folhas caindo devagar, pequenos animais correndo pela grama alta. Ela respirou fundo mais uma vez exatamente quando entraram em uma pequena rotatória. Na frente deles estava a praia, esticando-se até a água azul-escura. O céu estava quase lilás.

Ela olhou para Jordan. Ele estava olhando para a frente.

— Eu costumava vir aqui enquanto estava em treinamento na Casa da Praetor — falou. — Às vezes, só para olhar a água e clarear as ideias. O sol nasce aqui... Todo dia é diferente, mas são todos lindos.

— Jordan.

Ele não olhou para ela quando disse:

— Oi?

— Desculpe pelo que aconteceu antes. Por ter fugido, você sabe, no estaleiro.

— Tudo bem. — Ele soltou a respiração lentamente, mas ela viu pela tensão nos ombros dele, pela mão agarrando a marcha, que na verdade não estava tudo bem. Maia tentou não olhar para a maneira como a tensão moldava os músculos do braço dele, acentuando o entalhe do bíceps. — Foi coisa demais para absorver; entendo. Eu só...

— Acho que devemos ir aos poucos. Vamos começar tentando ser amigos.

— Não quero ser seu amigo — declarou ele.

Maia não conseguiu conter a surpresa.

— Não quer?

Ele tirou a mão da marcha para o volante. Ar quente saía do aquecedor do carro, misturando-se ao ar fresco que entrava pela janela de Maia.

— Melhor não conversarmos sobre isso agora.

— Eu quero — disse ela. — Quero conversar agora. Não quero estar estressada com *a gente* quando estivermos na Casa da Praetor.

Ele deslizou para baixo no próprio assento, mordendo o lábio. Os cabelos castanhos caíram para a frente, sobre a testa.

— Maia...

— Se não quer ser meu amigo, então o que somos? Inimigos outra vez?

Ele virou a cabeça, a bochecha contra o banco do carro. Aqueles olhos eram exatamente como ela se lembrava, cor de amêndoa com manchas verdes, azuis e douradas.

— Não quero ser seu amigo — explicou —, porque ainda te amo. Maia, sabia que eu sequer beijei outra menina desde que terminamos?

— Isabelle...

— Queria se embebedar e conversar sobre Simon. — Ele tirou as mãos do volante, esticou-as para Maia, em seguida largou-as de novo no próprio colo, uma expressão derrotada no rosto. — Você é a única que amei. Pensar em você foi o que me fez passar pelo meu treinamento. A ideia de que poderia recompensá-la algum dia. E vou, de qualquer forma possível, menos uma.

— Não vai ser meu amigo.

— Não vou ser *apenas* seu amigo. Eu te amo, Maia. Sou *apaixonado* por você. Sempre fui. Sempre serei. Ser só seu amigo me mataria.

Ela olhou para o oceano. A borda do sol estava começando a aparecer sobre a água, os raios iluminando o mar em tons de roxo, dourado e azul.

— É tão bonito aqui.

— Por isso que eu vinha. Não conseguia dormir e vinha ver o sol nascer. — A voz dele era suave.

— Agora consegue dormir? — Maia voltou-se novamente para ele.

Ele fechou os olhos.

— Maia, se vai dizer que não, que não quer ser nada além de minha amiga... diga. Arranque o curativo de uma só vez, tudo bem?

Ele pareceu preparado, como se esperasse um golpe. Os cílios projetavam sombra nas maçãs do rosto do menino. Havia cicatrizes brancas na pele marrom da garganta dele, cicatrizes causadas por ela. Maia soltou o cinto e deslizou sobre o banco, aproximando-se dele. Ouviu a respiração engasgada dele, mas Jordan não se moveu enquanto ela se inclinava e o beijava na bochecha. Sentiu o cheiro dele. Mesmo sabão, mesmo xampu, mas sem o cheiro remanescente dos cigarros. Mesmo menino. Beijou-o por toda a bochecha, até o canto da boca e, finalmente, inclinando-se ainda mais, levou a boca à dele.

Os lábios de Jordan se abriram sob os dela, e ele rosnou, baixo, na garganta. Lobisomens não eram suaves uns com os outros, mas as mãos dele foram leves quando a ergueram e a puxaram para o colo, abraçando-a à medida que o beijo se intensificava. A sensação dele, o calor dos braços cobertos de veludo, as batidas do coração, o gosto da boca, o choque de lábios, dentes e língua a deixaram sem fôlego. As mãos de Maia deslizaram pela nuca de Jordan e ela derreteu sobre ele ao sentir os cachos espessos do cabelo do menino, exatamente os mesmos de sempre.

Quando finalmente se distanciaram, os olhos dele estavam vítreos.

— Há anos que espero por isso.

Ela traçou a linha da clavícula dele com um dedo. Pôde sentir o próprio coração batendo. Por alguns instantes não eram dois licantropes em uma missão em uma organização altamente secreta — eram dois adolescentes, trocando beijos em um carro na praia.

— Correspondeu às expectativas?

— Foi melhor. — A boca dele entortou no canto. — Isso quer dizer...

— Bem — respondeu ela. — Esse não é o tipo de coisa que você faz com seus amigos, certo?

— Não é? Tenho de contar para Simon. Ele vai ficar muito decepcionado.

— *Jordan.* — Ela bateu levemente no ombro dele, mas estava sorrindo, assim como ele, que tinha um sorriso enorme, apatetado e incomum se espalhando no rosto.

Ela se curvou para a frente e colocou a cabeça na dobra do pescoço dele, inspirando a mistura do cheiro dele com o da manhã.

Estavam lutando sobre o lago congelado, a cidade de gelo brilhando como uma lâmpada a distância. O anjo de asas douradas e o anjo de asas que pareciam fogo escuro. Clary se encontrava no gelo enquanto sangue e penas caíam ao seu redor. As penas douradas ardiam como fogo quando tocavam sua pele, mas as pretas eram frias como gelo.

Clary acordou com o coração acelerado, embrulhada em um nó de cobertores. Sentou-se, abaixando as cobertas para a cintura. Estava em um quarto estranho. As paredes eram de gesso branco, e ela se viu deitada em uma cama de madeira escura, vestindo as mesmas roupas da noite anterior.

Deslizou para fora da cama, os pés descalços tocando o chão frio de pedra; olhou em volta, procurando a mochila.

Encontrou-a com facilidade, repousando em uma cadeira de couro preta. Não havia janelas no aposento; a única luz provinha de um lustre de vidro pendurado no teto, feito de vidro preto. Passou a mão na mochila e percebeu, irritada, mas sem surpresa, que alguém já tinha mexido no conteúdo. A caixa de materiais artísticos havia desaparecido, a estela inclusive. Tudo que restava era a escova de cabelo e uma muda de roupa, uma calça jeans e uma calcinha. Pelo menos o anel dourado continuava no dedo.

Tocou-o suavemente e *pensou* para Simon.

Estou aqui.

Nada.

Simon?

Não obteve resposta. Engoliu em seco o próprio desconforto. Não fazia ideia de onde estava, de que horas eram, ou havia quanto tempo estava apagada. Simon poderia estar dormindo. Não podia entrar em pânico e presumir que os anéis não estavam funcionando. Teria de seguir no piloto automático. Descobrir onde estava, aprender o que pudesse. Tentaria falar novamente com Simon mais tarde.

Respirou fundo e tentou se concentrar nos arredores. Duas portas saíam do quarto. Tentou a primeira e descobriu que esta desembocava em um pequeno banheiro de vidro cromado com uma banheira de bronze com pés em garra. Também não havia janelas ali. Tomou um rápido banho e se secou com uma toalha branca fofa, depois vestiu o jeans limpo e um casaco antes de voltar para o quarto, pegando o sapato e tentando a segunda porta.

Bingo. Aqui estava o restante... da casa? Apartamento? Viu-se em uma sala grande, metade da qual ocupada por uma ampla mesa de vidro. Mais lustres de contas de vidro preto se penduravam do teto, formando sombras dançantes contra as paredes. Tudo era muito moderno, das cadeiras de couro pretas à grande lareira, com moldura cromada. Havia um fogo ardendo nela. Então provavelmente alguém mais estava em casa, ou havia estado muito recentemente.

A outra metade tinha uma tela de TV enorme, uma mesa de centro preta sobre a qual havia jogos e controles, e sofás baixos de couro. Um par de escadas de vidro subia em espiral. Após uma olhada em volta, Clary começou a subir. O vidro era perfeitamente limpo e dava a impressão de que ela estava subindo uma escadaria invisível para o céu.

O segundo andar era bem parecido com o primeiro — paredes claras, chão escuro, um longo corredor com portas para outros aposentos. A primeira levava ao que claramente era a suíte principal. Uma enorme cama de madeira escura sob cortinas brancas transparentes ocupava quase todo o espaço. Aqui havia janelas, com vidros azul-escuros. Clary atravessou o quarto para olhar.

Por um instante, imaginou se estaria em Alicante. Viu um canal e outro prédio com as janelas tapadas por cortinas verdes. O céu no alto estava cinza, o canal verde-azulado escuro, e havia uma ponte visível à direita, cortando o canal. Havia duas pessoas na ponte. Uma delas estava com uma câmera no rosto, tirando fotos diligentemente. Então não era Alicante. Amsterdã? Veneza? Procurou de todo jeito uma forma de abrir a janela, mas não parecia haver como; bateu no vidro e gritou, mas as pessoas atravessando a ponte não perceberam. Após alguns instantes, prosseguiram.

Clary voltou-se novamente para o quarto, foi até um dos armários e o abriu. Seu coração pulou. Estava cheio de roupas — roupas femininas. Vestidos lindos; bordados, cetim, contas e flores. As gavetas tinham camisolas e roupas íntimas, blusas de algodão e seda, saias, mas nenhum jeans ou outra calça. Havia até uma fileira de sapatos: sandálias e sapatos de salto, além de pares dobrados de meias. Por um instante, apenas olhou, imaginando se haveria outra menina hospedada aqui, ou se Sebastian tinha passado a se vestir de mulher. Mas todas as roupas tinham etiqueta, e todas eram praticamente do seu tamanho. E não era tudo, percebeu devagar, observando de perto. Eram exatamente das formas e cores que lhe cairiam bem; azuis, verdes, amarelos, feitas para uma menina mignon. Por fim, pegou uma das blusas mais simples, verde-escura e de mangas curtas, que fechava na frente. Após retirar a própria camiseta e jogá-la no chão, vestiu a verde e olhou-se no espelho na parte interna da porta.

Coube perfeitamente. Ressaltava o melhor de sua forma, justa na cintura, escurecendo o verde dos seus olhos. Arrancou a etiqueta, sem querer saber quanto tinha custado, e se apressou para fora do quarto, sentindo um tremor pela espinha.

O quarto seguinte claramente pertencia a Jace. Soube assim que entrou. Tinha o cheiro dele, da colônia, do sabonete e da pele dele. A cama era de madeira preta com lençóis e cobertores brancos, cuidadosamente feita. Era tão organizado quanto o quarto no Instituto. Havia livros empilhados perto da cama, com títulos em italiano, francês e latim. A adaga Herondale de prata com o desenho de pássaros estava enfiada na parede de gesso. Quando olhou mais de perto, viu que estava prendendo uma fotografia. Uma foto dela e de Jace, tirada por Izzy. Lembrava-se dela, um dia claro em princípios de outubro, Jace sentado nos degraus frontais do Instituto, com um livro no colo. Ela no degrau acima, com a mão no ombro dele, inclinando-se para a frente para ver o que ele estava lendo. A mão dele cobria a dela, quase distraidamente, e ele estava sorrindo. Clary não tinha visto o rosto dele naquele dia, não soube que estava sorrindo daquela forma até esse momento. Sua garganta se contraiu, e ela saiu do quarto, recobrando o fôlego.

Não poderia agir assim, disse a si mesma com firmeza. Como se cada imagem de Jace como ele era agora fosse um soco no estômago. Precisava fingir que não importava, como se não enxergasse qualquer diferença. Entrou na porta seguinte, em mais um quarto, muito parecido com o anterior, mas este estava uma zona — a cama era um emaranhado de lençóis de seda preta e uma colcha, uma escrivaninha de vidro e aço cheia de livros e papéis, roupas masculinas espalhadas por todos os cantos. Jeans, casacos e roupas de combate. Seu olhar caiu sobre algo com um brilho prateado, apoiado na escrivaninha perto da cama. Ela avançou, olhando fixamente, sem conseguir acreditar nos próprios olhos.

Era a caixinha da mãe, aquela com as iniciais *J.C.* gravadas. A que a mãe retirava todo ano, uma vez, e sobre a qual chorava silenciosamente, as lágrimas escorrendo pelo rosto e caindo nas mãos. Clary sabia o que havia na caixa — um cacho de cabelo, tão fino e tão branco quanto um dente de leão; retalhos da camisa de uma criança; um sapato de neném, pequeno o bastante para caber na palma da mão. Pedacinhos de seu irmão, uma espécie de colagem da criança que a mãe gostaria de ter tido, sonhava ter tido, antes de Valentim ter feito o que fizera para transformar o filho em um monstro.

J.C.

Jonathan Christopher.

O estômago de Clary embrulhou, e ela recuou rapidamente para fora do quarto — diretamente contra uma parede viva. Braços a envolveram, apertando-a com força, e ela notou que eram esguios e musculosos, com pelos claros; por um instante achou que fosse Jace abraçando-a. Começou a relaxar.

— O que estava fazendo no meu quarto? — Sebastian perguntou ao seu ouvido.

* * *

Isabelle fora treinada para acordar cedo todas as manhãs, com chuva ou sol, e uma leve ressaca não fez nada para atrapalhar o hábito. Sentou-se lentamente e piscou para Simon.

Nunca havia passado uma noite inteira em uma cama com ninguém, a não ser que se levasse em conta as noites que subia na cama dos pais aos 4 anos, quando tinha medo de tempestades. Não pôde deixar de olhar para Simon como se ele fosse uma espécie exótica de animal. Estava deitado de costas, a boca levemente aberta, os cabelos nos olhos. Cabelos castanhos comuns, olhos castanhos comuns. A camiseta estava ligeiramente levantada. Não era musculoso como um Caçador de Sombras. Tinha uma barriga lisa e suave, mas não um tanquinho, e ainda possuía alguma suavidade no rosto. O que ele *tinha* que tanto a fascinava? Era bem bonitinho, mas ela já tinha ficado com cavaleiros do povo das fadas belíssimos, Caçadores de Sombras sexy...

— Isabelle — disse Simon, sem abrir os olhos. — Pare de me encarar.

Isabelle suspirou irritada e saiu da cama. Remexeu na mochila para procurar sua roupa de caça, pegou-a e saiu para encontrar o banheiro.

Ficava na metade do corredor e a porta estava começando a abrir... Alec emergindo de uma nuvem de vapor. Estava com uma toalha na cintura e outra nos ombros e esfregava os cabelos pretos energicamente. Isabelle supôs que não devesse se surpreender em vê-lo; ele tinha sido treinado para acordar cedo, assim como ela.

— Você está com cheiro de sândalo — disse ela, como forma de cumprimento. Isabelle detestava cheiro de sândalo. Gostava de aromas doces: baunilha, canela, gardênia.

Alec olhou para ela.

— Nós gostamos de sândalo.

Isabelle fez uma careta.

— Ou este é o plural majestático, ou você e Magnus estão se tornando um daqueles casais que pensam que são uma pessoa só. "*Nós* gostamos de sândalo." "*Nós* adoramos a sinfonia." "*Nós* esperamos que goste do *nosso* presente de natal", que, se quer minha opinião, não passa de uma forma mesquinha de evitar comprar dois presentes.

Alec piscou os cílios molhados para ela.

— Você vai entender...

— Se me disser que vou entender quando me apaixonar, vou sufocá-lo com essa toalha.

— E se continuar me impedindo de voltar para o quarto para me vestir, farei com que Magnus invoque fadinhas para amarrarem seus cabelos em nós.

— Ah, saia da frente. — Isabelle chutou o calcanhar de Alec até ele se mover, sem pressa, pelo corredor.

Teve a sensação de que se virasse para olhar para ele, o irmão estaria mostrando a língua, então não virou. Em vez disso, se trancou no banheiro e ligou o chuveiro quente. Depois olhou para a estante de produtos de banho e disse uma palavra nada delicada.

Xampu de sândalo, condicionador de sândalo e sabonete de sândalo. Ugh.

Quando finalmente apareceu, vestida com roupas de combate e o cabelo preso, encontrou Alec, Magnus e Jocelyn aguardando na sala. Havia rosquinhas, que não queria, e café, que quis. Serviu uma boa quantidade de leite e se sentou, olhando para Jocelyn, que também estava trajando — para surpresa de Isabelle — roupa de Caçadora de Sombras.

Era estranho, pensou. As pessoas sempre lhe diziam que ela era parecida com a mãe, apesar de ela mesma não enxergar isso, e ficou imaginando se seria da mesma forma como Clary parecia a mãe dela. A mesma cor de cabelo, sim, mas também o mesmo conjunto de feições, a mesma inclinação de cabeça, a mesma mandíbula teimosa. A mesma ideia de que ela podia se parecer com uma boneca de porcelana, mas por baixo era feita de aço. Contudo, Isabelle gostaria de que, assim como Clary havia herdado os olhos verdes da mãe, ela tivesse herdado os azuis de Maryse e Robert. Azul era tão mais interessante do que preto.

— Assim como a Cidade do Silêncio, só existe uma Cidadela Adamant, mas há muitas portas através das quais se pode encontrá-la — explicou Magnus. — A mais próxima de nós fica no velho Monastério Agostiniano em Grymes Hill, em Staten Island. Eu e Alec as levaremos até lá por um Portal e aguardaremos seu retorno, mas não podemos acompanhá-las até o final.

— Eu sei — disse Isabelle. — Porque vocês são *meninos*. Piolhos.

Alec apontou um dedo para ela.

— Leve a sério, Isabelle. As Irmãs de Ferro não são como os Irmãos do Silêncio. São muito menos afáveis e não gostam de ser incomodadas.

— Prometo que me comportarei da melhor maneira possível — garantiu Isabelle, e repousou a caneca vazia sobre a mesa. — Vamos.

Magnus a olhou desconfiado por um instante, depois deu de ombros. Estava com o cabelo cheio de gel, formando milhões de pontas agudas, e com os olhos esfumaçados de preto, mais felinos do que nunca. Passou por ela até a parede, já murmurando em latim; o contorno familiar de um Portal, sua passagem secreta contornada por símbolos brilhantes, começou a tomar forma. Um vento soprou, frio e severo, soprando os fios de cabelo de Isabelle.

Jocelyn entrou primeiro e atravessou. Era mais ou menos como ver alguém desaparecer em uma onda no mar: uma neblina prateada pareceu engoli-la, desbotando a cor dos cabelos ruivos enquanto ela desaparecia com um brilho fraco.

Isabelle foi em seguida. Estava acostumada à sensação do transporte por Portal. Um rugido mudo nos ouvidos, e nenhum ar nos pulmões. Fechou os olhos, em seguida os abriu novamente e caiu em uma moita seca. Levantou-se, esfregando a grama morta dos joelhos, e viu Jocelyn olhando para ela. A mãe de Clary abriu a boca — e fechou novamente quando Alec apareceu, caindo na folhagem ao lado de Isabelle, seguido por Magnus, o Portal brilhante se fechando atrás.

Nem a viagem pelo Portal bagunçou os cabelos arrepiados de Magnus. Ele puxou um dos espetos orgulhosamente.

— Veja só — disse para Isabelle.

— Mágica?

— Gel. Três dólares e noventa e nove centavos na Ricky's.

Isabelle revirou os olhos para ele e virou para absorver os novos arredores. Estavam no alto de uma colina, cujo pico era coberto por moitas secas e grama morta. Mais para baixo havia árvores escurecidas pelo outono; ao longe Isabelle viu um céu sem nuvens e o topo da ponte Verrazano-Narrows, que ligava Staten Island ao Brooklyn. Ao virar-se, Isabelle viu o monastério atrás de si, erguendo-se da vegetação. Era uma estrutura ampla de tijolos vermelhos, a maior parte das janelas fora estilhaçada ou tapada com tábuas. Havia pichações aqui e ali. Urubus perturbados pela chegada dos viajantes circulavam a torre do sino dilapidada.

Isabelle estreitou os olhos, imaginando se haveria um feitiço a ser descascado. Caso houvesse, era forte. Por mais que tentasse, não conseguia enxergar nada além das ruínas que se apresentavam.

— Não tem feitiço — disse Jocelyn, espantando Isabelle. — É isso mesmo que está vendo.

Jocelyn avançou, as botas esmagando a vegetação seca à frente. Após um instante, Magnus deu de ombros e a seguiu, e Isabelle e Alec foram depois. Não tinha trilha; galhos cresciam emaranhados, escuros contrastando com o ar claro, a folhagem rachava com a secura. Ao se aproximarem da construção, Isabelle viu que trechos da grama seca estavam queimados onde pentagramas e círculos cheios de símbolos haviam sido pintados na grama com spray.

— Mundanos — disse Magnus, levantando um galho do caminho de Isabelle. — Fazendo brincadeirinhas com magia, sem realmente entender do que se trata. Normalmente são atraídos a lugares assim, centros de poder, sem saberem por quê. Bebem, conversam, picham as paredes, como se fosse possível deixar uma marca humana na magia. Não é. — Chegaram a uma porta tapada com pedaços de madeira na parede de tijolo. — Chegamos.

Isabelle olhou atentamente para a porta. Mais uma vez, não teve qualquer sensação de que houvesse feitiço cobrindo-a, apesar de que, com muita concentração, um brilho fraco se tornou visível, como raio de sol refletindo na água. Jocelyn e Magnus trocaram um olhar. Jocelyn voltou-se para Isabelle.

— Está pronta?

Isabelle assentiu e, sem mais delongas, Jocelyn deu um passo para a frente e desapareceu pela tábuas da porta. Magnus olhou cheio de expectativa para Isabelle.

Alec se inclinou para a irmã, que sentiu a mão dele tocá-la no ombro.

— Não se preocupe — disse ele. — Você vai ficar bem, Iz.

Ela levantou o queixo.

— Eu sei — falou, e seguiu Jocelyn porta adentro.

Clary respirou fundo, mas antes que pudesse responder, ouviu um passo na escada e Jace surgiu no final do corredor. Sebastian imediatamente a soltou e virou-a. Com um sorriso como o de um lobo, afagou seu cabelo.

— Que bom vê-la, irmãzinha.

Clary perdeu a fala. Jace, contudo, não perdeu a dele; aproximou-se deles silenciosamente. Estava com uma jaqueta de couro preta, uma camiseta branca e calça jeans, descalço.

— Você estava *abraçando* Clary? — Ele olhou surpreso para Sebastian.

Sebastian deu de ombros.

— Ela é minha irmã. Estou feliz em vê-la.

— *Você* não abraça ninguém — observou Jace.

— Não tive tempo de cozinhar um almoço.

— Não foi nada — disse Clary, acenando uma mão para o irmão. — Tropecei. Ele estava me ajudando a me equilibrar.

Se Sebastian ficou surpreso por ela defendê-lo, não demonstrou. Permaneceu sem expressão enquanto ela atravessava o corredor até Jace, que a beijou na bochecha, os dedos frios em sua pele.

— O que você estava fazendo aqui em cima? — perguntou Jace.

— Procurando por você. — Deu de ombros. — Acordei e não o vi. Achei que talvez estivesse dormindo.

— Vejo que descobriu as roupas. — Sebastian apontou para a camisa dela. — Gostou?

Jace lançou um olhar a ele.

— Estávamos comprando comida — explicou para Clary. — Nada sofisticado. Pão e queijo. Quer almoçar?

E foi assim que, alguns minutos depois, Clary se viu à mesa grande de vidro e aço. Pelos alimentos espalhados sobre ela, concluiu que o segundo palpite estivera correto. Estavam em Veneza. Tinha pão, queijos italianos, salame e presunto de Parma, geleia de uva e figo, e garrafas de vinho italiano. Jace sentou em frente a ela, Sebastian na cabeceira. Lembrou-se sombriamente da noite em que conheceu Valentim, em Renwick, Nova York; lembrou-se de como ele se colocou entre ela e Jace na cabeceira, ofereceu vinho e informou-os de que eram irmãos.

Ela deu uma olhada no verdadeiro irmão agora. Pensou em como a mãe deveria ter ficado ao vê-lo. *Valentim*. Mas Sebastian não era uma cópia exata do pai. Ela já tinha visto fotos de Valentim na idade deles. No rosto de Sebastian as feições duras do pai eram suavizadas pela beleza da mãe; era alto, mas tinha ombros menos largos, mais flexíveis e felinos. Tinha as maçãs do rosto e a boca fina de Jocelyn, e os olhos escuros e os cabelos louro-brancos de Valentim.

Ele então levantou os olhos, como se tivesse flagrado Clary olhando para ele.

— Vinho? — Ofereceu a garrafa.

Ela assentiu, apesar de nunca ter gostado muito do gosto de vinho, e de ter passado a detestar desde Renwick. Limpou a garganta enquanto Sebastian enchia a taça.

— Então — disse ela. — Esta casa... é sua?

— Era do nosso pai — respondeu Sebastian, repousando a garrafa. — De Valentim. Ela se move, entra e sai de mundos, do nosso e de outros. ele a usava como refúgio, e também como forma de viagem. Ele me trouxe aqui algumas vezes, me mostrou como entrar e sair, e como fazê-la viajar.

— Não tem porta de entrada.

— Tem, se souber como encontrar — respondeu Sebastian. — Papai foi muito esperto com este lugar.

Clary olhou para Jace, que balançou a cabeça.

— Nunca me mostrou. Eu nem poderia adivinhar que existia.

— É muito... apartamento de solteiro — observou Clary. — Eu não imaginaria Valentim como alguém...

— Que tinha uma TV de tela plana? — Jace sorriu para ela. — Não pega nenhum canal, mas dá para assistir DVDs. Na mansão tínhamos uma velha caixa de gelo que funcionava com energia enfeitiçada. Aqui ele tem uma geladeira sub-zero.

— Aquilo era para Jocelyn — comentou Sebastian.

Clary levantou os olhos.

— O quê?

— Todas as coisas modernas. Os aparelhos. E as roupas. Como essa camisa que está usando. Eram para nossa mãe. Caso ela decidisse voltar. — Os olhos escuros de Sebastian encontraram os dela.

Clary se sentiu um pouco enjoada. *Este é meu irmão, e estamos falando sobre nossos pais*. Ela se sentiu tonta; muita coisa estava acontecendo rápido demais para ela absorver e processar. Nunca teve tempo para pensar em Sebastian como seu irmão vivo e ativo. Quando descobriu quem realmente era, ele estava morto.

— Desculpe se é estranho — disse Jace, num tom de quem se desculpa, apontando para a blusa. — Podemos comprar roupas novas para você.

Clary tocou suavemente a manga. O tecido era fino, sedoso, caro. Bem, isso explicava — tudo praticamente do seu tamanho e cores adequadas a ela. Pois era muito parecida com a mãe.

Ela respirou fundo.

— Tudo bem — falou. — É só... o que vocês fazem, exatamente? Ficam viajando por este apartamento e...

— Vemos o mundo? — completou Jace, levemente. — Existem coisas piores.

— Mas não podem fazer isso para sempre.

Sebastian não tinha comido muito, mas tomou duas taças de vinho. Estava na terceira, e seus olhos brilhavam.

— Por que não?

— Bem, porque... porque a Clave está procurando vocês dois, e não podem passar a vida fugindo e se escondendo... — A voz de Clary se suspendeu quando ela olhou de um para o outro.

Estavam trocando um olhar, o olhar de duas pessoas que sabiam de alguma coisa, juntos, sobre a qual ninguém mais sabia. Não era um olhar que Jace compartilhava com alguém na frente dela há muito tempo.

Sebastian falou suave e lentamente.

— Está fazendo uma pergunta ou uma observação?

— Ela tem o direito de saber nossos planos — disse Jace. — Veio até aqui sabendo que não poderia voltar.

— Uma demonstração de fé — disse Sebastian, passando o dedo na borda da taça. Algo que Clary já tinha visto Valentim fazer. — Em *você*. Ela o ama. É por isso que está aqui. Não é?

— E se for? — respondeu Clary. Supunha que podia fingir que havia outro motivo, mas os olhos de Sebastian estavam sombrios e afiados, e ela duvidava que ele fosse acreditar. — Confio em Jace.

— Mas não em mim — observou Sebastian.

Clary escolheu cuidadosamente as palavras seguintes.

— Se Jace confia em você, então também confio — falou. — E você é meu irmão. Isso conta para alguma coisa. — A mentira deixou um gosto amargo em sua boca. — Mas não o conheço de verdade.

— Então, talvez devesse dedicar algum tempo a *passar* a me conhecer — disse Sebastian. — Depois nós revelaremos nossos planos.

Nós revelaremos. *Nossos* planos. Na cabeça de Sebastian havia um ele e Jace; não havia Jace e Clary.

— Não gosto de mantê-la desinformada — declarou Jace.

— Revelamos em uma semana. Que diferença uma semana faz?

Jace lançou um olhar a ele.

— Há duas semanas você estava morto.

— Bem, não sugeri *duas* semanas — respondeu Sebastian. — Isso seria loucura.

A boca de Jace se ergueu no canto. Ele olhou para Clary.

— Estou disposta a esperar que confie em mim — disse ela, sabendo que era a coisa certa e inteligente a se dizer. Mas detestando ter de dizê-la. — Quanto tempo for necessário.

— Uma semana — disse Jace.

— Uma semana — concordou Sebastian. — E isso significa que ela fica no apartamento. Sem comunicação com ninguém. Sem destrancar a porta para ela, sem entrar e sair.

Jace se inclinou para trás.

— E se eu estiver com ela?

Sebastian o olhou longamente sob cílios abaixados. Seu olhar era de alguém que avalia. Estava decidindo o que permitiria que Jace fizesse, percebeu Clary. Estava decidindo quanta liberdade daria ao "irmão".

— Tudo bem — falou afinal, com a voz carregada de condescendência. — Se você estiver com ela.

Clary olhou para a taça de vinho. Ouviu Jace responder com um murmúrio, mas não conseguiu olhar para ele. A ideia de um Jace que era *autorizado* a fazer coisas — Jace, que sempre fazia o que queria — a enjoava. Ela quis se levantar e quebrar a garrafa de vinho na cabeça de Sebastian, mas sabia que era impossível. *Corte um, o outro sangra.*

— Como está o vinho? — Foi a voz de Sebastian que perguntou, o divertimento implícito no tom.

Ela esvaziou a taça, engasgando com o gosto amargo.

— Delicioso.

Isabelle emergiu em uma paisagem desconhecida. Uma vasta planície verde se estendia diante dela com um céu baixo cinza escurecido. Isabelle puxou o capuz da roupa e espiou, fascinada. Nunca tinha visto uma extensão tão grande do céu, ou uma planície tão vasta — era brilhante, tinha tom de joia, uma matiz de musgo. Enquanto Isabelle dava um passo para a frente, percebeu que *era* musgo, crescendo em volta e em torno das pedras pretas espalhadas pela terra cor de carvão.

— É uma planície vulcânica — explicou Jocelyn. Estava ao lado de Isabelle, e o vento soprava seus cabelos vermelho-dourados para fora do coque cuidadosamente preso. Era tão parecida com Clary que chegava a assustar. — Isso tudo já foi depósito de lava. Provavelmente a área inteira é, até certo ponto, vulcânica. Trabalhando com *adamas*, as Irmãs precisam de muito calor para as fornalhas.

— Eu pensaria que seria um pouquinho mais quente, então — murmurou Isabelle.

Jocelyn lhe lançou um olhar seco e começou a andar, no que Isabelle acreditou ser uma direção aleatoriamente escolhida. Cambaleou atrás.

— Às vezes você é tão igual a sua mãe que me espanta um pouco, Isabelle.

— Vou encarar como um elogio. — Isabelle estreitou os olhos. Ninguém insultava sua família.

— Não era para ser uma ofensa.

Isabelle manteve os olhos no horizonte, onde o céu escuro tocava o terreno verde como joia.

— O quão bem conheceu meus pais?

Jocelyn a olhou de esguelha, rapidamente.

— Bem o suficiente quando estávamos todos em Idris. Mas não os via há anos.

— Conhecia quando se casaram?

O caminho escolhido por Jocelyn estava começando a subir, então a resposta veio ligeiramente sem fôlego.

— Conheci.

— Eles estavam... apaixonados?

Jocelyn parou onde estava e se virou para olhar para Isabelle.

— Isabelle, do que está falando?

— De amor? — tentou Isabelle, após uma pausa momentânea.

— Não sei por que acha que eu seria uma especialista no assunto.

— Bem, você conseguiu manter Luke por perto durante toda a vida, basicamente, antes de aceitar se casar com ele. Isso é impressionante. Gostaria de ter esse poder sobre um homem.

— Sim — disse Jocelyn. — Você tem, quero dizer. E não é algo a se desejar. — Passou as mãos pelo cabelo, e Isabelle sentiu um golpe. Por mais parecida que fosse com Clary, as mãos finas, flexíveis e delicadas eram de Sebastian. Isabelle se recordava de ter arrancado uma daquelas mãos em um vale em Idris, o chicote cortando a pele e o osso. — Seus pais não são perfeitos, Isabelle, porque ninguém é perfeito. São pessoas complicadas. E acabaram de perder um filho. Então, se está falando sobre seu pai ficar em Idris...

— Meu pai traiu minha mãe — soltou Isabelle, quase cobrindo a própria boca com a mão em seguida. Guardou este segredo durante anos, e contá-lo em voz alta para Jocelyn parecia uma traição, apesar de tudo.

O rosto de Jocelyn mudou. Agora estampava solidariedade.

— Eu sei.

Isabelle respirou fundo.

— Todo mundo sabe?

Jocelyn balançou a cabeça.

— Não. Algumas pessoas. Eu estava... em uma posição privilegiada para saber. Não posso revelar mais do que isso.

— Quem foi? — perguntou Isabelle. — Com quem ele traiu minha mãe?

— Com ninguém que você conheça, Isabelle...

— Você não sabe quem conheço! — A voz de Isabelle se elevou: — E pare de falar meu nome assim, como se eu fosse uma criancinha.

— Não cabe a mim contar — respondeu Jocelyn secamente, e voltou a andar.

Isabelle se apressou atrás, mesmo com a trilha se tornando mais íngreme, um muro de verde subindo ao encontro do céu trovejante.

— Tenho todo o direito de saber. São meus pais. E se você não me contar, eu...

Ela parou com uma inspiração súbita. Estavam no topo, e, de alguma forma, diante delas, uma fortaleza surgiu como uma flor desabrochando velozmente do chão. Era esculpida a partir de *adamas* branco-prateadas, refletindo o céu nublado. Torres com electrum na ponta esticavam-se em direção ao céu e a fortaleza era cercada por um muro alto, também feito de *adamas*, no qual havia um único portão, formado por duas grandes lâminas enterradas no chão, de forma angular, lembrando um monstruoso par de tesouras.

— A Cidadela Adamant — disse Jocelyn.

— Obrigada — irritou-se Isabelle. — Isso eu descobri.

Jocelyn emitiu um ruído que Isabelle já conhecia dos pais. Estava certa de que era linguagem de pais para "adolescentes". Então Jocelyn começou a descer a colina até a fortaleza. Isabelle, cansada de seguir, avançou. Era mais alta do que a mãe de Clary e tinha pernas mais longas, e não viu motivo para esperar por Jocelyn se esta fosse insistir em tratá-la como uma criança.

Desceu a colina, esmagando o musgo com as botas, entrou pelo portão de tesouras...

E congelou. Estava sobre um pequeno afloramento de pedras. À sua frente, a terra despencava em um abismo, ao fundo do qual ardia um rio de lava vermelho-dourada, cercando a fortaleza. Do outro lado do abismo, longe demais para um salto — mesmo para uma Caçadora de Sombras — encontrava-se a única entrada visível da fortaleza, uma ponte levadiça fechada.

— Algumas coisas — disse Jocelyn, por trás — não são tão simples quanto parecem.

Isabelle deu um salto, em seguida a encarou.

— *Não* é lugar para chegar assustando os outros.

Jocelyn simplesmente cruzou os braços e ergueu as sobrancelhas.

— Certamente Hodge ensinou a forma correta de se aproximar da Cidadela Adamant — observou. — Afinal, é aberta a todas as Caçadoras de Sombras em conformidade com a Clave.

— Claro que ensinou — respondeu Isabelle com arrogância, esforçando-se para lembrar.

Somente aquelas com sangue Nephilim... esticou o braço e retirou um dos prendedores metálicos do cabelo. Ao girá-lo na base, ele abriu e se transformou em uma adaga com um Símbolo de Coragem na lâmina.

Isabelle ergueu as mãos sobre o abismo.

— *Ignis aurum probat* — disse, e utilizou a adaga para cortar a palma esquerda. Foi uma dor aguda e rápida; o sangue correu do corte, um riacho rubi que caiu no abismo abaixo. Houve um lampejo azul e um ruído de algo rangendo. A ponte levadiça estava abaixando lentamente.

Isabelle sorriu e limpou a lâmina da faca na roupa. Após novo giro, voltou a ser um prendedor de metal. Colocou-o de volta no cabelo.

— Sabe o que isso significa? — perguntou Jocelyn, com os olhos na ponte.

— O quê?

— O que acabou de dizer. O lema das Irmãs de Ferro.

A ponte estava quase inteiramente abaixada.

— Significa "O fogo testa o ouro".

— Certo — disse Jocelyn. — E não querem dizer fornalhas e metalurgia apenas. Quer dizer também que a adversidade testa a força do caráter de alguém. Em tempos difíceis, em épocas sombrias, algumas pessoas brilham.

— Ah, é? — disse Izzy. — Bem, estou cansada de tempos difíceis e sombrios. Talvez eu não queira brilhar.

A ponte desabou aos pés delas.

— Se você for como sua mãe — declarou Jocelyn —, não poderá evitar.

9

As Irmãs de Ferro

Alec ergueu a pedra enfeitiçada, irradiando luz brilhante, iluminando um canto da estação City Hall, depois outro. Deu um salto quando um rato chiou, correndo pela plataforma empoeirada. Ele era um Caçador de Sombras; tinha estado em muitos locais sombrios, mas alguma coisa no ar abandonado daquela estação fazia um tremor gelado percorrer sua espinha.

Talvez fosse o frio da deslealdade que sentia, escapando de seu posto de guarda em Staten Island, descendo a colina para a barca assim que Magnus saiu. Não tinha pensado no que estava fazendo; simplesmente o fez, como se estivesse em piloto automático. Se fosse rápido, tinha certeza de que poderia voltar antes do retorno de Isabelle e Jocelyn, antes que qualquer um percebesse que tinha saído.

Alec elevou a voz.

— Camille! — chamou. — Camille Belcourt!

Ouviu uma risada leve, que ecoou das paredes da estação. Então ela surgiu, no alto da escada, o brilho da pedra concedendo a ela uma silhueta.

— Alexander Lightwood — disse ela. — Suba.

Ela desapareceu. Alec seguiu o feixe de sua luz enfeitiçada pelos degraus e encontrou Camille no mesmo lugar de antes, no lobby da estação. Estava vestida de acordo com a moda de uma era passada — um longo vestido de veludo apertado na cintura, o cabelo alto em cachos louro-brancos, os lábios vermelho-escuros. Alec supunha que ela fosse linda, apesar de não ser o melhor juiz da beleza feminina, e o fato de que a detestava não ajudar.

— Por que está fantasiada? — perguntou.

Ela sorriu. A pele estava muito lisa e branca, sem linhas escuras — tinha se alimentado recentemente.

— Um baile de máscaras no centro. Eu me alimentei muito bem. Por que está aqui, Alexander? Está faminto por uma boa conversa?

Se fosse Jace, pensou Alec, teria alguma resposta inteligente para isso, alguma espécie de trocadilho, ou algum contragolpe bem-disfarçado. Alec apenas mordeu o lábio e disse:

— Você me mandou voltar caso me interessasse por sua oferta.

Ela passou a mão nas costas do divã, o único móvel do recinto.

— E você resolveu que está interessado.

Alec assentiu.

Ela riu.

— Entende o que está pedindo?

O coração de Alec batia acelerado. Ficou imaginando se Camille podia escutar.

— Você disse que podia tornar Magnus um mortal. Como eu.

Os lábios carnudos de Camille afinaram antes de responder.

— Disse — concordou. — Devo admitir, duvidei do seu interesse. Você se retirou bastante apressado.

— Não brinque comigo — falou. — Não quero tanto assim aceitar sua oferta.

— Mentiroso — respondeu ela, casualmente. — Ou não estaria aqui — contornou o divã, aproximando-se dele, avaliando o rosto do menino.

— De perto — disse ela —, você não é tão parecido com Will quanto pensei. Tem os mesmos tons, mas o rosto tem um formato diferente... talvez uma ligeira fraqueza na mandíbula...

— Cale a boca — comandou. Tudo bem, não teve o grau Jace de sagacidade, mas era alguma coisa. — Não quero ouvir falar sobre Will.

— Muito bem. — Camille se esticou, preguiçosa, como uma gata. — Foi há muito tempo, quando eu e Magnus éramos amantes. Estávamos na cama, depois de uma noite bastante passional. — Ela o viu se encolher e sorriu. — Sabe como são essas conversas de travesseiro. As pessoas revelam suas fraquezas. Magnus falou comigo sobre um feitiço que existia, que podia ser feito para retirar a imortalidade de um feiticeiro.

— Então por que não descubro simplesmente qual é o feitiço e faço? — A voz de Alec se elevou e falhou. — Por que preciso de você?

— Primeiro, porque você é um Caçador de Sombras — respondeu ela, calmamente. — Segundo, porque se o fizer, ele saberá que foi você. Se eu fizer, vai presumir que foi vingança. Despeito meu. E eu não ligo para o que Magnus pensa. Mas você liga.

Alec a olhou com firmeza.

— E vai fazer isso como um favor para mim?

Ela riu, soou como o tilintar de sinos.

— Claro que não — respondeu. — Você me concede um favor, e eu retribuo. É assim que estes assuntos são conduzidos.

A mão de Alec enrijeceu ao redor da pedra de luz enfeitiçada até as bordas cortarem sua mão.

— E qual é o favor que quer de mim?

— É muito simples — respondeu. — Quero que mate Raphael Santiago.

A ponte que cruzava a fenda em torno da Cidadela Adamant era repleta de facas. Estavam enterradas, com as pontas para cima, em intervalos aleatórios pelo caminho, de modo que só era possível atravessar muito lentamente, percorrendo o trajeto com destreza. Isabelle teve alguma dificuldade, mas ficou surpresa em testemunhar a leveza com que Jocelyn, que não era uma Caçadora de Sombras ativa havia 15 anos, atravessou.

Quando Isabelle chegou ao outro lado da ponte, seu símbolo *dexteritas* já tinha desaparecido da pele, deixando uma suave marca branca para trás. Jocelyn estava apenas um passo atrás e, por mais irritante que Isabelle achasse a mãe de Clary, num instante sentiu-se grata quando Jocelyn levantou a mão e uma pedra de luz enfeitiçada brilhou, iluminando o espaço onde se encontravam.

As paredes eram lavradas de *adamas* branco-prateadas, de modo que uma luz fraca parecia irradiar delas. O chão também era feito de pedra demoníaca e no centro havia um círculo preto esculpido. Dentro do círculo via-se o símbolo das Irmãs de Ferro — um coração atravessado por uma lâmina.

Vozes sussurrantes fizeram Isabelle arrancar o olhar do chão e direcioná-lo para cima. Uma sombra havia aparecido dentro de uma das lisas paredes brancas — uma sombra que aos poucos se tornava mais clara e mais próxima. De súbito um pedaço da parede se retraiu, e uma mulher saiu.

Usava um vestido branco, longo e largo, firmemente preso nos pulsos e abaixo do busto com cordões de prata branca — fio demoníaco. O rosto era ao mesmo tempo desprovido de rugas e ancião. Poderia ter qualquer idade. Tinha cabelos longos e escuros, pendurados em uma trança espessa nas costas. No rosto, e pelas têmporas, havia uma tatuagem de máscara elaborada e espiralada, envolvendo os dois olhos, que tinha o tom laranja de chamas flamejantes.

— Quem chama as Irmãs de Ferro? — indagou. — Revelem seus nomes.

Isabelle olhou para Jocelyn, que gesticulou para que ela falasse primeiro. Limpou a garganta.

— Sou Isabelle Lightwood, e esta é Jocelyn Fr... Fairchild. Viemos pedir a sua ajuda.

— Jocelyn *Morgenstern* — disse a mulher. — Nascida Fairchild, mas não se pode apagar tão facilmente a mancha de Valentim de seu passado. Você não deu as costas para a Clave?

— É verdade — respondeu Jocelyn. — Sou uma exilada. Mas Isabelle é filha da Clave. A mãe dela...

— Coordena o Instituto de Nova York — completou a mulher. — Ficamos isoladas aqui, mas não somos desprovidas de fontes de informações; não sou tola. Meu nome é Irmã Cleophas e sou uma Fabricante. Modelo as *adamas* para que as outras irmãs entalhem. Reconheço este chicote que enrola tão engenhosamente no pulso. — Apontou para Isabelle. — Quanto a essa bugiganga em sua garganta...

— Se sabe tanto — disse Jocelyn, enquanto a mão de Isabelle deslizava para o rubi no pescoço —, então sabe por que estamos aqui? Por que viemos vê-las?

As pálpebras da Irmã Cleophas abaixaram, e ela sorriu lentamente.

— Ao contrário de nossos irmãos silenciosos, não lemos mentes aqui na Fortaleza. Portanto, contamos com uma rede de informações, a maioria confiável. Presumo que esta visita tenha alguma relação com a situação envolvendo Jace Lightwood, considerando a presença da irmã dele, e seu filho, Jonathan Morgenstern.

— Temos um enigma — explicou Jocelyn. — Jonathan Morgenstern está tramando contra a Clave, a exemplo do pai. A Clave emitiu uma ordem de morte contra ele. Mas Jace, Jonathan Lightwood, é muito amado pela família, que não fez nada de errado, e pela minha filha. A questão é que Jace e Jonathan estão ligados por uma magia de sangue muito antiga.

— Magia de sangue? Que tipo de magia de sangue?

Jocelyn pegou as anotações de Magnus do bolso da roupa, e entregou-as para a Irmã. Cleophas analisou com seu olhar atento e ardente. Isabelle notou espantada que ela possuía dedos muito longos — não de forma elegante, mas grotesca, como se os ossos tivessem sido tão esticados que cada mão parecia uma aranha albina. As unhas eram pontudas e tinham electrum nas pontas.

Ela balançou a cabeça.

— As Irmãs têm pouco a ver com magia de sangue. — A cor da chama nos olhos dela pareceu crescer e desbotar; um instante mais tarde, outra sombra apareceu por trás da superfície vítrea da parede de *adamas*. Desta vez, Isabelle observou mais de perto quando uma segunda Irmã de Ferro atravessou. Foi como ver alguém emergir de uma névoa de fumaça branca.

— Irmã Dolores — disse Cleophas, entregando as anotações de Magnus à recém-chegada. Ela era bem parecida com Cleophas: a mesma forma alta e estreita, o mesmo vestido branco, os mesmos cabelos longos, apesar de neste caso serem grisalhos e presos nas pontas das duas tranças com fios de ouro. Apesar do cabelo cinza, não tinha rugas no rosto e seus olhos cor de fogo brilhavam. — Consegue entender isto?

Dolores passou os olhos pelas páginas.

— Um feitiço de geminação — falou. — Muito parecido com nossa cerimônia de *parabatai*, mas a aliança é demoníaca.

— O que o torna demoníaco? — perguntou Isabelle. — Se o feitiço *parabatai* é inofensivo...

— É mesmo? — disse Cleophas, mas Dolores lhe lançou um olhar repressor.

— O ritual *parabatai* conecta dois indivíduos, mas as vontades individuais permanecem livres — explicou Dolores. — Este aqui conecta os dois, mas deixa um subordinado ao outro. No que o líder acreditar, o outro acreditará; o que o primeiro quiser, o segundo quererá. Essencialmente, retira o livre-arbítrio do segundo parceiro do feitiço, e por isso é demoníaco. Pois é o livre-arbítrio que nos torna criaturas do Paraíso.

— E também parece significar que quando um é ferido, o outro também o é — disse Jocelyn. — Podemos presumir o mesmo a respeito da morte?

— Sim. Um não sobreviveria à morte do outro. Isto também não faz parte do nosso ritual *parabatai*, pois é demasiado cruel.

— Nossa pergunta para vocês é a seguinte — disse Jocelyn. — Existe alguma arma, ou poderiam criar alguma, que fosse capaz de ferir um, mas não o outro? Ou que pudesse separá-los?

A Irmã Dolores olhou para as anotações, depois as entregou a Jocelyn. Suas mãos, assim como as da colega, eram longas, finas e brancas como fio-dental.

— Nenhuma arma que já fabricamos, ou podemos fabricar, seria capaz disso.

A mão de Isabelle se retesou na lateral do corpo, as unhas cortando a palma.

— Quer dizer que não existe nada?

— Nada neste mundo — respondeu Dolores. — Uma lâmina do Céu ou do Inferno pode conseguir. A espada do Arcanjo Miguel, com a qual Joshua lutou em Jericó, pois é infundida com fogo celestial. E existem lâminas confeccionadas na escuridão do Abismo que talvez ajudassem, apesar de eu não saber como poderíamos obter uma.

— E seríamos proibidas pela Lei de revelar se soubéssemos — completou Cleophas com aspereza. — Vocês entendem, é claro, que também teremos de contar para a Clave sobre esta visita...

— E quanto à espada de Joshua? — interrompeu Isabelle. — Podem consegui-la? Ou nós podemos?

— Somente um anjo pode presentear essa espada — informou Dolores. — E invocar um anjo é ser amaldiçoado com fogo celestial.

— Mas Raziel... — começou Isabelle.

Os lábios de Cleophas se encolheram em uma linha fina.

— Raziel nos deixou os Instrumentos Mortais para que pudesse ser invocado em algum momento de extrema necessidade. Essa única chance foi desperdiçada quando Valentim o invocou. Jamais poderemos compelir seu poderio outra vez. Foi um crime utilizar os Instrumentos daquela forma. A única razão pela qual Clarissa Morgenstern não é culpada é que foi o pai dela que o invocou, e não a própria.

— Meu marido também invocou outro anjo — disse Jocelyn, com a voz baixa. — O anjo Ithuriel. Ele o manteve aprisionado durante anos.

Ambas as Irmãs hesitaram, antes de Dolores se pronunciar.

— Prender um anjo é o mais sombrio dos crimes — disse. — A Clave jamais aprovaria. Mesmo que pudesse invocar um, não poderia forçá-lo a fazer sua vontade. Não existe feitiço para isso. Jamais poderia conseguir que um anjo lhe dê a espada do arcanjo; pode tirá-la à força, mas não há crime pior. Melhor seu Jonathan morrer que um anjo ser maculado desta forma.

Com isso, Isabelle, cujo temperamento vinha esquentando, explodiu.

— É esse o problema de vocês, todos vocês, as Irmãs de Ferro e os Irmãos do Silêncio. O que quer que façam com vocês, para os transformarem dos Caçadores de Sombras que costumavam ser, isso acaba arrancando seus sentimentos. Podemos ser parte anjo, mas também somos parte humanos. Vocês não entendem o amor, ou as coisas que as pessoas fazem por amor, ou família...

A chama saltou nos olhos laranja de Dolores.

— Eu tive uma família — falou. — Um marido e filhos, todos mortos por demônios. Não me restou nada. Sempre tive a habilidade de fabricar coisas com as mãos, então me tornei uma Irmã de Ferro. A paz que me trouxe é uma paz que achei que não fosse encontrar em lugar algum. É por isso que escolhi o nome Dolores, "tristeza". Então não tente me ensinar sobre dor ou humanidade.

— Vocês não sabem nada — irritou-se Isabelle. — São duras como pedras demoníacas. Não é à toa que se cercam com elas.

— O fogo tempera o ouro, Isabelle Lightwood — disse Cleophas.

— Ah, cale-se — disse Isabelle. — Vocês duas não ajudaram em nada.

Deu meia-volta, se retirou e atravessou a ponte, mal notando os pontos em que as facas tornavam a trilha uma armadilha mortal, permitindo que seu treinamento de corpo a conduzisse. Alcançou o outro lado e atravessou os portões; somente quando chegou lá fora, desmoronou. Ajoelhando-se entre musgo e pedras vulcânicas, sob o imenso céu cinzento, permitiu-se tremer silenciosamente, apesar de não ter derramado nenhuma lágrima.

Pareceu que se passaram anos até ouvir passos suaves ao seu lado, e Jocelyn se ajoelhar e abraçá-la. Estranhamente, Isabelle percebeu que não se importava. Apesar de nunca ter gostado muito de Jocelyn, havia algo de tão universalmente *maternal* em seu toque, que Isabelle o acolheu, quase contra a própria vontade.

— Quer saber o que disseram depois que saiu? — perguntou Jocelyn, quando o tremor de Isabelle diminuiu.

— Tenho certeza de que algo a respeito de como sou uma desgraça para todos os Caçadores de Sombras, etc.

— Na verdade, Cleophas disse que você seria uma excelente Irmã de Ferro e que, se algum dia se interessar, deve procurá-las. — As mãos de Jocelyn acariciaram levemente seu cabelo.

Apesar de tudo, Isabelle suprimiu uma risada. Olhou para Jocelyn.

— Conte-me — falou.

A mão de Jocelyn parou de se mexer.

— Contar o quê?

— Quem foi. Com quem meu pai teve o caso. Você não entende. Cada vez que vejo uma mulher da idade da minha mãe, me pego imaginando se foi ela. A irmã de Luke. A Consulesa. Você...

Jocelyn suspirou.

— Foi Annamarie Highsmith. Ela morreu no ataque de Valentim a Alicante. Duvido que a tenha conhecido.

A boca de Isabelle se abriu, depois se fechou novamente.

— Nunca nem ouvi o nome antes.

— Ótimo. — Jocelyn ajeitou um chumaço de cabelo de Isabelle. — Está se sentindo melhor, agora que sabe?

— Claro — mentiu Isabelle, olhando para o chão. — Estou me sentindo muito melhor.

Depois do almoço, Clary voltou para o quarto do andar de baixo com a desculpa de que estava exausta. Com a porta firmemente fechada, tentou entrar em contato com Simon de novo, apesar de ter percebido que, dada a diferença de fuso entre o local onde ela estava — Itália — e Nova York, ele provavelmente estaria dormindo. Era preferível torcer por isso a considerar a possibilidade de que os anéis não funcionassem.

Só estava no quarto há meia hora quando soou uma batida. Ela gritou um "Entre", movendo-se para deitar sobre as mãos, com os dedos curvados como se pudesse esconder o anel.

A porta se abriu lentamente, e Jace olhou para ela da entrada. Ela se lembrou de outra noite, no calor do verão, uma batida à porta. *Jace. Limpo, de calça jeans e uma camisa cinza, os cabelos lavados eram uma auréola de ouro molhado. Os machucados no rosto já estavam passando de roxos a cinzentos, e ele estava com as mãos para trás.*

— Oi — disse ele.

As mãos estavam completamente visíveis agora, e ele usava um casaco macio cor de bronze que ressaltava o dourado nos olhos. Não tinha machucados no rosto, e as sombras que ela quase se habituara a ver sob seus olhos não estavam mais lá.

Ele está feliz assim? Feliz de verdade? E se está, de que você quer salvá-lo?

Clary afastou a vozinha da mente e forçou um sorriso.

— O que foi?

Ele sorriu. Um sorriso endiabrado, do tipo que fazia o sangue de Clary correr mais rápido.

— Quer sair comigo para um encontro?

Pega de surpresa, gaguejou:

— Um o q-quê?

— Um encontro — repetiu. — Normalmente "uma coisa chata que você faz por obrigação", mas neste caso, "uma oferta de uma noite repleta de romance ardente com este que vos fala".

— Sério? — Clary não sabia ao certo como interpretar. — Romance ardente?

— Sou eu — disse Jace. — Simplesmente me ver jogando palavras cruzadas encantaria a maioria das mulheres. Imagine se eu me empenhar.

Clary sentou e olhou para si mesma. Jeans, blusa verde de seda. Pensou nos cosméticos naquele estranho quarto que parecia um altar. Não pôde evitar; queria passar um pouco de brilho labial.

Jace estendeu a mão.

— Você está linda — disse ele. — Vamos.

Ela pegou a mão dele e permitiu que ele a levantasse.

— Não sei...

— Vamos... — A voz dele tinha aquele tom brincalhão e sedutor do qual ela se lembrava, de quando estavam começando a se conhecer, quando ele a levou até a estufa para mostrar a flor que brotava à meia-noite. — Estamos na Itália. Veneza. Uma das cidades mais lindas do mundo. É um desperdício não vê-la, não acha?

Jace puxou Clary para a frente, de modo que ela caiu no peito dele. O tecido da camisa de Jace era suave em seus dedos, e ele estava com o cheiro familiar de sabonete e xampu. O coração de Clary dançou no peito.

— Ou podemos ficar aqui — disse ele, soando ofegante.

— Para eu poder me derreter enquanto você triplica os pontos nas palavras cruzadas? — Com um esforço, ela recuou. — E me poupe das piadas sobre marcar pontos.

— Maldição, mulher, você lê minha mente — declarou. — Não há nenhum joguinho de palavras que não possa antever?

— É meu poder mágico especial. Consigo ler sua mente quando você pensa coisas sujas.

— Então, em noventa e cinco por cento do tempo.

Ela esticou a cabeça para trás, para olhar para ele.

— *Noventa e cinco* por cento? E a que se destinam os outros cinco?

— Ah, você sabe, o de sempre... demônios que posso matar, símbolos que preciso aprender, pessoas que me irritaram recentemente, pessoas que me irritaram não tão recentemente, patos.

— Patos?

Ele descartou a pergunta com um aceno.

— Muito bem. Agora veja isto. — Jace pegou os ombros de Clary e virou-a gentilmente, de modo que os dois olharam para a mesma direção.

Um instante mais tarde, ela não soube dizer como, as paredes do quarto pareceram derreter ao redor, e ela se viu saltando em paralelepípedos. Engasgou-se, virando para trás, e viu apenas uma parede vazia, janelas altas e um velho prédio de pedra. Fileiras de casas parecidas se alinhavam no canal perto do qual se encontravam. Se esticasse a cabeça para a esquerda, podia ver ao longe que o estreito se expandia em um canal mais largo, alinhado por prédios maiores. Por todos os lados sentia o cheiro de água e pedra.

— Legal, né? — falou Jace, orgulhoso.

Ela se virou e olhou para ele.

— Patos? — perguntou, novamente.

Um sorriso se formou no canto da boca dele.

— Detesto patos. Não sei por quê. Sempre odiei.

Era cedo quando Maia e Jordan chegaram à Casa da Praetor, o quartel-general da Praetor Lupus. A picape rangeu e quicou até o longo caminho branco que cortava os gramados bem-aparados à frente da enorme casa que se erguia como a proa de um navio ao longe. Mais além, Maia pôde ver fileiras de árvores e, atrás destas, a água azul do Som ao longe.

— Foi aqui que fez seu treinamento? — perguntou. — Este lugar é maravilhoso.

— Não se deixe enganar — disse Jordan, com um sorriso. — Este lugar é um acampamento militar, foco no "militar".

Ela olhou de lado para ele. Jordan continuava sorrindo. Estava assim desde que ela o beijara perto da praia ao amanhecer. Parte de Maia sentia como se tivesse sido suspensa por uma mão que a levantara e a conduzira ao passado, quando amava Jordan mais do que qualquer coisa que já tivesse imaginado, e parte dela parecia completamente à deriva, como se tivesse acabado de acordar em uma paisagem totalmente estranha, afastada da familiaridade da vida cotidiana, do calor do bando.

Era muito peculiar. Não ruim, pensou. Só... peculiar.

Jordan parou em uma rotatória na frente da casa, que, de perto, Maia pôde ver, era feita de blocos de pedra dourada, o tom bronzeado do couro de um lobo. Portas duplas e pretas situavam-se no alto de uma grande escadaria de pedra. No centro da rotatória havia um imenso relógio de sol, cuja face elevada informava que eram sete da manhã. Ao redor do relógio, havia palavras entalhadas: SÓ MARCO AS HORAS QUE BRILHAM.

Ela destrancou a porta e saltou da cabine da picape no exato momento em que as portas da casa se abriram, e uma voz ecoou:

— Praetor Kyle!

Jordan e Maia olharam para cima. Descendo as escadas, vinha um homem de meia-idade trajando um terno escuro, os cabelos louros com mechas grisalhas. Jordan, suavizando a expressão, voltou-se para ele.

— Praetor Scott — disse. — Esta é Maia Roberts, do bando Garroway. Maia, este é Praetor Scott. Ele basicamente administra a Praetor Lupus.

— Desde o século XIX os Scott lideram a Praetor — disse o homem, olhando para Maia, que abaixou a cabeça, um sinal de submissão. — Jordan, devo admitir, não esperávamos que fosse voltar tão cedo. A situação com o vampiro em Manhattan, o Diurno...

— Está sob controle — respondeu Jordan, apressadamente. — Não foi por isso que viemos. O assunto é outro.

Pretor Scott ergueu as sobrancelhas.

— Agora despertou minha curiosidade.

— É um assunto urgente — disse Maia. — Luke Garroway, o líder do nosso bando...

Praetor Scott a olhou com uma expressão severa, fazendo-a se calar. Apesar de ele não ter bando, era um alfa, isso estava claro. Seus olhos, sob sobrancelhas espessas, eram verde-acinzentados; em volta da garganta, sob o colarinho da camisa, brilhava o pingente de bronze da Praetor, com a marca de pata de lobo.

— A Praetor escolhe que assuntos serão tratados como urgentes — declarou. — E não somos um hotel, aberto a hóspedes não convidados. Jordan assumiu um risco trazendo-a aqui e sabe disso. Se ele não fosse um de nossos membros mais promissores, eu os mandaria embora.

Jordan prendeu os polegares no cós da calça jeans e olhou para baixo. Um instante mais tarde, Praetor Scott colocou a mão no ombro dele.

— Mas — disse o homem — você *é* um dos mais promissores. E parece exausto; percebo que passou a noite em claro. Venha, conversaremos no meu escritório.

O escritório ficava em um corredor longo e sinuoso, com painéis elegantes de madeira escura. A casa estava alegre com o som de vozes, e uma placa que dizia REGRAS DA CASA encontrava-se pendurada na parede ao lado de uma escada que levava ao andar superior.

REGRAS DA CASA

- É proibido alterar forma nos corredores.
- É proibido uivar.
- É proibida a prata.
- Obrigatório usar roupas o tempo todo. O TEMPO TODO.
- Proibido lutar. Proibido morder.
- Marque toda a sua comida antes de guardá-la na geladeira comunal.

O cheiro de café da manhã sendo preparado flutuou pelo ar, fazendo o estômago de Maia roncar. Praetor Scott soou entretido.

— Vou pedir para alguém preparar um prato de petiscos para nós, se estiverem com fome.

— Obrigada — murmurou Maia. Chegaram ao fim de um corredor, e Praetor Scott abriu uma porta em que se lia ESCRITÓRIO.

As sobrancelhas do lobisomem mais velho se franziram.

— Rufus — falou. — O que está fazendo aqui?

Maia olhou para além dele. O escritório ficava em uma sala ampla, confortavelmente bagunçada. Havia uma janela retangular com vista para grandes gramados, nos quais grupos formados essencialmente por jovens praticavam o que pareciam manobras de treinamento, trajando calças e blusas pretas. As paredes da sala eram cheias de livros sobre licantropia, a maioria em latim, mas Maia reconheceu a palavra "*lupus*". A mesa era uma tampa de mármore, sustentada sobre estátuas de dois lobos rosnando.

Na frente desta, havia duas cadeiras. Em uma delas se encontrava um homem grande — um lobisomem — encolhido, com as mãos se apertando.

— Praetor — disse ele, com a voz dissonante. — Gostaria de falar com você sobre o incidente em Boston.

— Aquele em que você quebrou a perna do seu encarregado? — respondeu o Praetor, secamente. — Falarei com você a respeito, Rufus, mas não agora. Um assunto mais urgente me exige.

— Mas Praetor...

— E isso é tudo, Rufus — respondeu Scott, com o tom de um alfa cujas ordens não devem ser desafiadas. — Lembre-se, este é um lugar de reabilitação. Parte disso é aprender a respeitar autoridade.

Murmurando para si mesmo, Rufus se ergueu da cadeira. Somente quando se levantou que Maia percebeu e reagiu ao tamanho imenso dele. Ele era muito maior do que ela e Jordan e a camiseta preta ficava apertada sobre o peito, as mangas a ponto de romper em torno dos bíceps. O cabelo era raspado rente à cabeça, o rosto marcado por arranhões profundos de garras em uma das bochechas, como sulcos no solo. Ele a olhou amargamente ao passar por eles e sair pelo corredor.

— Claro que alguns de nós — murmurou Jordan — são mais facilmente reabilitáveis do que outros.

Enquanto os passos pesados de Rufus sumiam pelo corredor, Scott se jogou na cadeira de encosto alto atrás da mesa e acionou um interfone de aparência moderna. Após pedir café da manhã com ordens concisas, reclinou-se, as mãos atrás da cabeça.

— Sou todo ouvidos — falou.

Enquanto Jordan contava a história, e fazia seu pedido a Praetor Scott, Maia não conseguiu impedir que os olhos e a mente vagassem. Ficou imaginando como teria sido ser criada aqui, nesta elegante casa de regras e regulamentos, em vez do ambiente de liberdade comparativamente sem lei do bando. Em determinado momento, um licantrope vestido de preto — parecia ser o uniforme na Sociedade Praetor — entrou com rosbife fatiado, queijo e bebidas de proteína em uma bandeja de peltre. Maia olhou para a refeição com espanto. Era verdade que os licantropes precisavam de mais proteína do que as pessoas normais, muito mais, mas... rosbife no café da manhã?

— Você vai descobrir — disse Praetor Scott, enquanto Maia tomava a bebida de proteína cautelosamente — que açúcar refinado na verdade faz mal aos licantropes. Se deixar de consumir por um tempo, deixará de ter vontade. O líder do seu bando não lhe explicou isso?

Maia tentou imaginar Luke, que gostava de preparar panquecas em formatos diferentes, passando sermão sobre açúcar, e não conseguiu. Agora não era o momento de tocar nesse assunto.

— Não, ele disse, é claro — falou. — Eu tendo a, hmm, cometer deslizes em tempos de estresse.

— Entendo sua preocupação com o líder do seu bando — disse Scott. Um Rolex de ouro brilhou no pulso dele. — Normalmente, mantemos uma política de não interferência em assuntos que não envolvam novos seres do Submundo. E, aliás, não priorizamos lobisomens em relação a outras criaturas do Submundo, apesar de apenas licantropes serem aceitos na Praetor.

— Mas é exatamente por isso que precisamos da sua ajuda — disse Jordan. — Bandos são, por natureza, transitórios; estão sempre mudando. Não têm oportunidade de construir coisas como bibliotecas de conhecimento armazenado. Não estou dizendo que não sejam dotados de sabedoria, mas tudo é tradição oral, cada bando sabe coisas diferentes. Poderíamos ir de bando em bando e talvez alguém soubesse como curar Luke, mas não temos *tempo*. Aqui — gesticulou para os livros que ocupavam as paredes — está o que existe de mais próximo de, digamos, os arquivos dos Irmãos do Silêncio ou o Labirinto Espiral dos feiticeiros.

Scott não pareceu convencido. Maia repousou a bebida.

— E Luke não é um líder de bando qualquer — disse ela. — É o representante dos licantropes no Conselho. Se ajudasse a curá-lo, saberia que a Praetor sempre teria uma voz a favor de vocês.

Os olhos de Scott brilharam.

— Interessante — disse. — Muito bem. Vou dar uma olhada nos livros. Provavelmente, vou demorar algumas horas. Jordan, sugiro que, se for dirigir para Manhattan, descanse um pouco. Não precisamos de você enfiando o carro numa árvore.

— Eu posso dirigir... — começou Maia.

— Você parece igualmente exausta. Jordan, como sabe, sempre haverá lugar para você aqui na Casa da Praetor, apesar de já ter se graduado. E Nick está fora em uma missão, então tem uma cama para Maia. Por que não descansam, e eu ligo quando terminar? — Ele contornou a cadeira para examinar os livros na parede.

Jordan gesticulou para Maia, indicando que esta era a deixa para se retirarem; ela se levantou, limpando migalhas da calça jeans. Já estava a meio caminho da porta quando o Praetor falou novamente.

— Ah, e Maia Roberts — falou, e sua voz continha um tom de alerta. — Espero que entenda que quando faz promessas em nome de alguém, é responsabilidade sua certificar-se de que sejam cumpridas.

Simon acordou sentindo-se exausto, piscando na escuridão. As cortinas pretas espessas sobre as janelas permitiam a entrada de pouca luz, mas seu relógio interno informou que era dia. Isso e o fato de que Isabelle não estava ali, seu lado da cama amarrotado e com as cobertas reviradas.

Era dia e ele não falava com Clary desde que ela havia ido atrás de Jace. Ele tirou a mão de baixo do travesseiro e olhou para o anel no dedo direito. Delicado, era marcado por desenhos ou palavras de um alfabeto que não conhecia.

Cerrando a mandíbula, ele se sentou e tocou o anel.

Clary?

A resposta foi imediata e clara. Ele quase deslizou da cama de tanto alívio.

Simon. Graças a Deus.

Pode falar?

Não.

Ele mais sentiu do que ouviu uma distração tensa na voz mental de Clary.

Estou muito feliz que tenha falado comigo, mas agora não é uma boa hora. Não estou sozinha.

Mas está bem?

Estou bem. Não aconteceu nada ainda. Estou tentando reunir informações. Prometo que falo com você assim que souber de alguma coisa.

Tudo bem. Se cuide.

Você também.

E desapareceu. Deslizando as pernas para a lateral do colchão, Simon fez o melhor que pôde para ajeitar os cabelos embolados pelo sono, e foi ver se mais alguém estava acordado.

Estavam. Alec, Magnus, Jocelyn e Isabelle estavam sentados ao redor da mesa na sala de Magnus. Enquanto Alec e Magnus trajavam jeans, tanto Jocelyn quanto Isabelle estavam de uniforme de combate, Isabelle com o chicote enrolado no braço direito. Ela levantou o olhar quando ele entrou, mas não sorriu; estava com os ombros tensos e a boca rija. Todos tinham xícaras de café sobre a mesa.

— Existe um motivo para o ritual dos Instrumentos Mortais ter sido tão complicado. — Magnus fez o açucareiro flutuar até ele e jogou um pouco do pó branco no café. — Anjos agem pelos comandos de Deus, e não de humanos, nem mesmo de Caçadores de Sombras. Invoque um anjo e, provavelmente, será maldito pela ira divina. A questão do ritual dos Instrumentos Mortais não era o fato de permitir que alguém invocasse Raziel. Mas ser protegido da fúria do Anjo uma vez que ele *aparecesse*.

— Valentim — começou Alec.

— Sim, Valentim também invocou um anjo menor. E o anjo nunca falou com ele, não é mesmo? Nunca deu qualquer ajuda, apesar de ele ter colhido um pouco de sangue. E mesmo assim, ele deve ter utilizado feitiços poderosíssimos só para prendê-lo. Meu entendimento é que ele amarrou a vida do anjo à Mansão Wayland, de modo que quando o anjo morreu, a Mansão foi destruída. — Ele bateu com uma unha pintada de azul na xícara. — E se condenou. Independentemente de você acreditar em Céu e Inferno ou não, ele certamente se condenou. Quando invocou Raziel, Raziel o derrubou. Em parte pelo que Valentim fez com seu irmão anjo.

— Por que estamos falando sobre invocar anjos? — perguntou Simon, colocando-se à beira da mesa longa.

— Isabelle e Jocelyn foram ver as Irmãs de Ferro — explicou Alec. — Para procurar uma arma que pudesse ser utilizada em Sebastian sem afetar Jace.

— E não existe?

— Nada neste mundo — respondeu Isabelle. — Uma arma Divina poderia conseguir, ou alguma coisa com uma aliança demoníaca muito forte. Estávamos explorando a primeira opção.

— Invocar um anjo que lhes dê uma arma?

— Já aconteceu antes — disse Magnus. — Raziel entregou a Espada Mortal a Jonathan Caçador de Sombras. Nas antigas histórias, na véspera da batalha de Jericó, um anjo apareceu e entregou uma espada a Joshua.

— Hum — disse Simon. — Eu acreditava que anjos fossem seres de paz, e não de armas.

Magnus riu.

— Anjos não são apenas mensageiros. São soldados. Dizem que Miguel destroçou exércitos. Não são pacientes, os anjos. Certamente não com as vicissitudes dos seres humanos. Qualquer um que tentasse invocar Raziel sem os Instrumentos Mortais para se proteger provavelmente morreria na hora. Demônios são mais fáceis de invocar. São mais numerosos, e muitos são fracos. Mas, por outro lado, um demônio fraco não é de grande serventia...

— Não podemos invocar um demônio — disse Jocelyn, horrorizada. — A Clave...

— Pensei que tivesse deixado de se preocupar com a opinião da Clave há anos — disse Magnus.

— Não sou só eu — explicou Jocelyn. — O resto de vocês. Luke. Minha filha. Se a Clave soubesse...

— Bem, não vão saber, não é mesmo? — disse Alec, com uma agitação na voz normalmente gentil. — A não ser que você conte.

Jocelyn olhou do rosto rijo de Isabelle para a expressão questionadora de Magnus, para os olhos azuis e teimosos de Alec.

— Você realmente está cogitando isso? Invocar um demônio?

— Bem, não um demônio qualquer — respondeu Magnus. — Azazel.

Os olhos de Jocelyn arderam.

— *Azazel?* — Os olhos da mãe de Clary investigaram os outros, como se ela buscasse apoio, mas Izzy e Alec estavam olhando para as respectivas canecas, e Simon simplesmente deu de ombros.

— Não sei quem é Azazel — disse. — Ele não é o gato dos *Smurfs*? — Simon olhou em volta, mas Isabelle simplesmente levantou a cabeça e revirou os olhos para ele.

Clary? pensou Simon.

A voz dela veio, marcada por um tom de alarme.

O que foi? O que aconteceu? Minha mãe descobriu que sumi?

Ainda não, pensou de volta. *Azazel é o gato dos* Smurfs*?*

Fez-se uma longa pausa.

O gato dos Smurfs *é Cruel, Simon. E nada de usar magia para fazer perguntas sobre os* Smurfs.

E desapareceu. Simon levantou os olhos da mão e viu Magnus encarando-o interrogativamente.

— Ele não é um gato, Sylvester — falou. — É um Demônio Maior. Tenente do Inferno e Fabricante de Armas. Foi o anjo que ensinou a humanidade a fazer armas quando até então este era um conhecimento restrito aos anjos. Isso o fez cair e agora ele é um demônio. "E toda a terra foi corrompida pelos trabalhos ensinados por Azazel. A ele se atribuem todos os pecados".

Alec olhou impressionado para Magnus.

— Como sabe disso tudo?

— Ele é meu amigo — respondeu e, notando as expressões de todos, suspirou. — Tudo bem, não exatamente. Mas consta no *Livro de Enoch.*

— Parece perigoso. — Alec franziu o rosto. — Parece que ele é mais do que um Demônio Maior. Como Lilith.

— Felizmente, ele já foi atado — disse Magnus. — Se o invocarem, a forma dele virá, mas o ser corpóreo permanecerá preso às pedras entalhadas de Duduael.

— As pedras entalhadas de... Ah, que seja — disse Isabelle, envolvendo o longo cabelo em um coque. — Ele é o demônio das armas. Digo que vale a tentativa.

— Não posso acreditar que estejam considerando esta opção — disse Jocelyn. — Aprendi observando meu marido o que pode acontecer quando se invoca um demônio. Clary... — interrompeu-se, como se pudesse sentir o olhar de Simon, e virou. — Simon — perguntou —, você sabe se Clary já acordou? Estamos permitindo que ela durma, mas já são quase onze horas.

Simon hesitou.

— Não sei. — O que, concluiu, era verdade. Onde quer que Clary estivesse, *poderia* estar dormindo. Apesar de ter acabado de falar com ela.

Jocelyn pareceu confusa.

— Mas você não estava no quarto com ela?

— Não. Eu estava... — Simon se interrompeu, percebendo o buraco que tinha acabado de cavar. Havia três quartos de hóspedes. Jocelyn ficou em um, Clary em outro. O que obviamente significava que ele tinha ficado no terceiro quarto com...

— Isabelle? — disse Alec, com as sobrancelhas erguidas. — Você dormiu no quarto de Isabelle?

Isabelle assentiu.

— Não há motivo para se preocupar, irmãozão. Não rolou nada. Claro — acrescentou quando a tensão nos ombros de Alec se esvaiu —, estava desmaiada de bêbada, então ele poderia ter feito o que quisesse que eu não teria acordado.

— Ah, por favor — disse Simon. — Tudo que eu fiz foi contar a história inteira de *Guerra nas Estrelas*.

— Acho que não me lembro disso — disse Isabelle, pegando um biscoito do prato na mesa.

— Ah, não? Quem era o melhor amigo de infância de Luke Skywalker?

— Biggs Darklighter — respondeu Isabelle imediatamente, e bateu na mesa com a mão aberta. — Isso é *muito* roubo! — Mesmo assim, sorriu para ele por cima do biscoito.

— Ah — disse Magnus. — Amor nerd. É uma coisa linda, apesar de ser um foco de provocação e graça para aqueles de nós dotados de mais sofisticação.

— Muito bem, chega. — Jocelyn se levantou. — Vou buscar Clary. Se vão invocar um demônio, não quero estar aqui, e também não quero minha filha presente. — Ela foi em direção ao corredor.

Simon bloqueou a passagem.

— Não pode fazer isso — disse ele.

Jocelyn o olhou com o rosto rijo.

— Sei que vai dizer que aqui é o local mais seguro para nós, Simon, mas com um demônio sendo invocado, eu...

— Não é isso. — Simon respirou fundo, o que não ajudou, considerando que seu sangue não processava mais o oxigênio. Sentiu-se ligeiramente tonto. — Não pode acordá-la porque... porque ela não está aqui.

10
A caçada selvagem

O antigo quarto de Jordan na Casa da Praetor parecia qualquer quarto de dormitório em qualquer faculdade. Havia duas camas de moldura de ferro, cada uma em uma parede. Através das janelas que as separavam dava para ver os gramados verdes, três andares abaixo. O lado de Jordan do quarto era essencialmente simples — parecia que ele havia levado a maioria das fotos e dos livros para Manhattan —, apesar de haver algumas fotografias de praias e do mar, e uma prancha apoiada na parede. Maia sentiu um ligeiro choque ao ver emoldurada uma foto dela e de Jordan, tirada em Ocean City, com a calçada e a praia atrás.

Jordan olhou para a foto e depois para ela, e enrubesceu. Jogou a mochila na cama e tirou o casaco, de costas para ela.

— Quando seu companheiro de quarto volta? — perguntou ela, preenchendo o silêncio subitamente desconfortável. Ela não sabia ao certo por que ambos estavam envergonhados. Certamente não estiveram constrangidos na picape, mas agora, aqui no espaço de Jordan, os anos que passaram sem se falar pareciam afastá-los.

— Quem sabe? Nick está em uma missão. Missões são perigosas. Ele pode até não voltar. — Jordan soou resignado. Jogou o casaco no encosto de uma cadeira. — Por que não deita um pouco? Vou tomar um banho. — E com isso ele foi para o banheiro, que, Maia ficou aliviada em ver, era anexo ao quarto. Ela não estava com vontade de ter de lidar com uma daquelas situações de banheiros compartilhados que ficavam no fim do corredor.

— Jordan... — começou, mas ele já tinha fechado a porta do banheiro atrás de si.

Ela pôde ouvir a água correndo. Com um suspiro, Maia tirou os sapatos e deitou na cama do ausente Nick. O cobertor era azul-escuro, tinha uma estampa xadrez e cheirava a pinha. Ela olhou para cima e viu que o teto estava coberto por fotografias. O mesmo menino louro sorridente, que parecia ter cerca de 17 anos, rindo para ela em cada foto. Nick, supôs. Ele parecia feliz. Será que Jordan tinha sido feliz aqui, na Casa da Praetor?

Esticou o braço e virou a foto dos dois na direção dela. Tinha sido tirada anos atrás, quando Jordan era magrelo, com grandes olhos cor de amêndoa, que dominavam o rosto. Estavam se abraçando, e pareciam bronzeados e felizes. O verão tinha escurecido a pele de ambos e deixado manchas claras no cabelo de Maia, e Jordan estava com a cabeça ligeiramente inclinada para ela, como se fosse dizer alguma coisa ou beijá-la. Ela não se lembrava qual dos dois. Não mais.

Pensou no menino em cuja cama estava sentada, no menino que talvez jamais voltasse. Pensou em Luke, morrendo aos poucos, em Alaric, Gretel, Justine, Theo e todos os outros do bando que haviam perdido as vidas na guerra contra Valentim. Pensou em Max, em Jace, dois Lightwood perdidos — pois, tinha de admitir para si mesma, não acreditava que fossem recuperar Jace. E por fim, estranhamente, pensou em Daniel, o irmão pelo qual jamais sofrera, e para sua surpresa sentiu lágrimas arderem no fundo dos olhos.

Maia se sentou abruptamente. Teve a sensação de que o mundo estava se inclinando e ela tentava se agarrar em vão, tentando não cair em um abismo escuro. Pôde sentir as sombras se aproximando. Com Jace perdido e Sebastian livre, as coisas só poderiam piorar. Só haveria mais perdas e mortes. Precisava admitir, nas últimas semanas, o momento em que se sentiu mais viva foi durante o amanhecer, beijando Jordan no carro.

Como se estivesse em um sonho, se pegou ficando de pé. Atravessou o quarto e abriu a porta do banheiro. O boxe era um quadrado de vidro fosco; pôde ver a silhueta de Jordan através do boxe. Duvidou que ele a tivesse ouvido por meio da água caindo enquanto ela puxava o casaco e tirava o jeans e a roupa de baixo. Respirando fundo, atravessou o recinto, abriu a porta do chuveiro e entrou.

Jordan girou, tirando o cabelo molhado dos olhos. A água estava quente, o rosto dele rubro, deixando os olhos brilhantes como se tivessem sido lustrados. Ou talvez não fosse só a água aquecendo o sangue sob a pele dele enquanto seus olhos a devoravam... inteiramente. Ela retribuiu o olhar com firmeza, sem constrangimento, observando a forma como o pingente da Praetor Lupus brilhava na concavidade molhada da garganta dele, o sabão deslizando sobre seus ombros e peito enquanto ele a encarava, piscando a água para fora dos olhos. Ele era lindo, mas isso não era novidade.

— Maia — disse ele, sem firmeza. — Você...?

— Shhh. — Ela colocou o dedo nos lábios dele, fechando a porta do boxe com a outra mão. Então deu um passo mais para perto, abraçando-o, permitindo que a água lavasse a escuridão de ambos. — Não fale. Apenas me beije.

Então ele o fez.

— O que, em nome do Anjo, você quer dizer com Clary não está aqui? — exigiu saber Jocelyn, pálida. — Como você sabe disso, se acabou de acordar? Para onde ela foi?

Simon engoliu em seco. Tinha crescido tendo Jocelyn quase como uma segunda mãe. Estava acostumado à proteção em relação a filha, mas ela sempre o teve como um aliado neste aspecto, alguém que se colocaria entre Clary e os perigos do mundo. Agora ela estava olhando para ele como o inimigo.

— Ela me mandou uma mensagem ontem à noite... — começou Simon, depois parou quando Magnus o chamou para a mesa.

— É melhor se sentar — disse ele. Isabelle e Alec observavam de olhos arregalados, um de cada lado de Magnus, mas o feiticeiro não aparentava grande surpresa. — Conte-nos o que está acontecendo. Tenho a sensação de que vai ser uma longa história.

E foi, apesar de não tão longa quanto Simon gostaria. Quando acabou de explicar, curvado na cadeira e olhando para a mesa arranhada de Magnus, levantou a cabeça para ver Jocelyn o encarando com um olhar verde, tão frio quanto a água do ártico.

— Você deixou minha filha fugir... com *Jace*... para algum lugar impossível de ser encontrado ou rastreado, onde ninguém pode falar com ela?

Simon olhou para as próprias mãos.

— Eu posso falar com ela — disse ele, levantando a mão direita com o anel de ouro no dedo. — Como disse. Tive notícias hoje de manhã. Ela disse que estava bem.

— Você nunca deveria ter permitido que ela fosse!

— Eu não *permiti*. Ela ia de qualquer jeito. Achei melhor poder ter uma linha direta, já que não posso impedi-la.

— Para ser justo — disse Magnus —, acho que ninguém poderia. Clary faz o que quer. — Ele olhou para Jocelyn. — Não pode mantê-la em uma gaiola.

— Eu *confiei* em você — disparou ela contra Magnus. — Como ela saiu?

— Ela fez um Portal.

— Mas você disse que havia defesas...

— Capazes de manter as ameaças afastadas, não para prender os convidados. Jocelyn, sua filha não é burra, e faz o que considera certo. Não pode contê-la, ninguém pode. *Ela é muito parecida com a mãe.*

Jocelyn olhou para Magnus por um instante, com a boca ligeiramente aberta, e Simon percebeu que — óbvio — Magnus devia ter conhecido a mãe de Clary quando ela era jovem, quando traiu Valentim e o Ciclo, e quase morreu na Ascensão.

— Ela é uma criança — disse Jocelyn, e se virou para Simon. — Você falou com ela? Usando estes... estes anéis? Desde que ela saiu?

— Hoje de manhã — respondeu Simon. — Ela disse que estava bem. Que estava tudo bem.

Em vez de parecer tranquilizada, Jocelyn só pareceu mais brava.

— Tenho certeza de que foi isso que ela *disse*. Simon, não posso acreditar que deixou que ela fizesse isso. Você deveria tê-la impedido...

— O quê, deveria tê-las amarrado? — respondeu Simon, incrédulo. — Algemado Clary à mesa do restaurante?

— Se fosse preciso. Você é mais forte do que ela. Estou decepcionada com...

Isabelle se levantou.

— Tudo bem, já chega. — Ela olhou fixamente para Jocelyn. — É completamente injusto gritar com Simon por causa de uma coisa que Clary decidiu fazer *por conta própria*. E se Simon a tivesse amarrado para você, e aí? Estava planejando mantê-la amarrada para sempre? Teria de soltá-la, eventualmente, e então? Ela não confiaria mais em Simon, e em você, ela já não confia, porque roubou as lembranças dela. Talvez se não tivesse *protegido* Clary tanto assim, ela soubesse mais sobre o que é perigoso e o que não é, e fosse um pouco menos cheia de segredos... e menos inconsequente!

Todos encararam Isabelle e por um instante Simon se lembrou de uma coisa que Clary havia dito uma vez — que Izzy raramente fazia discursos, mas quando fazia, eram discursos de *peso*. Jocelyn estava com os contornos da boca brancos.

— Vou à delegacia ficar com Luke — declarou. — Simon, espero relatórios seus a cada vinte e quatro horas, dizendo que minha filha está bem. Se não tiver notícias todas as noites, vou procurar a Clave.

E saiu do apartamento, pisando duro e fechando a porta com tanta força que uma longa rachadura apareceu no gesso ao lado.

Isabelle sentou-se outra vez, agora ao lado de Simon. Ele não disse nada, mas estendeu a mão, que ela pegou, entrelaçando os dedos nos dele.

— Então — disse Magnus afinal, interrompendo o silêncio. — Quem quer invocar Azazel? Porque vamos precisar de um monte de velas.

Jace e Clary passaram o dia vagando por ruelas que pareciam labirintos ao longo dos canais, cujas águas iam de verde-escuro a azul turvo. Passaram entre turistas na Praça São Marco, na Ponte dos Suspiros, e tomaram xícaras pequenas e fortes de espresso no Caffè Florian. O labirinto desorientador de ruas lembrava um pouco Alicante, apesar de Alicante não ter a sensação veneziana de decadência elegante. Não havia estradas, nem carros, apenas becos sinuosos, e pontes arqueadas sobre canais cujas águas eram verdes como malaquita. O céu no alto escureceu para um azul profundo de crepúsculo de fim de outono, luzes começaram a acender — em pequenas lojinhas, em bares e restaurantes que pareciam surgir do nada e desaparecer novamente na sombra enquanto ela e Jace passavam, deixando brilhos e risos para trás.

Quando Jace perguntou se ela estava pronta para jantar, ela assentiu com convicção, sim. Começava a se sentir culpada por não obter informações, mas tinha começado a se divertir de verdade. Enquanto atravessavam a ponte para Dorsoduro, uma das partes mais quietas da cidade, longe do agito dos turistas, ela se determinou a arrancar *alguma coisa* dele naquela noite, algo bom o suficiente para relatar a Simon.

Jace a segurou firmemente pela mão enquanto atravessavam uma ponte. A rua desembocava em uma grande praça ao lado de um enorme canal, do tamanho de um rio. A basílica de uma igreja abobadada se erguia à direita. Do outro lado do canal a cidade iluminava a noite, lançando luz na água, que se mexia e brilhava. As mãos de Clary se coçaram de vontade de pegar giz de cera e lápis, para desenhar a luz que desbotava do céu, a água escurecida, os contornos irregulares dos prédios, os reflexos diminuindo lentamente no canal. Tudo parecia lavado com um azul metálico. Em algum lugar, sinos de igreja soavam.

Ela apertou a mão de Jace. Aqui se sentia muito longe de tudo na vida, distante de uma maneira diferente do que sentiu em Idris. Veneza compartilhava com Alicante a sensação de parecer um local fora do tempo, arrancado do passado, como se ela tivesse entrado em uma pintura, ou nas páginas de um livro. Mas era ao mesmo tempo um lugar *real*, que Clary cresceu sabendo que existia, querendo visitar. Olhou de lado para Jace, que estava encarando o canal. A luz azul metálica estava nele também, escurecendo seus olhos, as sombras sob as maçãs do rosto, as linhas da boca. Quando ele reparou o olhar de Clary, a encarou e sorriu.

Ele a conduziu em volta da igreja, então desceram alguns degraus cheios de musgo para uma trilha ao lado do canal. Tudo tinha cheiro de pedra molhada, água, umidade e anos. Na medida em que o céu escurecia, algo irrompeu na superfície da água a alguns metros de Clary. Ela ouviu o splash e olhou a tempo de ver uma mulher de cabelos verdes surgir da água e sorrir para ela; tinha um rosto lindo, mas dentes como os de um tubarão, e olhos amarelos como os de um peixe. Tinha pérolas nos cabelos. Afundou novamente, sem causar qualquer ondulação.

— Sereia — disse Jace. — Existem algumas famílias antigas que vivem em Veneza há muito, muito tempo. São um pouco estranhas. Vivem melhor na água limpa, no mar, se alimentando de peixe, e não de sujeira. — Ele olhou em direção ao sol poente. — A cidade inteira está afundando — falou. — Vai ficar submersa dentro de cem anos. Imagine nadar no oceano e tocar o topo da Basílica de São Marcos. — Jace apontou para a água.

Clary sentiu uma pontada de tristeza ao pensar em tanta beleza se perdendo.

— Não tem nada que possam fazer?

— Para erguer uma cidade inteira? Ou conter o oceano? Não muito — respondeu ele. Chegaram a uma escada que seguia para cima. Um vento veio da água e levantou os cabelos dourados da testa e da nuca de Jace. —

Todas as coisas tendem à entropia. O universo inteiro está se movendo para fora, as estrelas se afastando umas das outras, só Deus sabe o que fica no espaço que deixam — pausou. — Tudo bem, isso soou um pouco louco.

— Talvez tenha sido todo o vinho do almoço.

— Não sou fraco para bebida.

Eles dobraram uma esquina, e várias luzes brilharam para eles. Clary piscou os olhos, que estavam se ajustando. Era um pequeno restaurante com mesas do lado de fora e de dentro, com lâmpadas de aquecimento e pisca-piscas dispostos como uma floresta de árvores mágicas entre as mesas. Jace desprendeu-se dela o bastante para conseguir uma mesa; logo estavam sentados ao lado do canal, ouvindo a água batendo na pedra, e o som de pequenos barcos subindo e descendo com a corrente.

O cansaço estava começando a abater Clary em ondas, como a água que batia nas laterais do canal. Ela disse a Jace o que queria, deixou que ele fizesse o pedido em italiano e ficou aliviada quando o garçom se retirou para que ela pudesse se inclinar para a frente e apoiar os cotovelos na mesa, a cabeça nas mãos.

— Acho que estou com *jet lag* — disse ela. — *Jet lag* interdimensional.

— Sabe, o tempo *é* uma dimensão — disse Jace.

— Pedante. — Ela deu um peteleco em uma migalha de pão na direção dele.

Ele sorriu.

— Eu estava tentando me lembrar de todos os pecados capitais outro dia — falou. — Cobiça, inveja, gula, ironia, pedantice...

— Tenho certeza de que ironia não é um pecado capital.

— Tenho certeza que é.

— Luxúria — disse ela. — Luxúria é um pecado capital.

— E tapinhas.

— Acho que isso se encaixa em luxúria.

— Acho que deveria ter uma categoria própria — disse Jace. — Cobiça, inveja, gula, ironia, pedantice, luxúria e tapinhas. — As luzes brancas do pisca-pisca estavam refletidas nos olhos dele. Ele estava mais lindo do que nunca, pensou Clary, e proporcionalmente mais distante, mais difícil de alcançar. Ela pensou no que ele havia dito sobre a cidade afundar, e nos espaços entre as estrelas, e se lembrou dos versos de uma música de Leonard Cohen, que a banda de Simon costumava tocar, não muito bem. "*There is a* *crack in everything/That's how the light gets in".** Tinha de haver uma rachadura em sua aparente calma, alguma forma de alcançar o verdadeiro Jace que Clary acreditava ainda estar ali.

Os olhos cor de âmbar de Jace a examinaram. Ele esticou o braço para tocá-la, e, somente após um instante, Clary percebeu que os dedos dele estavam em seu anel de ouro.

— O que é isso? — perguntou. — Não me lembro de você com um anel forjado por fadas.

O tom de Jace era neutro, mas o coração de Clary parou. Mentir na cara de Jace não era algo que estava acostumada a fazer.

— Era de Isabelle — respondeu, dando de ombros. — Ela estava se desfazendo das coisas que aquele ex-namorado fada, Meliorn, lhe deu, e eu achei este bonito, então ela me deixou ficar com ele.

— E o anel Morgenstern?

Este parecia o momento de contar a verdade.

— Entreguei para Magnus para que ele pudesse tentar rastreá-lo.

— *Magnus.* — Jace disse o nome como se fosse de um estranho, e exalou. — Ainda acha que tomou a decisão certa? Em vir aqui comigo?

— Acho. Estou feliz por estar com você. E... bem, sempre quis conhecer a Itália. Nunca viajei. Nunca saí do país...

— Você esteve em Alicante — lembrou Jace.

— Certo, exceto por terras mágicas que mais ninguém visita, não viajei muito. Eu e Simon tínhamos planos. Íamos fazer um mochilão pela Europa depois que terminássemos a escola... — Clary não terminou a frase. — Parece tolice agora.

— Não, não parece. — Jace esticou a mão e colocou um chumaço de cabelo atrás da orelha dela. — Fique comigo. Podemos ver o mundo inteiro.

— Estou com você. Não vou a lugar algum.

— Tem algum lugar específico que queira conhecer? Paris? Budapeste? A torre inclinada de Pisa?

Só se ela cair na cabeça de Sebastian, pensou Clary.

— Podemos viajar para Idris? Quero dizer, o apartamento pode ir até lá?

— Ele não passa pelas barreiras. — A mão de Jace traçou uma linha na bochecha de Clary. — Sabe, senti muito sua falta.

---

* Tem uma rachadura em tudo/É assim que entra a luz.

— Quer dizer que não saiu em encontros com Sebastian enquanto estávamos longe?

— Tentei — disse Jace —, mas não importa o quanto você o embebede, ele não dá abertura.

Clary pegou a taça de vinho. Estava começando a se acostumar ao gosto. Podia senti-lo queimando uma trilha em sua garganta, aquecendo as veias, acrescendo um aspecto de sonho à noite. Estava na Itália, com seu namorado lindo, em uma noite linda, comendo um jantar delicioso que derretia na boca. Estes eram os momentos dos quais a pessoa se lembrava por toda a vida. Mas parecia que só estava beirando a verdadeira felicidade; toda vez que olhava para Jace, a felicidade se afastava dela. Como ele podia ser Jace e não sê-lo ao mesmo tempo? Como era possível se sentir destruída e feliz, simultaneamente?

Estavam na cama estreita, feita para uma só pessoa, enrolados firmemente no lençol de flanela de Jordan. Maia estava deitada com a cabeça no canto do braço dele, e o sol que entrava da janela a aquecia no rosto e nos ombros. Jordan estava apoiado no braço, inclinado sobre ela, a mão livre passando em seu cabelo, esticando os cachos e em seguida soltando, deixando que deslizassem entre os dedos.

— Senti falta do seu cabelo — disse ele, e deu um beijo na testa dela.

Risos borbulharam de algum lugar dentro dela, o tipo de risada que vinha com a vertigem da paixão.

— Só do meu cabelo?

— Não. — Ele estava sorrindo, os olhos amendoados acesos com o verde, os cabelos castanhos completamente emaranhados. — Seus olhos. — Ele os beijou, primeiro um, depois o outro. — Sua boca. — Beijou-a também, e ela prendeu os dedos no cordão que tinha o pingente da Praetor Lupus. — Tudo em você.

Ela torceu o cordão nos dedos.

— Jordan... desculpe por antes. Por ter explodido por causa do dinheiro e de Stanford. Foi demais para mim.

Os olhos dele escureceram, e ele abaixou a cabeça.

— Não é como se eu não soubesse o quanto você é independente. Eu só... queria fazer uma coisa legal por você.

— Eu sei — sussurrou ela. — Sei que se preocupa quanto a eu precisar de você, mas eu não devo ficar com você porque preciso. E sim porque te amo.

Os olhos dele se acenderam — incrédulos, esperançosos.

— Você... quero dizer, acha que é possível voltar a sentir isso por mim?

— Nunca deixei de te amar, Jordan — disse Maia, e ele a puxou para um beijo tão intenso que chegou a machucar.

Ela se aproximou, e as coisas poderiam ter avançado como aconteceu no chuveiro, se uma batida à porta não tivesse interrompido.

— Praetor Kyle! — gritou uma voz à porta. — Acorde! Praetor Scott quer vê-lo no escritório.

Jordan, com os braços em torno de Maia, praguejou suavemente. Rindo, Maia passou a mão pelas costas dele devagar, prendendo os dedos no cabelo.

— Acha que Praetor Scott pode esperar? — sussurrou Maia.

— Acho que ele tem a chave deste quarto, e vai utilizá-la se quiser.

— Tudo bem — disse ela, passando os lábios na orelha dele. — Temos muito tempo. Todo o tempo de que precisaremos.

Presidente Miau estava deitado na mesa diante de Simon, completamente adormecido, as quatro patas esticadas no ar. Isto, pensou Simon, era uma conquista. Desde que se transformara em vampiro, os animais tendiam a não gostar dele; evitavam-no se pudessem, e sibilavam ou latiam se ele se aproximasse demais. Para Simon, que sempre adorou animais, era uma perda difícil. Mas supôs que o animal de estimação de um feiticeiro talvez tivesse aprendido a aceitar criaturas estranhas.

Magnus, ao que parecia, tinha falado sério sobre as velas. Simon estava desfrutando de um intervalo para descansar e tomar um café; caiu bem, e a cafeína aliviou o princípio de fome. Durante toda a tarde, ajudaram Magnus a preparar o cenário para a invocação de Azazel. Percorreram as mercearias locais à procura de velas curtas e compridas, que organizaram em um círculo. Isabelle e Alec estavam sujando o chão em torno das velas com uma mistura de sal e beladona conforme Magnus havia instruído, lendo em voz alta do *Ritos proibidos: manual de um necromante do décimo quinto século*.

— O que você fez com o meu gato? — quis saber Magnus, voltando para a sala com um bule quente de café e um círculo de canecas flutuando em torno da cabeça, como uma maquete dos planetas em volta do sol. — Tomou o sangue dele, não tomou? Você *disse* que não estava com fome!

Simon ficou indignado.

— Não bebi o sangue dele. Ele está bem! — Simon cutucou Presidente na barriga. O gato bocejou. — Em segundo lugar, você me perguntou se eu estava com fome quando foi pedir pizza, então respondi que não, porque não posso comer pizza. Eu estava sendo educado.

— Isso não lhe dá o direito de comer meu gato.

— Seu gato está bem! — Simon esticou a mão para pegar o bichano, que deu um pulo indignado e saiu da mesa. — Viu?

— Que seja. — Magnus se jogou no assento à cabeceira, as canecas pousando na posição certa enquanto Alec e Izzy se esticavam, após terem concluído a tarefa. Magnus bateu as mãos. — Pessoal! Venham aqui. Hora de termos uma reunião. Vou ensiná-los a invocar um demônio.

Praetor Scott estava esperando por eles na biblioteca, ainda na mesma cadeira giratória, com uma pequena caixa de bronze na mesa entre eles. Maia e Jordan se sentaram à sua frente, e Maia não pôde deixar de imaginar se o que ela e Jordan estavam fazendo estaria estampado em seu rosto. Não que o Praetor estivesse olhando para eles com algum interesse.

Ele empurrou a caixa na direção de Jordan.

— É uma pomada — explicou. — Se for aplicada ao ferimento de Garroway, deve filtrar o veneno do sangue e permitir que o aço demoníaco saia. Ele deve ficar bom em alguns dias.

O coração de Maia deu um pulo — finalmente recebia uma boa notícia. Alcançou a caixa antes de Jordan, e a abriu. De fato, estava cheia de uma pomada escura e com textura de cera e tinha um cheiro forte de erva, como folhas esmagadas.

— Eu... — começou Praetor Scott, desviando os olhos para Jordan.

— Ela deveria levar — disse Jordan. — Ela é próxima de Garroway e faz parte do bando. Confiam nela.

— Está dizendo que não confiam na Praetor?

— Metade deles acredita que a Praetor é um conto de fadas — disse Maia, acrescentando um "senhor", que lhe ocorreu com atraso.

Praetor Scott pareceu irritado, mas antes que pudesse falar qualquer coisa, o telefone na mesa dele tocou. Pareceu hesitar, depois levantou o fone ao ouvido.

— Scott falando — disse, após um instante: — Sim... sim, acho que sim. — Desligou, a boca se curvando em um sorriso não inteiramente agradável. — Praetor Kyle — disse. — Que bom que apareceu aqui logo hoje. Fique um instante. Este assunto é de seu interesse.

Maia espantou-se com o pronunciamento, mas não tanto quanto um instante depois, quando o canto da sala começou a brilhar e uma figura apareceu, materializando-se lentamente. Foi como observar imagens aparecendo em um filme em uma sala de revelação de fotos, e um menino começou a tomar forma. Tinha cabelos castanho-escuros, curtos e lisos, e um colar dourado brilhava contra a pele marrom da garganta. Aparentava ser leve e etéreo, como um coroinha, mas alguma coisa em seus olhos o fazia parecer muito mais velho.

— Raphael — disse ela, reconhecendo-o. Estava ligeiramente transparente: uma Projeção, percebeu. Já tinha ouvido falar, mas nunca tinha visto uma de perto.

Praetor Scott a olhou surpreso.

— Você conhece o líder dos vampiros do clã de Nova York?

— Fomos apresentados uma vez, na Floresta Brocelind — disse Raphael, olhando para ela sem muito interesse. — Ela é amiga do Diurno, Simon.

— Sua tarefa — disse Praetor Scott a Jordan, como se Jordan pudesse ter esquecido.

Jordan franziu a testa.

— Aconteceu alguma coisa com ele? — perguntou. — Ele está bem?

— Não vim falar dele — explicou Raphael. — Vim falar da vampira parasita, Maureen Brown.

— Maureen? — exclamou Maia. — Mas ela só tem o quê, 13 anos?

— Uma vampira parasita é uma vampira parasita — disse Raphael. — E Maureen vem fazendo a festa em TriBeCa e no Lower East Side. Diversos feridos e pelos menos seis mortos. Conseguimos acobertar, mas...

— Ela é a missão de Nick — disse Praetor Scott, com o rosto franzido. — Mas ele não achou nenhum rastro dela. Talvez precisemos enviar alguém com mais experiência.

— Peço urgentemente que o faça — disse Raphael. — Se os Caçadores de Sombras não estivessem tão preocupados com as próprias... emergências, a esta altura certamente já teriam se envolvido. E a última coisa de que este clã precisa depois do problema com Camille é uma censura dos Caçadores de Sombras.

— Suponho que Camille também continue desaparecida? — perguntou Jordan. — Simon nos contou sobre o que aconteceu na noite em que Jace desapareceu, e Maureen parecia estar trabalhando para Camille.

— Camille não é recém-transformada em vampira, portanto não é assunto nosso — disse Scott.

— Eu sei, mas... se encontrá-la, pode encontrar Maureen, só isso — disse Jordan.

— Se ela estivesse com Camille, não estaria matando nesse ritmo — argumentou Raphael. — Camille a impediria. Ela tem sede de sangue, mas conhece o Conclave e a Lei. Manteria Maureen e suas atividades longe das vistas. Não, o comportamento de Maureen tem todas as características de uma vampira que perdeu a razão.

— Então, acho que está certo. — Jordan se ajeitou na cadeira. — Nick precisa de ajuda para lidar com ela, ou...

— Ou alguma coisa pode acontecer com ele? Se acontecer, talvez lhe ajude a se concentrar mais no futuro — disse Praetor Scott. — No seu *próprio* trabalho.

A boca de Jordan se abriu.

— Simon não foi o responsável pela transformação de Maureen — disse. — Falei para você...

Praetor Scott descartou as palavras com um aceno.

— Sim, eu sei — falou —, ou você teria sido afastado de sua missão, Kyle. Mas a mordeu, e sob sua supervisão. E foi a associação dela com o Diurno, por mais distante que fosse, que levou à eventual Transformação.

— O Diurno é perigoso — disse Raphael, os olhos brilhando. — É o que venho falando o tempo todo.

— Ele não é perigoso — disse Maia, ferozmente. — Tem um bom coração. — Viu Jordan olhar para ela um pouco de lado, tão depressa que ficou pensando se não teria sido imaginação.

— Blá-blá-blá — disse Raphael, descartando-a. — Vocês licantropes não conseguem se concentrar no assunto em questão. Confiei em você, Praetor, pois novatos são seu departamento. Mas permitir que Maureen saia por aí descontrolada pega mal para o meu clã. Se não encontrá-la rápido, chamarei todos os vampiros ao meu dispor. Afinal — sorriu, e seus delicados incisivos brilharam —, no fim das contas, ela é nossa para matarmos.

* * *

Quando terminaram a refeição, Clary e Jace caminharam de volta para o apartamento pela noite envolta em névoa. As ruas estavam desertas, e a água do canal brilhava como vidro. Dobrando uma esquina, encontraram-se ao lado de um canal quieto, ladeado por casas fechadas. Barcos boiavam suavemente na água, cada um, uma meia-lua preta.

Jace riu suavemente e avançou, soltando a mão de Clary. Seus olhos estavam arregalados e dourados à luz dos postes. Ele se ajoelhou ao lado do canal, e ela viu um flash branco-prateado — uma estela —, em seguida, um dos barcos se soltou da corrente e começou a boiar para o centro do canal. Jace deslizou a estela de volta para o cinto e saltou, aterrissando com leveza no assento de madeira da frente do barco. Estendeu a mão para Clary.

— Vamos.

Ela olhou dele para o barco e balançou a cabeça. Era pouco maior do que uma canoa, pintado de preto, apesar de a tinta estar desbotada e descascando. Parecia leve e frágil como um brinquedo. Ela se imaginou virando o barco e jogando ambos no canal verde e gelado.

— Não posso. Vai virar.

Jace balançou a cabeça, impaciente.

— Você consegue — disse ele. — Fui seu treinador.

Para demonstrar, ele deu um passo para trás. Agora estava sobre a borda fina do barco, ao lado da cavilha do remo. Ele olhou para ela, com a boca torta, formando um meio sorriso. Por todas as leis da física, ela pensou, o barco, desequilibrado, deveria estar virando. Mas Jace se equilibrou suavemente, com as costas eretas, como se fosse feito de fumaça. Atrás dele, um cenário de água e pedra, canal e pontes, nenhum edifício moderno. Com seus cabelos brilhantes e a forma como se portava, poderia ser um príncipe da Renascença.

Ele estendeu a mão para ela mais uma vez.

— Lembre-se, você é tão leve quanto quiser ser.

Ela se lembrava. Horas de treinamento sobre como cair, como se equilibrar, como aterrissar como Jace, como se você fosse cinzas caindo suavemente. Respirou fundo e saltou, a água verde voou abaixo dela. Ela pousou na proa do barco, oscilou no assento de madeira, mas estava firme.

Exalou aliviada, e ouviu Jace rir enquanto saltava para o chão liso do barco. Estava úmido. Uma fina camada de água cobria a madeira. E ele tinha 20 centímetros a mais que ela, de modo que, com ela em pé no banco, estavam da mesma altura.

Ele pôs as mãos na cintura de Clary.

— Então — disse ele. — Aonde quer ir agora?

Ela olhou em volta. Tinham boiado para longe da margem do canal.

— Estamos roubando este barco?

— "Roubar" é uma palavra tão feia — considerou Jace.

— Como quer chamar?

Ele a pegou e girou-a antes de colocá-la no chão.

— Um caso muito extremo de test drive.

Ele a puxou para perto, e ela enrijeceu. Os pés de Clary foram arrancados do chão e os dois deslizaram para o chão côncavo do barco, que era liso e estava molhado, cheirando a água e madeira úmida.

Clary se viu deitada em cima de Jace, com os joelhos abertos, um de cada lado dos quadris dele. A camisa de Jace estava ficando ensopada, mas ele não pareceu se importar. Ele jogou as mãos para trás da própria cabeça, tirando a camisa.

— Você literalmente me derrubou com a força da sua paixão — observou. — Bom trabalho, Fray.

— Você só caiu porque quis. Eu o conheço — respondeu ela. A lua os iluminou como um holofote, como se fossem as únicas pessoas tocadas por ela. — Você nunca escorrega.

Ele tocou o rosto de Clary.

— Posso não escorregar — disse ele —, mas posso ficar perdido.

O coração da menina acelerou, e ela teve de engolir em seco depressa, antes que pudesse responder levemente, como se ele estivesse brincando.

— Essa pode ser sua pior cantada, dentre todas.

— Quem disse que é uma cantada?

O barco balançou, e ela se inclinou para a frente, equilibrando as mãos no peito dele. Pressionou o quadril contra o dele e observou os olhos de Jace se arregalarem, indo de dourados a escuros, as pupilas engolindo as irises. Pôde ver a si mesma e o céu noturno refletidos nelas.

Ele se apoiou em um cotovelo, e pôs uma das mãos na nuca dela. Ela o sentiu se arqueando para cima, contra ela, os lábios tocando os seus, mas recuou, não permitindo o beijo. Ela o queria, o queria tanto que se sentia vazia por dentro, como se o desejo tivesse corroído tudo. Independentemente do que a mente dizia — que este não era Jace, não o *Jace dela* —, o corpo ainda se lembrava dele, da forma dele, do cheiro da pele e do cabelo, e o queria *de volta*.

Clary sorriu na boca de Jace, como se estivesse apenas provocando, e rolou para o lado, encolhendo-se ao seu lado no fundo molhado do barco. Ele não protestou. Seu braço a envolveu, e o balanço do barco era suave e tranquilizante. Clary queria colocar a cabeça no ombro dele, mas não o fez.

— Estamos boiando — disse ela.

— Eu sei. Tem uma coisa que quero que veja. — Jace estava olhando para o céu.

A lua era uma onda branca, como uma vela; o peito de Jace subia e descia uniformemente. Os dedos dele entrelaçaram-se nos cabelos dela. Clary estaria deitada ao lado dele, esperando e observando enquanto as estrelas tiquetaqueavam como um relógio astrológico, e ela ficou imaginando o que estariam esperando. Finalmente ouviu, um ruído lento e corrente, como água entornando através de uma represa quebrada. O céu escureceu e queimou enquanto figuras se apressavam por ele. Ela mal conseguiu identificá-las através das nuvens ao longe, mas pareciam ser homens, com cabelos longos como cirros, montados em cavalos cujos cascos ecoavam pela noite, e as estrelas estremeceram enquanto a noite se fechava em si, e os homens desapareciam atrás da lua.

Ela exalou lentamente.

— O que foi isso?

— A Caçada Selvagem — respondeu Jace. A voz dele soou distante, e como um sonho. — Os Cães de Gabriel. A Tropa Selvagem. Têm muitos nomes. São fadas que desdenham das Cortes terráqueas. Cavalgam pelo céu, em uma caçada eterna. Em uma noite a cada ano, um mortal pode se juntar a eles, mas uma vez que você se une à Caçada, nunca mais pode deixá-la.

— Por que alguém quereria fazer isso?

Jace rolou e subitamente estava em cima de Clary, pressionando-a contra o fundo do barco. Ela mal notou que estava molhado; pôde sentir o calor irradiando dele em ondas, e os olhos de Jace ardiam. Ele tinha uma maneira de se colocar em cima dela, sem que ela ficasse esmagada, mas que ao menos tempo sentisse todas as partes dele: a forma dos quadris, os cortes na calça, as linhas das cicatrizes.

— Existe algum apelo na ideia — disse ele. — De perder o controle. Não acha?

Ela abriu a boca para responder, mas ele já a estava beijando. Ela o beijara tantas vezes — beijos suaves e delicados, fortes e desesperados, selinhos de despedida e beijos que pareciam durar horas —, e este não foi diferente. Da mesma maneira como a lembrança de alguém permanecia em uma casa mesmo depois que a pessoa não estivesse mais, como uma espécie de marca psíquica, seu corpo se *lembrava* de Jace. Lembrava-se do gosto dele, de sua boca na dela, das cicatrizes sob seus dedos, do formato do corpo sob suas mãos. Ela largou as dúvidas e esticou o braço para puxá-lo para perto.

Ele rolou de lado, segurando-a. O barco balançando embaixo deles. Clary pôde ouvir o esguicho da água quando as mãos de Jace deslizaram para sua cintura, os dedos acariciando-a levemente na parte sensível da pele da lombar. Ela pôs as mãos nos cabelos dele e fechou os olhos, envolvida em uma bruma, com cheiro e som de água. Eras intermináveis se passaram, e só existia a boca de Jace na dela, o movimento do barco, as mãos dele nela. Finalmente, após o que podiam ser horas ou minutos, ela ouviu alguém gritando, uma voz italiana enfurecida, se elevando e cortando a noite.

Jace recuou, com o olhar preguiçoso e lamentoso.

— É melhor irmos.

Clary o olhou, entorpecida.

— Por quê?

— Porque aquele é o dono do barco que roubamos. — Jace se sentou, enfiando a camisa de volta. — E ele está prestes a chamar a polícia.

11

Se atribuem todos os pecados

Magnus disse que nenhuma eletricidade poderia ser utilizada durante a invocação de Azazel, então a única iluminação no loft era a das velas. As velas ardiam em um círculo no centro da sala, todas com alturas e brilhos diferentes, apesar de compartilharem de uma chama azul-esbranquiçada semelhante.

Dentro do círculo, um pentagrama havia sido desenhado por Magnus com um graveto de sorva que queimou no chão o padrão de triângulos sobrepostos. Entre os espaços formados pelo pentagrama, havia marcas diferentes de qualquer coisa que Simon já tivesse visto: não eram exatamente letras, nem exatamente símbolos; transmitiam uma sensação fria de ameaça, apesar do calor da chama das velas.

Agora estava escuro do lado de fora das janelas, o tipo de escuro que acompanhava o pôr do sol adiantado do inverno que se aproximava. Isabelle, Alec, Simon e finalmente Magnus — que estava entoando em voz alta os textos dos *Ritos proibidos* — encontravam-se cada um em um dos pontos cardinais em volta do círculo. A voz de Magnus aumentava e diminuía, as palavras em latim como uma oração, porém uma oração invertida e sinistra.

As chamas se elevaram, e os símbolos entalhados no chão começaram a arder em preto. Presidente Miau, que estava observando tudo do canto da sala, sibilou e fugiu para as sombras. As chamas azul-esbranquiçadas subiram, e agora Simon mal conseguia enxergar Magnus através delas. A sala estava aquecendo, o feiticeiro entoando os cânticos mais rapidamente, os cabelos pretos cacheando com o calor úmido, suor brilhando em suas maçãs do rosto.

— *Quod tumeraris: per Jehovam, Gehennam, et consecratam aquam quam nunc spargo, signumque crucis quod nunc facio, et per vota nostra, ipse nunc surgat nobis dicatus Azazel!*

Houve uma explosão de fogo do centro do pentagrama e uma onda espessa de fumaça escura subiu, se dissipando vagarosamente pela sala e fazendo com que todos, exceto Simon, tossissem e se engasgassem. A fumaça girou como um redemoinho, amalgamando lentamente no centro do pentagrama a forma de um homem.

Simon piscou. Não sabia ao certo o que estava esperando, mas isso é que não era. Um homem alto com cabelos ruivos, nem jovem, nem velho — um rosto atemporal, inumano e frio. Ombros largos, trajando um terno preto bem-talhado e sapatos pretos reluzentes. Em cada pulso, um sulco vermelho escuro, as marcas de uma espécie de algema, corda ou metal, que cortou a pele ao longo de tantos anos. Em seus olhos havia chamas rubras inquietas.

Ele falou:

— Quem invoca Azazel? — A voz parecia metal raspando contra metal.

— Eu. — Magnus fechou firmemente o livro que segurava. — Magnus Bane.

Azazel esticou a cabeça lentamente em direção a Magnus. Não parecia natural o girar da cabeça no pescoço dele, lembrava uma cobra.

— Feiticeiro — disse ele. — Sei quem você é.

Magnus ergueu as sobrancelhas.

— Sabe?

— Invocador. Atador. Destruidor do demônio Marbas. Filho de...

— Ora — disse Magnus, rapidamente. — Não há necessidade de entrar nisto.

— Mas há. — Azazel soou sensato, entretido, até. — Se é assistência infernal que requer, por que não invoca seu pai?

Alec estava olhando para Magnus, boquiaberto. Simon foi solidário a ele. Não achava que nenhum deles já imaginara que Magnus soubesse quem era seu pai, além do fato de que era um demônio que tinha enganado sua mãe, feito com que ela acreditasse que se tratava do próprio marido. Era óbvio que Alec sabia mais a respeito do que o restante, o que, Simon supôs, provavelmente era algo que não o agradava muito.

— Eu e meu pai não nos damos muito bem — respondeu Magnus. — Prefiro não envolvê-lo.

Azazel ergueu as mãos.

— Como queira, *Mestre*. Tens-me no selo. O que exige?

Magnus não disse nada, mas ficou claro, pela expressão no rosto de Azazel, que o feiticeiro estava conversando com ele silenciosamente, de mente para mente. As chamas saltaram e dançaram nos olhos do demônio, como crianças ansiosas ouvindo uma história.

— Lilith esperta — disse o demônio, afinal. — Trazer o menino de volta à vida e garantir sua vida, ligando-o a alguém que vocês não suportariam matar. Ela sempre foi melhor que o restante de nós na manipulação das emoções humanas. Talvez por ter sido algo próximo de uma humana.

— Existe alguma forma? — Magnus soou impaciente. — De romper o laço entre eles?

Azazel balançou a cabeça.

— Não sem matar os dois.

— Então existe alguma maneira de ferir apenas Sebastian, sem machucar Jace? — Foi Isabelle que perguntou, ansiosa. Magnus lhe lançou um olhar repreensivo.

— Não com nenhuma arma que eu possa criar, ou da qual disponha — respondeu Azazel. — Só consigo criar armas de alianças demoníacas. Um raio da mão de um anjo, talvez, pudesse incinerar o mal no filho de Valentim e romper o laço entre os dois, ou fazer com que assuma uma natureza mais benevolente. Se me permitem uma sugestão...

— Ah — disse Magnus, estreitando os olhos felinos —, por favor.

— Consigo pensar em uma solução simples capaz de separar os meninos, manter o seu vivo e neutralizar o perigo no outro. E pedirei pouquíssimo em troca.

— Você é *meu* servente — disse Magnus. — Se deseja sair deste pentagrama, fará o que eu mandar, sem pedir nada em retorno.

Azazel sibilou, e o fogo se curvou dos lábios dele.

— Se eu não estiver preso aqui, estarei preso lá. Para mim faz pouca diferença.

— "Pois este é o Inferno, e não estou fora dele" — disse Magnus, com o ar de alguém citando uma fala antiga.

Azazel exibiu um sorriso reluzente.

— Pode não ser orgulhoso como o velho Fausto, feiticeiro, mas é impaciente. Tenho certeza de que minha disposição de ficar neste pentagrama será maior do que seu desejo de me vigiar aqui.

— Ah, não sei — disse Magnus. — Sempre fui relativamente ousado em termos de decoração, e sua presença acrescenta um toque extra à sala.

— *Magnus* — falou Alec, claramente nada animado com a ideia de um demônio imortal morando no apartamento do namorado.

— Está com ciúmes, Caçadorzinho de Sombras? — Azazel sorriu para Alec. — Seu feiticeiro não faz meu tipo e, além disso, eu jamais quereria irritar o pa...

— Basta — declarou Magnus. — Diga-nos qual é o "pouquíssimo" que quer em troca do seu plano.

Azazel esticou as mãos — mãos de trabalhador, da cor de sangue, com unhas pretas.

— Uma lembrança feliz — disse ele. — De cada um. Algo para me entreter enquanto estou acorrentado como Prometeu à sua pedra.

— Uma *lembrança*? — disse Isabelle, atônita. — Quer dizer que desapareceria das nossas mentes? Não conseguiríamos nos lembrar mais?

Azazel franziu os olhos através das chamas.

— O que você é, pequena? Uma Nephilim? Sim, eu pegaria sua lembrança, ela se tornaria minha. Você não saberia mais o que tinha acontecido com você. Mas, por favor, evite me dar lembranças de demônios que trucidaram sob a luz da lua. Não é o tipo de coisa de que gosto. Não, quero que estas lembranças sejam... pessoais. — Sorriu, e os dentes brilharam como uma ponte levadiça de ferro mais uma vez.

— Sou velho — afirmou Magnus. — Tenho muitas lembranças. Cederia uma, se fosse preciso. Mas não posso falar por vocês. Ninguém deveria ser forçado a abrir mão de uma coisa dessas.

— Eu aceito — concordou Isabelle, imediatamente. — Por Jace.

— Eu também, é claro — disse Alec, então foi a vez de Simon. De repente ele pensou em Jace, cortando o pulso e lhe dando sangue na salinha no barco de Valentim. Arriscando a própria vida por ele. Podia até ter sido por Clary que agiu daquela forma, mas mesmo assim era uma dívida.

— Estou dentro.

— Ótimo — disse Magnus. — Todos vocês, tentem pensar em lembranças felizes. Devem ser verdadeiramente felizes. Algo que lhes dê prazer em lembrar. — Lançou um olhar amargo ao demônio convencido no pentagrama.

— Estou pronta — disse Isabelle. Estava de pé, com os olhos fechados, a coluna reta, como se preparada para a dor. Magnus foi em direção a ela e pôs os dedos em sua testa, murmurando suavemente.

Alec observou Magnus com a irmã, a boca rija, depois fechou os olhos. Simon também fechou os dele, apressadamente, tentando evocar uma lembrança feliz — alguma coisa relativa a Clary? Mas tantas de suas lembranças eram manchadas agora com sua preocupação com o bem-estar da amiga. Algo de quando eram bem novos? Uma imagem nadou para a frente de sua cabeça; um dia quente de verão em Coney Island, ele nos ombros do pai, Rebecca correndo atrás deles, trazendo um rastro de balões. Olhando para o céu, tentando encontrar formas nas nuvens, e o som da risada da mãe. *Não*, pensou, *essa não. Não quero perder essa...*

Sentiu um toque gelado na testa. Abriu os olhos e viu Magnus abaixando a mão. Simon piscou para ele, a mente subitamente vazia.

— Mas eu não estava pensando em nada — protestou.

Os olhos felinos de Magnus estavam tristes.

— Sim, estava.

Simon olhou em volta, sentindo-se um pouco tonto. Os outros pareciam iguais, como se estivessem acordando de um sonho estranho; capturou o olhar de Isabelle, o piscar dos cílios, e ficou imaginando no que ela teria pensado, que felicidade teria cedido.

Um murmúrio baixo no centro do pentagrama arrancou seu olhar de Izzy. Azazel estava o mais próximo possível da borda do pentagrama, um grunhido baixo de fome vinha de sua garganta. Magnus virou e olhou para ele, uma expressão de nojo no rosto. A mão cerrada em um punho, e algo parecendo brilhar entre seus dedos, como se estivesse segurando uma pedra de luz enfeitiçada. Ele virou e arremessou o objeto, veloz e lateralmente, no centro do pentagrama. A visão vampiresca de Simon acompanhou. Era uma conta de luz que se expandiu ao voar, virando em um círculo que detinha múltiplas imagens. Simon viu um pedaço de oceano azul, o canto de um vestido de cetim que se expandia enquanto a pessoa que o trajava girava, um olhar da face de Magnus, um menino de olhos azuis. Em seguida, Azazel abriu os braços, e o círculo de imagens desapareceu em seu corpo, como um pedaço de lixo sugado pela fuselagem de um avião.

Azazel engasgou. Os olhos, que antes faiscavam chamas vermelhas, agora ardiam como fogueiras, e a voz dele falhou ao falar:

— Ahhhh. Delícia.

Magnus foi incisivo ao falar.

— Agora, sua parte.

O demônio lambeu os lábios.

— A solução para o problema é a seguinte: você me liberta neste mundo, e eu pego o filho de Valentim e o levo vivo para o Inferno. Ele não morrerá e, portanto, seu Jace viverá, mas o primeiro terá deixado este mundo para trás, e lentamente a ligação entre os dois vai se dissipar. Vocês terão seu amigo de volta.

— E depois? — perguntou Magnus, lentamente. — Nós o libertamos no mundo, e depois você volta e se permite ser amarrado outra vez?

Azazel riu.

— Claro que não, feiticeiro tolo. O preço pelo meu favor é a minha liberdade.

— Liberdade? — Alec se pronunciou, soando incrédulo. — Um Príncipe do Inferno, solto no mundo? Já demos nossas memórias...

— As memórias foram o preço que pagaram para ouvir meu plano — disse Azazel. — Minha liberdade é o que pagarão pela execução do plano.

— Isso é trapaça, e você sabe — disse Magnus. — Está pedindo o impossível.

— Você também — respondeu Azazel. — De todas as formas, já perderam seu amigo para sempre. "Pois se um homem jura perante Deus, ou faz um juramento de ligar a própria alma através de um laço, ele não pode faltar com sua palavra." E pelos termos do feitiço de Lilith, as almas de ambos estão interligadas, e ambos concordaram.

— Jace jamais concordaria... — começou Alec.

— Ele disse as palavras — argumentou Azazel. — Por vontade própria ou por compunção, não tem importância. Você está me pedindo para romper um laço que só os Céus podem romper. Mas o Céu não vai ajudá-los; sabem disso tão bem quanto eu. É por isso que homens invocam demônios e não anjos, não é mesmo? Este é o preço que você paga pela minha intervenção. Se não quer pagar, deve aprender a aceitar o que perdeu.

O rosto de Magnus estava pálido e rijo.

— Conversaremos entre nós e discutiremos se sua oferta é aceitável. Enquanto isso, *está banido*! — Ele fez um aceno com a mão e Azazel desapareceu, deixando para trás o cheiro de madeira queimada.

As quatro pessoas no quarto se encararam, incrédulas.

— O que ele está pedindo — disse Alec, finalmente — não é possível, é?

— Teoricamente, tudo é possível — disse Magnus, olhando para a frente como se encarasse um abismo. — Mas soltar um Demônio Maior no mundo... não apenas um Demônio Maior, mas um Príncipe do Inferno, menor apenas do que Lúcifer... A destruição que ele poderia provocar...

— Não será possível — disse Isabelle — que Sebastian possa causar tanta destruição quanto ele?

— Como Magnus disse — acrescentou Simon, amargamente —, tudo é possível.

— Quase não pode haver crime maior aos olhos da Clave — disse Magnus. — Quem quer que soltasse Azazel no mundo seria um criminoso procurado.

— Mas se destruísse Sebastian... — começou Isabelle.

— Não temos provas de que Sebastian está tramando alguma coisa — disse Magnus. — Até onde sabemos, tudo que ele quer é fixar residência em uma bela casa de campo em Idris.

— Com Clary e Jace? — Alec soou incrédulo.

Magnus deu de ombros.

— Quem sabe o que ele quer com eles? Talvez só esteja se sentindo sozinho.

— Nunca que ele sequestrou Jace daquele telhado porque está desesperado por um amigo — afirmou Isabelle. — Ele está *planejando alguma coisa.*

Todos olharam para Simon.

— Clary está tentando descobrir o quê. Ela precisa de mais tempo. E não digam "não temos tempo" — acrescentou. — Ela sabe disso.

Alec passou a mão no cabelo escuro.

— Tudo bem, mas acabamos de desperdiçar um dia inteiro. Um dia que não tínhamos. Chega de ideias tolas. — A voz dele estava estranhamente aguda.

— Alec — disse Magnus. Colocou a mão no ombro do namorado. Alec estava parado, olhando furiosamente para o chão. — Você está bem?

Alec olhou para ele.

— Quem é você mesmo?

Magnus arquejou rapidamente; parecia — pela primeira vez até onde ia a lembrança de Simon — nervoso. Foi apenas um segundo, mas foi.

— *Alexander* — disse.

— Cedo demais para fazer piada com a coisa da lembrança, suponho — disse Alec.

— Você acha? — A voz de Magnus flutuou. Antes que pudesse dizer qualquer outra coisa, a porta se abriu, e Maia e Jordan entraram. Ambos estavam com as bochechas vermelhas de frio, e, Simon notou espantado, Maia estava usando a jaqueta de couro de Jordan.

— Acabamos de vir da delegacia — disse ela, animada. — Luke ainda não acordou, mas parece que vai ficar bem... — interrompeu-se, olhando para o pentagrama que ainda brilhava, as nuvens de fumaça escura e as manchas queimadas no chão. — Tudo bem, *o que* vocês andaram fazendo?

Com a ajuda de um feitiço e a habilidade de Jace de se lançar, usando apenas um braço, para uma ponte velha e curva, os dois escaparam da polícia italiana sem serem presos. Depois que pararam de correr, desmoronaram contra a lateral de um prédio, rindo, um ao lado do outro, de mãos dadas. Clary teve um instante de pura felicidade e precisou enterrar a cabeça no ombro de Jace, lembrando a si mesma, com uma voz interna severa, que *este não era ele*, antes de a risada desbotar e virar um silêncio.

Jace pareceu interpretar a súbita quietude de Clary como um sinal de que ela estava cansada. Ele segurou suavemente a mão dela enquanto voltavam para a rua onde tinham começado, o canal estreito com pontes em ambas as extremidades. Entre elas, Clary reconheceu a casa branca e sem feição da qual tinham saído. Estremeceu.

— Frio? — Jace a puxou em direção a ele e a beijou; ele era tão mais alto do que ela que ou tinha de se curvar ou pegá-la no colo; neste caso, ficou com a segunda opção, e ela suprimiu um engasgo enquanto ele a levava *através* da parede da casa.

Colocando-a no chão, ele chutou uma porta, que apareceu subitamente atrás deles, fechou-a com uma batida e estava prestes a tirar a jaqueta quando ouviu o ruído de uma risada abafada.

Clary se afastou de Jace quando luzes acenderam ao redor. Sebastian estava sentado no sofá, com os pés na mesa de centro. Seus cabelos claros estavam bagunçados; os olhos pretos, acetinados. E não estava sozinho. Havia duas meninas, uma de cada lado dele. Uma era loira, escassamente vestida, com uma saia curta brilhante e uma blusa de lantejoulas. Estava com a mão sobre o peito de Sebastian. A outra era mais nova, mais suave, com cabelos pretos curtos, uma fita vermelha na cabeça e um vestido preto de renda.

Clary sentiu os nervos enrijecerem. *Vampira*, pensou. Não entendeu como sabia, mas era um fato — fosse pelo brilho branco e sedoso da pele da menina de cabelos escuros ou pelos olhos sem fundo, ou talvez Clary apenas estivesse aprendendo a sentir essas coisas, como Caçadores de Sombras deveriam fazer. A menina soube que ela sabia; Clary percebeu. A garota sorriu, exibindo os dentes pontudos, depois se curvou para passá-los pela clavícula de Sebastian. As pálpebras dele tremeram, os cílios claros abaixando sobre os olhos escuros. Ele olhou para Clary através deles, ignorando Jace.

— Divertiu-se no seu encontrinho?

Clary gostaria de poder responder alguma grosseria, mas em vez disso, apenas assentiu.

— Bem, então, gostariam de se juntar a nós? — disse ele, indicando agora as meninas. — Para um drinque?

A menina de cabelos escuros riu e disse alguma coisa em italiano para Sebastian, com a voz interrogativa.

— *No* — disse Sebastian. — *Lei è mia sorella.*

A menina se sentou para trás, decepcionada. A boca de Clary estava seca. De repente, ela sentiu a mão de Jace na dela, as pontas dos dedos calejadas e ásperas.

— Não, acho que não — disse ele. — Vamos subir. Nós nos vemos de manhã.

Sebastian acenou e o anel Morgenstern na mão dele refletiu a luz, brilhando como um sinal de fogo.

— *Ci vediamo.*

Jace conduziu Clary para fora da sala e pelas escadas de vidro; só quando estavam no corredor que ela sentiu como se tivesse recuperado o fôlego. Este Jace diferente era uma coisa. Sebastian era outra. O senso de ameaça que irradiava dele era como fumaça de uma fogueira.

— O que ele disse? — perguntou. — Em italiano.

— Ele falou "não, ela é minha irmã" — respondeu Jace. Não revelou o que a menina havia perguntado a Sebastian.

— Ele faz isso com frequência? — perguntou. Pararam na frente do quarto de Jace, na entrada. — Traz meninas aqui?

Jace tocou o rosto dela.

— Ele faz o que quer, e eu não pergunto — declarou. — Ele poderia trazer um coelho cor-de-rosa de 1,80 metro e biquíni, se quisesse. Não é assunto meu. Mas se está *me* perguntando se eu já trouxe alguma garota para cá, a resposta é não. Não quero ninguém além de você.

Não era essa a pergunta, mas ela fez que sim com a cabeça assim mesmo, como se estivesse tranquilizada.

— Não quero voltar lá para baixo.

— Pode dormir comigo esta noite. — Os olhos dourados de Jace estavam brilhantes no escuro. — Ou pode dormir na suíte principal. Sabe que eu jamais pediria...

— Quero ficar com você — declarou Clary, surpreendendo a si mesma com a própria veemência.

Talvez fosse apenas a ideia de dormir naquele quarto, onde Valentim já havia dormido, onde torceu para viver novamente com a sua mãe, talvez tudo aquilo fosse demais. Ou simplesmente estava cansada, e só tinha passado a noite na mesma cama que Jace uma vez; dormiram apenas com as mãos se tocando, como se houvesse uma espada entre os dois.

— Só me dê um segundo para ajeitar o quarto. Está uma zona.

— É, quando entrei lá antes, acho que eu talvez tenha *de fato visto um grão de poeira no parapeito*. É melhor limpar.

Ele puxou uma mecha de cabelo dela, passando-a entre os dedos.

— Sem querer jogar contra mim mesmo, mas precisa de alguma coisa para dormir? Pijama, ou...

Pensou no armário cheio de roupas na suíte principal. Teria de se acostumar à ideia. Era melhor começar logo.

— Vou buscar uma camisola.

Claro, pensou alguns momentos depois, quando se viu diante de uma gaveta aberta, o tipo de camisola que os homens compravam porque queriam vê-las nas mulheres de suas vidas não *necessariamente* era o tipo de coisa que você compraria para si. Clary normalmente dormia de camiseta e short de pijama, mas tudo aqui era de seda, ou de renda, ou muito curto, às vezes os três. Finalmente optou por uma camisola verde-clara de seda, que batia na metade da coxa. Pensou nas unhas vermelhas da menina no andar de baixo, a que estava com a mão no peito de Sebastian. As unhas dela própria eram roídas nas mãos, e as dos pés nunca tinham nada além de esmalte claro. Ficou imaginando como seria ser mais como Isabelle, tão consciente do seu poder feminino que tinha a capacidade de contê-lo como uma arma, em vez de olhar para ele de forma mistificada, como alguém recebendo um presente para a casa nova que não fazia ideia de onde pôr.

Ela tocou o anel dourado no dedo para dar sorte antes de ir para o quarto de Jace. Ele estava sentado na cama, sem camisa, e com a parte de baixo de um pijama preto, lendo um livro na pequena piscina de luz que vinha da lâmpada da cabeceira. Ficou parada um instante, observando-o. Pôde ver o suave movimento dos músculos sob a pele dele enquanto virava as páginas — e viu a Marca de Lilith, logo acima do coração. Não se parecia com o restanto das Marcas, curvilíneas e pretas; era vermelho-prateada, como mercúrio tingido de sangue. Não parecia pertencer a ele.

A porta se fechou atrás dela com um clique, e Jace levantou o olhar. Clary viu o rosto dele mudar. Ela podia não ter gostado muito da camisola, mas ele definitivamente gostou. O olhar no rosto dele fez um arrepio percorrer toda a pele de Clary.

— Está com frio? — Jace puxou a coberta; ela foi para a cama enquanto ele colocava o livro na cabeceira, e os dois deslizaram para baixo do cobertor, até ficarem de frente um para o outro.

Tinham ficado no barco pelo que pareceram horas, se beijando, mas isso era diferente. Estavam em público, sob os olhares da cidade e das estrelas. Esta era uma intimidade súbita, apenas os dois sob o cobertor, as respirações de cada um e o calor dos corpos se misturando. Não havia ninguém para vê-los, ninguém para contê-los, nenhuma *razão* para pararem. Quando ele esticou o braço e colocou a mão no rosto dela, Clary achou que o trovão do próprio sangue nos ouvidos pudesse ensurdecê-la.

Os olhos estavam tão próximos que ela pôde ver o padrão de ouro mais claro e mais escuro nas íris, como um mosaico de opala. Clary estava com frio havia muito tempo, e agora sentia-se como se estivesse queimando e derretendo ao mesmo tempo, dissolvendo-se nele — e mal estavam se tocando. Ela descobriu que seu olhar era atraído para os pontos em que Jace era mais vulnerável — as têmporas, os olhos, a pulsação na base da garganta. Ela queria beijá-lo ali, queria sentir as batidas do coração dele com os lábios.

A mão direita cheia de cicatrizes de Jace percorreu a bochecha de Clary, até o ombro e a lateral do corpo, acariciando-a com um único toque longo que terminou no quadril dela. Ela entendeu por que os homens gostavam tanto das camisolas de seda. Não havia fricção; era como passar a mão por vidro.

— Diga-me o que quer — pediu ele, com um sussurro que não conseguia disfarçar a rouquidão na voz.

— Só quero que me abrace — disse ela. — Enquanto durmo. É tudo que quero agora.

Os dedos dele, que estavam desenhando círculos lentos no quadril de Clary, pararam.

— Só isso?

Não era o que ela queria. O que queria era beijá-lo até perder a noção de espaço, tempo e localização, como no barco; beijá-lo até se esquecer de quem ela mesma era e por que estava ali. Queria usá-lo como uma droga.

Mas aquela era uma péssima ideia.

Ele a observou, inquieto, e ela se lembrou da primeira vez em que o viu, e de como o achou tão letal quanto lindo, como um leão. *Este é um teste*, pensou. E talvez perigoso.

— Só.

O peito dele subiu e desceu. A Marca de Lilith parecia pulsar na pele acima do coração. A mão de Jace apertou o quadril de Clary. Ela pôde ouvir a própria respiração, tão rasa quanto uma maré baixa.

Ele a puxou para perto, rolando-a até que ficassem encaixados, ela de costas para ele. Clary engoliu um arquejo. A pele de Jace era quente na dela, como se ele estivesse ligeiramente febril. Mas os braços que a envolveram eram familiares. Os dois se ajustavam bem, como sempre, a cabeça dela sob o queixo, a espinha contra os músculos duros do tórax e da barriga, as pernas dobradas nas dele.

— Tudo bem — sussurrou ele, e a sensação da respiração dele em sua nuca a fez sentir arrepios por todo o corpo. — Então vamos dormir.

E isso foi tudo. Lentamente, o corpo de Clary relaxou, as batidas do coração desacelerando. Os braços de Jace ao redor dela estavam como sempre. Confortáveis. Ela fechou as mãos nas dele e cerrou os olhos, imaginando a cama livre desta estranha prisão, flutuando pelo espaço ou na superfície do oceano, só os dois, sozinhos.

Ela dormiu assim, com a cabeça embaixo do queixo de Jace, a coluna encaixada no corpo dele, as pernas entrelaçadas. Foi sua melhor noite de sono em semanas.

Simon estava sentado à beira da cama no quarto de hóspedes de Magnus, olhando para a mochila no colo.

Ouviu vozes que vinham da sala. Magnus estava explicando para Maia e Jordan o que tinha acontecido naquela noite, com Izzy acrescentando alguns detalhes em determinados momentos. Jordan estava falando alguma coisa sobre pedirem comida chinesa para não morrerem de fome; Maia riu e disse que contanto que não fosse do Lobo Jade, tudo bem.

Morrer de fome, pensou Simon. Ele estava ficando com fome — fome o suficiente para sentir, como um puxão nas veias. Era um tipo de fome diferente da humana. Sentia-se vazio, oco por dentro. Se alguém o tocasse, pensou, soaria como um sino.

— Simon. — A porta se abriu, e Isabelle entrou. Seus cabelos pretos estavam soltos, batendo quase na cintura. — Você está bem?

— Estou.

Ela viu a mochila no colo dele e ficou com os ombros tensos.

— Está indo embora?

— Bem, eu não estava planejando ficar para sempre — respondeu Simon. — Quero dizer, ontem à noite foi... diferente. Você pediu...

— Certo — disse ela, com uma voz artificialmente alegre. — Bem, pelo menos pode pegar carona com Jordan. Aliás, você reparou nele com Maia?

— Reparei no quê?

Ela baixou a voz:

— Alguma coisa *definitivamente* aconteceu entre eles na viagem. Estão parecendo um casalzinho agora.

— Bem, isso é bom.

— Está com ciúme?

— Ciúme? — ecoou, confuso.

— Bem, você e Maia... — Ela acenou a mão, olhando para ele através dos cílios. — Vocês...

— Ah. Não. Não, de jeito nenhum. Estou contente por Jordan. Isso vai deixá-lo muito feliz — falou, com sinceridade.

— Ótimo. — Isabelle então levantou o olhar, e viu que as próprias bochechas estavam rosadas, e não só de frio. — Você passaria esta noite aqui, Simon?

— Com você?

Ela assentiu, sem olhar para ele.

— Alec vai sair para buscar mais roupas no Instituto. Ele perguntou se eu queria voltar com ele, mas eu... prefiro ficar aqui com você. — Isabelle levantou a cabeça, olhando diretamente para ele. — Não quero dormir sozinha. Se eu ficar, você fica comigo? — Simon percebeu o quanto ela detestava pedir.

— Claro — respondeu, o mais suavemente que pôde, afastando o pensamento da fome da cabeça, ou pelo menos tentando. A última vez em que tentou se esquecer de beber, acabou sendo puxado por Jordan de uma Maureen semiconsciente.

Mas aquilo aconteceu quando tinha ficado dias sem comer. Isto era diferente. Conhecia os próprios limites. Tinha certeza.

— Claro — repetiu. — Será ótimo.

Camille sorriu para Alec do divã.

— Então, onde Magnus acha que você está agora?

Alec, que havia posto uma placa de madeira sobre dois blocos cilíndricos para formar uma espécie de banco, esticou as pernas longas e olhou para os próprios sapatos.

— No Instituto, buscando roupas. Eu ia para o Spanish Harlem, mas em vez disso vim para cá.

Os olhos dela se estreitaram.

— E por que fez isso?

— Porque não consigo. Não posso matar Raphael.

Camille jogou as mãos para o alto.

— E por que não? Tem alguma espécie de ligação pessoal com ele?

— Mal o conheço — disse Alec. — Mas matá-lo seria uma transgressão deliberada da Lei dos Acordos. Não que eu nunca tenha desrespeitado uma Lei, mas existe uma diferença entre fazer isso por um bom motivo e por motivos egoístas.

— Ah, santo Deus. — Camille começou a andar de um lado para o outro. — Poupai-me dos Nephilim com consciência.

— Sinto muito.

Camille estreitou os olhos.

— Sente muito? Eu o *farei*... — interrompeu-se. — Alexander — prosseguiu, com a voz mais recomposta: — E quanto a Magnus? Se continuar assim, vai perdê-lo.

Alec observou enquanto ela se movia, felina e contida, o rosto desprovido de qualquer coisa além de uma solidariedade curiosa.

— Onde Magnus nasceu?

Camille riu.

— Não sabe nem isso? Meu Deus. Batávia, se quer saber. — Ela riu do olhar de incompreensão. — Indonésia. Claro, eram as Índias Orientais Holandesas naquela época. A mãe dele era nativa, acredito; o pai, um colono monótono. Bem, não o pai *verdadeiro*. — Os lábios da vampira se curvaram em um sorriso.

— Quem era o pai verdadeiro?

— O pai de Magnus? Ora, um demônio, é claro.

— Sim, mas *que* demônio?

— Que importância isso pode ter, Alexander?

— Tenho a sensação — continuou Alec, teimoso — de que é um demônio bastante poderoso e de alta patente. Mas Magnus não fala sobre ele.

Camille se jogou sobre o divã com um suspiro.

— Ora, é claro que não fala. É preciso preservar algum mistério na relação, Alec Lightwood. Um livro que um indivíduo ainda não leu é sempre mais interessante do que algum que já se saiba de cor.

— Está querendo dizer que revelo coisas demais a ele? — Alec ponderou sobre o fragmento de conselho.

Em algum lugar dentro da superfície fria e linda daquela mulher, havia alguém que já tinha compartilhado uma experiência única com ele: de amar e ser amada por Magnus. Certamente devia saber alguma coisa, algum segredo, alguma chave que o impediria de estragar tudo.

— Quase com certeza. Embora esteja vivo há tão pouco tempo que não posso imaginar o quanto tem a dizer. Certamente suas anedotas já se esgotaram.

— Bem, me parece claro que sua política de não contar nada também não funcionou.

— Mas eu não estava tão interessada em mantê-lo quanto você.

— Bem — disse Alec, sabendo que não era boa ideia, mas não conseguindo evitar —, se você *tivesse tido* interesse em mantê-lo, o que teria feito de diferente?

Camille suspirou de forma dramática.

— O que você é novo demais para entender é que todos nós escondemos coisas. Escondemos dos nossos amantes porque desejamos nos apresentar da melhor forma possível, mas também porque, se for amor verdadeiro, esperamos que o objeto da nossa paixão simplesmente entenda, sem precisar perguntar. Em uma verdadeira parceria, do tipo que se estende por eras, existe uma comunhão não pronunciada.

— M-mas — gaguejou Alec — achei que ele quisesse que eu me abrisse. Digo, tenho dificuldades em me abrir até mesmo com pessoas que conheço desde sempre... como Isabelle, ou Jace...

Camille deu um risinho.

— Isso é outra coisa — disse ela. — Você não precisa mais de outras pessoas depois de encontrar seu verdadeiro amor. Não é à toa que Magnus não acha que pode se abrir com você, quando você precisa tanto destes outros indivíduos. Quando o amor é verdadeiro, você sacia todos os desejos e necessidades da contraparte... Está ouvindo, jovem Alexander? Pois meu conselho é precioso e raro...

O quarto estava preenchido pela luz translúcida do amanhecer. Clary sentou, observando Jace enquanto ele dormia. Ele estava de lado, os cabelos de uma cor de bronze-claro no ar azulado. A bochecha estava apoiada na mão, como uma criança. A cicatriz em forma de estrela que ele tinha no ombro era visível, assim como os desenhos de antigos símbolos espalhados nos braços, costas e laterais.

Ela ficou imaginando se outras pessoas achariam as cicatrizes tão lindas quanto achava, ou se apenas ela as enxergava desta forma porque o amava, e as cicatrizes faziam parte dele. Cada uma contava a história de um momento. Algumas até salvaram sua vida.

Ele murmurou durante o sono e se virou para deitar de barriga para cima. Sua mão, com o símbolo de Vidência nítido e preto nas costas, estava sobre o estômago, e, acima, via-se o único símbolo que Clary não achava lindo: o de Lilith, o que o conectava a Sebastian.

Parecia pulsar, como o colar de rubi de Isabelle, como um segundo coração.

Silenciosa como um gato, ela subiu pela cama e se ajoelhou. Esticou o braço e pegou a adaga Herondale da parede. A foto dela e de Jace juntos voou, girando no ar antes de cair virada para baixo.

Clary engoliu em seco e olhou para ele. Mesmo agora, estava tão vivo que parecia brilhar de dentro, como se estivesse aceso por um fogo interior. A cicatriz no peito pulsava uma batida firme.

Ela ergueu a faca.

Clary acordou com um susto, o coração batendo forte contra as costelas. O quarto girou como um carrossel: ainda estava escuro, e o braço de Jace a envolvia, a respiração dele quente em sua nuca. Ela pôde sentir o coração de Jace nas costas. Fechou os olhos, engolindo o gosto amargo na boca.

Foi um sonho. Apenas um sonho.

Mas de jeito algum conseguiria voltar a dormir agora. Sentou-se cuidadosamente, afastando com gentileza o braço de Jace para sair da cama.

O piso estava gelado, e ela franziu o cenho quando seus pés descalços tocaram a superfície. Achou a maçaneta do quarto à meia-luz e abriu a porta. E congelou.

Apesar de não haver janelas no corredor do lado de fora, este estava aceso por lustres pendurados. Poças de algo que parecia grudento e escuro manchavam o chão. Em uma das paredes brancas, via-se a marca de uma mão sangrenta. Sangue se espalhava pela parede em intervalos, até a escada, onde havia uma única mancha, escura e longa.

Clary olhou na direção do quarto de Sebastian. Estava silencioso, a porta fechada, nenhuma luz brilhando por baixo. Pensou na menina loura com a blusa de lantejoulas olhando para ele. Olhou novamente para a marca sangrenta de mão. Era como um recado, uma mão aberta dizendo *pare*.

E, então, a porta de Sebastian se abriu.

Ele saiu do quarto. Estava com uma camisa térmica e jeans preto, e os cabelos branco-prateados emaranhados. Bocejou; virou e desvirou a cabeça rapidamente ao vê-la, e um olhar de surpresa sincero passou por seu rosto.

— O que está fazendo acordada?

Clary respirou fundo. O ar tinha um gosto metálico.

— O que eu estou fazendo? O que *você* está fazendo?

— Descendo para pegar umas toalhas e limpar essa bagunça — respondeu, com naturalidade. — Vampiros e seus joguinhos...

— Este não parece o resultado de um *jogo* — observou Clary. — A menina... a menina humana que estava com você... O que aconteceu com ela?

— Ficou um pouco assustada ao ver as presas. Às vezes se assustam. — Ao ver a expressão de Clary, Sebastian riu. — Mas passou. Até quis mais. Está dormindo na minha cama agora, se quiser verificar que ela está mesmo viva.

— Não... não é necessário. — Clary abaixou os olhos. Desejou ter vestido alguma coisa além da camisola de seda para dormir. Sentia-se nua. — E você?

— Está me perguntando se estou bem? — Ela não estava, mas Sebastian pareceu satisfeito. Puxou de lado o colarinho da camisa, e ela pôde ver dois furos na clavícula. — Um *iratze* não me faria mal.

Clary não disse nada.

— Desça — disse ele, e acenou para que ela o seguisse ao passar, descalço, descendo pela escadaria de vidro. Após um instante, ela fez o que ele pediu. Sebastian acendeu as luzes, então, quando chegaram à cozinha, o recinto estava brilhando com uma luz calorosa. — Vinho? — ofereceu, abrindo a geladeira.

Ela se sentou em um dos bancos, alisando a camisola.

— Só água.

Clary assistiu enquanto ele servia dois copos de água mineral — um para ela, outro para ele. Seus movimentos suaves e econômicos eram como os de Jocelyn, mas o controle com o qual se movia devia ter sido incutido por Valentim. Lembrava a forma como Jace se movimentava, como um dançarino cuidadosamente treinado.

Ele empurrou a água dela com uma das mãos enquanto a outra levava o próprio copo aos lábios. Quando terminou, bateu como o copo de volta na bancada.

— Você provavelmente já sabe disso, mas ficar com vampiros dá sede.

— Por que eu saberia disto? — A pergunta soou mais afiada do que Clary pretendia.

Ele deu de ombros.

— Concluí que você estivesse brincando de mordidinhas com aquele Diurno.

— Eu e Simon nunca brincamos de *mordidinhas* — disse, num tom glacial. — Aliás, não sei por que alguém deixaria vampiros o morderem de propósito. Você não odeia todos do Submundo?

— Não — respondeu. — Não me confunda com Valentim.

— É — murmurou. — Um erro difícil de cometer.

— Não é minha culpa que eu sou a cara dele, e você, a *dela*. — A boca de Sebastian se curvou em uma expressão de desgosto ao pensar em Jocelyn. Clary franziu o cenho para ele. — Viu, aí está. Você sempre me olha assim.

— Assim como?

— Como se eu incendiasse abrigos de animais por lazer e acendesse cigarros com órfãos. — Ele serviu mais um copo de água. Quando ele virou a cabeça para o outro lado, Clary viu que os ferimentos na garganta já estavam começando a melhorar.

— Você matou uma criança — disse rispidamente, sabendo ao falar que deveria ter mantido a boca fechada, continuado com o fingimento de que não achava Sebastian um monstro. Mas *Max*. Ele estava vivo em sua mente como na primeira vez em que o vira, dormindo no sofá do Instituto com um livro no colo e os óculos de esguelha no rosto. — Não é algo pelo que possa ser perdoado, nunca.

Sebastian respirou fundo.

— Então é isso — falou. — Vai colocar as cartas na mesa tão cedo assim, irmãzinha?

— O que você achava? — A voz de Clary soou fina e cansada aos próprios ouvidos, mas ele se esquivou como se ela tivesse atacado.

— Acreditaria se eu dissesse que foi um acidente? — disse, repousando o copo na bancada. — Não tive a intenção de matá-lo. Só quis desacordá-lo, para que ele não...

Clary o calou com um olhar. Sabia que não conseguia conter o ódio na expressão: sabia que deveria, sabia que era impossível.

— É verdade. Pretendia desacordá-lo, como fiz com Isabelle. Subestimei minha própria força.

— E Sebastian Verlac? O verdadeiro? Você o matou, não matou?

Sebastian olhou para as próprias mãos como se fossem estranhas a ele: havia uma corrente de prata segurando uma placa lisa metálica, como uma pulseira de identificação, no pulso direito — escondendo a cicatriz onde Isabelle havia decepado-lhe a mão.

— Ele não devia ter reagido...

Enojada, Clary começou a deslizar para fora do banco, mas Sebastian a pegou pelo pulso, puxando-a para perto. A pele era tão quente contra a dela que Clary se lembrou da vez que, em Idris, o toque dele a queimou.

— Jonathan Morgenstern matou Max. Mas e se eu não for a mesma pessoa? Não reparou que eu nem uso mais o mesmo nome?

— Solte-me.

— Você acredita que Jace esteja diferente — comentou Sebastian, baixinho. — Acha que ele não é a mesma pessoa, que meu sangue o mudou. Não é?

Ela assentiu, sem falar.

— Então por que é tão difícil acreditar que o inverso seja verdade? Talvez o sangue dele tenha me mudado. Talvez eu não seja o mesmo de antes.

— Você esfaqueou Luke — disse. — Uma pessoa de que eu gosto. Uma pessoa que amo...

— Ele estava a ponto de me explodir com uma espingarda — argumentou Sebastian. — Você o ama; eu não o conheço. Estava salvando minha vida e a de Jace. Realmente não consegue entender isso?

— E talvez só esteja falando o que acha que deve para me fazer confiar em você.

— A pessoa que eu era se importaria com a sua confiança?

— Se quisesse alguma coisa.

— Talvez eu queira uma irmã.

Com isso, ela desviou os olhos para os dele; involuntariamente, incrédula.

— Você nem sabe o que é uma família — declarou. — Ou o que faria com uma irmã se tivesse uma.

— Eu tenho uma. — A voz dele estava baixa. Havia manchas de sangue no colarinho de sua camisa, exatamente onde tocava a pele. — Estou lhe dando uma chance. De enxergar que o que eu e Jace estamos fazendo é a coisa certa. Pode me dar uma chance?

Clary pensou no Sebastian que conheceu em Idris. Lembrou-se dele soando entretido, amigável, descolado, irônico, intenso e irritado. Nunca suplicante.

— Jace confia em você — disse ele. — Mas eu não. Ele acredita que você o ame o suficiente para descartar tudo que sempre valorizou ou acreditou para vir ficar com ele. Independentemente de qualquer coisa.

A mandíbula de Clary enrijeceu.

— E como você sabe que eu não faria isso?

Ele riu.

— Porque você é *minha* irmã.

— Não somos nada parecidos — disparou ela, e viu o sorriso lento no rosto do irmão. Conteve o resto das palavras, mas já era tarde demais.

— Era isso que eu teria dito — falou ele. — Mas vamos, Clary. Você está aqui. Não pode voltar. Veio atrás de Jace. É melhor entrar nessa de coração. Ser parte do que está acontecendo. Depois pode se decidir... a meu respeito.

Sem olhar para ele, mas para o chão de mármore, ela assentiu com sinceridade.

Ele esticou o braço e tirou o cabelo que tinha caído nos olhos, e as luzes da cozinha se refletiram na pulseira dele, a que ela tinha notado antes, com letras marcadas. *Acheronta movebo*. Corajosamente, ela pôs a mão no pulso dele.

— O que isto quer dizer?

Ele olhou para onde a mão dela estava encostando.

— Significa "assim sempre aos tiranos". Uso para me lembrar da Clave. Dizem que isso foi gritado pelos romanos que assassinaram César antes que ele pudesse se tornar um ditador.

— Traidores — disse Clary, derrubando a mão.

Os olhos escuros de Sebastian brilharam.

— Ou defensores da liberdade. A história é escrita pelos vencedores, irmãzinha.

— E você pretende escrever este pedaço?

Ele sorriu para ela, os olhos escuros brilhando.

— Pode apostar que sim.

12

Material do céu

Quando Alec voltou para o apartamento de Magnus, todas as luzes estavam apagadas, mas a sala brilhava com uma chama azul-esbranquiçada. Ele levou vários momentos para perceber que vinha do pentagrama.

Tirou os sapatos perto da porta e foi o mais silenciosamente possível para a suíte principal. O quarto estava escuro, um fio de pisca-piscas coloridos emoldurando a janela oferecia a única iluminação. Magnus estava dormindo de barriga para cima, as cobertas até a cintura, a mão apoiada na barriga sem umbigo.

Alec rapidamente se despiu, ficando só de samba-canção, e se deitou, torcendo para não acordar Magnus. Infelizmente, não tinha contado com Presidente Miau, que estava aconchegado sob as cobertas. O cotovelo de Alec desceu com tudo no rabo do gato, que miou e correu da cama, fazendo Magnus sentar, piscando.

— O que está acontecendo?

— Nada — disse Alec, xingando todos os gatos mentalmente. — Não consegui dormir.

— Então saiu? — Magnus rolou de lado e tocou o ombro nu de Alec. — Sua pele está gelada, e você está com cheiro de noite.

— Estava dando uma volta — explicou Alec, satisfeito porque o quarto estava escuro, de modo que Magnus não pôde ver seu rosto. Sabia que era um péssimo mentiroso.

— Por onde?

É preciso preservar algum mistério na relação, Alec Lightwood.

— Por lugares — respondeu Alec, vagamente. — Você sabe. Lugares misteriosos.

— Lugares misteriosos?

Alec assentiu.

Magnus se jogou contra os travesseiros.

— Vejo que foi para Loucópolis — murmurou, fechando os olhos. — Trouxe alguma coisa para mim?

Alec se inclinou e beijou a boca de Magnus.

— Só isso — respondeu suavemente, recuando, mas Magnus, que tinha começado a sorrir, já o estava segurando pelos braços.

— Bem, se vai me acordar — disse —, é melhor fazer meu tempo valer a pena. — E puxou Alec para cima de si.

Considerando que já tinham passado uma noite na mesma cama, Simon não esperava que a segunda noite com Isabelle fosse ser tão desconfortável. Mas também, desta vez Isabelle estava sóbria e acordada e obviamente esperando alguma coisa dele. O problema era que ele não sabia exatamente o quê.

Ele dera a ela uma de suas camisas de botão e desviou o olhar educadamente enquanto ela se enfiava debaixo do cobertor e se aproximava da parede, cedendo bastante espaço para ele.

Simon não perdeu tempo trocando de roupa, apenas tirou os sapatos e meias e deitou ao lado dela de jeans e camiseta. Ficaram deitados lado a lado por um instante, depois Isabelle rolou para perto dele, passando um braço por cima de Simon, meio sem jeito. Os joelhos se bateram. Uma das unhas do pé de Isabelle arranhou o calcanhar de Simon. Ele tentou ir para a frente, mas as testas colidiram.

— Ai! — disse Isabelle, indignada. — Você não deveria ser melhor nisso?

Simon se espantou.

— Por quê?

— Todas aquelas noites que passou na cama de Clary, envolvido nos seus lindos abraços platônicos — falou, pressionando o rosto contra o ombro dele de modo que sua voz soou abafada. — Concluí que...

— Nós apenas *dormimos* — disse Simon. Não quis falar nada sobre como Clary se encaixava perfeitamente nele, sobre como deitar com ela era tão natural quanto respirar, sobre como o cheiro dela lembrava infância, sol, simplicidade e graça. Isso, tinha a sensação, não ajudaria em nada.

— Eu sei. Mas não *durmo*, apenas — falou Isabelle, irritadiça. — Com ninguém. Normalmente, não passo a noite. Tipo, nunca.

— Você disse que queria...

— Ah, cale a boca — falou e o beijou. Isto foi muitíssimo mais bem-sucedido. Ele já tinha beijado Isabelle antes. Adorava a textura de seus lábios suaves, a sensação das mãos nos cabelos longos e escuros. Mas quando ela se pressionou contra ele, também sentiu o calor do corpo, as longas pernas, a pulsação do sangue... e o estalo dos caninos quando saíram.

Ele recuou, precipitadamente.

— *Agora* o que foi? Não quer me beijar?

— Quero — tentou dizer, mas as presas atrapalharam. Os olhos de Isabelle se arregalaram.

— Ah, está com fome — disse. — Quando foi a última vez que tomou sangue?

— Ontem — conseguiu responder, com alguma dificuldade.

Ela se deitou no travesseiro dele. Os olhos de Simon estavam impossivelmente grandes, pretos e brilhantes.

— Talvez devesse se alimentar — sugeriu. — Sabe o que acontece quando não se alimenta.

— Não tenho sangue aqui. Tenho de ir em casa — disse Simon. As presas já tinham começado a retroceder.

Isabelle o pegou pelo braço.

— Não precisa tomar sangue frio de animal. Estou bem aqui.

O choque das palavras foi como um pulso de energia atravessando o sangue, incendiando seus nervos.

— Não está falando sério.

— Claro que estou. — Ela começou a desabotoar a camisa, exibindo a garganta, a clavícula, o traço fraco das veias visível sob a pele clara. A camisa se abriu. O sutiã azul cobria muito mais do que alguns biquínis, mas mesmo assim Simon sentiu a boca secar. O rubi brilhava como um sinal vermelho abaixo da clavícula. *Isabelle.* Como se pudesse ler a mente do vampiro, ela esticou o braço e tirou o cabelo da frente, colocando-o sobre um dos ombros, deixando o lado da garganta exposto. — Não quer...?

Ele a pegou pelo pulso.

— Isabelle, não — falou, com urgência. — Não consigo me controlar, não consigo controlar o impulso. Posso machucá-la, matá-la.

Os olhos dela brilharam.

— Não vai. Consegue se conter. Conseguiu com Jace.

— Não sinto *atração* por Jace.

— Nem um pouquinho? — perguntou, esperançosa. — Um pouquinho de nada? Porque isso seria um tanto excitante. Ah, puxa. Que pena. Olhe, atraído ou não, você o mordeu quando estava faminto e morrendo e, mesmo assim, se conteve.

— Não me contive com Maureen. Jordan precisou me arrancar.

— Teria conseguido. — Ela levantou o dedo e o pressionou contra os lábios dele, passou-o pela garganta, pelo peito, parando onde outrora bateu um coração. — Confio em você.

— Talvez não devesse.

— Sou uma Caçadora de Sombras. Posso lutar se for preciso.

— Jace não lutou.

— Jace é apaixonado pela ideia de morrer — disse Isabelle. — Eu *não.* — Ela passou as pernas em volta dos quadris de Simon, ela era incrivelmente flexível, e deslizou para a frente até conseguir tocar os lábios nos dele. Ele queria beijá-la, tanto que seu corpo chegava a doer. Ele abriu a boca experimentalmente, tocou a língua dela com a dele, e sentiu uma dor aguda. Tinha passado a língua na ponta afiada do dente canino. Sentiu o gosto do próprio sangue e recuou de súbito, virando o rosto.

— Isabelle, *não consigo* — fechou os olhos. Ela estava quente e macia em seu colo, provocante, torturante. As presas doíam absurdamente; por todo o corpo sentia como se as veias estivessem sendo torcidas por arame farpado. — *Não quero que me veja assim.*

— Simon. — Ela tocou a bochecha dele gentilmente, virando o rosto dele para si. — Este é quem você é...

As presas retraíram, devagar, mas continuaram doendo. Simon escondeu o rosto nos dedos e falou entre eles.

— Não é possível que queira uma coisa destas. Não é possível que *me* queira. Minha própria mãe me jogou para fora de casa. Mordi Maureen... ela era só uma criança. Quero dizer, olhe para mim, para o que sou, onde moro, o que faço. Não sou *nada.*

Isabelle acariciou levemente o cabelo de Simon. Ele a olhou por entre os dedos. De perto pôde ver que ela não tinha olhos pretos, mas castanhos bem escuros, com manchas douradas. Ele teve certeza de ter visto pena neles. Não sabia ao certo o que esperava que ela dissesse. Isabelle usava meninos e depois os jogava fora. Isabelle era linda, forte, perfeita e não precisava de nada. Muito menos de um vampiro que sequer era muito bom em ser vampiro.

Ele pôde senti-la respirando. Ela tinha um cheiro doce — sangue, mortalidade, gardênias.

— Nada coisa nenhuma — afirmou. — Simon. Por favor. Deixe-me ver seu rosto.

Com relutância, ele abaixou as mãos. Viu-a com mais clareza agora. Ela parecia suave e adorável ao luar, a pele pálida e cremosa, os cabelos como uma cachoeira preta. Soltou as mãos que estavam no pescoço dele.

— Olhe para isto — disse ela, tocando as cicatrizes brancas de Marcas curadas em sua pele, na garganta, nos braços, nas curvas dos seios. — Feias, não?

— Nada em você é feio, Izzy — disse Simon, verdadeiramente impressionado.

— Meninas não deveriam ser cobertas por cicatrizes — afirmou Isabelle, com naturalidade. — Mas elas não o incomodam.

— São parte de você... Não, claro que não me incomodam.

Isabelle tocou os lábios de Simon com os dedos.

— Ser vampiro é parte de *você*. Não pedi para que viesse aqui ontem à noite por falta de opção. Quero ficar com você, Simon. Morro de medo disso, mas é verdade.

Os olhos dela brilharam, e antes que ele pudesse se perguntar se seriam lágrimas, já tinha se inclinado para a frente para beijá-la. Desta vez não foi desconfortável. Desta vez, ela se inclinou para a frente e, de repente, Simon estava embaixo dela, rolando-a para cima de si. Os longos cabelos pretos de Isabelle caíram sobre eles como uma cortina. Ela sussurrou suavemente enquanto ele passava a mão pelas suas costas. Ele sentiu as cicatrizes com as pontas dos dedos e quis dizer a ela que as enxergava como enfeites, provas de uma coragem que só a tornava mais linda. Mas para isso teria de parar de beijá-la, e não queria fazer isso. Ela estava gemendo e se movimentando nos braços dele; estava com os dedos no cabelo dele quando os dois rolaram de lado, e agora ela estava por baixo, e os braços de Simon cheios da suavidade e do calor dela, e a boca com o gosto dela, e o cheiro da pele, sal e perfume e... sangue.

Ele enrijeceu outra vez, por todo o corpo, e Isabelle sentiu. Agarrou os ombros dele. Ela brilhava na escuridão.

— Vá em frente — sussurrou Isabelle. Ele sentiu o coração dela batendo contra o próprio peito. — Eu quero.

Simon fechou os olhos, pressionou a testa contra a dela, tentou se acalmar. As presas haviam reaparecido, pressionando o lábio inferior, forte e dolorosamente.

— Não.

As pernas longas e perfeitas de Isabelle o envolveram, os calcanhares se entrelaçaram, segurando-o contra ela.

— Eu quero. — Seus seios se apertaram contra o peito dele quando ela se inclinou contra ele, exibindo a garganta. O cheiro de sangue estava por todos os lados, em torno dele, no quarto.

— Não tem medo? — sussurrou Simon.

— Tenho. Mas quero ainda assim.

— Isabelle... Não posso...

Ele a mordeu.

Os dentes deslizaram afiados como navalhas para a veia da garganta, como uma faca cortando a casca de uma maçã. Sangue irrompeu na boca de Simon. Foi diferente de tudo que já tinha experimentado. Com Jace estava praticamente morto; com Maureen a culpa o consumiu mesmo enquanto tomava o sangue. Certamente nunca tinha tido a sensação de que alguma das pessoas que mordeu tivesse *gostado* da experiência.

Mas Isabelle arquejou, seus olhos se abriram de súbito e o corpo se curvou para ele. Ela ronronou como um gato, acariciando os cabelos de Simon, as costas, movimentos urgentes das mãos de Caçadora de Sombras dizendo *não pare, não pare*. Calor irradiou dela para ele, acendendo o corpo do vampiro; ele jamais havia sentido ou imaginado nada assim. Sentiu as batidas fortes e firmes do calor de Isabelle, pulsando das veias dela para as dele, e, naquele momento, foi como se ele estivesse vivendo outra vez, e seu coração se contraiu de puro júbilo...

Ele se afastou. Não sabia ao certo como, mas se afastou dela e rolou sobre as costas, enterrando os dedos no colchão. Ainda estava tremendo quando as presas retrocederam. O quarto brilhava ao redor, como acontecia nos momentos iniciais após beber sangue humano, vivo.

— Izzy... — sussurrou. Estava com medo de olhar para ela, temendo que ela fosse olhá-lo com pavor ou repulsão, agora que não estava mais com os dentes enterrados em sua garganta.

— O quê?

— Você não me conteve — disse ele. Foi metade acusação, metade esperança.

— Não quis contê-lo. — Simon olhou para ela. Ela estava de costas, o peito subindo e descendo depressa, como se tivesse corrido. Havia dois ferimentos de punção na lateral da garganta de Izzy, e duas linhas finas de sangue escorrendo do pescoço para a clavícula. Obedecendo a um instinto que parecia correr profundo na pele, Simon se inclinou para a frente e lambeu o sangue da garganta, sentindo o gosto de Isabelle. Ela estremeceu, os dedos trêmulos no cabelo dele. — Simon...

Ele recuou. Ela estava olhando para ele com os olhos grandes e pretos, muito séria, as bochechas ruborizadas.

— Eu...

— O quê? — Por um instante, ele pensou que ela fosse dizer "eu amo você", mas em vez disso Isabelle balançou a cabeça, bocejou e passou o dedo no cós da calça jeans dele. Seus dedos brincaram com a pele exposta da cintura de Simon.

Simon já tinha ouvido falar que bocejo era um sinal de perda de sangue. Entrou em pânico.

— Você está bem? Tomei sangue demais? Está cansada? Você...

Ela se aproximou dele.

— Estou *bem*. Você se conteve. E eu sou Caçadora de Sombras. Nós repomos sangue três vezes mais rápido do que um ser humano normal.

— Você... — Ele mal conseguia se fazer perguntar: — Você gostou?

— Sim. — A voz dela soou rouca. — Gostei.

— Sério?

Ela riu.

— Não deu para perceber?

— Pensei que talvez estivesse fingindo.

Ela se levantou, apoiada no cotovelo, e olhou para Simon com os olhos escuros brilhantes — como olhos podiam ser escuros e brilhantes ao mesmo tempo?

— Não finjo as coisas, Simon — declarou. — Não minto e não finjo.

— Você é uma arrasadora de corações, Isabelle Lightwood — disse ele, o mais suavemente possível, com o sangue dela ainda correndo por ele como fogo. — Jace uma vez disse a Clary que você andaria por cima de mim com botas de salto alto.

— Isso foi antes. Você é diferente agora. — Olhou para ele. — Não tem mais medo de mim.

Simon a tocou no rosto.

— E você não tem medo de nada.

— Não sei. — O cabelo dela caiu para a frente. — Talvez você parta *meu* coração. — Antes que ele pudesse se pronunciar, ela o beijou, e ele ficou imaginando se ela poderia sentir o gosto do próprio sangue. — Agora cale a boca. Quero dormir — disse ela, encolhendo-se ao lado dele e fechando os olhos.

De alguma forma, agora os corpos se encaixavam, onde antes nada acontecia. Nada era desconfortável, ou apertava, ou batia na perna dele. Não transmitia a sensação de infância, luz do sol e suavidade. Era estranho, caloroso, excitante, poderoso e... diferente. Simon ficou acordado, com os olhos no teto, as mãos acariciando distraidamente os cabelos pretos e sedosos de Isabelle. Ele teve a sensação de ter sido levado por um tornado e jogado em um lugar distante, onde nada era familiar. De repente, virou a cabeça e beijou Izzy, muito suavemente, na testa; ela se mexeu e murmurou, mas não abriu os olhos.

Quando Clary acordou de manhã, Jace ainda estava dormindo, encolhido de lado, com o braço esticado o suficiente para tocá-la no ombro. Ela o beijou na bochecha e se levantou. Estava prestes a entrar no banheiro para um banho quando foi tomada pela curiosidade e espiou.

O sangue na parede do corredor havia desaparecido, o gesso não tinha qualquer marca. Estava tão limpo que ela ficou imaginando se teria sido tudo um sonho — o sangue, a conversa com Sebastian na cozinha, tudo. Deu um passo na direção do corredor, colocou a mão onde havia visto a mancha de sangue...

— Bom dia.

Virou-se. Era o irmão. Ele tinha saído do quarto silenciosamente e estava no meio do corredor, olhando para ela com um sorriso torto. Parecia ter acabado de sair do banho; úmido, os cabelos claros cor de prata quase metálicos.

— Está planejando usar isso o tempo todo? — perguntou, olhando para a camisola de Clary.

— Não, eu só estava... — Não queria dizer que estava verificando se ainda havia sangue no corredor. Ele apenas a olhou, entretido e superior. Clary recuou. — Vou me vestir.

Ele disse alguma coisa atrás dela, mas Clary não parou para ouvir, apenas voltou para o quarto de Jace e fechou a porta. Um instante mais tarde ouviu vozes no corredor — Sebastian novamente, e uma menina, falando um italiano musical. A menina de ontem, pensou. A que tinha dormido no quarto dele. Só naquele instante percebeu o quanto desconfiou de que ele estivesse mentindo.

Mas ele dissera a verdade. *Estou lhe dando uma chance*, dissera. *Pode me dar uma chance?*

Poderia? Era de Sebastian que estavam falando. Ponderou febrilmente enquanto se banhava e se vestia com cuidado. As roupas no armário, selecionadas para Jocelyn, eram tão distantes de seu estilo habitual que era difícil escolher o que vestir. Encontrou um par de jeans — de marca, com a etiqueta de preço ainda presa — e uma camisa de seda de bolinhas com um laço no pescoço, com aspecto *vintage* de que ela gostava. Vestiu o próprio casaco de veludo e foi para o quarto de Jace, mas não o encontrou, e não era difícil imaginar para onde tinha ido. O tilintar de louças, o ruído de risadas e o cheiro de comida vinham lá de baixo.

Ela desceu as escadas de vidro, dois degraus por vez, mas parou no último, olhando para a cozinha. Sebastian estava apoiado na geladeira, com os braços cruzados, e Jace estava preparando alguma coisa que envolvia cebolas e ovos em uma frigideira. Estava descalço, a camisa tinha sido abotoada casualmente, e vê-lo fez o coração de Clary se revolver. Ela nunca o vira assim, ao acordar, ainda com aquela aura de sono, e sentiu uma tristeza perfurante de que todas essas primeiras vezes que vinha vivendo com Jace não eram de fato com o *seu* Jace.

Ainda que realmente parecesse feliz, com os olhos sem olheiras, rindo ao virar os ovos na panela e deslizar um omelete para o prato. Sebastian disse alguma coisa a ele, e Jace olhou para Clary e sorriu.

— Mexido ou frito?

— Mexido. Desconhecia sua habilidade para preparar ovos. — Ela desceu os degraus e se aproximou da bancada da cozinha. O sol entrava pelas janelas (apesar da ausência de relógios na casa, ela supôs que estivessem no fim da manhã), e a cozinha brilhava com vidro e cromo.

— Quem não sabe preparar ovos? — Jace pensou em voz alta.

Clary levantou a mão, e Sebastian fez a mesma coisa, ao mesmo tempo. Ela não conseguiu conter a surpresa e abaixou o braço apressadamente, mas não antes de Sebastian notar e sorrir. Ele estava sempre sorrindo. Ela gostaria de poder lavar aquele sorriso com um tapa.

Ela desviou o olhar e se ocupou preparando um prato com o que tinha na mesa — pão, manteiga fresca, geleia e fatias de bacon — do tipo redondo e mastigável. Também tinha suco e chá. Comiam muito bem aqui, pensou Clary. Contudo, se Simon fosse padrão, meninos adolescentes viviam com fome. Ela olhou para a janela — e olhou novamente. A vista não era mais de um canal, mas de uma colina se erguendo ao longe, com um castelo no topo.

— Onde estamos agora? — perguntou ela.

— Praga — respondeu Sebastian. — Eu e Jace temos um trabalho a fazer aqui. É melhor irmos logo, aliás.

Ela sorriu docilmente para ele.

— Posso ir junto?

Sebastian balançou a cabeça.

— Não.

— Por que não? — Clary cruzou os braços. — Isto é alguma espécie de atividade masculina da qual não posso participar? Vão cortar o cabelo combinando?

Jace entregou a Clary um prato com ovos mexidos, mas ele estava olhando para Sebastian.

— Talvez ela pudesse vir — disse ele. — Quero dizer, esta tarefa em particular... não é perigosa.

Os olhos de Sebastian eram como os bosques do poema de Frost, escuros e profundos. Não denunciavam nada.

— Qualquer coisa pode se tornar perigosa.

— Bem, a decisão é sua. — Jace deu de ombros, pegou um morango, colocou-o na boca e sugou o sumo dos dedos.

Ali estava, pensou Clary, uma clara diferença entre este Jace e o dela. O dela tinha uma curiosidade voraz e dominante em relação a tudo. Jamais daria de ombros e aceitaria o plano alheio. Era como o oceano se jogando sem parar contra uma costa pedregosa; e este Jace era... um rio calmo, brilhando ao sol.

Por que ele está feliz?

A mão de Clary apertou o garfo, as juntas embranqueceram. Detestava aquela voz em sua mente. Como a Rainha Seelie, plantava dúvidas onde não deveriam existir, fazia perguntas que não tinham respostas.

— Vou buscar minhas coisas. — Pegando mais um morango do prato, Jace o colocou na boca e correu para o andar de cima.

Clary esticou o pescoço. Os degraus claros de vidro pareciam invisíveis e, portanto, era como se ele estivesse voando lá para cima e não correndo.

— Não está comendo o ovo — observou Sebastian.

Ele tinha dado a volta na bancada, com as sobrancelhas erguidas. Tinha um leve sotaque, uma mistura do sotaque das pessoas que moravam em Idris e algo mais britânico. Ficou imaginando se ele o teria ocultado antes ou se ela apenas não tinha percebido.

— Na verdade, não gosto de ovo — confessou.

— Mas não contou a Jace, pois ele parecia feliz em preparar seu café da manhã.

Como isso era verdade, Clary não disse nada.

— Engraçado, não? — comentou Sebastian. — As mentiras que as boas pessoas contam. Ele provavelmente vai preparar ovos para você todos os dias pelo resto da vida, e você vai comer porque não pode revelar que não gosta.

Clary pensou na Rainha Seelie.

— O amor nos torna todos mentirosos?

— Exatamente. Você aprende rápido, não é mesmo? — Ele deu um passo em direção a ela, e um formigamento ansioso cauterizou os nervos de Clary. Ele usava a mesma colônia de Jace. Reconheceu o aroma cítrico e de pimenta-negra, mas nele o cheiro era diferente. Errado, de alguma forma. — Temos isso em comum — afirmou Sebastian, e começou a desabotoar a blusa.

Ela se levantou apressadamente.

— O que você está fazendo?

— Calma, irmãzinha. — Ele abriu o último botão, e a camisa ficou aberta. Sorriu preguiçosamente. — Você é a menina mágica dos símbolos, não é?

Clary assentiu devagar.

— Quero um símbolo de força — falou. — E se você é a melhor, quero que desenhe. Não negaria um símbolo para o seu irmão mais velho, negaria? — Os olhos pretos a avaliaram. — Além disso, você quer que eu lhe dê uma chance.

— E você quer que eu dê uma chance a *você* — argumentou ela. — Então proponho um acordo. Faço o símbolo se me deixar ir junto nesta tarefa.

Ele acabou de tirar a camisa e a jogou na bancada.

— Fechado.

— Não tenho uma estela.

Ela não queria olhar para ele, mas era difícil não fazê-lo. Ele parecia estar invadindo deliberadamente seu espaço. Tinha o corpo muito parecido com o de Jace: duro, sem um único grama de gordura sobrando, os músculos aparecendo nitidamente sob a pele. Tinha cicatrizes, também como Jace, apesar de ser tão pálido que as marcas brancas tinham menos destaque que as da pele dourada de Jace. No irmão, as cicatrizes eram como caneta prateada em papel branco.

Ele sacou uma estela do cinto e entregou para ela.

— Use a minha.

— Tudo bem — disse ela. — Vire-se.

Ele obedeceu. E ela engoliu um engasgo de espanto. As costas dele eram marcadas por cicatrizes irregulares, uma após a outra, uniformes demais para serem acidentais.

Marcas de chicote.

— Quem fez isto com você? — perguntou.

— Quem você acha? Nosso pai — respondeu. — Ele usava um chicote de metal demoníaco, para que nenhum *iratze* pudesse curá-las. Para eu me lembrar.

— Lembrar do quê?

— Dos perigos da obediência.

Clary tocou uma delas. Era quente, como se fosse recente, e áspera, enquanto a pele ao redor era macia.

— Não quis dizer "desobediência"?

— Quis dizer o que disse.

— Doem?

— O tempo todo. — Ele olhou impacientemente por cima do ombro. — Está esperando o quê?

— Nada. — Ela colocou a ponta da estela na omoplata dele, tentando manter a mão firme. Parte de sua mente acelerou, pensando no quanto seria fácil Marcá-lo com algo que o prejudicasse, adoecesse, contorcesse suas entranhas... mas o que aconteceria com Jace? Sacudindo o cabelo do rosto, ela desenhou com cuidado o símbolo *Fortis* na junção da omoplata e das costas, exatamente onde ficaria uma asa, se fosse um anjo.

Quando terminou, ele se virou e pegou a estela dela, depois vestiu novamente a camisa. Ela não esperou agradecimento — e não recebeu. Ele esticou os ombros ao abotoar a camisa e sorriu.

— Você *é* boa — observou, mas isso foi tudo.

Um instante mais tarde, os degraus se agitaram e Jace voltou, vestindo um casaco de camurça. Ele também estava com o cinto de armas e usava luvas escuras sem dedos.

Clary sorriu para ele com uma ternura que não estava sentindo de fato.

— Sebastian disse que posso ir com vocês.

Jace ergueu as sobrancelhas.

— Cortes de cabelo iguais para todos?

— Espero que não — disse Sebastian. — Fico horrível de cachos.

Clary olhou para si mesma.

— Preciso colocar minha roupa de caçadora?

— Na verdade, não. Este não é o tipo de tarefa em que esperamos precisar lutar. Mas é bom estar preparada. Vou pegar alguma coisa da sala das armas — disse Sebastian, desaparecendo para o andar de cima. Clary se repreendeu silenciosamente por não ter encontrado a sala das armas quando desbravou a casa. Certamente continha alguma coisa que daria uma pista sobre o que estavam planejando...

Jace tocou o lado do rosto da namorada, e ela deu um salto. Já tinha quase esquecido que ele estava lá.

— Tem certeza de que quer fazer isso?

— Absoluta. Vou enlouquecer se ficar nesta casa. Além disso, você me ensinou a lutar. Suponho que queira que eu ponha meus ensinamentos em prática.

Os lábios de Jace se curvaram em um sorriso endiabrado; ele puxou o cabelo dela para trás e murmurou alguma coisa ao ouvido dela sobre utilizar o que aprendeu com ele. Afastou-se quando Sebastian se juntou a eles, de jaqueta e com um cinto de armas na mão. Tinha uma adaga enfiada no cinto e uma lâmina serafim. Esticou o braço para puxar Clary para perto e apertou o cinto nela, com duas voltas, ajeitando-o baixo nos quadris. Ela ficou surpresa demais para afastá-lo, e ele já tinha acabado antes que tivesse a chance de fazer isso; virando-se de costas, ele foi em direção à parede, onde o contorno de uma porta apareceu, brilhando como uma entrada em um sonho.

Eles atravessaram.

Uma batida suave à porta fez Maryse levantar a cabeça. O dia estava nublado, pouco iluminado do lado de fora das janelas da biblioteca, e as lâmpadas verdes projetavam pequenos círculos de luz na sala circular. Ela não saberia dizer por quanto tempo estava sentada atrás da mesa. Canecas vazias de café preenchiam a superfície na frente dela.

Levantou-se.

— Entre.

Ouviu-se um clique suave quando a porta abriu, mas nenhum som de passos. Um instante mais tarde a figura com vestes de pergaminho deslizou para a sala, com o capuz levantado, encobrindo o rosto.

Chamou-nos, Maryse Lightwood?

Maryse endireitou os ombros. Sentia-se limitada, cansada e envelhecida.

— Irmão Zachariah. Eu estava esperando... Bem, não tem importância.

O Irmão Enoch? Ele está acima de mim, mas achei que talvez seu chamado pudesse ter relação com o desaparecimento de seu filho adotivo. Tenho um interesse particular pelo bem-estar dele.

Ela o olhou com curiosidade. A maioria dos Irmãos do Silêncio não opinava, tampouco falava sobre sentimentos pessoais, se é que os tinham. Ajeitando os cabelos para trás, Maryse saiu de trás da mesa.

— Muito bem. Quero lhe mostrar uma coisa.

Ela nunca havia se acostumado de fato aos Irmãos do Silêncio, aos movimentos silenciosos, como se seus pés não tocassem o chão. Zachariah parecia pairar ao seu lado enquanto ela o conduzia pela biblioteca até um mapa-múndi na parede norte. Era um mapa de Caçadores de Sombras. Mostrava Idris no centro da Europa e a barreira ao redor como uma fronteira dourada.

Em uma prateleira abaixo do mapa havia dois objetos. Um era um caco de vidro com sangue seco. O outro era uma pulseira de couro decorada com o símbolo de poder angelical.

— Estes são...

A pulseira de Jace Herondale e o sangue de Jonathan Morgenstern. Eu soube que as tentativas de rastreamento não foram bem-sucedidas?

— Não é um rastreamento, exatamente. — Maryse endireitou a postura.— Quando fiz parte do Ciclo, havia um mecanismo que Valentim utilizava para nos localizar. A não ser que estivéssemos em determinados locais protegidos, ele sabia exatamente onde estávamos o tempo todo. Achei que houvesse chance de ele ter feito o mesmo com Jace quando ele era criança. Ele nunca pareceu ter dificuldade de encontrá-lo.

De que tipo de mecanismo está falando?

— Uma marca. Que não pertence ao *Livro Gray*. Todos nós tínhamos. Eu já tinha quase me esquecido; afinal, não havia forma de se livrar dela.

Se Jace tivesse, ele não saberia, e tomaria medidas que impedissem que conseguissem utilizar esse mecanismo para encontrá-lo?

Maryse balançou a cabeça.

— Poderia ser tão pequena quanto uma marca branca minúscula, quase invisível embaixo do cabelo, como a minha. Ele não saberia que a possuía, Valentim não teria contado.

O Irmão Zachariah se afastou dela, examinando o mapa.

E qual foi o resultado de sua experiência?

— Jace tem a marca — respondeu Maryse, mas não soou feliz, nem triunfante. — Já o vi no mapa. Quando ele aparece, o mapa chameja, como uma faísca de luz, no local onde se encontra; e a pulseira de couro brilha ao mesmo tempo. Então sei que é ele, e não Jonathan Morgenstern. Jonathan nunca aparece no mapa.

E onde ele está? Onde está Jace?

— Já o vi aparecer, por apenas alguns segundos por vez, em Londres, Roma e Xangai. Há pouco, ele brilhou em Veneza, depois desapareceu novamente.

Como está viajando tão depressa entre as cidades?

— Por Portal? — Ela deu de ombros. — Não sei. Só sei que toda vez que o mapa brilha, sei que ele está vivo... por enquanto. E é como se seu eu pudesse voltar a respirar, só por um instante.

Ela fechou a boca delicadamente, para impedir que as próximas palavras jorrassem: sobre como sentia a falta de Alec e Isabelle, mas não suportava a ideia de chamá-los de volta ao Instituto, onde Alec pelo menos era esperado a assumir responsabilidade na caçada ao próprio irmão. Sobre como ainda pensava em Max todos os dias e era como se alguém tivesse esvaziado o ar dos seus pulmões, e ela levava a mão ao coração, com medo de estar morrendo. Não poderia perder Jace também.

Posso entender. O Irmão Zachariah cruzou os braços na frente do corpo. Tinha mãos jovens, não eram nodosas e nem curvadas, e os dedos esguios. Maryse frequentemente imaginava como os Irmãos envelheciam e quanto tempo viviam, mas essa informação era secreta e só os integrantes da ordem sabiam. *Existe pouca coisa mais poderosa do que o amor pela família. Mas o que não sei é por que escolheu mostrar isto para mim.*

Maryse respirou, trêmula.

— Sei que deveria mostrar para a Clave — disse. — Mas a Clave já sabe da ligação entre ele e Jonathan. Ambos estão sendo caçados. Vão matar Jace se o encontrarem. No entanto, reter a informação certamente é traição. — Abaixou a cabeça. — Decidi que contar para vocês, para os Irmãos, era algo que eu poderia suportar. Então a escolha é sua quanto a mostrar para a Clave ou não. Eu... eu não suporto que a escolha seja minha.

Zachariah ficou em silêncio por um longo tempo. Então sua voz, suave na cabeça dela, disse:

Seu mapa informa que seu filho continua vivo. Se o entregar à Clave, acho que não será de grande ajuda, além de informar que ele está viajando velozmente e é impossível de ser rastreado. Disso eles já sabem. Guarde o mapa. Não tocarei neste assunto por enquanto.

Maryse o olhou, espantada.

— Mas... você é um servo da Clave...

Já fui um Caçador de Sombras como você. Vivi como você. E, como você, tive pessoas que amei o suficiente para colocá-los acima de qualquer coisa — qualquer juramento, qualquer dívida.

— Você... — Maryse hesitou. — Teve filhos?

Não. Não tive filhos.

— Sinto muito.

Não sinta. E tente não deixar seu medo por Jace devorá-la. Ele é um Herondale, e eles são sobreviventes...

Alguma coisa se precipitou dentro de Maryse.

— Ele não é um Herondale. Ele é Lightwood. Jace *Lightwood*. É meu filho.

Fez-se uma longa pausa. Em seguida:

Não tive a intenção de insinuar nada diferente, disse o Irmão Zachariah. Ele soltou as mãos esguias e deu um passo para trás. *Existe uma coisa da qual precisa ter consciência. Se Jace aparecer no mapa por mais de alguns segundos,* terá *de revelar para a Clave. Deve se preparar para a possibilidade.*

— Acho que não consigo — disse ela. — Enviarão Caçadores atrás dele. Vão preparar uma armadilha. Ele é apenas um menino.

Ele nunca foi apenas um menino, disse Zachariah, e virou-se para deslizar para fora da sala. Maryse não o observou se retirando. Tinha voltado a encarar o mapa.

Simon?

Alívio brotou como uma flor no peito dele. A voz de Clary, hesitante, porém familiar, preencheu sua mente. Ele olhou de lado. Isabelle continuava dormindo. A luz do meio-dia era visível nos contornos das cortinas.

Está acordado?

Ele rolou para as costas, olhando para o teto.

Claro que estou acordado.

Bem, eu não tinha certeza. Você está o quê, seis, sete horas atrás de mim? Aqui o dia está no fim.

Itália?

Estamos em Praga agora. É bonito. Tem um rio grande e vários prédios com pináculos. De longe se parece um pouco com Idris. Mas aqui faz frio. Mais do que em Nova York.

Tudo bem, chega de falar no clima. Está em segurança? Onde estão Sebastian e Jace?

Estão comigo. Mas me afastei um pouco. Eu disse que queria comungar com a vista da ponte.

Então eu sou a vista da ponte?

Ela riu, ou pelo menos ele sentiu algo que parecia uma risada em sua mente — um riso suave e nervoso.

Não posso demorar muito. Apesar de não estarem desconfiando de nada. Jace... Jace definitivamente não desconfia. Sebastian é mais difícil de ser interpretado. Não acredito que confie em mim. Revistei o quarto dele ontem, mas não tem nada... quero dizer, nada mesmo... que indique o que estão planejando. Ontem à noite...

Ontem à noite?

Nada. Era estranho, a forma como podia estar na cabeça dele e ainda assim ele sentir que ela estava escondendo alguma coisa. *Sebastian tem no quarto a caixa que era de minha mãe. Com as coisas de bebê dele. Não consigo entender por quê.*

Não perca seu tempo tentando entender Sebastian, Simon disse a ela. *Ele não vale o esforço. Descubra o que vão fazer.*

Estou tentando. Ela soou irritadiça. *Ainda está na casa de Magnus?*

Estou. Avançamos para a parte dois de nosso plano.

Ah, é? Qual foi a fase um?

A fase um se baseava em sentar em volta da mesa, pedir pizza e discutir.

E qual é a fase dois? Sentar em volta da mesa, tomar café e discutir?

Não exatamente. Simon respirou fundo. *Invocamos o demônio Azazel.*

Azazel? A voz mental de Clary se elevou; Simon quase tapou os ouvidos. *Então foi por isso que fez aquela pergunta estúpida sobre os* Smurfs. *Diga que está brincando.*

Não estou. É uma longa história. Ele relatou da melhor maneira possível, observando Isabelle respirar enquanto contava, vendo a luz de fora da janela brilhar mais clara. *Achamos que ele pudesse nos ajudar a encontrar uma arma capaz de machucar Sebastian sem ferir Jace.*

Sim, mas... invocar um demônio? Clary não soou convencida. *E Azazel não é um demônio comum. Sou eu que estou com a Equipe do Mal aqui. Vocês são a Equipe do Bem. Não se esqueçam disso.*

Você sabe que nada é tão *simples assim, Clary.*

Foi como se ele pudesse ouvi-la suspirar, um ar que passou pela pele dele, arrepiando os cabelos da nuca.

Eu sei.

Cidades e rios, Clary pensou ao tirar os dedos do anel dourado na mão direita e virar as costas para a ponte Charles, ficando de frente para Jace e Sebastian. Eles estavam do outro lado da velha ponte de pedra, apontando para algo que ela não conseguia enxergar. A água abaixo tinha cor de metal, deslizando silenciosamente ao redor das antigas escoras da ponte; o céu tinha a mesma cor, marcado por nuvens escuras.

O vento golpeou seu cabelo e seu casaco enquanto caminhava para se juntar a Sebastian e Jace. Partiram juntos novamente, os meninos conversando tranquilamente; ela poderia ter entrado na conversa se quisesse, supôs, mas alguma coisa no encanto calmo da cidade, os pináculos erguendo-se na bruma ao longe, a fazia querer ficar quieta, olhar e pensar sozinha.

A ponte desembocava em uma rua sinuosa de pedra ladeada por lojas de turismo, estabelecimentos comercializando ornamentos vermelhos e pedaços grandes de âmbar polonês dourado, cristais da Boêmia pesados e brinquedos de madeira. Mesmo a esta hora havia anunciantes nas portas das boates oferecendo entradas gratuitas ou cartões de desconto em bebidas; Sebastian os descartava impacientemente, emitindo sua irritação em tcheco. A multidão foi dispersada quando a rua se alargou em uma antiga praça medieval. Apesar do tempo frio, estava cheia de pedestres passando, e quiosques vendendo salsicha e sidra quente e apimentada. Os três pararam para comprar refeições, que comeram em volta de uma mesa alta enquanto o enorme relógio astronômico no centro da praça soava a hora. A maquinaria começou a subir tilintando, e um círculo de figuras dançantes de madeira surgiu das portas de ambos os lados do relógio — os doze apóstolos, explicou Sebastian enquanto as figuras giravam.

— Existe uma lenda — disse ele, inclinando-se para a frente com as mãos envolvendo uma caneca de sidra quente — de que o rei mandou arrancar os olhos do fabricante do relógio depois que este ficou pronto, para que ele jamais pudesse construir nada tão bonito.

Clary estremeceu e se aproximou um pouco mais de Jace. Ele estava quieto desde que saíram da ponte, como se estivesse perdido nos próprios pensamentos. Pessoas — garotas, basicamente — paravam para olhar para ele quando passavam, seus cabelos claros e destacados entre as cores escuras do inverno da Praça da Cidade Velha.

— Isso é sádico — argumentou ela.

Sebastian passou o dedo na aba da caneca e lambeu a sidra.

— O passado é outro país.

— País estrangeiro — disse Jace.

Sebastian o olhou preguiçoso.

— O quê?

— "O passado é um país estrangeiro: lá eles fazem as coisas de modo diferente" — disse Jace. — A citação completa é essa.

Sebastian deu de ombros e empurrou a caneca. Davam um euro para as pessoas as devolverem na barraca de sidra, mas Clary desconfiava que Sebastian não faria o papel de bom cidadão por um reles euro.

— Vamos.

Clary não tinha acabado a sidra, mas a repousou assim mesmo e seguiu Sebastian enquanto ele os conduzia para fora da praça, por um labirinto de ruas estreitas e sinuosas. Jace corrigiu Sebastian, pensou. Obviamente foi com uma questão mínima, mas a magia de sangue de Lilith não deveria ligá-los de uma maneira que Jace considerasse correto tudo o que Sebastian fazia? Será que isto poderia ser um sinal — ainda que pequeno — de que o feitiço que os ligava estava começando a enfraquecer?

Era tolice ter esperança, ela sabia. Mas às vezes a esperança era tudo que restava.

As ruas se tornaram mais estreitas e escuras. As nuvens baixas no céu tinham bloqueado o sol poente, e postes de luz antiquados ardiam aqui e ali, iluminando o escuro nebuloso. As ruas agora eram de paralelepípedos, e as calçadas estavam estreitando, forçando-os a andar em fila, como se estivessem atravessando uma ponte estreita. Apenas a visão de outros pedestres, aparecendo e desaparecendo da bruma, impedia que Clary sentisse que tinha entrado em uma espécie de dobra no tempo e caído em uma cidade sonhada por ela mesma.

Finalmente chegaram a uma entrada arqueada de pedra que desembocava em uma pequena praça. A maioria das lojas havia apagados as luzes, apesar de uma em frente a eles estar acesa. Dizia ANTIKVARIAT em letras douradas, e a vitrine estava cheia de velhas garrafas de substâncias variadas, os rótulos descascando marcados em latim. Clary ficou surpresa quando Sebastian se dirigiu para lá. Que utilidade ele poderia ter para velhas garrafas?

Descartou o pensamento quando passaram pela entrada. O interior da loja era pouco iluminado e cheirava a naftalina, mas cada canto estava preenchido por uma incrível seleção de porcarias... e não porcarias. Belos mapas celestiais lutavam por espaço com saleiros com os formatos das figuras do relógio da Praça da Cidade Velha. Havia montes de antigas latas de tabaco e charuto, selos acumulados sobre vidros, velhas câmeras no estilo da Alemanha Oriental e da Rússia, uma linda vasilha de vidro em um tom profundo de esmeralda ao lado de uma pilha de antigos calendários manchados de água. Uma antiga bandeira tcheca pendurava-se de um mastro no alto.

Sebastian avançou pelas pilhas em direção ao balcão no fundo da loja, e Clary percebeu que o que tinha acreditado ser um manequim era, na verdade, um senhor com um rosto tão enrugado quanto um lençol velho, apoiado no balcão com os braços cruzados. O balcão em si tinha a frente de vidro e guardava montes de joias antigas e contas de vidro brilhantes, pequenas bolsas de correntes com fechos de pedras preciosas e fileiras de abotoaduras.

Sebastian disse alguma coisa em tcheco e o homem assentiu, apontando para Clary e Jace com o queixo e um olhar desconfiado. Seus olhos tinham, Clary notou, uma cor vermelho-escura. Ela cerrou os próprios olhos, se concentrando, e começou a desvendar o feitiço que o cobria.

Não foi fácil; parecia grudado nele como papel-filme. No fim das contas, ela conseguiu arrancar apenas o suficiente para enxergar lampejos da verdadeira criatura diante dela — alta e de forma humana, com pele cinzenta e olhos cor de rubi, uma boca cheia de dentes pontudos, que despontavam para todos os lados, e longos braços de serpentina que terminavam em cabeças parecidas com as de enguias — estreitas, malévolas e cheias de dentes.

— Um demônio Vetis — murmurou Jace, ao ouvido de Clary. — São como dragões. Gostam de acumular coisas brilhantes. Lixo, joias, para eles é tudo igual.

Sebastian estava olhando por cima do ombro para Jace e Clary.

— São meus irmãos — disse, após um instante. — E são inteiramente confiáveis, Mirek.

Um leve tremor passou sob a pele de Clary. Não gostava da ideia de ter de posar de irmã de Jace, mesmo que para um demônio.

— Não gosto disto — disse o demônio Vetis. — Você falou que só iríamos lidar com você, Morgenstern. E apesar de eu saber que Valentim teve uma filha — apontou com a cabeça para Clary —, sei que ele só teve um filho.

— Ele é adotado — respondeu Sebastian calmamente, gesticulando para Jace.

— Adotado?

— Acho que descobrirá que a definição de família moderna está mudando a uma velocidade impressionante hoje em dia — disse Jace.

O demônio — Mirek — não *pareceu* impressionado.

— Não gosto disto — repetiu.

— Mas gostará *disto* — disse Sebastian, pegando do bolso uma sacolinha amarrada. Virou-a de cabeça para baixo, e uma pilha barulhenta de moedas de bronze caiu, tilintando ao rolarem pelo vidro. — Centavos de olhos de homens mortos. Cem. Agora, você tem o que negociamos?

Uma mão endentada apalpou a bancada e mordeu levemente uma moeda. Os olhos vermelhos do demônio se voltaram para a pilha.

— Muito bem, mas não é o bastante para comprar o que deseja. — Ele gesticulou com um braço sinuoso e, acima dele, surgiu o que pareceu a Clary um pedaço de cristal, só que mais luminoso, mais brilhante, prateado e lindo. Percebeu, com espanto, que se tratava da matéria-prima das lâminas serafim. — *Adamas* puro — disse Mirek. — Material do Céu. Não tem preço.

Raiva passou pelo rosto de Sebastian como um raio e por um instante Clary viu o menino maldoso por baixo, o que gargalhou enquanto Hodge morria. Então o olhar desapareceu.

— Mas combinamos um preço.

— Também combinamos que viria sozinho — respondeu Mirek. Voltou os olhos vermelhos para Clary e para Jace, que não tinha se movido, mas cujo aspecto havia assumido a postura controlada de um gato pronto para atacar. — Vou dizer o que mais pode me dar — falou. — Um cacho do lindo cabelo de sua irmã.

— Tudo bem — disse Clary, dando um passo para a frente. — Quer um pedaço do meu cabelo...

— Não! — Jace se moveu para bloqueá-la. — Ele é um mago das sombras, Clary. Você nem imagina o que ele poderia fazer com um cacho do seu cabelo, ou um pouco de sangue.

— Mirek — disse Sebastian lentamente, sem olhar para Clary. E naquele instante ela ficou imaginando o que poderia impedir Sebastian caso ele se dispusesse a trocar um cacho do cabelo dela por *adamas*. Jace se opôs, mas era compelido a fazer o que Sebastian pedisse. Na oposição, quem venceria? A compulsão, ou os sentimentos de Jace? — De jeito nenhum.

O demônio piscou lentamente, como um lagarto.

— De jeito nenhum?

— Você não vai tocar em um fio de cabelo da cabeça de minha irmã — declarou Sebastian. — E nem vai recuar do nosso acordo. Ninguém trapaceia o filho de Valentim Morgenstern. O preço acertado ou...

— Ou o quê? — rosnou Mirek. — Ou vou me arrepender? Você não é Valentim, garotinho. Aquele sim era um homem que inspirava lealdade...

— Não — respondeu Sebastian, puxando uma lâmina serafim do cinto. — Não sou Valentim. Não pretendo lidar com demônios como ele fazia. Se não puder ter sua lealdade, terei seu medo. Saiba que sou mais poderoso do que meu pai jamais foi e, se não tratar comigo de forma justa, eu o matarei para pegar o que vim buscar. — Ele ergueu a lâmina que segurava. — *Dumah* — sussurrou, e a lâmina avançou, brilhando como uma coluna de fogo.

O demônio se encolheu, soltando diversas palavras em uma língua suja. A mão de Jace já tinha uma adaga empunhada. Ele gritou para Clary, mas não foi rápido o suficiente. Alguma coisa a atingiu com força e ela caiu para a frente, estatelada no chão. Rolou para as costas, velozmente, olhou para cima...

E gritou. Erguendo-se sobre ela havia uma cobra imensa — ou pelo menos tinha um corpo espesso e escamado e uma cabeça como a de uma serpente, mas o corpo era articulado, como o de um inseto, com uma dúzia de pernas que terminavam em garras afiadas. Clary tentou alcançar o cinto de armas quando a criatura recuou, com veneno amarelo pingando das presas, e atacou.

Simon tinha voltado a dormir depois de "falar" com Clary. Quando acordou novamente, as luzes estavam acesas, e Isabelle ajoelhada na beira da cama, com jeans e uma camiseta velha que devia ter pegado emprestada com Alec. Tinha furos nas mangas e a costura nas bainhas estava soltando. Tinha puxado o colarinho da garganta e estava utilizando a ponta de uma estela para traçar um símbolo na pele do peito, logo abaixo da clavícula.

Ele se apoiou nos próprios cotovelos.

— O que está fazendo?

— *Iratze* — disse. — Para isto. — Ela colocou o cabelo atrás da orelha, e ele viu os dois ferimentos que havia provocado na lateral do pescoço. Enquanto ela terminava o desenho, as marcas desbotaram, deixando apenas pintinhas brancas para trás.

— Você está... bem? — A voz dele veio em um sussurro. Ótimo. Estava tentando conter as outras perguntas que gostaria de fazer. *Eu a machuquei? Agora acha que sou um monstro? Eu a assustei completamente?*

— Estou bem. Dormi bem mais do que o normal, mas suponho que isso seja uma coisa boa. — Ao ver a expressão de Simon, Isabelle deslizou a estela para o cinto. Engatinhou para perto dele com uma graciosidade felina e se posicionou sobre o vampiro, os cabelos caindo ao redor dos dois. Estavam tão próximos que os narizes se tocaram. Ela o olhou sem piscar.

— Por que você é tão maluco? — perguntou, e Simon pôde sentir a respiração da menina em seu rosto, suave como um sussurro.

Ele queria puxá-la para baixo e beijá-la — não mordê-la, só beijá-la —, mas naquele exato momento a campainha do apartamento tocou. Um segundo mais tarde alguém bateu à porta do quarto; esmurrou-a, fazendo-a sacudir nas dobradiças.

— Simon. Isabelle. — Era Magnus. — Olhem, não me importo se estão dormindo ou fazendo coisas impronunciáveis um com o outro. Vistam-se e venham até a sala. Agora.

Simon olhou nos olhos de Isabelle, que parecia tão confusa quanto ele.

— O que está acontecendo?

— Apenas venham para cá — disse Magnus, e em seguida ouviram o som dos pés dele se afastando do quarto.

Isabelle saiu de cima de Simon, para decepção deste, e suspirou.

— O que acha que é?

— Não faço ideia — respondeu. — Reunião emergencial da Equipe do Bem, suponho. — Ele tinha achado a expressão divertida quando foi usada por Clary. Isabelle, contudo, só balançou a cabeça e suspirou.

— Não tenho certeza se atualmente existe uma Equipe do Bem — declarou.

13

O lustre de ossos

Enquanto a cabeça da serpente vinha em direção a Clary, um borrão brilhante a cortou, quase cegando a menina. Uma lâmina serafim, a ponta cortante e cintilante rasgando a cabeça do demônio. A cabeça caiu, esguichando veneno e icor; Clary rolou para o lado, mas a substância tóxica pingou no seu tronco. O demônio desapareceu antes que as duas metades atingissem o chão. Clary conteve o próprio grito de dor e tentou se levantar. De repente uma mão invadiu seu campo visual — se oferecendo para erguê-la. *Jace*, pensou, mas ao elevar os olhos, percebeu que estava encarando o irmão.

— Vamos — disse Sebastian, a mão ainda esticada. — Há mais deles por aqui.

Ela pegou a mão dele e se permitiu ser levantada. Ele também estava todo respingado de sangue de demônio — uma coisa verde-escurecida, que queimava onde encostava, deixando marcas cauterizadas nas roupas. Enquanto ela olhava para ele, uma das coisas com cabeça de cobra — demônios Elapid, ela notou com atraso, lembrando-se de uma ilustração em um livro — apareceu atrás dele. Sem pensar, Clary o agarrou pelo ombro, empurrando-o para fora do caminho, com força; ele cambaleou para trás quando o demônio atacou, e Clary se levantou para atingi-lo com a adaga que havia puxado do cinto. Ela virou todo o corpo de lado ao atacar, evitando as presas da criatura; o sibilo se transformou em gorgolejo quando a lâmina afundou, e Clary a puxou para baixo, eviscerando a criatura da maneira como alguém abriria um peixe. Sangue ardente de demônio explodiu na mão dela em uma enxurrada quente. Ela gritou, mas manteve a adaga firme enquanto o Elapid desaparecia.

Girou. Sebastian estava combatendo outro Elapid perto da porta; Jace lutava contra dois perto de um mostruário de cerâmicas antigas. Cacos das peças sujavam o chão. Clary sacudiu o braço para trás e lançou a adaga, conforme Jace havia ensinado. A lâmina voou pelo ar e atingiu a lateral de uma das criaturas, fazendo-a se afastar de Jace, cambaleando. Jace girou e, ao vê-la, piscou antes de esticar o braço para cortar a cabeça do Elapid remanescente. O corpo do demônio caiu enquanto desaparecia, e Jace, todo sujo de sangue, deu um sorrisinho.

Uma onda de alguma coisa passou por Clary — uma sensação de júbilo efervescente. Tanto Jace quanto Isabelle tinham contado a ela sobre a emoção da batalha, mas ela nunca a havia experimentado de fato. Agora sim. Sentiu-se inteiramente poderosa, as veias chiando, força se alastrando da base da espinha. Tudo parecia ter desacelerado ao seu redor. Ficou observando enquanto o Elapid ferido girava e se voltava para ela, correndo com seus pés de inseto, já encolhendo os lábios para exibir as presas. Clary deu um passo para o lado, arrancou a bandeira antiga do mastro na parede e enfiou a ponta na boca aberta do Elapid. O mastro perfurou a parte de trás do crânio da criatura e o Elapid desapareceu, levando consigo a bandeira.

Clary gargalhou sonoramente. Sebastian, que tinha acabado com outro demônio, girou ao ouvir o som e arregalou os olhos.

— Clary! Segure-o! — gritou, e ela virou para ver Mirek, com as mãos em uma porta no fundo da loja.

Ela correu, puxando a lâmina serafim do cinto no caminho.

— *Nakir!* — gritou, saltando sobre a bancada e pulando para cima dele enquanto sua arma explodia em fulgor.

Aterrissou no demônio, derrubando-o no chão. Um dos braços de enguia a atacou, e ela o arrancou com um movimento da lâmina. Mais sangue escuro esguichou. O demônio a olhou com olhos vermelhos e assustados.

— Pare — chiou. — Posso dar o que quiser...

— Eu *tenho* tudo que quero — sussurrou, e afundou a lâmina serafim. Enterrou-a no peito do demônio e Mirek desapareceu com um grito oco. Clary caiu de joelhos sobre o tapete.

Um instante mais tarde, duas cabeças apareceram ao lado da bancada, olhando para ela; uma tinha cabelos louro-dourados e a outra louro-prateados. Jace e Sebastian. Jace estava com os olhos arregalados; Sebastian parecia pálido.

— Em nome do Anjo, Clary — suspirou. — O *adamas*...

— Ah, aquela coisa que queria? Está bem aqui. — Tinha rolado parcialmente para baixo da bancada. Clary o ergueu agora, um pedaço luminoso de prata, sujo onde suas mãos sangrentas o tocaram.

Sebastian praguejou de alívio e tirou o *adamas* da mão da irmã enquanto Jace saltava com um único movimento e aterrissava ao lado de Clary. Ele se ajoelhou e a puxou para perto, passando as mãos nela, os olhos escuros de preocupação. Ela o pegou pelos pulsos.

— Estou bem — disse. Estava com o coração acelerado, o sangue ainda zunindo nas veias. Ele abriu a boca para falar alguma coisa, mas Clary se inclinou para a frente e colocou as mãos nos lados do rosto dele, apertando com as unhas. — Estou me sentindo *bem*. — Olhou para ele, amarrotado, suado e sujo de sangue, e quis beijá-lo. Quis...

— Muito bem, vocês dois — disse Sebastian. Clary se afastou de Jace e olhou para o irmão. Ele estava sorrindo, rodando lentamente o *adamas* em uma das mãos. — Amanhã usaremos isto — falou, apontando para a pedra. — Mas hoje, depois que nos limparmos um pouco, vamos comemorar.

Simon foi descalço até a sala e Isabelle veio logo atrás, então encontraram um cenário surpreendente. O círculo e o pentagrama no centro do chão estavam brilhando com uma luz prateada, como mercúrio. Fumaça irradiava do centro, uma coluna alta, preta e vermelha, com a ponta branca. A sala inteira estava com cheiro de queimado. Magnus e Alec se encontravam no exterior do círculo, e com eles Jordan e Maia, que — a julgar pelos casacos e chapéus que vestiam — tinham acabado de chegar.

— O que está acontecendo? — perguntou Isabelle, alongando os longos membros e bocejando. — Por que está todo mundo assistindo ao Canal Pentragrama?

— Apenas espere um segundo — acrescentou Alec, sombriamente. — Você vai ver.

Isabelle deu de ombros e ficou olhando junto com os outros. Enquanto observavam, a fumaça branca começou a girar, cada vez mais depressa, um minitornado que avassalou o centro do pentagrama, deixando palavras escritas em marcas queimadas:

JÁ TOMARAM UMA DECISÃO?

— Huh — disse Simon. — Passou a manhã inteira fazendo isso?

Magnus levantou os braços. Estava com uma calça de couro e uma camisa com um raio metálico em ziguezague estampado.

— A noite inteira também.

— Fazendo a mesma pergunta, sem parar?

— Não, diz coisas diferentes. Às vezes xinga. Azazel parece estar se divertindo.

— Ele consegue nos ouvir? — Jordan inclinou a cabeça para o lado. — Ei, você, demônio.

As letras em chamas se reorganizaram outra vez.

OLÁ, LOBISOMEM.

Jordan deu um passo para trás e olhou para Magnus.

— Isto é... normal?

Magnus parecia muito infeliz.

— Decididamente, não é normal. Nunca invoquei um demônio tão poderoso quanto Azazel, mas mesmo assim... estudei o assunto e não consigo encontrar nenhum exemplo disto ter acontecido antes. Está fora de controle.

— Azazel precisa ser enviado de volta — opinou Alec. — Digo, permanentemente. — Balançou a cabeça. — Talvez Jocelyn estivesse certa. Não se pode conseguir nada de bom invocando um demônio.

— Tenho quase certeza de que existo porque alguém invocou um demônio — observou Magnus. — Alec, já fiz isso centenas de vezes. Não sei por que desta vez seria diferente.

— Azazel não pode sair, certo? — perguntou Isabelle. — Do pentagrama, quero dizer.

— Não — respondeu Magnus—, mas ele também não deveria poder fazer nada do que está fazendo.

Jordan se inclinou para a frente, as mãos nos joelhos.

— Como é o Inferno, cara? — perguntou. — Quente ou frio? Já ouvi falar nos dois.

Não obteve resposta.

— Bom trabalho, Jordan — disse Maia. — Acho que conseguiu irritá-lo.

Jordan cutucou o contorno do pentagrama.

— Ele sabe prever o futuro? Então, pentagrama, nossa banda vai fazer sucesso?

— É um demônio do Inferno, não uma Bola Oito Mágica, Jordan — disse Magnus, irritado. — E fique longe das bordas do pentagrama. Invoque um demônio e prenda-o em um pentagrama, e ele não pode sair e machucá-lo. Mas pise no pentagrama e se colocará ao alcance do poder do demônio...

Naquele momento, o pilar de fumaça começou a amalgamar. Magnus ergueu a cabeça num movimento rápido, Alec ficou de pé, quase derrubando a cadeira, enquanto a fumaça assumiu a forma de Azazel. A roupa dele se formou primeiro — um terno cinza e prateado riscado, com punhos elegantes —, e depois ele pareceu preencher a roupa, os olhos chamejantes foram os últimos a aparecer. Ele olhou em volta com evidente prazer.

— O pessoal está todo aqui, estou vendo — disse ele. — Então, já chegaram a uma decisão?

— Chegamos — respondeu Magnus. — Acho que não vamos requisitar seus serviços. Obrigado mesmo assim.

Fez-se um silêncio.

— Pode ir agora. — Magnus balançou os dedos em um aceno de despedida. — Tchau.

— Acho que não — respondeu Azazel, em tom agradável, pegando um lenço e esfregando as unhas. — Acho que vou ficar. Gosto daqui.

Magnus suspirou e falou alguma coisa para Alec, que foi até a mesa e voltou trazendo um livro, que entregou ao feiticeiro. Magnus o abriu e começou a ler.

— *Espírito maldito, vai-te. Retorna ao reino de fumaça e fogo, de cinzas e...*

— Isso não vai funcionar comigo — disse o demônio, com a voz entediada. — Vá em frente e tente, se quiser. Continuarei aqui.

Magnus o encarou com os olhos chamejando de fúria.

— Não pode nos forçar a negociar com você.

— Posso tentar. Não é como se eu tivesse coisa melhor para me ocupar...

Azazel se interrompeu quando uma forma familiar atravessou a sala. Era Presidente Miau, perseguindo o que parecia um rato. Enquanto todos observavam surpresos e horrorizados, o gato atravessou a fronteira do pentagrama — e Simon, por instinto e não por racionalidade, pulou atrás do animal e o pegou no colo.

— Simon! — Ele soube, sem precisar olhar, que tinha sido Isabelle, num grito de reflexo. Ele virou para ela enquanto ela colocava a mão na boca e o olhava com olhos arregalados. Estavam todos encarando. O rosto de Izzy estava pálido de horror, e até Magnus parecia perturbado.

Invoque um demônio e prenda-o em um pentagrama, e ele não pode sair e machucá-lo. Mas pise no pentagrama e se colocará ao alcance do poder do demônio.

Simon sentiu uma cutucada no ombro. Derrubou Presidente Miau ao virar, e o gatinho correu para fora do pentagrama, atravessando a sala para se esconder embaixo do sofá. Simon levantou o olhar. O rosto imenso de Azazel se ergueu sobre ele. Perto assim dava para ver as rachaduras na pele do demônio, como rachaduras em mármore, e as chamas profundas nos olhos vazios de Azazel. Quando Azazel sorriu, Simon viu que cada um dos dentes tinha uma ponta de agulha de ferro.

Azazel exalou. Uma nuvem de enxofre quente se espalhou em torno de Simon. Ele continuou vagamente ciente da voz de Magnus, subindo e descendo em um cântico, e de Isabelle gritando alguma coisa enquanto as mãos do demônio se fechavam em seus braços. Azazel levantou Simon do chão, de modo que os pés do vampiro ficaram pendurados no ar — e o arremessou.

Ou tentou arremessá-lo. Suas mãos escorregaram; Simon caiu agachado no chão enquanto Azazel foi lançado para trás e pareceu atingir uma barreira invisível. Ouviu-se um som como o de pedra estilhaçando. Azazel caiu de joelhos, em seguida se levantou dolorosamente. Olhou para cima com um rugido, exibindo os dentes, e foi na direção de Simon, que, percebendo com atraso o que estava acontecendo, ergueu a mão trêmula e tirou o cabelo da testa.

Azazel parou onde estava. Suas mãos, as unhas com as mesmas pontas de ferro que os dentes, se encolheram nas laterais.

— Andarilho — suspirou. — É você?

Simon permaneceu congelado. Magnus continuava entoando suavemente ao fundo, mas todos os outros estavam em silêncio. Simon ficou com medo de olhar em volta, de capturar o olhar de algum dos amigos. Clary e Jace, pensou, já tinham visto a Marca em ação, o fogo ardente. Mais ninguém. Não era à toa que estavam sem palavras.

— Não — disse Azazel, os olhos chamejantes se estreitando. — Não, você é jovem demais, e o mundo antigo demais. Mas quem ousaria colocar a marca do Paraíso em um vampiro? E por quê?

Simon abaixou a mão.

— Encoste em mim novamente e descobrirá — disse.

Azazel emitiu um ruído ressonante; metade riso, metade nojo.

— Acho que não — respondeu. — Se andaram mexendo com a vontade do Céu, nem mesmo minha liberdade vale a aposta de aliar meu destino ao seu. — O demônio olhou em volta. — Vocês são todos loucos. Boa sorte, crianças humanas. Vão precisar.

E desapareceu em uma explosão de fogo, deixando para trás uma fumaça escura — e o fedor de enxofre.

— Fique parada — disse Jace, pegando a adaga Herondale e utilizando-a para cortar a camisa de Clary do colarinho à bainha. Pegou as duas metades e as puxou cuidadosamente dos ombros, deixando-a sentada na beira da pia só de jeans e uma camiseta por baixo. A maior parte do icor e do veneno tinha caído na calça e no casaco, mas a camisa de seda frágil estava destruída. Jace a jogou na pia, onde chiou na água, e colocou a estela no ombro de Clary, traçando levemente os contornos do símbolo de cura.

Ela fechou os olhos, sentindo a queimadura do desenho, depois uma agitação quando o alívio da dor se espalhou por seus braços e costas. Foi como Procaína, mas sem deixá-la dormente.

— Está melhor? — perguntou Jace.

Ela abriu os olhos.

— Muito. — Não estava perfeita, o *iratze* não fazia muito efeito nas queimaduras provocadas pelo veneno de demônio, mas isto tendia a se curar depressa na pele dos Caçadores de Sombras. Na atual situação, estava ardendo um pouco, e Clary, ainda no estado de euforia da batalha, quase não notou. — Sua vez?

Ele sorriu e ofereceu a ela a estela. Estavam nos fundos da loja de antiguidades. Sebastian tinha ido trancar a porta e diminuir as luzes da frente, para não atrair atenção mundana. Ele estava empolgado para "comemorar" e quando os deixou, estavam debatendo sobre voltar para o apartamento para trocar de roupa ou ir direto para a boate em Malá Strana.

Se havia alguma parte de Clary que sentia que aquilo era errado, a ideia de comemorar alguma coisa, esta parte se perdeu no fervor de seu próprio sangue. Era incrível ter precisado lutar logo ao lado de *Sebastian* para ligar o interruptor interno que ativava os instintos de Caçadora de Sombras. Ela queria saltar de um prédio alto amarrada por uma corda, dar cem cambalhotas, aprender a afiar as lâminas como Jace fazia. Em vez disso, pegou a estela dele e disse:

— Tire a camisa, então.

Ele a tirou por cima da cabeça, e Clary tentou parecer impassível. Ele estava com um longo corte na lateral, com as bordas roxas e vermelhas, e as queimaduras de sangue de demônio na clavícula e no ombro direito. Mesmo assim, continuava sendo a pessoa mais linda que Clary já tinha visto. Pele dourado-claro, ombros largos, cintura e quadris estreitos, aquela linha fina de pelos louros que ia do umbigo à cintura da calça. Afastou os olhos dele e colocou a estela em seu ombro, entalhando habilidosamente a pele do namorado com o que devia ser a milionésima marca de cura que ele recebia.

— Está boa? — perguntou ela, quando terminou.

— Uhm-humm. — Ele se inclinou para Clary, que sentiu o cheiro dele: sangue, carvão, suor e o sabonete barato que encontraram perto da pia. — Gostei disso — disse ele. — Você não gostou? De lutar comigo daquele jeito?

— Foi... intenso. — Ele já estava entre as pernas dela; aproximou-se, colocando os dedos no cós do jeans de Clary. As mãos dela foram para os ombros dele, e ela viu o brilho do anel de folha dourada em seu dedo. Serviu para focá-la um pouco. *Não se distraia; não se perca nisto. Este não é Jace, não é Jace, não é Jace.*

Seus lábios tocaram os dela.

— Achei incrível. *Você* foi incrível.

— Jace — sussurrou Clary, e ouviram uma batida na porta.

Com a surpresa, Jace a soltou, e ela deslizou para trás, batendo em uma torneira, que ligou imediatamente, molhando os dois. Ela gritou, surpresa, e Jace gargalhou, virando para abrir a porta enquanto Clary girava para fechar a torneira.

Era Sebastian, claro. Ele parecia surpreendentemente limpo, considerando o que tinham passado. Tinha descartado a jaqueta de couro manchada e vestido um antigo casaco militar, que, por cima da camiseta, o deixava com um aspecto barato e chique. Trazia alguma coisa na mão, algo preto e brilhante.

Ele ergueu as sobrancelhas.

— Existe algum motivo pelo qual você jogou minha irmã na pia?

— Eu estava fazendo o mundo dela tremer — respondeu Jace, abaixando-se para pegar a camisa.

Vestiu-a novamente. Assim como aconteceu com Sebastian, as camadas externas das roupas de Jace tinham sofrido os piores danos, apesar de haver um enorme rasgo na lateral da camiseta dele, onde a garra do demônio rasgou.

— Trouxe uma coisa para você vestir — disse Sebastian, entregando a coisa preta e brilhante para Clary, que tinha saído de cima da pia e agora estava de pé, fazendo água ensaboada pingar no chão. — É *vintage*. Parece ser do seu tamanho.

Espantada, Clary devolveu a estela a Jace e pegou a tal roupa. Era um vestido — uma camisola, na verdade — preto, com alças elaboradas e uma bainha rendada. As alças eram ajustáveis, e o tecido elástico o suficiente para que ela desconfiasse de que Sebastian estava certo, provavelmente *caberia* nela. Parte de Clary não gostava da ideia de vestir algo escolhido por Sebastian, mas ela não podia ir para uma boate com uma camiseta íntima e uma calça jeans ensopada.

— Obrigada — disse por fim. — Muito bem, vocês dois saiam daqui enquanto me troco.

Eles se retiraram, fechando a porta. Clary pôde ouvi-los, vozes masculinas elevadas e, apesar de ela não conseguir ouvir as palavras, percebeu que estavam brincando um com o outro. Confortavelmente. Familiarmente. Era tão estranho, pensou ao se despir e colocar o vestido. Jace, que quase nunca se abria com ninguém, estava rindo e fazendo brincadeiras com Sebastian.

Ela virou para se olhar no espelho. O preto desbotava a cor da sua pele, deixava seus olhos grandes e escuros e os cabelos mais ruivos, os braços e pernas longos, finos e pálidos. Seus olhos estavam manchados de sombra escura. As botas que calçava emprestavam um quê de dureza à roupa. Não sabia ao certo se estava bonita, mas tinha certeza de que parecia alguém com quem não deveriam mexer.

Ficou imaginando se Isabelle aprovaria.

Destrancou a porta do banheiro e saiu. Estava no fundo escuro da loja, onde todas as quinquilharias que não estavam abrigadas na frente tinham sido descartadas sem cuidado. Uma cortina de veludo separava aquele setor do restante do estabelecimento. Jace e Sebastian estavam do outro lado do pano, conversando, ainda que ela não conseguisse identificar as palavras. Puxou a cortina para o lado e atravessou.

As luzes estavam acesas, apesar de a grade metálica ter sido abaixada sobre a vitrine da loja, tornando o interior invisível a quem passava lá fora. Sebastian estava remexendo nas prateleiras, suas mãos longas e cuidadosas pegando um objeto após o outro, inspecionando cada um, e colocando-os de volta.

Jace foi o primeiro a ver Clary. Ela viu os olhos do namorado brilharem, e se lembrou da primeira vez em que ele a viu arrumada, com as roupas de Isabelle, a caminho da festa de Magnus. Como naquela ocasião, os olhos de Jace a percorreram lentamente, começando nas botas, passando pelas pernas, quadris, cintura, peito e repousaram no rosto. Ele sorriu preguiçosamente.

— Posso fazer a observação de que isso não é um vestido, é roupa íntima — disse ele —, mas duvido que isso me trouxesse algum benefício.

— Preciso lembrar — comentou Sebastian — que *essa é a minha irmã*?

— A maioria dos irmãos ficaria muito feliz em ver um cavalheiro tão bem-apessoado quanto eu escoltando suas irmãs — respondeu Jace, pegando uma jaqueta de exército de uma das estantes e vestindo-a.

— Escoltando? — ecoou Clary. — Daqui a pouco você vai me dizer que é um velhaco galanteador.

— E depois vai querer duelar com pistolas — completou Sebastian, dirigindo-se à cortina de veludo. — Já volto. Preciso lavar o sangue do meu cabelo.

— Detalhista — disse Jace para ele com um sorriso, depois esticou o braço para Clary, puxando-a para perto. Reduziu a voz a um sussurro baixo. — Lembra quando fomos à festa de Magnus? Você apareceu no saguão com Isabelle, e Simon quase teve um ataque apoplético?

— Engraçado, eu estava pensando justamente nisso. — Inclinou a cabeça para olhar para ele. — Não me lembro de você ter feito nenhum comentário sobre minha aparência naquela ocasião.

Os dedos de Jace deslizaram por baixo das alças do vestido, as pontas tocando a pele de Clary.

— Não achei que você gostasse muito de mim. E não pensei que fazer uma descrição detalhada de todas as coisas que eu queria fazer com você, na frente de uma plateia, ajudaria a fazer com que mudasse de ideia.

— Achou que eu não gostasse de *você*? — A voz de Clary se elevou incrédula. — Jace, quando uma menina não gostou de você?

Ele deu de ombros.

— Sem dúvida os hospícios do mundo estão cheios de mulheres infelizes que não enxergaram meu charme.

Uma pergunta veio à ponta da língua de Clary, uma que sempre quisera fazer, mas nunca fez. Afinal, o que importava o que ele tinha feito antes de conhecê-la? Como se pudessem ler a expressão no rosto dela, os olhos dourados de Jace suavizaram.

— Nunca me importei com o que as meninas pensavam a meu respeito — falou. — Não antes de você.

Antes de você. A voz de Clary tremeu um pouco.

— Jace, eu estava pensando...

— Suas preliminares verbais são tediosas e irritantes — disse Sebastian, reaparecendo através da cortina de veludo, os cabelos prateados molhados e bagunçados. — Estão prontos?

Clary soltou-se de Jace, enrubescendo; Jace parecia sereno.

— Nós é que estávamos esperando por você.

— Parece que encontraram uma forma de passar esse tempo agonizante. Agora pronto. Vamos. Estou avisando, vocês vão *amar* esse lugar.

— Jamais vou recuperar meu caução — disse Magnus, melancolicamente.

Estava sentado em cima da mesa, entre caixas de pizza e canecas de café, observando enquanto o restante da Equipe do Bem dava o melhor de si para limpar a destruição causada pela aparição de Azazel: os buracos de fumaça nas paredes, a gosma preta sulfurosa pingando dos canos do teto, as cinzas e outras substâncias escuras e granulosas do chão. Presidente Miau estava esticado no colo do feiticeiro, ronronando. Magnus ficou livre da função faxina por ter permitido que seu apartamento fosse semidestruído; Simon tinha sido liberado, pois, após o incidente no pentagrama, ninguém sabia o que fazer com ele. Ele tentou conversar com Isabelle, mas ela apenas balançou o esfregão de forma ameaçadora.

— Tenho uma ideia — disse Simon. Ele estava sentado ao lado de Magnus, com os cotovelos nos joelhos. — Mas não vai gostar.

— Tenho a sensação de que está certo, Sherwin.

— Simon. Meu nome é Simon.

— Que seja. — Magnus acenou uma mão esguia. — Qual é a sua ideia?

— Tenho a Marca de Caim — falou. — Isso quer dizer que nada pode me matar, certo?

— Você pode se matar — respondeu Magnus, o que não ajudou em nada. — Até onde sei, objetos inanimados podem matá-lo acidentalmente. Então, se estava planejando aprender lambada em uma plataforma oleosa sobre um solo cheio de facas, no seu lugar não faria isso.

— Lá se vai meu sábado.

— Mas nada mais pode matá-lo — completou Magnus. Tinha desviado os olhos de Simon e observava Alec, que parecia lutar contra um rodo. — Por quê?

— O que aconteceu no pentagrama, com Azazel, me fez pensar — disse Simon. — Você disse que invocar anjos é mais perigoso do que invocar demônios, porque eles podem punir a pessoa que invocou, ou incinerá-la com fogo celestial. Mas se eu fizesse isso... — Deixou a frase solta. — Bem, eu estaria seguro, não estaria?

Isso chamou novamente a atenção de Magnus.

— Você? Invocar um anjo?

— Você poderia me ensinar — respondeu Simon. — Sei que não sou feiticeiro, mas Valentim conseguiu. Se ele pôde, será que também não posso? Digo, alguns humanos conseguem fazer magia.

— Eu não poderia prometer que você sobreviveria — disse Magnus, mas o aviso era adornado por uma faísca de interesse. — A Marca é proteção Divina, mas será que protege contra o próprio Paraíso? Não sei a resposta.

— Não achei que soubesse. Mas concorda que, dentre todos nós, sou o que tem a melhor chance, certo?

Magnus olhou para Maia, que estava jogando água suja em Jordan e rindo enquanto ele girava, ganindo. Ela puxou o cabelo cacheado para trás, deixando uma mancha de sujeira na testa. Ela parecia jovem.

— Sim — respondeu Magnus, relutante. — Provavelmente tem.

— Quem é o seu pai? — perguntou Simon.

Os olhos de Magnus se voltaram para Alec. Eram verde-dourados, tão difíceis de ler quanto os do gato deitado em seu colo.

— Não é meu assunto favorito, Smedley.

— Simon — disse Simon. — Se vou morrer por vocês, o mínimo que pode fazer é decorar meu nome.

— Não vai morrer por mim — disse Magnus. — Se não fosse por Alec, eu estaria...

— Estaria onde?

— Tive um sonho — disse Magnus, com os olhos distantes. — Vi uma cidade toda de sangue, com torres feitas de ossos, e sangue corria como água pelas ruas. Talvez você possa salvar Jace, Diurno, mas não pode salvar o mundo. A escuridão está a caminho. "Uma terra de escuridão, como a própria escuridão; e da sombra da morte, sem qualquer ordem, e onde a luz é como a escuridão." Se não fosse por Alec, eu sairia daqui.

— Para onde você iria?

— Me esconderia. Esperaria passar. Não sou um herói. — Magnus pegou Presidente Miau e o largou no chão.

— Você ama Alec o bastante para continuar por aqui — observou Simon. — Isso é um tanto heroico.

— Você amou Clary o suficiente para arruinar toda a sua vida por ela — respondeu Magnus, com uma amargura atípica. — Veja o que isso causou. — Elevou a voz: — Muito bem, pessoal. Venham para cá. Sheldon teve uma ideia.

— Quem é Sheldon? — perguntou Isabelle.

As ruas de Praga estavam frias e escuras, e apesar de Clary ter mantido o casaco queimado por icor nos ombros, o ar gélido penetrou suas veias, amenizando a euforia da batalha. Comprou vinho quente para manter a sensação, envolvendo o copo completamente com as mãos para se aquecer enquanto ela, Jace e Sebastian se perdiam em um labirinto de ruas estreitas, escuras e antigas. As ruas não tinham placas nem nomes, tampouco outros pedestres; a única constante era a lua se movendo através das nuvens espessas no céu. Finalmente, um lance curto de degraus de pedra os levou a uma pracinha; um dos lados estava aceso por uma luz néon que dizia KOSTI LUSTR. Abaixo da placa, havia uma porta aberta, um espaço vazio na parede que parecia um dente faltando.

— O que isto significa, *Kosti Lustr*? — perguntou Clary.

— Significa *O lustre de ossos*. É o nome da boate — respondeu Sebastian, avançando. Seus cabelos claros refletiram as cores mutantes do néon da placa: vermelho forte, azul profundo, dourado metálico. — Vocês vêm?

Uma barreira de som e luz atingiu Clary assim que ela entrou na boate. Era um espaço grande e cheio que parecia outrora ter sido o interior de uma igreja. Ainda dava para ver os vitrais no alto da parede. Luzes coloridas iluminavam os rostos alegres das pessoas que dançavam na multidão, acendendo-as com uma cor por vez: rosa-shocking, verde néon, violeta ardente. Havia uma cabine de DJ na parede, e música trance explodia das caixas de som. A música pulsou pelos pés de Clary, para o sangue, fazendo seus ossos vibrarem. O recinto estava quente com a pressão de corpos e o cheiro de suor, fumaça e cerveja.

Ela estava prestes a virar e perguntar se Jace queria dançar, quando sentiu uma mão tocá-la nas costas. Era Sebastian. Clary ficou tensa, mas não se afastou.

— Vamos — falou ele, no ouvido dela. — Não vamos ficar aqui com os hoi polloi.

A mão dele parecia ferro pressionando a espinha de Clary. Ela permitiu que ele a conduzisse adiante, através dos dançarinos; a multidão parecia abrir caminho para eles, todos olhando para Sebastian, em seguida abaixando os olhos e recuando. O calor aumentou, e Clary estava quase engasgando quando chegaram ao outro lado. Havia uma entrada arqueada que ela não tinha notado anteriormente. Alguns degraus gastos de pedra levavam para baixo, curvando-se pela escuridão.

Ela levantou os olhos quando Sebastian tirou a mão de suas costas. Luz brilhou em volta deles. Jace pegara a pedra de luz enfeitiçada. Ele sorriu para ela, seu rosto todo ângulos e sombras à luz forte e concentrada.

— "Fácil é a descida" — declamou.

Clary estremeceu. Conhecia a frase inteira. *Fácil é a descida ao Inferno.*

— Vamos. — Sebastian inclinou a cabeça, e em seguida estava descendo, gracioso e seguro, sem qualquer preocupação com a possibilidade de escorregar nas pedras velhas.

Clary seguiu um pouco mais devagar. O ar esfriou enquanto desciam, e o som da música pulsante enfraqueceu. Ela conseguia ouvir a respiração dos três, e ver as sombras distorcidas e altas projetadas nas paredes.

Ouviu a nova música antes de chegarem à base da escada. Tinha uma batida ainda mais insistente que a do andar de cima; penetrou seus ouvidos e suas veias e a fez girar. Clary estava quase tonta quando chegaram ao último degrau, entrando em um enorme salão que a deixou sem fôlego.

Tudo era feito de pedra, as paredes irregulares e desiguais, o chão liso sob os pés. Uma imensa estátua de um anjo de asas pretas se erguia pela parede oposta, a cabeça perdida nas sombras do alto, as asas pingando cordas vermelhas que pareciam gotas de sangue. Explosões de cor e luz brilhavam como sinalizadores pelo recinto, em nada parecidas com as luzes artificiais do andar de cima — estas eram lindas e luminosas como fogos de artifício, e a cada explosão chovia um brilho na multidão que dançava. Enormes chafarizes de mármore esguichavam água gasosa; pétalas de rosas pretas flutuavam na superfície. E longe de tudo, pendurado do teto por uma corda dourada, havia um enorme lustre feito de ossos.

Era tão elaborado quanto repugnante. O esqueleto principal era formado por espinhas dorsais, fundidas uma na outra; fêmures e tíbias dependuravam-se como decorações dos braços do objeto, que na parte de cima acomodava crânios humanos, cada um segurando uma vela imensa. Cera escura pingava como sangue de demônio nas pessoas que dançavam abaixo, nenhum dos quais parecia notar. E as pessoas em si — rodando, girando e batendo palmas —, nenhuma delas era humana.

— Licantropes e vampiros — disse Sebastian, respondendo a pergunta que Clary não fez. — Em Praga eles são aliados. É aqui que... relaxam. — Uma brisa quente estava soprando pelo salão, como um vento desértico; levantou os cabelos prateados de Sebastian e os soprou para cima dos olhos, escondendo a expressão destes.

Clary tirou o casaco e o segurou contra o peito, quase como um escudo. Olhou em volta com olhos arregalados. Podia sentir a não humanidade nos presentes, os vampiros com sua palidez, e graciosidade ágil e lânguida, e os licantropes ferozes e rápidos. A maioria era jovem; dançavam próximos, contorcendo-se para cima e para baixo contra os corpos uns dos outros.

— Mas... não se importam com a nossa presença aqui? Nephilim?

— Eles me conhecem — disse Sebastian. — E vão saber que estão comigo. — Ele esticou o braço para pegar o casaco dela. — Vou pendurar isto para você.

— Sebastian... — Mas ele já tinha ido para o meio da multidão.

Ela olhou para Jace a seu lado. Ele estava com os polegares no cinto, olhando em volta com um interesse casual.

— Quer guardar o casaco com a vampira? — perguntou Clary.

— Por que não? — Jace sorriu. — Percebe que ele não se ofereceu para levar meu casaco. O cavalheirismo está morto, estou dizendo. — Ele inclinou a cabeça para o lado ao ver a expressão confusa de Clary. — Que seja. Provavelmente tem alguém com quem ele precise conversar por aqui.

— Então não viemos só por diversão?

— Sebastian nunca faz nada só por diversão. — Jace a pegou pela mão, puxando-a para perto. — Mas eu faço.

Simon não ficou nada surpreso quando ninguém se entusiasmou com seu plano. Fizeram um coro alto de reprovação, seguido por um clamor de vozes tentando demovê-lo da ideia, e perguntas, em sua maioria destinadas a Magnus, sobre a segurança da execução da coisa. Simon apoiou os cotovelos nos joelhos e esperou.

Eventualmente, sentiu um toque suave no braço. Virou-se e, surpreso, viu que era Isabelle. Ela gesticulou para que ele a seguisse.

Foram parar nas sombras perto de um dos pilares enquanto a discussão corria solta atrás deles. Como Isabelle foi de cara um dos mais sonoros dissidentes, ele se preparou para ouvir gritos. Contudo, ela apenas o olhou com a boca rija.

— Tudo bem. — Ele se pronunciou afinal, detestando o silêncio. — Acho que não está muito satisfeita comigo no momento.

— Você *acha*? Eu chutaria seu traseiro, vampiro, mas não quero estragar minhas botas novas e caras.

— Isabelle...

— Não sou sua namorada.

— Certo — disse Simon, apesar de não conseguir evitar uma pontinha de decepção. — Sei disso.

— E nunca reclamei do tempo que passou com Clary. Até apoiei. Sei o quanto gosta dela. E ela de você. Mas isto... isto é um risco insano que está querendo correr. Tem *certeza*?

Simon olhou em volta — para o apartamento bagunçado de Magnus, o pequeno grupo no canto discutindo seu destino.

— Não é só por causa de Clary.

— Bem, não é por causa de sua mãe, é? — argumentou Isabelle. — Porque ela o chamou de monstro? Você não precisa provar nada, Simon. Isso é problema dela, e não seu.

— Não é assim. Jace salvou minha vida. Tenho uma dívida com ele.

Isabelle pareceu surpresa.

— Você não está fazendo isso só para se acertar com Jace, está? Porque acho que a essa altura já estão todos quites.

— Não, não completamente — falou. — Veja, todos nós conhecemos a situação. Sebastian não pode ficar solto no mundo. Não é seguro. A Clave tem razão quanto a isso. Mas se ele morrer, Jace morre. E se Jace morrer, Clary...

— Ela vai sobreviver — disse Isabelle, rápida e dura. — Ela é cascuda e forte.

— Ela vai sofrer. Talvez para sempre. Não quero que sofra assim. Não quero que *você* sofra assim.

Isabelle cruzou os braços.

— Claro que não. Mas você acha, Simon, que ela não vai sofrer se acontecer alguma coisa com *você*?

Simon mordeu o lábio. Na verdade não tinha pensado nisso. Não desse jeito.

— E você?

— O que tem eu?

— Vai sofrer se alguma coisa acontecer comigo?

Isabelle continuou olhando para ele, com a coluna ereta, e o queixo firme. Mas os olhos brilhavam.

— Vou.

— Mas quer que eu ajude Jace?

— Sim, quero isso também.

— Precisa me deixar fazer isso — disse ele. — Não é só por Jace, ou por você e Clary, apesar de todos vocês serem grande parte. É porque acredito que a escuridão se aproxima. Acredito quando Magnus diz isso. Acredito que Raphael esteja mesmo com medo de uma guerra. Acredito que estejamos enxergando um pedacinho do plano de Sebastian, mas não acho que seja coincidência o fato de ter levado Jace com ele. Ou que estejam ligados. Ele sabe que precisamos de Jace para vencer uma guerra. Sabe o que Jace é.

Isabelle não negou.

— Você é tão corajoso quanto Jace.

— Talvez — disse Simon. — Mas não sou Nephilim. Não posso fazer o que ele pode. E não represento tanto para tantas pessoas.

— Destinos especiais e tormentos especiais — sussurrou Isabelle. — Simon... você representa muito para mim.

Ele esticou o braço, e apoiou levemente a bochecha dela.

— Você é uma guerreira, Iz. É o que você faz. É quem você é. Mas se não puder combater Sebastian porque machucá-lo significaria machucar Jace, não pode lutar a guerra. E se precisar matar Jace para vencer a guerra, acho que isso destruirá parte de sua alma. E não quero ver isso acontecer, não se eu puder evitar.

Ela engoliu em seco.

— Não é justo — disse ela. — Que tenha de ser você...

— Esta é a minha escolha, fazer isso. Jace não tem escolha. Se ele morrer, será por uma razão com a qual ele não teve nada a ver, não de verdade.

Isabelle exalou. Ela descruzou os braços e o pegou pelo cotovelo.

— Tudo bem — ela disse. — Vamos.

Isabelle puxou Simon novamente para o grupo, que interrompeu a discussão quando ela limpou a garganta, como se até agora não tivessem percebido o sumiço dos dois.

— Já chega — disse Isabelle. — Simon tomou uma decisão, e é ele que precisa resolver. Ele vai invocar Raziel. E vamos ajudá-lo do jeito que pudermos.

Dançaram. Clary tentou se perder na batida da música, com o sangue acelerado nas veias, como outrora conseguia fazer com Simon na Pandemônio. Claro, Simon era um péssimo dançarino, e Jace era excelente. Supôs que fizesse sentido. Com toda aquela prática de controle em lutas e a graciosidade cuidadosa, não existia muita coisa que não conseguisse fazer com o corpo. Quando Jace jogou a cabeça para trás, o cabelo estava escuro de suor, grudado nas têmporas, e a curva da garganta brilhava à luz do lustre de ossos.

Clary viu como os outros olhavam para ele — apreciação, especulação, fome predatória. Uma possessividade que ela não conseguia entender ou controlar se inflou dentro dela. Ela chegou mais perto, deslizando pelo corpo dele, como já tinha visto outras meninas fazendo na pista de dança, mas sem nunca ter tido coragem de imitar. Sempre se convenceu de que prenderia o cabelo na fivela do cinto de alguém, mas as coisas eram diferentes agora. Os meses de treinamento não compensaram apenas na luta, mas sempre que precisava utilizar o corpo. Sentia-se fluida, no controle, como nunca antes. Pressionou o corpo contra o de Jace.

Ele estava com os olhos fechados; abriu-os exatamente quando uma explosão de luz coloriu a escuridão que os cercava. Gotas metálicas choveram neles; gotículas ficaram presas no cabelo de Jace e brilhando em sua pele como mercúrio. Ele encostou os dedos em uma gota de prata líquida na clavícula e mostrou para ela, curvando os lábios.

— Você se lembra do que contei naquela primeira vez no Taki's? Sobre comida de fada?

— Lembro que falou que correu nu pela Madison Avenue com chifres na cabeça — respondeu Clary, piscando as gotas prateadas para fora dos cílios.

— Acho que nunca ficou provado que fui eu de fato. — Só Jace conseguia falar enquanto dançava sem parecer meio sem jeito. — Bem, isto aqui — e deu um peteleco no líquido prateado que estava por seu cabelo e sua pele, tornando-o metálico — é como aquilo. Deixa a pessoa...

— Alta?

Ele a observou com olhos escurecidos.

— Pode ser divertido. — Mais uma daquelas coisas florais que pairava pelo ar explodiu acima deles; desta vez foi azul-prateada, como água. Jace lambeu o lado da mão, examinando Clary.

Alta. Clary nunca tinha usado drogas, sequer bebia. Talvez se pudesse levar em conta a garrafa de licor de café que ela e Simon roubaram do armário de bebidas da mãe dele quando tinham 13 anos de idade. Passaram muito mal depois; Simon, aliás, chegou a vomitar em uma cerca viva. Não valeu a pena, mas ela se lembrava da sensação de tonteira, alegria e felicidade gratuita.

Quando Jace abaixou a mão, estava com a boca suja de prata. Ele continuava olhando para ela, olhos dourados-escuros sob os longos cílios.

Feliz a troco de nada.

Pensou em como ficaram, juntos depois da Guerra Mortal, antes de Lilith começar a possuí-lo. Ele foi o Jace na foto que tinha pendurada na parede: tão feliz. Ambos estavam felizes. Ela não possuía nenhuma dúvida incômoda quando olhava para ele, nada desta sensação de pequenas facas sob a pele, erodindo a proximidade entre os dois.

Ela então se esticou, e o beijou, lenta e definitivamente, nos lábios.

A boca dela foi invadida por um gosto doce e amargo, uma mistura de vinho e bala. Mais líquido prateado choveu neles quando ela se afastou, lambendo propositalmente a boca. Jace estava ofegante; esticou o braço para ela, que se afastou, rindo.

Clary se sentiu subitamente livre e desgovernada, e incrivelmente leve. Sabia que deveria estar fazendo algo muito importante, mas não conseguia se lembrar do quê, ou por que se importava. Os rostos de quem dançava ao redor não mais pareciam traiçoeiros e ligeiramente assustadores, mas sombriamente lindos. Ela estava em uma enorme caverna de ecos, e as sombras ao redor eram pintadas com cores mais lindas e brilhantes do que qualquer pôr do sol. A estátua do anjo que se erguia parecia benevolente, mil vezes mais do que Raziel e sua luz branca e fria, e uma nota musical aguda veio da figura, pura, clara e perfeita. Ela rodopiou, cada vez mais rápido, deixando para trás a dor, as lembranças, a perda, até girar em um par de braços que a agarrou por trás e a segurou firme. Olhou para baixo e viu mãos cobertas de cicatrizes em sua cintura, dedos esguios e lindos, o símbolo de Vidência. Jace. Ela se derreteu nele, fechando os olhos, deixando a cabeça cair na curva do ombro. Sentiu o coração dele batendo em sua coluna.

Nenhum outro coração batia como o de Jace, ou jamais poderia.

Os olhos dela se abriram, e ela girou, com as mãos esticadas para empurrá-lo.

— Sebastian — sussurrou Clary. O irmão sorriu para ela, prateado e negro, como o anel Morgenstern.

— Clarissa — disse ele. — Quero mostrar uma coisa.

Não. A palavra veio e foi, se dissolvendo como açúcar em líquido. Não conseguia se lembrar de por que deveria dizer não a ele. Era seu irmão; deveria amá-lo. Ele a trouxera para este lugar lindo. Talvez tivesse feito algumas coisas ruins, mas isso tinha sido há muito tempo, e ela não se lembrava mais de que coisas foram estas.

— Posso ouvir anjos cantando — disse ela.

Sebastian riu.

— Vejo que descobriu que aquela coisa prateada não é só brilho. — Ele esticou o braço e passou o dedo indicador na bochecha dela; ficou prateado quando o recolheu, como se ele tivesse pego uma lágrima pintada. — Vamos, anjinha. — Ele estendeu a mão.

— Mas Jace — disse ela. — Eu o perdi na multidão...

— Ele vai nos encontrar. — A mão de Sebastian envolveu a dela, surpreendentemente calorosa e confortante. Clary se permitiu ser arrastada para um dos chafarizes no meio do salão e se sentou na borda de mármore. Ele sentou do lado dela, ainda de mãos dadas. — Olhe para a água — falou. — Diga-me o que vê.

Ela se inclinou e olhou para a superfície escura e calma da piscina. Viu o próprio rosto refletido, os olhos arregalados e selvagens, a maquiagem nos olhos manchada como hematomas, o cabelo bagunçado. E então Sebastian também se inclinou, e ela viu o rosto do irmão ao lado do próprio. A prata dos cabelos dele refletida na água parecia a lua no rio. Esticou a mão para encostar no brilho, e a água se dividiu, deixando os reflexos destorcidos e irreconhecíveis.

— O que foi? — perguntou Sebastian, com uma urgência baixa na voz.

Clary balançou a cabeça; ele estava sendo tolo.

— Vi você e eu — respondeu, em tom zombeteiro. — O que mais?

Ele pôs a mão sob o queixo de Clary e virou o rosto dela de frente para o próprio. Os olhos de Sebastian eram pretos, pretos como a noite, com apenas um anel prateado separando a pupila da íris.

— Não vê? Somos o mesmo, você e eu.

— O mesmo? — Ela piscou para ele. Havia algo de muito errado com o que ele estava dizendo, apesar de Clary não saber dizer exatamente o quê. — Não...

— Você é minha irmã — disse ele. — Temos o mesmo sangue.

— Você tem sangue de demônio — Clary falou. — Sangue de Lilith. — Por algum motivo ela achou isso engraçado, e riu. — Você é todo sombra, sombra, sombra. E eu e Jace somos luz.

— Você tem um coração sombrio, filha de Valentim — declarou. — Só não admite. E se quer Jace, é melhor aceitar. Porque ele agora pertence a mim.

— Então a quem você pertence?

Os lábios de Sebastian se abriram; não disse nada. Pela primeira vez, pensou Clary, ele parecia não ter nada a dizer. Ela ficou surpresa; as palavras dele não significaram muito para ela, e mal despertaram curiosidade. Antes que pudesse falar qualquer outra coisa, uma voz acima deles disse:

— O que está acontecendo? — Era Jace. Olhou para um, depois para o outro, com o rosto ilegível. Mais coisa brilhante tinha caído nele, gotas prateadas presas aos cabelos dourados. — Clary. — Ele soou irritado. Ela se afastou de Sebastian e se levantou de um pulo.

— Desculpe — disse Clary, ofegando. — Me perdi na multidão.

— Percebi — falou. — Uma hora estava dançando com você, em seguida você não estava mais lá e um licantrope muito persistente estava tentando desabotoar minha calça.

Sebastian riu.

— Licantrope macho ou fêmea?

— Não tenho certeza. De qualquer forma, uma depilação não faria mal. — Jace pegou a mão de Clary, tocando levemente o pulso dela com os dedos. — Quer ir para casa? Ou dançar um pouco mais?

— Dançar um pouco mais. Pode ser?

— Podem ir. — Sebastian se inclinou para a frente, com as mãos apoiadas atrás do corpo na borda do chafariz, o sorriso parecia a ponta de uma lâmina. — Não me importo de assistir.

Alguma coisa passou diante dos olhos de Clary: a lembrança de uma mancha de sangue em forma de mão. Sumiu tão logo surgiu, e ela franziu o rosto. A noite estava linda demais para pensar em coisas feias. Ela olhou para o irmão por apenas um segundo antes de permitir que Jace a levasse pela multidão até o canto, perto das sombras, onde o volume de pessoas era menor. Outra bola de luz colorida explodiu acima deles enquanto atravessavam, espalhando prata, e ela inclinou a cabeça para cima, pegando algumas gotas agridoces com a língua.

No centro do lugar, abaixo do lustre de ossos, Jace parou, e ela dançou até ele. Estava com os braços em volta dele, e sentiu o líquido prateado correndo como lágrimas por seu rosto. O tecido da camisa de Jace era fino, e ela pôde sentir o calor da pele dele por baixo. Suas mãos deslizaram por baixo da bainha, as unhas arranhando levemente as costelas de Jace. Gotas de líquido prateado brilharam nos cílios dele quando Jace abaixou o olhar para o dela, e se inclinou para sussurrar ao seu ouvido. As mãos percorreram os ombros e os braços de Clary. Não estavam mais dançando de fato: a música hipnótica continuou em volta deles, assim como os outros dançarinos, mas Clary mal notou. Um casal que passava riu e fez um comentário desdenhoso em tcheco; Clary não entendeu, mas desconfiou que fosse algo nas linhas de *vão para um motel.*

Jace emitiu um ruído impaciente, em seguida estava atravessando a multidão outra vez, puxando-a consigo para uma das alcovas sombrias alinhadas nas paredes.

Havia dezenas desses nichos circulares, cada um com um banco de pedra e uma cortina de veludo que podia ser fechada para oferecer alguma privacidade. Jace puxou a cortina, e eles colidiram um contra o outro, como o mar na areia. As bocas se encontraram e se encaixaram; Jace a levantou, de modo que o corpo dela ficou pressionado no dele, os dedos percorrendo o material escorregadio do vestido de Clary.

Ela tinha consciência do calor e da suavidade, mãos procurando e encontrando, desejo e pressão. Das próprias mãos sob a camisa de Jace, as unhas nas costas dele, vorazmente satisfeita quando ele arquejou. Ele mordeu o lábio inferior de Clary, e ela sentiu gosto de sangue na boca, salgado e quente. Foi como se quisessem cortar um ao outro, ela pensou, para entrar no corpo um do outro, e compartilhar a pulsação, mesmo que o processo matasse ambos.

Estava escuro na alcova, tão escuro que Jace não passava de um contorno de sombras e ouro. Seu corpo prendeu Clary contra a parede. As mãos dele deslizaram pelo corpo dela e chegaram à barra do vestido, levantando-o.

— O que está fazendo? — sussurrou ela. — Jace?

Ele a olhou. A luz peculiar na boate fazia os olhos de Jace parecerem um arranjo de cores craqueladas. O sorriso dele era perverso.

— Pode me mandar parar quando quiser — disse ele. — Mas não vai.

Sebastian abriu a cortina de veludo que fechava a alcova, e sorriu.

Um banco ocupava o interior da pequena parede circular, e havia um homem sentado ali, apoiando os cotovelos em uma mesa de pedra. Com cabelos longos e pretos amarrados para trás, tinha uma cicatriz, ou marca, em forma de folha em uma das bochechas, e olhos verdes como grama. Trajava um terno branco, e um lenço com um bordado de folha aparecia em um dos bolsos.

— Jonathan Morgenstern — disse Meliorn.

Sebastian não o corrigiu. Fadas levavam nomes muito a sério e jamais o chamariam por qualquer nome além do que o seu pai lhe dera.

— Não tinha certeza de que estaria aqui na hora marcada, Meliorn.

— Se me permite lembrá-lo, o Povo das Fadas não mente — disse o cavaleiro. Ele esticou o braço e fechou a cortina atrás de Sebastian. A música pulsante do lado de fora foi discretamente abafada, mas de jeito algum silenciada. — Entre, então, e sente-se. Vinho?

Sebastian se ajeitou no banco.

— Não, nada. — Vinho, assim como o licor das fadas, só atrapalharia seu juízo, e fadas pareciam mais tolerantes às drogas. — Admito que fiquei surpreso quando recebi o recado de que queria me encontrar aqui.

— Você, mais do que qualquer um, deveria saber que a Dama tem um interesse especial em você. Ela conhece todos os seus movimentos. — Meliorn tomou um gole de vinho. — Houve uma grande perturbação demoníaca aqui em Praga esta noite. A Rainha ficou preocupada.

Sebastian abriu os braços.

— Como pode perceber, estou intacto.

— Uma perturbação tão expressiva que certamente chamará a atenção dos Nephilim. Aliás, se não me engano, vários deles já estão se divertindo sem.

— Sem o quê? — perguntou Sebastian, inocentemente.

Meliorn tomou mais um gole de vinho e o encarou.

— Ah, claro. Sempre me esqueço da maneira descontraída como fadas falam. Está querendo dizer que há Caçadores de Sombras na multidão lá fora, procurando por mim. Eu sei disso. Notei mais cedo. A Rainha não me estima muito se acha que não dou conta de alguns Nephilim. — Sebastian tirou uma adaga do cinto e girou-a, a pouca luz na alcova refletindo na lâmina.

— Direi isso a ela — murmurou Meliorn. — Devo admitir, não sei que atrativo você oferece a ela. Já o avaliei e o achei deficiente, mas não tenho o gosto de Milady.

— Avaliou e achou pouco? — Entretido, Sebastian se inclinou para a frente. — Deixe-me explicar, cavaleiro fada. Sou jovem. Bonito. E estou disposto a destruir o mundo para obter o que quero. — A adaga dele traçou um risco na mesa de pedra. — Assim como eu, a Rainha gosta de um jogo longo. Mas o que desejo saber é o seguinte: quando o crepúsculo dos Nephilim chegar, as Cortes estarão comigo, ou contra mim?

O rosto de Meliorn era inexpressivo.

— A Dama diz que está com você.

A boca de Sebastian se curvou nos cantos.

— Excelente notícia.

Meliorn deu uma risadinha.

— Sempre presumi que a raça dos humanos fosse se extinguir — disse. — Através de mil anos profetizei que vocês causariam o próprio fim. Mas não esperava que o fim viesse assim.

Sebastian girou a adaga brilhante entre os dedos.

— Ninguém nunca espera.

— Jace — sussurrou Clary. — Jace, qualquer um pode entrar e nos ver.

As mãos dele não pararam o que estavam fazendo.

— Não vão. — Ele traçou um rastro de beijos pelo pescoço de Clary, desorganizando efetivamente os pensamentos dela. Era difícil se apegar ao que era real com as mãos de Jace nela, e sua mente e lembranças em um turbilhão, e os dedos tão apertados na camisa dele, que tinha certeza de que rasgaria o tecido.

A parede de pedra estava fria em suas costas, mas Jace a estava beijando no ombro, abaixando aos poucos a alça do vestido. Ela estava com calor e com frio e tremendo. O mundo estava fragmentado em pedacinhos, como as peças brilhantes dentro de um caleidoscópio. Ia desmontar nas mãos dele.

— Jace... — Agarrou a camisa dele. Estava grudenta, viscosa. Olhou para as próprias mãos e por um instante não compreendeu o que viu. Fluido prateado, misturado com vermelho.

Sangue.

Ela olhou para cima. Pendurado de cabeça para baixo no teto acima deles, como uma piñata macabra, havia um corpo humano, amarrado pelos calcanhares. Sangue pingava da garganta cortada.

Clary gritou, mas o grito não teve som. Ela empurrou Jace, que cambaleou para trás. Estava com o cabelo cheio de sangue, na camisa, na pele. Ele levantou novamente a alça do vestido de Clary e tropeçou na cortina que escondia a alcova, abrindo-a.

A estátua do Anjo não estava mais como antes. As asas pretas eram asas de morcego, o rosto adorável e benevolente contorcido em uma careta. Pendurados do teto em cordas havia corpos eviscerados de homens, mulheres, animais — retalhados, o sangue pingando como chuva. Os chafarizes pulsavam sangue e o que flutuava no líquido não eram flores, mas mãos decepadas. As pessoas que se contorciam e se agarravam na pista estavam ensopadas de sangue. Enquanto Clary observava, um casal passou girando, o homem alto e pálido, a mulher flácida no colo dele, com a garganta cortada, obviamente morta. O homem lambeu os beiços e se curvou para mais uma mordida, mas antes de fazê-lo, olhou para Clary e sorriu, e seu rosto estava manchado de sangue e prata. Ela sentiu a mão de Jace no braço, puxando-a para trás, mas lutou para se soltar dele. Estava olhando para os aquários na parede, que pensou abrigarem peixes brilhantes. A água não era limpa, mas escura e lamacenta, e corpos humanos afogados flutuavam, os cabelos girando ao redor como filamentos de águas-vivas luminosas. Pensou em Sebastian flutuando no caixão de vidro. Um grito subiu em sua garganta, mas ela o engoliu quando o silêncio e a escuridão a venceram.

14
As cinzas

Clary recobrou a consciência lentamente, com a sensação vertiginosa de que se lembrava daquela primeira manhã no Instituto, quando acordou sem conseguir imaginar onde estava. Sentia dor por todo o corpo, e parecia que tinham atacado sua testa com uma barra de ferro. Estava deitada de lado, com a cabeça apoiada em algo áspero e um peso no ombro. Olhando para baixo, viu uma mão esguia, pressionando seu esterno de forma protetora. Clary reconheceu as Marcas, as cicatrizes brancas desbotadas, até o mapa azul de veias no antebraço. O peso no peito diminuiu, e ela se sentou cuidadosamente, escapando do braço de Jace.

Estavam no quarto dele. Ela reconheceu a organização, a cama cuidadosamente feita, com as pontas dobradas para dentro. Ainda não estava bagunçada. Jace estava dormindo, apoiado no encosto, com as mesmas roupas da noite anterior. Estava até de sapatos. Claramente, tinha caído no sono enquanto a abraçava, apesar de ela não se lembrar de nada. Continuava sujo com aquela estranha substância prateada da boate.

Ele se mexeu devagar, como se sentisse a ausência dela, e se envolveu com o braço livre. Jace não parecia ferido ou machucado, ela pensou, apenas exausto, os longos cílios dourados curvados no vazio das sombras sob seus olhos. Parecia vulnerável enquanto dormia — um menininho. Poderia até ser o *seu* Jace.

Mas não era. Ela se lembrava da boate, das mãos dele no escuro, os corpos e o sangue. Seu estômago revirou, e ela pôs a mão na boca, engolindo a náusea. Sentiu-se enojada pelo que lembrou, e por baixo do enjoo havia uma perturbação incômoda, a sensação de que estava se esquecendo de alguma coisa.

Alguma coisa importante.

— Clary.

Ela se virou. Os olhos de Jace estavam semiabertos; ele a olhava através dos cílios, o dourado dos olhos opaco com a exaustão.

— Por que está acordada? — perguntou ele. — Mal amanheceu.

As mãos de Clary amassaram o lençol.

— Ontem à noite — disse ela, com a voz desigual. — Os corpos... o sangue...

— O quê?

— Foi o que vi.

— Eu não. — Jace balançou a cabeça. — Drogas de fada — falou. — Você sabia...

— Pareceu tão real.

— Desculpe. — Ele fechou os olhos. — Queria me divertir. É para deixar a pessoa alegre. Fazer com que veja coisas bonitas. Achei que nos divertiríamos juntos.

— Eu vi sangue — revelou. — E pessoas mortas flutuando em aquários...

Ele balançou a cabeça, batendo os cílios.

— Nada era real...

— Nem o que aconteceu com a gente...? — Clary se interrompeu, porque os olhos de Jace estavam fechados e o peito subindo e descendo uniformemente. Estava dormindo.

Ela se levantou, sem olhar para Jace, e foi para o banheiro. Ficou se encarando no espelho, uma sensação de dormência se espalhando pelos ossos. Estava coberta de manchas de resíduo prateado. Lembrou-se da vez em que uma caneta metálica arrebentou em sua mochila, estragando tudo que havia dentro. Uma das alças do sutiã tinha arrebentado, provavelmente onde Jace puxara na noite anterior. Seus olhos estavam marcados por listras pretas de maquiagem, e a pele e o cabelo estavam grudentos com prata.

Sentindo-se fraca e enojada, tirou o vestido e a roupa de baixo, descartando-os no cesto antes de entrar na água quente.

Lavou o cabelo diversas vezes, tentando se livrar da substância prateada, seca e viscosa. Era como tentar lavar tinta a óleo. O cheiro também permanecia em sua pele, como a água de um vaso depois que as flores murchavam, fraco, doce e estragado. Parecia que nem todo o sabão do mundo seria capaz de livrá-la daquilo.

Finalmente, convencida de que estava tão limpa quanto poderia ficar, se secou e foi para a suíte principal se vestir. Foi um alívio voltar para a calça jeans, as botas e um casaco confortável de algodão. Foi só quando calçou a segunda bota que a sensação incômoda voltou, a sensação de que alguma coisa estava faltando. Clary congelou.

O anel. O anel de ouro que permitia que falasse com Simon.

Não estava mais lá.

Procurou desesperadamente por ele, vasculhando o cesto para ver se tinha prendido no vestido, depois explorando cada centímetro do quarto de Jace enquanto ele dormia tranquilamente. Ela olhou o tapete, as roupas de cama e checou as gavetas das cabeceiras.

Finalmente se sentou, o coração batendo forte no peito e uma sensação horrível no estômago.

O anel havia sumido. Perdera-se em algum lugar, de algum jeito. Tentou se lembrar da última vez em que o vira. Certamente brilhou em sua mão quando enterrou a adaga nos demônios Elapid. Será que tinha caído na loja de quinquilharias? Na boate?

Enterrou as unhas nas coxas da calça jeans até a dor fazê-la engasgar. *Concentre-se*, disse a si mesma. *Concentre-se.*

Talvez o anel tivesse caído do dedo em algum lugar do apartamento. Provavelmente foi carregada por Jace para o andar superior em algum momento. Era uma chance pequena, mas todas as possibilidades precisavam ser exploradas.

Levantou-se e foi o mais silenciosamente possível para o corredor. Caminhou em direção ao quarto de Sebastian e hesitou. Não podia imaginar por que o anel estaria ali, e acordá-lo seria contraproducente. Em vez disso, deu meia-volta e desceu, andando com cuidado para abafar o barulho das botas.

A mente de Clary estava acelerada. Sem uma maneira de contactar Simon, o que faria? Precisava contar para ele sobre a loja de antiguidades, o *adamas*. Devia tê-lo procurado mais cedo. Quis socar a parede, mas forçou a própria mente a se acalmar e considerar as opções. Sebastian e Jace estavam implorando para que confiasse neles; se conseguisse se afastar dos dois um pouquinho, em uma rua metropolitana ocupada, poderia utilizar um telefone público e *ligar* para Simon. Podia entrar em um cybercafé e mandar um e-mail. Sabia mais sobre tecnologia mundana do que eles. A perda do anel não era o fim.

Ela *não* ia desistir.

Sua mente estava tão ocupada por pensamentos sobre o que fazer em seguida que a princípio não viu Sebastian. Felizmente, ele estava de costas para ela. Estava na sala, olhando para a parede.

Já na base da escada, Clary congelou, depois correu e se escondeu atrás da meia parede que separava a cozinha da sala. Não havia motivo para pânico, disse a si mesma. Ela morava lá. Se Sebastian a visse, ela poderia dizer que desceu para beber água.

Mas a chance de observá-lo sem ele saber era tentadora demais. Virou levemente o corpo, espiando por cima da bancada da cozinha.

Sebastian continuava de costas. Ele tinha trocado de roupa depois da boate. Não se via mais a jaqueta de exército; vestia uma camisa social e calça jeans. Quando ele se virou e a camisa levantou, Clary percebeu que ele estava com o cinto de armas pendurado na cintura. Quando ele levantou a mão direita, Clary viu que ele segurava a estela — e havia alguma coisa na forma como o fazia, só por um instante, como se considerasse suas ações com cuidado, que lembrava a maneira como Jocelyn segurava um pincel.

Ela fechou os olhos. Era como um tecido preso por um gancho, a sensação cada vez que reconhecia em Sebastian alguma coisa que lembrava sua mãe. Isso a fazia recordar que, por mais veneno que houvesse no sangue dele, corria também o mesmo sangue das veias dela.

Abriu os olhos outra vez, a tempo de ver uma entrada se formar na frente de Sebastian. Ele pegou um cachecol pendurado em um cabide na parede e saiu pela escuridão.

Clary teve uma fração de segundo para decidir. Ficar e vasculhar os quartos ou seguir Sebastian para ver aonde ele estava indo. Seus pés tomaram a decisão antes do cérebro. Afastando-se da parede, correu pela abertura escura da porta momentos antes que fechasse.

* * *

O quarto em que Luke estava deitado era iluminado apenas pelo brilho dos postes da rua, que entrava pelas janelas. Jocelyn sabia que poderia ter pedido um abajur, mas preferia assim. A escuridão escondia a extensão dos ferimentos, a palidez do rosto, os crescentes profundos sob os olhos.

Aliás, à meia-luz, ele se parecia muito com o menino que ela conheceu em Idris antes de o Ciclo ser formado. Lembrava-se dele no pátio da escola, magrelo e de cabelos castanhos, com olhos azuis e mãos nervosas. Era o melhor amigo de Valentim, e, por causa disso, ninguém nunca olhava para ele. Nem ela, ou não teria sido tão cega a ponto de não enxergar seus sentimentos.

Lembrou-se do dia de seu casamento com Valentim, o sol claro e brilhante através do telhado de cristal do Salão dos Acordos. Ela tinha 19 anos, e Valentim, 20, e lembrava-se da infelicidade de seus pais por ter escolhido se casar tão cedo. A reprovação deles não parecia nada para ela — eles não entendiam. Tinha total certeza de que jamais haveria alguém além de Valentim para ela.

Luke foi o padrinho dele. Lembrava-se do rosto do amigo enquanto ela caminhava pela nave — só olhou brevemente para Luke, antes de se concentrar totalmente em Valentim. Lembrava-se de ter pensado que ele não devia estar bem, que parecia sentir dor. E mais tarde, na Praça do Anjo, enquanto os convidados se dispersavam — a maioria dos integrantes do Ciclo estava presente, de Maryse e Robert Lightwood, que já eram casados, a Jeremy Pontmercy, que mal tinha completado 15 anos —, ela estava com Luke e Valentim, e alguém fez a velha piada de que se o noivo não tivesse aparecido, ela precisaria ter casado com o padrinho. Luke trajava roupas de gala, com símbolos dourados para desejar sorte na união, e estava muito bonito, mas enquanto todos riam, ele ficou completamente pálido. *Ele deve detestar a ideia de se casar comigo*, ela pensou na ocasião. Lembrava-se de tê-lo tocado no ombro com uma risada.

— Não fique assim — provocou. — Sei que nos conhecemos há anos, mas prometo que nunca vai precisar se casar comigo!

E então Amatis veio, arrastando um Stephen risonho consigo, e Jocelyn se esqueceu completamente de Luke, da forma como olhou para ela — e a maneira estranha como Valentim olhou para *ele*.

Olhou para Luke agora e deu um pulo na cadeira. Ele estava com os olhos abertos, pela primeira vez em dias, e fixos nela.

— Luke — suspirou.

Ele parecia confuso.

— Há quanto tempo... estou dormindo?

Ela queria se jogar nele, mas o peito ainda envolvido por ataduras espessas a conteve. Em vez disso, Jocelyn pegou a mão dele e colocou no próprio rosto, entrelaçando os dedos nos dele. Ela fechou os olhos e, enquanto o fazia, sentiu lágrimas deslizarem sob as pálpebras.

— Mais ou menos três dias.

— Jocelyn — disse ele, soando verdadeiramente alarmado agora. — Por que estamos na delegacia? Onde está Clary? Não me lembro...

Ela abaixou as mãos entrelaçadas e, com a voz mais firme que conseguiu, relatou o que ocorrera — Sebastian e Jace, o metal demoníaco no corpo dele e a ajuda da Praetor Lupus.

— Clary — disse ele, assim que ela terminou. — Temos de ir atrás dela.

Soltando a mão da dela, ele começou a lutar para sentar. Mesmo à pouca luz, ela pôde ver a palidez de Luke se intensificando enquanto ele franzia o rosto de dor.

— É impossível. Luke, deite-se outra vez, por favor. Não acha que, se houvesse alguma chance de ir atrás dela, eu o teria feito?

Ele passou as pernas pela lateral da cama, de modo que ficou sentado; em seguida, com um engasgo, inclinou-se para trás, apoiando-se nas mãos. Parecia péssimo.

— Mas o perigo...

— Acha que não pensei no perigo? — Jocelyn pôs as mãos nos ombros de Luke e o empurrou gentilmente para os travesseiros. — Simon tem falado com ela todas as noites. Ela está bem. Está. E você não está em condições de fazer nada a respeito. Não vai ajudar se acabar se matando. Por favor, confie em mim, Luke.

— Jocelyn, não posso, simplesmente, ficar aqui deitado.

— Pode — disse ela, levantando-se. — E vai, nem que eu mesma tenha de sentar em você. Qual é o seu problema, Lucian? Enlouqueceu? Estou apavorada por Clary e estive apavorada por você também. Por favor, não faça isso, não faça isso comigo. Se alguma coisa acontecesse com você...

Ele a olhou, surpreso. Já tinha uma mancha vermelha na atadura que envolvia seu peito, onde os movimentos abriram o machucado.

— Eu...

— *O quê?*

— Não estou acostumado com você me amando — disse.

Havia uma mansidão naquelas palavras que Jocelyn não associava a Luke, e ela o encarou por um instante antes de falar:

— Luke. Volte a deitar, por favor.

Como uma espécie de meio-termo, ele se inclinou mais para trás sobre os travesseiros. Estava ofegante. Jocelyn foi até a cabeceira, encheu um copo de água e, virando-se, o enfiou na mão de Luke.

— Beba — disse ela. — Por favor.

Luke pegou o copo, os olhos azuis seguindo-a enquanto ela se sentava outra vez na cadeira ao lado da cama dele, na qual ficara por tantas horas que chegou a se surpreender por não terem se fundido.

— Sabe no que eu estava pensando? — perguntou ela. — Logo antes de você acordar?

Luke tomou um gole de água.

— Você parecia muito distante.

— Estava pensando no dia em que me casei com Valentim.

Luke abaixou o copo.

— O pior dia da minha vida.

— Pior do que quando foi mordido? — perguntou, cruzando as pernas embaixo do corpo.

— Pior.

— Eu não sabia — disse ela. — Não sabia como se sentia. Gostaria de ter sabido. Acho que as coisas teriam sido diferentes.

Ele a olhou, incrédulo.

— Como?

— Não teria me casado com Valentim — respondeu. — Não se eu soubesse.

— Teria...

— Não teria — respondeu ela, com convicção. — Eu fui burra demais para perceber como você se sentia, mas também fui burra demais para perceber como *eu* me sentia. Sempre amei você. Mesmo quando não sabia. — Jocelyn se inclinou para a frente e o beijou gentilmente, não querendo machucá-lo; depois, encostou a própria face na dele. — Prometa que não vai se colocar em perigo. Prometa.

Ela sentiu a mão livre de Luke em seu cabelo.

— Prometo.

Jocelyn se inclinou para trás, parcialmente satisfeita.

— Queria poder voltar no tempo. Consertar tudo. Casar com o homem certo.

— Mas aí nós não teríamos Clary — lembrou ele. Ela adorava a maneira como ele dizia "nós", tão casual, como se não houvesse qualquer dúvida de que Clary era filha dele.

— Se você tivesse estado lá um pouco mais enquanto ela crescia... — Jocelyn suspirou. — Sinto como se eu tivesse feito tudo errado. Fiquei tão concentrada em protegê-la que acho que a protegi demais. Ela mergulha de cabeça no perigo sem pensar. Quando nós estávamos crescendo, víamos nossos amigos morrerem em batalha. Ela nunca viu. E eu não quereria isso para ela, mas às vezes me preocupo que ela não acredite que *possa* morrer.

— Jocelyn. — A voz de Luke era suave. — Você criou Clary para ser uma boa pessoa. Alguém de valor, que acredita em bem e mal, e luta para ser do bem. Como você sempre fez. Não se pode criar uma criança para acreditar no oposto do que você faz. Não acho que ela não acredite que possa morrer. Só acho que, como você, ela acredita que existem coisas *pelas quais* vale a pena morrer.

Clary rastejou atrás de Sebastian através de uma malha de ruas estreitas, mantendo-se às sombras dos prédios. Não estavam mais em Praga — isso ficou imediatamente claro. As ruas eram escuras, o céu acima tinha o azul melancólico do início da manhã, e as placas nas lojas e boutiques pelas quais passava estavam todas em francês. Assim como os nomes de ruas: RUE DE LA SEINE, RUE JACOB, RUE DE L'ABBAYE.

Enquanto percorriam a cidade, pessoas passavam por ela como fantasmas. Alguns carros faziam barulho, caminhões paravam na frente das lojas, para entregas matinais. O ar cheirava a água de rio e lixo. Ela já tinha quase certeza de onde estavam, mas então uma curva e um beco o levaram a uma avenida larga, e um poste de sinalização se ergueu na escuridão nebulosa. Setas apontavam em direções diferentes, mostrando o caminho para a Bastilha, para Notre-Dame e para o Quartier Latin.

Paris, pensou Clary, escondendo-se atrás de um carro estacionado enquanto Sebastian atravessava a rua. *Estamos em Paris.*

Era irônico. Ela sempre quisera ir a Paris com alguém que conhecesse a cidade. Sempre quisera andar nas ruas, ver o rio, desenhar os prédios. Nunca tinha imaginado isto. Nunca sonhara andar sorrateira atrás de Sebastian, atravessar o Boulevard Saint Germain, passar por um *bureau* de poste amarelo-vivo, subir uma avenida onde os bares estavam fechados, mas as valas cheias de garrafas de cerveja e guimbas de cigarro, e descer uma rua ladeada por casas. Sebastian parou em frente a uma delas; Clary também congelou, grudando na parede.

Ela assistiu enquanto ele levantava a mão e digitava um código em uma caixa ao lado da porta, seus olhos seguindo os movimentos dos dedos do irmão. Ouviu um clique; a porta se abriu, e ele deslizou para dentro. Assim que a fechou, Clary correu atrás, parando para digitar a mesma senha — X235 — e esperar o suave ruído que indicava que a porta estava destrancada. Quando o som veio, ela não soube determinar se estava mais aliviada ou surpresa. *Não deveria ser tão fácil.*

Um segundo depois, se viu em um pátio. Era quadrado, cercado por construções comuns em todos os lados. Três escadarias eram visíveis através das portas abertas. Sebastian, no entanto, havia desaparecido.

Então não seria fácil.

Ela avançou pelo largo, consciente de que estava trocando o abrigo das sombras pelo espaço aberto, onde poderia ser vista. O céu clareava a cada momento. A noção de que estava à vista a incomodou e ela entrou na sombra da primeira escada que encontrou.

Era simples, com degraus de madeira, que levavam para cima e para baixo, e um espelho barato na parede onde conseguia enxergar o próprio rosto pálido. Havia um cheiro distinto de lixo podre e por um instante Clary se perguntou se estaria perto de onde ficavam as latas de lixo, antes de cair a ficha em sua mente cansada e ela perceber: o fedor era da presença de demônios.

Os músculos fatigados de Clary começaram a tremer, mas ela cerrou as mãos em punhos. Tinha dolorosa consciência da falta de armas. Respirou fundo o cheiro pútrido do ar e começou a descer.

O cheiro se intensificou, o ar escureceu enquanto ela descia e Clary desejou ter uma estela e um símbolo de visão noturna. Mas não havia nada a se fazer. Ela continuou indo enquanto a escada espiralava repetidamente, e de repente se sentiu grata pela falta de luz ao pisar em alguma coisa grudenta. Agarrou o corrimão e tentou respirar pela boca. A escuridão engrossou, até que ela estivesse caminhando às cegas, o coração batendo tão forte que tinha certeza de que estava denunciando sua presença. As ruas de Paris, o mundo normal, pareciam a uma eternidade dali. Só existia escuridão e ela, descendo, descendo, descendo.

E então, uma luz brilhou ao longe, um pontinho mínimo, como a cabeça de um fósforo pegando fogo. Ela se aproximou do corrimão, quase agachada, conforme a luz se intensificou. Conseguiu enxergar a própria mão agora e o contorno dos degraus à sua frente. Só faltavam alguns. Chegou ao fim da descida e olhou em volta.

Qualquer semelhança com o prédio original já tinha desaparecido. Em algum lugar no caminho as escadas de madeira haviam se tornado de pedra, e ela agora estava em uma pequena sala de pedra iluminada por uma tocha que emitia uma luz verde doentia. O chão era de pedra, liso polido, e entalhado com diversos símbolos estranhos. Ela os circulou ao atravessar o salão para a única outra saída, um arco curvo de pedra, em cujo ápice havia um crânio humano entre o *V* de dois enormes machados ornamentais cruzados.

Através da entrada, ouviu vozes. Estavam distantes demais para que Clary conseguisse identificar o que diziam, mas sem dúvida eram vozes. *Por aqui*, pareciam dizer. *Siga-nos.*

Ela olhou para o crânio, e as órbitas vazias a encararam de volta, desdenhosas. Ficou imaginando onde estava — se Paris continuava acima, ou se tinha entrado em outro mundo, como acontecia com quem entrava na Cidade do Silêncio. Pensou em Jace, que havia deixado dormindo no que agora parecia uma outra vida.

Estava fazendo isso por ele, lembrou a si mesma. Para recuperá-lo. Atravessou o arco e entrou no corredor além, encostando-se instintivamente à parede. Avançou em silêncio e sorrateira, as vozes cada vez mais altas. O corredor estava escuro, mas não totalmente sem luz. A cada intervalo, outra tocha esverdeava ardia, emitindo um cheiro de queimado.

Uma porta se abriu subitamente na parede à esquerda, e as vozes aumentaram.

— *...diferente do pai* — disse uma delas, as palavras ásperas como lixa. — *Valentim nem trataria conosco. Faria de nós escravos. Este vai nos dar este mundo.*

Muito lentamente, Clary espiou pelo umbral.

A sala era nua, tinha paredes lisas, e não possuía nenhuma mobília. Lá dentro havia um grupo de demônios. Pareciam lagartos, com pele dura e marrom-esverdeada, mas cada um tinha um conjunto de seis pernas como tentáculos de polvo que emitiam um ruído seco ao se mover. As cabeças eram bulbosas, alienígenas, cobertas por olhos pretos.

Clary engoliu bile. Lembrou-se do Ravener, que foi um dos primeiros demônios que viu. Alguma coisa na grotesca combinação de lagarto, inseto e alien fez seu estômago revirar. Ela se aproximou ainda mais da parede, ouvindo com atenção.

— *Isto é, se confiar nele.* — Era difícil saber qual dos dois estava falando. As pernas se contraíam e relaxavam ao se moverem, levantando e abaixando os corpos bulbosos. Não pareciam ter bocas, mas conjuntos de pequenos tentáculos que vibravam ao falar.

— *A Grande Mãe confiava nele. Ele é filho dela.*

Sebastian. Claro que estavam falando de Sebastian.

— *Ele também é Nephilim. São nossos grandes inimigos.*

— *São inimigos dele também. Ele tem o sangue de Lilith.*

— *Mas o que ele chama de companheiro tem o sangue de nossos inimigos. É dos anjos.* — A palavra foi cuspida com tanto ódio que Clary a sentiu como um tapa.

— *O filho de Lilith garante que o tem sob controle, e ele de fato parece obediente.*

Ouviu-se uma risada seca e de inseto.

— *Vocês jovens se consomem demais de preocupação. Os Nephilim há muito mantêm este mundo longe de nós. Aqui, as riquezas são muitas. Vamos consumi-lo e largá-lo em cinzas. Quanto ao menino-anjo, ele será o último da espécie a morrer. Vamos queimá-lo em uma pira até que não reste nada além de ossos dourados.*

Clary irrompeu em fúria. Ela respirou fundo — um ruído mínimo, mas ainda assim um ruído. O demônio mais próximo levantou a cabeça. Por um instante, Clary congelou, presa no brilho dos olhos pretos espelhados.

Então, ela se virou e correu. Correu de volta para a entrada e pelas escadas e pela escuridão. Pôde ouvir a comoção atrás de si, as criaturas gritando, depois o barulho rastejante vindo atrás dela. Lançou um olhar por cima do ombro e percebeu que não conseguiria escapar. Apesar de ter tido vantagem na largada, eles praticamente já a tinham alcançado.

Clary ouvia a própria respiração arquejante, entrando e saindo com esforço, quando chegou à entrada, girou e saltou para tentar segurar no arco com as mãos. Ela balançou para a frente com toda a força, chutando o primeiro demônio, empurrando-o para trás enquanto ele chiava. Ainda pendurada, agarrou o cabo de um dos machados abaixo do crânio e puxou.

O machado, bem preso, não se mexeu.

Clary fechou os olhos, segurou mais forte e, com toda a sua força, *puxou.*

O machado se soltou da parede com um som de ruptura, derrubando pedras e argamassa. Desequilibrada, Clary caiu e aterrissou agachada, com o machado esticado à frente. Era pesado, mas ela mal sentiu. Estava acontecendo outra vez, como na loja de quinquilharias. A desaceleração do tempo, o aumento na intensidade das sensações. Ela sentiu cada sussurro do ar em sua pele, cada falha do chão sob seus pés. Ela se preparou quando o primeiro demônio atravessou a entrada e recuou como uma tarântula, as pernas atacando o ar acima dela.

Abaixo dos tentáculos do rosto, havia um par de presas compridas, gotejando.

O machado na mão de Clary pareceu atacar por vontade própria, enterrando-se no peito da criatura. Ela imediatamente se lembrou de Jace recomendando que não atacasse o peito, mas que partisse para a decapitação. Nem todos os demônios tinham coração. Mas neste caso teve sorte. Tinha acertado o coração, ou algum órgão vital. A criatura se debateu e ganiu; sangue borbulhou em torno da ferida, então o demônio desapareceu, deixando-a recuar, a arma suja de icor na mão. O sangue da criatura era escuro e malcheiroso, como alcatrão.

Quando o próximo avançou nela, Clary abaixou, girando o machado e cortando várias das pernas da criatura. Uivando, o demônio cambaleou para o lado, como uma cadeira quebrada; o seguinte já estava tropeçando sobre o próprio corpo, tentando atingi-la. Ela atacou de novo, o machado enterrando no rosto da criatura. Icor esguichou, e ela recuou, apertando o corpo contra a escada. Se algum aparecesse por trás, Clary estava morta.

Enlouquecido, o demônio cujo rosto Clary havia rasgado atacou novamente; ela girou o machado, cortando uma das pernas, mas outra perna a envolveu pelo pulso. Uma agonia quente subiu por seu braço. Ela gritou e tentou soltar a mão, mas o demônio a segurava com força demais. Parecia que milhares de agulhas quentes perfuravam sua pele. Ainda gritando, ela usou o braço esquerdo, socando o rosto da criatura onde o machado já havia cortado. O demônio sibilou e afrouxou o aperto; Clary livrou a mão exatamente quando o monstro recuou...

E do nada uma lâmina luminosa desceu, enterrando-se no crânio do demônio. Enquanto ela olhava, o demônio desapareceu, e Clary viu o irmão, com uma lâmina serafim brilhando na mão, icor espalhado na camisa branca. Atrás dele, o recinto estava vazio, exceto pelo corpo de um dos demônios, ainda se contorcendo, mas com fluido escuro entornando dos cotocos de pernas como óleo de um carro batido.

Sebastian. Encarou-o, espantada. Ele tinha acabado de salvá-la?

— Afaste-se de mim, Sebastian — sibilou ela.

Ele não pareceu ouvir.

— Seu braço.

Ela olhou para o pulso direito, ainda latejando de dor. Uma pulseira grossa de machucados em forma de pires circulava a região atingida pelo demônio. Os ferimentos já estavam escurecendo, ficando de um azul-preto doentio.

Ela olhou de volta para o irmão. Os cabelos brancos dele pareciam uma auréola na escuridão. Ou podia ser o fato de que estava perdendo a visão. Luz também circulava a tocha verde na parede, e a lâmina serafim empunhada por Sebastian. Ele estava falando, mas as palavras saíram borradas, perdidas, como se conversasse embaixo d'água.

— ...veneno mortal — explicava ele. — Que diabos estava pensando, Clarissa? — A voz dele falhou, e voltou. Ela lutou para se concentrar — Combater seis demônios Dahak com um machado ornamental...

— Veneno — repetiu ela e, por um instante, o rosto de Sebastian ficou claro outra vez, as linhas do esforço em volta da boca e dos olhos destacadas e impressionantes. — Então pelo visto não salvou minha vida, salvou?

A mão de Clary sofreu espasmos e o machado escorregou, caindo no chão. Ela sentiu o casaco prender na parede áspera quando começou a deslizar, querendo, mais que tudo, deitar no chão. Mas Sebastian não a deixou descansar. Com os braços sob os dela, levantou-a e em seguida carregou-a, o braço bom de Clary jogado por cima do pescoço dele. Ela queria se soltar dele, mas não tinha energia. Sentia uma dor aguda na parte interna do cotovelo, uma queimadura — o toque de uma estela. Torpor se espalhou pelas veias. A última coisa que viu antes de fechar os olhos foi o rosto do crânio na entrada. Poderia jurar que as órbitas vazias estavam preenchidas por uma gargalhada.

15

Magdalena

Náusea e dor iam e vinham em redemoinhos cada vez mais contraídos. Clary via apenas um borrão de cores ao redor: estava consciente de que o irmão a carregava, cada um dos passos dele penetrando seu crânio como uma picareta de gelo. Tinha consciência de que estava agarrada a ele, e que a força dos braços de Sebastian era um conforto — de que era bizarro o fato de alguma coisa em Sebastian ser reconfortante, e que ele parecia tomar cuidado para não sacudi-la muito enquanto andava. Muito ao longe, ela sabia que estava lutando para respirar e ouviu o irmão chamar seu nome.

Então tudo silenciou. Por um instante, ela achou que fosse o fim: tinha morrido, morrido combatendo demônios, como a maioria dos Caçadores de Sombras. Depois sentiu outra queimação aguda na parte interna do braço, e uma explosão do que parecia gelo pelas veias. Fechou os olhos com força de novo por conta da dor, mas o frio do que quer que Sebastian tivesse feito foi como um copo de água no rosto. Lentamente, o mundo parou de girar, os redemoinhos de náusea e dor diminuindo até se tornarem breves ondas na maré de seu sangue. Pôde voltar a respirar.

Arquejando, abriu os olhos.

Céu azul.

Estava deitada de costas, olhando para um céu infinitamente azul, com toques de nuvens de algodão, como o céu pintado no teto da enfermaria do Instituto. Ela estendeu os braços doloridos. O direito ainda estava com as marcas da pulseira de ferimentos, apesar de estarem desbotando para rosa-claro. No braço esquerdo tinha um *iratze*, tão desbotado que era quase invisível, e um *mendelin* para dor na dobra do cotovelo.

Respirou fundo. Ar outonal, tingido pelo cheiro de folhas. Ela viu os topos das árvores, ouviu o murmúrio do trânsito e...

Sebastian. Escutou uma risada baixa e percebeu que não estava apenas deitada, estava apoiada no irmão. Sebastian, cordial e sem fôlego, cujo braço apoiava a cabeça de Clary. O restante do corpo dela estava esticado sobre um banco de madeira ligeiramente úmido.

Clary se levantou. Sebastian riu outra vez; estava sentado na beira de um banco de parque com braços de ferro elaborados. Seu cachecol estava dobrado no colo, onde ela estava deitada, e o braço que não estava servindo de apoio para a cabeça dela estava esticado sobre o encosto do banco. Ele desabotoara a camisa branca para esconder as manchas de icor. Por baixo, usava uma camiseta cinza lisa. A pulseira de prata brilhava no seu pulso. Os olhos pretos a estudaram com divertimento enquanto ela se arrastava para longe no banco.

— Que bom que você é baixinha — disse ele. — Se fosse mais alta, carregá-la teria sido extremamente inconveniente.

Ela manteve a voz firme, com esforço.

— Onde estamos?

— No Jardin du Luxembourg — disse ele. — É um parque muito bonito. Tive de trazê-la para algum lugar onde pudesse deitar, o meio da rua não me pareceu uma boa ideia.

— É, existe uma palavra para abandonar alguém para morrer no meio da rua. Assassinato veicular.

— Isso são duas palavras, e acho que, tecnicamente, só é assassinato veicular se você atropelar a pessoa. — Ele esfregou as mãos, como se estivesse tentando aquecê-las. — Mas também, por que eu a largaria para morrer no meio da rua depois de todo aquele esforço para salvar sua vida?

Ela engoliu em seco e olhou para o próprio braço. Os ferimentos estavam ainda mais desbotados agora. Se ela não soubesse da existência deles, provavelmente nem os notaria mais.

— E por quê?

— Por que o quê?

— Salvou minha vida.

— Você é minha irmã.

Ela engoliu em seco. À luz da manhã o rosto de Sebastian tinha alguma cor. Havia queimaduras fracas no pescoço, onde o icor de demônio respingara.

— Você nunca se importou com o fato de eu ser sua irmã.

— Não? — Os olhos pretos a avaliaram. Ela se lembrou de quando Jace foi à sua casa depois que ela lutou contra o demônio Ravener e estava morrendo envenenada. Ele a curou, exatamente como Sebastian, e a carregou da mesma maneira. Talvez fossem mais parecidos do que ela gostaria de pensar, mesmo antes do feitiço que os unia. — Nosso pai está morto — disse ele. — Não existem outros parentes. Eu e você somos os últimos. Os últimos Morgenstern. Você é minha única chance de ter alguém cujo sangue também corre nas minhas veias. Alguém como eu.

— Você sabia que eu estava vindo atrás de você.

— Claro que sabia.

— E deixou.

— Queria ver o que ia fazer. E admito que não pensei que você fosse me seguir até aqui. É mais corajosa do que imaginei. — Ele pegou o cachecol do colo e colocou no pescoço. O parque estava começando a encher, com turistas segurando mapas, pais de mãos dadas com filhos, idosos sentando em outros bancos como o dela, fumando cachimbo. — Você jamais teria vencido aquela luta.

— Talvez tivesse.

Ele sorriu, um sorriso de lado, rápido, como se não pudesse evitar.

— Talvez.

Ela arrastou as botas na grama, que estava úmida. Não iria agradecer a Sebastian. Por nada.

— Por que você está negociando com demônios? — perguntou. — Ouvi as criaturas falando de você. Sei o que está fazendo...

— Não, não sabe. — O sorriso desapareceu e o tom superior voltou. — Primeiro, aqueles nem eram os demônios com os quais eu estava lidando. Eram apenas os seguranças. Por isso estavam em uma sala separada e por isso eu não estava lá. Demônios Dahak não são tão espertos, apesar de serem cruéis, duros e defensivos. Então não é como se eles realmente estivessem informados sobre o que estava acontecendo. Só estavam repetindo fofocas que ouviram dos mestres. Demônios Maiores. Eram com *esses* que eu estava me reunindo.

— E isso deveria fazer com que eu me sentisse melhor?

Ele se inclinou para ela no banco.

— Não estou tentando fazer com que se sinta melhor. Estou tentando falar a verdade.

— Não é à toa que parece estar tendo um ataque de alergia — disse ela, apesar de não ser exatamente verdade. Sebastian parecia irritantemente tranquilo, apesar de a rigidez da mandíbula e a pulsação na têmpora informarem que ele não estava tão calmo quanto fingia. — O Dahak disse que você iria entregar este mundo aos demônios.

— E isso soa como alguma coisa que eu faria?

Ela apenas olhou para ele.

— Pensei que tivesse dito que ia me dar uma chance — disse ele. — Não sou o mesmo que você conheceu em Alicante. — O olhar de Sebastian era límpido. — Além disso, não sou a única pessoa que você conheceu que acreditou em Valentim. Ele era meu pai. Nosso pai. Não é fácil duvidar das coisas nas quais se cresceu acreditando.

Clary cruzou os braços; o ar estava fresco, porém frio, com uma severidade invernal.

— Bem, isso é verdade.

— Valentim estava errado — disse ele. — Era tão obcecado pelos erros que achava que a Clave havia cometido contra ele que não conseguia enxergar nada além da necessidade de provar que estava certo. Queria que o Anjo emergisse e dissesse a eles que ele era o Jonathan Caçador de Sombras que havia retornado, que era um líder e que o jeito dele era o jeito certo.

— Não aconteceu exatamente assim.

— Eu sei o que aconteceu. Lilith me contou sobre o ocorrido. — Ele disse essa parte de forma casual, como se conversas com a mãe de todos os feiticeiros fossem corriqueiras na vida de todo mundo. — Não se engane em achar que o que se passou foi porque o Anjo tinha grande compaixão, Clary. Anjos são frios como gelo. Raziel ficou irritado porque Valentim tinha se esquecido da missão de todos os Caçadores de Sombras.

— Que é?

— Matar demônios. É esse o nosso encargo. Certamente deve ter ouvido falar que mais e mais demônios vêm entrando no nosso mundo nos últimos anos? Que não temos ideia de como mantê-los afastados?

Um eco de palavras veio a ela, algo que Jace tinha dito o que parecia uma vida atrás, na primeira vez em que visitaram a Cidade do Silêncio. *Podemos conseguir bloquear a entrada deles, mas ninguém nunca descobriu como fazer isso. Aliás, mais e mais deles têm entrado. Costumava haver apenas pequenas invasões neste mundo, facilmente contidas. Mas mesmo no meu tempo de vida mais e mais deles têm ultrapassado as barreiras. A Clave sempre tem de enviar Caçadores de Sombras, e muitas vezes eles não voltam.*

— Uma grande guerra com os demônios se aproxima e a Clave está lamentavelmente despreparada — explicou Sebastian. — Quanto a isso, meu pai tinha razão. Eles são teimosos demais para ouvir alertas ou mudar. Não desejo a destruição dos seres do Submundo como Valentim, mas temo que a cegueira da Clave vá condenar o mundo que os Caçadores de Sombras protegem.

— Você quer que eu acredite que se importa se este mundo for destruído?

— Bem, eu moro aqui — respondeu Sebastian, mais suavemente do que ela esperava. — E às vezes situações extremas exigem medidas extremas. Para destruir o inimigo pode ser necessário entendê-lo, até mesmo lidar com ele. Se eu puder fazer esses Demônios Maiores confiarem em mim, posso atraí-los para cá, onde podem ser destruídos, e seus seguidores também. Isso deve alterar o equilíbrio. Demônios saberão que este mundo não é tão fácil de dominar quanto imaginavam.

Clary balançou a cabeça.

— E você vai fazer isso com o quê, só você e Jace? Você é bastante impressionante, não me entenda mal, mas mesmo vocês dois...

Sebastian se levantou.

— Você realmente não acredita que eu possa ter elaborado um plano, acredita? — Ele a olhou, o vento outonal soprando seu cabelo branco no rosto. — Venha comigo. Quero mostrar uma coisa.

Ela hesitou.

— Jace...

— Ainda está dormindo. Confie em mim, eu sei. — Sebastian estendeu a mão. — Venha comigo, Clary. Se não conseguir fazê-la acreditar que tenho um plano, talvez possa provar.

Ela o encarou. Imagens inundaram sua mente como uma chuva de confetes: a loja de quinquilharias em Praga, o anel dourado de folha caindo na escuridão, Jace segurando-a na alcova na boate, os aquários de cadáveres. Sebastian empunhando uma lâmina serafim.

Provar.

Ela pegou a mão do irmão e permitiu que ele a levantasse.

Foi decidido, mas não sem extensa discussão, que, para a invocação de Raziel acontecer, a Equipe do Bem teria de encontrar uma localidade relativamente isolada.

— Não podemos invocar um anjo de 18 metros no meio do Central Park — observou Magnus, secamente. — As pessoas podem notar, mesmo em Nova York.

— Raziel tem 18 metros? — perguntou Isabelle. Estava sentada em uma poltrona que havia puxado para a mesa. Tinha olheiras sob os olhos escuros; ela, assim como Alec, Magnus e Simon, se sentia exausta. Estavam todos acordados havia horas, estudando livros de Magnus tão antigos que as páginas pareciam cascas de cebola. Tanto Isabelle quanto Alec sabiam ler em grego e latim, e Alec tinha melhor conhecimento de línguas demoníacas que Izzy, mas ainda havia muitas que somente Magnus compreendia. Maia e Jordan, ao notarem que seriam mais úteis em outro lugar, tinham saído para a delegacia de polícia, para ver como estava Luke. Enquanto isso, Simon havia tentado ser útil de outras formas: buscando comida e café, copiando símbolos conforme instruções de Magnus, buscando mais papéis e lápis, e até alimentando Presidente Miau, que lhe agradeceu tossindo uma bola de pelo no chão da cozinha de Magnus.

— Na verdade, ele só tem 17,98 metros, mas gosta de exagerar — disse Magnus. O cansaço não melhorava seu temperamento. Seus cabelos estavam desgrenhados, e ele tinha manchas de purpurina nas costas das mãos, onde havia esfregado os olhos. — Ele é um anjo, Isabelle. Você não estudou *nada*?

Isabelle estalou a língua, irritada.

— Valentim invocou um anjo na adega de casa. Não sei por que você precisa de todo esse espaço...

— Porque Valentim é BEM MAIS INCRÍVEL do que eu — disparou Magnus, soltando a caneta. — Olhe...

— Não grite com a minha irmã — disse Alec. Falou baixinho, mas com força por trás das palavras. Magnus o olhou, surpreso. Alec prosseguiu: — Isabelle, o tamanho dos anjos, quando aparecem na dimensão terrestre, varia de acordo com o poder. O que Valentim invocou era de hierarquia mais baixa que Raziel. E se você fosse invocar um anjo de ainda mais alta patente, Miguel ou Gabriel...

— Eu não poderia fazer um feitiço que os prendesse, nem momentaneamente — disse Magnus, a voz branda. — Vamos invocar Raziel em parte porque torcemos para que ele, como criador dos Caçadores de Sombras, tenha compaixão especial, ou qualquer compaixão, na verdade, pela situação de vocês. Um anjo menos poderoso poderia não conseguir nos ajudar, mas algum mais poderoso... Bem, se algo der errado...

— Posso não ser o único a morrer — completou Simon.

Magnus pareceu aflito, e Alec olhou para os papéis espalhados sobre a mesa. Isabelle colocou a mão sobre a de Simon.

— Não posso acreditar que estamos aqui falando sobre invocar um anjo — disse ela. — Durante toda a minha vida nós juramos pelo nome do Anjo. Sabemos que nossos poderes vêm dos anjos. Mas a ideia de ver um... Não consigo imaginar de fato. Quando tento pensar no assunto, é algo grande demais.

Silêncio caiu sobre a mesa. Havia nos olhos de Magnus uma escuridão que fez Simon imaginar se ele já teria visto um anjo. Pensou se deveria perguntar, mas foi poupado de ter de tomar uma decisão pela vibração do telefone.

— Um segundo — murmurou, e se levantou. Abriu o aparelho e se apoiou em um dos pilares do apartamento. Era uma mensagem, diversas, na verdade, de Maia.

BOAS NOVAS! LUKE ESTÁ ACORDADO E CONVERSANDO. PARECE QUE VAI FICAR BEM.

Alívio varreu Simon em uma onda. Finalmente uma boa noticia. Fechou o telefone e alcançou o anel na mão.

Clary?

Nada.

Engoliu os próprios nervos. Ela devia estar dormindo. Levantou os olhos e viu os três à mesa olhando para ele.

— Quem ligou? — perguntou Isabelle.

— Era Maia. Ela disse que Luke acordou e está conversando. E que vai ficar bem. — Houve um murmúrio de vozes aliviadas, mas Simon continuava olhando para o anel na mão. — Ela me deu uma ideia.

Isabelle estava de pé, caminhando em direção a ele; com isso, ela parou, parecendo preocupada. Simon supôs que não podia culpá-la. Ultimamente, suas ideias eram suicidas.

— O que foi? — perguntou.

— Do que precisamos para invocar Raziel? De quanto espaço? — perguntou Simon.

Magnus fez uma pausa sobre um livro.

— Pelo menos de 1,5 quilômetro de diâmetro. Água seria bom. Como o Lago Lyn...

— A fazenda de Luke — disse Simon. — Ao norte do estado. A uma ou duas horas daqui. Deve estar fechada agora, mas sei como chegar lá. E tem um lago. Não tão grande quanto o Lyn, mas...

Magnus fechou o livro que estava segurando.

— Não é má ideia, Seamus.

— Algumas horas? — disse Isabelle, olhando para o relógio. — Podemos chegar antes das...

— Ah, não — disse Magnus. Empurrou o livro. — Ao passo que seu entusiasmo é impressionantemente sem limites, Isabelle, estou exausto demais para executar o feitiço de invocação agora. E isto não é uma coisa com a qual eu queira correr riscos. Acho que todos podemos concordar.

— Quando, então? — perguntou Alec.

— Precisamos de pelo menos algumas horas de sono — ponderou Magnus. — Sugiro sairmos no começo da tarde. Sherlock... desculpe, *Simon*... ligue e verifique se podemos pegar emprestada a caminhonete de Jordan enquanto isso. E agora... — empurrou os papéis de lado — vou dormir. Isabelle, Simon, estão mais do que convidados a usar o quarto de hóspedes, se quiserem.

— Seria melhor ficarem em quartos separados — murmurou Alec.

Isabelle olhou para Simon com olhos escuros inquisitivos, mas ele já estava pegando o telefone no bolso.

— Muito bem — disse ele. — Volto antes do meio-dia, mas tenho uma coisa importante para fazer.

* * *

À luz do dia, Paris era uma cidade de ruas estreitas e curvas que desaguavam em avenidas largas, prédios levemente dourados com telhados cor de ardósia e um rio brilhante que a cortava como uma cicatriz. Sebastian, apesar da alegação de que iria provar a Clary que tinha um plano, não falou muita coisa enquanto caminhavam por uma rua cheia de galerias de arte e lojas especializadas em livros antigos e empoeirados, na direção do Quai des Grands Augustins, perto do rio.

Uma brisa fria vinha do Sena, e Clary estremeceu. Sebastian tirou o cachecol e o entregou a ela. Era de lã preta e branca e ainda estava quente do pescoço dele.

— Não seja tola — disse ele. — Você está com frio. Use.

Clary enrolou o cachecol no pescoço.

— Obrigada — disse em um reflexo, e fez uma careta.

Pronto. Agradeceu a Sebastian. Esperou que um raio caísse do céu e a matasse. Mas nada aconteceu.

Ele lhe lançou um olhar estranho.

— Você está bem? Parece a ponto de espirrar.

— Estou bem.

O cachecol cheirava a colônia cítrica e a garoto. Ela não sabia ao certo qual achava que seria o cheiro. Começaram a andar novamente. Desta vez, Sebastian desacelerou, caminhando ao lado dela, parando para explicar que os bairros de Paris eram numerados, e que estavam atravessando do sexto para o quinto, o Quartier Latin, e que a ponte que estavam vendo se estendendo por sobre o rio ao longe era a Saint-Michel. Muitos jovens passavam por eles, Clary percebeu; garotas da idade dela ou mais velhas, absurdamente estilosas, com calças justas e saltos muito altos, cabelos longos esvoaçando ao vento do Sena. Algumas delas pararam para lançar olhares apreciativos a Sebastian, que pareceu não notar.

Jace, ela pensou, teria notado. Sebastian *era* lindo, com os cabelos brancos gelados e olhos pretos. Quando o conheceu achou-o bonito, e, na ocasião, ele estava com o cabelo pintado de preto; não combinava com ele, na verdade. Ficava mais bonito assim. A palidez do cabelo dava alguma cor à pele, ressaltava o rubor das maçãs do rosto, a forma graciosa do rosto. Tinha cílios incrivelmente longos, um tom mais escuro do que o cabelo, que se curvavam de um jeito delicado, exatamente como os de Jocelyn — *tão* injusto. Por que ela não tinha herdado cílios longos? E por que ele não tinha uma única sarda?

— Então — disse ela de repente, interrompendo-o no meio de uma frase —, o que somos?

Ele a olhou de lado.

— O que quer dizer com "o que somos"?

— Você falou que somos os últimos Morgenstern. Morgenstern é um nome alemão — disse Clary. — Então, o que somos, alemães? Qual é a história? Por que não há nenhum além de nós?

— Você não sabe nada sobre a família de Valentim? — A voz de Sebastian tinha um tom de incredulidade. Ele parou ao lado da mureta que corria ao longo do Sena, perto do asfalto. — Sua mãe nunca contou nada?

— Ela é sua mãe também, e não, nunca me contou. Valentim não é o assunto preferido dela.

— Nomes de Caçadores de Sombras são compostos — Sebastian explicou lentamente, e subiu na mureta. Esticou a mão, e após um instante Clary permitiu que ele pegasse a dela e a puxasse para o lado dele. O Sena corria cinza-esverdeado abaixo deles, e barcos turísticos passavam lentamente. — Fair-child, Light-wood, White-law. "Morgenstern" significa "estrela da manhã". É um nome germânico, mas a família era suíça.

— Era?

— Valentim era filho único — disse Sebastian. — O pai dele, nosso avô, foi morto por seres do Submundo, e nosso tio-avô morreu em uma batalha. Não teve filhos. Isto — ele esticou o braço e tocou o cabelo de Clary — vem do lado Fairchild. Tem sangue britânico aí. Eu me pareço mais com o lado suíço. Como Valentim.

— Sabe alguma coisa sobre nossos avós? — perguntou Clary, fascinada apesar de tudo.

Sebastian abaixou a mão e pulou do muro. Estendeu a mão para ela, que aceitou, equilibrando-se enquanto pulava. Por um instante colidiu contra o peito dele, duro e caloroso sob a camiseta. Uma menina que passava lhe lançou um olhar impressionado e invejoso, e Clary recuou apressadamente. Ela queria gritar para a menina que Sebastian era seu irmão, e que ela na verdade o odiava. Mas não o fez.

— Não sei nada sobre nossos avós maternos — respondeu ele. — Como poderia? — Deu um sorriso torto. — Vamos. Quero mostrar um dos meus lugares preferidos.

Clary parou.

— Pensei que fosse me provar que tinha um plano.

— Tudo em seu devido tempo. — Sebastian começou a andar e, após um instante, o Clary, seguiu. *Descubra o plano dele. Seja gentil até conseguir.* — O pai de Valentim era muito parecido com ele — continuou Sebastian. — Depositava sua fé na força. "Somos os guerreiros escolhidos de Deus." Era nisso que acreditava. A dor o deixa mais forte. A perda o torna mais poderoso. Quando ele morreu...

— Valentim mudou — disse Clary. — Luke me contou.

— Ele amava o pai e o odiava. Algo que pode entender por conhecer Jace. Valentim nos criou como o pai fez com ele. Você sempre se volta para o que conhece.

— Mas Jace — disse Clary. — Valentim ensinou mais do que apenas a lutar. Ensinou línguas e piano...

— Isso foi influência de Jocelyn. — Sebastian pronunciou o nome sem vontade, como se detestasse o som. — Ela achava que Valentim deveria ser capaz de conversar sobre livros, arte, música, e não apenas sobre matar coisas. Ele transmitiu isso a Jace.

Um portão azul de ferro forjado se ergueu à esquerda. Sebastian se abaixou para atravessá-lo e acenou para que Clary o seguisse. Ela não precisou se abaixar, mas foi atrás do irmão, com as mãos enfiadas nos bolsos.

— E você? — perguntou ela.

Ele levantou as mãos. Eram inequivocamente as mãos da mãe — habilidosas, de dedos longos, feitas para segurarem um pincel ou uma caneta.

— Aprendi a tocar os instrumentos da guerra — disse ele — e a pintar com sangue. Não sou como Jace.

Estavam em um beco estreito entre duas fileiras de prédios feitos da mesma pedra dourada de outras construções de Paris, os telhados brilhando verde-acobreados ao sol. O chão da rua era de paralelepípedos, e não havia carros nem motos. À esquerda de Clary, havia um café, uma placa de madeira pendurada em um poste de ferro forjado o único indício de que havia comércio nesta rua sinuosa.

— Gosto daqui — disse Sebastian, seguindo o olhar da irmã —, porque é como se a pessoa estivesse em um século anterior. Sem barulho de carros, sem luzes de néon. Apenas... pacífico.

Clary o encarou. *Ele está mentindo*, pensou. *Sebastian não tem pensamentos assim. Sebastian, que tentou incendiar Alicante, não se importa com "pacífico".*

Naquele momento, ela pensou em onde Sebastian havia crescido. Ela nunca tinha visto o lugar, mas Jace descreveu para ela. Uma pequena casa — um chalé, na verdade — em um vale nos contornos de Alicante. As noites deviam ser silenciosas, e o céu, estrelado. Mas será que ele sentiria falta disso? *Poderia?* Seria este tipo de emoção algo que alguém poderia ter quando sequer era humano?

Não lhe incomoda?, ela queria perguntar. *Ficar no lugar onde o verdadeiro Sebastian Verlac cresceu e viveu, até você matá-lo? Caminhar por estas ruas carregando o nome dele, sabendo que em algum lugar a tia do menino está sofrendo por ele? E o que quis dizer com ele não deveria ter reagido à luta?*

Os olhos pretos de Sebastian a examinaram pensativamente. Ele tinha senso de humor, ela sabia; tinha uma perspicácia mordaz que às vezes não diferia muito da de Jace. Mas não sorria.

— Vamos — falou ele então, interrompendo o devaneio. — Este lugar tem o melhor chocolate quente de Paris.

Clary não tinha certeza de como saberia se isso era verdade ou não, considerando que esta era a sua primeira vez em Paris, mas depois que se sentaram, ela teve de admitir que o chocolate quente era excelente. Preparado na mesa — que era pequena e de madeira, assim como as cadeiras antiquadas e de encostos altos — em um recipiente azul de cerâmica, com creme, chocolate em pó e açúcar. O resultado era uma bebida tão espessa que a colher ficava em pé na caneca. Também pediram croissants, que mergulharam no chocolate.

— Sabe, se quiser outro croissant eles trazem — disse Sebastian, inclinando-se na cadeira. Eles eram os mais jovens do estabelecimento com décadas de folga, Clary percebeu. — Você está atacando esse aí como um morto de fome.

— Estou com fome. — Ela deu de ombros. — Olhe, se quer conversar comigo, converse. Me convença.

Ele se inclinou para a frente, com os cotovelos na mesa. Ela se lembrou de ter olhado nos olhos dele na noite anterior, de ter notado aquele anel prateado em torno da íris.

— Estava pensando no que você disse sobre ontem.

— Eu estava alucinada ontem. Não me lembro do que disse.

— Você me perguntou a quem pertenço — informou Sebastian.

Clary fez uma pausa com a caneca de chocolate quente a meio caminho da boca.

— Perguntei?

— Perguntou. — Os olhos de Sebastian a estudaram atentamente. — E não tenho uma resposta.

Ela pousou a caneca, sentindo-se subitamente desconfortável.

— Você não precisa pertencer a ninguém — disse ela. — É só um modo de falar.

— Bem, deixe-me perguntar uma coisa agora — falou Sebastian. — Acha que pode me perdoar? Digo, acha que o perdão é algo possível para alguém como eu?

— Não sei — Clary segurou a borda da mesa. — Eu... Quero dizer, não sei muito sobre o perdão na acepção religiosa, só o perdão genérico entre as pessoas. — Ela respirou fundo, ciente de que estava enrolando. Era alguma coisa na firmeza do olhar escuro de Sebastian, como se ele esperasse que ela fosse oferecer respostas a dúvidas que mais ninguém era capaz de responder. — Sei que é preciso fazer coisas para conquistar o perdão. Mudar. Confessar, se arrepender e fazer reparações.

— Reparações — ecoou Sebastian.

— Para compensar o que fez. — Clary olhou para a caneca. Não existia compensação pelo que Sebastian havia feito, não de forma que fizesse sentido.

— *Ave atque vale* — falou Sebastian, olhando para a caneca de chocolate.

Clary reconheceu as palavras tradicionais proferidas pelos Caçadores de Sombras para seus mortos.

— Por que está dizendo isso? Não estou morrendo.

— Sabe, é de um poema — disse ele. — De Catulo. "*Frater, ave atque vale*". "Saudações e adeus, meu irmão." Fala sobre cinzas, os ritos dos mortos, e da própria dor pelo irmão. Aprendi esse poema quando era novo, mas não *sentia*: nem a dor, nem a perda, ou mesmo a ideia sobre como seria morrer e não ter ninguém que sofresse por você. — Ele lançou a ela um olhar intenso. — Como acha que teria sido se Valentim a tivesse criado comigo? Você teria me amado?

Clary ficou muito satisfeita por ter pousado a caneca, pois do contrário, a teria derrubado. Sebastian não a olhou com qualquer timidez ou desconforto natural passíveis de acompanhar uma pergunta tão bizarra, mas como se ela fosse uma forma de vida curiosa e estranha.

— Bem — disse ela. — Você é meu irmão. Eu o teria amado. Teria... tido de amar.

Ele continuou olhando para ela com o mesmo olhar fixo e intenso. Clary pensou se deveria perguntar se ele achava que isso significava que ele também a teria amado. Como uma irmã. Mas tinha a impressão de que ele não fazia ideia do que isso significava.

— Mas Valentim não me criou — disse ela. — Aliás, eu o matei.

Clary não soube ao certo por que falou aquilo. Talvez só quisesse verificar se seria possível irritá-lo. Afinal, Jace já tinha dito uma vez que Valentim possivelmente foi a única coisa com que Sebastian já se importou.

Mas ele não titubeou.

— Na verdade — disse ele—, o Anjo o matou. Apesar de ter sido por sua causa. — Os dedos de Sebastian traçaram desenhos na mesa gasta. — Sabe, logo que a conheci, em Idris, tive esperanças, pensei que talvez você fosse como eu. E quando vi que não tinha nada a ver, a detestei. Então, quando voltei à vida, e Jace me contou sobre o que você tinha feito, percebi que eu estava enganado. Você *é* como eu.

— Você disse isso ontem — falou. — Mas não sou...

— Matou nosso pai — disse ele. Sua voz estava suave. — E *você não se importa*. Nunca nem hesitou, não é? Valentim espancou Jace até sangrar durante os primeiros dez anos de vida dele, e Jace até hoje sente falta dele. Sofreu por ele, apesar de não terem o mesmo sangue. Mas era seu pai, e você o matou e nunca perdeu uma noite de sono por isso.

Clary o encarou, boquiaberta. Era tão injusto. Tão injusto. Valentim nunca foi um pai para ela — não a amou —, foi um monstro que precisava morrer. Ela o matou porque não tinha escolha.

Espontaneamente, veio à mente de Clary a imagem de Valentim, enterrando sua lâmina no peito de Jace, em seguida o segurando enquanto ele morria. Valentim chorou sobre o filho que matou. Mas ela nunca chorou pelo pai. Nunca sequer cogitou a possibilidade.

— Tenho razão, não tenho? — comentou Sebastian. — Diga-me que estou errado. Diga-me que não é como eu.

Clary ficou olhando para a caneca de chocolate quente, agora frio. Teve a sensação de que havia um turbilhão em sua mente, sugando seus pensamentos e palavras.

— Pensei que você achasse que *Jace* era como você — disse ela, afinal, com a voz engasgada. — Pensei que por isso o quisesse ao seu lado.

— Preciso de Jace — respondeu Sebastian. — Mas no coração ele não é como eu. Você é. — Levantou-se. Devia ter pagado a conta em algum momento; Clary não conseguia se lembrar. — Venha comigo.

Ele estendeu a mão. Ela se levantou sem dar a mão para ele e recolocou mecanicamente o cachecol; o chocolate que havia tomado parecia ácido em seu estômago. Seguiu Sebastian para fora do café e pelo beco, onde ele estava olhando para o céu azul acima.

— Não sou como Valentim — disse Clary, parando ao lado dele. — Nossa mãe...

— *Sua* mãe — disse ele — me odiava. Me odeia. Você viu. Ela tentou me matar. Quer me dizer que puxou à mãe, tudo bem. Jocelyn Fairchild é implacável. Sempre foi. Fingiu amar nosso pai durante meses, talvez anos, para poder reunir informações o bastante para traí-lo. Ela arquitetou a Ascensão e viu todos os amigos do marido serem *chacinados*. Roubou suas lembranças. Você a perdoou? E quando fugiu de Idris, você realmente acha que ela planejou me levar junto? Deve ter ficado aliviada em pensar que eu estava morto...

— Não ficou! — rebateu Clary. — Ela tinha uma caixa com suas coisas de bebê. Sempre pegava e chorava. Todo ano no seu aniversário. Sei que está com a caixa no seu quarto.

Os lábios finos e elegantes de Sebastian se curvaram. Ele virou de costas para ela e começou a andar pelo beco.

— Sebastian! — gritou Clary, atrás dele. — Sebastian, *espere*. — Não sabia ao certo por que queria que ele voltasse. É verdade que não sabia onde estava, nem como voltar ao apartamento, mas era mais do que isso. Queria lutar, provar que não era o que ele tinha acabado de dizer. Elevou a voz e gritou: — *Jonathan Christopher Morgenstern!*

Ele parou e se virou lentamente, olhando para ela por cima do ombro.

Clary foi em direção a ele, que a observou andar, com a cabeça inclinada para o lado, os olhos pretos estreitados.

— Aposto que você sequer sabe meu nome do meio — disse ela.

— Adele. — Havia uma musicalidade na maneira como ele dizia, uma familiaridade que a deixou desconfortável. — Clarissa Adele.

Ela chegou ao lado dele.

— Por que Adele? Eu nunca soube.

— Eu mesmo não sei — respondeu. — Sei que Valentim nunca quis que você se chamasse Clarissa Adele. Ele queria que fosse Seraphina, como a mãe dele. Nossa avó. — Sebastian se virou e começou a andar outra vez, e desta vez ela o acompanhou. — Depois que nosso avô foi morto, ela morreu, de infarto. Morreu de tristeza, Valentim sempre disse.

Clary pensou em Amatis, que nunca superou o primeiro amor, Stephen; no pai de Stephen, que morreu de tristeza; na Inquisidora, cuja vida foi inteiramente dedicada à vingança. Na mãe de Jace, cortando os pulsos quando o marido morreu.

— Antes de conhecer os Nephilim, eu teria dito que era impossível morrer de tristeza.

Sebastian sorriu secamente.

— Não formamos laços como os mundanos — disse ele. — Bem, às vezes, é claro. Nem todo mundo é igual. Mas os laços entre nós tendem a ser intensos e invioláveis. É por isso que nos damos tão mal com outros que não são da nossa espécie. Seres do Submundo, mundanos...

— Minha mãe vai se casar com alguém do Submundo — disse Clary, ferida. Haviam parado na frente de um prédio de pedra de ângulos retos, com janelas pintadas de azul, quase no fim do beco.

— Ele já foi Nephilim um dia — respondeu Sebastian. — E veja nosso pai. Sua mãe, Clary, o traiu e o deixou, e mesmo assim ele passou o resto da vida esperando para reencontrá-la e convencê-la a voltar. Aquele armário cheio de roupas... — Balançou a cabeça.

— Mas Valentim disse a Jace que o amor é uma fraqueza — declarou Clary. — Que o amor destruía as pessoas.

— Você não acharia o mesmo se tivesse passado metade da vida atrás de uma mulher, mesmo que ela lhe odiasse, porque era incapaz de esquecê-la? Se tivesse de se lembrar de que a pessoa que mais amou na vida a apunhalou pelas costas e torceu a faca? — Ele se inclinou por um momento, tão perto de Clary que, quando falou, seu hálito moveu o cabelo dela. — Talvez você seja mais como sua mãe do que como nosso pai. Mas que diferença isso faz? Você tem implacabilidade nos ossos e gelo no coração, Clarissa. Não me diga que não.

Ele girou antes que ela pudesse responder e subiu no degrau da frente da casa de janelas azuis. Uma placa de interfones elétricos encontrava-se na parede ao lado da porta, cada qual com um nome escrito à mão. Ele pressionou o botão que dizia Magdalena e esperou. Eventualmente, uma voz áspera se pronunciou:

— *Qui est là?*

— *C'est le fils e la fille de Valentim* — respondeu. — *Nous avions rendez-vous?*

Fez-se uma pausa, então a campainha soou. Sebastian abriu a porta — e a manteve aberta, permitindo educadamente que Clary entrasse antes. Os degraus eram de madeira, tão gastos e lisos quanto a lateral de um navio. Seguiram em silêncio para o andar de cima, onde a porta estava ligeiramente aberta para o patamar. Sebastian foi na frente, e Clary o seguiu.

Ela se viu em um espaço amplo e arejado. As paredes eram brancas, assim como as cortinas. Através de uma janela, Clary podia ver as ruas além, ladeadas por restaurantes e butiques. Carros passavam ruidosamente, mas o barulho não parecia entrar no apartamento. O chão era de madeira polida, os móveis eram de madeira pintada de branco e os sofás estofados com almofadas coloridas. Uma parte do apartamento era montada como uma espécie de estúdio. Luz entrava por uma claraboia, iluminando uma mesa de madeira. Havia cavaletes cobertos por tecidos que ocultavam o conteúdo. Uma bata manchada de tinta estava pendurada em um gancho na parede.

Ao lado da mesa, estava uma mulher. Clary teria chutado que ela tinha a idade de Jocelyn, se não fossem os diversos fatos obscurecendo a idade. Vestia uma bata preta que ocultava o corpo; apenas suas mãos, o rosto e a garganta brancos eram visíveis. Em cada uma das bochechas, tinha um símbolo marcado, do canto do olho ao lábio. Clary nunca tinha visto aqueles símbolos, mas podia sentir o significado — poder, habilidade, destreza. A mulher tinha longos cabelos ruivos, caindo em ondas até a cintura, e os olhos, quando os ergueu, eram de um laranja chapado peculiar, como uma chama se apagando.

A mulher uniu as mãos frouxamente diante do avental. Com uma voz melódica e nervosa, falou:

— *Tu dois être Jonathan Morgenstern. Et elle, c'est ta soeur? Je pensais que...*

— Eu sou Jonathan Morgenstern — disse Sebastian. — E esta é minha irmã, sim. Clarissa. Por favor, fale inglês na frente dela. Ela não entende francês.

A mulher limpou a garganta.

— Meu inglês está enferrujado. Faz anos que não o utilizo.

— Parece-me bom o bastante. Clarissa, esta é a Irmã Magdalena. Das Irmãs de Ferro.

Clary ficou tão espantada que começou a falar:

— Mas pensei que as Irmãs de Ferro nunca deixassem a fortaleza...

— Não deixam — disse Sebastian. — A não ser que seja desgraçada por ter sua participação na Ascensão descoberta. Quem você acha que armou o Ciclo? — Ele deu um sorriso melancólico para Magdalena. — As Irmãs de Ferro são fabricantes, não combatentes. Mas Magdalena fugiu da Fortaleza antes de sua participação na Ascensão ser descoberta.

— Eu não via um Nephilim havia 15 anos, até seu irmão entrar em contato comigo — contou Magdalena. Era difícil dizer para quem ela estava olhando enquanto falava; seus olhos sem íris ou pupilas pareciam vagar, mas ela claramente não era cega. — É verdade? Você tem o... material?

Sebastian levou a mão a uma bolsa no cinto de armas e pegou um pedaço do que parecia um quartzo. Repousou-o sobre a longa mesa, e um raio de luz que atravessou a claraboia pareceu acendê-lo de dentro. Clary ficou sem ar. Era o *adamas* da loja de quinquilharias em Praga.

Magdalena inspirou, sibilante.

— Puro *adamas* — disse Sebastian. — Não foi tocado por nenhum símbolo.

A Irmã de Ferro circulou a mesa e pôs as mãos no *adamas*. Suas mãos, também marcadas por diversos símbolos, tremeram.

— *Adamas pur* — sussurrou. — Há anos que não toco o material sagrado.

— É todo seu para esculpir — disse Sebastian. — Quando terminar, pagarei com mais disto. Isso se você se julgar capaz de criar o que pedi.

Magdalena se levantou.

— Não sou uma Irmã de Ferro? Não fiz aqueles votos? Minhas mãos não moldam o material do Céu? Posso entregar o que prometi, filho de Valentim. Nunca duvide.

— Bom ouvir isso. — Havia um traço de humor na voz de Sebastian. — Volto hoje à noite, então. Sabe como me chamar se precisar.

Magdalena balançou a cabeça. Toda a sua atenção estava na substância glacial, o *adamas*. Ela o acariciou com os dedos.

— Sim. Pode ir.

Sebastian assentiu e deu um passo para trás. Clary hesitou. Queria chamar a mulher, perguntar o que Sebastian havia pedido, perguntar por que ela teria transgredido a Lei do Pacto para trabalhar ao lado de Valentim. Como se pudesse sentir a hesitação, Magdalena levantou o olhar e sorriu discretamente.

— Vocês dois — começou ela, e por um instante Clary pensou que ela fosse dizer que não entendia por que os dois estavam juntos, que tinha ouvido falar que se odiavam, que a filha de Jocelyn era uma Caçadora de Sombras, ao passo que o filho de Valentim era um criminoso. Mas apenas balançou a cabeça. — *Mon Dieu* — comentou —, mas vocês são iguaizinhos aos seus pais.

16

Irmãos e irmãs

Quando Clary e Sebastian retornaram ao apartamento, a sala estava vazia, mas havia louça na pia, que não estava lá antes.

— Pensei que tivesse dito que Jace estava dormindo. — Ela disse a Sebastian, com um tom de acusação na voz.

Sebastian deu de ombros.

— Quando eu falei, ele estava. — Tinha um leve tom de desdém na voz, mas nenhuma aspereza séria. Fizeram a caminhada de volta da casa de Magdalena juntos e praticamente em silêncio, mas não um silêncio desconfortável. Clary tinha deixado a mente vagar, só voltando à realidade ocasionalmente, ao perceber que era com Sebastian que caminhava. — Tenho quase certeza de que sei onde ele está.

— No quarto dele? — Clary começou a caminhar em direção à escada.

— Não. — Ele se colocou na frente dela. — Vamos. Vou mostrar.

Ele subiu rapidamente e entrou na suíte principal, com Clary logo atrás. Enquanto ela assistia, intrigada, ele cutucou a lateral do armário. O móvel deslizou, revelando uma escadaria. Sebastian sorriu por cima do ombro para Clary enquanto ela se aproximava das costas dele.

— Está brincando — disse ela. — Uma escadaria secreta?

— Não me diga que esta é a coisa mais estranha que viu hoje. — Ele descia dois degraus de cada vez, e Clary, apesar de exausta, o seguiu.

A escada se curvava e dava em um quarto largo, com piso de madeira polida e pé-direito alto. Todo tipo de armas se pendurava das paredes, exatamente como na sala de treinamento do Instituto; *kindjals* e *chakhrams*, bastões, espadas e adagas, arcos e socos ingleses, estrelas de arremesso, machados e espadas de samurai.

Círculos de treinamento haviam sido cuidadosamente pintados no chão. No centro de um deles encontrava-se Jace, de costas para a porta. Estava sem camisa e descalço, com calças pretas de aquecimento, uma faca em cada uma das mãos. Uma imagem passou pela cabeça de Clary: as costas de Sebastian, com cicatrizes inconfundíveis de chicotadas. A de Jace era lisa, uma pele dourado-clara por cima de músculos, marcada apenas pelas cicatrizes normais de um Caçador de Sombras — e os arranhões que ela própria havia feito na noite anterior. Clary se sentiu enrubescer, mas sua mente continuava na questão: por que Valentim chicoteava um dos meninos, mas não o outro?

— Jace — disse ela.

Ele se virou. Estava limpo. O fluido prateado havia desaparecido, e os cabelos dourados se aproximavam de uma tonalidade cobre-escura, molhados e grudados na cabeça. Sua pele brilhava com suor. A expressão dele era reservada.

— Onde vocês estavam?

Sebastian foi até a parede e começou a examinar as armas ali, passando a mão nas lâminas.

— Achei que Clary pudesse querer ver Paris.

— Você podia ter me deixado um bilhete — disse Jace. — Não é como se a nossa situação fosse das mais seguras, Jonathan. Eu preferia não ter de me preocupar com Clary...

— Eu o segui — disse Clary.

Jace se virou e olhou para ela, e por um instante ela captou um vislumbre, nos olhos dele, do menino que em Idris gritou com ela por ter estragado seus planos cuidadosos de mantê-la em segurança. Mas este Jace era diferente. Suas mãos não tremiam quando olhava para ela, e a pulsação na garganta permanecia firme.

— Você fez o quê?

— Segui Sebastian — disse ela. — Eu estava acordada e queria ver para onde ele estava indo. — Clary colocou as mãos nos bolsos da calça e o olhou desafiadoramente.

Os olhos de Jace a absorveram, do cabelo embaraçado pelo vento aos sapatos, e ela sentiu o sangue subir ao rosto. Suor brilhava nas clavículas e nos contornos dos músculos da barriga dele. As calças de treino estavam dobradas na cintura, exibindo o *V* dos ossos dos quadris. Ela se lembrou da sensação dos braços dele envolvendo-a, de estar pressionada contra ele, perto o suficiente para sentir cada detalhe dos ossos e músculos em seu corpo... Sentiu uma onda de constrangimento tão aguda que ficou tonta. E para piorar, Jace não parecia nada desconfortável, nem afetado pela noite anterior como ela. Parecia apenas... irritado. Irritado, suado e gostoso.

— É, bem — disse ele—, na próxima vez em que decidir escapar do nosso apartamento protegido por magia por uma porta que não existe de fato, deixe um bilhete.

Ela ergueu as sobrancelhas.

— Está sendo sarcástico?

Ele jogou uma das facas para o alto e a pegou.

— Possivelmente.

— Levei Clary para ver Magdalena — revelou Sebastian. Ele tinha tirado uma estrela ninja da parede e estava examinando-a. — Levamos o *adamas*.

Jace tinha jogado a segunda faca no ar; desta vez não conseguiu pegá-la e a lâmina caiu com a ponta no chão.

— Levaram?

— Eu levei — respondeu Sebastian. — E contei o plano para Clary. Falei que estávamos planejando atrair os Demônios Maiores para cá, para conseguirmos destruí-los.

— Mas não como planeja conseguir isso — disse Clary. — *Essa* parte você não me contou.

— Achei que fosse melhor revelar na presença de Jace — respondeu Sebastian. Ele girou o pulso subitamente para a frente, e a estrela voou na direção de Jace, que a bloqueou com um rápido movimento de faca. A estrela caiu no chão. Sebastian assobiou. — Veloz — comentou.

Clary girou na direção do irmão.

— Poderia ter machucado...

— Qualquer coisa que o machucar me machuca — disse Sebastian. — Eu estava demonstrando o quanto confio nele. Agora quero que você confie em *nós*. — Os olhos pretos se fixaram nela. — *Adamas* — disse ele. — Aquele material que levei para a Irmã de Ferro hoje. Sabe o que se faz com aquilo?

— Claro. Lâminas serafim. As torres demoníacas de Alicante. Estelas...

— E o Cálice Mortal.

Clary balançou a cabeça.

— O Cálice Mortal é de ouro. Eu já vi.

— *Adamas* mergulhado em ouro. A Espada Mortal também tem um cabo feito desse material. Dizem que é o material dos palácios do Paraíso. E não é de fácil obtenção. Somente as Irmãs podem manuseá-lo e somente elas devem ter acesso.

— Então por que você entregou parte dele a Magdalena?

— Para que ela pudesse fabricar um segundo Cálice — disse Jace.

— Um segundo Cálice Mortal? — Clary olhou de um para o outro, incrédula. — Mas não se pode simplesmente fazer isso. Fabricar um segundo Cálice Mortal. Se fosse possível a Clave não teria entrado em pânico daquela forma quando o original desapareceu. Valentim não teria precisado tanto dele...

— É um cálice — disse Jace. — Independentemente de como seja fabricado, sempre será um cálice até que o Anjo coloque seu sangue nele voluntariamente. É isso que faz dele o que é.

— E vocês acham que conseguem fazer com que Raziel voluntariamente coloque seu sangue em um segundo cálice para vocês? — Clary não conseguiu conter a incredulidade aguda na voz. — Boa sorte.

— É um truque, Clary — disse Sebastian. — Sabe como tudo tem uma aliança? Seráfica ou demoníaca? O que os demônios acreditam é que queremos o equivalente demoníaco de Raziel. Um demônio poderoso que misture seu sangue ao nosso e crie uma nova raça de Caçadores de Sombras. Que não sejam presos à Lei ou ao Pacto, ou às regras da Clave.

— Você disse a eles que quer fazer... Caçadores de Sombras às avessas?

— Algo assim. — Sebastian riu, passando os dedos pelos cabelos finos. — Jace, quer me ajudar a explicar?

— Valentim era um fanático — disse Jace. — Estava errado em várias instâncias. Errou ao considerar matar Caçadores de Sombras. Enganou-se quanto aos seres do Submundo. Mas não se enganou em relação à Clave ou ao Conselho. Todos os Inquisidores que já tivemos foram corruptos. As Leis transmitidas pelo Anjo são arbitrárias e absurdas, e as punições, ainda piores. "A Lei é dura, mas é a Lei". Quantas vezes já ouviu isso? Quantas vezes já tivemos de evitar ou nos desviar da Clave e das Leis quando estávamos tentando salvá-los? Quem me colocou na prisão? A Inquisidora. Quem colocou *Simon* na prisão? A Clave. Quem o teria deixado queimar?

O coração de Clary começou a acelerar. A voz de Jace, tão familiar, falando aquelas palavras, deixaram seus ossos fracos. E ele estava certo, mas também estava errado. Assim como Valentim. Mas ela queria acreditar nele de um jeito que nunca quis acreditar em Valentim.

— Tudo bem — disse ela. — Entendo que a Clave seja corrupta. Mas não vejo o que isso tem a ver com fazer acordos com demônios.

— Nosso encargo é destruir demônios — disse Sebastian. — Mas a Clave tem depositado toda a energia em outras tarefas. As barreiras têm enfraquecido, e cada vez mais demônios têm entrado na Terra, mas a Clave faz vista grossa. Nós abrimos um portão ao norte, na Ilha Wrangel, e vamos atrair demônios por lá com a promessa deste Cálice. Só que quando colocarem o sangue nele, serão destruídos. Fiz acordos com vários Demônios Maiores. Quando eu e Jace os matarmos, a Clave verá que somos muito poderosos. Terão de nos escutar.

Clary o encarou.

— Matar Demônios Maiores não é tão fácil assim.

— Matei um hoje mais cedo — afirmou Sebastian. — Razão pela qual, aliás, nenhum de nós vai enfrentar problemas pelas mortes de todos aqueles guardas demônios. Matei o mestre deles.

Clary olhou de Jace para Sebastian e para Jace outra vez. Os olhos de Jace estavam frios, interessados; o olhar de Sebastian era mais intenso. Era como se estivesse tentando enxergar a mente de Clary.

— Bem — disse ela, lentamente. — É demais para absorver. E não gosto da ideia de vocês se colocando nesse tipo de perigo. Mas fico satisfeita por ter confiado em mim o bastante para me contar.

— Eu falei — disse Jace. — Falei que ela ia entender.

— Eu nunca disse o contrário. — Sebastian não tirou os olhos do rosto de Clary.

Ela engoliu em seco.

— Não dormi muito ontem à noite — disse ela. — Preciso descansar.

— Que pena — respondeu Sebastian. — Eu ia perguntar se queria subir a Torre Eiffel. — Os olhos de Sebastian estavam escuros, ilegíveis; ela não soube dizer se ele estava brincando ou não. Antes que pudesse falar qualquer coisa em resposta, a mão de Jace deslizou para as dela.

— Vou com você — disse ele. — Também não dormi lá muito bem. — Acenou com a cabeça para Sebastian. — Vejo você no jantar.

Sebastian não respondeu. Estavam quase na escada quando Sebastian chamou:

— Clary.

Ela se virou, tirando a mão da de Jace.

— Quê?

— Meu cachecol. — Ele estendeu a mão.

— Ah. Lógico. — Dando alguns passos na direção dele, ela puxou com dedos nervosos o tecido amarrado na garganta. Após um momento observando, Sebastian emitiu um ruído de impaciência e atravessou a sala em direção a ela, cobrindo o espaço rapidamente com as pernas longas. Ela enrijeceu quando ele pôs a mão no seu pescoço e desatou habilmente o nó com alguns gestos, desenrolando em seguida o cachecol. Clary pensou por um instante que ele havia demorado um pouco antes de soltá-lo completamente, seus dedos tocando-a na garganta...

Clary se lembrou dele beijando-a na colina perto das ruínas da Mansão Fairchild e de como teve a sensação de estar caindo em um local escuro e abandonado, perdida e apavorada. Ela recuou apressadamente e o cachecol caiu quando ela girou.

— Obrigada por me emprestar — disse ela, e correu atrás de Jace pelas escadas, sem olhar para trás para ver o irmão observando-a, segurando o cachecol, com uma expressão inquisitiva no rosto.

Simon estava entre as folhas mortas e olhou para a trilha; mais uma vez, o impulso humano de respirar fundo se abateu sobre ele. Estava no Central Park, perto do Shakespeare Garden. As árvores já tinham perdido o brilho do outono; o dourado, o verde e o vermelho se transformando em marrom e preto. A maioria dos galhos estava nua.

Ele tocou o anel no dedo novamente.

Clary?

Mais uma vez não obteve resposta. Seus músculos estavam tensos como fios esticados. Fazia muito tempo que não conseguia falar com ela através do anel. Repetiu diversas vezes para si mesmo que ela poderia estar dormindo, mas nada conseguia desatar o terrível nó de tensão no seu estômago. O anel era sua única forma de contato com Clary e agora parecia apenas um pedaço de metal morto.

Abaixou as mãos para as laterais do corpo e avançou pela trilha, passando pelas estátuas e bancos marcados com versos das peças de Shakespeare. O caminho tinha uma curva que levava à direita, e de repente ele conseguiu vê-la, sentada em um banco adiante, olhando para outro lado, os longos cabelos escuros presos em uma trança que descia pelas costas. Ela estava imóvel, esperando. Esperando por ele.

Simon esticou as costas e caminhou em direção a ela, apesar de cada passo parecer pesar como chumbo.

Ela o ouviu se aproximando e virou-se, o rosto claro empalidecendo ainda mais quando ele se sentou.

— Simon — disse ela, exalando o ar. — Não tinha certeza se viria.

— Oi, Rebecca — cumprimentou ele.

Ela estendeu a mão, e ele a pegou, agradecendo silenciosamente a ideia de ter colocado luvas naquela manhã, para que, se a tocasse, ela não sentisse o frio de sua pele. Não fazia assim tanto tempo que não a via — talvez quatro meses —, mas ela já parecia uma fotografia de alguém que ele havia conhecido muito tempo atrás, apesar de tudo nela ser familiar — os cabelos escuros, os olhos castanhos, a mesma forma e cor dos dele; as sardas no nariz. Ela estava de calça jeans, uma jaqueta amarela e um cachecol verde com grandes flores de algodão amarelas. Clary chamava o estilo de Becky de "hippie chique"; cerca de metade das suas roupas vinham de brechós, e, a outra metade, ela mesma fazia.

Quando ele apertou sua mão, os olhos escuros de Rebecca se encheram de lágrimas.

— Si — disse ela, e colocou os braços em volta dele, abraçando-o. Ele deixou, afagando o braço dela e as costas, sem jeito. Quando ela recuou, limpando os olhos, franziu o rosto. — Meu Deus, seu rosto está frio — disse ela. — Deveria usar um cachecol. — Olhou para ele, acusativa. — Mas então, por onde você *anda*?

— Falei para você — respondeu. — Estou na casa de um amigo.

Ela soltou uma risada curta.

— Tá, Simon, você sabe que isso não é o suficiente — falou. — Que diabos está acontecendo?

— Becks...

— Liguei para casa para falar sobre o dia de Ação de Graças — relatou Rebecca, olhando para as árvores. — Sabe, que trem deveria pegar, esse tipo de coisa. E sabe o que mamãe falou? Para não vir para casa, pois não teria Ação de Graças. Então liguei para você. *Você* não atendeu. Telefonei para mamãe para descobrir onde você estava. Ela desligou na minha cara. Simplesmente... desligou. Então vim. Foi aí que vi a bizarrice religiosa na porta. Dei um ataque com ela, e ela me disse que você estava *morto*. Morto. Meu próprio irmão. Ela falou que você estava morto e que um monstro havia tomado o seu lugar.

— O que você fez?

— Saí de lá — respondeu Rebecca. Simon notou que ela estava tentando parecer forte, mas havia um tom fraco e assustado em sua voz. — Ficou bem claro que mamãe tinha enlouquecido.

— Ah — disse Simon.

Rebecca e a mãe sempre tiveram uma relação conturbada. Rebecca gostava de se referir a mãe como "maluca" ou "a louca". Mas esta era a primeira vez que ele tinha a sensação de que ela estava falando sério

— *Ah* mesmo — disparou Rebecca. — Surtei. Mandei mensagens a cada cinco minutos para o seu celular. Finalmente, recebo uma resposta sua sobre estar com um amigo. Agora quer me encontrar aqui. Que diabos, Simon? Há quanto tempo isso está rolando?

— Há quanto tempo está rolando o quê?

— O que você acha? A loucura completa da mamãe. — Os dedos pequenos de Rebecca remexeram no cachecol. — Temos de fazer alguma coisa. Falar com alguém. Médicos. Conseguir prescrições ou alguma coisa. Eu não sabia o que *fazer*. Não sem você. Você é meu irmão.

— Não posso — disse Simon. — Quero dizer, não posso ajudar você.

A voz dela suavizou.

— Sei que é um saco e que você ainda está no ensino médio, mas, Simon, temos de tomar estas decisões juntos.

— Quero dizer que não posso ajudar a dar remédio para ela — falou. — Ou levá-la ao médico. Porque ela tem razão. Eu sou um monstro.

O queixo de Rebecca caiu.

— Ela fez uma lavagem cerebral em você?

— Não...

A voz dela estremeceu:

— Sabe, achei que talvez ela fosse *machucá-lo*, do jeito que estava falando... mas depois pensei *não, ela jamais faria isso, de jeito nenhum*. Mas se ela o fez, se encostou um dedo em você, Simon, por Deus...

Simon não aguentou mais. Tirou a luva e estendeu a mão para a irmã. A irmã, que lhe dava a mão na praia quando ele era pequeno demais para ir na água sozinho; que limpava sangue dele depois dos treinos de futebol e enxugou suas lágrimas quando o pai morreu, e a mãe ficou como um zumbi deitada no quarto, olhando para o teto; que leu histórias para ele em sua cama em forma de carro de corrida quando ele ainda usava pijamas estilo macacão. *Sou o Lorax. Falo pelas árvores*; que certa vez, acidentalmente, encolheu todas as suas roupas quando estava tentando ser doméstica; que preparava o almoço dele quando a mãe não tinha tempo. *Rebecca*, ele pensou. O último laço que tinha de cortar.

— Pegue minha mão — disse ele.

Ela pegou e franziu o rosto.

— Está tão gelado. Andou doente?

— Pode-se dizer que sim. — Simon olhou para ela, querendo que a irmã sentisse algo de errado com ele, *muito* errado, mas ela apenas o encarou de volta com olhos escuros e confiantes. Ele conteve uma onda de impaciência. Não era culpa dela. Ela não sabia. — Verifique meu pulso.

— Não sei verificar pulsos, Simon. Estudo história da arte.

Ele esticou o braço e moveu os dedos de Becky para o próprio pulso.

— Aperte. Sente alguma coisa?

Por um instante, ela ficou parada, a franja caindo na testa.

— Não. Deveria?

— Becky... — Ele puxou o braço de volta em frustração. Não havia mais saída. Só restava uma coisa a fazer. — Olhe para mim — disse ele, e quando Becky voltou os olhos para o rosto dele, Simon permitiu que as presas descessem.

Ela gritou.

Ela gritou e caiu do banco no chão duro de terra e folhas. Vários passantes os olharam curiosos, mas estavam em Nova York, e ninguém parou ou encarou, simplesmente continuaram andando.

Simon ficou arrasado. Era isso que queria, mas era diferente olhar para ela agachada, tão pálida que as sardas pareciam manchas de tinta, com a mão na boca. Exatamente como acontecera com sua mãe. Lembrou-se de ter dito a Clary que não havia sentimento pior do que não confiar em quem amava; enganara-se. Ver as pessoas que amava com medo de você era bem pior.

— Rebecca — disse ele, e sua voz falhou. — Becky...

Ela balançou a cabeça, ainda com a mão na boca. Estava sentada na terra, o cachecol se arrastando nas folhas. Em outras circunstâncias, teria sido engraçado.

Simon saiu do banco e se ajoelhou ao lado dela. As presas já tinham retrocedido, mas ela o olhava como se ainda estivessem lá. Com muita hesitação, Simon esticou a mão e tocou o ombro da irmã.

— Becks — falou. — Eu jamais a machucaria. E também jamais faria nada contra mamãe. Só queria vê-la uma última vez antes de dizer que vou me mudar, e você não precisará mais me ver. Vou deixar vocês duas em paz. Podem fazer o jantar de Ação de Graças. Não vou aparecer. Não vou tentar manter contato. Não vou...

— Simon. — Ela agarrou o braço do irmão e o estava puxando para perto de si, como um peixe em um anzol. Ele meio caiu em cima dela, e ela o abraçou, os braços o envolviam, e a última vez em que o abraçara assim tinha sido no enterro do pai quando ele chorou daquele jeito que parecia que a pessoa jamais ia parar. — Não quero nunca mais poder vê-lo.

— Ah — disse Simon. Ele se sentou na terra, tão surpreso que a mente ficou vazia. Rebecca o abraçou novamente, e ele se permitiu apoiar-se nela, apesar de ela ser menor que ele. Ela o segurava quando eram crianças e podia fazer isso novamente. — Achei que não fosse mais querer me ver.

— Por quê? — perguntou.

— Sou um vampiro — falou. Era esquisito ouvir assim, em voz alta.

— Então vampiros existem?

— E lobisomens. E outras coisas, mais estranhas. Isso simplesmente... aconteceu. Quero dizer, fui atacado. Não escolhi, mas não tem importância. Sou assim agora.

— Você... — Rebecca hesitou, e Simon sentiu que esta era a grande pergunta, a que realmente importava. — Morde pessoas?

Simon pensou em Isabelle, depois afastou a imagem apressadamente. *E mordi uma menina de 13 anos de idade. E um cara. Não é tão estranho quanto parece.* Não. Alguns assuntos não diziam respeito a sua irmã.

— Tomo sangue de garrafa. Sangue animal. E não machuco as pessoas.

— Tudo bem. — Ela respirou fundo. — Tudo bem.

— Está? Tudo bem, quero dizer.

— Está. Eu amo você — respondeu. Esfregou as costas do irmão, meio sem jeito. Ele sentiu alguma coisa molhada na mão e olhou para baixo. Ela estava chorando. Uma das lágrimas caiu em seus dedos. Outra se seguiu, e ele fechou a mão em torno dela. Ele estava tremendo, mas não de frio; mesmo assim ela tirou o cachecol e enrolou nos dois. — Vamos dar um jeito — disse ela. — Você é meu irmãozinho, seu idiota. Eu amo você, independentemente de tudo.

Ficaram sentados, ombro a ombro, olhando para os espaços sombrios entre as árvores.

Estava claro no quarto de Jace, a luz do meio-dia penetrava as janelas abertas. Assim que Clary entrou, com os saltos da bota estalando contra o piso de madeira, Jace fechou a porta e a trancou. Ela ouviu um tilintar quando ele derrubou as facas na cabeceira. Clary começou a se virar, para perguntar se ele estava bem, quando ele a pegou pela cintura e a puxou para perto de si.

As botas lhe davam um pouco mais de altura, mas ele continuava tendo de se curvar para beijá-la. As mãos de Jace em sua cintura a levantaram e a puxaram contra o corpo dele — um segundo depois a boca de Jace estava na dela, que se esqueceu de todos os problemas referentes à altura e falta de jeito. Ele tinha gosto de sal e fogo. Ela tentou bloquear tudo além da sensação — o cheiro familiar da pele e do suor, o frio dos cabelos molhados de Jace em sua bochecha, o formato dos ombros e das costas ao toque das mãos, o modo como o corpo se encaixava no dele.

Ele tirou o casaco de Clary por cima da cabeça dela. Ela estava com uma camiseta de manga curta e sentiu o calor dele na pele. Os lábios de Jace abriram os seus, e Clary sentiu que estava desmoronando quando a mão dele deslizou para o botão da calça jeans dela.

Clary precisou de todo o autocontrole para segurá-lo pelo pulso com a mão e impedi-lo.

— Jace — disse ela. — Não.

Ele recuou, o bastante para que ela visse seu rosto. Estava com os olhos vítreos, sem foco. O coração batia forte contra o dela.

— Por quê?

Ela fechou os olhos.

— Ontem à noite... se nós não tivéssemos... Se eu não tivesse desmaiado, não sei o que teria acontecido, e estávamos em um lugar cheio de gente.

Você realmente acha que quero que minha primeira vez com você, ou *qualquer* vez com você seja na frente de vários estranhos?

— Aquilo não foi culpa nossa — disse ele, passando os dedos suavemente no cabelo dela. A palma cicatrizada da mão dele arranhou gentilmente a bochecha de Clary. — Aquela coisa prateada era droga de fada, eu disse. Estávamos alucinados. Mas estou sóbrio agora, e você também...

— E Sebastian está lá em cima, e eu, exausta... — *E isso seria uma péssima, péssima ideia da qual nós dois nos arrependeríamos.* — Não estou a fim — mentiu.

— Não está a fim? — A descrença tingia a voz dele.

— Sinto muito se ninguém nunca disse isso a você, Jace, mas não. Não estou a fim. — Ela olhou diretamente para a mão dele, ainda na borda da calça. — E agora estou menos a fim ainda.

Ele ergueu ambas as sobrancelhas, mas em vez de falar alguma coisa, simplesmente a soltou.

— Jace...

— Vou tomar um banho frio — informou, afastando-se de Clary.

Estava com o rosto vazio, ilegível. Quando a porta do banheiro se fechou atrás dele, Clary foi até a cama, cuidadosamente feita, sem qualquer resíduo prateado na colcha, e afundou, colocando a cabeça nas mãos. Não era como se ela e Jace nunca brigassem; ela sempre achou que discutiam tanto quanto qualquer casal normal, normalmente bobagens, e nunca tinham ficado significativamente irritados um com o outro. Mas alguma coisa na frieza por trás dos olhos de Jace a chocou, algo distante e inalcançável, que dificultava mais do que nunca o afastamento da pergunta que vivia no fundo de sua mente: *será que alguma parte do verdadeiro Jace ainda está ali? Será que existe algo a se salvar?*

Agora esta é a Lei da Selva
tão antiga e verdadeira quanto o céu,
E o Lobo que a respeitar há de prosperar,
mas o Lobo que a transgredir deverá morrer.
Como a trepadeira que cerca o tronco da árvore,
a Lei corre em todos os sentidos;
Pois a força do Bando é o Lobo,
e a força do Lobo é o Bando.

Jordan olhou fixamente para o poema preso à parede do quarto. Era uma antiga impressão que havia encontrado em um sebo, as palavras emolduradas por uma elaborada borda de folhas. O poema era de Rudyard Kipling e resumia tão perfeitamente as regras dos lobisomens, a Lei que regia as ações dos mesmos, que ele ficou se perguntando se Kipling não teria sido um ser do Submundo, ou se pelo menos não conhecera os Acordos. Jordan se sentiu compelido a comprar a impressão e pendurá-la na parede, apesar de nunca ter sido fã de poesia.

Estava de um lado para o outro no apartamento havia uma hora, às vezes checando o telefone para verificar se Maia tinha mandado mensagem, entre sessões de abertura de geladeira para ver se aparecia alguma coisa que valia a pena ser consumida. Não apareceu, mas ele não queria sair para comprar comida, caso ela aparecesse enquanto ele estivesse fora. Também tomou um banho, limpou a cozinha, tentou assistir, TV e fracassou, e iniciou o processo de organizar seus DVDs por cor.

Estava inquieto. Inquieto do jeito que às vezes ficava antes da lua cheia, sabendo que a Transformação se aproximava, sentindo o efeito das marés em seu sangue. Mas a lua estava minguando, e não crescendo, e não era a Transformação que o estava deixando tão agitado. Era Maia. Era estar sem ela depois de quase dois dias inteiros em sua companhia, nunca a mais que alguns passos de distância.

Ela tinha ido sem ele até a delegacia de polícia, alegando que este não era o momento de perturbar o bando com um não integrante, apesar da melhora de Luke. Não havia necessidade de Jordan ir, argumentara, considerando que tudo que ia fazer era perguntar a Luke se tinha problema Simon e Magnus visitarem a fazenda no dia seguinte e, em seguida, ligaria para a fazenda e avisaria a qualquer membro do bando que estivesse por lá para evacuar a propriedade. Maia tinha razão, e Jordan sabia disso. Não *havia* motivo para que ele a acompanhasse, mas assim que ela se retirou, ele começou a ficar inquieto. Será que ela estava saindo porque não aguentava mais a companhia dele? Será que tinha pensado melhor e decidido que sua opinião prévia sobre Jordan é que estava certa? E qual era a deles? Estavam namorando? *Talvez devesse ter feito essa pergunta antes de dormir com ela, gênio*, disse a si mesmo, e percebeu que estava na frente da geladeira outra vez. O conteúdo não tinha mudado — garrafas de sangue, carne moída descongelando, uma maçã amassada.

A chave girou na tranca da porta, e ele deu um salto para longe da geladeira, pivoteando. Olhou para si mesmo. Estava descalço, de jeans e uma camiseta velha. Por que não tinha aproveitado a ausência dela para fazer a barba, melhorar a aparência, colocar uma colônia ou *qualquer coisa*? Ele passou as mãos rapidamente no cabelo enquanto Maia entrava, colocando a chave extra de Jordan na mesinha de centro. Ela havia trocado de roupa, agora trajava um casaco rosa macio e uma calça jeans. Estava com as bochechas tingidas pelo frio, os lábios vermelhos e os olhos brilhantes. Ele queria beijá-la tanto que doeu.

Em vez disso, engoliu em seco.

— Então... como foi?

— Tudo bem. Magnus pode usar a fazenda. Já mandei uma mensagem para ele. — Caminhou até ele e apoiou os cotovelos na bancada. — Também contei sobre o que Raphael disse a respeito de Maureen. Espero que não tenha problema.

Jordan ficou confuso.

— Por que acha que ele precisa saber?

Ela pareceu murchar.

— Ai, meu Deus. Não me diga que era segredo.

— Não... só estava me perguntando...

— Bem, se realmente tem uma vampira rebelde arrasando o sul de Manhattan, o bando precisa saber. É o território deles. Além disso, queria o conselho dele sobre contar para Simon ou não.

— E o *meu* conselho? — Planejava soar magoado, mas parte dele falava sério.

Já haviam discutido sobre isso, se Jordan deveria contar a Simon, por quem era responsável, que Maureen estava por aí e matando, ou se isso só seria mais um fardo para acrescentar a todos os problemas que ele já tinha. Jordan tendia a não contar nada, afinal, o que Simon poderia fazer? Mas Maia não estava tão certa.

Ela pulou para cima da bancada e se virou para encará-lo. Mesmo sentada, estava mais alta do que ele, os olhos castanhos brilhando nos dele.

— Eu queria o conselho de um *adulto*.

Ele agarrou as pernas de Maia, que balançavam, e passou a mão nas costuras dos jeans da menina.

— Tenho 18 anos, isso não é adulto o bastante para você?

Ela pôs as mãos nos ombros dele e apertou, como se testasse os músculos de Jordan.

— Bem, você definitivamente *cresceu*...

Ele a puxou da bancada, pegando-a pela cintura e beijando-a. Fogo chiou pelas veias de Jordan quando Maia retribuiu o beijo, o corpo dela derretendo no seu. Ele passou a mão pelos cabelos dela, tirando o chapéu de tricô e soltando os cachos. Beijou o pescoço da menina enquanto ela tirava a camisa dele e passava as mãos por todo o seu corpo — ombros, costas, braços —, ronronando como um gato. Ele se sentiu como um balão de hélio, voando com o beijo, leve de tanto alívio. Então ela não se cansara, afinal.

— Jordy — pediu ela. — Espere.

Ela quase nunca o chamava assim, a não ser que fosse sério. O coração dele, que já estava acelerado, correu ainda mais.

— O que houve?

— É só... se toda vez que nos encontrarmos formos direto para a cama, e sei que fui eu que comecei, não estou querendo culpá-lo nem nada... É só que talvez devêssemos *conversar*.

Ele a encarou, os olhos grandes e escuros, a pulsação agitada na garganta, o rubor nas bochechas. Com muito esforço, falou calmamente:

— Tudo bem. Sobre o que você quer falar?

Ela apenas olhou para ele. Após um instante, balançou a cabeça e respondeu:

— Nada. — Entrelaçou os dedos atrás da cabeça dele, puxando-o para perto, beijando-o profundamente, encaixando-se nele. — Absolutamente nada.

Clary não sabia quanto tempo havia se passado até Jace sair do banheiro, secando o cabelo. Ela olhou para ele de onde continuava sentada na beira da cama. Ele estava vestindo uma camiseta de algodão azul sobre a pele dourada e lisa marcada por cicatrizes brancas.

Clary desviou os olhos quando Jace atravessou o quarto e sentou ao seu lado na cama, com um aroma forte de sabonete.

— Desculpe — disse ele.

Desta vez ela olhou para ele, surpresa. Ficou imaginando se ele era capaz de se arrepender em seu estado atual. Tinha uma expressão solene, um pouco curiosa, mas não insincera.

— Uau — exclamou ela. — Esse banho frio deve ter sido brutal.

Os lábios dele se curvaram para cima no canto, mas a expressão voltou a ficar séria quase imediatamente. Ele pôs a mão embaixo do queixo dela.

— Eu não deveria ter insistido. É só que... há dez semanas ficarmos só abraçados teria sido impensável.

— Eu sei.

Ele segurou o rosto de Clary nas mãos, os longos dedos em suas bochechas, inclinando-o para cima. Jace estava olhando para ela, e tudo nele era tão familiar — as íris douradas dos olhos, a cicatriz na bochecha, o lábio inferior carnudo, a singela lasca no dente que impedia que sua aparência fosse perfeita a ponto de ser irritante — e, no entanto, era como voltar a uma casa onde vivera na infância, sabendo que o exterior podia ser idêntico, mas que lá dentro havia uma família nova.

— Nunca me importei — disse ele. — Eu a queria de qualquer maneira. Sempre. Nada além de você me importava. Nunca.

Clary engoliu em seco. Seu estômago se agitou, não era só o frio na barriga que sentia perto de Jace, mas um verdadeiro desconforto.

— Mas Jace. Isso não é verdade. Você se importava com a sua família. E... eu sempre achei que tivesse orgulho de ser Nephilim. Um dos anjos.

— Orgulho? — repetiu ele. — Ser metade anjo, metade humano... Você vive consciente da própria inadequação. Não é um anjo. Não é um dos amados do Paraíso. Raziel não se importa conosco. Não podemos nem rezar para ele. Rezamos para nada. Rezamos *por* nada. Você se lembra de quando eu falei que achava que tinha sangue demoníaco, porque isso explicaria meus sentimentos por você? Pensar aquilo era, de certa forma, um alívio. Nunca fui um anjo, nunca nem cheguei perto. Bem — acrescentou. — Talvez um anjo caído.

— Anjos caídos são demônios.

— Não quero ser Nephilim — disse Jace. — Quero ser outra coisa. Mais forte, mais veloz, melhor do que humano. Mas diferente. Não subserviente às Leis de um Anjo que não dá a mínima para nós. Livre. — Passou a mão em um cacho do cabelo dela. — Estou feliz agora, Clary. Isso não faz diferença?

— Achei que fôssemos felizes juntos — respondeu.

— Sempre fui feliz com você — disse ele. — Mas nunca me achei merecedor disso.

— E agora acha?

— Agora essa sensação sumiu — explicou. — Tudo que sei é que amo você. E pela primeira vez, isso basta.

Clary fechou os olhos. Um instante mais tarde ele a estava beijando novamente, desta vez de forma suave, sua boca traçando o contorno da dela.

Ela se sentiu amolecendo nas mãos dele. Clary sentiu quando a respiração de Jace acelerou, e o próprio pulso se intensificou. As mãos de Jace acariciaram seu cabelo, as costas, a cintura. O toque era reconfortante — seus batimentos nos dela eram como uma música conhecida —, e se o tom era ligeiramente diferente, de olhos fechados ela não percebia. Tinham o mesmo sangue sob a pele, ela pensou, como a Rainha Seelie havia dito; seu coração acelerou quando o dele o fez, quase parou quando o dele parou. Se precisasse fazer tudo de novo, pensou, sob o olhar impiedoso de Raziel, o faria.

Desta vez ele recuou, permitindo que os dedos permanecessem na bochecha e nos lábios de Clary.

— Quero o que você quiser — falou. — Quando quiser.

Clary sentiu um tremor na espinha. As palavras foram simples, mas havia um convite perigoso e sedutor na queda da voz: *o que você quiser, quando quiser*. A mão de Jace a afagou no cabelo, nas costas, parando na cintura. Ela engoliu em seco. Não seria capaz de se conter completamente.

— Leia para mim — disse ela, subitamente.

Ele piscou os olhos.

— O quê?

Clary estava olhando para além dele, para os livros na cabeceira.

— É muita informação — disse ela. — O que Sebastian falou, o que aconteceu ontem à noite, tudo. Preciso dormir, mas estou acesa demais. Quando eu era mais nova e não conseguia dormir, minha mãe lia para me relaxar.

— E agora eu lembro sua mãe? Preciso de um perfume mais masculino.

— Não, é que... achei que seria bom.

Ele se apoiou nos travesseiros, alcançando a pilha de livros na cabeceira.

— Alguma preferência? — Com um floreio, Jace pegou o primeiro volume da pilha. Parecia antigo, capa de couro, o título estampado em dourado na frente. *Um conto de duas cidades*. — Dickens é sempre promissor...

— Já li esse. Para o colégio. — Clary se recordou. Deitou nos travesseiros ao lado de Jace. — Mas não me lembro de nada, então não me incomodo em ouvir de novo.

— Excelente. Já ouvi falar que tenho uma voz adorável e melódica. — Ele abriu o livro na primeira página, onde o título estava escrito em uma fonte ornada. Tinha uma longa dedicatória, a tinta já estava desbotada e quase ilegível, apesar de Clary ter identificado a assinatura: *com esperança afinal, William Herondale*.

— Algum ancestral seu — disse Clary, passando o dedo na página.

— É. Estranho que estivesse com Valentim. Meu pai deve ter dado a ele. — Jace abriu em uma página aleatória e começou a ler:

"Ele descobriu o próprio rosto após um tempo e falou com firmeza. 'Não tema escutar-me. Não se esquive de nada que digo. Sou como alguém que morreu cedo. Toda a minha vida é um se'.

"Não, Sr. Carton. Tenho certeza de que a melhor parte ainda pode estar por vir; estou certo de que o senhor será muito, muito mais feliz".

— Ah, eu me lembro desta história agora — disse Clary. — Um triângulo amoroso. Ela escolhe o chato.

Jace riu suavemente.

— Chato para você. Quem pode dizer do que gostavam as damas vitorianas por baixo das anáguas?

— É verdade, você sabe.

— O que, sobre as anáguas?

— Não. Que você tem uma voz adorável. — Clary virou o rosto contra o ombro dele. Era em momentos assim, mais do que quando ele a beijava, que doía: momentos em que ele poderia ser seu Jace. Contanto que mantivesse os olhos fechados.

— Tudo isso, e um abdômen de aço — declarou Jace, virando mais uma página. — O que mais alguém poderia querer?

17
Despedida

Ao caminhar pelo píer
Bem no final do dia
Ouvi adorável donzela dizer:
"Que tristeza, não consigo me entreter".
Um menino trovador tendo isto escutado
Para ajudá-la correu de imediato...

— Temos de ouvir esta música chorosa? — perguntou Isabelle, batendo os pés calçados no painel da picape de Jordan.

— Eu gosto desta música chorosa, minha menina, e como estou dirigindo, *eu* escolho — declarou Magnus com arrogância. Estava dirigindo mesmo. Simon ficou surpreso por ele saber, apesar de não ter certeza do motivo. Magnus viveu por eras. Certamente tinha arrumado tempo para aprender a dirigir. Apesar de Simon não ter conseguido deixar de se perguntar qual seria a data de nascimento na habilitação.

Isabelle revirou os olhos, provavelmente porque não havia espaço o suficiente para fazer muita coisa na cabine, com eles quatro apertados no banco. Simon realmente não esperava que ela viesse. Não esperava que ninguém além de Magnus o acompanhasse até a fazenda, apesar de Alec ter insistido em vir junto (para irritação de Magnus, que achava aquilo tudo "muito perigoso"), e depois, enquanto Magnus ligava o motor, Isabelle desceu correndo e se jogou pela porta da frente, ofegante e sem ar.

— Eu também vou — anunciara ela.

E foi isso. Ninguém conseguiu demovê-la ou dissuadi-la. Ela não olhou para Simon enquanto insistia, nem explicou por que queria ir, mas aqui estava. Com calça jeans e uma jaqueta roxa que devia ter roubado do armário de Magnus. Seu cinto de armas estava pendurado nos quadris. Estava grudada em Simon, cujo outro lado do corpo encontrava-se esmagado contra a porta do carro. Uma mecha de seu cabelo estava solto, fazendo cócegas no rosto dele.

— O que é isso, aliás? — perguntou Alec, franzindo o rosto para o CD player, que tocava música, mas sem um CD dentro. Magnus simplesmente cutucou o sistema, que começou a tocar. — Alguma banda de fadas?

Magnus não respondeu, mas a música ficou mais alta.

Ao espelho ela foi de uma vez,
O cabelo preto refez
Pôs o caro vestido com fluidez.
Depois de a rua toda descer,
Um belo rapaz conseguir entrever
Seus pés delicados doíam ao amanhecer
Mas todos os meninos eram gays.

Isabelle riu.

— Todos os meninos *são* gays. Pelo menos nesta picape. Bem, menos você, Simon.

— Você reparou — disse Simon.

— Eu me considero um bissexual liberal — acrescentou Magnus.

— Por favor, nunca diga essas palavras na frente dos meus pais — comentou Alec. — Principalmente do meu pai.

— Pensei que seus pais estivessem bem com você, você sabe, saindo do armário — disse Simon, inclinando-se sobre Isabelle para olhar para Alec, que estava, como fazia com frequência, franzindo o cenho e tirando os cabelos escuros dos olhos.

Fora diálogos ocasionais, Simon nunca conversava muito com Alec. Ele não era uma pessoa fácil de conhecer. Mas, Simon admitiu para si mesmo, que o afastamento recente da própria mãe o deixou mais curioso com a resposta de Alec do que o normal.

— Minha mãe parece ter aceitado — respondeu Alec. — Mas meu pai... não, não de verdade. Uma vez me perguntou o que eu achava que tinha me feito virar gay.

Simon sentiu Isabelle ficar tensa ao lado dele.

— *Virar* gay? — Ela soou incrédula. — Alec, você não me contou isso.

— Espero que você tenha respondido que foi picado por uma aranha gay — disse Simon.

Magnus riu; Isabelle pareceu confusa.

— Eu li os quadrinhos de Magnus — comentou Alec —, então sei do que está falando. — Um pequeno sorriso se formou em seu rosto. — Então isso me transmitiria a homossexualidade proporcional de uma aranha?

— Só se fosse uma aranha *muito* gay — respondeu Magnus, e gritou quando Alec o socou no braço. — Ai, tudo bem, deixa pra lá.

— Bem, que seja — disse Isabelle, claramente irritada por não ter entendido a piada. — Não é como se papai fosse voltar de Idris um dia.

Alec suspirou.

— Desculpe por destruir sua imagem da nossa família feliz. Sei que quer pensar em papai receptivo ao fato de eu ser gay, mas ele não é.

— Mas se você não me *contar* quando as pessoas falarem coisas assim, ou fizerem coisas que o machuquem, como vou poder ajudar? — Simon sentiu a agitação de Isabelle pelo corpo. — Como vou poder...

— Iz — falou Alec, cansado. — Não é como se fosse uma coisa grande e ruim. São várias coisinhas invisíveis. Quando eu e Magnus estávamos viajando, e eu ligava de lá, o papai nunca perguntava por ele. Quando eu me levanto para me pronunciar nas reuniões da Clave, ninguém me ouve, e não sei se é porque sou novo, ou por outro motivo. Vi mamãe conversando com uma amiga sobre os netos dela, e assim que entrei no recinto, elas se calaram. Irina Cartwright me disse que era uma pena que ninguém fosse herdar meus olhos azuis. — Ele encolheu os ombros e olhou para Magnus, que tirou uma das mãos do volante para colocá-la na de Alec. — Não é como uma facada da qual você pudesse me defender. São milhares de pequenos cortes de papel todos os dias.

— Alec. — Isabelle começou, mas antes que pudesse continuar, a placa surgiu: um pedaço de madeira em forma de flecha, com as palavras FAZENDA TRÊS FLECHAS pintadas em letras maiúsculas.

Simon se lembrou de Luke ajoelhado no chão da fazenda, pintando com grande esforço as palavras em preto, enquanto Clary acrescentava o desenho, agora desbotado e quase invisível, de flores na parte inferior.

— Vire à esquerda — disse ele, esticando o braço e quase batendo em Alec. — Magnus, chegamos.

Foram necessários vários capítulos de Dickens até que Clary finalmente sucumbisse à exaustão e caísse no sono no ombro de Jace. Meio em sonho, meio na realidade, ela se lembrava dele carregando-a pelas escadas e colocando-a no quarto onde havia acordado no primeiro dia no apartamento. Ele tinha fechado as cortinas e a porta, deixando o quarto na escuridão, e ela havia adormecido ao som da voz de Jace no corredor, chamando por Sebastian.

Sonhou novamente com o lago congelado, e com Simon gritando por ela, e com uma cidade parecida com Alicante, mas as torres demoníacas eram feitas de ossos humanos, e nos canais corria sangue. Acordou enrolada nos lençóis, o cabelo bagunçado e a luz do lado de fora reduzida a uma escuridão crepuscular. Inicialmente, achou que as vozes externas fossem parte do sonho, mas na medida em que aumentaram, ela levantou a cabeça para escutar, ainda grogue e envolvida na teia do sono.

— Oi, irmãozinho. — Era a voz de Sebastian, entrando por baixo da porta de Clary. — Está feito?

Longo silêncio. Em seguida a voz de Jace, estranhamente lisa e descolorida.

— Está feito.

Sebastian respirou fundo.

— E a senhora... ela fez o que pedimos? Fez o Cálice?

— Fez.

— Mostre-me.

Um ruído. Silêncio. Jace disse:

— Olhe, pegue se quiser.

— Não. — O tom de Sebastian era de ponderação curiosa. — Guarde com você por enquanto. Você que teve o trabalho de recuperar, afinal. Não foi?

— Mas o plano foi seu. — Alguma coisa na voz de Jace fez Clary se inclinar para a frente e pressionar a orelha contra a parede, subitamente desesperada para ouvir mais. — E eu executei, exatamente como você queria. Agora, se não se importa...

— Eu me importo. — Fez-se um barulho. Clary imaginou Sebastian se levantando, olhando de cima para Jace através do centímetro ou coisa parecida que os diferenciava em altura. — Tem alguma coisa errada. Consigo perceber. Consigo ler você, sabe.

— Estou cansado. E foi muito sangue. Olhe, só preciso me limpar e dormir. E... — A voz de Jace falhou.

— E ver minha irmã.

— Gostaria de vê-la, sim.

— Ela está dormindo. Há horas.

— Preciso da sua permissão? — A voz de Jace soou ríspida, algo que fez Clary se lembrar de como ele uma vez falou com Valentim. Algo que não identificava na maneira como ele falava com Sebastian havia muito tempo.

— Não. — Sebastian pareceu surpreso, quase despreparado. — Suponho que se quiser invadir o quarto e olhar para o rosto adormecido dela, pode ir. Nunca vou entender por quê...

— Não — disse Jace. — Jamais irá.

Fez-se silêncio. Clary pôde imaginar com tanta clareza Sebastian encarando as costas de Jace, com um olhar confuso no rosto, que levou um instante para perceber que Jace devia estar vindo até o quarto. Só teve tempo de se atirar na cama e fechar os olhos antes de a porta abrir, permitindo que uma fatia de luz branco-amarelada entrasse, cegando-a temporariamente. Emitiu o que esperava que fosse um barulho realista de alguém acordando e rolou, com a mão no rosto.

— O quê...?

A porta se fechou. O quarto ficou escuro outra vez. Ela enxergou Jace somente como uma silhueta que caminhava lentamente em direção à cama, até que ele estivesse perto, e Clary não pôde deixar de se lembrar de outra noite quando ele veio até seu quarto enquanto ela dormia. *Jace ao lado da cabeceira da cama, ainda com as vestes brancas de luto, e nada de leve, sarcástico ou distante na maneira como olhava para ela. "Passei a noite vagando, não consegui dormir, e me vi caminhando para cá. Para você."*

Agora Jace era apenas um contorno, um contorno com cabelos claros que brilhavam à luz filtrada por baixo da porta.

— Clary — sussurrou ele. Ouviu-se uma batida, e ela notou que ele tinha se ajoelhado ao lado da cama. Ela não se moveu, mas seu corpo enrijeceu. A voz de Jace era um sussurro. — Clary, sou eu. Sou *eu*.

As pálpebras de Clary tremeram e se abriram, amplamente, e os olhares se encontraram. Ela estava encarando Jace. Ajoelhado ao lado da cama, os olhos dele estavam na altura dos dela. Ele vestia um casaco longo e escuro de lã, abotoado até a garganta, onde Clary viu Marcas pretas — Silêncio, Agilidade, Precisão — como uma espécie de colar na pele. Os olhos dele estavam muito dourados e arregalados, e, como se pudesse enxergar através deles, viu *Jace* — seu Jace. O Jace que a ergueu nos braços quando ela estava morrendo com o veneno de Ravener; o Jace que a observou abraçando Simon contra o sol nascente no East River; o Jace que contou a ela sobre o garotinho e o falcão que o pai havia matado. O Jace que amava.

Seu coração pareceu parar. Ela sequer conseguiu engasgar.

Os olhos dele estavam carregados de urgência e dor.

— Por favor — murmurou ele. — Por favor, acredite em mim.

Ela acreditou. Eles tinham o mesmo sangue, se amavam da mesma forma; este era o *seu* Jace, tanto quanto suas mãos eram suas, seu coração era seu. Mas...

— *Como?*

— Clary, shh...

Ela começou a lutar para se sentar, mas ele esticou o braço e a empurrou pelos ombros de volta para a cama.

— Não podemos conversar agora. Preciso ir.

Ela tentou agarrar a manga de Jace, e o sentiu enrijecer.

— *Não me deixe.*

Ele abaixou a cabeça por apenas um instante; quando a levantou novamente, estava com os olhos secos, mas a expressão neles a silenciou.

— Espere alguns instantes depois que eu sair — sussurrou. — Então saia escondida e vá até meu quarto. Sebastian não pode saber que estamos juntos. Não hoje. — Ele levantou devagar, os olhos suplicantes. — Não deixe que ele a ouça.

Ela se sentou.

— Sua estela. Deixe a estela.

Dúvida brilhou nos olhos dele; ela o olhou firmemente, em seguida estendeu a mão. Após um instante, Jace levou a mão ao bolso e tirou o acessório de brilho fraco; colocou-o na palma de Clary. Por um instante as peles se tocaram, e ela estremeceu — um simples toque da mão deste Jace era quase tão poderoso quanto todos os beijos e arranhões da boate naquela noite. Sabia que ele também tinha sentido, pois ele afastou a mão e voltou para a porta. Ela escutou a respiração dele, áspera e acelerada. Ele mexeu na porta atrás de si à procura da maçaneta e saiu, com os olhos no rosto dela até o último segundo, quando a porta se fechou com um clique definitivo.

Clary ficou sentada na escuridão, chocada. Seu sangue parecia ter engrossado nas veias, e o coração precisou trabalhar dobrado para continuar batendo. *Jace. Meu Jace.*

A mão de Clary apertou a estela. Alguma coisa nela, a frieza rígida, pareceu focar e afiar seus pensamentos. Olhou para si mesma. Estava com uma camiseta e um short de dormir; os pelos dos braços estavam arrepiados, mas não por causa do frio. Tocou a ponta da estela na parte interna do braço e desenhou lentamente na pele, observando o símbolo do Silêncio espiralando por sua pele pálida de veias azuladas.

Abriu apenas uma fração da porta. Sebastian já tinha se retirado, provavelmente já se recolhera para dormir. Uma música suave vinha da televisão — alguma coisa clássica, o tipo de música de piano de que Jace gostava. Ficou se perguntando se Sebastian gostava de música, ou alguma forma de arte. Parecia uma capacidade tão *humana*.

Apesar da preocupação quanto a onde ele teria ido, os pés de Clary a conduziram para a passagem que levava à cozinha — e, então, atravessou a sala e correu pelos degraus de vidro, inteiramente silenciosa ao alcançar o topo e percorrer o corredor até o quarto de Jace. Em seguida, abriu a porta e deslizou para dentro, fechando-a atrás de si.

As janelas estavam abertas, e através delas era possível ver telhados e uma fatia curva da lua. Uma noite parisiense perfeita. A pedra de luz enfeitiçada de Jace repousava sobre a cabeceira ao lado da cama. Brilhava com a energia fraca que iluminava um pouco mais o quarto. Era luz o suficiente para que Clary visse Jace, parado entre as duas longas janelas. Ele tinha tirado o casaco preto e longo, que se encontrava amassado aos seus pés. Percebeu imediatamente por que ele não o tinha tirado ao entrar na casa, por que o mantivera abotoado até a garganta. Porque por baixo estava apenas com uma camisa cinza de botão e calça jeans — que estavam grudentas e ensopadas de sangue. Partes da camisa estavam esfarrapadas, como se tivessem sido rasgadas com uma lâmina muito afiada. A manga esquerda estava dobrada para cima, e havia uma atadura amarrada no antebraço — devia ter acabado de colocá-la — já escurecendo nas pontas por causa do sangue. Estava descalço, e o chão onde pisava, sujo de sangue, como lágrimas escarlates. Ela repousou a estela na cabeceira dele com um estalo.

— Jace — falou, suavemente.

De repente, pareceu loucura haver tanto espaço entre eles, ela estar do outro lado do quarto, não estarem se tocando. Foi na direção dele, mas ele estendeu a mão para impedi-la.

— Não. — A voz dele falhou. Os dedos se voltaram para os botões da camisa, abrindo-os, um por um. Ele mexeu os ombros, retirando a vestimenta suja de sangue, e deixou que ela caísse no chão.

Clary encarou. A marca de Lilith continuava no lugar, acima do coração, mas em vez de brilhar em vermelho-prata, parecia que a ponta quente de um atiçador tinha sido arrastada sobre a pele, queimando-a. Ela pôs a mão no próprio peito, involuntariamente, os dedos tocando o coração. Sentiu as batidas, fortes e velozes.

— Oh.

— Isso. Oh — disse Jace, secamente. — Isto não vai durar, Clary. Eu sendo eu mesmo, quero dizer. Só enquanto isto aqui não se curar.

— Eu... fiquei imaginando — balbuciou Clary. — Antes... enquanto você dormia... pensei em cortar o símbolo como fiz quando combatemos Lilith. Mas tive medo que Sebastian pudesse sentir.

— Ele teria sentido. — Os olhos dourados de Jace estavam tão secos quanto sua voz. — Ele não sentiu isto porque foi feito com uma *pugio*, uma adaga fervida em sangue de anjo. São incrivelmente raras; eu nunca nem tinha visto uma antes. — Ele passou os dedos pelo cabelo. — A lâmina se transformou em brasa depois que me tocou, mas fez o estrago que precisava fazer.

— Você estava lutando. Foi um demônio? Por que Sebastian não foi com...

— Clary. — A voz de Jace mal era um sussurro. — Isso... vai demorar para se curar mais do que um corte comum... mas não para sempre. E aí voltarei a ser *ele*.

— Quanto tempo? Até voltar a ser como estava?

— Não sei. Simplesmente, não sei. Mas eu queria... *precisava* estar com você, assim, sendo eu mesmo, o máximo possível. — Estendeu a mão mecanimente para ela, como que incerto quanto à recepção. — Acha que poderia...

Ela já estava correndo pelo quarto em sua direção. Jogou os braços em volta do pescoço dele. Jace a pegou e a levantou, abaixando a cabeça para o canto do pescoço dela. Clary o respirou como se fosse ar. Cheirava a sangue, suor, cinzas e Marcas.

— É você — sussurrou ela. — É mesmo você.

Ele recuou para olhar para ela. Com a mão livre, traçou gentilmente o desenho da maçã do rosto de Clary. Ela estava com saudade disso, desse carinho. Foi uma das coisas que a fez se apaixonar por ele — perceber que aquele menino sarcástico e cheio de cicatrizes era carinhoso com as coisas que amava.

— Senti sua falta — disse ela. — Senti tanto a sua falta.

Jace fechou os olhos como se aquelas palavras machucassem. Ela colocou a mão na bochecha dele. Ele inclinou a cabeça para a palma de Clary, os cabelos fazendo cócegas nas juntas dos dedos dela, e Clary percebeu que o rosto dele também estava molhado.

O menino nunca mais chorou.

— Não é culpa sua — disse ela.

Beijou a bochecha dele com a mesma amabilidade com que ele a tratara. Tinha gosto de sal, sangue e suor. Jace ainda não falara nada, mas ela sentiu no peito as batidas fortes do seu coração. Ele estava com os braços firmes em volta dela, como se jamais pretendesse soltá-la. Ela beijou a maçã do rosto dele, o queixo, e finalmente a boca, um leve toque de lábios nos lábios.

Não havia nada da exaltação da boate. Foi um beijo para consolar, para dizer o que não havia tempo de ser dito. Ele retribuiu, hesitante no início, depois com mais urgência, passando a mão pelo cabelo dela, enrolando os cachos entre os dedos. Os beijos se aprofundaram lentamente, suavemente, a intensidade crescendo entre eles como sempre acontecia, como uma chama que começava com um fósforo e ardia até virar fogueira.

Ela sabia o quanto ele era forte, mas mesmo assim sentiu um choque quando ele a levou para a cama e a repousou gentilmente sobre as almofadas espalhadas, deslizando o corpo sobre o dela, um gesto suave que lembrou para *que* serviam todas aquelas Marcas no corpo dele. Força. Graça. Leveza de toque. Ela respirou o hálito dele enquanto se beijavam, cada beijo se arrastando agora, demorado, explorando. Ela percorreu o corpo dele com as mãos, sentindo os ombros, os músculos dos braços, as costas. A pele nua de Jace parecia seda quente sob suas mãos.

Quando as mãos dele encontraram a bainha da camiseta dela, Clary esticou os braços, arqueando as costas, querendo que todas as barreiras entre eles se fossem. Assim que ficou livre da blusa, ela o puxou mais para perto, os beijos mais ferozes agora, como se estivessem lutando para alcançar algum lugar escondido dentro deles. Ela não achava que poderiam se aproximar mais, mas de alguma forma enquanto se beijavam, se entrelaçavam como tapeçaria, cada beijo mais faminto e profundo do que o anterior.

As mãos se moveram rapidamente sobre os corpos um do outro e, depois, mais devagar, desbravando, sem pressa. Clary enterrou os dedos nos ombros de Jace quando ele a beijou na garganta, na clavícula, na marca em forma de estrela no ombro dela. Ela também acariciou a cicatriz de Jace, com as partes de trás dos dedos, e beijou a Marca ferida que Lilith havia feito em seu peito. Sentiu-o tremer, desejando-a, e soube que estavam à beira de um caminho sem volta, e não se preocupou. Agora sabia como era perdê-lo. Conhecia os dias sombrios e vazios que se sucediam. E sabia que se o perdesse outra vez, queria ter isso para se recordar. Para se apegar. Saber que tinha estado tão próxima dele quanto era possível estar de alguém. Entrelaçou os tornozelos na lombar de Jace, e ele gemeu em sua boca, um ruído baixo, suave e desamparado. Ele enterrou os dedos nos quadris de Clary.

— Clary. — Ele se afastou. Estava tremendo. — Não posso... Se não pararmos agora, não conseguiremos depois.

— Você não quer? — Ela o olhou surpresa. Ele estava ruborizado, desgrenhado, os cabelos claros tinham partes mais escuras onde o suor o tinha grudado na testa e nas têmporas. Clary sentiu o coração de Jace acelerado no peito.

— Quero, mas é que eu nunca...

— Não? — Ficou surpresa. — Nunca fez isto antes?

Ele respirou fundo.

— Fiz. — Seus olhos investigaram o rosto dela, como se procurasse um julgamento, reprovação, até mesmo nojo. Clary continuou olhando calmamente. Era o que ela tinha presumido mesmo. — Mas não quando tinha importância. — Ele tocou a bochecha dela com os dedos, leves como pluma. — Não sei nem como...

Clary riu suavemente.

— Acho que acabamos de estabelecer que sabe.

— Não foi isso que quis dizer. — Jace pegou a mão de Clary, levando-a ao rosto. — Quero você — afirmou —, mais do que jamais quis outra coisa na vida. Mas eu... — Engoliu em seco. — Em nome do Anjo. Vou me odiar por isto mais tarde.

— Não diga que está tentando me proteger — falou ela, ferozmente. — Porque eu...

— Não é isso — disse. — Não estou me sacrificando. Estou... com ciúme.

— Você está com... ciúme? De quem?

— De mim. — Ele contorceu o rosto. — Detesto pensar nele com você. *Ele*. Aquele outro eu. O que Sebastian controla.

Clary sentiu o rosto começar a queimar.

— Na boate... ontem à noite...

Ele deixou a cabeça cair no ombro dela. Um pouco espantada, ela acariciou as costas do namorado, sentindo os arranhões que tinha feito na boate. Essa lembrança em específico a fez ruborizar ainda mais. Assim como a noção de que ele poderia ter se livrado das marcas com um *iratze* se quisesse. Mas não o fez.

— Eu me lembro de *tudo* sobre ontem à noite — falou. — E isso me deixa louco, porque era eu, mas não era. Quando estamos juntos, quero que seja você de verdade. Eu de verdade.

— Não é assim que estamos agora?

— É. — Jace levantou a cabeça, beijou-a na boca. — Mas por quanto tempo? Posso voltar a ser *ele* a qualquer instante. Não posso fazer isso com você. Com a gente — explicou, com a voz amarga. — Não sei nem como você aguenta ficar perto desta *coisa* que não sou eu...

— Mesmo que você volte a ser ele em cinco minutos — disse ela —, terá valido a pena, só para ficar com você assim de novo. Para que não tivesse acabado naquele telhado. Porque este é você, e mesmo aquele outro você... tem pedaços do seu verdadeiro eu. É como se eu estivesse olhando para você por uma janela embaçada, mas *não* é você de verdade. E pelo menos agora sei.

— O que quer dizer? — As mãos dele se fecharam nos ombros dela. — O que quer dizer com pelo menos agora sabe?

Clary respirou fundo.

— Jace, logo que ficamos juntos, *juntos* mesmo, você esteve tão feliz naquele primeiro mês. E tudo que fazíamos era engraçado, divertido e incrível. Depois pareceu que estava tudo se escoando de você, toda aquela felicidade. Você não queria mais ficar comigo, nem olhar para mim...

— Eu estava com medo de *machucá-la*. Pensei que estivesse enlouquecendo.

— Você não sorria, não ria, nem fazia piadas. E não o culpo. Lilith estava invadindo sua mente, controlando-o. Transformando-o. Mas tem de lembrar, sei o quanto soa idiota, eu nunca tive um namorado antes. Achei que fosse normal. Que talvez estivesse se cansando de mim.

— Eu não poderia...

— Não estou pedindo que me tranquilize — falou. — Estou contando para você. Quando você está... como está, controlado... parece *feliz*. Vim aqui porque queria salvá-lo. — A voz de Clary diminuiu. — Mas comecei a me questionar sobre de que o estaria salvando. Como eu poderia levá-lo de volta a uma vida com a qual parecia tão infeliz?

— Infeliz? — Ele balançou a cabeça. — Eu tinha sorte. Tanta, tanta sorte. E não consegui enxergar. — Encontrou os olhos de Clary. — Eu amo você — declarou. — E você me faz mais feliz do que um dia imaginei que pudesse ser. E agora que sei como é ser outra pessoa, me perder, quero minha vida de volta. Minha família. Você. Tudo. — Os olhos dele escureceram. — Quero *de volta*.

A boca de Jace desceu para a dela, com uma pressão violenta, os lábios abertos, quentes e famintos, e as mãos a agarraram pela cintura — e depois aos lençóis em ambos os lados dela, quase rasgando. Ele se afastou, ofegando.

— *Não podemos...*

— Então pare de me beijar! — Clary arquejou. — Aliás — soltou-se dele, pegando a camiseta —, já volto.

Passou por ele e correu para o banheiro, trancando a porta. Acendeu a luz e se olhou no espelho. Estava com os olhos arregalados, os cabelos emaranhados, os lábios inchados pelos beijos. Enrubesceu e vestiu a blusa outra vez, jogou água fria no rosto, prendeu o cabelo em um nó. Quando se convenceu de que não estava mais parecendo a donzela violentada da capa de um romance, pegou uma toalha de mão — nada de romântico *nisso* — molhou-a e, em seguida, esfregou-a com sabão.

Voltou para o quarto. Jace estava sentado na beira da cama, de calça jeans e camisa desabotoada, os cabelos emaranhados emoldurados pela luz do luar. Ele parecia uma estátua de anjo. Só que anjos normalmente não ficavam sujos de sangue.

Parou à frente dele.

— Tudo bem — disse ela. — Tire a camisa.

Jace ergueu as sobrancelhas.

— Não vou atacá-lo — informou Clary, sem paciência. — Consigo olhar para o seu peito nu sem me derreter.

— Tem certeza? — perguntou ele, tirando a camisa. — Porque ver meu peito nu já fez com que muitas mulheres se machucassem seriamente tentando me alcançar.

— É, bem, não vejo ninguém além de mim aqui. E só quero limpar o sangue de você.

Ele se inclinou para trás, obediente, apoiando-se nas mãos. O sangue havia ensopado a camisa e sujado o peito e as partes planas da barriga de Jace, mas quando ela passou os dedos com cuidado, sentiu que a maioria dos cortes era superficial. O *iratze* que ele fez em si mesmo mais cedo já estava ajudando na cura.

Jace virou o rosto para ela, com os olhos fechados, enquanto ela passava o pano molhado na pele dele, sangue tingindo de rosa o algodão branco. Ela esfregou as manchas secas no pescoço dele, torceu a toalha, mergulhou-a no copo de água na cabeceira, e partiu para o peito dele. Ele ficou sentado com a cabeça inclinada para trás, assistindo enquanto o pano percorria os músculos dos seus ombros, a linha dos braços, antebraços, o peito duro marcado por cicatrizes brancas e o preto das Marcas permanentes.

— Clary — disse ele.

— Oi?

O humor havia deixado sua voz.

— Não vou me lembrar disto — revelou. — Quando eu voltar... a ficar como estava, sob o controle *dele*, não vou me lembrar de ter voltado a mim. Então me diga... eles estão bem? Minha família? Sabem...

— Do que aconteceu com você? Um pouco. E não, não estão bem. — Jace fechou os olhos. — Eu poderia mentir para você — disse ela. — Mas deve saber. Eles o amam muito e o querem de volta.

— Não assim — disse ele.

Clary o tocou no ombro.

— Vai me contar o que aconteceu? Como sofreu estes cortes?

Jace respirou fundo, e a cicatriz no peito dele se destacou, lívida e escura.

— Matei uma pessoa.

Ela sentiu o choque das palavras percorrerem seu corpo como o coice de uma arma. Derrubou a toalha ensanguentada, em seguida se abaixou para recuperá-la. À luz da lua, as linhas do rosto de Jace pareciam finas, acentuadas e tristes.

— Quem? — perguntou ela.

— Você a conheceu — prosseguiu Jace, cada palavra parecia um peso. — A mulher que foi visitar com Sebastian. A Irmã de Ferro. Magdalena. — Ele se curvou, afastando-se dela, e esticou o braço para pegar uma coisa enrolada nos cobertores. Os músculos dos braços e das costas se moveram sob a pele quando ele pegou o que quer que fosse e se voltou novamente para Clary, o objeto brilhando na mão.

Era um cálice claro e vítreo — uma réplica exata do Cálice Mortal, exceto que em vez de ouro, era de *adamas* branco-prateado cravejado.

— Sebastian me mandou, mandou *ele* ir buscar isso hoje — disse Jace. — E também me deu a ordem de matá-la. Ela não estava esperando. Não estava esperando qualquer violência, só o pagamento e a troca. Achou que estivéssemos do mesmo lado. Deixei que me entregasse o Cálice, depois peguei minha adaga e... — Respirou fundo, como se a lembrança doesse. — A esfaqueei. Mirei no coração, mas ela virou, e eu errei por alguns centímetros. Ela cambaleou para trás e tentou se segurar na mesa de trabalho... Tinha *adamas* em pó nela, e jogou em mim. Acho que pretendia me cegar. Virei o rosto e, quando olhei novamente, ela estava com uma *aegis* na mão. Acho que eu soube o que era. A luz agrediu meus olhos. Gritei quando ela a enfiou no meu peito, senti uma dor cortante na Marca, então a lâmina estilhaçou. — Jace olhou para baixo e sorriu sem humor. — O engraçado é que se eu estivesse de uniforme, isso não teria acontecido. Não o vesti porque achei que não valia o esforço. Mas a *aegis* queimou a Marca, a Marca de Lilith, e de repente voltei a mim, ali, sobre aquela mulher morta, com uma adaga ensanguentada em uma mão e o Cálice na outra.

— Não entendo. Por que Sebastian mandou matá-la? Ela ia *dar* o Cálice para você. Para Sebastian. Ela disse...

Jace expirou asperamente.

— Você se lembra do que Sebastian falou sobre aquele relógio na Praça da Cidade Velha? Em Praga?

— Que o rei mandou arrancar os olhos do fabricante depois que ele terminou, para que jamais pudesse voltar a fazer nada tão lindo — disse Clary. — Mas não vejo...

— Sebastian queria Magdalena morta para que ela nunca mais pudesse voltar a fazer algo assim — explicou Jace. — E para que jamais revelasse.

— Revelasse o quê? — Clary levantou a mão, pegou o queixo de Jace, e abaixou o rosto dele, de modo que ficasse olhando para ela. — Jace, *o que Sebastian realmente está planejando fazer*? A história que ele contou na sala de treinamento, sobre querer invocar demônios para poder destruí-los...

— Sebastian quer invocar demônios, sim. — A voz de Jace soou sombria. — Um demônio em particular. Lilith.

— Mas Lilith morreu. Simon a destruiu.

— Demônios Maiores não morrem. Não de fato. Demônios Maiores habitam os espaços entre os mundos, o grande Vão, o vazio. O que Simon fez foi estilhaçar seu poder, enviá-la aos farrapos de volta ao nada de onde ela veio. Mas ela lentamente se regenerará. Renascerá. Demoraria séculos, mas não se Sebastian ajudar.

Uma sensação gélida crescia na boca do estômago de Clary.

— Ajudar como?

— Invocando-a de volta a este mundo. Ele quer misturar o sangue dela ao dele em um cálice para criar um exército Nephilim maligno. Quer ser o Jonathan Caçador de Sombras reencarnado, mas do lado dos demônios, e não dos anjos.

— Um exército Nephilim maligno? Vocês dois são fortes, mas não chegam a ser exatamente um exército.

— Existem cerca de quarenta ou cinquenta Nephilim que, ou já foram leais a Valentim, ou detestam a atual direção da Clave e estão abertos a escutar o que Sebastian tem a dizer. Ele entrou em contato com eles. Quando invocar Lilith, todos estarão presentes. — Jace respirou fundo. — E depois? Com o poder de Lilith para apoiá-lo? Sabe-se lá quem mais se unirá à causa. Ele *quer* uma guerra. Está convencido de que vai vencer, e eu não tenho certeza do contrário. Para cada Nephilim maligno que criar, crescerá em poder. Some isso aos demônios com os quais já fez aliança, e não sei se a Clave está preparada para derrubá-lo.

Clary abaixou a mão.

— Sebastian não mudou. Seu sangue não o mudou. Ele continua exatamente como sempre foi. — Seus olhos se voltaram para Jace. — Mas você. Você também mentiu para mim.

— *Ele* mentiu para você.

A mente de Clary estava girando.

— Eu sei. Eu sei que aquele Jace não é você...

— *Ele* acha que é para o seu bem e que você ficará mais feliz no fim, mas mentiu para você. E eu jamais faria isso.

— A *aegis* — disse Clary. — Se pode machucá-lo, mas Sebastian não sente, será que poderia matá-lo sem que você seja ferido?

Jace balançou a cabeça.

— Acho que não. Se eu tivesse uma *aegis*, poderia tentar, mas... não. Nossas vidas estão ligadas. Um ferimento é uma coisa. Se ele morresse... — A voz de Jace endureceu. — Você sabe qual é o jeito mais fácil de acabar com isso. Enfie uma adaga no meu coração. Estou surpreso por você não ter feito isso enquanto eu dormia.

— Você conseguiria? Se fosse eu? — A voz de Clary tremeu. — Eu acreditava que havia uma maneira de consertar isso. Ainda acredito. Entregue sua estela, e farei um Portal.

— Não pode fazer um Portal daqui — explicou Jace. — Não vai funcionar. A única maneira de entrar e sair do apartamento é pela parede lá embaixo, perto da cozinha. E é o único lugar a partir do qual é possível mover o apartamento.

— Pode nos mover até a Cidade do Silêncio? Se voltarmos, os Irmãos do Silêncio podem descobrir uma maneira de separá-lo de Sebastian. Contaremos o plano dele para a Clave para que estejam preparados...

— Posso nos levar a uma das entradas — disse Jace. — E o farei. Eu vou. Vamos juntos. Mas só para que não haja mentiras entre nós, Clary, você precisa saber que vão me matar. Depois que eu contar o que sei, vão me matar.

— Matá-lo? Não, não fariam isso...

— Clary. — A voz de Jace era suave. — Como um bom Caçador de Sombras, devo me *voluntariar* para morrer a fim de impedir o que Sebastian vai fazer. Como um bom Caçador de Sombras, eu faria isso.

— Mas nada disto é culpa sua. — A voz dela se elevou, e ela se forçou a diminuí-la, não querendo que Sebastian, que estava lá embaixo, ouvisse. — Não tem culpa do que foi feito com você. É uma vítima nisso. Não é *você*, Jace; é outra pessoa, alguém vestindo seu rosto. Não deveria ser punido...

— Não é uma questão de punição. É praticidade. Se me matar, Sebastian morre. Não é diferente de me sacrificar em uma batalha. Tanto faz dizer que não escolhi isso. Aconteceu. E o que sou agora, eu mesmo, vai desaparecer em breve. E, Clary, sei que não faz sentido, mas eu me lembro; me lembro de tudo. De ter andado com você em Veneza, daquela noite na boate, de ter dormido nesta cama com você, e não entende? Eu *quis isso.* Isso é tudo que *sempre* quis, viver com você assim, ficar com você assim. O que devo pensar, quando a pior coisa que já me aconteceu me dá exatamente o que quero? Talvez Jace Lightwood consiga enxergar todas as formas como isso é errado e problemático, mas Jace Wayland, o filho de Valentim... ama esta vida. — Ele estava com os olhos arregalados e dourados ao olhar para ela, e Clary se lembrou de Raziel, daquele olhar que parecia conter toda a sabedoria e toda a tristeza do mundo. — E é por isso que preciso ir — declarou. — Antes que isso passe. Antes que eu me transforme *nele* outra vez.

— Ir para onde?

— Para a Cidade do Silêncio. Tenho de me entregar... e o Cálice também.

Parte Três
Tudo Mudou

Tudo mudou, mudou drasticamente:
Uma terrível beleza nasceu.

— William Butler, "Easter, 1916"

18
Raziel

— Clary?

Simon estava sentado nos degraus da casa da fazenda, olhando para a trilha que conduzia ao pomar e ao lago. Isabelle e Magnus estavam no caminho, Magnus olhando para o lago, depois para as montanhas baixas que cercavam a área. Fazia anotações em um caderninho com uma caneta cuja ponta brilhava, verde-azulado cintilante. Alec estava a uma pequena distância, mirando as árvores que preenchiam as cristas das colinas que separavam a fazenda da estrada. Ele parecia tão afastado de Magnus quanto fosse possível para se manter ao alcance auditivo. Pareceu a Simon — o primeiro a admitir que não era muito observador em relação a estas coisas — que, apesar das brincadeiras no carro, uma distância perceptível entre Magnus e Alec se instalara recentemente, algo que ele não sabia dizer muito bem o que era, mas sabia que estava ali.

A mão direita de Simon estava segurando a esquerda, os dedos girando o anel dourado.

Clary, por favor.

Vinha tentando falar com ela a cada hora desde que recebeu a mensagem de Maia sobre Luke. Nada. Nem uma centelha de resposta.

Clary, estou na fazenda. Estou lembrando de você aqui, comigo.

O dia estava estranhamente quente para a estação, e um vento fraco soprou as últimas folhas nos galhos das árvores. Depois de passar tempo demais pensando em que tipo de roupa deveria vestir para encontrar um anjo — um terno parecia excessivo, mesmo que tivesse um sobrando da festa de noivado de Jocelyn e Luke —, escolheu um jeans e uma camiseta, os braços expostos ao sol. Tinha tantas lembranças felizes e ensolaradas ligadas a este lugar, a esta casa. Ele e Clary vinham para cá com Jocelyn quase todo verão desde que se recordava. Nadavam no lago. Simon se bronzeava, e a pele clara de Clary queimava sem parar. Ela adquiria milhões de sardas a mais nos ombros e braços. Jogavam "beisebol de maçã" no pomar, que fazia uma bagunça e era divertido; na sede da fazenda, palavras cruzadas e pôquer, que Luke sempre ganhava.

Clary, estou prestes a fazer uma coisa estúpida e perigosa, e talvez suicida. É tão ruim assim que eu queira conversar com você uma última vez? Estou fazendo isso para mantê-la em segurança, e não sei nem se você está viva para que eu precise ajudar. Mas se estivesse morta eu saberia, não saberia? Sentiria.

— Muito bem. Vamos — disse Magnus, aparecendo ao pé da escada. Olhou para o anel na mão de Simon, mas não fez nenhum comentário.

Simon se levantou e esfregou os jeans, depois conduziu os outros pela trilha que cruzava o pomar. O lago brilhava à frente como uma moeda azul-escura. Ao se aproximarem, Simon viu o velho cais na água, onde certa vez amarraram caiaques antes de um pedaço da estrutura quebrar e boiar para longe. Simon teve a impressão de que quase conseguia ouvir o zumbido preguiçoso das abelhas e sentir nos ombros o peso do verão. Ao chegarem à beira do lago, Simon virou-se para olhar a casa, de madeira pintada de branco, com janelas verdes e uma varanda coberta, mobiliada com peças de vime desgastadas.

— Você realmente gosta daqui, não? — observou Isabelle. Seus cabelos pretos esvoaçavam como um estandarte na brisa do lago.

— Como sabe?

— Sua expressão — respondeu. — Parece que está se lembrando de alguma coisa boa.

— Era bom — disse Simon. Levantou a mão para empurrar os óculos para cima do nariz, lembrou que não os usava mais e abaixou a mão. — Tive sorte.

Ela olhou para o lago. Estava com brincos pequenos de argola; uma mecha de cabelo tinha enrolado em um deles e Simon quis esticar a mão para soltá-la, tocar o rosto de Isabelle com os dedos.

— E agora não tem mais?

Simon deu de ombros. Estava observando Magnus, que segurava algo que parecia uma haste longa e flexível, com a qual desenhava na areia molhada à beira do lago. Estava com o livro de feitiços abertos e entoava cânticos ao desenhar. Alec o observava, com a expressão de alguém olhando para um estranho.

— Está com medo? — perguntou Isabelle, colocando-se ligeiramente mais perto de Simon. Ele pôde sentir o calor dos braços dela nos dele.

— Não sei. Boa parte do medo vem da sensação física. O coração acelerando, o suor, o pulso disparado. Não tenho nada disso.

— Que pena — murmurou Isabelle, olhando para a água. — Meninos suados são gostosos.

Ele lançou-lhe um meio sorriso; foi mais difícil do que imaginava. Talvez estivesse com medo.

— Já basta de assanhamento, mocinha.

O lábio de Isabelle tremeu como se estivesse prestes a sorrir. E então suspirou.

— Sabe o que nunca me passou pela cabeça que eu pudesse querer? — disse ela. — Um cara que me fizesse rir.

Simon virou para ela, pegando sua mão, não se importando nesse instante com o fato de que o irmão dela estava olhando.

— Izzy...

— Muito bem — gritou Magnus. — Já terminei. Simon, aqui.

Todos viraram. Magnus estava no interior de um círculo, que brilhava com uma singela luz branca. Na verdade, eram dois círculos, um ligeiramente menor dentro de um maior, e no espaço entre os dois, dezenas de símbolos tinham sido rabiscados. Estes também brilhavam, um azul-esbranquiçado metálico, como o reflexo do lago.

Simon escutou a inspiração suave de Isabelle e se afastou antes que pudesse olhar para ela. Só tornaria as coisas ainda mais difíceis. Ele foi para a frente, ultrapassou a fronteira do círculo, posicionou-se no centro, ao lado de Magnus. Olhar para fora do círculo era como olhar através da água. O resto do mundo parecia trêmulo e sem nitidez.

— Aqui. — Magnus colocou o livro nas mãos de Simon. O papel era fino, coberto por símbolos desenhados, mas Magnus havia anexado uma impressão das palavras, escritas foneticamente, sobre o feitiço em si. — Apenas emita esses sons — murmurou. — Deve dar certo.

Segurando o livro contra o peito, Simon retirou o anel que o conectava a Clary e o entregou a Magnus.

— Se não der — falou, se perguntando de onde viria essa estranha calma —, alguém deve ficar com isso. É nossa única ligação com Clary e com as informações que ela tem.

Magnus assentiu e colocou o anel no próprio dedo.

— Pronto, Simon?

— Ei — respondeu Simon. — Você se lembrou do meu nome.

Magnus lhe dirigiu um enigmático olhar verde-dourado e saiu do círculo. Imediatamente, também ficou borrado e sem nitidez. Alec se aproximou dele de um lado, Isabelle do outro; Isabelle estava abraçando os próprios cotovelos e, mesmo através do ar trêmulo, Simon percebeu o quanto ela parecia infeliz.

Simon limpou a garganta.

— Acho melhor vocês irem.

Mas não se moveram. Pareciam esperar para que ele dissesse outra coisa.

— Obrigado por terem vindo até aqui comigo — falou, afinal, após explorar o cérebro à procura de alguma coisa significativa para dizer; pareciam estar esperando por isso. Simon não era do tipo que fazia grandes discursos de adeus, ou se despedia dos outros de forma dramática. Olhou primeiro para Alec. — Hum, Alec. Sempre gostei mais de você do que de Jace. — Voltou-se para Magnus: — Magnus, eu gostaria de ter a coragem de usar calças como as suas.

E, por fim, Izzy. Viu através do borrão que ela estava assistindo, seus olhos pretos como obsidiana.

— Isabelle — disse Simon. Olhou para ela. Viu a pergunta nos olhos da menina, mas não parecia haver nada que pudesse dizer na frente de Alec e Magnus, nada que abarcasse seus sentimentos. Chegou para trás, para o centro do círculo, inclinando a cabeça. — Tchau, eu acho.

Teve a impressão de que responderam, mas o borrão trêmulo entre eles bloqueou as palavras. Simon observou enquanto viravam, retrocedendo pela trilha através do pomar, de volta para a casa, até se tornarem pontos escuros. Até não conseguir mais vê-los.

Não conseguia conceber não falar com Clary uma última vez antes de morrer; sequer conseguia se recordar das últimas palavras que tinham dito um ao outro. Mesmo assim, se fechasse os olhos, podia ouvir a risada da melhor amiga ecoando pelo pomar; lembrava-se de como tinha sido, antes de crescerem e tudo mudar. Se morresse aqui, talvez fosse adequado. Algumas de suas melhores lembranças eram deste lugar, afinal. Se o Anjo o atingisse com fogo, suas cinzas poderiam flutuar pelo pomar e sobre o lago. Alguma coisa nesta ideia parecia pacífica.

Pensou em Isabelle. Depois na família — na mãe, no pai, em Becky. *Clary*, pensou por fim. *Onde quer que esteja, é minha melhor amiga. Sempre será minha melhor amiga.*

Ergueu o livro de feitiços e começou a entoar.

— Não! — Clary se levantou, derrubando a toalha molhada. — Jace, não pode. Vão matá-lo.

Ele pegou uma camisa limpa e se vestiu, sem olhar para ela ao abotoá-la.

— Primeiro tentarão me separar de Sebastian — afirmou, apesar de não parecer acreditar muito. — Se não funcionar, *aí então* me matarão.

— Não é o suficiente. — Clary esticou o braço para ele, mas Jace deu-lhe as costas, calçando os sapatos. Quando virou novamente, estava com a expressão sombria.

— Não tenho escolha, Clary. É a coisa certa a fazer.

— É uma loucura. Está seguro aqui. Não pode jogar sua vida fora...

— Salvar minha vida é traição. É colocar uma arma nas mãos do inimigo.

— Quem liga para traição? Ou para a Lei? — perguntou. — Eu me importo com *você*. Vamos resolver isso juntos...

— *Nós* não podemos resolver isto. — Jace guardou a estela que estava na cabeceira, depois pegou o Cálice Mortal. — Porque só vou ser *eu* por pouco tempo. Eu te amo, Clary. — Inclinou a cabeça e beijou-a, demoradamente. — Faça isso por mim — sussurrou.

— Não farei de jeito nenhum — respondeu ela. — Não vou tentar ajudá-lo a se matar.

Mas ele já estava indo para a porta. Arrastou Clary consigo, e atravessaram o corredor, conversando aos sussurros.

— Isso é loucura — sibilou Clary. — Se colocar no caminho do perigo...

Jace expirou, exasperado.

— Como se você não fizesse isso.

— Certo, e você fica *furioso* — sussurrou, ao correr atrás dele pela escada. — Lembra o que me disse em Alicante...

Chegaram à cozinha. Jace colocou o Cálice na bancada, pegando a estela.

— Eu não tinha o direito de dizer aquilo — falou ele. — Clary, isso é o que *somos*. Somos Caçadores de Sombras. Isto é o que fazemos. Há outros riscos que corremos além dos que encontramos na batalha.

Clary balançou a cabeça, agarrando os dois pulsos de Jace.

Um olhar de dor cruzou o rosto dele.

— Clarissa...

Ela respirou fundo, mal conseguindo acreditar no que estava prestes a fazer. Mas em sua mente via a imagem do necrotério na Cidade do Silêncio, dos corpos de Caçadores de Sombras esticados nas macas de mármore, e não aguentou pensar em Jace como um deles. Tudo que tinha feito — vindo até aqui, suportado o que suportou — foi para salvar a vida dele, e não somente por ela. Pensou em Alec e Isabelle, que a ajudaram, e em Maryse, que o amava, e, quase sem saber o que estava fazendo, elevou a voz e gritou:

— *Jonathan!* — berrou. — *Jonathan Christopher Morgenstern!*

Os olhos de Jace se arregalaram.

— *Clary...* — começou, mas já era tarde. Já o tinha soltado e estava recuando. Sebastian talvez já estivesse vindo; não tinha como dizer a Jace que não confiava em Sebastian, mas o irmão era a única arma da qual dispunha para fazê-lo ficar.

Houve um lampejo de movimento, e Sebastian estava lá. Não se incomodou em correr pela escada, apenas saltou e aterrissou entre eles. Estava com os cabelos amarrotados pelo sono; trajava uma camiseta escura e calça preta, e Clary imaginou distraidamente se ele dormia de roupa. Ele olhou de Clary para Jace, os olhos pretos absorvendo a situação.

— Briguinha de namorados? — perguntou. Alguma coisa brilhou em sua mão. Uma faca?

A voz de Clary tremeu:

— O símbolo dele está danificado. Aqui. — Pôs a mão por cima do próprio coração. — Ele está tentando voltar, se entregar para a Clave...

A mão de Sebastian voou e agarrou o Cálice que estava com Jace. Bateu-o com força sobre a bancada da cozinha. Jace, ainda pálido de choque, o observou; não moveu um músculo enquanto Sebastian se aproximava e o pegava pela frente da camisa. Os botões superiores se abriram, exibindo a clavícula, e Sebastian passou a ponta da estela na pele, desenhando um *iratze* nele. Jace mordeu o lábio, com os olhos cheios de ódio enquanto Sebastian o soltava e recuava, com a estela na mão.

— Sinceramente, Jace — disse ele. — A ideia de que se achou capaz de escapar assim me faz rir.

As mãos de Jace cerraram em punhos enquanto o *iratze*, preto como carvão, começava a afundar em sua pele. Suas palavras vieram lentamente, arfantes:

— Na próxima vez... em que quiser ser derrubado... ficarei feliz em ajudar. Talvez com um tijolo.

Sebastian emitiu um *tsc*.

— Mais tarde irá me agradecer. Até você tem de admitir que esse seu desejo de morrer é um pouco extremo.

Clary esperou que Jace rebatesse novamente. Mas não. Seus olhos percorreram devagar o rosto de Sebastian. Naquele momento, só havia os dois no recinto, e quando Jace se pronunciou, as palavras vieram frias e claras.

— Não vou me lembrar disto mais tarde — falou. — Mas você vai. Aquela pessoa que age como seu amigo... — Deu um passo para a frente, fechando o espaço entre eles. — Aquela pessoa que age como se *gostasse* de você. Aquela pessoa não é real. Este é real. Este sou eu. E eu odeio você. Sempre odiarei. E não existe magia ou feitiço neste ou em qualquer outro mundo capaz de mudar isso.

Por um instante o sorriso no rosto de Sebastian vacilou. Mas Jace não. Em vez disso, desgrudou os olhos de Sebastian e voltou-os para Clary.

— Você tem de saber — continuou — a verdade... Não contei toda a verdade.

— A verdade é perigosa — declarou Sebastian, segurando a estela na frente do corpo como uma faca. — Cuidado com o que diz.

Jace franziu o rosto. Seu peito subia e descia rapidamente; estava claro que o símbolo de cura no peito estava provocando uma dor física.

— O plano — disse. — De invocar Lilith, fazer um novo Cálice, criar um exército maligno... não foi de Sebastian. *Foi meu.*

Clary congelou.

— O quê?

— Sebastian sabia o que queria — revelou Jace. — Mas eu descobri como fazer. Um novo Cálice Mortal... eu que dei a ideia. — Teve um espasmo de dor; Clary podia imaginar o que estava acontecendo sob o tecido da camisa: a pele se refazendo, se curando, o símbolo de Lilith brilhando e inteiro outra vez. — Ou, devo dizer, *ele*. Aquela coisa que se parece comigo, mas não é? Ele vai destruir o mundo, se Sebastian assim quiser, e se divertir no processo. É isso que está salvando, Clary. *Isso*. Não entende? Prefiro morrer...

A voz de Jace engasgou ao se curvar. Os músculos nos ombros enrijeceram quando ondulações que pareciam de dor atravessaram seu corpo. Clary lembrou-se de tê-lo abraçado na Cidade do Silêncio enquanto os Irmãos exploravam sua mente em busca de respostas — então Jace olhou para cima, com expressão de espanto.

Seus olhos desviaram, não para ela, mas para Sebastian. Ela sentiu o coração saltar, apesar de saber que era a causadora de tudo.

— O que está acontecendo? — perguntou Jace.

Sebastian sorriu para ele.

— Seja bem-vindo de volta.

Jace piscou, parecendo momentaneamente confuso; depois seu olhar pareceu deslizar para dentro, como acontecia toda vez que Clary tentava falar em algum assunto que ele não conseguia processar — o assassinato de Max, a guerra em Alicante, a dor que estava causando à família.

— Está na hora? — perguntou.

Sebastian fez questão de olhar o relógio.

— Quase. Por que não vai na frente, e nós o seguimos? Pode começar a preparar as coisas.

Jace olhou em volta.

— O Cálice... onde está?

Sebastian o pegou da bancada da cozinha.

— Bem ali. Está se sentindo um pouco aéreo?

A boca de Jace se curvou no canto, e ele pegou o Cálice de volta. Tranquilo. Não havia sinal do menino que havia estado diante de Sebastian alguns instantes antes e dito que o odiava.

— Tudo bem. Nós nos encontramos lá. — Voltou-se para Clary, que continuava congelada de choque, e a beijou na bochecha. — E você também.

Ele recuou e piscou para ela. Não tinha afeto nos olhos, mas não importava. Este não era Jace, muito claramente não se tratava do seu Jace, e ela observou entorpecida enquanto o garoto atravessava a cozinha. Sua estela brilhou, e uma porta se abriu na parede; Clary viu o céu e uma planície rochosa, então ele a atravessou e sumiu.

Clary enterrou as unhas nas palmas.

Aquela coisa que se parece comigo, mas não é? Ele vai destruir o mundo se Sebastian assim quiser, e se divertir no processo. É isso que está salvando, Clary. Isso. *Não entende? Prefiro morrer.*

Lágrimas queimaram no fundo de sua garganta, e ela teve de dar tudo de si para contê-las enquanto o irmão se voltava para ela, os olhos pretos muito acesos.

— Você me chamou — disse ele.

— Ele queria se entregar para a Clave — sussurrou, sem saber ao certo para quem estava se defendendo. Tinha feito o que precisara, utilizado a única arma que tinha, ainda que se tratasse de uma arma que desprezava. — Eles iam matá-lo.

— Você *me* chamou — repetiu ele, dando um passo em direção a ela. Esticou a mão e retirou uma mecha de cabelo do rosto de Clary, colocando-a atrás da orelha da irmã. — Ele contou, então? O plano? Tudo?

Clary combateu um tremor de revolta.

— Não todo. Não sei o que vai acontecer esta noite. O que Jace quis dizer com "está na hora"?

Ele se inclinou para a frente e a beijou na testa; Clary sentiu o beijo arder, como uma marca entre seus olhos.

— Vai descobrir — respondeu. — Conquistou o direito de estar aqui, Clarissa. Poderá assistir a tudo do seu lugar ao meu lado, hoje à noite, no Sétimo Sítio Sagrado. *Ambos* os filhos de Valentim, juntos... finalmente.

Simon manteve os olhos no papel, entoando as palavras que Magnus havia escrito para ele. Tinham um ritmo que parecia música: leve, penetrante e delicado. Aquilo o fez lembrar a ocasião em que leu em voz alta a sua parte do *haftarah* durante o bar mitzvah, apesar de que naquela vez ele sabia o que as palavras significavam, e agora não.

À medida que o cântico avançava, ele sentia um aperto em volta de si, como se o ar estivesse ficando mais denso e pesado, pressionando seu peito e os ombros. O ar também estava se tornando mais quente. Se fosse humano, talvez o calor tivesse sido insuportável. Sendo vampiro, pôde sentir a queimadura na pele, chamuscando os cílios, a camisa. Manteve os olhos fixos no papel à sua frente enquanto uma gota de sangue corria do couro cabeludo e pingava no papel.

Então acabou. A última palavra — *Raziel* — foi enunciada, e ele levantou a cabeça. Estava sentindo o sangue escorrer pelo rosto. A neblina ao redor clareou e à frente viu a água do lago, azul e brilhante, lisa como vidro.

Em seguida explodiu.

O centro do lago se tornou dourado, depois escuro. A água se afastou, correndo em direção às bordas do lago, voando pelo ar até que Simon estivesse olhando para um anel de água, como um círculo ininterrupto de cachoeiras, todo brilhante, a água se movendo para cima e para baixo, o efeito bizarro e estranhamente lindo. Gotículas de água caíram nele, resfriando sua pele queimada. Simon inclinou a cabeça para trás exatamente no momento em que o céu se tornou escuro — todo o azul desapareceu, engolido por um súbito choque de escuridão e nuvens cinzentas que rugiam. A água caiu de volta no lago, e do centro, na maior concentração de prata, ergueu-se uma figura dourada.

A boca de Simon ficou seca. Ele já tinha visto diversas pinturas de anjos, acreditava neles, e ouvira o alerta de Magnus. E mesmo assim se sentiu como se tivesse sido atingido por uma lança quando diante de seus olhos um par de asas surgiu. Pareceram abarcar o céu. Eram vastas, brancas, douradas e prateadas, as penas continham olhos dourados ardentes. Os olhos o encararam com desdém. Então as asas se levantaram, espalhando as nuvens diante deles, e se recolheram; um homem — ou a forma de um homem —, imponente e incrivelmente alto, surgiu e se elevou.

Os dentes de Simon começaram a bater. Ele não sabia exatamente por quê. Mas ondas de poder, de algo maior do que poder — da força elementar do universo —, pareceram irradiar do Anjo enquanto ele se erguia em sua altura total. O primeiro pensamento bizarro de Simon foi que parecia que alguém tinha pegado Jace e o aumentado ao tamanho de um outdoor. Só que ele não se parecia em nada com Jace. Era completamente dourado, das asas à pele e aos olhos, que não tinham nenhuma parte branca, apenas um brilho dourado, como uma membrana. Os cabelos eram dourados e pareciam feitos a partir de pedaços de metal que se curvavam como ferro forjado. Ele era estranho e assustador. Qualquer coisa em excesso pode destruir uma pessoa, pensou Simon. Escuridão demais pode matar, mas luz em demasia pode cegar.

Quem ousa me invocar?, o Anjo falou na mente de Simon, com uma voz que parecia o soar de grandes sinos.

Pergunta capciosa, pensou Simon. Se fosse Jace, poderia responder "um dos Nephilim", e se fosse Magnus, poderia dizer que era um dos filhos de Lilith, e um Alto Feiticeiro. Clary e o Anjo já tinham se encontrado, então Simon supunha que pudessem botar o papo em dia. Mas ele era Simon, sem qualquer título ou grande feito no currículo.

— Simon Lewis — respondeu afinal, repousando o livro de feitiços e se reerguendo. — Filho da Noite e... vosso servo.

Meu servo?, a voz de Raziel era gélida de reprovação. *Você me chama como se faz com um cachorro e ousa se intitular meu servo? Será dizimado deste mundo, para que seu destino sirva de alerta para outros não fazerem o mesmo. Meus próprios Nephilim são proibidos de me invocar. Por que deveria ser diferente para você, Diurno?*

Simon supôs que não deveria ficar perturbado pelo Anjo saber o que ele era, mas não deixava de ser impressionante, tão impressionante quanto o tamanho do Anjo. De alguma forma, pensara que Raziel fosse mais humano.

— Eu...

Pensa que, por carregar o sangue de um de meus descendentes, devo ter compaixão? Se for isso, apostou e perdeu. A solidariedade do Céu é para os que merecem. Não para aqueles que transgridem nossas Leis do Pacto.

O Anjo ergueu uma das mãos, os dedos apontados diretamente para Simon.

Simon se preparou. Desta vez não tentou dizer as palavras, apenas pensou. *Ouvi, Israel! O Senhor é nosso Deus, o Senhor é um...*

Que Marca é essa?, a voz de Raziel soou confusa. *Na sua testa, criança.*

— É a Marca — gaguejou Simon. — A primeira Marca. A Marca de Caim.

O enorme braço de Raziel abaixou lentamente.

Eu o mataria, mas a Marca me impede. Essa Marca foi feita para ser posta no cenho pelas mãos do Céu, contudo, sei que não foi. Como é possível?

O franco espanto do Anjo encorajou Simon.

— Uma de suas filhas, Nephilim — respondeu. — Uma com um talento especial. Ela a colocou aqui para me proteger. — Deu um passo mais para perto da borda do círculo. — Raziel, vim pedir um favor, em nome dos Nephilim. Estão diante de um grave perigo. Um deles foi... foi corrompido pelas sombras; e ele ameaça o restante. Precisam da sua ajuda.

Eu não intervenho.

— Mas interveio — argumentou Simon. — Quando Jace morreu, você o trouxe de volta. Não que não tenhamos ficado muito felizes com isso, mas se não o tivesse ressuscitado, nada disto estaria acontecendo. Então, de certa forma, cabe a você consertar as coisas.

Posso não conseguir matá-lo, refletiu Raziel. *Mas não existe razão para lhe dar o que quer.*

— Eu nem disse o que quero — respondeu Simon.

Quer uma arma. Algo que possa separar Jonathan Morgenstern de Jonathan Herondale. Mataria um e preservaria o outro. Claro, é mais fácil matar os dois. Seu Jonathan esteve morto, e talvez a morte o queira e ele a queira. Já pensou nessa possibilidade?

— Não — disse Simon. — Sei que não somos grande coisa em comparação a você, mas não matamos nossos amigos. Tentamos salvá-los. Se o Céu não quisesse assim, jamais deveríamos ter recebido a capacidade de amar. — Ele puxou o cabelo para trás, exibindo a Marca completamente. — Não, não precisa me ajudar. Mas se não o fizer, nada me impede de chamá-lo sem parar, agora que sei que não pode me matar. Pense em mim tocando sem parar a campainha do Céu... para sempre.

Raziel, incrivelmente, pareceu rir daquilo.

Você é teimoso, falou. *Um verdadeiro guerreiro dos seus, como aquele cujo nome o batizou, Simon Maccabeus. E assim como ele deu tudo para o irmão Jonathan, você o fará por seu Jonathan. Ou não está disposto?*

— Não é só por ele — explicou Simon, um pouco atordoado. — Mas sim, o que quiser. Darei.

Se eu lhe der o que quer, também jura nunca mais me incomodar?

— Não acho — disse Simon — que isso será um problema.

Muito bem, disse o Anjo. *Digo o que desejo. Desejo essa Marca blasfema na sua testa. Eu removerei a Marca de Caim de você, pois nunca esteve em seu lugar carregá-la.*

— Eu... Mas se retirar a Marca, poderá me matar — disse Simon. — A Marca não é a única coisa entre mim e sua fúria celestial?

O Anjo fez uma pausa para pensar por um instante.

Juro não machucá-lo. Com ou sem a Marca.

Simon hesitou. A expressão do Anjo se tornou furiosa.

O juramento de um Anjo do Céu é o mais sagrado que há. Ousa desconfiar de mim, filho do Submundo?

— Eu... — Simon fez uma pausa, por um momento doloroso. Seus olhos se encheram com a lembrança de Clary na ponta do pé para pressionar a estela em sua testa; com a primeira vez em que viu a Marca em ação, quando se sentiu o condutor de um raio, com energia pura passando por ele com força mortal. Foi uma maldição que o aterrorizou e o transformou em um objeto de desejo e medo. Ele a detestava. No entanto, agora, diante da possibilidade de abrir mão dela, da coisa que o tornava especial...

Engoliu em seco.

— Tudo bem. Sim. Concordo.

O Anjo sorriu, e o sorriso era terrível; foi como olhar diretamente para o sol.

Então juro não feri-lo, Simon Maccabeus.

— Lewis — disse Simon. — Meu sobrenome é Lewis.

Mas tem o sangue e a fé dos Macabeus. Alguns dizem que os Macabeus foram Marcados pela mão de Deus. De qualquer forma, é um guerreiro do Céu, Diurno, gostando ou não.

O Anjo se moveu. Os olhos de Simon lacrimejaram, pois Raziel parecia arrastar o céu consigo como um pano, em espirais de preto, prata e branco-nuvem. O ar em torno dele tremeu. Algo brilhou alto como o fulgor de luz em metal, então um objeto atingiu a areia e as pedras ao lado de Simon com um ruído metálico.

Uma espada — nada especial aos olhos, uma velha espada de ferro com um cabo escurecido. As bordas eram irregulares, como se tivessem sido corroídas por ácido, apesar de ter uma ponta afiada. Parecia algo revelado por uma escavação arqueológica que ainda não tinha sido adequadamente limpo.

O Anjo se pronunciou:

Certa vez, quando Joshua estava perto de Jericó, olhou para o alto e viu um homem diante dele empunhando na mão uma espada. Joshua foi até ele e disse: "Você é um de nós, ou um de nossos adversários?" Ele respondeu: "Nem uma coisa, nem outra, mas como comandante do exército do Senhor, vim até aqui."

Simon olhou para o objeto nada atraente aos seus pés.

— E aquela é *esta* espada?

É a espada do Arcanjo Miguel, comandante dos exércitos do Céu. Detém o poder do fogo Celestial. Atinja seu inimigo com ela, e queimará o mal dele. Se ele for mais mau do que bom, mais do Inferno que do Céu, também queimará a vida dele. Certamente romperá o laço dele com seu amigo, e só pode ferir um deles de cada vez.

Simon se abaixou e pegou a espada. O objeto enviou um choque pela mão, pelo braço, até o coração inanimado no peito. Instintivamente a levantou, e as nuvens no céu pareceram se abrir por um instante, um raio de luz descendo para atingir o metal da espada e fazê-lo cantar.

O Anjo olhou para ele com olhos frios.

O nome da espada não pode ser pronunciado por sua língua humana deficiente. Pode chamá-la de Gloriosa.

— Eu... — começou Simon. — Obrigado.

Não me agradeça. Eu o teria matado, Diurno, mas sua Marca, e agora meu juramento, me impedem. A Marca de Caim foi feita para ser aplicada por Deus, e não foi. Será removida de seu cenho, assim como a proteção que ela confere. E se voltar a me chamar, não o ajudarei.

Instantaneamente, o raio de luz brilhando das nuvens se intensificou, atingindo a espada como um chicote de fogo, cercando Simon em uma gaiola de luz brilhante e calor. A espada ardeu; ele gritou e caiu no chão, com uma forte dor na cabeça. Parecia que alguém estava enfiando uma agulha em brasa entre seus olhos. Ele cobriu o rosto, enterrando a cabeça nos braços, deixando a dor inundá-lo. Foi a pior agonia que sentiu desde a noite em que morreu.

A sensação passou aos poucos, baixando como a maré. Ele rolou de costas, olhando para o alto, a cabeça ainda doendo. As nuvens escuras estavam começando a retroceder, mostrando uma tira crescente de azul; o Anjo se foi, o lago se agitou sob a luz crescente, como se a água estivesse fervendo.

Simon começou a sentar lentamente, seus olhos apertados de dor contra o sol. Ele viu alguém correndo pela trilha que ia da casa ao lago. Alguém com cabelos longos e pretos, e um casaco roxo que voava atrás dela como se fosse um par de asas. Ela chegou ao fim da trilha e pulou para a beira do lago, as botas levantando areia atrás dela. Alcançou-o e se jogou no chão, abraçando-o.

— Simon — sussurrou.

Ele sentiu as batidas fortes e firmes do coração de Isabelle.

— Achei que estivesse morto — continuou. — Eu o vi caindo e... pensei que estivesse morto.

Simon permitiu que ela o abraçasse, e se apoiou nas próprias mãos. Percebeu que estava se inclinando como um navio com o casco furado e tentou não se mover. Temeu que, se o fizesse, fosse cair.

— Eu *estou* morto.

— Eu *sei* — rebateu Izzy. — Quis dizer mais morto do que o normal.

— Iz. — Simon levantou o rosto para o dela.

Ela estava ajoelhada sobre ele, com as pernas em torno das dele, os braços em volta do pescoço. Parecia desconfortável. Ele se permitiu cair novamente na areia, levando-a consigo. Caiu de costas no solo frio, com ela por cima, e olhou nos olhos pretos da menina. Eles pareciam ocupar o céu inteiro.

Ela tocou a testa de Simon, maravilhada.

— Sua Marca sumiu.

— Raziel a levou. Em troca da espada. — Ele gesticulou na direção da lâmina. Na casa, viu dois pontos escuros na frente da varanda, observando-os. Alec e Magnus. — É a espada do Arcanjo Miguel. Chama-se Gloriosa.

— Simon... — Isabelle o beijou na bochecha. — Você conseguiu. Chamou o Anjo. Pegou a espada.

Magnus e Alec tinham começado a percorrer a trilha que levava ao lago. Simon fechou os olhos, exausto. Isabelle se inclinou sobre ele, seu cabelo roçando as faces dele.

— Não tente falar. — Isabelle cheirava a lágrimas. — Você não está mais amaldiçoado — sussurrou ela. — Não está mais amaldiçoado.

Simon entrelaçou os dedos nos dela. Sentiu como se estivesse flutuando em um rio escuro, as sombras se fechando ao seu redor. Apenas a mão de Isabelle o ancorava à terra.

— Eu sei.

19

Amor e sangue

Metódica e cuidadosamente, Clary estava revirando o quarto de Jace. Ainda usava a mesma camiseta, apesar de ter vestido uma calça jeans; o cabelo estava preso em um coque bagunçado, e as unhas salpicadas de poeira. Tinha procurado embaixo da cama, em todas as gavetas e armários, se enfiado embaixo do guarda-roupa e da escrivaninha, e verificado todos os bolsos de todas as vestes à procura de uma segunda estela, mas não encontrou nada.

Tinha dito a Sebastian que estava exausta, que precisava subir e deitar; ele pareceu distraído e, com um aceno, indicou que ela fosse. Imagens do rosto de Jace surgiam sem parar por trás de suas pálpebras cada vez que fechava os olhos — o jeito como olhou para ela, traído, como se não a conhecesse mais.

Mas não havia sentido em ficar pensando naquilo. Poderia sentar na beira da cama e chorar com o rosto nas mãos, pensando no que tinha feito, mas de nada adiantaria. Devia a Jace, a si mesma, continuar. Procurar. Se ao menos pudesse encontrar uma estela...

Estava levantando o colchão da cama, procurando no vão entre a cama e as molas, quando ouviu uma batida à porta.

Derrubou o colchão, mas não antes de perceber que não havia nada ali. Cerrou as mãos em punhos, respirou fundo, foi até a porta e a abriu.

Sebastian estava na entrada. Pela primeira vez, estava usando algo que não era preto ou branco. A mesma calça e os mesmos sapatos pretos, é verdade, mas também estava com uma túnica vermelha de couro, elaborada com símbolos dourados e prateados, tudo preso por uma fileira de grampos metálicos na frente. Tinha pulseiras de prata e usava o anel Morgenstern.

Clary piscou para ele.

— Vermelho?

— Cerimonial — respondeu Sebastian. — Cores significam coisas diferentes para Caçadores de Sombras e humanos. — Disse a palavra "humanos" com desdém. — Conhece o verso infantil dos Nephilim, não conhece?

Preto para caçar pela noite,
Para a morte e o luto, a cor é o branco
Ouro para uma noiva com o seu vestido
E vermelho para chamar o encanto.

— Caçadores de Sombras se casam de dourado? — perguntou Clary. Não que se importasse particularmente com isso, mas estava tentando encaixar o corpo no espaço entre a porta e o batente para que ele não conseguisse enxergar por trás dela e ver a bagunça que tinha feito no quarto normalmente irretocável de Jace.

— Desculpe arrasar seus sonhos de se casar de branco. — Ele sorriu para ela. — Por falar nisso, trouxe uma coisa para você vestir.

Tirou a mão de trás das costas. Estava segurando uma roupa dobrada. Clary a pegou e a desdobrou. Era uma tira longa e leve de tecido vermelho com um estranho brilho dourado no material, como o contorno de uma chama. As tiras eram douradas.

— Nossa mãe usava isso nas cerimônias do Ciclo antes de trair nosso pai — falou. — Vista-o. Quero que use esta noite.

— *Esta noite?*

— Bem, não pode ir à cerimônia com o que está vestindo agora. — Sebastian a avaliou dos pés descalços à camiseta suada grudada ao corpo, passando pela calça jeans suja. — Sua aparência hoje, a impressão que causará nos nossos novos acólitos, é importante. Vista-se.

A mente de Clary estava girando. *A cerimônia esta noite. Nossos novos acólitos.*

— Quanto tempo tenho... para me vestir? — perguntou.

— Uma hora, talvez — respondeu. — Temos de chegar ao sítio sagrado antes da meia-noite. Os outros estarão reunidos lá. Não podemos nos atrasar.

Uma hora. Com o coração acelerado, Clary jogou a roupa na cama, onde brilhou como uma cota de malha. Quando se virou novamente, ele ainda estava na entrada, com um meio sorriso no rosto, como se pretendesse esperar enquanto ela se vestia.

Ela foi fechar a porta. Ele a pegou pelo pulso.

— Esta noite — disse ele — você me chamará de Jonathan. Jonathan Morgenstern. Seu irmão.

Um tremor percorreu todo o corpo de Clary, e ela olhou para baixo, torcendo para que ele não conseguisse enxergar seu ódio.

— Como queira.

Assim que ele se retirou, Clary pegou uma das jaquetas de couro de Jace. Vestiu-a, confortando-se com o calor e o cheiro familiar. Calçou os sapatos e foi até o corredor, desejando uma estela e um novo símbolo de silêncio. Ouviu água correndo e o assobio desafinado de Sebastian, mas os próprios passos ainda soavam como explosões de canhão aos ouvidos. Foi andando, mantendo-se perto da parede, até chegar à porta de Sebastian e entrar.

Estava escuro, a única iluminação vinha da luz da cidade penetrando as janelas, cujas cortinas estavam abertas. Estava uma bagunça, exatamente como na primeira vez em que esteve ali. Começou pelo armário, cheio de roupas caras — camisas de seda, jaquetas de couro, ternos Armani, sapatos Magli. No chão do armário havia uma camisa branca, amassada e manchada de sangue, sangue antigo o suficiente para ter secado e escurecido. Clary olhou por um longo instante e fechou a porta do armário.

Em seguida, seguiu para a mesa, abrindo gavetas, remexendo papéis. Torcera para encontrar alguma coisa simples, como uma folha de papel pautada com MEU PLANO MALIGNO escrito no topo, mas não teve sorte. Havia dezenas de papéis com caracteres numéricos e alquímicos complexos, e até um papel de carta que começava com as palavras *Minha bela* escritas na letra pequena de Sebastian. Dedicou um instante a se perguntar quem no mundo poderia ser a bela de Sebastian — não o enxergava como alguém capaz de nutrir sentimentos românticos por ninguém — antes de partir para sua mesa de cabeceira.

Abriu a gaveta. Dentro dela havia uma pilha de bilhetes. Sobre eles, algo brilhava. Algo circular e metálico.

Seu anel de fada.

Isabelle estava sentada com o braço em torno de Simon enquanto dirigiam de volta ao Brooklyn. Ele estava exausto, a cabeça latejando, o corpo todo dolorido. Apesar de Magnus ter devolvido o anel no lago, ele não tinha conseguido falar com Clary. E o pior de tudo é que estava com fome. Gostava da proximidade de Isabelle, da maneira como apoiava a mão logo acima da dobra do seu cotovelo, traçando linhas ali, às vezes deslizando os dedos até o pulso. Mas o cheiro dela — perfume e sangue — fez seu estômago roncar.

Estava começando a escurecer lá fora, o pôr do sol do fim de outono, que trazia cedo a escuridão, diminuindo a iluminação no interior da cabine da picape. As vozes de Alec e Magnus eram murmúrios nas sombras. Simon permitiu que seus olhos fechassem, vendo a imagem do Anjo marcada no fundo das pálpebras, uma explosão de luz branca.

Simon! A voz de Clary explodiu em sua cabeça, acordando-o instantaneamente. *Está aí?*

Um arquejo profundo escapou dos seus lábios.

Clary? Eu estava tão preocupado...

Sebastian me tomou o anel, Simon. Talvez não tenhamos muito tempo. Preciso contar. Eles têm um segundo Cálice Mortal. Planejam invocar Lilith e criar um exército de Caçadores de Sombras do mal — com os mesmos poderes dos Nephilim, mas aliados ao mundo dos demônios.

— Está brincando — disse Simon. Levou um instante para perceber que tinha falado em voz alta. Isabelle se mexeu contra ele, e Magnus o olhou, curioso.

— Tudo bem, vampiro?

— É Clary — respondeu Simon. Os três o olharam com expressões atônitas idênticas. — Está tentando falar comigo. — Colocou as mãos nos ouvidos, encolhendo-se no assento e tentando se concentrar nas palavras.

Quando vão fazer isso?

Hoje à noite. Não sei exatamente onde estamos, mas são mais ou menos dez da noite aqui.

Então está cinco horas à frente da gente. Está na Europa?

Não consigo nem imaginar. Sebastian mencionou alguma coisa chamada Sétimo Sítio Sagrado. Não sei o que é isso, mas encontrei algumas anotações, e aparentemente é algum túmulo antigo. Parece uma espécie de entrada e dá para invocar demônios através dela.

Clary, nunca nem ouvi falar em nada assim...

Mas Magnus e os outros talvez sim. Por favor, Simon. Conte a eles o mais rápido possível. Sebastian vai ressuscitar Lilith. Ele quer guerra, uma guerra total com os Caçadores de Sombras. Ele tem quarenta ou cinquenta dos Nephilim prontos para segui-lo. Estarão todos lá. Simon, ele quer destruir o mundo. Temos de fazer tudo para impedir.

Se as coisas estão tão perigosas, você precisa sair daí.

Clary soava cansada.

Estou tentando. Mas pode ser tarde demais.

Simon só estava vagamente ciente do fato de que todos na caminhonete olhavam para ele, com os rostos carregados de preocupação. Não se importou com isso. A voz de Clary em sua mente parecia uma corda arremessada em um abismo, e se ele conseguisse agarrar a ponta, talvez pudesse puxá-la de volta à segurança, ou pelo menos impedi-la de escorregar.

Clary, ouça. Não posso contar como, pois é uma história muito longa, mas temos uma arma. Pode ser utilizada em Jace ou Sebastian sem que o outro se machuque e, de acordo com... a pessoa que nos deu, pode ser capaz de separá-los.

Separá-los? Como?

Ele disse que queimaria o mal de dentro daquele em quem a utilizássemos. Então, se atingirmos Sebastian, suponho, queimaria o laço entre eles, pois este laço é maligno. Simon sentiu a cabeça latejar, e torceu para que soasse mais confiante do que de fato se sentia. *Não tenho certeza. Mas é muito poderosa. Chama-se Gloriosa.*

E a gente usaria contra Sebastian? E isso queimaria o laço entre os dois, sem matá-los?

Bem, a ideia é essa. Quero dizer, existe a chance de que destrua Sebastian. Depende de quanto bem ele ainda tem dentro dele. "Se ele for mais do Inferno que do Céu", acho que foi o que o Anjo disse...

O Anjo? O tom de alarme de Clary era palpável. *Simon, o que você...*

A voz dela sumiu, e Simon foi subitamente invadido por um clamor de emoção — surpresa, raiva, pavor. Dor. Gritou, sentando-se.

Clary?

Mas obteve apenas silêncio, soando em sua mente.

Clary!, gritou. Em seguida, falou em voz alta:

— Droga. Ela sumiu de novo.

— O que aconteceu? — perguntou Isabelle. — Ela está bem? O que está havendo?

— Acho que temos muito menos tempo do que imaginávamos — declarou Simon, com uma voz mais calma do que o que estava sentindo. — Magnus, encoste a picape. Precisamos conversar.

— Então — disse Sebastian, preenchendo a entrada ao olhar para Clary. — Seria um *déjà vu* se eu perguntasse o que você está fazendo no meu quarto, irmãzinha?

Clary engoliu em seco. A luz no corredor brilhava forte atrás de Sebastian, transformando-o em uma silhueta. Ela não conseguiu enxergar a expressão no rosto dele.

— Procurando por você? — arriscou.

— Está sentada na minha cama — disse ele. — Achou que eu estivesse embaixo?

— Eu...

Ele entrou no quarto; caminhando, na verdade, como se soubesse de algo que ela não sabia. Algo que mais ninguém sabia.

— Então, por que está me procurando? E por que não se vestiu para a cerimônia?

— O vestido — disse ela. — Não... me cabe.

— Claro que cabe — Sebastian respondeu, sentando na cama ao lado dela. Virou-se para ela, de costas para a cabeceira da cama. — Tudo naquele quarto cabe em você. O vestido também deve caber.

— É de seda e chiffon. Não estica.

— Você é magrinha. Não deveria ter de esticar. — Sebastian pegou o pulso direito de Clary, e ela encolheu os dedos, tentando desesperadamente esconder o anel. — Olhe, consigo envolver seu pulso com meus dedos.

A pele dele era quente contra a dela, enviando pontadas agudas para os seus nervos. Lembrou-se de como, em Idris, o toque de Sebastian a queimou como se fosse ácido.

— O Sétimo Sítio Sagrado — disse ela, sem olhar para ele. — Foi para lá que Jace foi?

— Foi. Mandei que ele fosse na frente. Está preparando tudo para nossa chegada. Vamos encontrá-lo lá.

O coração de Clary afundou no peito.

— Ele não vai voltar?

— Não antes da cerimônia. — Clary viu a ponta curva do sorriso de Sebastian. — O que é uma boa coisa, porque ele ficaria muito decepcionado quando eu contasse sobre *isto.* — Deslizou rapidamente a mão sobre a dela, esticando os dedos da irmã. O anel dourado brilhava ali, como um sinal de fogo. — Achou que eu não fosse reconhecer o trabalho das fadas? Pensa que a Rainha é tola o bastante para pedir que você fosse buscar estes anéis para ela sem saber que os guardaria para si? Ela *queria* que você o trouxesse para cá, onde eu o encontraria. — Ele tirou o anel dela com um sorriso.

— Você esteve em contato com a Rainha? — perguntou Clary. — Como?

— Com este anel — ronronou Sebastian, e Clary se lembrou da Rainha declarando, com sua voz doce e aguda: *Jonhathan Morgenstern pode ser um grande aliado. O Povo das Fadas é antigo; não tomamos decisões precipitadas, mas esperamos para ver em que direção sopram os ventos.* — Realmente acha que ela deixaria que você pusesse as mãos em alguma coisa que permitisse que se comunicasse com seus amiguinhos sem que ela conseguisse ouvir? Desde que o tirei de você, falei com ela, ela falou comigo, você foi uma tola em confiar nela, irmãzinha. Ela gosta de ficar do lado vencedor, a Rainha Seelie. E esse lado será o nosso, Clary. *Nosso.* — A voz de Sebastian estava suave e baixa. — Esqueça-os, seus amigos Caçadores de Sombras. Seu lugar é conosco. *Comigo.* Seu sangue pede poder, assim como o meu. O que quer que sua mãe tenha feito para distorcer sua consciência, você sabe quem é. — Ele a pegou pelo pulso novamente, puxando-a para perto de si. — Jocelyn fez todas as escolhas erradas. Ficou ao lado da Clave e contra a própria família. Esta é sua chance de reparar o erro dela.

Tentou libertar o braço.

— Solte-me, Sebastian. Estou falando sério.

A mão dele subiu pelo braço dela, envolvendo a parte superior com os dedos.

— Você é uma coisinha. Quem imaginaria que você teria tanto fogo? Principalmente na cama.

Clary se levantou com um salto, afastando-se dele.

— *O que* você disse?

Ele também ficou de pé, curvando os cantos dos lábios. Era tão mais alto do que ela, quase da exata altura de Jace. Inclinou-se para perto dela ao falar, a voz baixa e áspera:

— Tudo que marca Jace me marca — disse. — Até suas unhas. — Ele continuava sorrindo. — Oito arranhões paralelos nas minhas costas, irmãzinha. Está dizendo que não foi você que fez?

Houve uma débil explosão na mente dela, como fogos de fúria. Olhou para o rosto sorridente dele e pensou em Jace, em Simon, e nas palavras que tinham acabado de trocar. Se a Rainha realmente conseguisse escutar as conversas, então talvez já soubesse sobre a Gloriosa. Mas Sebastian, não. E nem poderia.

Ela arrancou o anel da mão e o arremessou no chão. Escutou o grito do irmão, mas já tinha afundado o pé com tudo, sentindo o anel ceder e o ouro virar pó.

Ele a olhou incrédulo quando ela tirou o pé de cima do objeto.

— Você...

Clary recolheu a mão direita, a mais forte, e o socou no estômago.

Ele era mais alto, mais largo e mais forte do que ela, mas Clary contou com o elemento surpresa. Ele se curvou, arquejando, e Clary puxou a estela do cinto de armas do irmão. E correu.

Magnus virou o volante tão depressa que os pneus cantaram. Isabelle gritou. Bateram no acostamento da estrada, sob a sombra de um bosque de árvores parcialmente despidas.

Em seguida as portas se abriram, e todos estavam saltando. O sol se punha, e os faróis da picape estavam acesos, iluminando todos com um brilho sinistro.

— Muito bem, vampiro — disse Magnus, balançando a cabeça forte o bastante para soltar purpurina. — Que *diabos* está acontecendo?

Alec se apoiou no carro enquanto Simon explicava, repetindo a conversa que tivera com Clary o mais precisamente possível, antes que tudo se perdesse em sua mente.

— Ela falou alguma coisa sobre sair e levar Jace de lá? — perguntou Isabelle quando Simon concluiu o relato, com o rosto pálido à luz amarelada dos faróis.

— Não — respondeu. — E Iz... não acho que Jace queira sair. Ele quer estar onde está.

Isabelle cruzou os braços e olhou para baixo, os cabelos pretos caindo sobre o rosto.

— Que história é essa de Sétimo Sítio Sagrado? — perguntou Alec. — Sei sobre as Sete Maravilhas do Mundo, mas Sete Sítios Sagrados?

— São mais do interesse de feiticeiros do que dos Nephilim — disse Magnus. — Cada um é um local onde Linhas Ley convergem, formando uma matriz, uma espécie de rede na qual feitiços mágicos são amplificados. O sétimo é um túmulo na Irlanda, em Poll na mBrón; o nome quer dizer "a caverna dos lamentos". Fica em uma área erma e desabitada chamada Burren. Um bom lugar para invocar um demônio, se for grande. — Mexeu numa mecha espetada de cabelo. — Isto é ruim. Muito ruim.

— Acha que ele consegue? Fabricar... Caçadores de Sombras malignos? — perguntou Simon.

— Tudo tem uma aliança, Simon. A aliança dos Nephilim é seráfica, mas se fosse demoníaca, continuariam sendo tão poderosos quanto são. Mas se dedicariam ao fim da raça humana e não à sua salvação.

— Precisamos ir para lá — disse Isabelle. — Temos de impedi-los.

— "Impedi-lo", você quer dizer — lembrou Alec. — Temos de contê-lo. Sebastian.

— Jace é aliado dele agora. Precisa aceitar isso, Alec — disse Magnus. Uma garoa suave começou a cair. As gotas brilhavam como ouro à luz dos faróis. — Na Irlanda, são cinco horas a mais do que aqui, mais ou menos. Vão executar a cerimônia à meia-noite. São cinco da tarde aqui. Temos uma hora e meia, duas no máximo, para detê-los.

— Então não deveríamos esperar. Deveríamos ir logo — disse Isabelle, com uma ponta de pânico na voz. — Se vamos impedi-lo...

— Iz, somos apenas quatro — disse Alec. — Não sabemos nem quantas pessoas teremos de enfrentar...

Simon olhou para Magnus, que estava assistindo a Isabelle e Alec discutirem, com uma expressão estranhamente alheia.

— Magnus — disse Simon. — Por que não fomos para a fazenda por um Portal? Você transportou metade de Idris para Brocelind.

— Queria lhes dar tempo o suficiente para desistirem — respondeu Magnus, sem tirar os olhos do namorado.

— Mas podemos ir de Portal daqui — disse Simon. — Quero dizer, você poderia fazer isso por nós.

— Poderia — concordou. — Mas, como disse Alec, não sabemos o que vamos enfrentar em termos de número. Sou um feiticeiro bastante poderoso, mas Jonathan Morgenstern não é um Caçador de Sombras comum, nem Jace, por sinal. E se conseguirem invocar Lilith... ela estará muito mais fraca do que antes, mas ainda assim será Lilith.

— Mas ela está morta — argumentou Isabelle. — Simon a matou.

— Demônios Maiores não morrem — explicou Magnus, novamente. — Simon... a espalhou entre mundos. Ela vai levar tempo para se reconstituir, e ficará fraca por anos. A não ser que Sebastian a chame mais uma vez. — Magnus passou a mão pelos cabelos arrepiados molhados.

— Temos a espada — disse Isabelle. — Podemos acabar com Sebastian. Temos Magnus, e Simon...

— Não sabemos nem se a espada vai funcionar — disse Alec. — E não nos servirá de nada se não conseguirmos chegar a Sebastian. E Simon não é mais o Sr. Indestrutível. Pode ser morto como todos nós.

Todos olharam para Simon.

— Precisamos tentar — disse. — Vejam... não sabemos quantas pessoas estarão lá. Temos pouco tempo. Não muito, mas o suficiente, se usarmos um Portal, para obter alguns reforços.

— Reforços de onde? — perguntou Isabelle.

— Eu vou até o apartamento atrás de Maia e Jordan — disse Simon, sua mente percorrendo rapidamente as possibilidades. — Vejo se Jordan consegue assistência da Praetor Lupus. Magnus, vá até a delegacia de polícia, veja como convocar os integrantes do bando que estiverem por perto. Isabelle e Alec...

— Está nos dividindo? — perguntou Isabelle, elevando a voz. — E mensagens de fogo, ou...

— Ninguém vai confiar em uma mensagem de fogo quando o assunto é esse — interrompeu Magnus. — Além disso, mensagens de fogo são para Caçadores de Sombras. Realmente quer comunicar esta informação à Clave por mensagem de fogo em vez de ir pessoalmente ao Instituto?

— Está bem. — Isabelle foi para a lateral do carro. Abriu a porta, mas não entrou: em vez disso, esticou o braço e pegou a Gloriosa.

A espada brilhou à luz fraca como um raio, as palavras gravadas na lâmina piscando sob a luz do carro: *Quis ut Deus?*

A chuva estava começando a fazer o cabelo de Isabelle grudar na nuca. Ela estava linda ao caminhar de volta para o grupo.

— Então deixamos o carro aqui. Vamos nos dividir, mas nos encontramos no Instituto daqui a uma hora. Que é quando partiremos com quem quer que esteja conosco. — Olhou nos olhos dos companheiros, um por um, desafiando-os a contestá-la. — Simon, leve isto.

Estendeu a Gloriosa, com o cabo na direção do vampiro.

— Eu? — Simon se espantou. — Mas eu não... Nunca usei uma espada antes.

— Você a invocou — disse Isabelle, com os olhos escuros brilhantes na chuva. — O Anjo a deu a você, Simon, e você será o guardião.

Clary correu pelo corredor e pisou nos degraus com estrondo, correndo para o andar de baixo, para o ponto na parede onde Jace disse que ficava a única entrada e a única saída do apartamento.

Não tinha ilusões de que poderia escapar. Precisava apenas de alguns instantes para fazer o que tinha de ser feito. Ouviu as botas de Sebastian pisando forte na escada de vidro atrás dela e aumentou a velocidade, quase batendo na parede. Encostou a ponta da estela, desenhando freneticamente: *um desenho tão simples quanto uma cruz, novo para o mundo...*

O punho de Sebastian se fechou nas costas do casaco de Clary, puxando-a para trás, e a estela voou da mão da irmã. Ela engasgou quando ele a levantou e a jogou contra a parede, deixando-a sem fôlego. Sebastian olhou para a marca que ela tinha feito na parede, e seus lábios se curvaram em uma careta.

— O Símbolo de Abertura? — disse. Inclinou-se para a frente e sibilou no ouvido dela: — E você sequer o concluiu. Não que isso tenha importância. Acha mesmo que existe algum lugar nesse mundo para o qual possa ir onde eu não vá encontrá-la?

Clary respondeu com um epíteto que a teria feito ser expulsa da sala no St. Xavier. Quando Sebastian começou a rir, Clary levantou a mão e deu um tapa na cara dele com tanta força que os dedos doeram. Com a surpresa, ele afrouxou as mãos que a seguravam, e Clary se afastou e saltou sobre a mesa, correndo para o quarto do andar de baixo, que ao menos tinha uma tranca na porta...

E ele apareceu na frente dela, agarrando as laterais da jaqueta e girando-a. Os pés voaram de baixo dela, e Clary teria caído se ele não a tivesse prendido à parede com o corpo, com os braços em ambos os lados, formando uma jaula ao seu redor.

O sorriso de Sebastian era diabólico. O menino estiloso que caminhou pelo Sena, tomou chocolate quente e conversou sobre pertencer a algum lugar desaparecera. Os olhos estavam completamente pretos, sem pupilas, como túneis.

— O que foi, irmãzinha? Você parece chateada.

Ela mal conseguiu recuperar o fôlego.

— Estraguei... meu... esmalte batendo nessa sua... cara horrível. Viu? — Mostrou o dedo, apenas um dedo.

— Que gracinha — riu. — Sabe como sei que nos trairia? Como sei que não conseguiria evitar? Porque você se parece demais comigo.

Ele a apertou ainda mais forte contra a parede. Ela sentiu o peito de Sebastian subir e descer contra o dela. Estava com os olhos na altura da linha afiada e reta da clavícula do irmão. O corpo dele parecia uma prisão em volta do dela, mantendo-a no lugar.

— Não sou nada como você. Solte-me...

— Você é inteiramente como eu — rosnou ao ouvido dela. — Infiltrou-se aqui. Fingiu amizade, fingiu se importar.

— Nunca tive de fingir que me importo com *Jace*.

Clary viu alguma coisa brilhar nos olhos dele naquele instante, um ciúme sombrio, e ela sequer soube de quem. Ele colocou os lábios na bochecha dela, perto o bastante para que Clary os sentisse se movendo contra sua pele quando ele falou.

— Você nos ferrou — murmurou Sebastian. Sua mão envolvia o braço esquerdo de Clary como um torno; começou a abaixá-la, devagar. — Provavelmente ferrou Jace... literalmente.

Clary não conseguiu evitar, se encolheu. Sentiu Sebastian respirar fundo.

— Foi isso — disse ele. — Dormiu com ele. — Soou quase traído.

— Não é da sua conta.

Sebastian agarrou o rosto dela, virando-a para ele, enterrando os dedos no queixo da irmã.

— Não pode *transar* com uma pessoa até torná-la boa. Mas belo movimento sem coração, no entanto. — A boca adorável de Sebastian se curvou em um sorriso frio. — Sabe que ele nem se lembra, não sabe? Ele pelo menos te divertiu? Porque eu teria.

Ela sentiu a bile na garganta.

— Você é meu irmão.

— Essas palavras não querem dizer nada para nós. Não somos humanos. As regras deles não se aplicam a nós. Leis estúpidas sobre quais DNAs não podem se misturar. São hipócritas, na verdade. Já somos experimentos. Os governantes do antigo Egito costumavam se casar com irmãos, você sabe. Cleópatra se casou com o dela. Fortalece a linha de sucessão.

Ela o olhou com desprezo.

— Sabia que você era louco — disse. — Mas não sabia que estava absoluta, espetacularmente fora de si.

— Oh, não acho que haja nada de louco nisso. A quem pertencemos, senão um ao outro?

— Jace — disse ela. — Pertenço a Jace.

Sebastian emitiu um ruído de desprezo.

— Pode ficar com Jace.

— Pensei que precisasse dele.

— Preciso. Mas não para o que você precisa. — De repente estava com as mãos na cintura de Clary. — Podemos dividi-lo. Não ligo para o que fizerem. Contanto que você saiba que pertence a mim.

Ela levantou as mãos, com a intenção de empurrá-lo.

— Não pertenço a você. Pertenço a *mim*.

O olhar dele a congelou no lugar.

— Acho que é mais esperta do que isso — falou, e beijou-lhe a boca, com força.

Por um instante Clary voltou a Idris, na frente da Mansão Fairchild queimada. Sebastian a estava beijando e ela teve a sensação de estar caindo na escuridão, em um túnel sem fim. Na ocasião, ela achou que havia algo de errado com ela. Que não conseguisse beijar ninguém além de Jace. Que estava quebrada.

Agora sabia. A boca de Sebastian se moveu na dela, dura e fria como uma navalha no escuro, então ela ficou na ponta dos pés e mordeu o lábio do irmão com força.

Ele gritou e girou para longe dela, levando a mão à boca. Clary sentiu o gosto do sangue de Sebastian, cobre amargo; pingou pelo queixo dele enquanto a olhava com olhos incrédulos.

— Você...

Clary girou e o chutou com força na barriga, torcendo para que ainda estivesse dolorida do soco de antes. Enquanto Sebastian se curvava, ela passou disparada por ele, correndo para a escada. Estava na metade do caminho quando o sentiu agarrá-la pelo colarinho. Ele virou a irmã, como se estivesse girando um taco de beisebol, arremessando-a contra a parede. Ela bateu com força e caiu de joelhos, perdendo o ar.

Sebastian foi em direção a ela, as mãos flexionadas nas laterais, os olhos brilhando, pretos como os de um tubarão. Parecia assustador; Clary sabia que deveria estar apavorada, mas um desprendimento frio e vítreo a dominou. O tempo pareceu desacelerar. Lembrou-se da luta na loja de quinquilharias em Praga, de como havia desaparecido no próprio mundo, onde cada movimento era preciso como os de um relógio. Sebastian esticou o braço para ela, e ela empurrou o próprio corpo contra o chão, movimentando as pernas de lado enquanto levantava, dando uma rasteira que levantou Sebastian do chão.

Ele caiu para a frente, e ela rolou para fora do caminho, levantando-se. Não perdeu tempo tentando correr desta vez. Em vez disso, pegou o vaso de porcelana da mesa e, enquanto Sebastian se levantava, lançou-o contra sua cabeça. O vaso estilhaçou, entornando água e folhas, e ele cambaleou para trás, sangue brotando em seus cabelos branco-prata.

Ele rosnou e saltou para cima dela. Foi como ser atingida por uma bola de demolição. Clary voou para trás, destruindo a mesa de vidro, e caiu no chão em uma explosão de cacos e agonia. Ela gritou quando Sebastian aterrissou nela, empurrando seu corpo contra o vidro quebrado, os lábios retraídos em um rosnado. Desceu o braço em um movimento inverso e bateu na cara dela. O sangue a cegou; Clary engasgou com o gosto na boca, o sal ardeu em seus olhos. Ela levantou o joelho, acertando-o na barriga, mas foi como chutar uma parede. Sebastian agarrou as mãos da irmã, forçando-as nas laterais do corpo.

— Clary, Clary, Clary — disse. Estava ofegante. Pelo menos, tinha dado um cansaço nele. Sangue corria em um rastro lento de um corte na lateral da cabeça, manchando os cabelos de vermelho. — Nada mau. Você não era uma grande combatente em Idris.

— Saia de cima de mim...

Ele abaixou o rosto para perto do dela. Botou a língua para fora. Ela tentou se afastar, mas não conseguiu ser rápida o suficiente quando ele lambeu o sangue do seu rosto e sorriu. O sorriso abriu o lábio de Sebastian, e mais sangue escorreu pelo queixo.

— Você me perguntou a quem pertenço — sussurrou. — Pertenço a *você*. Seu sangue é meu sangue, seus ossos, meus ossos. Na primeira vez em que me viu, pareci familiar, não foi? Exatamente como você pareceu familiar a mim.

Ela o encarou.

— Você está louco.

— Está na Bíblia — falou. — O cântico de Salomão. "Tu violentaste meu coração, minha irmã, minha esposa; violentaste meu coração com um de teus olhos, com uma corrente do teu pescoço." — Os dedos de Sebastian esfregaram sua garganta, se enrolando no cordão ali, o cordão do qual se pendurava o anel Morgenstern. Ficou imaginando se ele a enforcaria. — "Eu durmo, mas meu coração desperta: é a voz da minha amada que bate, dizendo, Abra para mim, minha irmã, meu amor." — O sangue de Sebastian pingou no rosto dela. Ela manteve a face imóvel, o corpo chiando com o esforço, enquanto a mão dele escorregava da garganta, pela lateral, até a cintura. Deslizou os dedos para dentro da cintura da calça. Tinha a pele quente, ardente; Clary pôde sentir que ele a queria.

— Você não me ama — disse ela. Sua voz soou fraca; ele estava forçando para fora o ar de seus pulmões.

Lembrou-se do que a mãe tinha dito, que todas as emoções demonstradas por Sebastian eram forjadas. Os pensamentos de Clary estavam claros como cristais; ela agradeceu silenciosamente à euforia da batalha por fazer o que tinha de ser feito e mantê-la concentrada enquanto Sebastian a enojava com seu toque.

— E você não liga para o fato de eu ser seu irmão — declarou. — Sei como se sentia em relação a Jace, mesmo quando achou que ele fosse seu irmão. Não pode mentir para mim.

— Jace é melhor do que você.

— Ninguém é melhor do que eu. — Sebastian sorriu, todo dentes brancos e sangue. — "Um jardim anexo é minha irmã" — falou. — "Uma fonte fechada, um chafariz selado." Mas não mais, certo? Jace cuidou disso. — Ele mexeu no botão da calça jeans de Clary, que se aproveitou da distração para pegar um pedaço grande e triangular de vidro e enfiar a ponta no ombro dele.

O vidro deslizou pelos dedos de Clary, cortando-os. Ele gritou, indo para trás, mais por surpresa do que por dor — o uniforme o protegera. Ela apunhalou, desta vez com mais força, a coxa dele com o vidro. Quando Sebastian recuou, ela enfiou o cotovelo do outro braço na garganta dele. Ele caiu de lado, engasgando, e Clary rolou, prendendo-o sob ela enquanto puxava o caco da perna dele. Abaixou-o na direção da veia pulsante do pescoço dele — e parou.

Sebastian ria. Estava embaixo dela, rindo, a risada vibrando pelo corpo de Clary. Estava com a pele suja de sangue — sangue dela, pingando nele, e o dele escorrendo do corte, os cabelos branco-prateados manchados. Ele permitiu que os braços caíssem para os lados do corpo, abertos como asas, um anjo quebrado, caído do céu.

Ele disse:

— Mate-me, irmãzinha. Mate-me e matará Jace também.

Ela usou o caco.

20

Uma porta no escuro

Clary gritou alto de pura frustração quando o caco de vidro se alojou no piso de madeira, a centímetros da garganta de Sebastian.

Ela o sentiu rir embaixo dela.

— Não consegue — disse ele. — Não consegue me matar.

— Você pode ir para o inferno — rosnou ela. — Não consigo matar *Jace*.

— Dá no mesmo — respondeu Sebastian, e, sentando-se tão velozmente que Clary mal o viu se mover, bateu no rosto dela com força o suficiente para enviá-la derrapando pelo chão cheio de cacos de vidro.

O movimento foi interrompido quando Clary atingiu a parede, teve uma ânsia e tossiu sangue. Enterrou a cabeça no antebraço, o gosto e o cheiro do próprio sangue espalhados por todo lado, enjoativos e metálicos. Um segundo depois, a mão de Sebastian a estava agarrando pela jaqueta, e ele a levantou do chão.

Clary não lutou. De que adiantaria? Por que lutar contra alguém quando a pessoa estava disposta a matar, mas sabia que você não desejava matá-la ou sequer feri-la seriamente? O adversário sempre venceria. Ela ficou parada enquanto Sebastian a examinava.

— Poderia ser pior — disse ele. — Parece que essa jaqueta impediu que você sofresse algum dano verdadeiro.

Dano *verdadeiro*? Seu corpo parecia ter sido inteiramente perfurado por facas finas. Ela o encarou através dos cílios enquanto ele a erguia em seus braços. Foi como em Paris, quando ele a levou para longe dos demônios Dahak, mas naquela ocasião ela se sentiu... se não grata, pelo menos confusa, e agora estava preenchida por um ódio fervente. Manteve o corpo tenso enquanto ele a levava para o andar de cima, as botas emitindo ruídos no vidro. Clary estava tentando se esquecer de que o estava tocando, de que o braço dele estava sob suas coxas, as mãos, possessivas, nas costas.

Vou *matá-lo*, pensou. *Vou descobrir uma maneira e vou matá-lo.*

Sebastian entrou no quarto de Jace e a jogou no chão. Ela cambaleou para trás. Ele a pegou e arrancou o casaco dela. Por baixo Clary só vestia uma camiseta. Estava rasgada, como se tivesse passado um ralador na roupa, e toda manchada de sangue.

Sebastian assobiou.

— Você está péssima, irmãzinha — disse ele. — É melhor ir até o banheiro e lavar um pouco desse sangue.

— Não — respondeu ela. — Deixe que me vejam assim. Deixe que vejam o que você teve de fazer para que eu fosse junto.

A mão dele avançou e a pegou pelo queixo, forçando-a a olhar para ele. Seus rostos estavam a poucos centímetros um do outro. Ela quis fechar os olhos, mas se recusou a dar a Sebastian essa satisfação; encarou de volta, os círculos prateados naqueles olhos pretos, o sangue no lábio onde o mordeu.

— Você pertence a mim — repetiu ele. — E estará ao meu lado, independentemente de como precisei forçá-la.

— Por quê? — perguntou Clary, a fúria em sua língua amarga como sangue. — Por que se importa? Sabe que não posso matar Jace, mas você pode me matar. Por que não *mata* logo?

Por apenas um segundo, os olhos de Sebastian ficaram distantes, vítreos, como se estivessem enxergando algo invisível a Clary.

— Este mundo será consumido pelo fogo do inferno — afirmou. — Mas manterei você e Jace protegidos das chamas se fizerem o que peço. É uma gentileza que não estendo a mais ninguém. Vê a tolice que é me rejeitar?

— Jonathan — disse ela. — Não vê como é impossível me pedir para lutar ao seu lado quando o que quer é *destruir o mundo*?

Os olhos dele voltaram a se focar no rosto dela.

— Mas por quê? — Era quase uma reclamação. — Por que este mundo é tão precioso para você? Você *sabe* que existem outros. — O sangue dele estava muito vermelho contra a pele clara. — Diga que me ama. Diga que me ama e que vai lutar ao meu lado.

— Jamais o amarei. Você se enganou quando disse que temos o mesmo sangue. Seu sangue é veneno. Veneno de demônio. — Cuspiu as últimas palavras.

Ele apenas sorriu, os olhos brilhando sombriamente. Clary sentiu alguma coisa queimar seu braço, e deu um pulo antes de perceber que se tratava de uma estela; Sebastian estava desenhando um *iratze* na pele dela. Clary o detestou mesmo enquanto a dor diminuía. A pulseira dele tilintou no pulso enquanto movia habilidosamente a mão, completando o símbolo.

— Eu sabia que tinha mentido — declarou Clary, de repente.

— Conto tantas mentiras, querida — respondeu. — De qual está falando?

— Sua pulseira — disse. — "*Acheronta movebo*". Não significa "Assim, sempre aos tiranos". Isso seria "*Sic semper tyrannis*". Isso é de Virgílio. "*Flectere si nequeo superos, Acheronta movebo*". "Se não posso mover o Céu, elevarei o Inferno".

— Seu latim é melhor do que pensei.

— Aprendo rápido.

— Não rápido o bastante. — Sebastian soltou o queixo dela. — Agora vá até o banheiro e se limpe — comandou, empurrando-a para trás. Pegou o vestido cerimonial da mãe e o jogou nos braços de Clary. — O tempo é curto e minha paciência está se esgotando. Se não aparecer em dez minutos, vou atrás de você. E confie em mim, não vai gostar.

— Estou morta de fome — disse Maia. — Parece que não como há dias. — Ela abriu a porta da geladeira e olhou o que tinha. — Ah, eca.

Jordan a puxou para perto, abraçando-a, e acariciou sua nuca com o nariz.

— Podemos pedir comida. Pizza, tailandesa, mexicana, o que você quiser. Desde que não custe mais de 25 dólares.

Ela girou nos braços dele, rindo. Vestia uma das camisas de Jordan; ficava um pouco grande nele, e nela batia quase no joelho. Estava com o cabelo preso em um nó na nuca.

— Que mão aberta — disse ela.

— Qualquer coisa por você. — Ele a levantou pela cintura, colocando-a em um dos bancos da bancada. — Pode comer um taco. — Ele a beijou. Os lábios de Jordan estavam doces, ligeiramente mentolados por causa da pasta de dentes. Maia sentiu no corpo a agitação que vinha quando o tocava, que começava na base da espinha e corria pelos nervos.

Ela deu um risinho na boca de Jordan, abraçando-o pelo pescoço. Um ruído agudo cortou a agitação em seu sangue enquanto ele recuava, franzindo o cenho.

— Meu telefone. — Segurando-a com uma das mãos, apalpou a bancada atrás de si até encontrar o aparelho. Tinha parado de tocar, mas ele o levantou assim mesmo, franzindo as sobrancelhas. — É a Praetor.

A Praetor nunca ligava, ou raramente o fazia. Só quando era um assunto de importância vital. Maia suspirou e se inclinou para trás.

— Atenda.

Ele assentiu, já levando o telefone ao ouvido. A voz de Jordan se tornou um murmúrio suave no fundo da consciência de Maia quando ela saltou do banco e foi até a geladeira, onde os cardápios de *delivery* estavam afixados. Examinou-os até encontrar o menu do restaurante tailandês local de que gostava e se virou com o papel na mão.

Jordan agora estava no meio da sala, pálido, com o telefone esquecido na mão. Maia ouviu uma voz baixa e distante vindo do aparelho, dizendo o nome dele.

Maia derrubou o cardápio e correu até ele. Pegou o telefone, encerrou a chamada e colocou o aparelho na bancada.

— Jordan? O que houve?

— Meu colega de quarto... Nick... lembra? — disse, com incredulidade nos olhos amendoados. — Você não o conheceu, mas...

— Vi as fotos dele — respondeu. — Aconteceu alguma coisa?

— Ele está morto.

— Como?

— Garganta cortada, todo o sangue drenado. Acham que ele rastreou a menina da qual estava encarregado, e ela o matou.

— Maureen? — Maia ficou chocada. — Mas ela era só uma garotinha.

— É uma vampira agora. — Ele inspirou de um jeito irregular. — Maia...

Ela o encarou. Ele estava com os olhos vítreos, os cabelos emaranhados. Um pânico súbito cresceu dentro dela. Beijos, carícias e até mesmo sexo eram uma coisa. Confortar uma pessoa abalada pela perda de alguém era outra. Significava compromisso. Significava amor. Significava que você queria suavizar a dor e ao mesmo tempo agradecia a Deus por qualquer que fosse o mal em questão não ter acontecido a *ele*.

— Jordan — falou suavemente. Colocando-se nas pontas dos pés, ela o abraçou. — Sinto muito.

O coração de Jordan batia forte contra o dela.

— Nick tinha apenas 17 anos.

— Ele era um Praetor, como você — falou Maia, suavemente. — Sabia que era perigoso. *Você* só tem dezoito. — Ele a apertou com mais força, mas não disse nada. — Jordan — falou ela. — Eu amo você. Eu amo você e sinto muito.

Maia o sentiu congelar. Era a primeira vez que ela dizia isso desde as semanas que antecederam sua mordida. Ele parecia estar prendendo a respiração. Finalmente exalou, arquejando.

— Maia — disse ele, rouco. Então, inacreditavelmente, antes que pudesse dizer mais uma palavra, o telefone dela tocou.

— Deixe para lá — disse ela. — Vou ignorar.

Ele a soltou, com a expressão suave, perplexo de dor e espanto.

— Não — respondeu. — Não, pode ser importante. Atenda.

Ela suspirou e foi até a bancada. Já tinha parado de tocar quando ela atendeu, mas havia uma mensagem de texto piscando na tela. Maia sentiu os músculos da barriga enrijecerem.

— O que foi? — perguntou Jordan, como se tivesse sentido a tensão súbita de Maia. E talvez tivesse mesmo.

— Uma emergência. — Ela se virou para ele, segurando o telefone. — Uma convocação de batalha. Foi para todos do bando. Quem enviou foi Luke... e Magnus. Temos de ir imediatamente.

Clary se sentou no chão do banheiro de Jace, com as costas no azulejo da banheira, as pernas esticadas. Já tinha limpado o sangue do rosto e do corpo, e lavado o cabelo ensanguentado na pia. Estava com o vestido cerimonial da mãe, com pregas até as coxas, e o chão de azulejo estava frio sob seus pés e panturrilhas.

Olhou para as próprias mãos. Deveriam parecer diferentes, pensou. Mas eram as mesmas mãos de sempre, dedos finos, unhas cortadas — uma artista não podia ter unhas compridas — e sardas nas partes posteriores das juntas. Seu rosto também estava igual. Ela parecia toda igual, mas não era. Os últimos dias a haviam transformado de maneiras que ela ainda não conseguia compreender inteiramente.

Levantou-se e se olhou no espelho. Estava pálida, entre as cores ardentes do cabelo e do vestido. Hematomas decoravam os ombros e a garganta.

— Está se admirando? — Clary não tinha escutado Sebastian abrir a porta, mas lá estava ele, um sorrisinho intolerável como sempre, apoiado na soleira da porta. Vestia uma espécie de roupa de combate que ela nunca tinha visto antes: o mesmo material resistente de sempre, mas de cor escarlate como sangue fresco. Também tinha acrescentado um acessório, uma besta de arco curvo. Ele a segurava casualmente em uma das mãos, apesar de parecer pesada. — Está adorável, irmã. Uma companhia adequada para mim.

Ela engoliu as palavras com o gosto do sangue que ainda permanecia em sua boca, e foi até ele. Ele a pegou pelo braço quando ela tentou passar por ele na entrada. Passou a mão no ombro nu de Clary.

— Ótimo — disse ele. — Não está Marcada aqui. Detesto quando as mulheres destroem a pele com cicatrizes. Mantenha as Marcas nos braços e pernas.

— Prefiro que não me toque.

Ele riu e levantou a besta. A flecha estava encaixada, pronta para o disparo.

— Vá — disse ele. — Estou logo atrás.

Ela precisou de todo o esforço do mundo para não recuar. Virou-se e foi até a porta, sentindo uma queimadura entre as omoplatas onde imaginava que a flecha mirava. Desceram assim pelas escadas, até a cozinha e a sala. Ele rosnou ao ver o símbolo de Clary desenhado na parede, esticou o braço em volta dela, e sob sua mão uma entrada apareceu. A porta em si se abriu em um quadrado de escuridão.

A flecha espetou Clary com força nas costas.

— Ande.

Respirando fundo, ela deu um passo para as sombras.

Alec bateu no botão do pequeno elevador e se apoiou na parede.

— Quanto tempo temos?

Isabelle checou a tela brilhante do celular.

— Mais ou menos quarenta minutos.

O elevador subiu. Isabelle olhou furtivamente para o irmão. Ele parecia cansado — com olheiras escuras sob os olhos. Apesar da altura e da força,

Alec, com seus olhos azuis e cabelos pretos macios quase na clavícula, parecia mais delicado do que era.

— Estou bem — disse ele, respondendo à pergunta que não tinha sido feita. — É você que vai se encrencar por estar fora de casa. Eu tenho mais de 18 anos. Posso fazer o que quiser.

— Mandei mensagem para mamãe todas as noites e avisei que estava com você e com Magnus — explicou Isabelle, quando o elevador parou. — Não é como se ela não soubesse onde eu estava. E por falar em Magnus...

Alec esticou o braço e abriu a porta da gaiola interior do elevador.

— O quê?

— Vocês estão bem? Digo, estão se dando bem?

Alec lançou a Isabelle um olhar incrédulo ao pisar na entrada.

— A merda bateu no ventilador, e você quer saber sobre meu relacionamento com Magnus?

— Sempre me intrigou essa expressão — falou Isabelle, pensativa, ao se apressar pelo corredor atrás do irmão. Alec tinha pernas muito longas, e apesar de Isabelle ser rápida, era difícil acompanhá-lo quando ele queria dificultar. — Por que um ventilador? Que tipo de ventilador, e por que alguém jogaria sujeira nele?

Alec, que era *parabatai* de Jace havia tempo o suficiente para já ter aprendido a ignorar detalhes tangentes às conversas, respondeu:

— Eu e Magnus estamos bem, acho.

— Uh-oh — disse Isabelle. — Tá, você acha? Sei o que significa quando você diz isso. O que aconteceu? Vocês brigaram?

Alec estava batendo com os dedos na parede enquanto se apressavam pelo corredor, um claro sinal de que estava desconfortável.

— Pare de tentar se meter em minha vida amorosa, Iz. E você? Por que você e Simon não são um casal? Você obviamente gosta dele.

Isabelle soltou um ganido.

— Eu *não* sou óbvia.

— É, sim, na verdade — disse Alec, soando como se também estivesse surpreso, agora que tinha parado para pensar no assunto. — Olhando para ele com olhos grandes. O ataque que deu no lago quando o Anjo apareceu...

— Pensei que Simon estivesse morto!

— O quê, *mais* morto? — perguntou Alec, sem qualquer gentileza. Ao ver a expressão no rosto da irmã, encolheu os ombros. — Olhe, se gosta dele, tudo bem. Só não entendo por que não estão namorando.

— Porque ele não gosta de *mim*.

— Claro que gosta. Meninos sempre gostam de você.

— Perdoe-me se considero sua opinião parcial.

— Isabelle — disse Alec, e agora havia gentileza na voz, o tom que ela associava ao irmão, amor e exasperação misturados. — Você sabe que é linda. Os meninos a perseguem desde... sempre. Por que Simon seria diferente?

Ela deu de ombros.

— Não sei. Mas ele é. Acho que agora está nas mãos dele. Ele sabe como me sinto. Mas não acho que vá correr para fazer nada a respeito.

— Para ser justo, não é como se ele não estivesse cheio de problemas no momento.

— Eu sei, mas... sempre foi assim. Clary...

— Acha que ele ainda é apaixonado por Clary?

Isabelle mordeu o lábio.

— Eu... Não exatamente. Acho que ela é a única coisa que ele ainda tem da vida humana e não consegue abrir mão dela. E enquanto não abrir mão dela, não sei se existe espaço para mim.

Já estavam quase na biblioteca. Alec olhou de lado, através dos cílios, para Isabelle.

— Mas se são só amigos...

— Alec. — Ela estendeu a mão, indicando que ele deveria ficar quieto. Havia vozes na biblioteca, a primeira estridente e imediatamente reconhecível como a de sua mãe:

— Como assim, desapareceu?

— Ninguém a vê há dois dias — disse outra voz, suave, feminina, e parecendo meio que a pedir desculpas. — Ela mora sozinha, então as pessoas não têm certeza, mas achamos que, como você conhece o irmão dela...

Sem parar, Alec abriu a porta da biblioteca. Isabelle passou por ele para ver a mãe sentada atrás da enorme mesa de madeira ao centro da sala. Na frente dela, havia duas figuras familiares: Aline Penhallow, uniformizada, e ao seu lado Helen Blackthorn, cujos cabelos cacheados apresentavam-se desarranjados. Ambas se viraram, olhando surpresas, quando a porta se abriu. Helen, por baixo das sardas, estava pálida; também uniformizada, o que a deixava ainda mais pálida.

— Isabelle — disse Maryse, levantando-se. — Alexander. O que houve?

Aline pegou a mão de Helen. Anéis de prata brilhavam nos dedos das duas. O anel Pennhallow, com desenhos de montanhas, brilhava no dedo de Helen, enquanto a estampa de espinhos entrelaçados da família Blackthorn adornava o anel de Aline. Isabelle sentiu as sobrancelhas subirem; trocar anéis de família era coisa séria.

— Se estamos nos intrometendo, podemos ir... — começou Aline.

— Não, fiquem — disse Izzy, avançando. — Podemos precisar de vocês.

Maryse se ajeitou na cadeira.

— Então — disse. — Meus filhos resolvem me agraciar com as respectivas presenças. Por onde andaram?

— Eu falei — disse Isabelle. — Estávamos na casa de Magnus.

— Por quê? — perguntou Maryse. — E não estou perguntando a você, Alexander. Estou perguntando para a minha filha.

— Porque a Clave parou de procurar por Jace — disse Isabelle. — Mas nós, não.

— E Magnus se dispôs a ajudar — acrescentou Alec. — Ele tem passado todas estas noites acordado, pesquisando nos livros de feitiços, tentando descobrir onde Jace poderia estar. Ele até invocou...

— Não — Maryse levantou a mão para silenciá-lo. — Não me conte. Não quero saber. — O telefone preto na escrivaninha começou a tocar. Todos olharam para o aparelho. Uma ligação no telefone preto era uma ligação de Idris. Ninguém se moveu para atender, e em um instante o toque cessou. — Por que estão aqui? — perguntou Maryse, voltando a atenção para os filhos.

— Estávamos procurando por Jace... — recomeçou Isabelle.

— Isso é função da Clave — disparou Maryse. Parecia cansada, Isabelle notou, a pele fina embaixo dos olhos. Rugas nos cantos da boca transformavam seus lábios em uma careta. Estava magra o bastante para que os ossos nos pulsos parecessem protuberantes. — E não de vocês.

Alec bateu a mão na mesa, forte o bastante para fazer as gavetas tremerem.

— Pode nos *ouvir*? A Clave não encontrou Jace, mas nós encontramos. E junto com ele, Sebastian. E agora sabemos o que estão planejando, e — olhou para o relógio na parede — quase não temos tempo para contê-los. Vai ajudar ou não?

O telefone preto tocou novamente. Mais uma vez, Maryse sequer se mexeu para atender. Estava olhando para Alec, com o rosto branco de choque.

— Vocês o quê?

— Sabemos onde Jace está, mãe — respondeu Isabelle. — Ou, pelo menos, onde vai estar. E o que vai fazer. Sabemos qual é o plano de Sebastian, e que ele precisa ser detido. Ah, e sabemos como podemos matar Sebastian sem matar Jace...

— Pare. — Maryse balançou a cabeça. — Alexander, explique. De forma concisa e sem histeria, se possível.

Alec começou o relato, excluindo, pensou Isabelle, todas as partes *boas*, que foi como ele conseguiu resumir tão bem as coisas. Por mais abreviada que tenha sido a narrativa de Alec, tanto Aline quanto Helen ficaram boquiabertas no final. Maryse permaneceu parada, as feições imóveis. Quando Alec terminou, ela falou com a voz abafada:

— Por que fizeram essas coisas?

Alec pareceu em choque.

— Por Jace — respondeu Isabelle. — Para trazê-lo de volta.

— Você percebe que, me colocando nesta posição, não me dá escolha senão notificar a Clave — disse Maryse, com a mão no telefone preto. — Preferia que não tivessem vindo.

A boca de Isabelle ficou seca.

— Está mesmo irritada por finalmente contarmos o que está acontecendo?

— Se eu notificar a Clave, eles enviarão reforços. Jia não terá escolha além de instruí-los a matar Jace imediatamente. Vocês fazem alguma ideia de quantos Caçadores de Sombras estão seguindo o filho de Valentim?

Alec balançou a cabeça.

— Talvez quarenta, ao que parece.

— Digamos que nós levemos mais ou menos o dobro disto. Poderíamos ficar relativamente confiantes de que venceríamos as forças dele, mas que chance Jace teria? Não existe qualquer certeza de que ele pudesse escapar com vida. Vão matá-lo só para garantir.

— Então não podemos contar — argumentou Isabelle. — Nós mesmos vamos. Faremos isso sem a Clave.

Mas Maryse a olhava, balançando a cabeça.

— A Lei diz que devemos contar.

— Não ligo para a Lei... — começou Isabelle, furiosa. Viu Aline olhando para ela e fechou a boca.

— Não se preocupe — disse Aline. — Não vou falar nada para a minha mãe. Devo isso a vocês. Principalmente a você, Isabelle. — Cerrou a mandíbula, e Isabelle se lembrou da escuridão sob a ponte em Idris, o chicote dela agredindo um demônio cujas garras estavam em Aline. — Além disso, Sebastian matou meu primo. O *verdadeiro* Sebastian Verlac. Sabe, tenho meus próprios motivos para odiá-lo.

— Independentemente disso — declarou Maryse. — Se não contarmos, estaremos transgredindo a Lei. Podemos ser sancionados, ou pior.

— Pior? — ecoou Alec. — Do que estamos falando? Exílio?

— Não sei, Alexander — respondeu a mãe. — Ficaria a cargo de Jia Penhallow, e de quem quer que esteja na vaga de Inquisidor, decidir nossa punição.

— Talvez seja papai — murmurou Izzy. — Talvez pegue leve conosco.

— Se não os notificarmos desta situação, Isabelle, seu pai não tem a menor chance de ser Inquisidor. Nenhuma — afirmou Maryse.

Isabelle respirou fundo.

— Podem tirar nossas Marcas? — perguntou ela. — Podemos... perder o Instituto?

— Isabelle — disse Maryse. — Podemos perder *tudo*.

Clary piscou, os olhos se acostumando à escuridão. Estava em uma planície rochosa, com o vento soprando, sem nada para conter a força da corrente de ar. Trechos de grama cresciam entre pedaços de pedra cinza. Ao longe, colinas ermas e pedregosas se erguiam, escuras e férreas contra o céu noturno. Havia luzes à frente. Clary reconheceu o brilho branco flutuante de pedra enfeitiçada quando a porta do apartamento se fechou atrás deles.

Ouviu-se o som de uma explosão abafada. Clary girou para ver que a porta havia desaparecido; havia um trecho queimado de terra e grama, ainda soltando fumaça, onde esta estivera. Sebastian ficou encarando, absolutamente atônito.

— O quê...

Clary riu. Um contentamento sombrio se inflou nela ao ver a cara do irmão. Nunca o vira tão chocado, com a arrogância desaparecida, a expressão nua e horrorizada.

Ele preparou o arco, a centímetros do peito de Clary. Se disparasse a essa distância, a flecha perfuraria o coração e a mataria instantaneamente.

— O que você fez?

Clary o olhou com um triunfo sombrio.

— Aquele símbolo. O que você achou que fosse um símbolo inacabado de Abertura. Não era. Só não era algo que você já tivesse visto. Um símbolo que eu criei.

— Um símbolo para *quê*?

Ela se lembrou, ao colocar a estela na parede, da forma do símbolo que havia inventado na noite em que Jace a visitou na casa de Luke.

— Para destruir o apartamento assim que alguém abrisse a porta. O apartamento já era. Não pode mais usá-lo. Ninguém pode.

— *Já era?* — O arco tremeu. Os lábios de Sebastian se contorciam, os olhos desgovernados. — Sua *vaca*. Sua...

— Mate-me — disse ela. — Vá em frente. E depois explique para Jace. *Duvido*.

Ele olhou para ela, o peito subindo e descendo, os dedos tremendo para disparar. Lentamente, ele afastou a mão. Seus olhos estavam pequenos e furiosos.

— Existem coisas piores do que morrer — falou. — E farei todas elas com você, irmãzinha, depois que beber do Cálice. *E você vai gostar.*

Clary cuspiu nele. Ele a empurrou com força, de forma agonizante, com a ponta do arco.

— Vire — rosnou, e ela o fez, tonta com uma mistura de terror e triunfo enquanto ele a conduzia pelo declive acidentado.

Ela estava com sapatilhas finas e sentiu todas as rochas e rachaduras no solo. Ao se aproximarem da pedra de luz enfeitiçada, Clary viu o cenário diante deles.

Na frente dela, o chão se elevava em uma colina baixa. No topo, apontando para o norte, havia um enorme túmulo de pedra. Lembrava um pouco Stonehenge: havia duas pedras estreitas altas que sustentavam um capeamento, fazendo com que a estrutura parecesse uma entrada. Na frente do túmulo havia uma pedra lisa, como o piso de um palco, esticado por cima do xisto e da grama. Agrupado diante da pedra lisa havia um semicírculo de cerca de quarenta Nephilim, vestidos de vermelho, empunhando tochas de luz enfeitiçada. Dentro do semicírculo, contra o chão escuro, brilhava um pentagrama branco-azulado.

Sobre a pedra lisa estava Jace. Ele estava com um uniforme escarlate como Sebastian; nunca tinham se parecido tanto.

Clary pôde ver o brilho do cabelo dele mesmo de longe. Ele estava caminhando na beira da pedra lisa, e, ao se aproximarem, Clary empurrada por Sebastian, ela ouviu o que ele estava dizendo.

— ...gratidão por sua lealdade, mesmo ao longo destes difíceis últimos anos, e pela crença de vocês no nosso pai, e agora em seus filhos. E filha.

Um murmúrio percorreu o quadrado. Sebastian empurrou Clary para a frente, e eles se moveram pelas sombras, depois subiram na pedra atrás de Jace. Jace os viu e inclinou a cabeça antes de se voltar novamente para a multidão; estava sorrindo.

— Vocês serão os salvos — disse. — Há mil anos o Anjo nos deu seu sangue, para nos tornar especiais, nos tornar guerreiros. Mas não foi suficiente. Mil anos se passaram e ainda nos escondemos nas sombras. Protegemos mundanos que não amamos de forças sobre as quais continuam ignorantes, e uma Lei antiga e engessada nos impede de revelarmos que somos seus salvadores. Morremos às centenas, sem agradecimentos, sem que ninguém além dos nossos nos preste homenagens, e sem poder recorrer ao Anjo que nos criou. — Ele se aproximou da beira da plataforma de pedra. Os Caçadores de Sombras estavam em um semicírculo. O cabelo de Jace parecia fogo claro. — Sim. Ouso dizer. O Anjo que nos criou não vai nos ajudar, estamos sozinhos. Mais sozinhos até mesmo do que os mundanos, pois como um de seus grandes cientistas uma vez disse, são como crianças brincando com pedras em um litoral enquanto ao redor deles um imenso oceano de verdades permanece inexplorado. Mas nós conhecemos a verdade. Somos os salvadores desta terra *e deveríamos governá-la.*

Jace era um bom orador, Clary pensou, com uma espécie de dor no coração, assim como Valentim fora. Ela e Sebastian estavam atrás dele agora, olhando para a planície e para a multidão reunida; Clary sentiu os olhares dos Caçadores de Sombras neles dois.

— Sim. Governar. — Jace sorriu, um sorriso leve e adorável, cheio de charme, com uma ponta de escuridão. — Raziel é cruel e indiferente aos nossos sofrimentos. É hora de deixá-lo para trás. De nos voltarmos para Lilith, Mãe Maior, que nos concederá poderes sem castigo, liderança sem a Lei. O poder é nosso direito de nascença. É hora de reivindicá-lo.

Olhou de lado com um sorriso quando Sebastian avançou.

— E agora vou deixar que escutem o resto de Jonathan, que é quem tem esse sonho — concluiu Jace, suavemente, e recuou, deixando Sebastian tomar seu lugar. Deu mais um passo para trás e ficou ao lado de Clary, abaixando a mão para segurar a dela.

— Belo discurso — murmurou ela. Sebastian estava falando; Clary o ignorou, concentrando-se em Jace. — Muito convincente.

— Você acha? Eu ia começar com "Amigos, romanos, malfeitores...", mas não achei que fossem entender o humor.

— Acha que são malfeitores?

Jace deu de ombros.

— A Clave acharia. — Desviou o olhar de Sebastian, voltando-o para ela. — Você está linda — disse, mas estava com a voz estranhamente seca. — O que aconteceu?

Ela foi pega de surpresa.

— Como assim?

Ele abriu o casaco. Por baixo estava com uma camisa branca. Na lateral e na manga, a roupa estava manchada de vermelho. Clary notou que ele foi cuidadoso o bastante para ficar de costas para a multidão enquanto mostrava o sangue para ela.

— Sinto o que ele sente — falou. — Ou você se esqueceu? Tive de fazer *iratzes* em mim sem que ninguém notasse. Parecia que alguém estava cortando minha pele com uma lâmina.

Clary encontrou o olhar de Jace. Não havia razão para mentir, certo? Não tinha como voltar atrás, nem no sentido figurado, nem no literal.

— Eu e Sebastian tivemos uma briga.

Os olhos de Jace investigaram o rosto de Clary.

— Bem — falou, fechando o casaco. — Espero que a tenham resolvido, qualquer que tenha sido o motivo.

— Jace... — Ela começou, mas ele tinha voltado a atenção para Sebastian. Seu perfil era frio e claro ao luar, como uma silhueta feita de papel escuro. Na frente deles, Sebastian, que havia abaixado o arco, ergueu os braços.

— Estão comigo? — gritou.

Um murmúrio percorreu o local, e Clary ficou tensa. Um dos integrantes do grupo dos Nephilim, um homem mais velho, tirou o capuz e franziu o rosto.

— Seu pai nos fez muitas promessas. Não cumpriu nenhuma. Por que deveríamos confiar em você?

— Porque trarei o cumprimento de minhas promessas agora. Esta noite — disse Sebastian, e da túnica retirou a réplica do Cálice Mortal. O objeto brilhava suavemente ao luar.

O burburinho foi mais alto agora. Aproveitando o barulho, Jace falou:

— Espero que corra tudo bem. Estou sentindo como se não tivesse dormido nada ontem à noite.

Ele estava olhando para a multidão e para o pentagrama, com uma expressão interessada no rosto. Sua face era delicadamente angular sob a luz enfeitiçada. Ela viu a cicatriz na bochecha dele, as concavidades nas têmporas, o lindo formato da boca. *Não vou me lembrar disto*, tinha dito. *Quando eu voltar... a ficar como estava, sob o controle dele, não vou me lembrar de ter voltado a mim*. E era verdade. Tinha se esquecido de cada detalhe. De algum jeito, apesar de ela saber disso, de tê-lo visto se esquecer, a dor da realidade foi aguda.

Sebastian desceu da pedra e foi em direção ao pentagrama. Na beira do símbolo, começou a entoar:

— *Abyssum invoco. Lilith invoco. Mater mea, invoco.*

Sacou uma adaga fina do cinto. Segurando o Cálice com a curva do braço, utilizou a ponta da lâmina para cortar a própria palma. O sangue brotou, preto ao luar. Sebastian deslizou a faca de volta ao cinto e segurou a mão sangrando sobre o Cálice, ainda entoando cânticos em latim.

Era agora ou nunca.

— Jace — sussurrou Clary. — Sei que este não é você realmente. Sei que há uma parte de você que não pode estar satisfeita com isso. Tente se lembrar de quem é, Jace Lightwood.

Ele virou a cabeça e a olhou, espantado.

— Do que está falando?

— Por favor, tente se lembrar, Jace. Eu amo você. Você me ama...

— Eu amo você, sim, Clary — falou, com a voz ligeiramente tensa. — Mas você disse que compreendia. Chegou a hora. O ápice da razão pela qual nós vínhamos trabalhando tanto.

Sebastian entornou o conteúdo do Cálice no centro do pentagrama.

— *Hic est enim calix sanguinis mei.*

— *Nós* não — sussurrou Clary. — Eu não sou parte disto. Nem você...

Jace respirou fundo. Por um instante, Clary achou que fosse pelo que ela tinha acabado de falar — que talvez, de algum jeito, ela estivesse rompendo a casca —, mas seguiu o olhar dele e viu que uma bolsa de fogo rotatória tinha aparecido no centro do pentagrama. Tinha mais ou menos o tamanho de uma bola de beisebol, mas enquanto ela observava, cresceu, se alongando e se moldando, até finalmente se transformar no contorno de uma mulher, toda feita de fogo.

— Lilith — disse Sebastian, com uma voz melódica. — Como você me chamou, eu agora a chamo. Como me deu a vida, eu agora lhe dou a vida.

Lentamente as chamas escureceram. Ela agora estava diante de todos, Lilith, com a metade da altura de um ser humano normal, nua, seus cabelos pretos caindo até os calcanhares. O corpo era da cor de cinzas, marcado por linhas pretas como lava vulcânica. Voltou os olhos para Sebastian, eram cobras pretas e sinuosas.

— Meu filho — arfou ela.

Sebastian parecia brilhar, como luz enfeitiçada — pele pálida, cabelos pálidos e as roupas pareciam pretas ao luar.

— Mãe, eu a chamei como queria que eu fizesse. Hoje não será apenas minha mãe, mas a mãe de uma nova raça. — Indicou os Caçadores de Sombras que aguardavam, imóveis, provavelmente em choque. Uma coisa era saber que um Demônio Maior seria invocado, outra era testemunhar. — O Cálice — disse ele, e o estendeu para ela, a aba branca manchada com o sangue dele.

Lilith riu. Soou como pedras gigantescas se arrastando umas nas outras. Ela pegou o cálice e, tão casualmente quanto alguém pegaria um inseto de uma folha, rasgou o próprio pulso cinzento com os dentes. Muito lentamente, sangue escuro e gosmento emergiu, caindo no Cálice, que pareceu mudar, escurecendo ao seu toque, a transparência se transformando em lama.

— Como o Cálice Mortal foi para os Caçadores de Sombras tanto um talismã quanto um meio de transformação, assim será este Cálice Infernal para vocês — disse, com sua voz chamuscada carregada pelo vento. Ela se ajoelhou, estendendo o Cálice para Sebastian. — Pegue meu sangue e beba-o.

Sebastian pegou o Cálice das mãos dela. Estava preto, um preto luminoso como hematita.

— Conforme seu exército cresce, também crescerá minha força — sibilou Lilith. — Logo estarei forte o bastante para retornar de fato, e compartilharemos a fogueira do poder, meu filho.

Sebastian inclinou a cabeça.

— Nós a proclamamos Morte, minha mãe, e professamos sua ressurreição.

Lilith riu, erguendo os braços. Fogo lambeu seu corpo, e ela se lançou ao ar, explodindo em uma dúzia de partículas giratórias de luz, que desbotaram como brasas de um fogo se apagando. Quando desapareceram completamente, Sebastian chutou o pentagrama, rompendo a continuidade, e levantou a cabeça. Estava com um sorriso horrível no rosto.

— Cartwright — falou. — Traga o primeiro.

A multidão se abriu, e um homem encapuzado trouxe uma mulher que cambaleava ao seu lado. Uma corrente a prendia ao braço dele, cabelos longos e emaranhados escondiam seu rosto. Clary ficou tensa.

— Jace, o que é isto? O que está acontecendo?

— Nada — respondeu ele, olhando distraído para a frente. — Ninguém vai se machucar. Só vão se transformar. Observe.

Cartwright, de cujo nome Clary se lembrava vagamente da época em Idris, pôs a mão na cabeça da refém e a fez se ajoelhar. Em seguida abaixou e agarrou o cabelo da mulher, puxando a cabeça para cima. Ela olhou para Sebastian, piscando de pavor e desafiadoramente, a lua emprestando um contorno claro ao rosto.

Clary respirou fundo.

— *Amatis.*

21

Elevando o Inferno

A irmã de Luke levantou o rosto, os olhos azuis, tão parecidos com os do irmão, voltando-se para Clary. Ela parecia tonta, impressionada, e um pouco aérea, como se tivesse sido dopada. Tentou se levantar, mas Cartwright a empurrou novamente para baixo. Sebastian foi em direção a eles, com o Cálice na mão.

Clary cambaleou para a frente, mas Jace a pegou pelo braço, puxando-a de volta. Ela deu um chute nele, mas Jace já a tinha erguido pelos braços e lhe tapado a boca com a mão. Sebastian falava com Amatis com uma voz baixa e hipnótica. Ela balançou a cabeça violentamente, mas Cartwright a pegou pelos longos cabelos e puxou sua cabeça para trás. Clary a ouviu gritar, um ruído fraco ao vento.

Clary pensou na noite em que ficou acordada observando o peito de Jace subir e descer, pensando em como poderia acabar com tudo aquilo com um único golpe de faca. Mas *tudo aquilo* não tinha um rosto, uma voz, um plano. Agora que tinha o rosto da irmã de Luke, agora que Clary conhecia o plano, era tarde demais.

Com uma das mãos, Sebastian segurava o cabelo de Amatis, o Cálice já pressionado contra sua boca. Enquanto forçava o conteúdo pela garganta dela, ela teve ânsia e tossiu, líquido preto escorrendo pelo queixo.

Sebastian puxou o Cálice de volta, mas já tinha feito o serviço. Amatis emitiu um terrível ruído seco, o corpo se erguendo num espasmo. Os olhos dela se arregalaram, tornando-se pretos como os de Sebastian. Bateu com as mãos no rosto, soltando um uivo, e Clary observou chocada que o símbolo de Vidência estava desbotando da mão — empalidecendo — até desaparecer.

Amatis abaixou as mãos. Sua expressão tinha se suavizado, e os olhos voltado ao tom azul. Fixaram-se em Sebastian.

— Solte-a. — Ordenou o irmão de Clary a Cartwright, com o olhar em Amatis. — Deixe-a vir até mim.

Cartwright soltou a corrente que o prendia a Amatis e deu um passo para trás, com uma mistura curiosa de apreensão e fascínio no rosto.

Amatis ficou parada um instante, com as mãos penduradas nas laterais do corpo. Em seguida, ela se levantou e foi até Sebastian. Ajoelhou-se diante dele, os cabelos roçando na terra.

— Mestre — disse ela. — Como posso servi-lo?

— Levante-se — disse Sebastian, e Amatis se levantou com graça.

Subitamente, ela parecia se mover de um jeito diferente. Todos os Caçadores de Sombras eram ágeis, mas ela agora se movimentava com uma elegância silenciosa que Clary achou estranhamente fria. Colocou-se diante de Sebastian. Pela primeira vez, Clary viu que o que tinha pensado ser um longo vestido branco era, na verdade, uma camisola, como se tivesse sido acordada e arrancada da cama. Que pesadelo, acordar aqui, entre estas figuras encapuzadas, neste local cruel e abandonado.

— Venha a mim — chamou Sebastian, e Amatis foi na direção dele. Ela era uma cabeça mais baixa do que ele, no mínimo, e esticou o pescoço enquanto ele sussurrava a seu ouvido. Um sorriso frio dividiu seu rosto.

Sebastian ergueu a mão.

— Gostaria de lutar contra Cartwright?

Cartwright derrubou a corrente que estava segurando, levando a mão ao cinto de armas pelo buraco na capa. Era um homem jovem; cabelos claros, e um rosto largo e de mandíbula quadrada.

— Mas eu...

— Certamente ela precisa demonstrar seu poder — declarou Sebastian. — Vamos, Cartwright, ela é uma mulher, e mais velha do que você. Está com medo?

Cartwright pareceu espantado, mas sacou uma adaga comprida do cinto.

— Jonathan...

Os olhos de Sebastian brilharam.

— Lute com ele, Amatis.

Os lábios dela se curvaram.

— Será um prazer — disse ela, e atacou.

Sua velocidade foi impressionante. Saltou no ar e chutou, arrancando a adaga da mão dele. Clary assistiu em choque enquanto ela corria para cima dele, dando uma joelhada na barriga. Ele cambaleou para trás, e ela bateu a cabeça na dele, contornando o corpo do homem para puxá-lo por trás pelas vestes, empurrando-o contra o chão. Ele aterrissou aos pés dela com um barulho doentio de rachadura e grunhiu de dor.

— E *isso* é por ter me arrancado da cama no meio da noite — disse Amatis, e passou a traseira da mão no lábio, que estava sangrando um pouquinho. Um murmúrio fraco de risadas abafadas passou pela multidão.

— E aí está — disse Sebastian. — Mesmo uma Caçadora de Sombras sem grandes habilidades ou força, perdoe-me, Amatis, pode se tornar mais forte e mais veloz do que seus aliados seráficos. — Ele bateu com o punho na palma da outra mão. — Poder. Poder *verdadeiro*. Quem está pronto para isso?

Houve um instante de hesitação, em seguida Cartwright se levantou cambaleando, com uma das mãos protegendo o estômago.

— Eu — disse, lançando um olhar venenoso a Amatis, que apenas sorriu.

Sebastian ergueu o Cálice Infernal.

— Então, venha a mim.

Cartwright foi em direção a Sebastian e, ao fazê-lo, os outros Caçadores de Sombras desfizeram o círculo, avançando para onde Sebastian estava, formando uma fila. Amatis permaneceu serena ao lado, com as mãos cruzadas. Clary a encarou, desejando que a mulher olhasse para ela. Era a irmã de Luke. Se as coisas tivessem corrido conforme os planos, ela seria tia adotiva de Clary agora.

Amatis. Clary pensou na casa no canal em Idris, em como ela havia sido gentil, no quanto amara o pai de Jace. *Por favor, olhe para mim*, pensou. *Por favor, mostre-me que continua sendo você*. Como se tivesse ouvido a oração silenciosa, Amatis levantou a cabeça e olhou diretamente para Clary.

E sorriu. Não um sorriso gentil ou reconfortante. Um sorriso escuro, frio e silenciosamente entretido. O sorriso de alguém que assistiria enquanto você se afoga, pensou Clary, sem levantar um dedo para ajudar. Não era o sorriso de Amatis. Não era Amatis. Amatis não estava mais lá.

Jace havia tirado a mão da boca de Clary, mas ela não sentiu qualquer vontade de gritar. Ninguém ali a ajudaria e a pessoa com o braço em volta dela, aprisionando-a com o próprio corpo, não era Jace. Aquele jeito como as roupas retinham o formato de quem as usa mesmo quando não eram vestidas havia anos, ou um travesseiro conserva o contorno da cabeça do dono mesmo depois que este já morreu há tempos: Jace agora era isso. Uma casca vazia que ela havia preenchido com seus desejos, amor e sonhos.

E ao fazer isso, tinha falhado feio com o verdadeiro Jace. Em sua jornada para salvá-lo, ela quase se esqueceu de quem estava salvando. E se lembrou do que ele tinha dito naquele momento em que foi ele mesmo. *Detesto pensar nele com você.* Ele. *Aquele outro eu.* Jace sabia que eram pessoas diferentes — que ele, com a alma comprometida, já não era ele.

Tinha tentado se entregar para a Clave, mas ela impediu. Não deu ouvidos ao que ele queria. Fez a escolha por ele — em um instante de desespero e pânico, mas fez —, sem perceber que seu Jace preferiria morrer a ficar assim, e que ela não salvou a vida dele, mas o condenou a uma existência que ele próprio desprezaria.

Clary caiu em cima dele, e Jace, interpretando a mudança repentina como um indicador de que ela não estava mais lutando contra ele, afrouxou o aperto. O último dos Caçadores de Sombras estava diante de Sebastian, levando as mãos ansiosamente para o Cálice Infernal que seu irmão estendia.

— Clary... — começou Jace.

Ela não descobriu o que ele teria dito. Ouviu um grito, e o Caçador de Sombras que erguia a mão para o Cálice cambaleou para trás, com uma flecha na garganta. Incrédula, Clary virou o rosto e viu, no alto do dólmen de pedra, Alec, uniformizado, segurando o arco. Sorriu com satisfação e levou a mão para trás do ombro para pegar outra flecha.

E em seguida, atrás dele, surgiram os outros. Um bando de lobos, correndo baixo no chão, os pelos brilhando à luz de várias cores. Maia e Jordan estavam ali, supôs. Atrás destes, Caçadores de Sombras familiares em uma linha ininterrupta: Isabelle e Maryse Lightwood, Helen Blackthorn e Aline Penhallow, e Jocelyn, seus cabelos ruivos visíveis mesmo ao longe. Com elas, Simon, e o cabo de uma espada de prata acima da curva do seu ombro, e Magnus, com as mãos crepitando com o fogo azul.

O coração de Clary saltou no peito.

— Estou aqui! — gritou para eles. — *Estou aqui!*

— Conseguem vê-la? — perguntou Jocelyn. — Ela está aqui?

Simon tentou prestar atenção na escuridão adiante, seus sentidos vampirescos se aguçando com o cheiro de sangue. Diferentes tipos de sangue, misturados — sangue de Caçadores de Sombras, sangue demoníaco e o amargor do sangue de Sebastian.

— Estou vendo — disse. — Jace a está segurando. Está puxando Clary para trás daquela fila de Caçadores de Sombras ali.

— Se forem leais a Jonathan como o Ciclo era leal a Valentim, farão uma parede humana para protegê-lo, e a Clary e Jace também. — Jocelyn se transformou em frieza materna furiosa, os olhos verdes ardendo. — Vamos ter de rompê-la para chegarmos a eles.

— O que precisamos é chegar a Sebastian — disse Isabelle. — Simon, vamos abrir a passagem para você. Você vai até Sebastian e o ataca com a Gloriosa. Quando ele cair...

— Os outros provavelmente vão fugir — completou Magnus. — Ou, dependendo do laço com Sebastian, podem morrer ou cair junto com ele. Podemos pelo menos torcer. — Esticou a cabeça para trás. — Por falar em torcer, viu o tiro que Alec acertou com o arco? Esse é o meu namorado! — Sorriu e mexeu os dedos; faíscas azuis saíram deles. Ele estava todo brilhante. Somente Magnus, pensou Simon resignado, teria acesso a uma armadura de lantejoulas.

Isabelle desenrolou o chicote do pulso. Ele se esticou na frente dela, um golpe de fogo dourado.

— Muito bem, Simon — disse ela. — Está pronto?

Os ombros de Simon enrijeceram. Ainda estavam a alguma distância da linha do exército rival — não sabia de que outra forma pensar neles —, que estava se mantendo alinhado com suas túnicas e uniformes vermelhos, as mãos brilhando com armas. Alguns deles exclamavam, confusos. Simon não conseguiu conter um sorriso.

— Em nome do Anjo, Simon — disse Izzy. — Qual é o motivo para sorrir?

— As lâminas serafim deles não funcionam mais — disse Simon. — Estão tentando entender por quê. Sebastian acabou de gritar com eles para usarem outras armas. — Um grito veio da linha quando outra flecha voou do túmulo e se enterrou nas costas cobertas por túnica vermelha de um Caçador de Sombras corpulento, que caiu para a frente. A linha se moveu e abriu um pouco, como uma fratura em uma parede. Simon, percebendo a chance, correu, e os outros acompanharam.

Foi como mergulhar em um oceano escuro à noite, um oceano cheio de tubarões e criaturas marinhas com dentes vis colidindo umas contra as outras. Não era a primeira batalha de Simon, mas durante a Guerra Mortal ele tinha acabado de ser Marcado com a Marca de Caim. Ainda não tinha começado a funcionar, mas muitos demônios recuaram ao vê-la. Jamais pensou que fosse sentir falta dela, mas estava sentindo agora, ao tentar passar por um aglomerado de Caçadores de Sombras, que os atacaram com suas lâminas. Isabelle flanqueava um lado, Magnus, o outro, protegendo-o — protegendo a Gloriosa. O chicote de Isabelle avançou, forte e certeiro, e as mãos de Magnus cuspiram fogo, vermelho, verde e azul. Açoites de chamas coloridas atingiram os Nephilim malignos, queimando-os onde estavam. Outros Caçadores de Sombras gritaram quando os lobos de Luke chegaram sorrateiros, arranhando e mordendo, mirando as gargantas.

Uma adaga voou com uma velocidade assombrosa e rasgou a lateral do corpo de Simon. Ele gritou mas prosseguiu, sabendo que o machucado cicatrizaria sozinho em alguns segundos. Avançou...

E congelou. Diante dele, um rosto familiar. A irmã de Luke, Amatis. Quando os olhos dela se fixaram nele, Simon viu que ela o reconheceu. O que ela estava fazendo aqui? Tinha vindo para lutar com eles? Mas...

Ela o atacou, uma adaga escura e brilhante na mão. Foi *rápida* — mas não tanto que seus reflexos de vampiro não pudessem salvá-lo, se ele não estivesse assustado demais para se mover. Amatis era irmã de Luke; ele a conhecia; e aquele instante de incredulidade poderia ter selado seu fim, se Magnus não tivesse pulado na frente dele, empurrando-o para trás. Fogo azul voou da mão do feiticeiro, mas Amatis também foi mais rápida do que ele. Girou para longe da chama e para baixo do braço de Magnus, e Simon viu o lampejo de luz da lua refletida na lâmina de sua faca. Os olhos de Magnus se arregalaram em choque quando a lâmina cor de meia-noite desceu, rasgando sua armadura. Ela a puxou de volta, e a arma agora estava com uma mancha reluzente de sangue; Isabelle gritou quando Magnus caiu de joelhos. Simon tentou correr até ele, mas a ondulação e a pressão da multidão que combatia o afastavam. Ele berrou o nome de Magnus quando

Amatis se curvou sobre o feiticeiro caído e ergueu a adaga uma segunda vez, mirando o coração.

— Solte-me! — gritou Clary, se contorcendo e distribuindo chutes, dando o máximo de si para se libertar das garras de Jace. Não conseguia enxergar quase nada por cima da multidão acumulada de Caçadores de Sombras com roupas vermelhas na frente dela, de Jace e de Sebastian, bloqueando sua família e seus amigos. Os três estavam alguns metros atrás da linha de batalha; Jace a segurava com força enquanto ela se debatia, e Sebastian, ao lado, observava o desenrolar dos eventos com uma expressão de fúria sombria no rosto. Seus lábios se moviam. Clary não soube dizer se ele estava xingando, rezando ou entoando as palavras de um feitiço. — Solte-me, seu...

Sebastian se virou, uma expressão assustadora no rosto, algo entre um sorriso e uma careta.

— Cale-a, Jace.

Jace, ainda agarrando Clary, falou:

— Vamos simplesmente ficar aqui deixando que nos protejam? — Apontou com o queixo para os Caçadores de Sombras.

— Vamos — respondeu Sebastian. — Somos importantes demais para corrermos risco de nos ferirmos, eu e você.

Jace balançou a cabeça.

— Não estou gostando. Tem muitos do outro lado. — Jace esticou o pescoço para enxergar por cima da multidão. — E Lilith? Pode invocá-la outra vez, para que nos ajude?

— O quê? Aqui? — O tom de Sebastian era de desdém. — Não. Além disso, ela está fraca demais neste momento para conseguir nos ajudar. Em outros tempos, poderia destruir um exército, mas aquele maldito ser do Submundo com sua Marca de Caim espalhou a essência dela pelos vãos entre os mundos. Aparecer e nos dar seu sangue foi tudo o que ela pôde fazer.

— Covarde! — Clary gritou para ele. — Transformou todas essas pessoas em escravos, e sequer vai à luta para protegê-los...

Sebastian levantou a mão como se pretendesse agredi-la no rosto. Clary torceu para que o fizesse, para que Jace visse, mas em vez disso um sorriso se formou na boca de Sebastian. Ele abaixou a mão.

— E se Jace soltá-la, suponho que lutaria?

— Claro que lutaria...

— *De que lado?* — Sebastian deu um passo em direção a ela, levantando o Cálice Infernal. Ela pôde ver o que havia dentro. Apesar de muitos terem bebido, o sangue continuava no mesmo nível. — Levante a cabeça dela, Jace.

— Não! — Clary redobrou os esforços para escapar. A mão de Jace foi para baixo de seu queixo, mas ela teve a impressão de sentir hesitação no toque.

— Sebastian — disse ele. — Não...

— *Agora* — comandou Sebastian. — Não há motivo para continuarmos aqui. *Nós* somos os importantes, não essas buchas de canhão. Provamos que o Cálice Infernal funciona. É isso que importa. — Ele pegou a frente do vestido de Clary. — Mas será mais fácil escapar — acrescentou — sem esta aí chutando e gritando e socando pelo caminho.

— Podemos fazê-la beber mais tarde...

— Não — rosnou Sebastian. — Segure-a firme. — E ergueu o Cálice, forçando-o contra os lábios de Clary, tentando abrir-lhe a boca. Ela combateu, cerrando os dentes. — Beba — ordenou Sebastian, em um sussurro vil, tão baixo que ela duvidou que Jace tivesse escutado. — Eu disse que até o fim desta noite você faria o que eu quisesse. *Beba.* — Os olhos já pretos escureceram, e ele empurrou o Cálice, cortando o lábio inferior de Clary.

Ela sentiu gosto de sangue ao colocar as mãos para trás, utilizando o corpo de Jace como apoio ao aplicar um chute com as pernas. Sentiu a costura arrebentar no vestido quando este rasgou na lateral, e seus pés bateram com firmeza nas costelas de Sebastian. Ele cambaleou para trás, sem ar, exatamente no momento em que Clary jogou a cabeça para trás, ouvindo um *crack* sólido quando seu crânio bateu na cara de Jace. Ele gritou e afrouxou o aperto o bastante para ela conseguir se libertar. Afastou-se dele e correu para o meio da batalha sem olhar para trás.

Maia correu pelo chão rochoso, a luz das estrelas acariciando seus pelos, os odores fortes da batalha atiçando seu nariz sensível — sangue, suor e o cheiro de borracha queimada da magia sombria.

O bando havia se espalhado pelo campo, saltando e matando com dentes e garras mortais. Maia se manteve perto de Jordan, não por precisar da proteção dele, mas por ter descoberto que lado a lado lutavam melhor e com mais eficiência. Ela só tinha participado de uma batalha até então, em Brocelind, e aquilo tinha sido um turbilhão caótico de demônios e membros do Submundo. Aqui em Burren, havia bem menos combatentes, mas os Caçadores de Sombras do mal eram formidáveis, empunhando suas espadas e adagas com uma força ágil e assustadora. Maia viu um homem esguio utilizando uma adaga de lâmina curta para arrancar a cabeça de um lobo no meio de um salto; o que caiu no chão foi um corpo humano decapitado, sangrento e irreconhecível.

Mesmo enquanto ela pensava nisso, um dos Nephilim de roupa vermelha apareceu diante deles, com uma espada de dois gumes nas mãos. A lâmina estava manchada com um vermelho escurecido à luz da lua. Jordan, ao lado de Maia, rosnou, mas foi ela que saltou para cima do homem. Ele se esquivou, atacando com a lâmina. Ela sentiu uma dor aguda no ombro e caiu no chão sobre as quatro patas, invadida pela sensação. Ouviu um baque e soube que tinha derrubado a arma da mão do inimigo. Rosnou de satisfação e girou, mas Jordan já estava pulando para a garganta do sujeito...

E o homem o pegou pelo pescoço, no ar, como se estivesse agarrando um filhotinho rebelde.

— Lixo do Submundo — disparou, e apesar de não ter sido a primeira vez que Maia ouvia esse insulto, alguma coisa no ódio gélido do tom a fez estremecer. — Você deveria ser um casaco. Eu deveria *vesti-lo.*

Maia enterrou os dentes na perna dele. Sangue cúprico explodiu na sua boca enquanto o homem gritava de dor e cambaleava, chutando-a, soltando o aperto em Jordan. Maia o segurou com força, então Jordan atacou novamente; e desta vez o grito do Caçador de Sombras foi interrompido quando as garras de licantrope rasgaram sua garganta.

Amatis mirou a faca no coração de Magnus — exatamente quando uma flecha zuniu pelo ar e a atingiu no ombro, derrubando-a de lado com tanta força que ela girou e caiu de cara no chão rochoso. Estivera berrando no momento do golpe, um barulho rapidamente sobrepujado pela colisão de armas ao redor. Isabelle ajoelhou ao lado de Magnus; Simon, olhando para cima, viu Alec no túmulo de pedra, congelado com o arco na mão. Provavelmente estava afastado demais para ver Magnus com clareza; Isabelle estava com as mãos no peito do feiticeiro, mas Magnus — Magnus, sempre tão ativo, tão cheio de energia — estava completamente parado sob os cuidados de Isabelle. Ela levantou o olhar e viu que Simon os encarava; estava com as mãos vermelhas de sangue, mas Isabelle balançou a cabeça violentamente para ele.

— *Continue!* — gritou. — *Encontre Sebastian!*

Com um aperto no peito, Simon virou e voltou para a batalha. A linha coesa de Caçadores de Sombras de vermelho tinha começado a se desfazer. Os lobos saltavam aqui e ali, afastando os Caçadores de Sombras uns dos outros. Jocelyn estava lutando com a espada contra um sujeito que rosnava, e de cujo braço livre pingava sangue —, e Simon notou algo bizarro ao avançar, passando pelos espaços estreitos entre as lutas: *nenhum dos Nephilim de vermelho estava Marcado.* Suas peles não tinham qualquer decoração.

Também eram, percebeu — enxergando com o canto do olho um dos inimigos atacando Aline com um bastão, apenas para ser eviscerado por Helen, aparecendo pelo lado —, muito mais velozes que qualquer Nephilim que já tivesse visto, fora Jace e Sebastian. Moviam-se com a rapidez dos vampiros, pensou, quando um deles atacou um lobo que saltava, rasgando a barriga dele. O lobisomem morto caiu no chão, na forma de um homem atarracado com cabelos claros e cacheados. *Não é Maia nem Jordan.* Foi inundado pela sensação de alívio, depois culpa; continuou avançando, o cheiro de sangue era denso ao seu redor, e mais uma vez sentiu falta da Marca de Caim. Se ainda a tivesse, pensou, poderia ter queimado totalmente estes Nephilim inimigos...

Um dos Nephilim malignos ergueu-se diante dele, brandindo uma espada. Simon esquivou-se, mas não precisou. O sujeito estava na metade do golpe quando uma flecha o acertou no pescoço, e ele caiu, gorgolejando sangue. A cabeça de Simon levantou, e ele viu Alec, ainda no alto do túmulo; seu rosto uma máscara de pedra. Ele estava disparando com a precisão de uma máquina, a mão buscando novas flechas mecanicamente, encaixando-as no arco e soltando-as. Cada uma atingia um alvo, mas Alec mal parecia notar. Enquanto uma flecha atravessava o ar, ele já estava preparando outra, Simon escutou mais uma passando por ele, e atingindo um corpo enquanto avançava, mirando um setor vazio do campo de batalha...

Congelou. Lá estava ela. Clary, uma figura pequena lutando para passar pela batalha, sem nada nas mãos, chutando e empurrando para abrir caminho. Usava um vestido rasgado e seus cabelos estavam emaranhados. Quando o viu, um olhar de espanto maravilhado cruzou seu rosto e seus lábios formaram o nome do melhor amigo.

Logo atrás vinha Jace. Estava com o rosto ensanguentado. A multidão se abriu enquanto ele atravessava, permitindo que passasse. Atrás dele, no espaço deixado por sua passagem, Simon enxergou um brilho em vermelho e prateado — uma figura familiar, com cabelos brancos como os de Valentim.

Sebastian. Ainda escondido atrás da última linha de defesa dos Caçadores de Sombras malignos. Ao vê-lo, Simon passou a mão por cima do ombro e sacou a Gloriosa da bainha. Um instante depois, uma ondulação na multidão empurrou Clary em direção a ele. Os olhos dela estavam quase pretos de adrenalina, mas a alegria em vê-lo foi clara. Simon ficou absolutamente aliviado e percebeu que estava se perguntando se ela continuava sendo ela mesma, ou se tinha se transformado, como Amatis.

— *Me dê a espada!* — gritou Clary, a voz quase afogada pelo ruído de metal contra metal.

Ela esticou o braço para pegá-la e, naquele instante, não era mais Clary, sua amiga de infância, mas uma Caçadora de Sombras, um anjo vingador que deveria estar com aquela espada na mão.

Ele a estendeu para ela, segurando pela lâmina.

A batalha era como uma redemoinho, pensou Jocelyn, usando a espada para abrir caminho pela multidão, atacando com a *kindjal* de Luke todas as coisas vermelhas que via. Coisas a surpreendiam, depois sumiam tão depressa que tudo o que a pessoa percebia era uma noção do perigo incontrolável, da luta para se manter vivo e não se afogar.

Seus olhos se moveram freneticamente pela massa de combatentes, procurando pela filha, algum vislumbre dos seus cabelos ruivos — ou até mesmo Jace, pois onde ele estivesse, Clary também estaria. Havia pedras espalhadas pelo chão, como icebergs em um mar que não se movia. Ela subiu na borda áspera de uma delas, tentando enxergar melhor o campo de batalha, mas só conseguia identificar corpos próximos, o brilho de armas e as formas próximas do chão dos lobos correndo entre os combatentes.

Virou-se para descer da pedra...

Apenas para encontrar alguém esperando embaixo. Jocelyn parou, encarando.

Ele estava com roupas vermelhas e tinha uma cicatriz lívida em uma das bochechas, uma relíquia de alguma batalha desconhecida para ela. O rosto era magro e não tinha mais a juventude, mas não havia como confundi-lo.

— Jeremy — disse, lentamente, a voz quase inaudível com o clamor da luta. — Jeremy Pontmercy.

O homem que outrora fora o integrante mais jovem do Ciclo a encarou com olhos vermelhos.

— Jocelyn Morgenstern. Veio se juntar a nós?

— Juntar-me a vocês? Jeremy, não...

— Você já foi do Ciclo uma vez — disse, aproximando-se dela. Tinha uma adaga comprida e afiada na mão direita. — Já foi uma de nós. Agora seguimos seu filho.

— Rompi com vocês quando seguiam meu marido — disse Jocelyn. — Por que acha que os seguiria agora que meu filho os lidera?

— Ou está conosco, ou contra nós, Jocelyn. — O rosto dele enrijeceu. — Não pode se colocar contra seu filho.

— Jonathan — falou Jocelyn, com suavidade. — Ele é o maior mal que Valentim já cometeu. Nunca me colocarei ao lado dele. No fim, não fiquei do lado de Valentim. Então, que esperança tem de me convencer agora?

Ele balançou a cabeça.

— Não está me entendendo — falou. — Estou dizendo que não pode ficar contra ele. Contra nós. A Clave não pode. Não estão preparados. Não para o que podemos fazer. Para o que estamos *dispostos* a fazer. O sangue correrá nas ruas de todas as cidades. O mundo irá queimar. Tudo que conhece será destruído. E vamos nos elevar das cinzas de sua derrota, a fênix triunfante. Esta é sua única chance. Duvido que seu filho dê outra.

— Jeremy — disse ela. — Você era tão jovem quando Valentim o recrutou. Poderia voltar, voltar até mesmo para a Clave. Seriam clementes...

— Jamais poderei voltar para a Clave — disse, com dura satisfação. — Não entende? Aqueles que estão ao lado de seu filho não são mais Nephilim.

Não são mais Nephilim. Jocelyn começou a responder, mas antes que pudesse falar, sangue explodiu da boca de Jeremy. Ele caiu, e, ao fazê-lo, Jocelyn viu, atrás dele, empunhando uma espada, Maryse.

As duas se olharam por um instante sobre o corpo de Jeremy. Então Maryse se virou e voltou à batalha.

Assim que os dedos de Clary se fecharam em torno do cabo, a espada explodiu em luz dourada. Fogo ardeu pela lâmina a partir da ponta, iluminando as palavras marcadas na lateral — *Quis ut Deus?* —, e fazendo o cabo brilhar como se contivesse a luz do sol. Ela quase a derrubou, achando que tinha pegado fogo, mas a chama parecia contida no interior da espada, e o metal permanecida frio sob suas palmas.

Tudo depois disso pareceu acontecer muito lentamente. Ela se virou, a espada brilhando na mão. Seus olhos vasculharam a multidão desesperadamente à procura de Sebastian. Não conseguiu vê-lo, mas sabia que ele estava atrás do bando de Caçadores de Sombras que havia socado para abrir caminho até ali. Agarrando a espada, ela foi na direção dele, apenas para ver sua passagem bloqueada.

Por Jace.

— Clary — disse ele.

Parecia impossível que conseguisse ouvi-lo; os barulhos ao redor eram ensurdecedores: gritos e rugidos, metal contra metal. Mas o mar de figuras lutando pareceu escorrer para longe deles, como o mar Vermelho se abrindo, deixando um espaço claro em torno dela e de Jace.

A espada ardeu, escorregando em sua mão.

— Jace. Saia do meu caminho.

Ela ouviu Simon, atrás dela, gritar alguma coisa; Jace balançava a cabeça. Seus olhos dourados eram inexpressivos, ilegíveis. O rosto ensanguentado. Ela tinha batido com a cabeça na bochecha dele, e a pele estava inchando e escurecendo.

— Entregue-me a espada, Clary.

— Não. — Ela balançou a cabeça, dando um passo para trás. A Gloriosa iluminou o espaço onde estavam, a grama pisoteada e suja de sangue ao redor, e Jace quando ele foi em direção a ela. — Jace. Eu posso separá-lo de Sebastian. Posso matá-lo sem que você se machuque...

O rosto dele se contorceu. Seus olhos tinham a mesma cor do fogo na espada, ou estavam refletindo o brilho, ela não sabia exatamente o quê, e ao olhar para ele, percebeu que não tinha importância. Ela estava vendo Jace e o não Jace: as lembranças que tinha dele, o menino lindo que conheceu, inconsequente consigo mesmo e com os outros, aprendendo a se importar e a cuidar. Lembrou-se da noite que passaram juntos em Idris, de mãos dadas naquela cama estreita, e do menino sujo de sangue que a olhou com olhos assombrados e confessou ser um assassino em Paris.

— *Matá-lo*? — perguntou o Jace-que-não-era-Jace. — Está louca?

E lembrou-se daquela noite perto do Lago Lyn, quando Valentim enfiou a espada nele, e de como sua própria vida pareceu sangrar com o sangue dele.

Clary o viu morrer, ali na praia em Idris. E depois, quando o ressuscitou, ele engatinhou até ela e a olhou com aqueles olhos que queimavam como a Espada, como o sangue incandescente de um anjo.

Eu estava no escuro, dissera. *Não havia nada além de sombras, e eu era uma sombra. Então ouvi sua voz.*

Mas aquela voz se misturou a outra: Jace olhando para Sebastian na sala do apartamento de Valentim, dizendo a ela que preferia morrer a viver assim. Conseguiu escutá-lo agora, falando, mandando lhe entregar a espada, e que se ela não o fizesse, a arrancaria à força. A voz soou dura, impaciente, a voz de alguém conversando com uma criança. E soube naquele instante que, assim como ele não era Jace, a Clary que ele amava não era ela. Era uma lembrança dela, borrada e distorcida: a imagem de uma pessoa dócil, obediente; alguém que não entendia que o amor concedido sem livre-arbítrio ou sinceridade não era amor.

— Entregue a espada. — Ele estava com a mão esticada, o queixo levantado, o tom imperioso. — Entregue, Clary.

— Você a quer?

Ergueu a Gloriosa, exatamente como ele havia ensinado, equilibrando-a, apesar de estar pesada em sua mão. A chama brilhou com mais intensidade, até parecer alcançar o céu e tocar as estrelas. Somente a espada a separava de Jace, seus olhos dourados, incrédulos. Mesmo agora, ele não pôde crer que ela pudesse machucá-lo, machucá-lo de verdade. Mesmo agora.

Ela respirou fundo.

— Pegue.

Ela viu os olhos dele se acenderem, como naquele dia perto do lago, então enfiou a espada nele, exatamente como Valentim havia feito. Ela entendeu agora que era assim que deveria ser. Ele tinha morrido assim, e ela o arrancara da morte. E agora, a morte estava de volta.

Não se pode trapacear a morte. No final ela reclama os seus.

A Gloriosa afundou no peito dele, e ela sentiu a mão ensanguentada deslizar no cabo quando a lâmina acertou os ossos da costela, penetrando-o até o pulso de Clary tocar o corpo de Jace, e ela congelar. Ele não tinha se mexido, e ela estava pressionada contra ele agora, agarrando a Gloriosa enquanto o sangue começava a entornar do machucado no peito.

Ouviu-se um grito — um ruído de dor e pavor, o ruído de alguém sendo brutalmente dilacerado. *Sebastian*, pensou Clary. Sebastian, gritando enquanto seu laço com Jace era rompido.

Mas Jace. Jace não emitiu um único som. Apesar de tudo, estava com o rosto calmo e pacífico, lembrava uma estátua. Ele olhou para Clary e seus olhos brilharam, como se ele estivesse se enchendo de luz.

E então começou a queimar.

* * *

Alec não se lembrava de ter descido do topo do túmulo, nem de ter aberto caminho pelo chão rochoso entre os corpos abatidos: Caçadores de Sombras malignos, lobisomens mortos e feridos. Seus olhos buscavam apenas uma pessoa. Tropeçou e quase caiu; quando levantou os olhos, examinando o campo de batalha, viu Isabelle, ajoelhada ao lado de Magnus no solo rochoso.

Parecia não ter ar nos pulmões. Nunca tinha visto Magnus tão pálido, nem tão imóvel. Havia sangue na armadura de couro e no chão abaixo dele. Mas era impossível. Magnus tinha vivido tanto. Era permanente. Fixo. Em nenhum mundo a imaginação de Alec podia conjurar Magnus morrendo antes dele.

— Alec. — Foi a voz de Izzy, nadando em direção a ele, como que através da água. — Alec, ele está respirando.

Alec soltou a própria respiração em um engasgo trêmulo. Estendeu a mão para a irmã.

— Adaga.

Ela entregou uma silenciosamente. Nunca tinha prestado tanta atenção quanto ele às aulas de primeiros socorros; sempre dizia que os símbolos cuidariam de tudo. Ele rasgou a frente da armadura de couro de Magnus, e em seguida a roupa abaixo, com os dentes cerrados. Talvez a armadura fosse tudo que ainda o sustentava.

Puxou as laterais cuidadosamente, surpreso com a firmeza das próprias mãos. Tinha muito sangue, e um corte amplo abaixo do lado direito das costelas de Magnus. Mas pelo ritmo da respiração do feiticeiro, estava claro que os pulmões não tinham sido perfurados. Alec tirou a jaqueta, embolou o tecido, e pressionou contra o ferimento que ainda sangrava.

Os olhos de Magnus se abriram.

— Ai — disse ele, debilmente. — Pare de se apoiar em mim.

— *Raziel* — suspirou Alec, agradecido. — Você está bem. — Levou a mão livre à nuca de Magnus, acariciando gentilmente com o polegar a bochecha sangrenta do feiticeiro. — Pensei...

Levantou a cabeça para olhar para a irmã antes que pudesse dizer alguma coisa constrangedora demais, mas ela já havia se retirado discretamente.

— Eu o vi cair — contou Alec, baixinho. Curvou-se e beijou de leve a boca de Magnus, não querendo machucá-lo. — Pensei que estivesse morto.

Magnus sorriu um sorriso torto.

— Por quê, por causa desse arranhão? — Olhou para o casaco avermelhado na mão de Alec. — Tudo bem, foi um arranhão profundo. Tipo, de um gato muito, mas muito grande.

— Está delirando? — perguntou Alec.

— Não. — Magnus cerrou as sobrancelhas. — Amatis mirou meu coração, mas não acertou nenhum órgão vital. O problema é que a perda de sangue está afetando minha energia e minha capacidade de me curar. — Ele respirou fundo e acabou tossindo. — Aqui, me dê sua mão. — Levantou a mão, e Alec entrelaçou os dedos nos dele, a palma de Magnus dura contra a dele. — Você se lembra, na noite da batalha no navio de Valentim, quando precisei da sua força?

— Precisa de novo? — perguntou Alec. — Porque você pode pegar.

— Sempre preciso da sua força, Alec — disse Magnus, e fechou os olhos quando os dedos entrelaçados começaram a brilhar, como se entre eles segurassem a luz de uma estrela.

Fogo explodiu pelo cabo e pela lâmina da espada do anjo. A chama percorreu o braço de Clary como um raio de eletricidade, derrubando-a para o chão. Raios de calor percorreram suas veias, e ela se curvou em agonia, segurando-se como se pudesse impedir que o próprio corpo explodisse.

Jace caiu de joelhos. A espada ainda o perfurava, mas agora ardia com uma chama branco-dourada, e o fogo preenchia o corpo dele como água colorida enchendo uma jarra de vidro. Uma chama dourada ardeu nele, deixando-o com a pele translúcida. Seus cabelos eram bronze; os ossos duros, brilhando visíveis através da pele. A Gloriosa estava queimando, dissolvendo em gotas líquidas como ouro derretendo em um cadinho. A cabeça de Jace estava jogada para trás, o corpo arqueado, enquanto o incêndio ardia através dele. Clary tentou se arrastar até ele pelo solo rochoso, mas o calor que irradiava do corpo de Jace era forte demais. Ele estava com as mãos no peito, e um rio de sangue dourado escorria pelos seus dedos. A pedra na qual estava ajoelhado escurecia, rachando, se transformando em cinzas. Então a Gloriosa queimou como o restinho de uma fogueira, em um banho de faíscas, e Jace caiu para a frente, sobre as pedras.

Clary tentou se levantar, mas as pernas falharam embaixo dela. As veias ainda pareciam ter fogo circulando, e a dor cortava a superfície da sua pele como o toque de atiçadores quentes. Ela se forçou a ir para a frente, fazendo os dedos sangrarem, ouvindo o vestido cerimonial rasgar, até alcançar Jace.

Ele estava deitado de lado com a cabeça apoiada em um dos braços, o outro esticado. Clary desabou ao lado dele. Calor irradiava do corpo de Jace como se ele fosse um aglomerado de brasas, mas ela não se importou. Clary viu o rasgo na parte de trás do uniforme de combate de Jace, onde a Gloriosa havia atravessado. Havia cinzas das pedras queimadas misturadas ao dourado do cabelo dele, e sangue.

Movendo-se lentamente, cada segundo doendo como se ela fosse velha, como se tivesse envelhecido um ano para cada segundo que Jace queimou, ela o puxou para si, de modo que ele ficou de costas para a pedra escurecida e suja de sangue. Ela olhou para o rosto dele, que não estava mais dourado, mas imóvel, e ainda assim lindo.

Clary pôs a mão no peito dele, onde o vermelho do sangue se destacou contra o vermelho mais escuro do uniforme. Ela havia sentido as bordas da lâmina raspando os ossos de suas costelas. Tinha visto o sangue de Jace entornar pelos dedos, tanto sangue que manchou de preto as pedras no chão e endureceu as pontas dos cabelos dele.

E ainda assim... *Não se ele for mais do Céu do que do Inferno.*

— Jace — sussurrou. Ao redor deles, pés corriam. Os restos estilhaçados do pequeno exército de Sebastian escapavam pelo Burren, derrubando as armas pelo caminho. Clary os ignorou. — *Jace.*

Ele não se moveu. Estava com o rosto imóvel, sereno sob a luz da lua. Seus cílios projetavam sombras escuras e compridas nas maçãs do rosto.

— Por favor — disse ela, e sua voz parecia sair arranhando a garganta. Ao respirar, seus pulmões queimaram. — Olhe para mim.

Clary fechou os olhos. Quando os abriu novamente, a mãe estava ajoelhada ao seu lado, tocando-a no ombro. Lágrimas corriam pelo rosto de Jocelyn. Mas não poderia ser... Por que sua mãe choraria?

— Clary — sussurrou ela. — Deixe-o ir. Ele está morto.

Ao longe, Clary viu Alec ajoelhado ao lado de Magnus.

— Não — disse Clary. — A espada... ela queima apenas o que é vil. Ele ainda pode viver.

A mãe passou a mão nas costas da filha, prendendo os dedos nos cachos sujos de Clary.

— Clary, não...

Jace, Clary pensou furiosamente, com as mãos se fechando nos braços dele. *Você é mais forte do que isso. Se este é você, se é você de fato, vai abrir os olhos para mim.*

Subitamente, Simon apareceu, ajoelhando do outro lado de Jace, com o rosto sujo de sangue e fuligem. Esticou o braço para Clary. Ela levantou a cabeça para olhar para ele, para ele e para a mãe, e viu Isabelle chegando por trás, de olhos arregalados, aproximando-se lentamente. A frente do uniforme dela estava suja de sangue. Sem conseguir encarar Izzy, Clary virou o rosto, voltando os olhos para o dourado no cabelo de Jace.

— Sebastian — disse Clary, ou tentou dizer. A voz saiu rouca. — Alguém precisa ir atrás dele. — *E me deixar sozinha.*

— Estão procurando agora mesmo. — Jocelyn se inclinou para a frente, ansiosa, os olhos arregalados. — Clary, deixe-o ir. Clary, meu amor...

— Deixe-a! — Clary ouviu Isabelle falar incisivamente. Escutou a mãe protestar, mas tudo que faziam parecia ocorrer ao longe, como se Clary estivesse assistindo a uma peça da última fila. Nada além de Jace importava. Jace, queimando. Lágrimas arderam no fundo de seus olhos.

— Jace, maldição — disse ela, com a voz áspera. — *Você não está morto.*

— Clary. — Simon falou gentilmente. — Era uma chance...

Afaste-se dele. Era isso que Simon estava pedindo, mas ela não podia. Não faria.

— Jace — sussurrou Clary. Era como um mantra, do jeito que ele uma vez a segurou em Renwick e entoou seu nome sem parar. — Jace *Lightwood...*

Clary congelou. Ali. Um movimento tão ínfimo que quase não foi um movimento. O tremor de um cílio. Ela se inclinou para a frente, quase se desequilibrando, e pressionou a mão contra o material vermelho rasgado sobre o peito dele, como se pudesse curar o ferimento que tinha feito. Em vez disso sentiu — tão maravilhoso que por um instante não fez nenhum sentido para ela, não poderia ser — sob as pontas dos dedos, as batidas do coração de Jace.

Epílogo

Inicialmente, Jace não teve consciência de nada. Depois veio a escuridão e, na escuridão, uma dor ardente. Foi como se tivesse engolido fogo, que o fez engasgar e queimou sua garganta. Tentou respirar desesperadamente, um ar que esfriasse o fogo, e seus olhos se abriram.

Viu escuridão e sombras — um quarto mal iluminado, conhecido e desconhecido, com fileiras de camas e uma janela que permitia a entrada de uma depressiva luz azul, e ele estava em uma das camas, com cobertores e lençóis enrolados como cordas em seu corpo. Seu peito doía como se houvesse um peso morto sobre ele, e sua mão subiu para descobrir o que era, encontrando apenas uma atadura grossa sobre a pele. Engasgou-se novamente, inspirou novamente para se refrescar.

— Jace. — A voz era tão familiar quanto a própria, então uma mão pegou a dele, entrelaçando-lhe os dedos. Com um reflexo nascido de anos de amor e familiaridade, apertou-a.

— Alec — falou, e quase se assustou com o som de sua voz aos próprios ouvidos. Não havia mudado. Jace tinha a sensação de ter sido queimado, derretido e recriado como ouro em um cadinho, mas recriado como o quê? Será que realmente poderia voltar a ser ele mesmo? Olhou para os olhos azuis e ansiosos de Alec, e soube onde estava. Na enfermaria do Instituto. Em casa. — Sinto muito...

Uma mão esguia e calejada acariciou sua bochecha, então uma segunda voz familiar disse:

— Não se desculpe. Não tem nada por que se desculpar.

Jace semicerrou os olhos. O peso no peito continuava ali: metade pelo ferimento, metade por culpa.

— Izzy.

A respiração dela falhou.

— É você mesmo, não é?

— Isabelle — começou Alec, como se pretendesse avisar para que não perturbasse Jace, mas Jace tocou a mão dela.

Viu os olhos escuros de Isabelle brilhando à luz do amanhecer, o rosto cheio de expectativa e esperança. Esta era a Izzy que só a família conhecia, amorosa e preocupada.

— Sou eu — disse ele, e limpou a garganta. — Posso entender se não acreditarem, mas juro pelo Anjo, Iz, sou eu.

Alec não disse nada, mas o aperto na mão de Jace ficou mais forte.

— Não precisa jurar — disse ele, e com a mão livre tocou o símbolo *parabatai* perto da clavícula. — Eu sei. Sinto. Não é mais como se parte de mim estivesse faltando.

— Eu também senti. — Jace inspirou com dificuldade. — Alguma coisa faltando. Senti, mesmo com Sebastian, mas não sabia o que estava faltando. Era você. Meu *parabatai.* — Olhou para Izzy. — E você. Minha irmã. E... — As pálpebras de Jace arderam repentinamente com uma luz violenta: o machucado no peito latejou, e ele viu o rosto *dela*, aceso pelo brilho da espada. Uma queimação estranha se espalhou por suas veias, como fogo branco. — Clary. Por favor, digam que...

— Ela está perfeitamente bem — respondeu Isabelle o mais depressa que pôde. Mas havia mais alguma coisa em sua voz; surpresa, desconforto.

— Jura? Não está me falando isso só porque não quer me chatear.

— Foi *ela* quem apunhalou *você* — observou Isabelle.

Jace soltou um riso engasgado; doeu.

— Ela me salvou.

— Salvou — concordou Alec.

— Quando posso vê-la? — Jace tentou não soar muito ansioso.

— Realmente *é* você — disse Isabelle, com a voz satisfeita.

— Os Irmãos do Silêncio têm entrado e saído, verificando seu estado — disse Alec. — Verificando isto — tocou o curativo no peito de Jace — e checando se você já estava acordado. Quando descobrirem que está, provavelmente vão querer falar com você antes que veja Clary.

— Há quanto tempo estou apagado?

— Mais ou menos dois dias — respondeu Alec. — Desde que o trouxemos de Burren, praticamente certos de que você ia morrer. Pelo visto, não é tão fácil assim curar um ferimento provocado pela lâmina de um arcanjo.

— Então o que está dizendo é que vou ficar com uma cicatriz.

— Grande e feia — disse Isabelle. — Bem no peito.

— Droga — disse Jace. — Eu já estava contando com o dinheiro daquela propaganda de cueca que eu ia fazer — falou ironicamente.

Mas estava pensando que era correto, de alguma maneira, que tivesse uma cicatriz: que *deveria* ficar marcado pelo que tinha acontecido, tanto física quanto mentalmente. Quase perdera a alma e a cicatriz serviria para lembrá-lo da fragilidade da vontade, e da dificuldade do bem.

E de coisas mais sombrias. Do que estaria por vir, e do que não poderia permitir que acontecesse. Sua força estava voltando; podia sentir, e a dedicaria integralmente a combater Sebastian. Sabendo disso, de repente se sentiu mais leve, um pouco do peso deixou seu peito. Virou a cabeça, o bastante para olhar nos olhos de Alec.

— Nunca achei que fosse ficar do lado oposto de uma batalha com você — disse, a voz rouca. — Nunca.

— E isso jamais se repetirá — respondeu Alec, com a mandíbula cerrada.

— Jace — disse Isabelle. — Tente ficar calmo, tudo bem? É só...

O que foi *agora*?

— Mais algum problema?

— Bem, você está brilhando um pouco — respondeu Isabelle. — Digo, só um pouquinho. De brilho.

— *Brilhando?*

Alec levantou a mão que segurava a de Jace. Jace pôde ver, no escuro, um brilho fraco no antebraço, que parecia traçar as linhas das veias como um mapa.

— Achamos que é um efeito remanescente da espada do arcanjo — disse ele. — Provavelmente vai desbotar em breve, mas os Irmãos do Silêncio estão curiosos. Claro.

Jace suspirou e deixou a cabeça despencar para o travesseiro. Estava exausto demais para reunir muito interesse naquele novo estado iluminado.

— Isso quer dizer que vocês têm de ir? — perguntou. — Precisam buscar os Irmãos?

— Eles nos instruíram a chamá-los quando você acordasse — respondeu Alec, mas balançava a cabeça mesmo enquanto falava. — Mas não se não quiser que a gente vá.

— Estou cansado — confessou Jace. — Se eu pudesse dormir mais algumas horas...

— Claro. Claro que pode. — Os dedos de Isabelle empurraram os cabelos de Jace para trás, afastando-os dos olhos. O tom de Izzy foi firme, absoluto: feroz como uma mãe ursa protegendo seu filhote.

Os olhos de Jace começaram a fechar.

— E não vão me deixar?

— Não — respondeu Alec. — Não, jamais o deixaremos. Você sabe disso.

— Nunca. — Isabelle pegou a mão dele, a que Alec não estava segurando, e apertou com força. — Os irmãos Lightwood, todos juntos — sussurrou.

De repente, a mão de Jace ficou molhada onde ela estava segurando, e ele percebeu que Isabelle estava chorando, as lágrimas caindo, chorando por ele, porque o amava; mesmo depois de tudo que havia se passado, ainda o amava.

Ambos o amavam.

Dormiu assim, com Isabelle de um lado e Alec do outro, enquanto o sol nascia com o amanhecer.

— Como assim, ainda não posso vê-lo? — perguntou Clary. Ela estava sentada na beira do sofá na sala de Luke, com o fio do telefone enrolado com tanta força nos dedos que as pontas já estavam brancas.

— Só se passaram três dias, e ele esteve inconsciente durante dois — respondeu Isabelle. Havia vozes atrás dela, e Clary apurou os ouvidos para escutar quem estava falando. Achou ter identificado a voz de Maryse, mas ela estava falando com Jace? Alec? — Os Irmãos do Silêncio ainda o estão examinando. Continuam proibindo visitas.

— Mande os Irmãos do Silêncio se danarem!

— Não, obrigada. São fortes e quietos. Mas também bizarros.

— Isabelle! — Clary sentou, esmagando as almofadas. Era um dia claro de outono, e a luz do sol entrava pelas janelas da sala, mas não estava ajudando a suavizar o humor de Clary. — Só quero saber que ele está bem. Que não sofreu nada permanente, que não está inchado como um melão...

— Claro que ele não está inchado como um melão, não seja ridícula.

— Eu não teria como saber. Não teria como porque ninguém me conta nada.

— Ele está bem — respondeu Isabelle, apesar de alguma coisa em sua voz informar que ela estava retendo informações. — Alec tem dormido na cama ao lado dele, e eu e mamãe fazendo turnos e acompanhando durante todo o dia. Os Irmãos do Silêncio não o estão *torturando*. Só precisam saber o que ele sabe. Sobre Sebastian, o apartamento, tudo.

— Mas não consigo acreditar que Jace não me ligaria se pudesse. A não ser que não queira me ver.

— Talvez não queira — disse Isabelle. — Pode ser por causa daquela coisa de você tê-lo apunhalado.

— *Isabelle...*

— Só estou brincando, acredite se quiser. Em nome do Anjo, Clary, não consegue ter um pouco de paciência? — Isabelle suspirou. — Deixe para lá. Esqueci com quem estou falando. Olhe, Jace falou, não que eu devesse repetir, por sinal, que precisava falar pessoalmente com você. Se pudesse apenas esperar...

— Isso é tudo que tenho feito — disse Clary. — Esperado. — E era verdade. Tinha passado as últimas duas noites deitada no quarto na casa de Luke, aguardando notícias de Jace e revivendo a última semana com grande riqueza de detalhes. A Caçada Selvagem; a loja de antiguidades em Praga; chafarizes de sangue; os túneis nos olhos de Sebastian; o corpo de Jace no dela; Sebastian apertando o Cálice Infernal contra seus lábios, tentando abri-los; o fedor amargo de icor demoníaco. A Gloriosa ardendo em seu braço, perfurando Jace como um raio de fogo, os batimentos do coração do namorado sob as pontas de seus dedos. Ele sequer tinha aberto os olhos, mas Clary gritou que ele estava vivo, que o coração estava batendo, e a família correu para cima dele, até Alec, meio apoiando um Magnus excepcionalmente pálido. — Tudo que faço é percorrer minha mente, várias vezes. Está me deixando maluca.

— E é aí que concordamos. Quer saber, Clary?

— O quê?

Fez-se uma pausa.

— Você não precisa da *minha* permissão para vir aqui ver Jace — disse Isabelle. — Não precisa da autorização de ninguém para fazer nada. Você é Clary Fray. Você se mete em todo tipo de situação sem a menor ideia do que diabos vai acontecer, e depois sobrevive à base de coragem e loucura.

— Não no que se refere à minha vida pessoal, Iz.

— Hum — disse Isabelle. — Bem, talvez devesse. — E desligou o telefone.

Clary ficou encarando o fone, ouvindo o ruído distante do som de discagem. Então, com um suspiro, desligou e foi para o quarto.

Simon estava esparramado na cama, com os pés nos travesseiros, o queixo apoiado nas mãos. O laptop aberto ao pé da cama, congelado em uma cena de *Matrix*. Ele levantou o olhar quando ela entrou.

— Alguma sorte?

— Não exatamente. — Clary foi até o armário. Já tinha se vestido para a possibilidade de encontrar Jace hoje, de calça jeans e um casaco azul-claro que sabia que ele gostava. Colocou uma jaqueta de veludo e sentou na cama ao lado de Simon, calçando os sapatos. — Isabelle não me conta nada. Os Irmãos do Silêncio não querem que Jace receba visitas, mas dane-se. Vou assim mesmo.

Simon fechou o computador e rolou de costas.

— Essa é minha maluquinha corajosa.

— Cale a boca — disse ela. — Quer vir comigo? Visitar Isabelle?

— Vou me encontrar com Becky — falou. — No apartamento.

— Bom. Mande um beijo. — Ela terminou de amarrar os cadarços e esticou o braço para afastar o cabelo de Simon da testa. — Primeiro tive de me acostumar com aquela Marca em você. Agora preciso me acostumar com a falta dela.

Os olhos castanhos de Simon percorreram o rosto dela.

— Com ou sem ela, continuo sendo apenas eu.

— Simon, você se lembra do que estava escrito na lâmina da espada? Da Gloriosa?

— *Quis ut Deus.*

— É latim — disse ela. — Pesquisei. Significa *Quem é como Deus?* É uma pergunta capciosa. A resposta é: ninguém... Ninguém é como Deus. Não vê?

Ele olhou para ela.

— Ver o quê?

— Você disse. *Deus*.

Simon abriu a boca e fechou novamente.

— Eu...

— Sei que Camille falou que só conseguia pronunciar o nome de Deus porque não acreditava Nele, mas acho que tem a ver com o que a pessoa acredita a respeito dela mesma. Se acreditar que é condenado, acaba sendo. Mas se não...

Clary tocou a mão do amigo; ele apertou os dedos dela brevemente, então soltou, com o rosto confuso.

— Preciso de um tempo para pensar sobre isso.

— Como quiser. Mas estou aqui, se precisar conversar.

— E eu estou aqui se *você* precisar. Qualquer coisa que acontecer com você e Jace no Instituto... sabe que sempre pode ir pra minha casa se quiser conversar.

— Como está Jordan?

— Muito bem — respondeu. — Ele e Maia estão definitivamente juntos. Estão naquela fase em que eu tenho a sensação de que preciso dar espaço a eles sempre. — Ele franziu o nariz. — Quando ela não está lá, ele fala sobre como se sente inseguro porque ela namorou vários meninos, e ele passou os últimos três anos em treinamento quase militar para a Praetor e fingindo ser assexual.

— Ah. Qual é. Duvido que ela ligue para isso.

— Você sabe como são os homens. Temos egos muito delicados.

— Eu não descreveria o ego de Jace como delicado.

— Não, Jace é como o tanque de artilharia dos egos masculinos — admitiu Simon.

Estava deitado com a mão direita sobre a barriga, e o anel dourado de fada brilhava em seu dedo. Desde que o outro tinha sido destruído, aquele não parecia mais ter poder algum, mas Simon continuava usando ainda assim. Impulsivamente, Clary se inclinou e o beijou na testa.

— Você é o melhor amigo que alguém poderia ter, sabia? — disse ela.

— Sabia, sim, mas é sempre bom ouvir.

Clary riu e se levantou.

— Bem, vamos juntos até o metrô. A não ser que queira ficar por aqui com os pais em vez de ir para seu ninho de solteiro.

— Certo. Com meu colega de casa apaixonado e minha irmã. — Deslizou da cama e foi atrás de Clary, que já se dirigia à sala. — Não vai de Portal?

Ela deu de ombros.

— Não sei. Parece... desperdício. — Ela atravessou o corredor e, após bater rapidamente, enfiou a cabeça para dentro do quarto principal. — Luke?

— Entre.

Ela entrou, com Simon ao lado. Luke estava sentado na cama. O volume do curativo que o envolvia no peito era visível sob a camisa de flanela. Tinha uma pilha de revistas na cama. Simon pegou uma.

— *Brilhe como uma princesa de gelo: A noiva de inverno.* — Leu em voz alta. — Não sei, cara. Não tenho certeza de que uma tiara de flocos de neve seria o melhor acessório para você.

Luke olhou em volta da cama e suspirou.

— Jocelyn achou que planejar o casamento poderia nos fazer bem. Voltar ao normal e tudo o mais. — Havia olheiras sob seus olhos azuis. Jocelyn tinha ficado encarregada de revelar a notícia sobre Amatis, quando ele ainda estava na delegacia. Apesar de Clary tê-lo recebido com abraços quando ele veio, Luke não tinha mencionado a irmã nenhuma vez, e nem ela. — Por mim, iríamos para Las Vegas e faríamos um casamento de cinquenta dólares com tema de pirata, celebrado por um Elvis.

— Posso ser a meretriz de honra — sugeriu Clary. Olhou cheia de expectativa para Simon. — E você poderia ser...

— Ah, não — disse ele. — Sou hipster. Sou legal demais para participar de um casamento temático.

— Você joga Dungeons & Dragons. É um nerd — corrigiu-o, satisfeita.

— Nerd é chique — declarou Simon. — Garotas adoram nerds.

Luke limpou a garganta.

— Presumo que esteja aqui para me falar alguma coisa?

— Estou indo ao Instituto visitar Jace — disse Clary. — Quer que eu traga alguma coisa?

Ele balançou a cabeça.

— Sua mãe foi ao mercado, fazer estoque. — Ele se inclinou para afagá-la na cabeça e fez uma careta. Estava melhorando, mas lentamente. — Divirta-se.

Clary pensou no que provavelmente enfrentaria no Instituto — uma Maryse irritada, uma Isabelle desgastada, um Alec distante e um Jace que não queria vê-la — e suspirou.

— Pode apostar.

O túnel do metrô cheirava ao inverno que finalmente havia chegado — metal frio, úmido, terra molhada e um leve toque de fumaça. Alec, caminhando pelo trilho, viu lufadas de respiração à sua frente e enfiou a mão livre no bolso do casaco azul para se esquentar. A luz enfeitiçada que segurava com a outra mão iluminava o túnel — azulejos em verde e creme, descoloridos pelo efeito do tempo, e fiações penduradas como teias de aranha nas paredes. Havia muito tempo que por aquele túnel não passava um trem.

Alec havia acordado antes de Magnus, mais uma vez. Magnus andava dormindo até tarde; estava descansando da batalha em Burren. Tinha gastado bastante energia para se curar, mas ainda não estava inteiramente bem. Feiticeiros eram imortais, porém vulneráveis, e "mais alguns centímetros e eu já era", fora o que ele dissera ao examinar a facada. "Teria parado meu coração."

Houve alguns momentos — minutos, até — em que realmente acreditou que Magnus estivesse morto. E após tanto tempo se preocupando com a possibilidade de envelhecer e morrer antes de Magnus. Que ironia teria sido. O tipo de coisa que ele merecia, por ter contemplado a oferta de Camille, ainda que por um segundo.

Ele viu uma luz à frente — a estação City Hall, iluminada por lustres e claraboias. Estava prestes a guardar a pedra de luz enfeitiçada quando escutou uma voz familiar atrás de si.

— Alec — disse a voz. — Alexander Gideon Lightwood.

Alec sentiu o coração pular. Virou-se lentamente.

— Magnus?

Magnus avançou para o círculo de luz projetado pela pedra de Alec. Parecia estranhamente obscuro, com os olhos sombreados. Seus cabelos espetados estavam bagunçados. Vestia apenas um paletó sobre uma camiseta, e Alec não pôde deixar de se perguntar se ele estaria com frio.

— Magnus — repetiu Alec. — Pensei que estivesse dormindo.

— Evidentemente — disse Magnus.

Alec engoliu em seco. Nunca tinha visto Magnus irritado, não de fato. Não assim. Os olhos felinos de Magnus estavam remotos, impossíveis de interpretar.

— Você me seguiu? — perguntou Alec.

— Pode-se dizer que sim. Ajudou o fato de que eu sabia para onde estava indo. — Movendo-se com rapidez, Magnus pegou um quadrado dobrado de papel do bolso. À pouca luz, tudo que Alec conseguiu ver foi que estava coberto por uma letra cuidadosa e bonita. — Sabe, quando ela me contou que você tinha estado aqui, sobre o acordo que ofereceu, eu não acreditei. Não *quis* acreditar. Mas cá está você.

— Camille *contou*...

Magnus ergueu a mão para interrompê-lo.

— Pare — falou, cansado. — Claro que me contou. Eu avisei que ela era especialista em manipulação e política, mas você não me ouviu. Quem você acha que ela prefere ter ao lado, você ou eu? Você tem 18 anos, Alexander. Não é exatamente um aliado poderoso.

— Já disse a ela — revelou Alec. — Falei que não mataria Raphael. Vim aqui cancelar o acordo, eu não faria...

— Você teve de vir até aqui, para essa estação de metrô abandonada, para falar isso? — Magnus ergueu as sobrancelhas. — Não acha que poderia ter transmitido essencialmente o mesmo recado, talvez... se mantendo longe daqui?

— Foi...

— E mesmo que tenha vindo aqui, desnecessariamente, e dito a ela que o acordo estava cancelado — prosseguiu Magnus, com uma voz mortalmente calma —, por que está aqui *agora*? Convocação? Uma visita? Explique, Alexander, se estou deixando de ver alguma coisa.

Alec engoliu em seco. Certamente, deveria haver uma maneira de explicar. O fato de que andava vindo aqui, visitando Camille, porque ela era a única pessoa com quem podia conversar sobre Magnus. A única pessoa que o conhecia, como ele, não apenas como o Alto Feiticeiro do Brooklyn, mas alguém que sabia amar e ser amado, que tinha fragilidades humanas, peculiaridades e ondas estranhas de humor nas quais Alec não fazia ideia de como navegar sem conselho.

— Magnus... — Alec deu um passo em direção ao namorado e, pela primeira vez desde que se lembrava, Magnus recuou. Estava com uma postura rígida e nada amistosa. Olhava para Alec como olharia para um estranho, um estranho do qual não gostava muito.

— Sinto tanto — disse Alec. A voz soou rouca e desigual aos próprios ouvidos. — Jamais quis...

— Eu andava pensando nisso, sabe — disse Magnus. — Isso era parte da razão para eu querer o *Livro Branco*. A imortalidade pode ser um fardo. Você pensa nos dias que se estendem diante de você, quando já esteve em todos os lugares, já viu todas as coisas. A única coisa que não experimentei foi envelhecer ao lado de alguém, alguém que eu amasse. Pensei que talvez essa pessoa pudesse ser você. Mas isso não lhe dá o direito de tornar a minha duração de vida uma *escolha sua*, e não minha.

— Eu sei. — O coração de Alec acelerou. — Eu sei, e não ia fazer isso...

— Passarei o dia fora — disse Magnus. — Vá buscar suas coisas no apartamento. Deixe a chave na mesa de jantar. — Seus olhos investigaram o rosto de Alec. — Acabou. Não quero vê-lo mais, Alec. Nem nenhum de seus amigos. Estou cansado de ser o feiticeiro de estimação.

As mãos de Alec começaram a tremer, forte o bastante para que derrubasse a pedra de luz enfeitiçada. A luz piscou, então ele caiu de joelhos, no chão entre o lixo e a sujeira. Finalmente, alguma coisa acendeu diante de seus olhos e ele se levantou para ver Magnus à sua frente, com a pedra de luz na mão. Brilhava e piscava com uma cor estranha.

— Não deveria acender assim — disse Alec, automaticamente. — Para ninguém que não seja um Caçador de Sombras.

Magnus estendeu a mão. O coração da pedra brilhava em vermelho-escuro, como carvão em uma fogueira.

— É por causa do seu pai? — perguntou Alec.

Magnus não respondeu, apenas derrubou a pedra na mão de Alec. Quando as mãos se tocaram, o rosto de Magnus mudou.

— Você está congelando.

— Estou?

— Alexander... — Magnus o puxou para perto, e a luz enfeitiçada brilhou entre eles, a cor mudando rapidamente.

Alec nunca tinha visto uma pedra enfeitiçada fazer isso antes. Pôs a cabeça no ombro de Magnus e permitiu que o feiticeiro o abraçasse. O coração de Magnus não batia como um coração humano. Era mais lento, porém firme. Às vezes Alec pensava que era a coisa mais firme de sua vida.

— Me beije — disse Alec.

Magnus pôs a mão gentilmente na lateral do rosto de Alec, quase distraído, e passou o polegar na maçã do rosto de Alec. Quando se inclinou para beijá-lo, cheirava a sândalo. Alec agarrou a manga da jaqueta de Magnus e a pedra enfeitiçada, presa entre os corpos, brilhou em rosa, azul e verde.

Foi um beijo lento e triste. Quando Magnus recuou, Alec descobriu que de algum jeito estava segurando a pedra sozinho; a mão de Magnus não estava mais lá. A luz tornou-se branca e fraca.

Suavemente, Magnus disse:

— *Aku cinta kamu.*

— O que quer dizer?

Magnus se soltou do abraço de Alec.

— Significa eu amo você. Não que isso mude alguma coisa.

— Mas se me ama...

— Claro que amo. Mais do que achei que pudesse. Mas acabou, ainda assim — disse Magnus. — Não muda o que você fez.

— Mas foi apenas um erro — sussurrou Alec. — Um erro...

Magnus riu.

— Um erro? Isso é o mesmo que chamar a viagem do *Titanic* de um pequeno acidente naval. Alec, você tentou encurtar minha vida.

— Foi só... ela ofereceu, mas pensei a respeito e não consegui levar a cabo... Não poderia fazer isso com você.

— Mas teve de pensar. E não falou comigo sobre o assunto. — Magnus balançou a cabeça. — Não confiou em mim. Nunca confiou.

— Confio — disse Alec. — Vou confiar... vou tentar. Me dê mais uma chance...

— Não — respondeu Magnus. — E se me permite oferecer um conselho: evite Camille. Estamos prestes a entrar em guerra, Alexander, e você não quer ninguém questionando suas lealdades. Quer?

E com isso, ele virou e se afastou, com as mãos nos bolsos — caminhando lentamente, como se estivesse machucado, e não apenas pelo corte na lateral do corpo. Mas estava se afastando ainda assim. Alec o observou até ele ultrapassar o brilho da luz enfeitiçada e desaparecer de vista.

O interior do Instituto ficava fresco no verão, mas agora, com o inverno consolidado, pensou Clary, estava quente. A nave cintilava com as fileiras de lustres, e os vitrais brilhavam suavemente. Ela permitiu que a porta da frente se fechasse atrás de si e foi até o elevador. Estava na metade do caminho quando escutou alguém rindo.

Virou-se. Isabelle estava em um dos velhos bancos, as longas pernas apoiadas no encosto do banco da frente. Usava botas que batiam no meio da coxa, jeans justos e um suéter vermelho, que deixava um dos ombros expostos. A pele estava marcada por desenhos pretos; Clary se lembrou do que Sebastian tinha dito sobre não gostar de mulheres que desfiguravam a pele com Marcas e estremeceu.

— Não me ouviu chamar seu nome? — perguntou Izzy. — Sabe ser incrivelmente obcecada.

Clary parou e se apoiou em um banco.

— Não a ignorei de propósito.

Isabelle abaixou as pernas e se levantou. Os saltos das botas eram altos, fazendo-a se erguer como uma torre diante de Clary.

— Sim, eu sei. Por isso disse "obcecada" e não "grossa".

— Vai me mandar embora? — Clary ficou satisfeita com o fato de que sua voz não tremeu.

Queria ver Jace. Queria vê-lo mais que qualquer coisa. Mas depois de tudo que havia passado no último mês, sabia que o importante era ele estar vivo, e que era o velho Jace. O resto era secundário.

— Não — respondeu, e começou a caminhar em direção ao elevador. Clary a acompanhou. — Acho isso tudo ridículo. Você salvou a vida dele.

Clary engoliu em seco para aliviar o frio na garganta.

— Você disse que havia coisas que eu não entendia.

— E há. — Isabelle apertou o botão do elevador. — Jace pode explicar para você. Desci porque achei que precisava saber de mais algumas coisas.

Clary ouviu o rangido familiar, a chacoalhada e o ronco da grade do velho elevador.

— Tipo?

— Meu pai voltou — contou, sem olhar nos olhos de Clary.

— Voltou para visitar, ou voltou de vez?

— De vez. — Isabelle parecia calma, mas Clary se lembrou do quanto ficou magoada quando descobriu que Robert estava tentando conquistar a vaga de Inquisidor. — Basicamente Aline e Helen nos salvaram de uma verdadeira encrenca pelo que aconteceu na Irlanda. Quando fomos ajudá-los, não contamos nada para a Clave. Minha mãe tinha certeza de que se contássemos enviariam combatentes para matar Jace. Ela não conseguiu. Quero dizer, é a nossa família.

O elevador chegou com uma trepidação e um solavanco antes que Clary pudesse dizer qualquer coisa. Ela seguiu Isabelle, lutando contra o estranho impulso de abraçá-la. Duvidava que Izzy fosse gostar.

— Então Aline falou para a Consulesa, que é, afinal de contas, mãe dela, que não tiveram tempo de notificar a Clave, que ela tinha ficado para trás com ordens expressas de ligar para Jia, mas que os telefones estavam com algum problema e não deu certo. Basicamente, mentiu sem pudores. De qualquer forma, essa é nossa história, e vamos mantê-la. Acho que Jia não acreditou, mas não importa; não é como se ela quisesse punir mamãe. Ela só precisava de alguma coisa à qual pudesse se agarrar para que não *precisasse* nos sancionar. Afinal, não é como se a operação tivesse sido um desastre. Fomos lá, buscamos Jace, matamos a maioria dos Nephilim malignos, e Sebastian fugiu.

O elevador parou de subir e se deteve com um estrondo.

— Sebastian fugiu — repetiu Clary. — Então não fazemos ideia de onde ele esteja? Pensei que por ter destruído o apartamento, o bolso dimensional, ele pudesse ser rastreado.

— Tentamos — disse Isabelle. — Onde quer que esteja, continua fora do alcance do rastreamento. E, de acordo com os Irmãos do Silêncio, a magia de Lilith... Bem, ele é forte, Clary. Muito forte. Temos de presumir que está por aí, com o Cálice Infernal, planejando o próximo passo. — Ela abriu a grade do elevador e saltou. — Acha que ele vai voltar atrás de você... ou de Jace?

Clary hesitou.

— Não imediatamente — respondeu, afinal. — Para ele, somos as últimas peças do quebra-cabeça. Ele quer tudo preparado antes. Vai querer um exército. Vai querer estar pronto. Nós somos como... os prêmios pela vitória. Assim não vai ter de ficar sozinho.

— Ele deve ser muito solitário — comentou Isabelle. Não tinha qualquer solidariedade na voz; foi uma simples observação.

Clary pensou nele, no rosto que vinha tentando esquecer, que assombrava seus pesadelos e devaneios. *Você me perguntou a quem pertenço.*

— Você nem imagina.

Chegaram às escadas que levavam até a enfermaria. Isabelle parou, com a mão na garganta. Clary viu o contorno quadrado do colar de rubi sob o tecido do casaco.

— Clary...

Clary de repente se sentiu desconfortável. Ajeitou a bainha do casaco, não querendo olhar para Isabelle.

— Como é? — perguntou Isabelle, subitamente.

— Como é *o quê*?

— Estar apaixonada — respondeu Isabelle. — Como você sabe que está? E como sabe que alguém está apaixonado por você?

— Hum...

— Tipo Simon — falou Isabelle. — Como soube que ele estava apaixonado por você?

— Bem — respondeu Clary. — Ele me disse.

— Ele disse.

Clary encolheu os ombros.

— E antes disso você não fazia ideia?

— Não, nenhuma — disse Clary, recordando-se do instante. — Izzy... se você gosta dele ou se quer saber se ele gosta de você... talvez devesse *contar* para ele.

Isabelle ficou mexendo numa linha inexistente do punho do casaco.

— Contar o quê?

— O que você sente por ele.

Isabelle pareceu revoltada.

— Não deveria ter de falar nada.

Clary balançou a cabeça.

— Meu Deus. Você e Alec são tão parecidos...

Os olhos de Isabelle se arregalaram.

— Não somos nada! Somos completamente diferentes. Eu namoro vários meninos; ele nunca tinha namorado antes de Magnus. Ele sente ciúme; eu não...

— Todo mundo sente ciúme — declarou Clary, com segurança. — E vocês dois são tão *estoicos*. É amor, não é a Batalha das Termópilas. Não precisam tratar tudo como se fosse uma posição a se guardar. Não precisa manter tudo dentro de você.

Isabelle jogou as mãos para o alto.

— De repente você é uma especialista?

— Não sou especialista — disse Clary. — Mas conheço Simon. Se não disser nada, ele vai presumir que é porque não está interessada, e vai desistir. Ele *precisa* de você, Iz, e você precisa dele. Só que ele também precisa que você se declare antes.

Isabelle suspirou e se virou para começar a subir os degraus. Clary a ouviu murmurando pelo caminho.

— A culpa é sua, você sabe. Se não tivesse destruído o coração dele...

— Isabelle!

— Bem, você destruiu.

— Ah, e se bem me lembro quando ele foi transformado em rato você sugeriu que o deixássemos daquele jeito. Permanentemente.

— Não sugeri, não.

— Sugeriu... — Clary se interrompeu.

Estavam no andar seguinte, onde um longo corredor se esticava em ambas as direções. Diante das portas duplas da enfermaria estava a figura com uma capa cor de pergaminho de um Irmão do Silêncio, com as mãos cruzadas, o rosto abaixado em posição de meditação.

Isabelle o apontou com um aceno exagerado.

— Aí está — disse ela. — Boa sorte na missão de passar por ele para ver Jace. — E partiu pelo corredor, com as botas estalando no piso de madeira.

Clary suspirou internamente e alcançou a estela no cinto. Duvidava que houvesse algum símbolo de disfarce capaz de enganar um Irmão do Silêncio, mas talvez, se conseguisse se aproximar o bastante para desenhar um símbolo de sono na pele dele...

Clary Fray. A voz na cabeça dela soou entretida e familiar. Não tinha som, mas ela reconheceu a forma dos pensamentos, como alguém reconheceria a maneira como alguém ri ou respira.

— Irmão Zachariah. — Resignada, ela guardou a estela de volta no lugar e se aproximou dele, desejando que Isabelle tivesse ficado.

Presumo que esteja aqui para ver Jonathan, falou, levantando a cabeça. O rosto continuava sombreado sob o capuz, apesar de ela conseguir enxergar o contorno de uma maçã do rosto angular. *Apesar das ordens da Irmandade.*

— Por favor, chame-o de Jace. Senão é confuso demais.

"Jonathan" é um antigo nome de Caçadores de Sombras, o primeiro. Os Herondale sempre mantiveram os nomes na família.

— Ele não foi batizado por um Herondale — observou Clary. — Apesar de ter uma adaga do pai. Traz *S. W.H.* gravado na lâmina.

Stephen William Herondale.

Clary deu mais um passo em direção à porta, aproximando-se de Zachariah.

— Você sabe muito sobre os Herondale — disse ela. — E dentre todos os Irmãos do Silêncio, você parece o mais humano. A maioria não demonstra qualquer emoção. São como estátuas. Mas você parece sentir as coisas. Você se lembra da sua vida.

Ser um Irmão do Silêncio é vida, Clary Fray. Mas se quer dizer que me lembro da vida antes da Irmandade, sim, me lembro.

Clary respirou fundo.

— Você já se apaixonou? Antes da Irmandade? Já houve alguém por quem pudesse morrer?

Fez-se um longo silêncio. Em seguida:

Duas pessoas, respondeu o Irmão Zachariah. *Existem lembranças que o tempo não apaga, Clarissa. Pergunte a seu amigo Magnus Bane, se não acreditar em mim. A eternidade não torna a perda esquecível, apenas tolerável.*

— Bem, eu não tenho a eternidade — disse Clary, com voz baixa. — Por favor, me deixe ver Jace.

O Irmão Zachariah não se moveu. Ela ainda não conseguia ver seu rosto, apenas uma sugestão de sombras e planos abaixo do capuz. Somente as mãos, unidas diante do corpo.

— *Por favor* — pediu Clary.

Alec subiu na plataforma da estação City Hall e foi em direção às escadas. Havia bloqueado a imagem de Magnus se afastando com um pensamento, e apenas um:

Ia matar Camille Belcourt.

Subiu rapidamente, sacando uma lâmina serafim ao fazê-lo. A luz aqui era fraca e tremulante — ele emergiu no mezanino abaixo do City Hall Park, onde claraboias de vidros coloridos permitiam a entrada de uma luz de inverno. Guardou a pedra de luz enfeitiçada no bolso e ergueu a lâmina serafim.

— *Amriel* — sussurrou, e a espada acendeu, um raio de luz em sua mão.

Levantou o rosto, varrendo o lobby com o olhar. O sofá de encosto alto estava lá, mas Camille não. Ele tinha enviado um recado dizendo que viria, mas depois da forma como foi traído, supôs que não deveria estar surpreso por ela não ter ficado para recebê-lo. Furioso, ele atravessou o recinto e chutou o sofá, com força; o móvel virou com uma batida de madeira e uma lufada de poeira, uma das pernas se quebrando.

Do canto veio uma risada como o tilintar de prata.

Alec girou, com a lâmina serafim ardendo na mão. As sombras nos cantos eram espessas e profundas; nem a luz de Amriel conseguia penetrá-las.

— Camille? — falou, com a voz perigosamente calma. — Camille Belcourt. Venha aqui *agora*.

Ouviu mais uma risadinha, e uma figura apareceu da escuridão. Mas não era Camille.

Era uma menina — que provavelmente não tinha mais do que 12 ou 13 anos — muito magra, com um par de jeans rasgados e uma camiseta rosa de manga curta com um unicórnio brilhante estampado. Também usava um cachecol cor-de-rosa, com a ponta suja de sangue. A parte inferior do seu rosto também estava sangrenta, e a substância manchava a borda da camisa. Olhou para Alec com olhos arregalados e felizes.

— Conheço você. — Ela arfou e, ao falar, ele viu os caninos da garota brilharem. *Vampira.* — Alec Lightwood. Amigo de Simon. Já o vi nos shows.

Ele a encarou. Será que já a tinha visto? Talvez — a faísca de um rosto entre as sombras de um bar, em uma daquelas apresentações para as quais Isabelle o tinha arrastado. Não tinha certeza. Mas isso não queria dizer que não soubesse quem ela era.

— Maureen — disse. — Você é a Maureen de Simon.

Ela pareceu satisfeita.

— Sou — respondeu. — Sou a Maureen de Simon. — Olhou para as próprias mãos, cobertas de sangue, como se tivesse mergulhado em uma piscina. E não era sangue humano, pensou Alec. Era o sangue escuro e rubi dos vampiros. — Está procurando por Camille — disse, com a voz cantante. — Mas ela não está mais aqui. Ah, não. Se foi.

— Se foi? — perguntou Alec. — Como assim, se foi?

Maureen riu.

— Você sabe como funciona a lei dos vampiros, não sabe? Quem matar o líder de um clã de vampiros, assume a liderança. E Camille era líder do clã de Nova York. Ah, sim, era.

— Então... alguém a matou?

Maureen riu alegremente.

— Não apenas *alguém*, tolo — respondeu. — Fui eu.

O teto arqueado da enfermaria era azul, pintado com um padrão de querubins com laços dourados e nuvens brancas. Fileiras de camas metálicas preenchiam as paredes da esquerda e da direita, deixando um amplo corredor no meio. Duas claraboias altas permitiam a entrada de uma límpida luz de inverno, apesar de o sol fazer pouco para aquecer o recinto frio.

Jace estava sentado em uma das camas, apoiado em uma pilha de travesseiros que pegara das outras camas. Estava de jeans, com as bordas desfiadas, e uma camiseta cinza. Estava com um livro equilibrado nos joelhos. Levantou os olhos quando Clary entrou, mas não disse nada quando ela se aproximou da cama.

O coração de Clary começou a acelerar. O silêncio parecia imutável, quase opressor; os olhos de Jace a seguiram enquanto ela chegava ao pé da cama e parava ali, com as mãos no encosto metálico. Ela estudou o rosto dele. Tantas vezes tentou desenhá-lo, pensou, tentou captar aquela qualidade inefável que o tornava Jace, mas seus dedos jamais conseguiram passar para o papel o que ela via. Estava ali agora, e não estivera enquanto Jace era controlado por Sebastian; qualquer que fosse o nome, sua alma, ou seu espírito, irradiando dos olhos.

Ela fechou as mãos na grade da ponta da cama.

— Jace...

Ele colocou uma mecha de cabelo dourado atrás da orelha.

— Está... os Irmãos do Silêncio disseram que não tinha problema você entrar?

— Não exatamente.

O canto da boca dele estremeceu.

— Então você os derrubou com um tronco de árvore e invadiu? A Clave não vê com bons olhos esse tipo de coisa, você sabe.

— Uau. Você não deixa passar nada, não é mesmo? — Ela foi sentar ao lado dele, em parte para ficarem da mesma altura, em parte para disfarçar o fato de que seus joelhos estavam tremendo.

— Aprendi a não deixar — falou, e pôs o livro de lado.

Ela sentiu as palavras como um tapa.

— Não quis machucá-lo — falou, e a voz veio quase como um sussurro. — Sinto muito.

Ele se sentou, passando as pernas pela beirada da cama. Não estavam longe um do outro, na mesma cama, mas ele estava se segurando; deu para perceber. Deu para perceber que havia segredos no fundo de seus olhos claros, deu para sentir a hesitação. Ela queria esticar a mão, mas se manteve parada, conservou a voz firme.

— Nunca quis machucá-lo. E não falo só de Burren. Falo desde o instante em que você, *você* de verdade, me contou o que queria. Eu deveria ter escutado, mas tudo que pensei foi em salvá-lo, em livrá-lo. Não dei ouvidos quando você disse que queria se entregar para a Clave, e, por causa disso, nós dois quase acabamos como Sebastian. E quando eu fiz o que eu fiz com a Gloriosa, Alec e Isabelle devem ter te contado que a espada era para Sebastian. Mas não consegui alcançá-lo através da multidão. Simplesmente não consegui. E pensei no que você me disse, que preferia morrer a viver controlado por Sebastian. — A voz de Clary falhou. — O *verdadeiro* você, quero dizer. Não pude perguntar, tive de supor. Precisa saber que para mim foi horrível machucá-lo daquele jeito. Saber que poderia ter morrido, e que minhas mãos é que teriam empunhado a espada que o matou. Eu teria desejado a morte, mas arrisquei sua vida porque achei que fosse isso que pediria, e depois que o traí uma vez, me senti em dívida. Mas se errei... — Ela fez uma pausa, mas ele estava em silêncio. Seu estômago revirou, uma cambalhota horrível, doentia. — Então, me desculpe. Não há nada que eu possa fazer para compensá-lo. Mas queria que soubesse. Que sinto muito.

Ela parou novamente, e desta vez o silêncio se prolongou entre eles, cada vez mais extenso, um fio impossivelmente retesado.

— Pode falar agora — disparou Clary, afinal. — Aliás, seria ótimo se falasse.

Jace a olhou, incrédulo.

— Deixe-me entender direito — falou. — Você veio até aqui pedir desculpas a *mim*?

Clary se espantou.

— Claro que vim.

— Clary — disse ele. — Você salvou minha vida.

— Eu o apunhalei. Com uma espada *imensa*. Você pegou *fogo*.

Os lábios dele tremeram, quase imperceptivelmente.

— Tudo bem — disse ele. — Então talvez nossos problemas não sejam como os dos outros casais. — Levantou a mão como se pretendesse tocar o rosto dela e a abaixou apressadamente. — Eu a ouvi, sabe — falou, com mais suavidade. — Dizendo que eu não estava morto. Pedindo para que eu abrisse os olhos.

Olharam-se em silêncio durante o que devem ter sido alguns momentos, mas que pareceram horas para Clary. Era tão bom vê-lo assim, sendo completamente ele, que isso quase apagou o medo de que tudo fosse dar terrivelmente errado nos próximos instantes. Por fim, Jace falou:

— Por que você acha que me apaixonei por você?

Era a última coisa que Clary esperava ouvir dele.

— Eu não... Essa não é uma pergunta justa.

— Para mim parece justa — respondeu. — Acha que não a conheço, Clary? A menina que entrou em um hotel infestado de vampiros porque o melhor amigo estava lá e precisava ser salvo? Que fez um Portal e se transportou para Idris porque não suportou a ideia de ficar de fora das coisas?

— Você gritou comigo por causa disso...

— Estava gritando comigo mesmo — falou. — Somos tão parecidos de algumas formas. Somos inconsequentes. Não pensamos antes de agir. Fazemos qualquer coisa pelos que amamos. E nunca pensei no quanto isso era assustador para as pessoas que *me* amavam até ver isso em você e me apavorar. Como posso protegê-la se você não deixa? — Inclinou-se para a frente. — Essa, aliás, foi uma pergunta retórica.

— Ótimo. Porque não preciso de proteção.

— Eu sabia que ia responder isso. Mas às vezes precisa. E às vezes eu também preciso. Temos de nos proteger, mas não de *tudo*. Não da verdade. É isso que significa amar alguém, mas permitir que a pessoa continue sendo ela mesma.

Clary olhou para as próprias mãos. Queria esticá-las e tocá-lo. Era como visitar alguém na prisão, onde se podia ver a pessoa tão perto e tão claramente, mas com um vidro inquebrável no meio.

— Eu me apaixonei por você — disse ele —, porque você é uma das pessoas mais corajosas que já conheci. Então, como poderia pedir que você deixasse de ser corajosa só porque a amo? — Ele passou as mãos no cabelo, levantando-o em cachos e ondas que Clary se coçou para abaixar. — Você foi atrás de mim — falou. — Você me salvou quando quase todo mundo já tinha desistido, e mesmo os que não desistiram não sabiam o que fazer. Acha que não sei o que aconteceu? — Os olhos dele escureceram. — Como acha que eu poderia ficar bravo com você?

— Então, por que não queria me ver?

— Porque... — Jace exalou. — Certo, justo, mas tem uma coisa que você não sabe. A espada que você utilizou, a que Raziel entregou a Simon...

— Gloriosa — disse Clary. — A espada do Arcanjo Miguel. Foi destruída.

— Não foi destruída. Voltou de onde veio depois de ser consumida pelo fogo celestial. — Jace sorriu singelamente. — Do contrário, nosso Anjo teria precisado dar muitas explicações depois que Miguel descobrisse que o amiguinho Raziel havia emprestado sua espada preferida a um bando de humanos descuidados. Mas estou me desviando do assunto. — A espada... a maneira como queimou... aquilo não foi um fogo comum.

— Não imaginei que tivesse sido. — Clary gostaria que Jace estendesse o braço e a puxasse para perto. Mas ele parecia querer conservar o espaço entre os dois, então ela ficou onde estava. Parecia uma dor em seu corpo, estar tão perto dele e não poder tocá-lo.

— Gostaria que você não tivesse vestido esse casaco — murmurou Jace.

— O quê? — Clary olhou para baixo. — Pensei que você gostasse desse casaco.

— Gosto — respondeu, e balançou a cabeça. — Deixa para lá. Aquele fogo... era fogo Divino. A Sarça Ardente, o fogo e o enxofre, o pilar de fogo que se estendeu diante dos filhos de Israel, é desse fogo que estamos falando. "Pois uma fogueira é acesa em minha ira, e vai arder no mais profundo inferno, e consumirá a terra e suas colheitas, e incendiará os sopés das montanhas." Foi esse fogo que queimou o que Lilith fez comigo. — Ele levou a mão à bainha da camisa e a levantou. Clary inspirou com força: acima do coração, na pele lisa do peito de Jace, não havia mais Marca: apenas uma cicatriz branca curada onde a espada havia penetrado.

Ela esticou a mão, querendo tocá-lo, mas ele recuou, balançando a cabeça. Clary sentiu a expressão de mágoa no rosto antes de conseguir contê-la enquanto ele abaixava a camisa.

— Clary — falou. — Esse fogo... ainda está dentro de mim.

Ela o encarou.

— Como assim?

Ele respirou fundo e estendeu as mãos, com as palmas para baixo. Clary olhou para elas, esguias e familiares, o símbolo de Vidência na direita, com cicatrizes brancas por cima. Enquanto os dois olhavam, as mãos de Jace começaram a tremer levemente — e então, sob os olhos incrédulos de Clary, foram ficando transparentes. Como a lâmina da Gloriosa quando começou a arder, a pele de Jace pareceu se transformar em vidro, vidro retendo um ouro que se movia, escurecia e *queimava*. Ela pôde ver o contorno do esqueleto de Jace através da transparência da pele, ossos dourados conectados por tendões de fogo.

Clary o ouviu respirar fundo. Ele então levantou os olhos e encontrou os dela. Os dele estavam dourados. Sempre foram dourados, mas ela podia jurar que agora esse dourado estava vivo e ardendo também. Ele estava respirando pesadamente, e nas suas bochechas e clavícula brilhavam gotas de suor.

— Tem razão — disse Clary. — Nossos problemas realmente não são como os dos outros.

Jace a olhou, incrédulo. Lentamente, cerrou as mãos em punhos, e o fogo desapareceu, deixando para trás apenas suas mãos normais, familiares e intactas. Meio engasgando com um riso, ele falou:

— É *isso* que tem a dizer?

— Não. Tenho muito mais a dizer. *O que* está acontecendo? Suas mãos são armas agora? Você é o Tocha Humana? Mas o quê...

— Não sei o que ou quem é o Tocha Humana, mas... Tudo bem, olhe, os Irmãos do Silêncio me disseram que eu agora tenho o fogo celestial em mim. Nas minhas veias. Na minha alma. Quando acordei, tive a sensação de estar respirando fogo. Alec e Isabelle acharam que fosse apenas um efeito temporário da espada, mas como não passou, os Irmãos do Silêncio foram chamados, e o Irmão Zachariah me falou que não sabia o quão temporário seria. E eu o queimei; ele estava tocando minha mão quando disse, então senti um impulso de energia passar por mim.

— Uma queimadura séria?

— Não. Mínima. Mas mesmo assim...

— É por isso que não quer me tocar. — Clary percebeu em voz alta. — Está com medo de me queimar.

Jace assentiu.

— Ninguém nunca viu nada assim, Clary. Nunca. A espada não me matou, mas deixou este... este pedaço de uma coisa letal dentro de mim. Algo tão poderoso que provavelmente mataria um ser humano comum, talvez até um Caçador de Sombras comum. — Ele respirou fundo. — Os Irmãos do Silêncio estão tentando descobrir como posso controlar, ou me livrar disso. Mas como pode imaginar, não sou prioridade.

— Porque a prioridade é Sebastian. Você soube que eu destruí aquele apartamento. Sei que ele tem outras maneiras de se locomover, mas...

— Essa é a minha garota. Mas ele tem reservas. Outros esconderijos. Não sei o que são. Ele não me contou. — Jace se inclinou para a frente, perto o bastante para que ela pudesse ver as cores mudando em seus olhos. — Desde que acordei, os Irmãos do Silêncio têm ficado comigo quase o tempo todo. Tiveram de executar a cerimônia em mim outra vez, a que fazem quando nasce um Caçador de Sombras, para mantê-lo seguro. Depois entraram na minha mente. Procurando, tentando extrair qualquer informação sobre Sebastian, qualquer coisa que eu possa saber e não me lembre.

Mas... — Jace balançou a cabeça, frustrado. — Não tem nada. Eu sabia dos planos até a cerimônia em Burren. Depois disso, não faço ideia do próximo passo. Onde pode atacar. Sabem que ele está trabalhando com demônios, então estão fortalecendo as barreiras, principalmente em torno de Idris. Mas sinto que podemos tirar uma coisa útil disso tudo, algum conhecimento secreto da minha parte, mas nem isso temos.

— Mas se você soubesse de alguma coisa, Jace, ele simplesmente mudaria os planos — argumentou Clary. — Ele sabe que o perdeu. Vocês estavam ligados. Ouvi Sebastian gritar quando apunhalei você. — Clary estremeceu. — Foi um ruído horrível e perdido. Ele realmente gostava de você de algum jeito estranho, eu acho. E apesar de tudo ter sido horrível, nós dois conseguimos dele uma coisa que pode ser útil.

— Que é...?

— Nós o entendemos. Digo, tanto quanto alguém pode entendê-lo. E isso não é algo que ele possa apagar com uma mudança de planos.

Jace assentiu lentamente.

— Sabe quem mais eu tenho a impressão de entender agora? Meu pai.

— Valen... Não — disse Clary, observando a expressão de Jace. — Está falando de Stephen.

— Tenho lido as cartas dele. As coisas na caixa que Amatis me deu. Ele escreveu uma para mim, sabe, que queria que eu lesse depois que ele morresse. Pediu para que eu fosse um homem melhor do que ele foi.

— Você é — disse Clary. — Naqueles instantes no apartamento em que você foi *você*, se preocupou em fazer o que era certo mais do que com a própria vida.

— Eu sei — disse Jace, olhando para as próprias juntas cheias de cicatrizes. — Isso é que é estranho. Eu *sei*. Tive tantas dúvidas sobre mim, sempre, mas agora sei a diferença. Entre mim e Sebastian. Entre mim e Valentim. Mesmo a diferença entre eles dois. Valentim realmente acreditava que estava fazendo a coisa certa. Detestava demônios. Mas para Sebastian, a criatura que vê como mãe é um demônio. Ele ficaria feliz em governar uma raça de Caçadores de Sombras malignos que fossem aliados a demônios, enquanto os seres humanos comuns desse mundo seriam exterminados por puro prazer deles. Valentim ainda acreditava que proteger a raça humana fosse o encargo dos Caçadores de Sombras. Sebastian acredita que os humanos são baratas. E não quer proteger ninguém. Só quer o que quer, na hora que quer. E a única coisa verdadeira que sente é irritação quando está frustrado.

Clary ficou pensando. Tinha visto Sebastian olhar para Jace, mesmo para ela, e soube que uma parte dele era extremamente solitária, como o vácuo mais escuro do espaço. A solidão o motivava tanto quanto o desejo de poder — a solidão e uma necessidade de ser amado sem qualquer compreensão de que o amor era algo que se conquistava. Mas tudo que ela disse foi:

— Bem, vamos começar com a frustração, então.

Um sorriso se esboçou no rosto dele.

— Sabe que quero implorar para que fique fora disso, certo? Vai ser uma batalha vil. Pior do que acho que a Clave consegue ser capaz de começar a entender.

— Mas não vai fazer isso — disse Clary. — Porque isso faria de você um idiota.

— Diz isso porque precisamos do seu poder com os desenhos de símbolos?

— Bem, isso, e... Não ouviu nada do que acabou de falar? Aquela história toda de nos protegermos?

— Pois fique sabendo que eu treinei aquele discurso. Na frente do espelho, antes de você chegar.

— Então, o que *você* acha que quis dizer com aquilo?

— Não tenho certeza — admitiu Jace —, mas sei que fico lindo falando.

— Meu Deus, esqueci o quanto o você não possuído é irritante — murmurou Clary. — Preciso lembrar que acabou de dizer que não pode me proteger de tudo? A única maneira de nos protegermos é se *estivermos juntos*. Se enfrentarmos as coisas juntos. Se confiarmos um no outro. — Ela olhou nos olhos dele. — Eu não deveria tê-lo impedido de procurar a Clave chamando Sebastian. Deveria respeitar suas decisões. E você deveria respeitar as minhas. Porque vamos ficar juntos por muito tempo, e só assim vai funcionar.

A mão dele se esticou para ela no cobertor.

— Estar sob a influência de Sebastian — disse, rouco. — Parece um pesadelo agora. Aquele lugar louco, aqueles armários cheios de roupas para a sua mãe...

— Então você se lembra. — Clary quase sussurrou.

As pontas dos dedos de Jace tocaram as dela, e ela chegou perto de pular. Ambos prenderam a respiração enquanto ele a tocava; Clary não se moveu, observando quando os ombros dele relaxavam lentamente, e o olhar ansioso deixava seu rosto.

— Eu me lembro de tudo — falou. — Do barco em Veneza. Da boate em Praga. Daquela noite em Paris, quando fui eu mesmo.

Clary sentiu o sangue correr sob a pele, fazendo seu rosto queimar.

— De certa forma, passamos por coisas que ninguém além de nós dois pode entender — disse Jace. — E isso me fez perceber. Somos sempre absolutamente melhores juntos. — Ele ergueu o próprio rosto para o dela. Ele estava pálido, e o fogo piscou nos seus olhos. — Vou matar Sebastian — falou. — Vou matá-lo pelo que fez comigo, pelo que fez com você e pelo que fez com Max. Vou matá-lo pelo que fez e pelo que vai fazer. A Clave o quer morto e vai caçá-lo. Mas quero que seja a minha mão a derrubá-lo.

Ela então esticou o braço e pôs a mão no rosto dele. Ele estremeceu e semicerrou os olhos. Clary esperava que a pele dele estivesse quente, mas estava fria.

— E se eu matá-lo?

— Meu coração é seu coração — respondeu. — Minhas mãos são suas mãos.

Os olhos de Jace estavam da cor do mel e deslizaram com a lentidão do mel pelo corpo de Clary ao olhá-la da cabeça aos pés, como se fosse a primeira vez que o fazia desde que ela tinha entrado; dos cabelos esvoaçados aos pés calçados, de volta aos cabelos. Quando os olhares se encontraram, a boca de Clary ficou seca.

— Você se lembra — disse ele — de quando nos conhecemos, e eu falei que tinha noventa por cento de certeza de que colocar um símbolo em você não a mataria? Então você me deu um tapa e disse que o fez pelos outros dez por cento?

Clary assentiu.

— Sempre achei que um demônio fosse me matar — disse Jace. — Algum rebelde do Submundo. Uma batalha. Mas naquele momento percebi que poderia morrer se não a beijasse, e logo.

Clary lambeu os lábios secos.

— Bem, mas aconteceu — disse ela. — O beijo, quero dizer.

Ele esticou o braço e pegou um cacho de cabelo de Clary entre os dedos. Estava tão próximo que ela sentiu o calor do corpo dele, o cheiro do sabão, da pele e do cabelo.

— Não o suficiente — disse ele, deixando o cabelo de Clary escorregar de seus dedos. — Se beijá-la o dia todo, todos os dias pelo resto da minha vida, não será o bastante.

Jace abaixou a cabeça. Ela não pode evitar o rosto angular para cima. Sua mente estava cheia de lembranças de Paris, de segurá-lo como se fosse a última vez, e quase foi. O gosto, a sensação, o hálito. Podia ouvi-lo respirando agora. Os cílios de Jace fizeram cócegas na bochecha dela. Os lábios de ambos estavam a poucos milímetros de distância; em seguida, sem distância alguma, tocaram-se levemente, e depois com mais pressão, apoiaram-se um no outro...

E Clary sentiu uma faísca — não dolorosa, mais como um estalo de eletricidade estática — passar entre eles. Jace se afastou rapidamente. Estava ruborizado.

— Talvez precisemos trabalhar nisso.

A mente de Clary ainda estava girando.

— Tudo bem.

Ele estava olhando para a frente, ainda arfando.

— Tem algo que quero lhe dar.

— Percebi.

Com isso, ele desviou os olhos de volta para os dela e — quase com relutância — sorriu.

— Não é isso. — Levou a mão ao colarinho da camisa e pegou o anel Morgenstern na corrente. Tirou-a pela cabeça e, inclinando-se para a frente, derrubou o objeto levemente na mão dela. Estava morno por causa da pele dele. — Alec pegou de volta com Magnus. Vai voltar a usar?

Clary fechou a mão no anel.

— Sempre.

O sorriso de Jace suavizou, e, ousada, ela pôs a cabeça no ombro dele. Clary sentiu-o prender a respiração, mas ele não se moveu. Inicialmente, ficaram parados, mas aos poucos a tensão desapareceu, e eles se apoiaram um no outro. Não foi quente e passional, mas compassivo e doce.

Ele limpou a garganta.

— Você sabe que isso significa que o que a gente fez... o que a gente quase fez em Paris...

— Visitar a Torre Eiffel?

Ele colocou um cacho de cabelo de Clary atrás da orelha.

— Você não deixa nada passar, deixa? Esqueça. É uma das coisas que amo em você. Mas então, a *outra* coisa que quase fizemos em Paris... está fora de cogitação por um tempo. A não ser que você queira que aquela coisa de meu-bem-eu-pego-fogo-quando-nos-beijamos se torne assustadoramente literal.

— Sem beijos?

— Bem, *beijos*, provavelmente. Mas o restante...

Ela passou a bochecha levemente na dele.

— Por mim, tudo bem, se por você estiver.

— Claro que não está tudo bem. Sou um menino adolescente. Até onde sei, esta é a pior coisa que me aconteceu desde que descobri por que Magnus foi banido do Peru. — Seus olhos suavizaram. — Mas isso não muda o que somos um para o outro. É como se sempre estivesse faltado um pedaço da minha alma, e esse pedaço está dentro de *você*, Clary. Sei que uma vez falei que, quer Deus exista ou não, estamos sozinhos. Mas quando estou com você, não fico sozinho.

Clary fechou os olhos para que ele não visse as lágrimas — lágrimas de alegria, pela primeira vez em muito tempo. Apesar de tudo, apesar de as mãos de Jace terem permanecido cuidadosamente no colo dele, Clary teve uma sensação de alívio tão grande que afogou todo o resto — a preocupação com o paradeiro de Sebastian, o medo de um futuro desconhecido —, tudo ficou em segundo plano. Nada importava. Eles estavam juntos, e Jace tinha voltado a si. Ela o sentiu virar a cabeça e beijá-la de leve no cabelo.

— Eu queria *muito* que você não tivesse usado esse casaco — murmurou Jace.

— É um bom treinamento para você — respondeu ela, com os lábios na pele dele. — Amanhã, meia arrastão.

Na lateral do corpo, caloroso e familiar, Clary o sentiu rir.

— Irmão Enoch — disse Maryse, levantando-se de trás da mesa. — Obrigada por se juntar a mim e ao Irmão Zachariah tão prontamente.

É sobre Jace?, perguntou Zachariah, e se Maryse não soubesse, teria imaginado uma pontinha de ansiedade na voz mental. *Eu o verifiquei diversas vezes hoje. O estado dele não se alterou.*

Enoch se mexeu dentro das vestes.

E eu tenho pesquisado nos arquivos e nos documentos antigos sobre o fogo Celestial. Existem algumas informações sobre a maneira como pode ser escoado, mas precisa ter paciência. Não há necessidade de nos chamar. Se tivermos notícias, nós a procuraremos.

— Não é sobre Jace — disse Maryse, e deu a volta na mesa, os saltos estalando no piso de pedra da biblioteca. — É um assunto completamente diferente. — Olhou para baixo. Um tapete tinha sido disposto com cuidado no chão, onde normalmente não havia nada. Não estava liso, mas repousava sobre uma forma encolhida e irregular. Escondia o delicado desenho de azulejos do Cálice, da Espada e do Anjo. Maryse abaixou a mão, pegou o canto do tapete e o puxou de lado.

Os Irmãos do Silêncio não engasgaram, é claro; não podiam emitir ruídos. Mas uma cacofonia preencheu a mente de Maryse, o eco psíquico do choque e horror de ambos. O Irmão Enoch deu um passo para trás, enquanto o Irmão Zachariah erguia uma das mãos para cobrir o rosto, como se pudesse bloquear os olhos da visão diante deles.

— Não estava aqui hoje de manhã — relatou Maryse. — Mas quando voltei esta tarde, estava esperando por mim.

À primeira vista, Maryse tinha achado que algum pássaro grande tinha entrado na biblioteca e morrido, talvez quebrado o pescoço em uma das janelas altas. Mas ao se aproximar, a verdade do que via se revelou. Não falou nada sobre o choque visceral de desespero que a penetrou como uma flecha, nem sobre como cambaleou até a janela e vomitou assim que percebeu o que estava vendo.

Um par de asas brancas — não exatamente brancas, na verdade, mas um amálgama de cores que mudava e piscava enquanto ela olhava: prateado-claro, traços de violeta, azul-escuro, cada linha contornada em ouro. E então, na raiz, um corte feio de osso e tendão podado. Asas de anjo — asas cortadas do corpo de um anjo vivo. Icor angelical, da cor de ouro líquido, manchava o chão.

No topo das asas havia um pedaço de papel dobrado, endereçado ao Instituto de Nova York. Após jogar água no rosto, Maryse pegou a carta e leu. Era curta — uma frase — e tinha uma assinatura estranhamente familiar, pois havia nela o eco da caligrafia de Valentim, o floreio de suas cartas, a mão forte e firme. Mas não era o nome de Valentim. Era o do filho.

Jonathan Christopher Morgenstern.

Ela o entregou ao Irmão Zachariah. Ele pegou o bilhete e abriu, lendo, assim como ela o fizera, a palavra em grego antigo grafada no topo da página.

Erchomai, dizia.

Estou chegando.

Observações

A invocação de Magnus em latim na página 195 que chama Azazel, começando por "*Quod tumeraris: per Jehovam, Gehennam*" foi retirada de *The Tragical History of Doctor Faustus,* de Christopher Marlowe.

Os trechos da música que Magnus ouve no carro, nas páginas 318-320 foram retiradas com autorização de "Alack, for I Can Get No Play" de Elka Cloke. elkacloke.com

A camiseta JAI SEI, MANDEI MAL foi inspirada no quadrinho do meu amigo Jeph Jacques em questionablecontent.net. As camisetas podem ser compradas em topatoco.com. A ideia de *Magical Love Gentleman* também pertence a ele.

Agradecimentos

Como sempre, devo agradecer a minha família: meu marido, Josh; minha mãe e meu pai, assim como Jim Hill e Kate Connor; Melanie, Jonathan e Helen Lewis; Florence e Joyce. Muitos agradecimentos aos leitores e críticos iniciais Holly Black, Sarah Rees Brennan, Delia Sherman, Gavin Grant, Kelly Link, Ellen Kushner e Sarah Smith. Créditos especiais a Holly, Sarah, Maureen Johnson, Robin Wasserman, Cristi Jacques e Paolo Bacigalupi, por ajudarem a destacar cenas. Maureen, Robin, Holly, Sarah, vocês estão sempre presentes para minhas reclamações — vocês são incríveis. Obrigada a Martange pela ajuda com as traduções para o francês e aos meus fãs da Indonésia pela declaração de Magnus a Alec. Wayne Miller, como sempre, ajudou com as traduções de latim, e Aspasia Diafa e Rachel Kory prestaram assistência extra com o grego antigo. Ajuda inestimável veio do meu agente, Barry Goldblatt, de minha editora, Karen Wojtyla, e de sua cúmplice, Amily Fabre. Meus agradecimentos a Cliff Nielson e Russel Gordon, por prepararem uma belíssima capa, e às equipes da Simon and Schuster e da Walker Books, por fazerem o restante da magia acontecer.

Cidade das Almas Perdidas foi escrito com o programa Scrivener na cidade de Goult, França.

Vire a página para ler

Tornando-se Sebastian Verlac

UMA NOVA CENA MOSTRANDO O PRIMEIRO ENCONTRO DE JONATHAN MORGENSTERN COM SEBASTIAN VERLAC

Era um bar muito pequeno, em uma rua estreita e inclinada de uma cidade cercada por muros e cheia de sombras. Jonathan Morgenstern estava sentado no bar havia pelo menos quinze minutos, terminando um drinque lentamente, antes de se levantar e descer pela longa e frágil escada de madeira para a boate. O som da música parecia tentar subir pelos degraus enquanto ele descia: dava para sentir a madeira vibrando sob seus pés.

O local estava cheio de corpos se contorcendo e fumaça obscurecida. Era o tipo de lugar de onde demônios espreitavam. O que fazia com que fosse o tipo de lugar frequentado por caçadores de demônios.

E um local perfeito para alguém que estava caçando um caçador de demônios.

Fumaça colorida pairava pelo ar, com um cheiro vagamente ácido. Havia longos espelhos pelas paredes da boate. Ele conseguia se ver enquanto circulava pelo local: uma figura esguia vestida de preto, com os cabelos do pai, brancos como a neve. Estava úmido ali na parte de baixo da boate, abafado e quente, e sua camisa grudava nas costas com o suor. Um anel de prata brilhava na mão direita enquanto ele examinava o recinto em busca de suas presas.

Lá estava ele, no bar, como se estivesse tentando se misturar com os mundanos apesar de estar invisível para eles.

Um menino. De talvez uns 17 anos.

Um Caçador de Sombras.

Sebastian Verlac.

Jonathan normalmente tinha pouco interesse em qualquer pessoa da sua idade — se havia alguma coisa mais maçante do que outras pessoas, eram outros adolescentes —, mas Sebastian Verlac era diferente. Jonathan o escolhera, cuidadosa e especificamente. Escolhera-o como alguém talvez selecionasse um terno caro e feito sob medida.

Jonathan foi até ele, sem pressa, para medir o menino. Já tinha visto fotos, claro, mas as pessoas sempre eram diferentes pessoalmente. Sebastian era alto — da mesma altura do próprio Jonathan, e tinha o mesmo corpo esguio. Suas roupas provavelmente caberiam com perfeição em Jonathan. Seus cabelos eram escuros — Jonathan teria que pintar o próprio, o que era irritante, porém não impossível. Os olhos dele também eram pretos, e suas feições, embora irregulares, formavam um conjunto agradável: tinha um carisma simpático que era atraente. Aparentava confiar e sorrir facilmente.

Parecia um tolo.

Jonathan foi até o bar e se apoiou na bancada. Ele virou a cabeça, permitindo que o outro garoto percebesse que conseguia enxergá-lo.

— *Bonjour.*

— Olá — respondeu Sebastian, na língua dele, a língua de Idris, apesar de um ligeiro sotaque francês. Seus olhos estavam cerrados. Ele pareceu muito espantado por ser visto, e como se estivesse tentando entender o que Sebastian poderia ser: um colega Caçador de Sombras, ou um feiticeiro com uma marca que não aparecia?

Alguma coisa ruim está para acontecer, pensou Jonathan. *E você nem sabe.*

— Eu mostro o meu se você me mostrar o seu — sugeriu, abrindo um sorriso. Ele conseguia se ver no espelho engordurado sobre o bar. Sabia como o sorriso iluminava o seu rosto e o tornava quase irresistível. Seu pai tinha passado anos treinando-o para sorrir daquele jeito, como um ser humano.

A mão de Sebastian apertou na beirada do balcão

— Eu não...

Jonathan expandiu o sorriso e mostrou seu símbolo de Visão nas costas da mão. Sebastian suspirou, aliviado, e sorriu com o reconhecimento —

como se qualquer Caçador de Sombras fosse um camarada e um amigo em potencial.

— Você também está indo para Idris? — perguntou Jonathan, muito profissional, como se tivesse contato regular com a Clave. *Protegendo os inocentes*, ele projetava para o mundo, e para Sebastian, em particular. *Não me canso disso!*

— Estou — respondeu Sebastian. — Representando o Instituto de Paris. Sou Sebastian Verlac, a propósito.

— Ah, um Verlac. Uma bela família antiga. — Jonathan aceitou a mão dele e a apertou com firmeza. — Mark Blackthorn — apresentou-se com facilidade. — Do Instituto de Los Angeles, originalmente, mas estou estudando em Roma. Pensei em vir para Alicante. Ver a paisagem.

Ele tinha pesquisado os Blackthorn, uma família grande, e sabia que eles e os Verlac não viviam na mesma cidade havia dez anos. Tinha certeza de que não teria problema em apresentar um nome falso: jamais tivera. Seu verdadeiro nome era Jonathan, mas ele nunca se sentiu particularmente conectado a ele, talvez por sempre ter sabido que o nome não era só seu.

O outro Jonathan foi criado não tão longe, em uma casa exatamente como essa, visitado por *seu* pai. O anjinho do papai.

— Há anos não vejo outro Caçador de Sombras — continuou Sebastian; ele estava falando, mas Jonathan tinha se esquecido de prestar atenção. — Engraçado encontrá-lo aqui. Meu dia de sorte.

— Deve ser — murmurou Jonathan. — Apesar de não ter sido totalmente por acaso, é claro. Os relatos de que um demônio Eluthied anda espreitando por aqui, presumo que você também os tenha ouvido?

Sebastian sorriu e tomou um último gole do copo, repousando-o sobre o balcão do bar.

— Depois que matarmos a coisa, podemos tomar um drinque para comemorar.

Jonathan assentiu e tentou parecer muito focado em analisar o terreno à procura de demônios. Estavam ombro a ombro, como irmãos guerreiros. Era tão fácil que quase chegava a ser chato: tudo que precisou fazer foi aparecer, e lá estava Sebastian Verlac, como um cordeiro levando a própria cabeça a uma lâmina. Quem *confiava* em outras pessoas assim? Queria fazer amizade com essa facilidade?

Ele nunca fora gentil com os outros. Claro, nunca tivera essa oportunidade: seu pai sempre o manteve longe do outro Jonathan. Uma criança com sangue de demônio e outra com sangue de anjo — crie os dois e veja quem dá orgulho ao pai.

O outro menino não passou em um teste quando pequeno e foi mandado para longe. Até aí Jonathan sabia. Ele tinha passado em todos os exames que seu pai determinou. Talvez tivesse se saído bem demais, perfeitamente demais, imperturbável pela câmara de isolamento e pelos animais, pelo chicote ou pela caça. Jonathan havia detectado uma sombra nos olhos do pai em alguns momentos, uma sombra que representava sofrimento ou dúvida.

Mas o que podia haver de errado para fazê-lo sofrer? Por que deveria duvidar? Jonathan não era o guerreiro perfeito? Não era tudo que seu pai o criou para ser?

Humanos eram tão confusos.

Jonathan jamais gostou da ideia do outro Jonathan, de seu pai tendo outro garoto, um garoto que às vezes fazia o pai sorrir, sem qualquer sombra no olhar ao pensar nele.

Jonathan uma vez cortou um de seus bonecos de treino no joelho, e passou um dia agradável estrangulando-o e eviscerando-o, cortando-o do pescoço ao umbigo. Quando seu pai lhe perguntou por que ele tinha removido parte das pernas, ele disse que queria saber como seria matar um menino do tamanho dele.

— Eu me esqueço, terá que me desculpar — disse Sebastian, que estava se saindo irritantemente conversador. — Quantos são na sua família?

— Ah, somos uma família grande — respondeu Jonathan. — Sete, ao todo. Tenho três irmãos e três irmãs.

Os Blackthorn realmente eram sete: a pesquisa de Jonathan foi profunda. Ele não conseguia imaginar como seria isso, tanta gente, tanta desorganização. Jonathan também tinha uma irmã de sangue, apesar de nunca tê-la conhecido.

O pai havia lhe contado sobre a fuga de sua mãe quando Jonathan era um bebê, e ela estava grávida outra vez, inexplicavelmente chorosa e triste porque tinha alguma espécie de objeção a seu primogênito ser melhorado.

Mas teve uma segunda criança. Uma menina. Há apenas algumas semanas o pai havia conhecido Clarissa; e no segundo encontro Clarissa provou que também sabia usar o próprio poder. Ela afundara o navio do pai no oceano.

Uma vez que ele e o pai dominassem e transformassem os Caçadores de Sombras, assolassem seu orgulho e sua cidade, o pai prometeu que a mãe, o outro Jonathan e Clarissa iriam morar com eles.

Jonathan detestava a mãe, que aparentemente era tão fraca que tinha fugido dele quando ele era um bebê. E seu único interesse pelo outro Jonathan era para provar o quanto era superior: o verdadeiro filho do pai, de sangue, e com a força de demônios e do caos naquele sangue também.

Mas ele tinha interesse em Clarissa.

Clarissa nunca escolheu deixá-lo. Ela tinha sido levada e forçada a crescer entre mundanos, dentre todas as coisas nojentas. Ela provavelmente sempre soube que era diferente de todos que a cercavam, que era feita para coisas muito distintas, poder e estranheza estalando sob sua pele.

Devia se sentir como a única criatura como ela mesma em todo o mundo.

Ela tinha anjo em si, como o outro Jonathan, e não o sangue infernal que corria por suas veias. Mas Jonathan era totalmente filho de seu pai, tanto quanto qualquer outra coisa: ele era como o pai fortalecido, temperado pelos fogos do inferno. Clarissa também era verdadeira filha do pai, e quem poderia saber que estranho resultado a combinação do sangue dele com o poder do Paraíso tinha sido produzido para correr nas veias de Clarissa? Ela talvez não fosse muito diferente do próprio Jonathan.

Essa ideia o animava de um jeito que ele jamais havia experimentado antes. Clarissa era *sua* irmã; ela não pertencia a mais ninguém. Era dele. Ele sabia disso, porque apesar de não sonhar com frequência — isso era uma coisa humana —, depois que o pai lhe contou sobre Clarissa ter afundado o navio, ele sonhou com ela.

Jonathan sonhou com uma menina no mar, de cabelos que pareciam fumaça vermelha serpenteando sobre seus ombros, enrolando e desenrolando no vento indomado. Tudo era escuridão tempestuosa, e no mar revolto havia destroços que outrora foram um barco, e corpos flutuando com o rosto para baixo. Ela olhava para eles, os olhos verdes e frios, e não tinha medo.

Clarissa tinha feito aquilo, causado aquela destruição, como ele teria feito. No sonho, sentiu orgulho dela. Sua irmãzinha.

No sonho, eles riam juntos de toda a bela ruína ao redor. Estavam suspensos no mar. Não podiam se machucar; a destruição era seu elemento. Clarissa olhava para baixo enquanto ria, passando suas mãos brancas e iluminadas pela lua na água. Quando as levantou, as mãos estavam escuras, pingando: ele percebeu que o mar era todo de sangue.

Jonathan tinha acordado do sonho ainda rindo.

Quando o momento certo chegasse, dissera o pai, eles ficariam juntos, todos eles. Jonathan tinha que esperar.

Mas ele não era muito bom em esperar.

— Você está com um olhar muito estranho no rosto — disse Sebastian Verlac, gritando por cima da batida da música, alegre e áspero aos ouvidos de Jonathan.

Jonathan se inclinou, falou suave e precisamente ao ouvido de Sebastian.

— Atrás de você — disse ele. — Demônio. Na diagonal.

Sebastian Verlac virou, e o demônio, em forma de uma menina com uma nuvem de cabelos escuros, afastou-se apressadamente do garoto com quem estava falando e deslizou pela multidão. Jonathan e Sebastian foram atrás, saindo por uma porta lateral que dizia SORTIE DE SECOURS em letras rachadas brancas e vermelhas.

A porta levava a um beco, pelo qual o demônio corria apressado, quase desaparecendo.

Jonathan pulou, lançando-se contra a parede de tijolos do lado oposto, e usou a força do ressalto para voar sobre a cabeça do demônio. Ele girou no ar, com a lâmina marcada na mão, ouvindo-a assobiar pelo ar. O demônio congelou onde estava, encarando-o. A máscara do rosto de uma menina já estava começando a desbotar, e Jonathan conseguia enxergar as feições por trás: olhos agrupados como os de uma aranha, uma boca cheia de presas, aberta em surpresa. Nada daquilo o enojava. O icor que corria nas veias do demônio também corria nas suas.

Não que isso inspirasse qualquer solidariedade, ao contrário. Sorrindo para Sebastian sobre o ombro do demônio, ele o atacou com sua lâmina. Cortou-o como um dia fez com o boneco de treino, do pescoço ao umbigo. Um grito borbulhante preencheu o beco enquanto o demônio se contorcia e desaparecia, deixando apenas algumas gotas de sangue negro esguichado nas pedras.

— Pelo Anjo — sussurrou Sebastian Verlac.

Ele encarava Jonathan sobre o sangue e o vazio entre eles, e seu rosto estava branco. Por um instante Jonathan quase ficou satisfeito por Sebastian ter o bom senso de sentir medo.

Mas não deu essa sorte. Sebastian Verlac permaneceu um tolo até o fim.

— Você é incrível! — exclamou Sebastian, com a voz trêmula, porém impressionada. — Nunca vi ninguém tão veloz! *Alors*, você tem que me ensinar esse truque. Pelo Anjo — prosseguiu ele. — Nunca vi ninguém fazer nada parecido com o que você acabou de fazer.

— Eu adoraria ajudá-lo — respondeu Jonathan. — Mas infelizmente tenho que ir. Meu pai precisa de mim, entende? Ele tem planos. E simplesmente não consegue ficar sem mim.

Sebastian pareceu absurdamente desapontado.

— Ora, vamos, você não pode ir agora — lisonjeou. — Caçar com você foi tão divertido, *mon pote*. Temos que repetir a dose.

— Temo... — disse Jonathan a ele, passando o dedo no cabo de sua arma — que não seja possível.

Sebastian pareceu tão surpreso quando foi morto. Aquilo fez Jonathan rir, a lâmina na mão e a garganta de Sebastian abrindo por baixo, sangue quente escorrendo por seus dedos.

Não poderia permitir que o corpo de Sebastian fosse encontrado em um momento inconveniente e tudo fosse arruinado, então Jonathan o arrastou pelas ruas, como se estivesse carregando um amigo bêbado para casa.

Não estava muito longe de uma pequena ponte, delicada como filigrana, ou como os ossos frágeis e bolorentos de uma criança morta. Jonathan lançou o corpo sobre a lateral e o observou atingir as águas negras e velozes do rio abaixo, com um borrifo.

O cadáver afundou sem deixar vestígios, e Jonathan se esqueceu do assunto antes mesmo que chegasse ao fundo. Ele viu os dedos curvados aparecendo na corrente, como se tivessem voltado a vida e implorassem por ajuda, ou ao menos respostas, e pensou em seu sonho. Sua irmã e o mar de sangue. Água tinha esguichado onde o corpo caiu, e respingou em sua manga, batizando-o com um novo nome. Ele agora era Sebastian.

Caminhou pela ponte para a parte velha da cidade, onde havia lâmpadas elétricas disfarçadas de lampiões de gás, mais brinquedos para turistas. Ele seguia na direção ao hotel no qual Sebastian Verlac estava hospedado; tinha verificado antes de ir ao bar, e sabia que poderia simplesmente entrar pela janela e recuperar os pertences do outro garoto. E, depois disso, um frasco de tinta de cabelo barata...

Um grupo de meninas com vestidos de noite passou por ele, todas direcionando o olhar, e uma delas, de saia prateada justa, o olhou diretamente e sorriu.

Ele se juntou a elas.

— *Comment tu t'appelles, beaugosse*? — perguntou outra menina, com a voz ligeiramente embriagada. *Como você se chama, bonitinho?*

— Sebastian — respondeu ele suavemente, sem um segundo de hesitação. Era quem seria a partir de agora, quem os planos de seu pai exigiam que fosse, quem precisava ser para trilhar o caminho que levava à vitória e a Clarissa. — Sebastian Verlac.

Ele olhou para o horizonte e pensou nas torres de vidro de Idris, pensou nelas cobertas por sombras, chamas e ruínas. Pensou em sua irmã esperando por ele, naquela imensidão.

Ele sorriu.

Tinha a impressão de que ia gostar de ser Sebastian.

Este livro foi composto na tipologia Minion Pro,
em corpo 11,5/15,5, impresso em papel offwhite,
na Geográfica.